나는 고양이로소이다

나는 고양이로소이다

ⓒ 나쓰메 소세키, 2023

초판 1쇄 발행일   2023년 3월 15일
초판 2쇄 발행일   2025년 3월 15일

지은이 나쓰메 소세키   옮긴이 김은진
펴낸이 김지영   펴낸곳 지브레인^{Gbrain}
편집 김현주   제작 · 관리 김동영

출판등록 2001년 7월 3일 제2005-000022호
주소 04021 서울시 마포구 월드컵로7길 88 2층
전화 (02)2648-7224   팩스 (02)2654-7696

ISBN 978-89-5979-773-8(03830)

표지 이미지   ac-illust.com

吾輩は猫である

나는 고양이로소이다

나쓰메 소세키 지음　김은진 옮김

지브레인

대학시절 전공과목을 들어가면서 나쓰메 소세키라는 작가를 처음 알게 되었습니다. 일본을 대표하는 작가라고 하여 수록된 사진을 보니 인자하게 생긴 것도 같고, 뭔가 카리스마가 느껴지는 인상이었습니다. 그리고는 그의 대표작품 '나는 고양이로소이다'를 읽고 그때부터 고양이에 푹 빠져 지내게 되었던 것 같습니다.

이름도 없는 고양이가 살아보겠다고 남의 집에 들어가 더부살이를 시작하는데, 사람보다 더 능청스럽고 사람보다 더 사람 같은 그 고양이에게 반해버린 것입니다.

그 고양이는 못된 주인에게 저주를 내리는 서양의 검은고양이와는 너무나 다른 동양의 여백을 느끼게 하는 고양이였으며, 어쩐지 술 한 잔을 마주하고 앉아도 이야기가 통할 것 같은 고양이였습니다. 물론 그 고양이의 눈으로 바라본 세상은, 작가 자신의 시선으로 바라본 세상이기도 하지만 어쨌든 이런 희한하고 발칙한 고양이도 다 있구나 하고 생각하게 만든 존재임에는 틀림없었습니다.

그런데 10년도 훌쩍 넘은 어느 날 작은책방으로부터 이 책을 번역해달라는 의뢰를 받았을 때, 기억 속에서 잠자고 있던 그 발칙한 고양이와 재회하게 된 것입니다.

참으로 오랜만의 해후였음에도 불구하고, 여전한 능청스러움과 사람을 꿰뚫어보는 예리한 관찰력과 기지는 여전했고, 오랫동안 못 만났던 친구를 다시 만난 것 같은 반가움과 설렘으로 두근거렸습니다.

　그의 주인 쿠샤미 선생을 비롯한 주변 인물들이 주고받는 대화며 사람들의 행태는 한 세기를 훌쩍 뛰어넘은 지금에 와서도 어쩌면 그렇게 지금의 세태를 그대로 이야기하고 있는지 감탄하지 않을 수 없었습니다.

　뭔가 읽는 사람까지 해탈의 경지에 빠져드는 것 같은 결말은 이 고양이가 지금 어느 또 다른 집에, 더욱 큰 깨달음을 얻는 고양이로 환생해 있을 것 같은 기대감을 갖게 합니다.

　독자 여러분들도 나쓰메 소세키 선생님의, 낭만적이고 삶의 진리를 아는 이 고양이를 꼭 만나게 되기를 바랍니다.

　그리고 세상 살아가기 빡빡하다고 느껴질 때마다 불러내어 함께 세월을 담아 한잔 주거니받거니 하는 건 어떨까요?

 김은진

차 례

등장인물 소개

고양이	이 책의 주인공이자 이야기를 이끌어가는 화자. 이름이 없지만 고양이 세계에서는 지적이며 나름의 철학도 갖고 있으면서 냉소적이기도 한 낭만고양이.
쿠샤미 선생	이 책의 주인공 인간. 실력도 별로 없는 영어선생으로 세상물정 잘 모르고 주변머리도 없는 인간이지만 세상의 도리를 아는 순수한 인간이다.
쿠샤미 선생의 아내	이름은 나오지 않지만, 이 책에서 그 시대 여자의 모습을 대표하는 캐릭터.
메이테이	쿠샤미 선생의 베프(베스트프렌드)로 입담으로 남을 감쪽같이 놀려먹는 낙으로 사는 한량.
토쿠센	쿠샤미 선생과 메이테이의 동료. 철학자인 양 궤변을 늘어놓으며 폼잡기 좋아하는 사람이다.
칸게츠	쿠샤미 선생의 옛 문하생. 이학박사.
스즈키 토주로	이웃집 졸부 카네다의 심복. 사업가. 수완이 좋고 요즘 세상에 어울리는 인간이다.
토후우	칸게츠와 같은 또래. 성실하고 언제나 진지함.
카네다	졸부 사업가. 수완이 좋아 그쪽 업계에서 상당한 지위를 차지하고 있다.
타타라 삼페이	서생. 시골출신의 법과대 졸업생. 쿠샤미 선생과는 친분이 깊어 가족처럼 스스럼없이 지낸다.
기타	나 고양이의 동료인 삼색털 미케, 인력거집 검은 보스, 흰 고양이 시로 등.

나는 고양이다. 내 이름을 지어준 사람은 아직 아무도 없다.

내가 어디서 태어났는지 또한 알 수 없다. 다만 어두침침하고 처덕처덕하니 기분 나쁜 곳이었던 것으로 기억한다. 거기서 야옹야옹 울고 있다가 처음으로 인간이라는 종족과 마주쳤다. 게다가 나중에 들은 이야기지만, 그것은 남의 집에 얹혀 살며 공부를 하는, 인간 중에서도 제일 사납고 독한 '서생'이라는 종족이었다고 한다. 이 문간방 학생 즉, '서생'이라는 인간 종족은 때때로 우리를 잡아다 삶아먹는다는 소문도 있었는데 그 당시에는 아무 생각도 없었으니까 특별히 겁에 질린다거나 무섭지는 않았었다. 다만 그의 손바닥에 얹혀 스윽 올라갈 때 둥실둥실 떠오르는 느낌만 있었을 뿐이다. 손바닥 위에서 두근거림을 조금 가라앉히고 있는 순간 그와 눈이 마주친 것이 소위 '인간'이라는 종족을 처음 본 순간일 것이다. 그때의 희한한 느낌이라니…… 지금도 기억에 생생하다.

무엇보다, 털로 멋지게 뒤덮여 있어야 할 얼굴이 맨들맨들하고 번쩍거리는 것이 마치 주전자 같았다.

그 후 고양이란 고양이는 꽤 만나본 몸이지만 이렇게 불완전한 모습은 여태껏 본 적이 없다. 뿐만 아니라 얼굴의 한가운데가 너무나 돌출되어 있다. 그리고 거기 난 두 개의 구멍 안에서는 가끔씩 연기가 품어져 나온다. 정말이지 숨이 막혀서 죽을 것만 같았다. 이것이 인간이 피우는 담배라는 사실도 요즘에 와서야 알았지 뭔가.

이 서생이라는 인간의 손바닥 안에서 한동안 황홀한 기분에 빠져 있는데 잠시 후 손바닥은 거친 속력으로 운전을 시작했다. 그가 움직이는지 나만 움직이는 것인지 분간이 가지 않고 눈이 핑핑 돈다. 가슴이 울렁거려서 도저히 참을 수가 없는 지경에 이르자 갑자기 퍽 소리와 함께 눈에서 불꽃이 번쩍했다. 거기까지는 기억이 나는데 나머지는 어떻게 된 것인지 아무리 떠올려봐도 기억이 나지 않는다.

정신이 들어 주위를 둘러보니 그 서생은 없다. 함께 있던 친구들도 그림자 하나 보이지 않는데다 제일 소중한 엄마마저 모습을 감춰버렸다. 그런데다 여기는 여태까지 지내던 곳과는 다르게 엄청 밝아서 눈을 뜨고 있을 수 없을 정도였다. 아무래도 분위기가 심상치 않다는 생각이 들어 어슬렁어슬렁 기어 나가려는데 머리에 심한 통증이 느껴진다. 앞뒤 정황을 짜맞춰 보니 나는 볏짚 위에서 느닷없이 조릿대 밭 속으로 버려졌던 것이다.

가까스로 조릿대 밭을 빠져나오자 건너편에 커다란 연못이 있다. 나는 연못가에 쭈그려 앉아 어떻게 하면 좋을지 생각해보았다. 특별히 이렇다 할 방법은 떠오르지 않는다. 에라 모르겠다 하고 울어대면 인간이 다시 데리러 와줄지도 모른다는 생각에 '냐옹, 냐옹' 하고 시험 삼아 울어봤지만 아무도 오지 않는다. 그러는 사이 바람이 연못 위로 살랑살랑 지나가며 해가 저물기 시작한다. 배가 몹시 고파왔다. 울려고 힘을 써 봐도 목소리가 나오지 않는다. 할 수 없다, 무청 같은 것이라도 좋으니 먹을 것이 있는 곳까지 무작정 걸어야겠다고 마음먹고 연못 왼쪽으로 살금살금 돌아가 보았다.

몹시 괴로웠지만 그래도 배고픔을 꾹 참고 어찌어찌 기어가 보니 다행히 인간 냄새가 솔솔 풍기는 곳이 나왔다. 여기로 들어가면 어떻게든 되겠지 하고 대나무 울타리 한쪽에 난 구멍을 지나 어느 저택 안으로 몰래 숨어들었다. 인연이란 참 묘한 것이어서, 만약 이 대나무 울타리가 망가져 있지 않았더라면 나는 결국 길바닥에서 굶어 죽었을지도 모를 일이다. 옷깃만 스쳐도 인연이라더니 누가 말했는지는 몰라도 참 잘도 맞는 것 같다. 이 울타리 밑의 구멍은 오늘에 이르기까지 내가 이웃집 삼색털고양이 미케를 만나러 갈 때의 통로로 이용되고 있다.

일단 저택에 숨어드는 데는 성공했지만, 이제부터 어떻게 해야 할지 모르겠다. 그러는 사이 날은 어두컴컴해지고, 배도 고프고 추위는 점점 더 심해지고 금방이라도 빗방울이 떨어질 것만 같아서 한시도 망설일 틈이 없었다. 어쩔 도리가 없으니 일단 밝고 따뜻한 기운이 느껴지는 쪽으로 계속 걸어나가 본다. 지금 생각하면 그때 이미 집 안에 기어들어가 있었던 것이다. 거기서 처음 만났던 인간 '서생'이 아닌 또 다른 인간을 만날 기회와 맞닥뜨렸다. 그 집에서 처음 마주친 인간은 '가정부'이다. 이것은 문간방 학생보다 훨씬 못된 편으로, 나를 보자마자 냅다 목덜미를 잡아끌더니 바깥으로 휙 내던져버렸다.

아이쿠 이것 안 되겠다 싶어 눈을 질끈 감고 하늘에 운을 맡기기로 했다. 하지만 시장한 것과 추운 데에는 도저히 견뎌낼 재간이 없어, 나는 다시 가정부가 한 눈 팔기만을 기다렸다가 부엌으로 기어 올라갔다. 그러자 아니나 다를까 또 내동댕이쳐져버렸다. 나는 바닥에 나뒹굴고 다시 기어 올라가고, 기어 올라갔다가 다시 내동댕이쳐지기를 네댓 번은 되풀이한 것 같다. 그 가정부라는 인간은 정말 혐오스러웠다. 그렇게 실랑이를 벌이는 동안 가정부의 꽁치를 훔쳐가는 것으로 앙갚음을 해주고 나서야 십년 묵은 체증이 겨우 내려간 것 같았다.

내가 마지막으로 덜미를 잡혀 쫓겨나게 생겼을 때, 이 집 주인인 것 같은 남자가 무슨 소란이냐며 등장했다. 가정부는 나를 집어들어 주인에게 보여주며 '이 떠돌이 고양이 놈이 아무리 내쫓아도 부엌으로 계속 올라오는 바람에 성가시다'는 것이었다. 주인은 코 밑에 난 검은 털을 씰룩거리면서 내 얼굴을 한참 동안 들여다보더니 이윽고, '그렇다면 안으로 들여 놓으라'는 말만 남기고 안으로 스윽 들어가버렸다. 주인은 별로 말이 없는 사람처럼 보였다. 가정부는, 쫓아낼 수 있었는데 안타깝다는 듯한 표정으로 부엌 구석에 나를 내팽개쳤다. 그렇게 해서 나는 드디어 이 집을 나의 거처로 삼기로 했다.

주인은 좀처럼 나와 얼굴을 마주치는 일이 없다. 직업은 '선생'이라고 한다. 학교에서 돌아오면 종일 서재에 틀어박혀 거의 나오는 법이 없다. 집안의 다른 인간들은 그를 대단한 학식이 있는 자로 여기고 있다. 당사자도 자신이 그런 줄 알고 있다. 그러나 실제로는 집안사람들이 생각하는 만큼은 아니다.

나는 때때로 살금살금 걸어 그의 서재를 몰래 훔쳐보는데 그는 툭하면 낮잠을 청한다. 가끔씩 읽으려고 펼쳐놓았던 책 위에 침을 줄줄 흘리기도 한다. 그는 위가 약하고 피부색이 담황색을 띠고 있으며 탄력이 없어 활발하지 않은 징후를 나타내고 있다. 그런 주제에 과식까지 한다. 과식을 한 다음에는 다카디아스타제를 꼭 챙겨먹는다. 그걸 먹은 다음에 책을 펼치고 두서너 쪽쯤 읽으면 졸려서 눈이 풀린다. 그리고 침을 책 위에 흘린다. 이것이 매일 밤 반복되는 그의 일과이다.

나는 고양이이지만 때때로 생각도 한다. 선생이라는 자는 정말 팔자 좋은 인간 부류이구나. 인간으로 태어난다면 그 '선생'이라는 것이 되어볼 터. 이렇게 자면서 일하는 것이라면 고양이라도 못할 것은 없다는 생각이 든다. 그래도 주인의 입에서는 선생만큼 괴로운 일은 없다면서 친구들이 찾아올 때마다 이러쿵저러쿵 불평불만에 우는 소리만 쏟아져 나온다.

내가 이 집에 들어와 살게 될 당시에는, 주인 말고 다른 인간들에게는 이만저만 푸대접을 받은 게 아니었다. 어디를 가도 걷어차이기 일쑤고 상대를 해주는 자가 없었다. 얼마나 귀하게 여기지 않았는가는 오늘에 이르기까지 이름조차 붙여주지 않은 것만 봐도 알 수 있다. 나는 어쩔 방도가 없어 될 수 있는 한 나를 받아들여준 주인 곁에 있어주는 일을 맡왔다. 아침에 주인이 신문을 읽을 때는 어김없이 그의 무릎 위에 올라탄다. 그가 낮잠을 잘 때는 그의 등짝에 착 달라붙는다. 이것은 구태여 주인이 좋다기보다 별달리 상대해주는 자가 없으니 어쩔 수 없는 것이다.

그 후 몇 가지 경험으로 비추어, 아침에는 나무밥통 위, 밤에는 코다츠(담요 같은 것을 덮어 발을 따뜻하게 하는 화로) 위, 날 좋은 날 낮에는 툇마루가 내가 주로 기거하는 장소가 되었다. 그러나 제일 기분 좋은 것은 밤에 아이들 이부자리에 파고들어 같이 자는 일이다. 이 아이들이라는 것은 다섯살박이하고 세살박이로 밤이 되면 둘이서 한 침대에 들어가 잔다. 나는 언제든지 그들 중간에 내 몸을 둘 여지를 찾아내어 악착같이 비집고 들어가는데 운 나쁘게 아이 중 하나가 눈을 뜨면 결국에는 성가셔진다. 아이는 ─ 특히나 작은 쪽이 성질이 고약하다 ─ '고양이가 왔다. 고양이다' 하며 한밤중이고 뭐고 상관없이 집이 떠나라 울어대는 것이다. 그러면 그 신경이 쇠약한 주인은 어김없이 잠에서 깨어 옆방에서 달려온다. 실제로 지난 번에는 잣대로 엉덩짝을 찰싹 얻어맞았다.

나는 인간과 동거하며 그들을 관찰하면 할수록 그들은 제멋대로인 족속들이라고 단언하지 않을 수 없게 되었다. 더구나 내가 때때로 동침하는 아이들에 이르러서는 그야말로 가관도 아니다. 남을 거꾸로 집어들지를 않나, 머리에 봉지를 뒤집어씌우질 않나 밖으로 내팽개치는 건 당연하고 심지어는 부뚜막 안으로 밀어 넣기도 한다. 그뿐인가 내 쪽에서 조금이라도 선수를 칠라치면 집안사람들이 총출동해서 쫓아다니며 박해를 가한다. 얼마 전에도 잠깐 다다미(일본집의 마루방에 까는 돗자리)에서 발톱을 다듬고 있자니 안주인이 몹시 화를 내는 바람에 그 뒤부터 여간해서는 다다미방으로 들어갈 수가 없다. 부엌 바닥의 판자 사이에서 떨고 있는데도 전혀 아무렇지 않은 눈치다.

나의 존경하는 건너편 집 흰고양이 시로는 만날 때마다 인간만큼 몰인정한 것은 없다고 말하곤 한다. 흰고양이 시로는 지난번 보물 같은 새끼고양이를 4마리나 낳았다. 그런데 그 집 서생이 사흘째 되던 날, 새끼들을 뒤뜰 연못으로 가져가서 모두 버리고 왔다는 것이다. 흰고양이 시로는 눈물을 뚝뚝 흘리며 자초지종을 이야기한 다음에, 아무래도 나 같은 고양이족이 부모자식 간의 사랑을 전부로 삼아 아름다운 가족적 생활을 하려면 인간과 싸워서 이것을 소멸시키지 않으면 안 된다고 하였다. 하나도 틀린 말이 없다고 생각한다. 또한 이웃의 삼색털 미케는 인간이 소유권이라는 것을 풀어내지 못하고 있다면서 몹시 분개하고 있다. 원래 우리 동족 간에서는 꼬챙이에 꿰어 말린 생선 대가리가 됐든 숭어 배꼽이 됐든 제일 먼저 찾아낸 놈이 그것을 먹을 권리가 있는 것으로 되어 있다. 만약 상대가 이 규칙을 지키지 않으면 완력에 호소해도 될 정도인 것이다. 그런데도 불구하고 이들 인간들은 추호도 이런 개념이 없다고 보여져 우리가 찾아낸 만찬은 반드시 저들에게 약탈당하고 마는 것이다. 그들은 그 강력함에 의지해 정당하게 우리 입속으로 들어가야 할 것을 빼앗아 살아가고 있다.

흰고양이 시로는 군인 집안에 살고 삼색털 미케는 변호사 주인을 갖고 있다. 나는 선생의 집에 살고 있는 만큼 이런 일에 관한한 두 녀석들보다 오히려 낙관적이다. 단지 그날그날을 이렇게 저렇게 보내기만 하면 된다. 아무리 인간이라도 그렇게 언제까지나 영화를 누릴 수는 없다.

그저 오래오래 살아서 고양이의 시절이 오기를 기다리는 것이 좋을까.

'제멋대로' 하니까 떠올랐는데 잠깐 우리 집 주인이 이 제멋대로에 실패한 이야기를 해보자. 원래에도 주인은 남보다 월등히 잘 할 수 있는 것도 없긴 하지만 무엇에나 자주 손을 대고 싶어한다. 하이쿠를 써서 호토토기스(나는 고양이로소이다가 게재되었던 당시 잡지)에 투서를 내거나 신체시를 묘조(명성. 당시 잡지 이름)에 내보거나 오자 투성이인 영문을 쓰거나, 때에 따라서는 활에 미치거나 우타이(시가)를 배우거나 또 어떨 때는 바이올린 따위를 북북 켜대거나 하는데 참 딱하게도 어느 것 하나 이렇다 할 것이 되어주지 못한다. 그 버릇이 나오면 위도 약한 주제에 지겹게도 열심이다. 변소 안에서 우타이를 읊조려 '변소선생'이라는 별명을 얻었는데도 아랑곳하지 않고 아주 태연스럽게, '타이라의 무네모리입네' 하고 첫머리 부분만을 되풀이하고 있다. 모두가 '저봐, 무네모리다' 하고 웃음을 터뜨릴 정도이다.

이 주인이 무슨 바람이 불었는지 내가 들어가 살고부터 딱 한 달 뒤의 어느 달 월급날에 커다란 꾸러미를 들고 위풍당당하게 돌아왔다. 무엇을 사왔는가 궁금해하는데 수채화 물감과 붓과 와트만이라는 종이였다. 오늘부터 우타이나 하이쿠는 걷어치우고 그림을 그릴 결심으로 보였다. 오로지 이튿날부터 당분간은 매일매일 서재에서 낮잠도 자지 않고 그림만 그려댄다. 그러나 그 그려낸 것을 볼라치면 무엇을 그린 것인지조차 아무도 감정을 할 수가 없다. 본인도 그다지 만족스럽지 못하다고 생각했는지, 어느 날 그 친구 중에 미학인가를 한다는 사람이 왔을 때 다음과 같이 이야기하는 것을 들었다.

"아무래도 잘 그려지지 않네. 남들 하는 걸 보면 아무것도 아닌 것 같은데 직접 붓을 대보니 이렇게 어려운 줄 몰랐네 그려."

이것은 주인의 술회이다. 과연 빈 말이 아니다. 그의 친구는 금테 안경 너머로 주인의 얼굴을 보면서,

"그렇게 처음부터 잘 그릴 수는 없지. 첫째, 집안에 틀어박혀 상상만으로 그릴 수 있는 것은 아니지. 옛날 이탈리아의 대가 안드레아 델 사르토가 한 말이 있다네. 그림을 그릴 거라면 뭐든 자연 그 자체를 베껴라. 하늘에 별들 있고 땅에는 길이 있다. 나는 것에는 새가 있고 달리는 것에 짐승 있다. 연못에 금붕어 있고 고목에 겨울 까마귀 있다. 자연은 그 야말로 한 폭의 살아 있는 그림이 아닌가. 어떤가, 자네도 그림다운 그림을 그리고 싶다면 당장 사생을 해보게."

"흐음, 안드레아 델 사르토가 그런 말을 한 적이 있군. 전혀 알지 못했네. 과연 지당한 말씀이구만. 정말 그대로야."

주인은 덮어놓고 감탄부터 한다. 금테 너머에서는 조롱 섞인 웃음이 보였다.

그 다음날 나는 여느 때처럼 툇마루에 나와 기분 좋게 낮잠을 즐기고 있었는데 주인이 느닷없이 서재에서 나와서는 내 뒤에서 뭔가 열심히 하고 있다. 문득 눈이 떠져서 무엇을 하고 있는가 하고 눈을 가늘게 뜨고 흘끗 보니 그는 여념 없이 안드레아 델 사르토라도 된 듯 우쭐해하고 있다.

나는 이 모양을 보고 나도 모르게 실소를 금하지 않을 수 없었다. 그는 그의 친구에게 야유당한 결과로서 첫 번째 대상으로 나를 사생하고

있는 것이다. 나는 이미 충분히 잤고 하품을 하고 싶어서 몸이 근질근질하다. 하지만 모처럼 주인이 열심히 붓을 놀리고 있는데 움직여서는 안 되겠다 싶어 가만히 참고 있었다. 그는 지금 나의 윤곽을 그려 넣고 얼굴 주변을 채색하고 있다. 고백하건데 나는 고양이로서 결코 잘난 생김새는 아니다. 키면 키, 털 모양새면 털 모양새, 이목구비를 봐도 굳이 다른 고양이들보다 낫다고는 결코 생각하지 않는다. 그러나 아무리 부족한 나라도 지금 주인에 의해 그려지고 있는 요상한 모습이 내 꼴이라고는, 아무래도 생각되지 않는다.

무엇보다 색이 다르다. 나는 페르시아산 고양이처럼 황색을 포함한 담회색에 옻나무처럼 반점이 들어가 있는 피부를 갖고 있다. 이것만큼은 누가 봐도 의심할 여지없는 사실이라고 생각한다. 그런데 지금 주인의 채색을 보면, 누리끼리한 것도 아닌 것이 거무티티한 것도 아닌, 회색도 아닌 것이 갈색도 아닌, 그렇다고 이것들을 모두 섞은 색도 아니다. 그냥 일종의 색이라고밖에 달리 표현할 방법이 없는 묘한 색이다. 거기다 더 이상한 점은 눈이 없다. 무엇보다 이것은 자고 있는 모습을 사생한 것일 테니 무리도 아니겠지만 눈이라고 생긴 부분 같은 것은 눈 씻고 찾아봐도 보이지 않으니 이건 소경 고양이인지 자는 고양이인지 구분이 가지 않는다. 나는 내심 가만히 아무리 안드레아 델 사르토라도 이래서는 어쩔 도리가 없다고 생각했다. 그러나 그 열심에는 감복하지 않을 수 없다.

할 수만 있다면 움직이지 않고 참아주려고 했지만, 아까부터 소변이 마려웠다. 몸 안의 근육에 무엇이 기어 다니는 것 같아 이제는 1분도 지체할 수 없는 지경에 이르렀으니 하는 수 없이 실례를 무릅쓰고 양발을 앞으로 쭉 뻗어 고개를 낮게 쭈욱 빼고 하~아 하고 시원하게 하품을 해버렸다. 그런데 이렇게 되고 보니 더 이상 얌전하게 있어봤자 소용 없다. 어차피 주인의 예정은 틀어져버렸으니 그 김에 뒤로 돌아가 볼일을 봐야겠다고 생각하고 어슬렁어슬렁 기어나갔다. 그러자 주인은 실망과 분노가 섞인 듯한 소리를 내며 다다미방 안에서 '이런 멍청한 놈'이라고 화를 냈다. 주인은 남을 경멸할 때는 반드시 '멍청한 놈'이라고 말하는 것이 버릇이다.

그것 말고는 욕설이라는 것을 알지 못하니 어쩔 수 없지만, 지금까지 꾹 참아준 성의도 모르고 막무가내로 멍청한 놈이라고 하는 건 무례하지 않은가. 그것도 평소에 내가 그의 등에 올라탈 때 조금은 좋은 얼굴이라고 해주었다면 이렇게 함부로 매도하는 것쯤 가볍게 받아줄 수 있었겠지만, 내가 득을 보는 일은 무엇 하나 흔쾌히 해준 적도 없으면서 소변 보러 가는 고양이한테 멍청한 놈이라는 건 심하지 않은가. 원래 인간이라는 자들은 자기 역량을 믿고 하나같이 거만하다. 인간보다 좀 더 강한 자가 나와서 혼쭐을 내주지 않고서는 이후 어디까지 거만하게 굴지 알 수 없다.

제멋대로도 이 정도라면 참을 수 있지만 나는 인간의 부덕에 대해 이보다도 몇 배나 더 개탄할 보도를 들은 일이 있다.

우리 집 뒤에 열 평 남짓한 다원茶園이 있다. 그리 넓지는 않지만 산뜻하고 기분 좋게 볕이 드는 곳이다. 이 집의 아이들이 너무 떠들어 편안히 낮잠을 즐길 수 없을 때나, 너무 심심하고 속이 조금 편치 않을 때면 나는 언제라도 여기로 나와 호연지기를 기르는 것이 보통이다.

어느 늦가을의 따스한 볕이 드는 오후 2시경 점심밥을 먹고 느긋하게 한숨 잔 후, 운동도 할 겸 해서 이 다원으로 걸음을 옮겼다. 차나무의 뿌리 냄새를 하나하나 맡아가면서 서쪽 삼나무 울타리 옆까지 왔을 때 넘어뜨린 마른 국화 위에서 커다란 고양이가 세상 모르고 자고 있었다. 그는 내가 다가가는 것도 전혀 눈치채지 못하는 것처럼 또한 주위도 아랑곳하지 않는 것처럼 큰 소리로 코를 골며 포부도 당당하게 자고 있다.

남의 마당 안에 몰래 들어간 놈이 코까지 골며 자기집 안방인 양 잘 수 있는가 하고, 그 대담한 뻔뻔함에 놀라지 않을 수 없었다. 그는 순수한 검은 고양이다. 겨우 정오를 지난 태양은 투명한 광선을 그의 피부 위에 드리워 반짝반짝 빛나는 찰진 털 사이로 눈에 보이지 않는 불꽃이라도 태워내고 있는 것처럼 생각되었다. 그는 고양이 중의 대왕이라고도 할 만한 대단한 체격을 갖고 있다. 딱 봐도 내 두 배는 된다. 한탄스러움과 호기심에 앞뒤를 잊고 그의 앞에 버티고 서서 아무 생각 없이 바라보고 있자니, 조용한 늦가을의 바람이 삼나무 담장 위로 뻗어 나온 벽오동의 나뭇가지를 가볍게 간질여 두세 장의 잎사귀가 마른 국화 덤불 위로 사르르르 떨어졌다. 그때 대왕이 그 둥그런 눈을 딱 떴다. 지금도 기억이 생생하다. 그 눈은 인간이 귀하게 여기는 호박이라는 것보다도 훨씬 아름답게 빛나고 있었다. 그는 미동도 하지 않고 양쪽 눈동자 깊은 곳에서 쏘아져 나오는 것 같은 강한 빛을 나의 왜소한 이마 위에 모으며 "네놈은 도대체 무엇이냐."고 말했다. 대왕치고는 말투가 조금 비굴하다고 생각했지만 어쨌든 그 목소리의 바탕에 개들도 무찌를 만한 힘이 담겨 있으므로 나는 적잖이 두려움을 느꼈다. 그러나 인사를 하지 않으면 살아 남지 못하겠다 싶었으니까 "나는 고양이다. 이름은 아직 없고."라고 가능한 한 담담한 척 의연하게 대답했다. 그러나 이때 나의 심장은 분명히 평상시보다 심하게 고동치고 있었다. 그는 매우 얕보는 말투로 말했다.

"뭐, 고양이? 고양이 맞어? 도대체 어디 사는 놈이냐?"

꽤 안하무인이다.

"나는 여기 선생 집에 있다."

"그럴 것 같았어. 어쩐지 못 봐주게 말랐더라니."

대왕인 만큼 기염을 토해낸다.

말투로만 보면 아무리 봐도 양갓집 고양이라고는 생각되지 않는다. 하지만 그 기름기가 번들거리고 비만한 모양새로 보면 잘 먹고 사는 것 같다. 풍요롭게 지내고 있는 것이 틀림없어 보인다.

그래서 나는 묻지 않을 수 없었다.

"그러는 넌 도대체 누구냐?"

"이 몸은 인력거꾼 집의 검은 보스시다."

참 기세등등한 놈이다. 인력거꾼 집의 검은 보스라면 이 주변에서 모르는 놈이 없는 난폭고양이다. 그러나 인력거꾼 집인 만큼 힘만 셀 뿐으로 무식하기 그지없어서 누구도 그다지 사귀려 하지 않는다. 따돌림의 표적이 되고 있는 녀석이다. 나는 그의 이름을 듣고 엉덩이가 조금 근질거리는 느낌이 옳과 동시에 한편으로는 별것 아니구나 하는 생각도 약간은 생겼다. 나는 우선 그가 얼마나 무식한지 시험해보기로 하고 다음과 같은 질문을 던져보았다.

"도대체 인력거꾼과 선생 중에 어느 쪽이 위대할까?"

"인력거꾼 쪽이 강한 것은 기정사실이지. 네놈 집의 주인을 봐라, 뼈 아니면 가죽이잖나."

"너도 인력거꾼 집 고양이인 만큼 꽤 세 보인다. 인력거꾼 집에 살면 음식도 푸짐하게 먹을 수 있는가 보구만."

"그야 이 몸 같으면 어느 나라를 가도 먹고사는 걱정은 없을 테지. 네 놈 같은 놈들도 차밭 주위에서 기웃거리지만 말고 좀 내 뒤에 착 달라붙 어 다녀보지. 한 달도 안 돼서 못 알아볼 만큼 뚱뚱해질걸."

"나중에 그렇게 하지. 하지만 집은 우리 선생이 인력거꾼보다 큰 곳에 살고 있는 것 같은데"

"멍청한 놈, 집 따위가 아무리 크다 한들 배를 채우는 것만 할까."

그는 매우 뼛성이 거슬린 모양으로 한죽寒竹의 끝을 뾰족하게 깎아놓 은 것처럼 생긴 귀를 씰룩거리면서 거칠게 일어서서 갔다. 내가 인력거 꾼 집의 검은 보스를 알게 된 것은 이때부터다.

그 후 나는 때때로 검은 보스와 해후한다. 해후할 때마다 그는 인력거 꾼 못지않은 기염을 토한다. 앞에서 내가 들었다고 했던 부덕사건도 실 은 이 검은 보스한테서 들은 것이었다.

어느 날 평소처럼 나와 검은 보스는 따사로운 차밭 안에서 한가로이 뒹굴거리면서 이런저런 잡담을 하고 있었는데 그는 늘상 늘어놓던 무 용담을 사뭇 새로운 것처럼 되풀이하더니, 나를 향해 다음과 같이 질 문했다.

"네놈은 지금까지 쥐를 몇 마리나 잡아봤나?"

지식은 검은 보스보다도 어지간히 발달되어 있을 테지만 완력과 용기에 이르러서는 도저히 비교가 되지 못한다고 각오하고는 있었으나 이 질문 앞에서는 과연 결말이 좋지는 않았다. 하지만 사실은 사실이니 속일 수도 없어, "실은 잡자 잡자 했었지만 아직 잡지 못했어"라고 대답했다.

검은 보스는 코끝에서 쭉 뻗어나온 기다란 수염을 씰룩거리면서 한껏 웃어제꼈다. 원래 검은 보스는 자기자랑만 많을 뿐 어딘가 맹한 구석이 있어서 목구멍을 그르렁그르렁 울리며 그가 토해내는 기염을 감동스러운 눈으로 열심히 들어주기만 하면 대단히 다루기 쉬운 고양이다. 나는 그와 사이가 돈독해지고 나서부터 곧바로 이 호흡을 터득했으니까 이 경우에도 섣불리 자신을 변호해서 형세를 점점 불리하게 하는 것도 어리석은 짓이니, 차라리 그가 자신의 무용담을 떠들게 놔두어 적당히 사태를 모면하는 것보다 더 좋은 것은 없다고 마음을 정했다. 그래서 고분고분하게 살짝 부추겨주었다.

"자네는 나이도 나이니만큼 꽤 많이 잡았겠는걸."

과연 그는 장벽이 허물어진 곳에 함성을 지르며 달려오듯 말한다.

"세어보지는 않았지만 줄잡아 삼사십은 될걸."

자신만만한 그의 대답이었다.

"쥐새끼 놈들 백이나 이백은 혼자서 언제든 상대해줄 수 있지만 족제비란 놈은 손에 잡히질 않는단 말이지. 한번은 족제비 놈한테 한방 먹은 적이 있지."

"어어, 설마?"라고 맞장구를 쳐주었다.

검은 보스는 커다란 눈을 껌벅거리면서 말한다.

"작년 대청소 때지. 우리 주인이 석회가 든 자루를 가지고 툇마루 밑으로 기어들어갔는데 커다란 족제비 놈이 황급히 튀어나왔지 아마."

"흠."하고 또 감탄을 해주었다.

"족제비라지만 쥐 몇 놈보다 조금 큰 정도밖엔 안 돼. 이런 당돌한 놈이 있나 하고 쫓아가서 결국 시궁창 안으로 몰아넣었단 말이지."

"잘 했구만."하고 갈채를 보낸다.

"그런데 이놈 막상 궁지에 몰리자 마지막에 방귀를 뀌어대는데. 냄새 냄새 그런 냄새가 없어, 그때부터 족제비놈만 보면 속이 저절로 메슥거리더만."

그는 이쯤에 이르러 마치 작년의 방귀 기운이 지금도 느껴지는 것처럼 앞발을 들어 콧잔등을 두세 번 훑어 내렸다. 나도 약간은 안됐다는 생각이 들어 조금 힘을 북돋워줄까 하고 띄워주었다.

"그래도 쥐라면 자네 눈에 띄면 끝장 아닌가. 자네는 쥐를 잡는데 따라올 자가 없으니 쥐를 많이 먹어서 그렇게 윤기가 좌르르 흐르고 좋지 않은가."

검은 보스의 환심을 사기 위한 이 질문은 이상하게도 반대의 결과를 초래했다.

그는 한숨을 내뱉으며 탄식하듯이 말한다.

"생각해보면 별로 실속은 없어. 아무리 발이 닳도록 쥐를 잘 잡는다 한들 – 인간만큼 무뢰한 놈은 세상에 없을걸. 남이 잡아놓은 쥐를 모조리 긁어모아다가 파출소에 갔다 주는 거야. 파출소는 누가 잡았는지 알 수 없으니 그때마다 5전씩을 주는 게 아니겠나. 우리 주인 놈도 내 덕에 벌써 1엔 50전 정도는 번 주제에 변변한 것 하나 먹여준 적이 있는 줄 알아? 참 나 인간이란 것들은 허울 좋은 도둑놈들이지."

과연 배운 것 없는 자칭 검은 보스도 이 정도의 이치는 알고 있는지 상당히 흥분한 모습으로 등의 털을 잔뜩 세우고 있다. 나는 기분이 약간 가라앉아 적당히 그 자리를 모면하고 집으로 돌아왔다. 이때부터 나는 결코 쥐를 잡지 않겠노라고 결심했다. 하지만 검은 보스의 부하가 되어 쥐가 아닌 푸짐한 먹을거리를 찾으러 돌아다니는 짓도 하지 않았다. 맛난 것들을 먹느니 차라리 한잠 자는 편이 속편하다. 선생의 집에 있으면 고양이도 선생 같은 성질이 되는 모양이다. 주의를 기울이지 않으면 머 잖아 나도 허약해질지 모른다.

선생이라고 하니까 내 주인도 근래에 들어서는 도저히 수채화에 가 망이 없다는 것을 깨달은 듯 12월 1일의 일기에 이런 것을 적어놓았다.

○○라는 사람을 오늘 모임에서 처음 만났다. 그 사람은 꽤 방탕한 삶을 살았다고 하는데 과연 통달한 듯한 풍채를 지니고 있다. 이런 부류의 사람들에게는 여자들이 꼬이는 법이니까 ○○가 방탕을 했다기보다 하는 수 없이 방탕을 해야 했다는 것이 적당할 것이다. 그 사람의 아내는 게이샤(일본의 기생)라고 하니 부러운 일이다. 원래 방탕을 나쁘게 말하는 사람들의 대부분은 방탕을 할 자격이 없는 자가 많다. 또한 방탕가라 자칭하는 무리들 중에도 방탕할 자격이 없는 자가 많다. 이들은 부득이하게 되지 않는데도 무리하게 하려고 하는 것이다. 흡사 나의 수채화와 같은 것으로 도저히 손을 뗄 생각을 않는다. 그럼에도 아랑곳하지 않고

자기만큼은 통달한 자라고 생각해버린다. 요리집의 술을 마시거나 요정에 드나든다고 해서 통달한 자가 될 수 있다는 논리가 성립한다고 한다면, 나도 버젓한 수채화가가 되고도 남을 것이다.

나의 수채화처럼은 그리지 않는 쪽이 나은 것과 마찬가지로, 우매한 방탕가보다도 산에서 막 내려온 쑥맥이 훨씬 더 고상하다.

방탕가의 논리라는 것은 도저히 수긍하기 어렵다. 또한 게이샤 아내를 부럽다고 하는 점은 학교 선생이라는 작자가 입 밖에 낼 수 있는 생각이 아니지만 자기의 수채화에 따른 비평안만큼은 정확하다. 주인은 그처럼 자신을 너무나 잘 알고 있음에도 불구하고 그런 자만심만은 좀처럼 내려놓지 못한다. 이틀 후인 12월 4일의 일기에는 이런 것을 쓰고 있다.

어젯밤에는, 내가 수채화를 그리다 도저히 아니다 싶어서 저쪽에 밀쳐놓은 것을 누군가가 훌륭한 액자로 만들어 마루문 위(통풍이나 채광을 위해 문 미닫이 위와 천장 사이에 가느다란 살을 대어 발을 쳐놓은 듯 장식한 부분)에 걸어준 꿈을 꾸었다. 그런데 액자로 된 것을 보니 내 스스로 갑자기 뿌듯하고 으쓱해졌다.

정말 기쁘다. 이 정도면 훌륭하다고 혼자서 흡족해하고 있자니 어느새 날이 새어 눈을 떠보니 역시 원래대로 보잘것없다는 것이 아침 해와 함께 분명해져버렸다.

주인은 꿈속에서까지 수채화에의 미련을 짊어지고 있었던 듯 보인다. 이래서는 수채화가는 물론이고 소위 말하는 통달한 자도 되지 못할 기질이다.

주인이 수채화 꿈을 꾼 다음날 지난번의 금테 안경 미학자가 오랜만에 주인을 찾았다. 그는 자리에 앉더니 거두절미하고 "그림은 어떻게 되가나."라고 입을 열었다.

주인은 능청스런 얼굴로,

"자네 충고에 따라 사생을 열심히 하고 있네만 과연 사생을 해보니 지금껏 미처 알지 못했던 사물의 형태나 색의 정교하고 미세한 변화 같은 것을 잘 알 것 같네. 서양에서는 예부터 사생을 중시해서 그리 발달한 것이라 생각되는구만. 과연 안드레아 델 사르토야."

라며 일기 이야기는 털끝만큼도 비치지 않고 다시 안드레아 델 사르토에게 감탄한다.

미학자는 웃으면서 "실은 자네, 그건 엉터리일세."라고 머리를 긁적인다.

"무엇이 말인가?"라고 주인은 아직 조롱당한 것을 눈치채지 못한다.

"무엇이긴, 자네가 완전히 반한 안드레아 델 사르토 말이지. 그건 내가 약간 날조한 이야기였네. 자네가 그렇게 철썩같이 믿어버리리라고는 생각 못했단 말일세. 하하하하."라며 좋아죽는다.

나는 툇마루에서 이 대화를 듣고 오늘 일기에는 어떠한 것이 기록될지 미리 상상을 하지 않을 수 없었다. 이 미학자는 이런 얼토당토않은 이야기를 풀어놓아 남을 놀려먹는 것을 유일한 낙으로 삼고 있는 남자다. 그는 안드레아 델 사르토 사건이 주인의 심성에 어떠한 영향을 끼쳤는지는 추호도 염려하지 않는 것처럼 자신만만하게 떠들어댔다.

"글쎄 내가 가끔 농담을 하면 사람들이 너무 진지하게 받아들이는 바람에 정말이지 '골계적 미감滑稽的美感'을 도발하는 것은 재미있단 말야. 저번에 어떤 학생한테 니콜라스 니클비가 기번에게 충고하기를 그의 일세의 대저술 '프랑스혁명사'를 프랑스어로 쓰는 것을 그만두고 영문으로 출판하도록 했다더라 하니까 그 학생 또 바보같이 기억력 하나는 대단한 남자라, 일본문학회의 연설회에서 내가 이야기한 그대로 말하는 바람에 우스워 배꼽 떨어지는 줄 알았다네. 그런데 그때 방청자들이 약백 명 남짓 했는데 하나같이 그것을 열심히 경청하지 뭔가. 그리고 재미난 이야기가 또 있어. 얼마 전 어떤 문학자가 있는 자리에서 해리슨의 역사소설 '지오파노'의 이야기가 나와서 '그것은 역사소설 중에서도 백미다. 특히나 여주인공이 죽는 대목은 귀신도 놀랄 정도다'라고 평했더니 내 맞은편에 앉아 있던 선생이, '맞아 맞아. 그 대목은 정말 명문'이라고 하지 뭔가. 그 선생 여지껏 누구한테도 '모른다'는 말을 해본 적이 없는 선생이지. 그래서 나는 이 남자 역시 나처럼 이 소설을 읽어본 적이 없다는 것을 알았지."

신경성 위장병을 앓고 있는 주인은 눈이 휘둥그레져서 물었다.

"그런 엉터리를 말했다가 만약 상대가 읽었으면 어쩔 셈이었나?"

마치 사람을 기만하는 것은 지장이 없다, 단 본심이 탄로났을 때는 곤란하지 않은가 하고 말하는 것 같다. 미학자는 조금도 당황하지 않는다.

"그야 그럴 땐 다른 책과 헷갈렸다고 하면 그만이지."라고 말하며 껄껄 웃고 있다.

이 미학자는 금테 안경은 걸치고 있지만 성질이 인력거꾼 집의 검은 보스와 어딘지 닮은 구석이 있다. 주인은 잠자코 히노데(담배 이름)를 동그란 연기 모양으로 뿜으면서 나한테는 그럴 용기는 없다고 말하는 듯한 얼굴을 하고 있다.

미학자는 그러니 그림을 그려봤자 소용없다는 눈짓으로,

"그러나 농담은 농담일 뿐 그림이라는 것은 실제로 어려운 것이네. 레오나르도 다빈치는 문하생에게 사원 벽의 얼룩을 베끼라고 가르친 적이 있다고 하잖은가. 과연 변소 같은 데 들어가 비에 젖은 벽을 아무 생각 없이 바라보고 있자면 꽤 훌륭한 모양의 그림이 저절로 생겨 있지 않은가. 자네 주의해서 사생해 보게나, 재미난 것이 탄생할지도 모르잖나."

"또 속으란 말인가?"

"아니, 이것만은 분명하네. 정말 놀라운 말 아닌가, 다빈치나 되니 할 법한 말이지."

"과연 놀랍기는 하네."라고 주인은 반은 백기를 들었다.

그러나 그는 아직 변소에서까지는 할 생각은 없는 것 같다.

인력거꾼 집의 검은 보스는 그 후 절름발이가 되었다. 그의 반들거리던 털은 점점 색이 바래지고 푸석해져갔고 내가 호박보다 아름답다고 평했던 그의 눈에는 눈곱이 한바가지 끼어 있다. 그중에서도 특히나 내 주의를 끌었던 것은 그의 소심해진 기운과 보잘것없이 초라해진 체격이다. 내가 늘 드나들던 차밭에서 그를 마지막으로 만났던 날, 어떤가 하고 물었더니 그는 이렇게 말했다.

"족제비의 방귀와 생선가게의 멜대에는 넌덜머리가 난다."

적송 사이사이에 두세 단씩 붉기를 뽐내던 단풍은 옛 꿈처럼 흩어지고 근처에 번갈아 꽃잎을 흩날리며 울긋불긋하던 산다화도 남김없이 다 져버렸다. 다다미 세 칸(약 5미터)의 남향 툇마루에 겨울의 햇발이 일찍도 기울고 삭풍이 불지 않는 날도 거의 드물어지고 나서부터 나의 낮잠 시간도 줄어든 것 같은 기분이 든다.

　주인은 매일같이 학교에 나간다. 돌아오면 서재에 틀어박힌다. 사람이 찾아오면 선생은 싫다 싫다 한다. 수채화도 좀처럼 늘지 않는다. 다카디아스타제도 효능이 없다면서 끊어버렸다. 아이들은 기특하게도 빼먹지 않고 유치원에 다닌다. 돌아오면 창가(노래)를 부르고 공치기를 하고 때때로 내 꼬리를 거꾸로 들어 대롱대롱 흔들며 장난을 한다.

　나는 맛난 것도 먹지 않으니 별달리 살이 찌지도 않지만 그런대로 건강하고 절름발이도 되지 않고 그날그날을 보내고 있다. 쥐는 절대로 잡지 않는다. 가정부는 여전히 싫다. 이름은 아직도 붙여주는 사람이 없지만 욕심을 내자면 한도 끝도 없으니 평생 이 선생의 집에서 무명의 고양이로 끝을 맞이할 생각이다.

　나는 해가 바뀌고 다소 유명해졌으므로 비록 고양이지만 코가 약간 높게 느껴지는 것은 자랑스럽다.

　새해 아침 일찍 주인 앞으로 한 장의 그림엽서가 날아들었다. 이것은 그의 친구 모 화가한테서 온 연하장인데 윗부분을 빨강, 아랫부분을 녹색 테두리로 칠하고 그 한가운데에 파스텔로 동물 한 마리가 웅크리고 있는 모습을 그려놓았다. 주인은 늘 머무는 서재에서 이 그림을 옆으로도 보고 세워놓고도 보며 훌륭한 색채라며 감탄하고 있다. 이미 일단 감탄한 것이니 이제 그만해도 되겠는데 역시나 또 옆으로 봤다가 돌려서 봤다가 한다. 몸을 삐딱하게 틀어보거나 손을 뻗어서 노인들이 관상을 보는 것처럼 해보거나 혹은 창문 쪽을 향해 코앞까지 가져다 보기도 한다. 빨리 그만두지 않으면 무릎이 흔들려서 내가 떨어지지 일보직전이다. 겨우겨우 동요가 조금 멈췄는가 싶었는데 이번엔 조그만 소리로 "도대체 뭘 그린 거야, 이게." 하고 중얼거린다.

주인은 그림엽서의 색에는 감복했지만 그려져 있는 동물의 정체를 알지 못해서 아까부터 고심한 것으로 보인다. 그렇게나 요상한 그림엽서인가 하고, 자고 있던 눈을 우아하게 반쯤 뜨고 침착하게 바라다보니 그것은 영락없는 나의 초상화이다.

주인처럼 안드레아 델 사르토를 굳게 믿고 있는 것도 아닐 텐데, 화가만큼이나 형체도 색채도 제대로 자리를 잡고 있다. 누가 봐도 고양이가 틀림없다. 조금 안목이 있는 자라면 고양이 중에서도 다름 아닌 바로 나라는 것을 확연히 알아볼 수 있도록 훌륭하게 그려놓았다. 이 정도로 명료한 것을 모르고 어디까지 고심을 할까 생각하니 인간이 조금 불쌍해진다. 가능하다면 그 그림이 나라는 것을 알려주고 싶다. 나라는 것까지는 모른다고 쳐도 하다못해 고양이라는 것만큼은 알게 해주고 싶다. 그러나 인간이라는 족속은 도저히 고양이족의 언어를 해독할 수 있을 정도로 하늘의 은혜를 입은 동물은 아니니까 유감스럽지만 그대로 놔둘 수밖에.

잠깐 말해두고 싶은데, 원래 인간이 어떤 자들이냐 하면 '고양이, 고양이' 하고 얕보는 말투로 나를 대수롭지 않게 평가하는 버릇이 있는데 이것은 매우 좋지 않다. 인간의 찌꺼기에서 소나 말이 생기고, 소와 말의 똥에서 고양이가 제조된 것처럼 생각하는 것은 자신의 무지함은 아랑곳하지 않고 거만한 얼굴로 돌아다니는 선생 같은 이들에게는 있을 법도 하겠지만, 옆에서 보면 그다지 보기 좋은 모습은 아니다. 아무리 고양이라도 그렇게 대충대충 만들어지지는 않는다. 얼핏 보기에는 하나 같은 모양, 모두 똑같아 차별이 없고, 어느 고양이도 자기만의 고유한 특색이라고는 없는 것 같지만 고양이 사회에 들어가 보면 상당히 복잡하게 이루어져 있어 각인각색이라는 인간 세계의 말이 여기에도 그대로 적용되는 것이다. 눈매며 콧날, 털이 난 모양이나 발 모양 모두가 다르다. 수염이 뻗은 정도에서부터 귀가 선 모양, 꼬리가 늘어진 정도에 이르기까지 똑같은 것이라고는 없다. 잘생기고 못생기고 좋고 싫고 순진무구하고 안 하고의 수를 헤아리자면 천차만별이라고 해도 상관이 없을 정도다.

그렇게 확연한 구별이 존재하고 있는데도 불구하고 인간의 눈이란 그저 향상이니 뭐니 하며 하늘만 바라다보고 있으니 내 성질은 물론 용모의 끝을 식별하는 것조차 도저히 하지 못하는 것은 참으로 가엾다. 유유상종이라는 말은 옛날부터 있는 말이라고 하는데 말 그대로 떡장수는 떡장수, 고양이는 고양이라고, 고양이에 관한 것이라면 역시 고양이가 아니면 모른다. 아무리 인간이 발달했다고 해도 이것만큼은 안 된다. 그 뿐인가? 사실을 말하자면 그들이 스스로 믿고 있는 것처럼 위대한 것도 뭣도 아니니까 더욱이 어렵다. 또한 동정심이라고는 찾아볼 수 없는 우리 주인 같은 족속은 서로를 남김없이 이해한다는 것이 사랑의 첫째 뜻이라는 것조차 알지 못하는 남자니 뭘 더 말하겠는가. 그는 성질 고약한 굴처럼 서재에 착 달라붙어 여태껏 외부세계를 향해 입을 연 적이 없다. 그것으로 자기만큼은 대단히 달관한 것 같은 낯짝을 하고 있는 꼴이라니 이상해도 한참 이상하다.

선생이 달관한 게 아니라는 증거로는 현재 나의 초상이 눈앞에 있는데도 전혀 알아차린 기미도 없는데다 올해는 러시아 정벌의 두 번째 해이니 아마 곰 그림일 거라는 등 얼토당토 않은 소리를 해대며 뻐기고 있는 것만으로도 충분히 알 수 있다.

내가 주인의 무릎 위에서 눈을 감고 자는 척 하면서 이렇게 생각하고 있자니 이윽고 하녀가 두 번째 그림엽서를 가지고 왔다. 슬쩍 보니 활판으로 되어 있으면서 물 건너온 고양이가 네다섯 마리 쭈르르 늘어서서 펜을 쥐고 있거나 책을 펼쳐서 공부를 하고 있다. 그중의 한 마리는 자리를 벗어나 책상 모퉁이에서 서양 고양이 춤을 추고 있다. 그런데다 일본의 먹으로 '나는 고양이로소이다'라고 쓰여 있고 오른쪽에는 '글을 읽는다/춤을 춘다/고양이의 봄날'이라는 하이쿠(5－7－5조의 일본 전통시)까지 새겨져 있다. 이것은 주인의 옛날 문하생으로부터 온 것으로, 누가 봐도 한눈에 의미를 알 수 있을 터인데, 둔한 주인은 아직도 깨닫지 못했는지 이상하다는 듯 고개를 갸웃하며 '그러고 보니 올해가 고양이 해였나' 하고 혼잣말을 했다. 내가 이 정도로 유명해진 것을 아직도 알아차리지 못한 것처럼 보인다.

거기에 하녀가 또 세 번째 엽서를 갖고 온다. 이번에는 그림엽서가 아니다. '근하신년'이라고 쓰고, 그 옆에는 '송구하지만 그 고양이에게도 안부의 말을 전해주십사 합니다'라고 되어 있다. 아무리 둔한 주인이라도 이렇게 분명하게 쓰여 있으니 이제사 알아차렸다는 듯이 콧방귀를 한번 뀌고 내 얼굴을 보았다. 그 눈빛이 지금까지와는 달리 다소 존경의 뜻을 담고 있는 것처럼 생각되었다. 지금까지 세간의 존재를 인정받지 못했던 주인이 갑자기 하나의 진지함을 찾은 것도 완전히 내 덕분이라고 생각하면 이 정도의 눈빛쯤은 지당한 것이라고 생각한다.

때마침 현관 격자문에서 띠링띠리리링 소리가 울린다. 아마 손님일 것이다, 손님이라면 늘 하녀가 맞으러 나간다. 나는 생선가게의 우메코가 올 때 말고는 나가지 않는 것으로 정해놓았으니까 평소처럼 주인의 무릎에 능청스럽게 앉아 있었다. 그러자 주인은 고리대금업자라도 쳐들어온 것처럼 불안한 낯빛으로 변해 현관 쪽을 바라본다. 아무래도 새해의 손님을 맞아 술 상대를 해야 하는 것이 괴로운 듯하다. 인간도 이 정도로 괴팍해지면 더 말이 안 나온다.

정 싫으면 일찌감치 외출이라도 하면 좋을 텐데 또 그 정도의 용기는 없다. 결국 성질 더러운 굴의 근성을 그대로 드러내고 있다.

잠시 후 하녀가 와서 칸게츠 씨가 오셨다고 말한다. 이 칸게츠라는 남자는 주인의 옛 문하생으로, 지금은 학교를 졸업하고 아무래도 주인보다 더 훌륭해져 있다는 소문이다. 이 남자가 어떤 이유인지 자주 주인한테 놀러 온다. 올 때면 자신을 연모하고 있는 여자가 있느니 없느니, 세상이 참 재미있다느니 형편없다느니, 대단한 것 같기도 하고 그럴 듯하기도 한 불평만 늘어놓다가 돌아간다. 주인같이 시들어빠진 인간에게 일부러 이런 이야기를 하러 오는 것부터가 이해가 가지 않지만, 그 굴 같은 주인이 그런 이야기를 듣고 때때로 맞장구를 치는 것은 더 재미있다.

"한참 동안 찾아뵙지 못했습니다. 실은 작년 말부터 활동이 많아지는 바람에 한번 나와야지 나와야지 하면서도 결국 이쪽으로 발이 옮겨지지 않아서요."

그가 하오리(겉에 입는 정장풍의 짧은 웃옷)의 끈을 여미면서 아리송한 말을 한다.

"그럼 어느 쪽으로 발이 옮겨지던가?"

주인은 진지한 표정을 하고 검정 무명에 문양(집안마다 고유한 문양이 있어 옷에 표시를 한 것)이 박힌 하오리의 소맷자락을 잡아당긴다. 이 하오리는 무명으로 소매가 짧아 속에 입은 흐늘흐늘한 속옷이 좌우로 5푼(약 1.5센티)쯤 삐져나와 있다.

"아하하, 조금 다른 쪽으로요."

칸게츠 군이 배시시 웃는다. 보니 오늘은 앞니가 하나 빠져 있다.

"자네 이가 왜 그런가?"

주인은 화제를 딴 데로 돌렸다.

"네에, 실은 어떤 데서 버섯을 먹었거든요."

"뭘 먹었다구?"

"그, 버섯이라는 걸 조금 먹었는데요. 버섯 꼬투리를 앞니로 뜯어내려다 그만 이가 쑥 빠져버렸어요."

"버섯으로 앞니가 빠지다니, 어쩐지 노인네 같구만. 하이쿠꺼리는 될지 모르겠지만 사랑의 소재는 못 되겠구만."

주인이 손바닥으로 내 머리를 가볍게 두드린다.

"아아 그 고양이가 바로 그놈이군요, 덩치가 상당하네요, 그것이라면 인력거꾼 집의 검은 보스한테 질 것도 없겠군요, 훌륭한 놈이네요."

칸게츠 군은 나를 열심히 칭찬한다.

"요즘 들어 살이 좀 붙더군."

주인은 자랑삼아 내 머리를 톡톡 두드린다. 칭찬받아서 으쓱하긴 하지만 머리가 조금 아프다.

"엊그제 밤에도 합주회를 좀 했거든요."

칸게츠 군은 또 원래대로 화제를 돌린다.

"어디서?"

"어디라고 들으셔도 아실지 모르겠네요. 바이올린 석 대에 피아노 반주로 꽤 재미있었어요. 바이올린도 석 대 정도가 되면 서툴러도 들을 만하지요. 둘은 여자이고 저도 그중에 섞여 있었는데요, 스스로 생각해도 참 연주를 잘한 것 같습니다."

"흠, 그래서 여자 둘은 누구던가?"

주인은 부러운 듯이 물었다. 원래 주인은 평소 마른 장작같이 감정이 메말라 보이지만 사실 부인들에게는 결코 냉담한 편은 아니다.

전에 주인이 서양의 어떤 소설을 읽었는데 그 안에 한 인물이 나오고 그 인물이 대개의 부인들에게 반드시 조금 끌린다. 그 수를 헤아려보니 왕래하는 부인들의 70% 남짓은 깊이 연모한다는 것이 풍자적으로 쓰여 있었던 것을 보고 '이것은 진리'라고 감탄했을 정도의 남자이다. 그런 바람기 있는 남자가 어째서 굴 같은 인생을 보내고 있는가는 나 같은 고양이로서는 도저히 알 수가 없다. 혹자는 실연 때문이라고도 하고 혹자는 위가 약한 탓이라고도 하고, 또 어떤 자는 돈이 없고 겁이 많은 성질이라서 라고도 한다. 어느 쪽이 됐던 메이지明治의 역사에 오르내릴 만큼의 인물도 아니니 상관없다. 그러나 칸게츠 군이 여자들을 거느린 것을 부러운 눈으로 물어본 것만은 사실이다. 칸게츠 군은 재미있다는 듯이 손님상에 나온 어묵을 젓가락으로 집어 앞으로 반을 물어뜯었다. 나는 또 이가 빠질까 걱정했는데 이번에는 무사했다.

"뭐 둘 다 양갓집 규수들이지요, 아실 만한 분들이 아닙니다."

그리고는 데면데면한 대답을 한다.

"흐음 —." 하고 주인은 말을 빼다가, '과연'을 생략하고 생각에 잠겨 있다.

칸게츠 군은 이제 슬슬 일어설 때라고 생각했는지 주인을 꼬드긴다.

"정말 날이 좋네요, 짬이 있으시면 같이 산책이라도 나가실까요, 여순 (뤼순)이 함락되었다고 장안이 어수선하던데요."

주인은 뤼순의 함락보다 여자들의 신분을 알고 싶다는 얼굴로 한참 동안 생각에 잠겨 있더니 드디어 결심을 한 모양으로 자리를 털고 일어나면서 말한다.

"그럼 나가볼까?"

역시 검정 무명의 하오리에 형의 유품이라나 뭐라나 하는 20년이나 된 낡은 솜 누비옷을 입은 채이다. 아무리 누비옷이 튼튼하다고 해도 이렇게 줄곧 이 옷만 입어서는 성할 리 없다. 실밥은 군데군데 헤어져서 햇빛에 비춰보면 안쪽에서 덧댄 바느질 자국이 다 보인다. 주인의 복장에는 섣달도 정월도 없다. 평상복도 외출복도 따로 없다. 나갈 때는 그저 소매에 손을 넣고 휭 나가면 그만이다. 그것 말고 입을 옷이 없는지, 있어도 귀찮아서 갈아입지 않는 것인지 알 수가 없다. 단지 이것만은 실연하고는 상관없는 것 같다.

두 사람이 나간 다음에 나는 잠깐 실례하고 칸게츠 군이 먹다 남긴 어묵 조각을 냉큼 먹어버렸다. 나도 이 무렵에는 더 이상 보통의 고양이는 아니었다.

우선 모모가와 조엔(일본의 야담꾼. 고양이 이야기를 잘함) 이후의 고양이나, 그레이의 금붕어를 훔친 고양이 정도의 자격은 충분히 된다고 생각한다. 인력거꾼 집의 검은 보스 따위는 원래부터 안중에도 없었다. 어묵 한두 점 집어먹었다고 남들한테 이러쿵저러쿵 말을 들을 것도 없을 것이다. 거기다 사람 눈을 피해 간식을 먹는 버릇은, 비단 고양이 종족에만 한정된 일은 아니다.

우리 집 가정부의 경우, 안주인이 집을 비운 사이 자주 과자 같은 것을 가져다가 먹곤 한다. 가정부만이 아니다. 현재 고상한 교육을 받고 있다고 안주인이 늘 자랑하는 아이들조차도 이런 경향이 있다. 4, 5일 전의 일이었는데 두 아이가 눈치 없이 일찍부터 잠에서 깨어 아직 주인 부부가 자고 있는 사이 마주보고 식탁에 앉았다. 그들은 매일 아침 주인이 먹는 빵 몇 조각에 설탕을 묻혀 먹는 것이 보통인데, 이 날은 마침 설탕 단지가 식탁 위에 놓여 있고 숟가락까지 떡 하니 갖추어져 있었다. 언제나처럼 설탕을 나누어주는 사람이 없으니 큰 아이가 단지 안에서 설탕을 한 숟가락 떠내어 자기 접시 위에 놓았다. 그러자 작은 아이가 언니가 하는 대로 같은 분량의 설탕을 같은 방법으로 자기 접시 위에 올렸다. 그리고는 한참 동안 서로를 노려보고 있더니 큰 아이가 또 숟가락을 들어 한 숟가락을 자기 접시 위에 더했다. 작은 아이도 곧바로 숟가락을 들고 자기 분량을 언니와 똑같이 채웠다. 그러자 언니가 또 한 숟가락을 보탰다. 동생도 이에 질세라 한 숟가락을 보탰다. 언니가 또 단지로 손을 가져가고 동생도 역시 숟가락을 든다. 그렇게 한 숟갈 한 숟갈이 쌓여, 마침내 둘의 접시에는 산더미 같은 설탕이 쌓이게 되었고 단지 안에는 설탕이 하나도 남아 있지 않게 되었을 때, 주인이 잠에서 덜 깬 눈을 비비면서 침실에서 나오자 아이들은 모처럼 덜어놓은 설탕을 원래대로 단지 안으로 쏟아부었다.

아무래도 인간은 이기주의에서 갈라져 나온 공평이라는 개념은 고양이보다 뛰어난지 모르겠지만 지혜는 오히려 고양이보다 뒤떨어지는 것 같다. 그렇게 산더미같이 쌓아놓을 시간에 얼른 핥아 먹어버렸으면 더 나았을걸 하고 생각했지만 늘 그렇듯 내 말 같은 것은 통하지 않으니까 딱하지만 밥통 위에서 잠자코 지켜볼 뿐이다.

칸게츠 군과 함께 나갔던 주인은 어디를 어떻게 돌아다녔는지 그날 밤 늦게 돌아와서 이튿날 식탁에 앉은 것은 9시경이었다. 밥통 위에서 쳐다보고 있자니 주인은 아무 말 없이 오조니(설날에 먹는 떡국으로 국물에는 건더기와 구운 찹쌀떡이 들어감)를 먹고 있다. 한 그릇을 비우고는 또 한 그릇을 비운다. 작은 떡 조각이지만 예닐곱 조각은 먹고 마지막 한 조각을 남기더니 '이제 그만 뜰까' 하고 젓가락을 내려놓았다. 남들이 그러는 것을 보면 좀처럼 용서하지 않겠지만 주인이라는 위엄을 내세워 자만해진 그는 탁한 국물 속에서 흐늘흐늘해진 떡의 잔해를 보고도 아무렇지 않은 얼굴이다. 부인이 문갑 속에서 다카디아스타제를 꺼내 식탁 위에 올려놓자 주인은 "그것은 잘 안 들으니 안 먹겠소."라고 한다.

"그래도 당신, 전분이 든 것에는 효능이 있다고 하니 드시면 좋을 텐데요."

안주인은 어떻게든 먹여 보려고 한다.

"전분이든 뭐든 소용없다니까."

주인은 완고하게 나온다.

"정말 변덕스럽기도 하시지."

안주인이 혼잣말처럼 말한다.

"변덕스러운 게 아니라 약이 안 듣는 것이오."

"그래도 얼마 전까지는 정말 잘 듣는다 잘 듣는다 하시면서 매일같이 드시지 않으셨수?"

"그때는 잘 듣는 듯했었지. 요즘 들어 안 들으니 그렇지."

주인은 대꾸하듯 대답한다.

"그렇게 먹다가 안 먹다가 하시면 아무리 효능 좋은 약이라도 어디 효과가 있겠어요? 조금 더 참고 드시지 않으면 위장병 같은 건 다른 병하고 달라서 잘 낫지 않는다구요."

안주인은 쟁반을 들고 서 있는 가정부한테 호소하는 눈빛으로 쳐다본다.

"그건 그렇습니다요. 조금 더 드셔보시지 않고는 정말 좋은 약인지 아닌지 알 수 없을 겁니다."

가정부도 안주인 편을 들며 거든다.

"뭐라고 하든 상관없어, 안 먹는다면 안 먹는 거지. 여편네가 뭘 안다구. 잠자코 있지."

"그래 나 무식한 여편네에요."

안주인이 다카디아스타제를 주인 앞으로 밀치면서 기어코 약을 먹게 하려고 한다.

주인은 아무 대꾸도 않고 서재로 들어가버리고 안주인과 가정부는 얼굴을 마주보고 싱글싱글 웃는다.

이럴 때 눈치 없이 따라가서 무릎에 올라탔다가는 무슨 꼴을 당할지 몰라 슬쩍 뜰로 돌아가 서재의 툇마루에 올라 장지문 틈으로 들여다보니 주인은 에픽테토스인가 뭔가 하는 사람의 책을 펼쳐서 보고 있었다. 만약 그것이 평소대로 잘 해석된다면 조금 대단하다 하겠다. 아니나다를까 5, 6분이 지나 그 책을 내팽개치듯 책상 위로 내던진다.

보나마나 그럴 것이라 생각하면서 주의를 기울이고 있자니 이번에는 일기장을 꺼내 다음과 같은 것을 적어 내려간다.

칸게츠와 네즈, 우에노, 이케노하타, 칸다 주변을 산책. 이케노하타의 요정 앞에서 게이샤가 소매에 무늬가 있는 봄옷을 입고 하네츠키(탁구채 같은 것으로 제기처럼 생긴 것을 주고받는 놀이)를 하고 있었다. 옷차림은 아름답지만 얼굴은 볼품이 없다. 어쩐지 우리 집 고양이를 닮았다.

못난 얼굴의 예로 굳이 나를 들먹여야 하는 것인지. 나도 가끔 이발소에 가서 얼굴만 깔끔하게 면도하면 인간과 다른 점이 별로 없을 텐데 말이다. 인간은 이렇게 교만하니까 곤란한 것이다.

'호우탄'의 모퉁이를 돌자 한 게이샤가 다가왔다. 등이 곧게 뻗고 어깨가 동그라니 보기 좋게 생긴 여자로, 입고 있는 엷은 보라색의 기모노도 잘 어울려 품위 있어 보였다. 하얀 이를 드러내고 웃으면서 "켄짱, 어제는 – 그만 바빠서 말이에요."라고 말했다. 단 그 목소리는 잔뜩 쉬어 있어서 모처럼 좋게 봤던 풍채도 크게 모자라는 것처럼 느껴져버려 소위 '켄짱'이라는 자가 어떤 자인지를 돌아보기도 귀찮아져 그냥 옷소매에 손을 넣은 채로 오나리미치로 나왔다. 칸게츠는 어딘지 모르게 안절부절 못하는 것처럼 보였다.

인간의 심리만큼 풀기 어려운 것은 없다. 주인의 지금 심정은 화가나 있는 것인지 들떠 있는 것인지 아니면 철학자의 유서에서 일말의 위안을 찾고 있는지 전혀 모르겠다. 세상을 비웃고 있는 것인지 세상과 섞이고 싶은 것인지 하등 쓸데없는 일에 분통을 터뜨리고 있는 것인지 사물에 초연하게 있는 것인지 도통 짐작이 가지 않는다. 고양이 세계로 들어가 보면 무지 단순하다. 먹고 싶으면 먹고, 자고 싶으면 자고, 화가 나면 열심히 화내고 울 때는 또 목숨 걸고 운다. 무엇보다 일기 같은 무용지물은 결코 쓰지 않는다. 쓸 필요가 없기 때문이다. 주인처럼 겉과 속이 다른 인간은 일기라도 써서 세상에 드러내지 못하는 자기의 이면을 암실 안에서 발휘할 필요가 있는지도 모르지만, 우리들 고양이족에 이르면 걷고 앉고 눕고 볼일 보는 것까지 모두가 다 진정한 일기이니 굳이 그렇게 귀찮은 수고를 들여가며 자신의 진면목을 보존하는 데까지는 이르지 않는다. 일기 쓸 시간이 있다면 툇마루에서 느긋하게 한잠 잘 일이지.

칸다의 모 요리집에서 만찬을 즐기다. 오랜만에 마사무네(정종. 청주)를 두세 잔 마셨더니 오늘 아침은 위의 상태가 정말 좋다. 위장이 약한 데에는 반주가 제일인 것 같다. 다카디아스타제 따위는 저리 가라다. 누가 뭐라고 해도 쓸데없는 것이다. 어찌 해도 안 듣는 것은 안 듣는 것이다.

덮어놓고 애꿎은 다카디아스타제만 공격한다. 혼자서 싸움을 하고 있는 것이다.

오늘 아침의 심통이 여기서 잠깐 꼬리를 내민다. 인간들이 쓰는 일기의 본색은 이러한 점에 존재하는지도 모른다.

얼마 전 아무개가 아침을 거르면 위가 좋아진다고 하길래, 2, 3일 아침을 걸러봤는데 꼬르륵꼬르륵 소리만 날 뿐 효능은 없다. 또 아무아무개는 반드시 절임 종류를 피하라고 충고했다. 그의 설에 따르면 모든 위장병의 원인은 절임에 있다고 한다. 절임물만 피하면 위장병의 원인을 제거하는 셈이니 병은 완치된다는 논리였다. 그로부터 일주일간은 절임류에 젓가락도 대지 않았는데 별반 효험도 보이지 않아서 요즘은 다시 먹기 시작했다. 또 아무개에게 들으니 복부안마 요법이 잘 듣는다고 한다. 단 평범한 방법으로는 되지 않는다. 미나가와식이라는 전통적인 안마법으로 한두 번만 해보면 대부분의 위장병은 근본부터 치료할 수 있다는 것이었다. 야스이 소쿠켄도 이 안마술을 즐겼다든가. 사카모토 료마 같은 호걸도 때로는 치료를 받았다고 하니까 얼른 가미네기 시까지 나가 안마를 받아보았다. 그런데 뼈를 문지르지 않으면 안 된다는 둥, 장기의 위치를 한번 바꿔주지 않으면 치료가 어렵다는 둥 하면서 잔혹한 안마를 한다. 나중에 몸이 솜처럼 되어 혼수병(의식이 흐려지고 인사불

성이 되는 병)에 걸릴 것 같아 두번 다시는 가지 않았다. A군은 반드시 고형물을 먹지 말라고 한다. 그래서 하루 종일 우유만 먹고 지내보았는데, 이때는 뱃속에서 쿨럭쿨럭 소리가 나면서 홍수라도 난 것처럼 요동을 쳐서 밤새 잠도 못 잤다.

B씨는 횡경막으로 호흡을 해 내장을 운동시키면 자연히 위의 활동이 활발해지니 시험 삼아 해보라고 한다. 이것 역시 얼마간 해보았으나 어쩐지 뱃속이 불편해서 곤란하다. 거기다 때때로 떠오르면 열심히 그렇게 해보기는 하지만 5, 6분 지나면 또 잊어버린다. 잊지 않겠다고 하면 횡경막이 자꾸 신경 쓰여 책을 읽는 일도 문장을 쓰는 일도 하지 못한다. 미학자 메이테이가 이런 짓을 보고, 산달이 다된 사내도 아닐 테고 그만두지 그러냐고 핀잔을 주니 요즘에는 그만둬버렸다. C선생은 소바(메밀국수)를 먹으면 좋아질 거라고 해 얼른 국물이 있는 것과 없는 것을 번갈아서 먹었는데 이것은 설사만 날뿐 하등의 효능도 없었다. 나는 고질병인 위장병을 고치기 위해 할 수 있는 모든 방법을 동원해보았지만 죄다 헛수고다. 단 어젯밤 칸게츠와 기울인 석 잔의 마사무네만큼은 분명 효과가 있다. 앞으로는 매일밤 두세 잔씩은 마셔야겠다.

이것도 결코 오래 지속될 리는 없을 것이다. 주인의 마음은 내 안구처럼 끊임없이 변화한다. 무엇을 해도 지긋하게 하지 못하는 남자다. 그런데다 위장병을 이렇게 걱정하는 주제에 겉으로는 태연하게 시치미를 떼고 있는 것도 이상하다. 전에 그 친구 중 아무개라는 학자가 찾아와 어떤 견지에서 모든 병은 조상의 죄악과 자기의 죄악의 결과임에 틀림없다는 논리를 편 적이 있다. 어지간히 연구를 한 듯 조리가 명석하고 질서정연해서 그럴 듯하게 들렸다. 딱하게도 우리 주인 같은 사람들은 도저히 이것을 반박할 만큼의 두뇌도 학식도 없는 것이다. 그러나 자신이 위장병으로 고생하고 있을 때이니까 어찌됐든 변명을 해서 자기의 체면을 유지하려는 것처럼,

"자네의 설은 흥미롭네만 그 칼라일이란 자는 위가 약했다지."

라고 마치 칼라일이 위가 약하니까 자신의 위가 약한 것도 명예롭다고 말하는 듯한, 말도 안 되는 논리를 내세웠다.

그러자 친구는 "칼라일이 위가 약하다고 해서 위장병 있는 사람이 반드시 칼라일이 될 수는 없잖은가."라고 되받아치자 주인은 찍 소리도 하지 못했다.

이처럼 허영심으로 가득 차 있는 자의 실제는 역시 위장병 환자가 아닌 쪽이 나은 것인지 오늘밤부터 반주를 시작한다는 둥 하는 것은 조금 우습다.

생각해보면 오늘 아침 오조니를 그렇게 많이 먹은 것도 엊저녁 칸게츠 군과 마사무네를 들이킨 영향인지도 모르겠다. 그 바람에 나도 오조니가 은근히 먹고 싶어졌다.

나는 고양이이기는 하지만, 웬만한 것들은 다 먹는다. 인력거꾼 집의 검은 보스처럼 시장통의 생선가게까지 원정을 나갈 기력은 없고, 새로 난 길의 고토(일본의 전통악기. 가야금과 비슷) 선생네 집에 사는 삼색털 미케처럼 사치는 더더욱 부릴 수 없는 처지다. 따라서 의외로 가리는 것은 적은 편이다.

아이들이 먹다 흘린 빵도 먹고, 과자의 앙금도 핥아 먹는다. 절임은 정말이지 맛없지만 경험 삼아 단무지를 두어 조각 먹어본 적은 있다. 또 막상 먹어보니 묘한 것이 웬만한 것은 먹을 수 있다. 그건 싫고, 이건 좋다는 것은 사치스런 짓이어서 도저히 선생의 집에 사는 고양이 같은 것이 입에 올린 일은 아니다. 주인의 이야기에 의하면 프랑스에 발자크라는 소설가가 있었다고 한다. 이 남자가 굉장한 사치가로 – 어디까지나 이것은 입이 사치스러운 사람이 아니고, 소설가인 만큼 문장의 사치를 누렸다는 뜻이다 – 발자크가 어느 날 자신이 쓰고 있는 소설 속의 인물에 이름을 붙이려고 여러 가지 것들을 갖다 붙여 보았는데 마땅히 마음에 드는 이름이 없는 것이다. 때마침 친구가 놀러 왔길래 함께 산책을 나갔다. 친구는 처음부터 아무것도 모르고 따라나섰던 것인데 발자크는 자신이 고심하고 있는 이름을 찾으려는 생각이었으니 길거리로 나가자 아무것도 하지 않고 가게 앞의 간판들만 쳐다보며 걷고 있었다. 그런데도 여전히 이것이다 하는 이름이 없다. 친구를 데리고 터덕터덕 무작정 걷는다. 친구는 영문도 모른 채 따라다닌다. 그들은 마침내 아침부터 밤까지 파리를 탐험했다. 그리고 돌아오는 길에 문득 어떤 재봉집의 간판이 발자크의 눈에 띄었다. 간판을 보니 거기에 '마커스'라는 이름이 쓰여 있다. 발자크는 손을 탁 치며 "이거다, 이거야. 이것으로 하자. 마커스라, 좋은 이름 아닌가. 마커스 위에 Z라는 머리글자를 붙이는 거야, 그러면 더없이 멋진 이름이 탄생하는 거지. 꼭 Z가 아니면 안 된다네. Z. Marcus, 정말 훌륭하지? 아무래도 내가 생각해낸 이름들은 그럴싸하게 만들려고 해봐도 어쩐지 작위적인 느낌이 들었었단 말이지. 드디어 마음에 쏙 드는 이름이 생겼네."

친구의 수고는 까맣게 잊어버리고 혼자서 좋아라 했다고 하는데, 소설 속 인간의 이름을 붙이자고 하루 종일 파리를 탐험하지 않으면 안 되는 식이어서는 꽤나 성가실 것 같다.

사치도 이 정도로 끝난다면 그래도 낫겠지만 나처럼 굴 같은 주인을 가진 몸으로는 정말 그럴 마음은 들지 않는다. '아무거나 상관없다, 먹고만 살 수 있으면' 하는 생각이 드는 것도 상황이 그렇게 만드는 탓일 것이다. 따라서 지금 오조니가 먹고 싶어진 것도 결코 사치의 결과는 아니며 뭐든 먹을 수 있을 때 먹어두자는 생각에서 주인이 먹다 남긴 오조니가 혹시나 부엌에 남아 있지는 않을까 하는 것이다. ……부엌으로 돌아가본다.

오늘 아침 본 그 떡이 아침에 있던 그대로 그릇 바닥에 붙어 있다.

이제 와 하는 말이지만 떡이라는 것은 여태껏 한 번도 입에 대본 적이 없다. 보기에는 맛있어 보이기도 하고 또 조금은 비위가 상할 것 같기도 하다. 앞발로 위에 걸려 있는 건더기를 헤집어본다. 발톱을 보니 떡의 겉껍질이 걸려서 끈적끈적하다. 냄새를 맡아보니 가마솥 바닥에 눌어붙은 밥을 밥통으로 옮길 때 나던 냄새가 난다. 먹어볼까, 말까 하고 주위를 둘러본다. 다행인지 불행인지 아무도 없다. 가정부는 예나 지금이나 한결같은 얼굴로 하네츠키를 하고 있다. 아이들은 안방에서 '토끼님, 뭐라 하셨나요'를 부르고 있다. 먹을 거면 바로 지금이다. 만약 이 기회를 놓치면 내년까지는 떡이라는 것의 맛을 영영 알지 못하고 살아가게 될지도 모른다. 나는 이 찰나에 고양이의 몸으로 하나의 진리를 깨달았다.

'얻기 어려운 기회는 모든 동물로 하여금 좋아하지 않은 일도 감행하게 한다.'

나는 사실 그 정도로 오조니가 먹고 싶지는 않았다. 아니, 국그릇 바닥에 붙어 있는 떡을 보면 볼수록 입맛이 점점 떨어져 먹기 싫어졌던 것이다. 이때도 어쩌면 가정부라도 문을 벌컥 열었거나 아이들의 발소리가 다가오는 것을 들었더라면 나는 미련도 없이 그릇을 내팽개쳤을 것이다, 게다가 오조니에 관한 것은 내년까지 떠올리지도 않았을 것이다. 그런데 아무도 오지 않고, 이렇게 망설이고 있어봤자 아무도 없다. 지금 빨리 먹어라 먹어라 하고 재촉당하는 기분이 든다. 나는 국그릇 안을 들여다보면서 빨리 누군가 와주면 좋겠다고 생각했다. 역시 아무도 와주지 않는다. 결국 오조니를 먹을 수밖에 없다. 마지막으로 온몸의 체중을 국그릇 바닥에 실어 떡 조각을 한입 덥석 물어뜯었다. 이 정도로 힘을 불어넣어 물어뜯었으니 어지간한 것이라면 딱 떨어질 것인데 놀랍다! 이제 됐겠다 싶어 이빨을 빼내려고 하는데 빠지지 않는다. 다시 한 번 고쳐 물어 보지만 꼼짝도 하지 않는다.

떡은 마물이구나 하고 깨달았을 때는 이미 늦었다. 늪에 빠진 사람이 발을 빼려고 허우적댈 때마다 꿀룩꿀룩 더 깊이 잠겨가듯이 물면 물수록 입이 무거워진다, 이빨이 움직이지 않는다. 씹는 느낌은 있지만 그것뿐이고 아무래도 처치곤란이다. 미학자 메이테이 선생이 예전에 내 주인을 평하기를 자네는 처치 곤란한 남자라고 말한 적이 있는데 과연 딱 들어맞는 이야기다. 이 떡도 주인을 꼭 닮아서 아무래도 처치곤란이다. 물어도 물어도 3으로 10을 나누는 것처럼 이렇게 무한정한 셈은 있을 수 없다고 생각되었다. 이 와중에 나는 또 제2의 진리에 봉착했다.

'모든 동물은 직감적으로 사물의 적합 또는 부적합을 예지한다.'

진리는 이미 두 개까지 발견했지만 떡이 달라붙어 있으니 전혀 유쾌하지는 않다. 이빨이 떡의 육질에 흡수되어 빠져나갈 듯이 아프다. 빨리 먹어치우고 도망가지 않으면 가정부가 들이닥칠 텐데. 아이들의 노랫소리도 멈춘 듯하다, 분명 부엌으로 달려올 것이 틀림없다. 하다못해 꼬리를 이리저리 흔들어보았지만 눈곱만치의 효과도 없다, 귀를 세워보기도 하고 굴려보기도 했지만 소용없다. 생각해보니 귀와 꼬리는 떡과 하등의 관계도 없지 않은가. 요컨대 흔들고 용을 쓰고 굴려봤자 손해라는 것을 깨달았으니 그만두기로 했다. 가까스로 이것은 앞발의 도움을 빌려 떡을 떼어낼 수밖에 없겠다는 생각에 이르렀다. 우선 오른발을 들어입 주위를 문지른다. 문지른다고 금방 떨어질 것은 아니다. 이번에는 왼쪽 발을 뻗어 입을 중심으로 하여 빠르게 원을 그려본다. 그런 주문으로 마물은 떨어질 리 없다. 참는 게 약이다 생각해 좌우를 번갈아가며 움직여봤지만 역시나 이빨은 여전히 떡 속에 처박혀 있다. 이런 성가신 일이 있나 하며 양발을 한꺼번에 사용한다. 그러자 이상하게도 이때만큼은 뒷발 두 개로 설 수 있는 게 아닌가.

어쩐지 내가 고양이가 아닌 것 같은 기분도 든다. 고양이든 아니든 이런 판국에 뭘 따지겠는가, 어쨌든 떡이라는 마물이 떨어질 때까지 해봐야겠다는 일념으로 허둥지둥 온 얼굴을 할퀴듯 휘저어본다. 앞발의 움직임이 너무 심하다 보니 자꾸만 중심을 잃고 뒤뚱거린다. 뒤뚱거릴 때마다 뒷발로 중심을 잡지 않으면 안 되니 가만히 서 있는 것도 쉽지 않아 부엌 이곳저곳을 뛰어다닌다. 그 와중에도 내가 이렇게 잘 서 있다는 것이 자랑스러울 지경이다. 세 번째 진리가 뇌리를 스치고 지나간다.

'위험한 지경에 이르면 평소에 능히 해낼 수 없던 일도 해낼 수 있게 된다. 이것을 하늘이 돕는다고 한다.'

다행히 하늘의 도움을 얻은 내가 열심히 떡 마물과 싸우고 있는 동안 발소리가 나고 안에서 사람이 나오는 것 같은 낌새가 있다. 이 대목에 사람이 와버리면 큰일이라는 생각에 더 안간힘을 다해 부엌을 뛰어다닌다. 발소리는 점점 커진다. 아아, 유감스럽게도 하늘의 도움이 부족하다. 결국 아이들에게 들켜버렸다.

"하하, 고양이가 오조니를 먹고 춤을 추고 있다."

아이들이 큰 소리로 웃는다.

이 소리를 처음으로 들은 것은 가정부다. 하네츠키를 하던 공도 채도 내던지고 "어머나 세상에."라며 뛰어 들어온다.

안주인은 집안 문양이 새겨진 쪼글쪼글한 고급 비단 옷을 입은 차림으로 핀잔을 준다.

"귀찮은 고양이 녀석."

주인까지 서재에서 나와서 "이런 멍청한 놈."이라고 말했다.

재미있다 재미있다 신이 난 것은 아이들뿐이다.

그렇게 모두 입이라도 맞춘 것처럼 깔깔깔 웃어댄다. 화는 나고 힘은 들고 춤은 멈출 수도 없지, 쥐구멍에라도 들어가고 싶다. 간신히 웃음이 잦아드는가 했더니 다섯 살난 여자아이가 "엄마, 고양이도 제법이네."라고 말하는 바람에, 간신히 잠잠해진 웃음보가 다시 터졌다. 인간의 동정심 없는 행실도 어지간히 보고 듣기는 했지만 이때만큼 원망스럽게 느껴진 적은 없었다. 결국 하늘의 도움도 어디로 사라져버리고 나는 원래대로 네 발로 엎드린 채 눈을 희번덕거리는 추태를 연기하고야 말았다. 과연 너무 놀리는 것도 불쌍하다는 생각이 들었는지 "떡을 빼줘라."라고 주인이 가정부에게 명령한다.

가정부는 더 춤추게 놔두라는 눈초리로 안주인을 본다. 안주인은 춤은 보고 싶지만 죽게 놔둘 마음은 없으니 잠자코 있다.

"빼주지 않으면 죽어버릴지 모르니 빨리 빼줘."

주인은 다시 가정부를 재촉한다.

가정부는 진수성찬을 반쯤 먹다가 꿈에서 깨어났을 때처럼 억울한 표정을 하고 떡을 잡아 뗀다. 칸게츠 군은 아니지만 앞니가 몽땅 부러지는가 싶었다. 아파도 아픈 줄 모른다는 건, 떡 속으로 단단히 박혀 들어간 이빨을 인정사정없이 잡아 빼는데 참을 장사가 어디 있겠는가.

'모든 안락은 고난을 통과하지 않으면 안 된다'고 말한 네 번째 진리를 경험하고 해롱해롱대며 주위를 둘러보았을 때는 집안사람들은 이미 안으로 다 들어가버린 후였다.

이런 실패를 했을 때는 안에 남아 가정부 따위에게 얼굴을 보이는 것도 어쩐지 거북스럽다. 사기를 충전하러 큰길가의 고토 선생 집 삼색털 미케라도 찾아갈까 하고 뒤뜰로 나갔다.

삼색털 미케는 이 근방에서 미모가 뛰어나기로 유명한 고양이다. 나는 고양이임에는 틀림없지만 세상 물정은 알고 있다. 집안에서 주인의 찌든 얼굴을 보거나 가정부의 빈축을 사서 기분이 맑지 않을 때는 반드시 이 이성의 벗을 찾아 이런저런 이야기를 하곤 한다.

그러면 어느 틈엔가 속이 후련해지고 지금까지의 걱정도 고생도 싹다 잊어버리고 다시 태어난 듯한 기분이 든다. 여성의 영향이라는 것은 정말 막대한 것이다.

삼나무 울타리 틈으로 집에 있을까 하고 건너다 보니 삼색털 미케는 정월이라고 근사한 새 목줄을 하고 우아하게 툇마루에 앉아 있다. 그 등의 휜 정도며 자태가 말할 수 없이 아름답다. 곡선의 미가 한껏 살아 있다.

꼬리의 구부러진 정도며 다리를 포갠 모양새며 우수에 젖은 듯 귀를 쫑긋쫑긋 흔드는 형색 또한 도저히 형용할 수 없다. 특별히 볕이 잘 드는 곳에 따뜻한 듯이 품위 있게 앉아 있으니 몸은 정숙하고 단정한 태도를 가졌음에도 불구하고 벨벳을 무색게 할 정도로 미끈하고 촘촘하게 난 털은 봄날의 햇빛을 반사시켜 바람도 없는데 살랑살랑 미동하는 것처럼 느껴진다. 나는 한참을 황홀한 눈으로 바라다보다가 이윽고 정신을 가다듬고 낮은 목소리로 "미케 미케." 하고 앞발로 부르는 시늉을 했다.

삼색털 미케는 "어머 선생님." 하며 툇마루를 내려온다. 빨간 목줄에 달린 방울이 딸랑딸랑 울린다. 정월이 되더니 방울까지 달았구나, 정말 듣기 좋은 소리에 감탄하고 있는 사이 내 곁으로 와서 "어머 선생님, 새해 복 많이 받으세요."라고 꼬리를 왼쪽으로 흔든다.

나 같은 고양이족들 사이에서 서로에게 인사를 할 때는 꼬리를 막대처럼 세우고 왼쪽으로 빙글 돌리는 것이다. 동네에서 나를 선생이라고 불러주는 것은 이 삼색털 미케뿐이다. 나는 지난번 말한 대로 아직 이름은 없지만 선생 집에 있는 것이니 그 삼색털 미케만은 나를 존중해주어

선생님 선생님 하고 불러준다. 나도 선생이라는 소리를 들으면 굳이 안 좋을 것도 없으니까 네네 하고 대답한다.

"여어, 복 많이 받아요, 오늘따라 화장이 더 예쁘게 됐구만."

"예, 작년 말에 주인님이 사주신 거예요, 예쁘지요?"

미케가 딸랑딸랑 소리를 내며 보여준다.

"과연 청량한 소리군, 나 같은 건 태어나서 그렇게 훌륭한 것은 본 적이 없소."

"호호, 별 말씀을. 모두들 달고 다니는 걸요."라며 또 한번 딸랑거린다.

"소리 좋죠? 전 기뻐요."라며 딸랑딸랑딸랑 방울을 계속해서 울린다.

"당신네 선생님은 당신을 정말 아껴주는 모양이군."

나 자신과 비교하며 나도 모르게 부러운 내심을 드러낸다.

삼색털 미케는 천진난만한 고양이다.

"정말이에요, 마치 자기 아이처럼요."라고 스스럼없이 웃는다.

고양이도 웃지 말란 법은 없다. 인간은 자신들 말고는 웃을 줄 아는 것이 없는 것처럼 여기고 있는데 그것은 틀렸다. 내가 웃는 것은 콧구멍을 삼각형으로 만들어 목구멍 안쪽을 진동시켜 웃는 것이니 인간들은 알 리 없다.

"도대체 당신네 주인은 어떤 자요?"

"어머 주인이라니요, 이상해요. 스승님이세요. 고토 스승님이요."

"그건 나도 알고 있지만. 그 신분이 무엇이요? 어쨌거나 옛날에는 훌륭한 분이셨겠군요."

"네에."

그대를 기다리는 동안의 섬잣나무(작은 소나무)……

장지문 안에서 고토 선생이 고토를 켠다.

"좋은 목소리지요?"라고 삼색털 미케는 자랑한다.

"좋은 것 같기는 한데 나는 잘 모르겠소. 당최 뭐라는 것인지."

"어머? 저건 아무아무거라는 거예요. 선생님은 저걸 제일 좋아하거든
요. ……선생님은 저래 봬도 62살이에요. 꽤 정정하시지요?"

62살인데 살아 있을 정도니까 건강하다고 하지 않을 수 없겠다.

나는 "예에."라고 대답했다.

조금 김이 빠지는 듯 하지만 별달리 명답도 떠오르지 않았으니 어쩔
수 없다.

"저래 봬도 원래는 신분이 대단히 높았다고 언제나 그렇게 말씀하세요."

"흐음, 원래는 뭐였답디까?"

"뭐라더라 텐쇼인(도쿠가와 막부에게 시집 갔다가 과부가 되어 불교에 귀의한
귀족 출신의 여성) 님의 서기의 여동생이 시집을 간 곳의 시어머니의 조
카딸이었던가……."

"뭐라구요?"

"그 텐쇼인 님의 서기의 여동생이 시집을 간……."

"과연, 잠깐만. 그러니까 텐쇼인 님의 여동생이 서기의……."

"아니, 그게 아니구요, 텐쇼인 님의 서기의 여동생의……."

"잘 알았소. 텐쇼인 님이라는 거지요?"

"네."

"그리고 서기라는 거지요?"

"그래요."

"시집을 갔다?"

"여동생이 시집을 갔던 거예요."

"그래그래. 틀렸어요. 여동생이 시집에 들어간 곳의."

"시어머니의 조카딸이지요."

"시어머님의 조카딸이군요?"

"네. 아시겠지요?"

"아니오. 어쩐지 복잡해서 분간이 되질 않소. 결국에는 텐쇼인 님의 무엇이 되는 것이오?"

"선생님도 어지간히 못 알아들으시네요. 그러니까 텐쇼인 님의 서기의 여동생이 시집을 간 곳의 시어머니의 조카딸이라고, 아까부터 쭉 말씀드리지 않았습니까."

"그건 알아듣겠소만."

"그것만 알면 되잖아요."

"그렇지."라고 하는 수 없어 백기를 들었다.

우리는 때때로 이론에 막혀서 얼렁뚱땅 갖다 붙이지 않으면 안 될 때가 있다.

장지문 안에서 고토 소리가 뚝 그치더니 선생의 목소리가 들린다.

"미케야 미케야, 밥먹자."

삼색털 미케는 기쁜 듯이,

"어머 선생님이 부르고 계시니까 그만 가야겠어요. 괜찮죠?"

안 된다고 해도 소용없을 것이다.

"그럼 또 놀러오세요."라며 방울을 딸랑딸랑 흔들면서 뜰 안으로 들어가다가 갑자기 되돌아와서는 "선생님 안색이 너무 안 좋아요. 어떻게 해야 하지 않아요?"라고 걱정스러운 듯이 묻는다.

과연 오조니를 먹고 춤을 춘 이야기를 듣지 않았으니,

"별일 없었는데 조금 생각할 일이 있어서 머리가 좀 아프오. 당신과 이야기라도 하면 나을 성싶어 실은 나와본 거요."

"그래요? 그럼 몸조심하세요. 안녕."

조금은 아쉬운 듯이 보였다.

이것으로 오조니의 후유증도 말끔히 회복했다. 기분이 좋아졌다. 돌아오는 길에 늘 들르던 차밭을 지나려고 녹아내리기 시작한 눈 기둥을 밟으면서 대나무 울타리 구멍으로 얼굴을 내밀자 또 인력거꾼 집의 검은 보스가 마른 국화 위에 등을 잔뜩 움츠리고 하품을 하고 있다. 요즘에는 검은 보스를 보고 공포에 떠는 나는 아니지만, 말을 걸어오면 귀찮아지니까 모르는 척 하고 지나가려고 했다. 검은 보스의 성질로 보아 남이 자기를 깔보고 있다고 느끼면 결코 참지 못한다.

"이봐, 이름 없는 놈, 요즘 들어 왜 그리 콧대가 높아진 거냐. 아무리 선생 밥을 얻어먹기로서니 그런 거만한 면상을 할 것까진 없잖나. 고양이 우스워지게."

검은 보스는 내가 유명해진 것을 아직 모르는 것 같다. 설명을 해주고 싶지만 도저히 알 녀석은 아니니까 일단은 아는 척부터 하고 가능한 한 빨리 그 자리를 피해야겠다고 결심했다.

"아니 검은 보스 자네. 복 많이 받게. 여전히 건강해 보이네."
라고 꼬리를 세워 왼쪽으로 빙글 돌린다.

검은 보스는 꼬리를 세우기만 할 뿐 인사도 하지 않는다.

"복은 무슨 복? 설날에 복을 너무 많이 받아쳐먹어 일 년 내내 넘쳐 흐르겠구만. 정신 차려라, 이 풀무 같은 낯짝 놈."

풀무 같은 낯짝 놈이라는 구절은 모욕스런 말인 것 같은데 나로서는 이해가 가지 않았다.

"좀 물어보겠는데 풀무 같은 낯짝 놈이라는 말은 무슨 뜻인가?"

"허어, 제놈이 욕을 먹는 주제에 그 영문을 묻다니 어이가 없어서, 그러니까 설날 같은 놈이라는 거야."

설날 같은 놈은 시적이기는 하지만 그 의미에 이르면 풀무 뭐라던가 보다도 더 아리송한 문구이다. 참고로 좀 더 물어보고 싶지만 그래봤자 시원한 답변은 들을 수 없겠다 싶어 얼굴만 마주본 채로 말없이 그냥 서 있었다. 막상 데면데면한 분위기이다.

그런데 갑자기 검은 보스 집의 아주머니가 큰 소리를 내며 소리소리 지른다.

"이런, 선반에 올려놓은 생선이 없네. 큰일이야. 또 그 못된 검둥이 놈이 가져간 게야. 정말 밉상인 놈이라니까. 돌아오면 어떻게 하는지 두고 봐라."

초봄의 한가로운 공기를 있는 대로 진동시키며 가지 끝에 봉우리도 제대로 맺지 않은 벚꽃을 떨게 해버린다.

검은 보스는 화를 낼 거라면 얼마든지 화내보라고 할 냥으로 아무것도 모른다는 얼굴을 하고 네모난 턱을 앞으로 쭉 내밀면서 그 소리를 들었냐는 눈짓을 보낸다.

지금까지는 검은 보스를 대하느라 잘 몰랐었는데 가만히 보니 그의 발밑에는 한 토막에 2전 3리에 해당하는 생선뼈가 진흙으로 범벅이 되어 나뒹굴고 있다.

"자네 여전히 그 짓이군."

하고 지금까지의 실랑이는 잊고 문득 감탄사를 흘렸다. 검은 보스는 그 정도의 일로는 여간해서는 기분을 고쳐먹지 않는다.

"그 짓이라니 뭐가, 이놈이. 생선 조각 한두 개 가지고 여전하다니. 고양이를 뭘로 보고 하는 말이냐."

하고 팔을 걸어 붙이는 대신 오른쪽 앞발을 거꾸로 어깨 근처까지 들어올렸다.

"네가 검은 보스라는 것은 처음부터 알고 있다."

"알고 있는데 여전하다니 그게 무슨 말버릇이냐?"

검은 보스가 뜨거운 콧김을 뿍뿍 불어댄다. 인간이라면 멱살을 잡혀 마구 흔들렸을 참이다.

조금 짜증이 나서 내심 난처해졌구나 생각하고 있자니 다시 아주머니 목소리가 쩌렁쩌렁 울린다.

"잠깐 니시카와 씨. 니시카와 씨. 볼 일이 있으니 나 좀 봐요. 소고기 한 근만 바로 갖다 줘요. 알았어요? 소고기 질기지 않은 부위로 한 근이요."

소고기 주문하는 소리가 온 동네의 적막을 깨뜨린다.

"흥, 겨우 일 년에 한번 소고기를 주문하면서 큰 소리를 쳐대다니. 소고기 한 근이 무슨 자랑이라고 저렇게 떠들어대는 거야, 여편네."

검은 보스는 비아냥거리면서 앞발을 땅에 대고 쭉 뻗는다. 나는 뭐라할 말도 없어 잠자코 보고만 있다.

"한 근 정도로는 이해가 되지 않지만, 어쩔 수 없지. 좋다, 이 몸이 가서 먹어줘야겠다."

마치 자기를 위해 주문한 것같이 말한다.

"이번에는 진짜 진수성찬이다. 좋아 좋아."

나는 가능한 한 그를 돌려보내려고 했다.

"뭘 안다고. 지껄이는 거야, 입 닥치고 있어."

그러자 검은 보스는 난데없이 뒷다리로 눈이 녹다만 흙 기둥의 부서진 부분을 내 머리에 우수수 떨어뜨린다. 내가 놀라서 몸의 진흙을 털어내고 있는 사이 그는 울타리를 기어 어딘가로 모습을 감추어버렸다. 아마 니시카와의 소고기를 차지하러 갔을 것이다.

집으로 돌아오자 집안이 전에 없이 봄날 같고 주인의 웃음소리마저 낭랑하다. 무슨 일인가 하고 활짝 열린 툇마루로 올라가 주인 곁으로 가보니 낯선 손님이 와 있다. 머리를 말끔하게 양쪽으로 빗어넘기고 무명의 하오리에 잘 갖춘 하카마(남자의 정장예복 바지)를 입고 지극히 성실해 보이는 서생 같은 남자이다. 주인의 전용 화로 귀퉁이를 보니 옻칠을 한 잎담배 통과 나란히 '오치 토후우 군을 소개드립니다, 미즈시마 칸게츠'라는 명함이 있어서 이 손님의 이름과 칸게츠 군의 친구인 것도 알았다. 주객의 대화는 도중에서부터 들어 앞뒤를 잘 알 수 없지만 아무래도 내가 지난번에 소개한 미학자 메이테이 군에 관해서인 것 같다.

"그래서 재미난 취향이 있으니 꼭 함께 오라고 하셔서."

손님은 침착하게 말한다.

"뭐지요, 그 서양요리집에 가서 점심을 먹는데 취향이 있다는 겁니까?"

주인은 차를 더 채워 손님 앞으로 내민다.

"글쎄요, 그 취향이라는 것이 그때는 저도 잘 몰랐는데요, 어쨌든 그분 일이니 재미난 뭔가가 있을 거라는 생각에서……."

"함께 갔습니까, 과연."

"그런데 깜짝 놀랐지 뭡니까."

주인은 그것 보라고 말하는 것처럼 무릎 위에 올려놓은 내 머리를 탁친다. 약간 아프다.

"또 속이 빤히 들여다보이는 연극 얘기겠지. 그 작자 그게 버릇이니까요."

주인은 갑자기 안드레아 델 사르토 사건을 떠올린다.

"헤헤. 자네 뭔가 별난 것 좀 먹어보지 않겠나 하고 말씀하시길래."

"그래 뭘 먹었습니까?"

"우선 메뉴를 보면서 여러 가지 요리에 대한 이야기가 있었어요."

"주문도 하기 전에요?"

"네."

"그리고?"

"고개를 들어 점원을 보시더니 아무래도 별 거 없는 것 같다고 말씀하시니까, 점원은 이에 질세라 거위 로스나 송아지 찹 같은 것은 어떤가 하고 묻자 선생은 그런 흔해빠진 것을 먹으러 일부러 여기까지 온 것이 아니라고 말씀하시고, 점원은 흔해빠졌다는 것이 무슨 뜻인지 알지 못하겠다는 묘한 얼굴을 하고 가만히 서 있었습니다."

"그랬겠죠."

"그리고는 제 쪽을 쳐다보더니 자네, 프랑스나 영국에 가면 아마 텐메이쵸(하이쿠의 한 유파)나 만요우쵸(하이쿠의 유파)를 먹을 수 있는데 일본이라면 어디를 가도 판에 박힌 듯해서 서양요리집에 갈 마음이 안 생긴다며…… ─ 그런데 도대체 그분은 서양에 가보신 적이 있긴 한 겁니까?"

"뭐 메이테이가 서양 같은 델 갔겠습니까, 그야 돈도 있고 시간도 있고 가려고만 한다면 언제든 갈 수는 있겠지만. 보나마나 앞으로 갈 생각인 것을 과거에 가본 척 하는 거겠지요."

주인은 스스로도 말 한번 잘했다는 생각으로 지레 웃음을 보인다.

하지만 손님은 그리 감탄한 기색도 없다.

"그런가요, 저는 또 어느새 서양에 다녀오셨나 하고 그저 진지하게 경청하고 있었지요. 거기다 마치 보고 온 것마냥 달팽이 수프 이야기나 개구리 스튜의 묘사를 하시는 게 아니겠어요."

"그야 누구한텐가 들었겠지요. 꾸며내는 데에는 달인이니까요."

"아무래도 그런 것 같군요."라고 화병의 수선화를 바라본다.

조금 유감스러워하는 기색도 엿보인다.

"그럼 취향이라는 것은 그런 거였군요."라고 주인이 확인을 한다.

"아뇨, 그건 서두에 불과하고 본론은 이제부터입니다."

"흐─음." 하고 주인은 호기심 어린 감탄사를 내뱉는다.

"그리고는 정말 달팽이나 개구리는 먹으려 해도 먹을 수 없으니 뭐 토치멘보쯤에서 진 걸로 하지 않겠는가 자네, 하고 타협하시자는 눈치여서 저는 그저 아무 생각 없이 그게 좋겠다고 말해버렸지요."

"허어, 토치멘보라니 이상하구만."

"네, 정말 이상하긴 한데요. 선생님이 너무 진지하시니까 저도 알아차리지 못했습니다."

그 모습은 마치 주인을 향해 자신의 실수를 사과하는 것처럼 보인다.

"그리고 어떻게 됐소?"

주인은 무표정하게 묻는다. 손님의 사죄에는 일말의 동정도 표하지 않은 채로.

"그리고는 점원에게 '이봐, 토치멘보를 두 사람 몫만큼 가져오라'고 하자, 점원이 '멘치보 말입니까' 하고 다시 물었는데 선생은 더욱더 진지한 얼굴로 '멘치보가 아니라 토치멘보'라고 정정해주었습니다."

"과연. 그 토치멘보라는 요리가 도대체 있기는 한 겁니까?"

"글쎄 저도 조금 이상하다고는 생각했지만 선생이 너무나도 침착하고 거기다 그 거리의 서양통이시라서 특히나 그때는 서양에 다녀오셨다고 철썩 같이 믿고 있던 터였으니 저도 끼어들어 토치멘보, 토치멘보라고 점원에게 가르쳐주었지요."

"점원은 어떻게 했습니까?"

"점원이 말이죠, 지금 생각하면 정말 우스운 일입니다만, 한참을 생각하더니 정말 곤란하지만 오늘은 토치멘보는 어렵게 되었고 멘치보라면 2인분을 금방 만들어드리겠다고 하자, 선생은 매우 유감스런 표정으로 그렇다면 모처럼 여기까지 온 보람이 없다며 어떻게든 토치멘보를 마련해 좀 먹어볼 수 있게 해줄 수는 없겠나 하고 점원에게 20전짜리 은화를 건네주자 점원은 그럼 일단 주방장과 이야기해보고 오겠다고 안으로 들어갔습니다."

"정말 토치멘보가 먹고 싶었나 보구만."

"한참 후 점원이 나와서 정말 죄송한데 정 드시고 싶다면 준비는 되겠지만 조금 시간이 걸립니다 하고 말하자 메이테이 선생은 침착한 얼굴로 어차피 우리는 정월이니 바쁠 건 없으니까 조금 기다렸다 먹고 가볼까 하면서 주머니에서 잎담배를 꺼내 뻐끔뻐끔 피우기 시작하셨으니까 저도 하는 수 없이 품 안에서 일본신문을 꺼내 읽기 시작했지요. 그러자 점원은 또 안에 이야기를 하러 들어갔습니다."

"그거 수고가 이만저만이 아니었겠군요."

주인은 전쟁 뉴스를 읽기라도 하는 것처럼 의자를 앞으로 당긴다.

"그러자 점원이 다시 나와서 요즘은 토치멘보 재료가 바닥나서 카메야나 요코하마의 15번가를 가도 구할 수가 없으니 당분간은 공교롭게도 어려울 것 같다고 미안한 듯이 말하자, 선생은 그것 곤란한데, 모처럼 왔는데 하면서 내 쪽을 보시면서 자꾸만 말하시는 바람에 저도 잠자코 있을 수도 없게 되어 아무래도 유감이다, 이만저만 안타까운 게 아니다 하고 장단을 맞췄습니다."

"그랬겠구만." 하고 주인이 찬성한다. 뭐가 그랬겠다는 건지는 알 수가 없다.

"그러자 점원도 죄송했는지 그 사이 재료가 들어오면 어떻게든 부탁해보겠습니다. 선생이 재료는 무엇을 사용하는가 하고 묻자 점원은 헤헤헤 하고 웃으며 대답을 하지 않는 것입니다. 재료는 일본파의 하이쿠 시인일 거라고 선생이 물어보자 점원은 허허 맞습니다, 그런 실정이니 요즘에는 요코하마에 가도 살 수가 없어서 정말로 죄송하게 됐다고 말했지요.”

“하하하하 그것이 함정이었군요, 이거야 원 재미있군.”

주인은 전에 없이 큰 소리로 웃는다. 무릎이 흔들려 하마터면 떨어질 뻔했다. 주인은 그것에도 신경 쓰지 않고 웃는다. 안드레아 델 사르토에게 걸려든 것은 자기 혼자가 아니라는 것을 알았으니 갑자기 유쾌해진 것으로 보인다.

“그리고 둘이서 밖으로 나오자 ‘어떤가 나 잘 했지? 토치멘보를 재료로 사용했던 점이 재미있지 않냐시며 크게 자랑을 하시는 겁니다. 저는 경탄했습니다 하고 말하고 헤어졌지만 실은 점심의 시각이 지나서 너무나 배가 고파 혼났습니다.”

“그건 참 힘들었겠군요.”

주인은 처음으로 동정을 나타낸다. 이것에는 나도 이견은 없다. 한참 이야기가 끊기고 내 목구멍을 그르렁거리는 소리가 주객의 귀에 들어간다.

토후우 군은 식어버린 차를 꿀꺽 다 마시더니 정색을 하고 말한다.

“실은 오늘 온 것은 선생님께 조금 부탁이 있어서입니다.”

“허어, 무슨 용건인가요?” 하고 주인도 지지 않고 되받는다.

“아시다시피 문학미술을 좋아하잖습니까……..”

"거, 괜찮지요."라고 기름칠을 한다.

"동지들끼리 모여 전부터 낭독회라는 걸 조직해서 매달 한번 회합을 갖고 이 방면의 연구를 그때부터 계속하고 싶은 생각에 이미 첫 회는 작년 말에 열었을 정도입니다."

"잠깐 물어보겠는데, 낭독회라고 하면 뭔가 장단이라도 붙여서 시가문장 류를 읽는 것처럼 들리는데, 도대체 어떤 식으로 한다는 겁니까?"

"뭐 처음에는 옛분들의 작품부터 시작해서 차례차례 동인 창작 등도할 생각입니다."

"옛분들의 작품이라고 하면 백낙천의 비파행(시인 백낙천의 가장 유명한 한시) 같은 것이라도 된단 말입니까?"

"아뇨."

"부손(요사부손. 일본 3대 하이쿠 대가 중 한 사람)의 춘풍마제곡 같은 종류인가요?"

"아니요."

"그럼 어떤 것을 한단 말입니까?"

"전에는 치카마츠(에도시대 조루리 작가)의 정사물을 했습니다."

"치카마츠? 그 조루리(일본연극의 대본)의 치카마츠 말인가요?"

치카마츠가 둘은 아닐 테고 치카마츠라고 하면 희곡가 치카마츠가 틀림없다. 그것을 재차 물어보는 주인도 어지간히 어리석다고 생각하고 있자니 주인은 아무것도 모른 채 내 머리를 정중히 쓰다듬고 있다. 사팔뜨기가 쳐다보는 것을 자기한테 반했다고 좋아라 하는 인간도 있는 세상에 이 정도의 오해는 결코 놀라기엔 부족하다고 쓰다 듬으라고 가만히 놔두었다.

"예."

토후우 군은 대답 뒤 주인의 안색을 살핀다.

"그럼 혼자서 낭독하는 건가요, 아니면 역할을 정해서 하는 건가요?"

"역할을 정해서 합창으로 해보았지요. 주제는 가능한 한 작중의 인물에 동정심을 갖고 그 성격을 그대로 발휘하는 것을 첫째로 하고, 거기다 손 흉내나 몸짓을 덧붙입니다. 대사는 되도록 그 시대의 인물을 그대로 베끼는 것이 좋다 싶어 아가씨든 꼬맹이든, 그 인물이 나온 것처럼 하는 것이지요."

"그럼, 뭐 연극을 보는 것 같겠습니다."

"네. 의상과 배경 그림이 없는 것 빼고는요."

"실례지만 잘 됩니까?"

"뭐 첫 회 치고는 성공한 셈이라고 생각합니다."

"그래 그 전에 했다던 정사물이라고 하면?"

"그, 뱃사공이 손님을 태우고 요시와라로 가는 대목에서."

"엄청난 막을 골랐구만요."

선생인 만큼 조금 고개를 갸웃한다. 코에서 뿜어져 나온 해처럼 생긴 연기가 내 귓가를 스치고 얼굴 옆쪽으로 지나간다.

"뭐, 그렇게 엄청난 것도 아닙니다. 등장인물은 손님과, 뱃사공과, 창녀와 여급 그리고 포주할멈, 권번(창녀촌의 감독) 뿐이니까요."

토후우 씨는 태연하게 말한다.

주인은 창녀라는 이름을 듣더니 잠깐 씁쓸한 표정이 되었지만, 여급,

포주할멈, 권번이라는 술어에 대해 명료한 지식이 없는지 우선 질문을 던졌다.

"여급이라는 것은 유곽의 하녀에 해당하는 것인가요?"

"아직 잘 연구는 해보지 않았지만 여급은 찻집의 하녀이고, 포주할멈이라는 것이 창녀촌을 감시하고 창녀들을 돌보는 자일 거라고 생각합니다."

토후우 씨는 아까, 그 인물이 나오는 것처럼 성대모사를 사용한다고 말한 주제에 포주나 여급의 성격을 잘 이해하고 있지 못한 것 같다.

"과연 여급은 찻집에 예속되는 것이고, 포주할멈은 유곽에 기거하는 자로군요. 다음으로 권번이라는 것은 인간인가요 아니면 일정한 장소를 가리키는 것인가요, 만약 인간이라고 하면 또 남자인지 여자인지?"

"권번은 아무래도 남자라고 생각합니다."

"무슨 역할을 맡고 있습니까?"

"글쎄 거기까지는 아직 살펴보지 못했습니다. 그동안 알아보려구요."

이렇게 합창을 하는 날에는 얼마나 횡설수설할까 하고 나는 주인의 얼굴을 조금 올려다보았다. 주인은 의외로 진지하다.

"그것으로 낭독가는 당신 말고 어떤 사람이 가세했습니까?"

"여럿 있었습니다. 창녀역이 법학사인 K군이었는데, 콧수염을 길러, 여자 같은 대사를 하고 있으니 조금 이상했었습니다. 거기다 그 창녀가 요염을 떠는 부분이 있어서……"

"낭독에서도 화를 내지 않으면 안 되는 건가요?"라고 주인은 걱정스러운 듯 묻는다.

"네, 어쨌든 표정이 중요하니까요."

토후우 씨는 어디까지나 문예가인 양 말한다.

"요염은 훌륭하게 떨었습니까?" 하고 주인은 의문을 표한다.

"그것만큼은 첫 회에는 조금 무리였습니다."

토후우 씨도 의문스러운 듯 말한다.

"그런데 당신은 무슨 역할이었지요?"

주인이 묻는다.

"저는 뱃사공이었습니다."

"흠, 뱃사공이라."

당신 같은 청년이 뱃사공을 맡는다고 한다면 나도 권번쯤은 할 수 있겠다고 말하는 듯한 말투를 흘린다.

이윽고 "뱃사공은 무리였습니까?"라고 배려라고는 없는 질문을 던진다.

토후우 씨는 별반 기분 상한 기색도 없다. 역시 침착한 어조로,

"그 뱃사공으로 모처럼의 행사도 용두사미로 끝났습니다. 실은 회합 자리 근처에 여학생들이 너댓 명 하숙을 하고 있었는데, 어떻게 알았는지 낭독회가 있다는 것을 어디서 듣고는 회합자리의 창문 밑으로 몰려와 경청을 했던 모양입니다. 제가 뱃사공 목소리를 흉내 내어 간신히 분위기를 잡고 이 정도면 괜찮겠다고 자신 있게 하려고 하는데, ……결국 몸짓이 너무 과장되었지요. 지금까지 참고 있던 여학생들이 한꺼번에 웃기 시작하는 바람에 놀라기도 놀랐지만 계면쩍기도 계면쩍고, 그래서 산통이 깨지고 나서는 아무래도 뒤를 이어갈 수가 없길래 결국 그

대목에서 해산했습니다."

첫 회치고는 성공이라던 낭독회가 이래가지고는, 만약 실패했다고 하면 어느 정도일지 상상하니 웃지 않고는 배길 수가 없다. 나도 모르게 목구멍에서 그르렁그르렁 소리가 난다. 주인은 더 부드럽게 내 머리를 쓰다듬어준다. 남을 비웃어서 귀여움 받는 것은 고맙기는 하나 막상 어색한 점도 있다.

"그건 또 무슨 낭패입니까."라고 주인은 정월 일찍부터 초상집 말을 하고 있다.

"두 번째 모임부터는 더 분발해서 성황리에 마칠 생각인데, 오늘 나온 것도 전부 그 때문입니다. 실은 선생님께도 입회해주시기를 부탁드리고 싶어서."

"나는 정말 요염을 떠는 것 같은 건 못하는데요."

소극적인 주인은 바로 고개를 절레절레 흔든다.

"아뇨, 요염 같은 건 떨지 않으셔도 되니까요, 여기 찬조원 명부에다……."

라고 말하면서 보라색 보자기에서 작은 장부를 조심스레 꺼낸다.

"여기에 부디 서명을 하신 다음 날인을 해주시면."

장부를 주인의 무릎 앞으로 펼쳐 놓는다.

현재 이름난 문학박사, 문학사들 이름이 주르르 나열되어 있다.

"뭐 찬조자가 못될 것도 없지만, 어떤 의무가 있는 겁니까?"

굴 선생은 걱정이 되는 듯하다.

"의무라고 해도 특별히 바라는 것도 없고 단지 이름만 기입해주시고 찬성의 뜻만 나타내 주시면 그것으로 충분합니다."

"그렇다면 가입하지요."

의무가 따르지 않는 것을 알자마자 주인은 마음이 가벼워진다. 책임도 없다는 것을 알고 있으면 모반의 연판장이라도 이름을 써넣겠다는 표정이다.

뿐만 아니라 이렇게 저명한 학자들이 자신의 이름을 손수 적어놓은 가운데 자신의 이름 석자를 입적시킬 수 있는 것은, 지금까지 이런 경우를 만나본 적이 없는 주인에게 있어서는 무한한 영광이니 대답에 힘이 실리는 것도 무리는 아니다.

"잠깐 실례."라고 주인은 서재로 도장을 가지러 들어간다. 나는 다다미 위로 털썩 떨어진다. 토후우 씨는 과자 그릇 안의 카스테라를 집어 한입에 집어삼킨다. 우물우물 한참은 목이 막히는 것 같다. 나는 오늘 아침 오조니 사건을 잠깐 떠올린다. 주인이 서재에서 도장을 가지고 왔을 때는 토후우 씨의 위 속에 카스테라가 자리 잡았을 때였다.

주인은 과자 그릇의 카스테라가 한 조각 줄어든 것을 아직 눈치채지 못한 듯하다. 만약 알아차렸다면 맨 먼저 의심받을 것은 나였을 것이다.

토후우 씨가 돌아가고 나서 주인이 서재에 들어가 책상 위를 보니 어느 틈엔가 메이테이 선생의 편지가 와 있다.

'새해를 맞아 문안드립니다. ……'

평소와 다르게 시작이 진지하다고 주인은 생각한다. 메이테이 선생이 편지에 진지한 적은 대부분 없었으니 요전에는,

'그 후 별달리 좋다고 따라다니는 부인들도 없고 어느 쪽에서도 연모의 글도 날아들지 않고 그럭저럭 무사히 세월을 보내는 중, 아무쪼록 마음 편히 있으시길.'
라고 하는 것이 왔을 정도다. 그것에 비하면 이 연하장은 뜻밖에 통속적이다.

'잠깐 찾아보려는 마음도 있지만 귀형의 소극주의와 반대로 가능한 한 적극적 방침을 갖고 그 천고미증유千古未曾有의 새해를 맞이할 계획인 고로, 매일매일 눈이 돌아갈 정도로 다망하니 그 점 헤아려주시기를…….'

과연, 이런 남자이니 정월은 놀러 돌아다니느라 바쁠 것이 틀림없다고 주인은 속으로 메이테이 군에게 동의한다.

'어제는 잠깐의 틈을 타, 토후우 씨에게 토치멘보 대접을 해야겠다 하고 갔는데 공교롭게도 재료가 없는 바람에 뜻을 이루지 못해 유감천만이었소이다. …….'

슬슬 평소 하던대로 본색이 돌아왔다고 주인은 말없이 미소 짓는다.

'내일은 모 남작의 카드 모임, 모레는 심미학 협회의 신년 연회, 그 다음날은 토리베 교수 환영회, 또 그 다음날은…….'

참 말도 많다 하고 주인은 읽던 곳을 건너뛴다.

'이렇게 우타이 모임, 하이쿠 모임, 단가 모임, 신체시 모임 등등 모임의 연속으로 당분간은 출석을 해야 하므로 어쩔 수 없이 연하장으로써 삼가 찾아뵙는 예를 대신하니 아무쪼록 넓은 아량으로 헤아려 주시기를 …….'

별달리 오지 않아도 상관없다고 주인은 편지에다 대고 대답한다.

'이번 오시게 될 때는 오랜만에 만찬이라도 대접하려는 마음가짐으로 있겠소. 한중에 아무런 진미도 이렇다 할 대접이 없어도 하다못해 토치멘보라도 바로 대접할까 하오니.'

아직도 토치멘보를 들먹이고 있다. 무례하기 짝이 없구만 하고 주인은 약간 화가 치민다.

'허나 토치멘보는 요즘 재료를 구하기 어려워 특히 때에 맞출 수 없을지도 모르니 그때는 공작의 혀라도 요리에 넣어 바로 내오리다……'

양다리를 걸쳤구만 하고 주인은, 그 다음이 읽고 싶어진다.

'아시다시피 공작새 한 마리에 혀 고기의 분량은 새끼손가락 절반에도 미치지 못할 정도, 탄탄한 귀형의 위주머니를 채우시려면……'

"거짓말 좀 작작 하시지."라고 주인은 한소리 먹이듯이 말한다.

'분명 모두 합쳐 20~30마리의 공작새를 잡아야만 할 거라고 알고 있사옵니다. 그런데 공작새란 놈 동물원, 아사쿠사 꽃가게 저택 같은 데에서는 간간이 볼 수 있다지만 보통 새 파는 가게 같은 데에서는 전혀 볼 수도 없어 고심하는 중에 있습니다만 ……'

혼자서 마음대로 고심하고 있는 게 아니냐고 주인은 추호도 감사의 뜻을 표하지 않는다.

'그 공작새의 혀 요리는 옛날 로마의 전성기에 한해, 한때 매우 유행한 것으로 호사스런 풍류의 극치로서 평소부터 은근히 식욕이 당겨 손가락을 움직여 온 것이니 그 점 너그러이 양해해주기 바라오……'

양해는 무슨, 웃기고 있네 라고 주인은 대단히 냉담하다.

'그 후 16~17세기 무렵은 유럽 전역을 통틀어 공작새는 연회석에서 빼놓을 수 없는 진미로 꼽혔다 합니다. 레스터 백작이 엘리자베스 여왕을 케닐워즈로 초대했을 때도 분명 공작새를 사용해 올린 것 같은 기억이 있습니다만. 유명한 렘브란트가 그린 향연의 그림에도 공작새가 꼬리를 펼친 채 식탁 위에 드러누워 있었다지요…….'

공작새의 요리역사를 쓸 정도라면 그렇게 다망하지도 않은 듯하다고 툴툴거린다.

'여하튼 근래처럼 진수성찬을 계속 먹어대다가는 어쩌면 소생도 머지 않아 귀형처럼 위가 약해질 것은 틀림없으니…….'

귀형은 무슨, 쓸데없는 소리나 지껄이고 있네. 꼭 나를 위가 약한 사람의 표준으로 삼아야 직성이 풀리겠어? 라며 주인은 투덜거렸다.

'역사가의 설에 의하면 로마인은 하루에도 두세 번이나 연회를 열었다 합니다. 하루에 두세 번을 그렇게나 많은 산해진미로 채우면 아무리 위가 튼튼한 사람이라도 소화기능에 탈이 날 것이고 따라서 자연스럽게 귀형처럼…….'

또 귀형처럼인가, 낯짝 두껍기는.

'그래서 사치와 건강을 양립시키지 않으면 하고 연구에 몰두한 그들은 상당히 많은 진미를 먹음과 동시에 위장을 항상 좋은 상태로 유지할 필요를 느껴 여기에 하나의 비법을 내놓았으니…….'

그래 그래 하고 주인은 갑자기 열심이다.

'그들은 식후 반드시 목욕을. 목욕 후 일종의 방법에 따라 목욕 전에 뱃속에 내려 보냈던 것을 모조리 토해내 위 안을 청소했다는. 위 안을 말끔히 비운 다음 또 식탁에 앉아, 질리도록 진미를 즐기고 그것이 끝나면 다시 탕 안으로 들어가 이것을 토해내는 것이지요. 그처럼 하면 마음에 드는 것을 무한정 먹어도 추호도 내장의 기관에 지장을 주지 않아 일거 양득이란 바로 이런 것을 두고 하는 말인 듯하오니……'

과연, 일거양득이 틀림없군. 주인은 부러운 듯한 얼굴을 한다.

'20세기의 오늘날 교통의 혼잡, 연회의 증가는 두말할 것도 없고 군국의 다사다난한 러시아와의 전쟁이 2년이나 되어가니, 나 전승국의 국민은, 반드시 로마인을 따라 이런 목욕구토술을 연구하지 않을 수 없는 기회에 봉착했다고 자신하는 바입니다. 그렇지 않으면 모처럼의 대국민도 머지않은 장래에 모조리 귀형처럼 위장병 환자가 될 것이어서 남모르게 마음 아파하고 있사오니……'

그놈의 귀형은 질리지도 않나, 참 비위도 좋아 라고 주인이 생각한다.

'이참에 나 서양의 사정에 밝은 자가 고대역사의 전설을 연구하여 이미 사라져버린 비법을 발견해 이를 메이지 사회에 응용해낸다면 소위 화를 미연에 막는 공덕도 세울 것이고 평소 즐거움을 누리고 있는데 대한 보은도 할 수 있을 거라고 사료되어……'

주인은 어쩐지 이상하다고 고개를 갸웃한다.

'따라서 요전부터 기번, 몸센, 스미스 등 모 저술가들을 섭렵한 바, 아직 발견의 단서도 찾아낼 수 없는 것은 유감으로 생각하옵니다. 허나 잘 아시는 바와 같이 소생은 한번 생각해낸 것은 그것이 성공할 때까지는 결코 중도에 포기하는 법이 없는 성질이니 구토방법을 다시 발견하는 것도 머지않았다고 믿고 있는 중으로, 다음은 발견하는 대로 보도에 붙여 알려드릴 참이니 그리 알아주셨으면 하옵니다. 따라서 아까 말씀드린 토치멘보 및 공작새의 혀 요리도 가능한 다음 발견 후에 올리옵고, 그리하면 소생의 상황은 물론, 이미 위가 약해 고민하고 계시는 귀형을 위해서도 편리하고 이롭다고 생각하여 이만 총총.'

뭔가 결국 또 당한 것인가, 너무도 글을 진지하게 써내려가고 있으니 결국 마지막까지 진지하게 읽고 있었던 것이다. 새해 정초부터 이런 짓궃은 장난을 일삼는 메이테이라는 자는 얼마나 할 일 없는 자인가 하고 주인은 웃으면서 말했다.

그로부터 4, 5일은 별다른 일도 없이 지나갔다. 백자의 수선화가 점점 시들고 푸룻푸룻하던 매화가 화병에서 점점 피어나는 것을 보며 지내는 것만도 따분하게 여겨져 한두 번 삼색털 미케 아가씨를 찾아가봤지만 만날 수가 없다. 처음에는 집에 없으려니 했는데 두 번째에는 병이 들어 누워 있다는 것을 알았다. 장지문 안에서 그 집 스승이라는 작자와 하녀가 이야기 하고 있는 것을 손 씻는 물을 담아둔 그릇의 엽란 그늘에 숨어서 듣고 있자니 그랬다.

"미케는 밥을 먹었느냐?"

"아뇨, 오늘 아침부터 아무것도 먹지 않았습니다, 따뜻하게 해서 화롯가에 눕혀놓았습니다."

어쩐지 고양이답지가 않다. 마치 인간 취급을 받고 있다.

한편으로는 나 자신의 경우와 비교해보니 부럽기도 하고 한편으로는 내가 사랑하는 고양이가 그렇게까지 후한 대우를 받고 있다고 생각하면 기쁘기도 하다.

"참으로 걱정이구나, 밥을 먹지 않으면 몸이 지쳐갈 텐데."

"그렇습니다요, 저희들도 하루만 끼니를 걸러도 다음날은 일하기 힘들던데."

하녀는 자기보다 고양이가 더 나은 동물인 것처럼 생각하는 것 같다. 실제로 이 집에서는 하녀보다 고양이가 더 중요한지도 모른다.

"의사한테 데려가 보았느냐?"

"예, 그 의사는 조금 이상하더구만요. 제가 미케를 안고 진찰실로 들어가니까 감기라도 걸렸냐고 제 맥을 집으려고 하잖습니까. 그래서 아니다 병자는 내가 아니다. 여기 있다고 미케를 무릎 위에 올려놓으니 싱글싱글 웃으면서 고양이 병은 자기는 모른다, 그냥 놔두면 저절로 낫겠지 라고 하는데, 너무 인정머리 없잖아요? 화가 나서 그럼 봐주지 않으셔도 좋다, 이래 봬도 소중한 고양이라고 미케를 품 안에 넣고 재빨리 돌아왔습니다요."

"그랬구만."

'그랬구만'은 도저히 우리 집 같은 데에서는 들을 수 있는 말은 아니다. 역시 텐쇼인 님의 어쩌구 저쩌구가 아니고는 사용하지 못하는, 대단한 말이라고 감탄했다.

"어쩐지 콜록콜록 하는 것 같은데……."

"예, 아마 감기에 걸려서 목구멍이 아픈가 봅니다요. 감기에 걸리면 누구라도 기침이 나오잖습니까."

텐쇼인 님의 어쩌구 저쩌구의 하녀인 만큼 말투도 겁나게 정중하다.

"게다가 요즘에는 폐병이라든가 하는 것이 나돈다던데?"

"정말 요즘처럼 폐병이니 흑사병이니 새로운 병들만 늘어날 지경이니 방심할 틈이 없습니다요."

"막부시대(메이지 이전, 도쿠가와 시대의 무사 정권)에 없던 것 중에 근사한 것은 없으니 너도 조심해야 할 거다."

"그렇습니다요."

하녀는 크게 감동하고 있다.

"감기에 걸렸다고 해도 별로 나다닌 것도 없었는데……."

"아니요, 주인님, 그게 요즘에는 나쁜 친구가 생겼습니다요."

하녀는 국사의 비밀이라도 누설하는 때처럼 의기양양하다.

"나쁜 친구라?"

"예에, 저 앞길의 선생이라는 자의 집에 사는 지저분한 고양이입니다요."

"선생이라고 하면 매일 아침 듣기 싫은 소리를 내는 그 자 아니냐?"

"예, 세수를 할 때마다 거위가 목매 죽는 듯한 소리를 내는 사람이지요."

거위가 목매 죽는 것 같은 목소리는 딱 들어 맞는 표현이다. 내 주인은 매일 아침 목욕탕에서 양치질을 할 때 이쑤시개로 목구멍을 찔러 요상한 소리를 내는 버릇이 있다. 기분이 안 좋을 때는 심하게 거억거억한다, 기분이 좋을 때는 힘을 실어 더 격격거린다. 결국 기분 좋을 때나 안 좋을 때나 쉬지 않고 기운차게 꺼억꺼억댄다. 안주인 얘기로는 이곳으로 이사 오기 전까지는 이런 버릇은 없었다고 하는데 어느 날 갑자기 그것을 시작하고서부터 오늘날까지 하루도 그만둔 일이 없다고 한다. 조금 보기 안 좋은 버릇이지만 왜 이런 짓을 끈질기게 계속하고 있는지 나 같은 고양이 머리로는 도저히 상상이 가지 않는다. 그건 그렇다 치고 '지저분한 고양이'라니 그런 혹평을 하는 것이면 귀를 더 바짝 세워 뒷이야기를 들어봐야겠다.

"그런 소리를 내서 무슨 주문을 하는지 알 수가 없어. 유신 전에는 츄겐(중인. 무사집의 우두머리 하인)이든 조리도리(상인. 무사의 신발 전담 심부름꾼)이든 나름대로 예의는 갖출 줄 알았지. 주택가 등에서 그렇게 세수를 하는 사람은 한 사람도 보지 못했는데."

"그렇습지요."

하녀는 무턱대고 감탄을 하고는 그렇습죠, 그렇습죠 한다.

"그런 주인 밑에 있는 고양이니 어차피 한량고양이겠지, 다음에 오면 두들겨 패서 보내거라."

"그러고말구요, 미케가 병이 난 것도 전부 그놈 때문인 게 틀림없습니다요, 꼭 혼을 내주겠습니다."

억울한 누명을 뒤집어쓴 격이다. 이제 이 몸은 여간해선 다가갈 수도 없으며 삼색털 미케는 영영 만나지 못하고 돌아왔다.

돌아와 보니 주인은 서재 안에서 뭔가 깊은 생각에 잠긴 채 붓과 씨름하고 있다.

고토 선생 집에서 들은 평판을 들려주면 아마 화를 내겠지만, 모르는 게 약이라고 웅얼웅얼 하면서 신성한 시인이라도 된 모양새다.

거기에 당분간 다망해서 올 수도 없다면서 막상 연하장을 보내왔던 메이테이 군이 홀연히 나타난다.

"무슨 신체시라도 만들고 있는가. 재미난 게 나오면 보여주게나."라고 한다.

"응, 좀 훌륭한 문장이라는 생각이 들어서 번역해보려는 중이네."

주인은 무겁게 말을 꺼낸다.

"문장? 누구의 문장 말인가?"

"그건 잘 모르겠네."

"무명씨인가? 무명씨의 작품에도 분명 좋은 건 있을 테니 가볍게 넘길 수는 없지. 도대체 그게 어디 있었는가."라고 묻는다.

"제2독본"

주인은 침착하게 대답한다.

"제2독본이라? 제2독본이 어떻다는 건가."

"내가 번역하고 있는 명문이라는 것이 제2독본 안에 있다는 말이네."

"농담 아닌가. 공작새의 혀에 대한 복수를 이런 식으로 하려는 계산인가?"

"나는 자네 같은 허풍선이하고는 다르지."라며 콧수염을 비튼다. 태연자약하다.

"옛날 어떤 사람이 산요(라이산요, 일본의 역사가, 시인)에게 선생님 요즘 명문은 없으십까 하고 말했더니 산요가 마부(천민)가 쓴 빚 독촉장을 내보이며 근래의 명문은 바로 이것이다 라고 했다는 이야기가 있으니, 자네의 심미안도 뜻밖에 분명한지도 모르겠네. 어디 읽어보게, 내가 평을 해줄 테니."

메이테이 선생은 심미안의 본가 같은 말을 한다.

주인은 선승이 다이토 국사(가마쿠라 시대의 스님)의 유언이라도 낭독하는 듯이 경건한 목소리로 읽기 시작한다.

"거인, 인력."

"뭔가, 그 거인 인력이라는 말은?"

"거인인력이라는 제목이네."

"요상한 제목이구만, 나는 무슨 뜻인지 모르겠구만."

"인력이라는 이름을 갖고 있는 거인이라는 거겠지."

"조금 억지인 것 같긴 하지만 제목이니 우선 그렇다 치고. 빨리 본문을 읽어보게나, 자네는 목소리가 낭랑하니 꽤 재미있겠구만."

"자꾸 말 끊지 말게나."라고 미리 다짐을 해두고 다시 읽어 내려간다.

케이트는 창문으로 바깥을 바라다본다. 아이가 공을 던지며 놀고 있다. 그들은 공을 공중에 높이 던진다. 공은 위로 위로 올라간다. 한참이 지나니 떨어진다. 그들은 또 공을 높이 던진다. 또 던지고 또 던진다. 던질 때마다 공은 자꾸 떨어진다. 왜 떨어지는가, 왜 위로 위로 계속 올라가지 않는지 케이트가 묻는다. '거인이 땅속에 사는 고로'라고 엄마가 대답한다. '그는 거인인력이다. 그는 강하다. 그는 만물을 자기 쪽으로 끌어간다. 그는 집들을 지상으로 끌어온다. 끌어당기지 않으면 날아가버리니까. 아이도 날아가버리고. 이파리가 떨어지는 것이 보이지. 그건 거인인력이 부르는 것이다. 책을 떨어뜨린 적이 있겠지. 거인인력이

오라는 것이어서 그렇다. 공이 하늘로 올라간다. 거인인력은 부른다. 부르면 떨어진다.'

"그게 다인가."

"으음, 훌륭하지 않은가."

"아니 이거 내가 두 손 들었네. 뜻하지 않은 순간에 토치멘보의 답장을 받아버렸구만."

"답장도 뭣도 아니네, 정말 훌륭하니 번역해본 것이지, 자네는 그렇게 생각되지 않는가." 하고 금테 안경 속을 들여다본다.

"정말 놀랐네. 자네한테 이런 기량이 있으리라고는. 이번만큼은 항복일세, 항복."

그가 혼자서 납득하고 혼자서 중얼거린다. 주인에게는 전혀 통하지 않는다.

"자네를 항복시킬 생각 같은 건 없어. 그냥 재미난 문장이라고 생각했으니 번역해본 것뿐이라네."

"아니 정말 재미있군. 그렇게 나오지 않으면 자네가 아니지. 대단해. 미안하네."

"그렇게 미안해할 것까진 없네. 나도 요즘은 수채화를 그만두었으니 그 대신에 글질이라도 할까 하네만."

"어떻게 원근무차별 흑백평등의 수채화에 비하겠는가. 감탄을 금치 못하겠군."

"그리 칭찬해주니 나도 할 맘이 생기는군." 하고 주인은 어디까지나

착각을 하고 있다.

그러는 참에 칸게츠 군이 지난번엔 실례를 했다며 들어온다.

"이거 실례. 지금 대단한 명문을 듣고 토치멘보의 망령을 퇴치하던 참일세."라고 메이테이 선생은 알 수 없는 말을 띄운다.

"네에, 그렇습니까?"

칸게츠 군이 영문을 알 수 없는 인사로 맞받아친다. 주인만은 들뜬 기색도 없다.

"지난번은 자네 소개로 오치 토후우라는 사람이 왔었네."

"아아 왔었습니까, 그 오치 고치라는 남자는 지극히 솔직한 남자인데 조금 별난 면이 있어서, 혹여 폐라도 끼치지 않을까 했지만 꼭 좀 소개해달라고 하는 바람에……."

"특별히 그런 것도 없었네……."

"이쪽에 와서도 자기 이름에 대해 뭔가 말하고 가지 않던가요?"

"아니, 그런 이야기도 없었던 것 같은데."

"그래요? 그 친구 어디를 가든 처음 보는 사람한테는 자기 이름을 꼭 해석하는 버릇이 있어서요."

"어떤 해석을 하든가?"

뭔가 없을까 하고 벼르고 있던 메이테이 군이 얼른 끼어든다.

"그 고치라는 것을 음으로 읽으면(고치는 음으로 읽으면 토후우) 정말 신경을 곤두세우거든요."

"그래서?"

메이테이 선생이 금빛 가죽의 담배갑에서 담배를 꺼내 문다.

"내 이름은 오치 토후우가 아닙니다, 오치고치라고 하면서 반드시 바로잡지요."

"참, 이상하군."

메이테이 선생은 쿠모이(전매제도 전 민간의 고급담배 이름)를 배 속까지 깊이 삼킨다.

"그것이 전부 문학열에서 온 것이라, 고치라고 읽으면 원근이라는 말이 되지요, 그뿐 아니라 그 성이 운율을 갖게 된다는 것이 자랑입니다. 그러니까 고치를 음으로 읽으면 내가 모처럼의 고심을 사람이 사주지 않는다고 불평을 늘어놓는 것을 뜻합니다."

"과연 별나구만."

메이테이 선생은 분위기를 타고 쿠모이를 뱃속에서부터 콧구멍으로 내뱉는다. 도중에 연기가 흩어져 목구멍 입구에 걸린다. 선생은 담뱃대를 쥐고 캑캑거린다.

"지난번 왔을 때는 낭독회에서 뱃사공이 되어 여학생들한테 조롱을 당했다더군."

주인이 웃으면서 말한다.

"음, 그래그래."라고 메이테이 선생이 담뱃대로 무릎맡을 친다.

나는 약간 위험을 감지하고 곁에서 조금 떨어진다.

"그 낭독회 말이네. 지난번 토치멘보를 대접했을 때 말야. 그 이야기가 나왔어. 아무래도 2회 때는 유명한 문사를 초대해 대회를 열 생각이니 선생님께서도 꼭 참석해달라지 뭔가. 그래서 내가 이번에도 치카마츠 이야기를 할 셈이냐고 물었더니, 다음번에는 훨씬 새로운 것을 선택해 곤자키야샤金色夜叉(메이지의 작가 오자키 코오요오의 통속소설)로 하기로 했다길래 자네라면 무슨 역할이 어울리겠는가 하고 물었더니 자기는 여주인공 '오미야'를 맡기로 했다더군. 토후우의 것은 재미있을 것 같아. 나는 꼭 출석해서 갈채를 보내주려고 하네."

"재미있겠네요."

칸게츠 군이 묘한 미소를 짓는다.

"그러나 그 남자는 어디까지나 성실하고 경박한 데가 없으니 좋아. 메이테이 따위하고는 크게 다르지."

주인은 안드레아 델 사르토와 공작새의 혀와 토치멘보의 복수를 한 번에 한다.

메이테이 군은 신경도 쓰지 않는 모습으로 웃으며 말한다.

"어차피 나야 쿄도쿠의 도마(쿄도쿠라는 곳에 바보조개가 많이 잡히므로 이곳 도마에는 바보조개가 많이 올라온다는 것에서 유래)에 오른 격이니 뭐."

"우선 그쯤 되겠지." 하고 주인이 말한다.

사실 쿄도쿠의 도마라는 말을 주인은 이해하지 못하겠지만 과연 오랫동안 교사질을 하면서 모르는 것은 적당히 아는척하고 넘어가는 것을 터득했으니 이럴 때는 학교 경험을 사교상에도 응용하는 것이다.

"쿄도쿠의 도마라는 것은 무슨 말입니까?"

칸게츠가 솔직하게 묻는다.

주인은 마루 쪽을 보며 "저 수선화 연말에 내가 목욕탕에서 오는 길에 사와 꽂아놓은 것인데 꽤 오래가지 않는가." 하고 쿄도쿠의 도마를 은근슬쩍 넘어간다.

"연말이라고 하니 작년 말에 정말 이상한 경험을 했네."

메이테이가 담뱃대를 악기처럼 손가락 끝으로 돌린다.

"어떤 경험인지 들어줘볼까."

주인은 쿄도쿠의 도마를 뒤로 멀리 내던져버린 기분으로 안도의 한숨을 쉰다. 메이테이 선생의 이상한 경험이라는 것을 듣자면 바로 이렇다.

"분명 연말 27일로 기억하고 있는데 말야. 그 토후우한테서 찾아와 꼭 문예의 고매한 이야기를 듣고 싶으니 댁에 계셔달라는 지난번 부탁도 있고 해서 아침부터 꼬박 기다리고 있었는데 선생이 좀처럼 오지 않는 것이었네. 점심을 먹고 스토브 앞에서 발리 펜의 재미난 이야기를 읽고 있자니 그때쯤 시즈오카의 어머니한테 편지가 왔다네. 여전히 어머니는 나이가 든 아들을 언제까지 어린아이처럼 생각하더군. 추운 날에는 밤사이 외출을 삼가라든가, 냉수욕도 좋지만 스토브를 켜고 방을 따뜻하게 해놓지 않으면 감기에 걸린다든가 여러 가지 주의할 점이 쓰여 있더군. 과연 부모는 고마운 존재다, 남이라면 정말 이렇게는 못할 거라고, 태평스러운 나도 그때만큼은 크게 감동했지. 그러나저러나 이렇게 빈둥거리고 있어서는 안 되겠다 싶어 뭔가 대단한 저술이라도 남겨 가문의 이름을 꼭 빛내고 말리라. 어머니가 살아계실 동안에 천하를 통틀어 메이지의 문단에 메이테이 선생이 있음을 알려야겠다는 마음이 들었네. 그리고 더 읽어나가니 너 같은 사람은 정말 행복한 자다. 러시아와 전쟁이 시작되어 젊은 사람들은 힘든 고통을 겪고 나라를 위해 일하고 있는데 절기가 지나도 정초인 양 마냥 속편하게 놀고 있지 않느냐 라고 쓰여 있잖은가. ─ 나는 이래 봬도 어머니가 생각하는 것처럼 놀고만 있지는 않네만 - 그 다음으로, 내 초등학교 시절의 오랜 벗들 중 이번 전쟁에 나가 죽거나 부상당한 자들의 이름이 열거되어 있더군. 그 이름을 하나하나 읽어 내려갈 때는 어쩐지 세상 살맛이 나질 않고 인간도 덧없다는 마음이 일더구만. 제일 마지막에는 나도 나이가 드니 초봄의 오조니를 먹는 일도 이번뿐인가 하고…… 어쩐지 마음 약한 말이 쓰여 있어서 마음이 더욱 심난해져버려 빨리 토후우가 오면 좋겠다고 생각했는데, 선생 그림자도 보이지 않더군. 그러는 사이 드디어 저녁을 먹고 어머니한테 답장이라도 써볼까 하고 마침 열두세 줄을 써내려 갔지. 어머니의 편지는 6자(약 181센티미터)도 넘는 장장의 글이지만 나는 정말 그런 소질은 없으니, 언제든 열줄 내외로 적당히 마무리 짓는 것이 보통이지. 그러고 보니 하루 종일 꼼짝도 하지 않아 위의 상태가 이상하니 속이 좋지 않더군. 토후우가 오면 기다리라고 할 셈으로, 우편물을 보내면서 산책이라도 할 겸 밖으로 나갔지. 전에 없이 후지미초 쪽으로는 발길이 닿지 않고 나도 모르게 토테산반초 쪽으로 이끌리더군. 마침 그날 밤은 조금 흐린데다 거친 바람이 강둑 건너편에서 불어와서 매우 추웠어. 카구라자카 쪽에서 기차가 뿌 - 기적을 울리며 강둑 아래를 지나가더군. 너무 쓸쓸한 생각이 들더구만. 세모, 전사, 노쇠, 인생무상 같은 것들이 머리 속을 빙빙 돌더군. 흔히 사람이 목을 맨다고 하는데 이럴 때 문득 혹해서 죽음을 생각하게 되는 게 아닌가 싶더구만. 잠깐 고개를 들어 강둑 위를 보니 어느 틈엔가 그 소나무 바로 아래에 내가 서 있지 않은가."

"그 소나무라, 그게 뭔가?"

주인이 한마디 던졌다.

"목매는 소나무지."

메이테이는 옷깃을 움켜쥔다.

"목매다는 소나무는 코노다이 아닌가요?"

칸게츠가 파문을 넓힌다.

"코노다이는 종을 매는 소나무고 토테산반초의 것은 목을 매다는 소나무네. 왜 이런 이름이 붙었는가 하면 옛날부터 전해 내려와 누구라도 이 소나무 밑에 오면 목을 매고 싶어진다는군. 강둑 위에는 소나무가 수십 그루 있지만 목을 매달았다고 하면 반드시 이 소나무에 매달려 있지. 1년에 두세 번은 꼭 매달려 있어. 아무래도 다른 소나무에서는 죽을 맘이 들지 않나 보네. 잘 보니 모양새가 훌륭해서 가지가 왕래하는 쪽으로 나 있더군. 아아 거 참 훌륭한 자태다. 그대로 놔두기는 아깝겠구나. 어떻게든 저곳에 인간을 매달아보고 싶다, 누군가 오지 않을까 하고 사방을 둘러보니 공교롭게 아무도 오지 않더구만. 하는 수 없다, 스스로 매달려볼까. 아니지, 아니지 내가 매달려서는 목숨이 끊어지지 않는가, 위험하니 그만두자. 하지만 옛날 그리스인들은 연회 자리에서 목을 매는 시늉을 해서 여흥을 돋구었다는 이야기도 있지 않은가. 한 사람이 단 위로 올라가 밧줄 묶는 매듭에 목을 집어넣는 찰나에 다른 자가 단을 발로 치우는 것이지. 목을 집어넣은 당사자는 단이 빠짐과 동시에 밧줄을 느슨하게 해 뛰어내린다는 설정이지. 하물며 그것이 사실이라면 별반 두려울 것도 없겠다 싶어 나도 한번 시도해보자고 나뭇가지에 손을 갖다 대보니 보기 좋게 휘더군. 휘는 정도가 정말 미적이었어. 목이 걸려 살랑살랑 흔들리는 모양을 상상해보니 온 몸이 짜릿짜릿한 게 어쩔 줄 모르겠더군. 꼭 해보고 싶은데 만약 토후우가 와서 기다리고 있으면 낭패라고 생각했지. 그럼 우선 토후우를 만나 약속대로 이야기를 하고 그런 다음 바로 나오자는 계산으로 결국 집으로 돌아왔다네."

"그것으로 끝인가?"

주인이 묻는다.

"재미있군요."

칸게츠가 싱글싱글 하면서 말한다.

"집에 돌아와 보니 토후우는 오지 않았네. 하지만 오늘은 어차피 사정이 있어 나가지 못하고 어쨌든 조만간 얼굴을 비추겠다는 엽서가 와 있었으므로 겨우 안심하고 이렇다면 마음 놓고 목을 맬 수 있겠구나 생각했네. 그래 재빨리 게타(일본 나막신)를 끌고 서둘러 원래 자리로 돌아가 보니……."

거기까지 말하고 주인과 칸게츠의 얼굴을 번갈아 본다.

"보니 어찌되었던가."라고 주인은 약간 조급해진 눈치다.

"드디어 점입가경에 이르는군요."

칸게츠는 하오리의 끈을 만지작거린다.

"가 보니 이미 누군가 먼저 와서 목을 맸더군. 간발의 차이였다네. 이런 아쉬울 때가. 생각해보면 그때는 완전히 저승사자한테 혼이 나갔었다네. 제임스 같은 자의 말을 빌리자면 무의식 속의 영혼계와 내가 존재하는 현실계가 일종의 인과법에 따라 서로 감응했을 것이라. 참으로 묘한 일이 있지 않은가."

메이테이는 그럴싸하게 결말을 낸다.

주인은 또 당했구나 생각하면서 아무 말도 하지 못하고 쿠우야모치(팥앙금이 든 과자)를 볼에 넣고 입을 오물오물거렸다.

칸게츠는 화로의 재를 조심조심 섞으면서 고개를 숙인 채 싱글싱글 웃고 있었는데 이윽고 입을 연다. 지극히 조용한 말투다.

"과연 듣고 보니 이상한 일로 정말 있을 것 같지도 않게 여겨집니다만, 저도 역시나 비슷한 경험을 요전에 한 적이 있으니 그 심정 이해가 갑니다."

"아니, 자네도 목을 매고 싶어졌던가?"

"아뇨, 제 쪽은 목이 아닙니다. 이것도 마침 밝히자면 작년 말의 일이고 거기다 선생님과 같은 날 같은 시각에 일어난 사건인지라 더욱이 불가사의하게 여겨집니다."

"이것 참 흥미롭구만." 하고 메이테이도 쿠우야모치를 볼에 넣는다.

"그날은 무코지마의 지인의 집에서 망년회 겸 합주회가 있어서 저도 거기 바이올린을 들고 갔습니다. 열댓 명의 규수들과 부인들이 모여 꽤 성황을 이루고 근래 들어 유쾌한 일이라고 생각될 정도로 만사가 순조로웠지요. 만찬도 끝나고 합주도 마치고 이런저런 이야기가 나와 시각도 꽤 늦어졌으니 이제 슬슬 자리를 나와 돌아가야겠다고 생각하고 있는데 모 박사 부인이 내 옆으로 와서 당신은 ○○ 씨의 병을 알고 있는가 하고 귓속말로 묻길래, 실은 그보다 한 사흘 전에 만났을 때는 평상시대로 어디도 안 좋아 보이지는 않았으니 나도 놀라 상세한 사정을 물어보니 제가 만나고 온 그날 밤부터 갑자기 열이 나고 알 수 없는 헛소리를 끊임없이 해댄다고 하고 그것만이라면 그래도 다행인데 그 헛소리

중에 제 이름이 때때로 나온다는 것입니다."

주인은 물론, 메이테이 선생도 "싸구려는 아니군." 같은 흔해빠진 말은 하지 않고 조용히 경청하고 있다.

"의사를 불러왔는데 어쩐지 병명은 알지 못하겠는데 여하튼 열이 심해서 뇌까지 이르렀으니 혹 수면제가 생각처럼 듣지 않으면 위험하다는 진단을 내렸다는 것으로, 저는 그 말을 듣자마자 일종의 불길한 예감이 들었던 것입니다. 마치 꿈에서 잠꼬대를 할 때처럼 무거운 느낌으로 주변의 공기가 갑자기 고형화되어 사방에서 제 몸이 죄어오는 것처럼 느껴지더군요. 돌아가는 길에도 그 일만 머릿속에서 맴돌아 견딜 수가 없었습니다. 그 예쁘고 그 쾌활하던 건강한 아가씨가……."

"잠깐 실례하네만 기다려주게나. 아까부터 듣고 있자니 ○○ 씨라는 것이 두 번 들린 것 같은데 혹 상관없다면 물어봐도 되겠나?"

메이테이가 주인을 돌아보자 주인도 "음." 하고 생대답을 한다.

"아니 그것만큼은 당사자한테 폐가 될지도 모르니 그만둡시다."

"전부 애매모호하게 얼버무릴 셈인가."

"비웃으시면 안 됩니다. 정말 진지한 이야기니까요……. 여하튼 그 아가씨가 갑자기 그런 병에 걸린 것을 생각하면 정말 꽃잎이 떨어지는 안타까움으로 가슴이 꽉 차서 온몸의 활기가 한꺼번에 난리를 일으키는 것처럼 기운이 쭉 빠져버려서는 그냥 비틀비틀하며 술에 취한 모습으로 아즈마바시로 갔던 것이지요. 난간에 기대어 아래를 내려다보니 밀물인지 썰물인지 모르겠지만 검은 물이 찰랑거리며 움직이고 있는 것처럼 보이더군요. 하나카와도 쪽에서 인력거가 한 대 달려와서 다리 위를 지나갔습니다. 그 등불을 지나쳐보내고 있노라니 점점 작아져서 삿포로 맥주가 있는 곳까지 사라졌습니다. 저는 또 물을 보았지요. 그러자 저 멀리 강 상류 쪽에서 제 이름을 부르는 소리가 들리더군요. 글쎄 지금 시간에 누가 부를 사람이 없는데 누굴까 하고 수면을 비추어 보았는데 어두워 아무것도 분간이 되지 않았습니다. 기분 탓인가 하고 빨리 돌아가려고 한 발 두 발 걸어나가니 다시 희미한 소리가 멀리서 제 이름을 부르는 것입니다. 저는 다시 멈춰 서서 귀를 쫑긋하고 들었습니다. 세 번째로 부르는 소리가 들렸을 때는 난간에 착 달라붙어 있는데도 무릎맡이 후들후들 떨리기 시작하더군요. 그 목소리는 저 멀리 아니면, 강바닥에서 나오는 것 같기도 한데 틀림없이 그 아가씨 목소리였지요. 저는 저도 모르게 '네 ─ 에.' 하고 대답을 했지 뭡니까. 그 대답이 컸던지 조용한 물에 소리가 퍼져 제 목소리에 되돌아오는 바람에 깜짝 놀라 주위를 둘러보았습니다. 사람도 개도 달도 아무것도 보이지 않았습니다. 그때 저는 이 '밤' 속에 휘말려 들어가 그 목소리가 나오는 곳으로 가고 싶다는 생각이 불쑥 떠오른 겁니다. ○○ 씨 목소리가 또 구슬프게 호소하듯이 목숨을 구하듯이 제 귀를 자극했으니 이번에는 '지금 곧 가겠어요'라고 대답하고 난간에서 몸을 반쯤 내밀고 검은 물을 바라다보았지요. 아무래도 나를 부르는 소리가 물결 밑에서 억지로 새어나오는 것처럼 여겨졌으니까요. 이 물 밑이구나 생각하면서 저는 드디어 난간 위로 올라섰습니다. 이번에 부르면 뛰어들어야겠다고 결심하고 물결을 쳐다보고 있자니 다시 불쌍한 목소리가 실오라기처럼 떠오르더군요. 여기다 하고 힘을 실어 일단 공중으로 뛰어올랐다가 조약돌처럼 미련 없이 떨어져버렸지요."

"드디어 뛰어든 게로구만."

주인이 눈을 깜박이면서 묻는다.

"거기까지 가리라고는 생각지 못했지."

메이테이가 자신의 콧잔등을 살짝 집는다.

"뛰어든 다음은 정신이 희미해져 한참은 꿈꾸는 듯했지요. 이윽고 눈을 떠보니 춥기는 하지만 어디도 젖은 데 없고 물을 마신 것 같은 느낌도 없었어요. 분명히 뛰어들었을 것인데 정말 이상하지요. 이것 참 이상하다고 생각하고 주위를 둘러보고 깜짝 놀랐지 않았겠습니까. 물속으로 뛰어들 생각이었던 것이 그만 착각을 하고 다리 한가운데로 뛰어내린 것이어서 그때는 정말 어이가 없더군요. 앞뒤 분간을 못해서 그 목소리가 나오는 곳으로 갈 수가 없었던 것이지요."

칸게츠는 이죽이죽 웃으면서 아까처럼 하오리의 끈에 신경이 가 있다.

"하하하하 이것 재미있구만. 내 경험과 아주 비슷한 부분이 묘하군. 역시 제임스 교수의 재료가 되겠구만. 인간의 감응이라는 제목으로 사생문을 써본다면 분명 문단을 떠들썩하게 할 걸세. ……그래서 그 아가씨의 병은 어찌 되었는가."

메이테이 선생이 또 재촉하여 묻는다.

"2, 3일 전 정초 문안을 갔더니 문 안에서 하녀와 하네츠키 놀이를 하고 있던 걸 보면 완쾌된 것이겠지요."

아까부터 침묵을 지키고 있던 주인이 드디어 입을 열고 "나한테도 있네.”라고 지지 않고 기를 쓴다.

“있다니 뭐가 있단 말인가.”

메이테이는 물론 주인 따위는 안중에 없다.

“내 얘기도 작년 말의 것일세.”

“모두 작년 말이라니 암호같이 이상하구만요.” 하고 칸게츠가 웃는다.
빠진 앞니 사이로 쿠우야모치가 끼어 있다.

“역시 같은 날 같은 시각이 아닌가?”

메이테이가 훼방을 놓는다.

“아니 날은 다른 것 같아. 아무래도 20일경일 걸세. 마누라가 연말 선
물로 세츠 다이죠(일본 요쿄쿠 대가)를 들려달라고 하니까 데려가주지 못
할 것도 없지만 오늘의 이야기는 뭐냐고 물었더니 마누라가 신문을 뒤
적이더니 우나기다니(장어계곡, 요쿄쿠의 한 장면의 이름)라고 말하더군. 우
나기다니는 별로니 오늘은 참자고 그날은 가지 않았네. 다음날이 되자
마누라가 또 신문을 들고 와서는 ‘오늘은 호리카와堀川이니까 괜찮지 않
냐’고 하더군. 호리카와는 샤미센(일본 전통 현악기)으로 하는 것으로 화
려하기만 하고 내용이 없으니 좀 더 참자고 하자 마누라는 잔뜩 볼이 부
어서 물러났다네. 그 다음날이 되자 마누라가 말하기를 ‘오늘은 산주산
겐도래요, 저는 꼭 세츠다이죠의 산주산겐도를 듣고 싶어요. 당신은 산
주산겐도도 싫어하는지 모르겠으나 나한테 선물하는 셈치고 같이 가주
셔도 되잖아요’ 하고 담판을 짓자고 덤비더구만.

당신이 그렇게 가고 싶다면야 가도 좋다, 하지만 소위 일생일대의 인
파라고 해서 엄청나게 사람이 몰릴 텐데 갑자기 들이닥쳐서는 도저히

들어갈 수 있을 리 없다. 원래 그런 곳에 가려면 찻집이라는 것이 있어서 그곳에서 접수를 해서 해당하는 자리를 예약하는 것이 올바른 순서이니, 순서도 밟지 않고 상식밖의 일을 하는 것은 좋지 않다, 아쉽지만 오늘은 그만두자고 하니 마누라는 사나운 눈빛으로, '저는 여자니까 그런 어려운 절차 나부랭이는 모르겠고 오오하라의 어머니도 스즈키네 기미요 씨도 올바른 순서인지 뭔지 그런 것 밟지 않고도 얼마든지 듣고 왔다 하니 아무리 당신이 선생이라지만 그렇게 수고가 드는 구경은 하지 않아도 되지 않겠수, 당신은 너무 하네요' 하고 울먹이는 소리로 말하더군. 그럼 되든 안 되든 뭐 일단 가보기로 하자, 저녁밥을 먹고 전차로 가보자고 두 손 들었더니 갈 거면 4시까지 도착하지 않으면 안 된다, 그렇게 꾸물대고 있을 시간이 없다고 갑자기 기세가 등등해지더구먼. 왜 4시까지 가지 않으면 안 되느냐고 되묻자 여유 있게 가서 자리를 잡아놓지 않으면 들어갈 수 없으니 그렇다고 스즈키네 기미요 씨한테서 들은 대로 설명하더군. '그럼 4시를 넘기면 더 이상 안 되겠네' 하고 확인을 해보니 '그래요. 안 되지요.' 라고 대답하더군. 그런데 말일세, 이상하게도 그때부터 갑자기 오한이 나기 시작하더군.”

“부인이 말인가요?”

칸게츠가 묻는다.

“아니, 마누라는 팔팔했지. 내가 말일세. 어쩐지 구멍 뚫린 풍선마냥 한꺼번에 위축되는 느낌이 이는가 싶더니 이제는 눈까지 희미한 게 꼼짝을 할 수가 없더란 말이야.”

“급작스런 병이군.”

메이테이가 주역을 덧붙인다.

"아아 곤란하게 되었지. 마누라의 1년에 한번 소원이니 꼭 이루어주고 싶은데. 항상 핀잔만 주고 말도 안 할 때도 있었고 몸 고생에 마음 고생까지 시킨데다, 아이들만 돌보게 했지 무엇 하나 뼈빠지게 고생한 것에 보답을 한 적은 없었네. 오늘은 다행히 시간도 있겠다, 주머니 속에는 네다섯 닢쯤 돈도 있겠다. 데리고 가면 갈 수 있다. 마누라도 가고 싶을 것이다, 나도 데려가고 싶다. 꼭 데려가주고 싶은데 이렇게 오한이나고 눈이 어둑어둑해서는 전차는커녕, 신발끈도 맬 수 없겠다. 아아 이러면 안 되는데 안 되는데 하고 생각하니 오한이 더 나고 눈이 더 침침해지더구만. 빨리 의사선생한테 보이고 안약이라도 넣으면 4시 전에는다 낫겠다 싶어 그때부터 마누라하고 의논을 해서 아마키 박사를 불러오라고 보냈더니 공교롭게도 어제저녁 당번이어서 아직 대학에서 돌아오지 않았다네. 2시경에는 돌아오시니 돌아오는 대로 바로 달려오겠다는 대답이었지. 큰일이구만 지금 진정제라도 먹으면 4시 전에는 분명나을 것은 같은데 운이 안 좋을 때는 뭘 해도 안 되는 법이어서 마누라가 기뻐하는 얼굴을 보고 나도 즐겁자는 예상도 완전히 틀어져버리더구만. 마누라는 원망스런 표정을 감추지 못하고 도저히 못 가겠느냐고 묻는 거야. 갈 거다 꼭 갈 거다, 4시까지는 분명히 나을 테니까 안심하고있으라고. 빨리 세수라도 하고 옷이라도 갈아입고 기다리고 있는 게 좋겠다고 입으로는 말한 것 같은데 속으로는 온갖 잡생각이 다 들더구만. 오한은 점점 심해지지, 눈은 점점 어두침침해지지. 만약 4시까지 낫지않아서 약속을 지키지 못한다면 속 좁은 여편네니 무슨 짓을 할지 모르잖은가. 불쌍한 처지가 되어버렸지. 어떻게 하면 좋을까? 만에 하나를 생각하면 이 참에 세상사 덧없이 변해가는 이치, 산 것은 반드시 죽는다는 도리를 말해주어서 혹시라도 변이 일어났을 때 당황하지 않게 각오를 하게 하는 것도 아내에 대한 남편의 의무가 아닐까 하는 생각도 들었네. 그래 나는 재빨리 마누라를 서재로 불렀지. 앉혀놓고 '당신은 여자지만 many a slip twixt the cup and the lip(입에 든 떡도 넘어가야 제맛이다)이라는 서양 속담 정도는 알고 있겠지?' 하고 물었더니 그런 요상한 글자 같은 걸 누가 알겠느냐, '당신은 사람이 영어를 모르는 것을 알면서 일부러 영어를 사용해서 저를 골탕 먹이려는 거지요, 어차피 영어 같은 건 못하니까, 그렇게 영어가 좋으시면 왜 예수학교 졸업생인가 뭔가 하는 그 처녀를 맞아들이지 않으셨수. 당신같이 냉정한 사람은 없을 걸요' 하며 매우 노하여 나도 모처럼의 계획에 허리를 꺾이고 말았다네. 자네들한테도 변명하는데, 내 영어는 결코 악의로 사용한 것이 아니라네. 순전히 아내를 사랑하는 애틋한 정에서 나왔는데 그것을 마누라처럼 해석해서는 나도 설 곳이 없잖은가. 거기다 아까부터 오한과 현기증으로 머리가 어지간히 혼란스러워져 있던 참에 빨리 세상의 이치를 알려주려고 조금 성급했던 마음에 마누라가 영어를 모른다는 것을 깜박하고 아무 생각 없이 내뱉어버린 것이지. 생각하면 이것은 내가 나빴어, 완전히 내 실수였다네. 이 실패로 오한은 더 심해지고 눈은 더 침침해졌지. 마누라는 아까 말한 대로 목욕탕에 가서 웃웃을 벗고 화장을 하고 옷장에서 갈아입을 옷을 꺼내 옷을 갈아 입더구만.

어느새 언제든 나갈 수 있다고 말하는 모양새로 떡 버티고 있더구만.

나는 마음이 마음이 아니었네. 빨리 아마키 선생이 와주면 좋을 텐데 하고 시계를 보니 벌써 3시더구만. 4시까지는 이제 한 시간밖에 안 남았지. '슬슬 나가볼까요?'라고 마누라가 서재 문을 열고 얼굴을 내밀더군. 자기 마누라를 칭찬하는 것은 이상한 것 같지만, 나는 결혼하고 이때만큼 마누라가 이쁘다고 생각한 적도 없었다네. 웃옷을 벗고 비누로 잘 닦은 피부가 반짝반짝 윤이 나 검은 하오리하고 묘한 대비를 이루었지. 그 얼굴이 비누와 연극을 듣자는 희망 두 가지로 더욱 빛나 보이더군. 아무래도 그 희망을 만족시켜줘야겠다는 마음이 들더군. 그럼 힘을 내서 가볼까 하고 담배 한 개비를 피우고 있으려니 그제서야 아마키 선생이 왔지. 주문대로 되었다 하고 상태를 이야기하자 아마키 선생은 내 혀를 살펴보고 손을 잡아보고 가슴을 두드리고 등을 쏠어내리고 눈꺼풀을 뒤집어보고 두개골을 쓰다듬어보더니 한참 동안 생각에 잠기더군. '아무래도 조금 위태로운 것 같아서요' 라고 내가 말하자, 선생은 침착하게 '아니 별 건 아닐 겁니다' 라고 하는 거야. '저기, 잠깐 정도는 외출해도 지장 없겠지요?'라고 마누라가 물어보니까 '그럼요' 라고 선생은 다시 생각에 잠기더군.

'기분만 나쁘지 않으면⋯⋯.'

'기분이 나쁘다구요.' 라고 내가 말했지.

'그럼 어쨌든 가루약과 물약을 드릴 테니.'

'흐흠 어쩐지 뭔가 위험한 것이지요?'

'아니요 걱정하실 정도는 아닙니다, 신경을 너무 쓰시면 안 됩니다'라고 하고 선생이 돌아갔어. 3시하고도 30분이나 흘렀더군. 하녀한테 약을 받아오라고 보냈고 하녀는 마누라의 엄명으로 뛰어갔다가 뛰어왔는데 그때가 4시 15분 전이었네. 4시까지는 아직 15분이 남아있으니 그래도 다행이었지. 그런데 지금까지 아무 일도 없던 것이 갑자기 또 속이 메슥거리기 시작하지 뭔가. 마누라가 물약을 찻잔에 따라 내 앞에 내밀길래 찻잔을 집어 들어 마시려고 하니 위 속에서부터 우웨 – 엑하는 것이 올라오더군. 어쩔 수 없어 찻잔을 내려 놓았다네. 마누라는 '아이구, 빨리 드시면 좋겠구만' 하고 재촉을 하더군. 빨리 마시고 빨리 나가지 않으면 상황이 곤란해진다, 마음을 단단히 먹고 마셔버리자고 다시 찻잔을 입에 갖다 대자 또 구역질이 끈질기게 훼방을 놓더군. 마시려고 하다가 찻잔을 내려놓고 또 마시려고 하다가는 내려놓고 하는 사이 응접실 괘종시계가 땡 땡 땡 땡 4시를 울리더군. 자 4시다, 우물쭈물 하다가는 안 되겠다 싶어 찻잔을 다시 집어 들었더니 참말 이상하지, 아마 정말 이상하다는 건 이럴 때 하는 말일 걸세, 4시 소리와 함께 구역질은 말끔히 사라지고 물약이 아무 고통 없이 술술 넘어가더군. 그리고 4시 10분경이 되자 아마키 선생이 명의라는 것도 비로소 이해할 수가 있겠더구만. 등줄기가 으실으실하는 것도 눈이 침침하던 것도 거짓말처럼 사라지고 당분간 일어나지도 못할 거라고 생각했던 병이 금세 싹 가셔버린 것이 얼마나 기쁘던지."

"그래서 가부키자에 같이 가긴 갔는가?"

메이테이가 영문을 알 수 없다는 얼굴로 묻는다.

"가고 싶었네만, 4시가 지나면 들어갈 수 없다고 마누라가 그랬으니 하는 수 없이 그만두었지. 아마키 선생이 한 15분만 빨리 와주었어도 내 체면도 서고 아내도 만족했을 텐데 불과 15분 차이로 말이네, 정말 유감스러웠다네. 지금 생각해보면 위태로운 순간이 아닐 수 없었어, 지금도 오싹하다네."

말을 다 끝낸 주인은 겨우겨우 자신의 의무를 다한 것마냥 흐뭇해한다.

이것으로 두 사람에 대해 체면이 섰다는 기분인지도 모른다.

칸게츠는 평소처럼 빠진 이를 드러내놓고 웃으면서 말한다.

"그것 참 아쉬우셨겠군요."

메이테이는 시치미를 뚝 떼고 "자네 같은 친절한 남편을 가진 마누라는 정말 행복하겠구만." 하며 혼잣말처럼 말한다.

그때 장지문 너머에서 에헴 하는 마누라의 기침소리가 들린다.

나는 얌전하게 세 사람의 이야기를 차례차례 듣고 있었는데 이상하게도 가엾지도 않았다. 인간이라는 자들은 시간을 죽이기 위해 억지로 입을 놀려서 이상하지도 않은 것을 가지고 웃거나 재미있지도 않은 것을 재미있다고 하는 것밖에 별달리 재주도 없는 족속이라는 생각이 들었다. 내 주인이 고집 세고 편협한 것은 전부터 알고 있었지만, 평소에는 말수가 적어서 어쩐지 이해할 수 없는 면이 있는 것도 같았다. 그 이해할 수 없는 점이 조금은 두렵다는 느낌도 있었지만, 방금 이야기를 듣고 나서 갑자기 경멸하고 싶어졌다.

그는 왜 두 사람의 이야기를 말없이 듣고 있을 수 없을까. 지지 않으려고 오기를 부려서 쓸데없는 말을 떠벌리면 무슨 득이 된다고. 에픽테토스가 그런 짓을 하라고 써놓았는지 모르겠다. 요컨대 주인도 칸게츠도 메이테이도 태평한 족속들이고 그들은 수세미꽃처럼 바람에 흩날려 초연하게 지내고 있는 것 같지만, 내면은 역시 세속의 명예와 이익도 챙기고 욕심도 챙긴다. 경쟁심, 이기자는 마음은 그들의 일상 담소 중에도 언뜻언뜻 드러나고 있고 한발 더 나아가면 그들이 평소 매도하고 있는 속물들과 한 통속의 동물이 되는 것은 고양이 눈으로 보면 딱한 지경이 아닐 수 없다. 단지 그 언동이 보통의 그렇고 그런 자들처럼 판에 박힌 구석은 띠고 있지 않다는 것은 막상 다행이기도 할 것이다.

이렇게 생각하니 갑자기 세 사람의 담화가 재미없어졌으므로 삼색털 미케 얼굴이라도 보러 가봐야겠다 하고 고토 선생네 뜰 입구로 돌아간다. 설날 장식은 이미 거두어지고 정월도 이제 열흘이 되었는데 따사로운 봄 햇볕은 한 점의 구름도 보이지 않고 깊은 하늘로부터 사해천하를 한꺼번에 비추고 열 평 남짓한 온 뜰도 설날의 서광을 받았을 때보다 더 선명한 활기를 띠고 있다. 툇마루에 방석이 하나 놓여 있고 인적도 없고 장지문도 굳게 닫혀 있는 것을 보면 선생은 목욕탕에라도 갔는지 모른다. 선생은 없어도 괜찮지만, 삼색털 미케는 조금은 나은 것인지, 그것이 마음에 걸린다. 조용하니 인적도 없으니 도둑발을 하고 툇마루로 올라가 방석 한가운데에 드러누워 보니 기분이 말도 못하게 좋았다. 그만 꾸벅꾸벅 하면서 삼색털 미케도 까맣게 잊은 채 졸고 있자니 갑자기 장지문 안에서 사람 말소리가 들린다.

"수고했네. 잘 했는가."

고토 선생은 역시 집에 있었던 것이다.

"네 늦어져서 불사에 다녀왔더니 마침 다 된 참이라고 하셔서."

"어디 좀 보세나. 아아, 훌륭하게 되었네, 이것으로 미케도 부처님께 잘 돌아갈 수 있겠구만. 금박은 벗겨질 일은 없을 테지?"

"예예 다짐을 받아두어 고급품을 썼으니 이것이라면 인간의 위폐보다도 더 오래갈 거라고 하셨습니다. ……그리고 묘예신녀의 '예' 자는 약간 흘려쓰는 쪽이 보기 좋으니 조금 획을 바꾸었다고 하셨습니다."

"어디어디 빨리 불단에 올려 향이라도 피워야겠다."

삼색털 미케는 어떻게 된 거지, 어쩐지 분위기가 심상치 않다 싶어 방석에서 일어났다. '댕 ― 나무묘예신녀, 나무아미타불 나무아미타불' 하고 선생의 목소리가 들린다.

"너도 명복을 함께 빌어라."

'댕 ― 나무묘예신녀 나무아미타불 나무아미타불' 하고 이번에는 하녀의 목소리가 들린다.

나는 갑자기 가슴이 두근거려왔다. 방석 위에 선 채로 나무 조각 고양이처럼 눈도 깜박이지 못한다.

"정말 유감스런 일이었습니다. 처음에는 그저 감기려니 했습니다요."

"아마키 선생이 약이라도 주면 나았을지도 모르겠다."

"도대체 그 아마키 선생이란 작자가 나쁩니다요, 미케를 너무 하찮게 여긴 거예요."

"그렇게 남을 나쁘게 말하는 게 아니다. 이것도 다 하늘의 뜻이니."

삼색털 미케도 아마키 선생에게 진찰을 받았던 것으로 보인다.

"결국에 큰길의 선생네 고양이 녀석이 멋대로 꼬드겨내서 그리 된 거라고 저는 생각해요."

"음, 그 짐승놈이 미케의 원수구만."

조금 변명이라도 하고 싶었지만, 이 대목에서 참아야 한다고 침을 꿀꺽 삼키고 듣고 있다. 이야기는 잠시 끊겼다 이어진다.

"세상은 마음대로 되지 않는 법이지. 미케 같이 잘난 놈은 일찍이 요절을 하고 못난 도둑고양이 놈은 아무렇지 않게 장난질이나 하고 있고⋯⋯."

"말씀하신대로입니다. 미케 같이 귀여운 고양이는 종치고 북치고 아무리 찾아다녀도 어디 또 있을라구요. 세상에 둘도 없는 고양이였는데."

두 마리라고 하는 대신에 둘이라고 말했다. 하녀의 생각으로는 고양이와 인간은 같은 동족인 것 같다. 그러고 보니 이 하녀 얼굴은 우리들 고양이족과 매우 닮았다.

"할 수만 있다면 우리 미케 대신에⋯⋯."

"그 선생 집의 도둑고양이가 죽었으면 바람대로 되었을 텐데요."

바람대로 되어서는 좀 곤란하다. 죽는다는 것은 어떤 것인가, 아직 경험해본 적이 없으니 좋다고도 싫다고도 할 수 없지만 지난번 너무 추워서 불이 꺼진 화로 안으로 파고들어갔다가 가정부가 내가 있는 것도 모르고 위에서 뚜껑을 닫아버린 일이 있었다. 그때의 괴로움은 생각만 해도 무서울 정도였다. 흰고양이 시로의 설명에 의하면 그 고통이 조금만 더 계속되면 죽는 것이라 한다. 삼색털 미케 대신이라면 억울할 것도 없지만 그런 고통을 거치지 않고는 죽을 수가 없다고 한다면 누구를 위해서라도 죽고 싶지는 않다.

"하지만 고양이라도 스님의 독경을 받고 계명을 얻게 되었으니 여한은 없을 것이다."

"그렇고말구요, 정말 보은을 받았습지요. 굳이 한 말씀 드리자면 그 스님의 경이 너무 가벼웠던 것 같습니다요."

"그래, 너무 짧은 듯해서 정말 일찍 끝내셨군요 하고 물어봤더니 겟케이지 스님이, 예 효험이 있는 대목으로 잠깐 해두었습니다, 뭐 고양이이니 그 정도로도 충분히 정토에 이를 것이라 하시더구나."

"어머머 뭐…… 하지만 그 고양이놈은……."

나는 이름은 없다고 종종 말해두었는데 이 하녀는 늘 고양이놈 고양이놈이라고 나를 부른다. 무식도 그런 무식이 없다.

"죄가 깊으니 아무리 좋은 독경을 해도 부처님에게 닿지는 못할 겁니다."

그 '고양이놈'이라는 말이 몇백 번 되풀이되었는지 알지 못한다. 나는 이 한도 끝도 없는 담화를 도중에 듣다 말고 방석에서 미끄러 떨어져 툇마루에서 뛰어내렸을 때, 8만 8천 8백 8십 가닥의 털을 한꺼번에 곤두세워 몸을 부르르 떨었다.

그 후 고토 선생집 쪽은 바라보지도 않았다. 요즘은 선생 자신이 겟케이지 스님한테서 그 성의 없는 불경을 듣고 있을 것이다.

요즘 들어서는 외출할 용기도 나지 않는다. 어쩐지 세상이 성가시게 느껴진다. 주인에게 뒤지지 않을 만큼 지저분한 고양이가 되었다. 주인이 서재에만 틀어박혀 있는 것을 보고 사람들이 실연당했다고 쑥덕거리는 것도 무리는 아니라고 여기게 되었다.

쥐는 여전히 잡을 생각을 안 하니 한때는 가정부한테서 내쫓아 버리자고까지 말이 나온 적도 있었지만 주인은 내가 흔해 빠진 보통 고양이가 아니라는 것을 알고 있었으니 나는 오늘날까지 빈둥빈둥하며 이 집에 기거하고 있다. 이 점에 대해서는 주인의 은혜에 깊이 감사함과 동시에 그 안목에 대해서 경탄의 뜻을 표하는데 주저하지 않을 생각이다.

가정부가 나를 알아보지 못하고 구박하는 것은 별로 화도 나지 않는다. 머잖아 히다리 진고로(근세 초기 건축가. 조각가)가 나의 초상을 누각문 기둥에 새기고 일본의 스탠런(근세 초기 목수)이 좋아라 나의 얼굴을 캔버스 위에 그리게 되면 둔한 눈을 가진 그 같은 자들은 비로소 자신의 지혜롭지 못함을 부끄러워할 것이다.

삼색털 미케는 죽었다. 검은 보스는 상대도 되지 않고 막상 적막한 감은 있지만, 다행히 인간들을 알게 되어 그리 따분하다고도 생각되지 않는다. 요전에는 주인한테로 고양이 사진을 보내주라고 편지로 의뢰한 남자가 있다. 요사이는 오카야마의 명산물 수수경단을 일부러 내 앞으로 보내준 사람이 있다.

점점 인간으로부터 동정을 받게 됨에 따라 고양이인 사실은 망각해간다. 고양이보다는 어느 샌가 인간 쪽으로 접근해간 것 같은 기분이 들어, 동족을 규합해 두발 달린 선생과 쌍웅을 가리자는 생각 같은 것은 털끝만큼도 없어졌다. 그뿐인가 가끔은 나도 역시 인간세계의 한 사람으로 여겨질 때조차 있을 정도로 진화한 것은 뿌듯한 일이다. 굳이 동족을 경멸할 생각은 없다. 단지 성정이 가까운 곳을 향해 한 몸의 편안함을 두고자 하는 것은 자연스레 그리되는 부분으로 이것을 가지고 변심했다든가, 경박하다든가, 배반이라고 평해서는 조금 당황스럽다. 그러한 말을 장난삼아 남을 매도하는 자들일수록 융통성이 없는 빈곤한 남자들이 많은 것 같다. 이렇게 고양이의 습성을 탈피하고 보니 삼색털 미케나 검은 보스 일만 신경쓰고 있게 되지는 않는다. 역시 인간과 동등한 기분으로 그들의 사상과 언행을 평가하고 싶어진다. 이것도 무리는 아닐 것이다. 다만 그 정도의 견식을 갖고 있는 이 몸을 역시 보통의 고양이 새끼에 털이 조금 더 난 것쯤으로 여기고 주인이 나에게 한마디 인사도 없이 내가 보는 앞에서 수수경단을 모조리 먹어치운 것은 유감스러울 따름이다. 사진도 아직 찍어 보내지 않은 모양이다. 이것도 불평이라고 하면 불평이겠지만, 주인은 주인이고 나는 나이니 서로의 견해가 자연히 다른 것은 어쩔 도리도 없을 것이다. 나는 어디까지나 인간이 된 것마냥 있는 것이니까 사귀고 있지 않은 고양이들에 대해서는 아무래도 붓을 놀리기는 어렵다. 메이테이, 칸게츠 같은 선생들의 소식만으로 삼가 받아주기 바란다.

오늘은 활짝 갠 일요일이다. 주인은 서재에서 어슬렁어슬렁 나와 내 옆에 붓, 벼루와 원고용지를 늘어놓고 배를 깔고 엎드려 뭔가 끙끙거리고 있다. 아마 초고를 써내려가는 서막으로서 묘한 소리를 내는 것이겠거니 하고 살펴보고 있는데 한참이 지나 두꺼운 붓글씨로 '향일주^{香一炷}'라고 썼다. 화려한 시가 될지, 하이쿠가 될지, 향일주란, 주인치고는 조금 너무 화려하다고 생각할 틈도 없이, 그는 향일주를 써내버리고 새롭게 행을 바꾸어 '아까부터 천연거사^{天然居士}(세상을 달관한 듯 세속을 떠나 태평하게 사는 사람)를 쓰려고 생각하고 있어'라고 붓을 든다. 그러나 붓은 거기서 딱 멈춰 꼼짝을 안 한다. 주인은 붓을 들고 고개를 갸웃했지만 별달리 묘안도 없는 것인지 붓의 솔을 핥기 시작했다. 입술이 새까맣게 되어 보고 있는데 이번에는 그 밑에 살며시 동그라미를 그린다. 동그라미 안에 점을 두 개 찍어 눈을 그린다. 한가운데에 작은 콧구멍이 뚫린 코를 그리고 일자 모양으로 한 획을 죽 그었다, 이래서는 문장도 하이쿠도 아니다. 주인 스스로도 짜증이 난 것으로 보여 아무렇게나 칠을 해 얼굴을 지워버렸다.

주인은 다시 행을 바꾼다. 그는 행만 바꾸면 시든 찬가든 글이든 기록이든 뭐든 될 것이라고 방향도 없이 생각하고 있는 듯하다.

이윽고 '천연거사는 공간을 연구하고 논어를 읽고, 군고구마를 먹고 콧물을 흘리는 사람이다'라고 언문일치체로 단숨에 써내려갔다, 어쩐지 허접해 보이는 문장이다. 주인은 이것을 거리낌 없이 낭독하고 전에 없이 "하하하하 재미있군." 하고 웃다가 "콧물을 흘리는 것은 조금 심했으니 지우자."라고 그 구절에만 줄을 긋는다. 한 줄로 끝날 부분을 두 줄을 긋고 세 줄을 그어, 훌륭한 평행선을 그리고 선이 다른 행까지 삐져나가도 아랑곳하지 않고 긋고 있다. 선이 여덟 줄이나 늘어서도 나머지 구절은 도저히 떠오르지 않는지 이번에는 붓을 버리고 수염을 꼬아본다. 문장을 수염으로 비틀어내 보시겠다는 태도로 거침없이 비틀었다가 꼬아 올리고 꼬아 내리고 있는 참에 응접실에서 안주인이 나와 주인의 코앞에 딱 앉는다.

"잠깐 봅시다."

"뭔데."

주인은 물속에서 북을 두드리는 소리를 낸다.

대답이 마음에 들지 않았는지 부인은 다시 말한다.

"잠깐 보자구요."

"뭔데 그래."

이번에는 콧구멍에 엄지손가락과 검지손가락을 넣고 코털을 쑥 뽑는다.

"이달은 조금 부족한데요……."

"부족할 리 없어, 의사한테도 약값은 다 냈고 밀린 책값도 지난달 다 청산하지 않았는가. 이달은 남아야 정상이지."

주인은 시치미를 떼고 뽑은 코털을 천하의 희한한 볼거리인 양 바라보고 있다.

"그래도 당신이 밥을 드시지 않고 빵에 잼을 발라 드시니."

"잼은 몇 병이나 먹은 건가?"

"이달은 8병 사왔지요."

"8병? 그렇게 발라먹은 기억이 없는데."

"당신만이 아니에요, 애들도 먹었지요."

"아무리 먹어봤자 5, 6엔 정도겠지."

주인은 태연한 얼굴로 코털을 하나하나 정중히 원고용지 위에 심는다. 살점이 붙어 있어서 바늘을 세운 것처럼 꼿꼿이 서 있다. 주인은 뜻하지 않은 발견을 해 감동한 폼으로 혹 불어본다. 점착력이 강해서 결코 날아가지 않는다.

"징그럽게 세구만." 하고 주인은 그것을 열심히 분다.

"잼만이 아니라구요, 그것 말고도 사야 될 것들이 있어요."

안주인은 불만스런 기색을 양 볼에 비춘다.

"있을지도 모르지."

주인은 다시 손가락을 집어넣어 코털을 확 뽑는다. 빨간 것 검은 것 여러 색이 섞인 것 가운데 한 가닥 새하얀 것이 보인다. 크게 놀란 모습으로 그것을 뚫어져라 바라보고 있던 주인은 손가락 사이에 끼운 채로, 그 코털을 안주인 얼굴 앞으로 내민다.

"아휴 징그러워라."

안주인은 얼굴을 찌푸리며 주인의 손을 밀친다.

"좀 봐봐, 새치 코털이야."

주인은 크게 감동한 모습이다.

과연 안주인도 웃으면서 응접실로 들어간다. 아무래도 경제문제는 단념한 듯하다. 주인은 다시 천연거사에 몰두한다.

코털로 안주인을 쫓아낸 주인은, 일단 안심이라는 듯이 코털을 뽑아서는 원고를 쓰려고 초조해하는 것 같은데 붓은 좀처럼 움직이지 않는다.

"'군고구마를 먹는다'도 사족이니 빼버려."

결국 이 문구도 없애버린다.

"향일주도 너무 당돌하니 그만두자." 하고 아낌없이 지워버린다.

남은 부분은 '천연거사는 공간을 연구해 논어를 읽는 사람이다'라고 하는 한 구절이 되어버렸다. 주인은 이래서는 어쩐지 너무 간소한 것 같다고 생각했는데, 에이 귀찮다, 문장은 그만 접고 이름만으로 하자고 붓을 열십자로 휘둘러 원고용지 위에 천박한 문인화의 난을 힘있게 그린다. 모처럼의 고심도 한 글자 남김없이 낙제가 되었다. 그리고 뒤로 뒤집어 '공간에 태어나 공간을 다하고 공간에 죽는다. 공이거나 간이거나 천연거사 아아' 하고 의미 불명의 어구들을 나열하고 있는 참에 늘 들이닥치는 그 메이테이가 들어온다. 메이테이는 남의 집도 자기 집과 똑같다고 여기는지 안내받는 것도 사양하고 성큼성큼 올라온다. 그뿐인가 가끔은 제멋대로 뒷문에서 홀연히 뛰어드는 적도 있다, 걱정이나 배려, 눈치코치, 고생 같은 것은 태어날 때 어디다 내버리고 나온 남자다.

"또 거인인력인가."

앉지도 않고 주인에게 묻는다.

"그리 언제나 거인인력만 쓰고는 있지 않지. 천연거사의 묘비명을 고르고 있던 참이네."

주인이 거창하게 말한다.

"천연거사라고 하면 역시 우연동자 같은 계명인가?"

메이테이는 여전히 엉뚱한 소리를 해댄다.

"우연동자라는 것도 있는가?"

"뭐 있을 리 없지만 아마 그쯤이 아니겠나."

"우연동자라는 것은 내가 알 바 아닌 것 같은데 천연거사라는 것은 자네도 알고 있는 남자네."

"도대체 누가 천연거사 같은 이름을 달고 다니는가?"

"그때 그 소로사키 있잖아. 졸업하고 대학원에 들어가 공간론이라는 제목으로 연구를 하다가 너무 공부를 한 나머지 복막염으로 죽어버렸지. 소로사키는 그래 봬도 내 친구였다니까."

"친구라도 그렇지, 결코 나쁘다고는 하지 않겠네. 하지만 그 소로사키를 천연거사로 둔갑시킨 건 도대체 누구 짓인가?"

"나지, 내가 붙여준 걸세. 원래 중이 붙이는 계명만큼 속된 것은 없으니."

천연거사는 매우 낭만적인 이름인 것처럼 자랑한다.

메이테이는 웃으면서 "그럼 그 묘비명이라는 놈을 보여주게나."

하고 원고를 집어 들어 큰 소리로 읽어올린다.

"뭐야…… 공간에 살고 공간을 다하고 공간에 죽는다. 공이거나 간이거나 천연거사, 아아."

"과연 이것 좋다, 천연거사에 딱 들어맞네."

주인은 기쁜 듯이 "괜찮지?"라고 말한다.

"이 묘비명을 장아찌 담글 때 쓰는 돌에 새겨 넣어 본당 뒤뜰에 박힌 돌처럼 내던져 두게나. 얼마나 좋은가, 천연거사도 극락에 이를 것이네."

"나도 그럴 참이었어."

주인은 지극히 진지하게 대답하더니 곧바로

"난 잠깐 실례하겠네, 금방 돌아올 테니 고양이라도 놀리며 있게나."

하고 메이테이의 대답도 기다리지 않고 훌쩍 나간다.

계획에 없던 메이테이 선생의 시중들기를 떠맡고 무뚝뚝한 얼굴도 하고 있을 수 없으니 냐옹냐옹 하고 애교를 부려가며 무릎 위로 기어 올라가 보았다.

그러자 메이테이는 "여어 제법 통통하구만, 이것 봐라." 하며 무례하게도 내 목덜미털을 잡아 허공으로 낚아 올린다.

"뒷발을 이렇게 늘어뜨려서야 어디 쥐라도 잡겠나, ……어떻습니까, 부인. 이 고양이놈 쥐 좀 잡습디까?"

나 혼자만으로는 부족하다고 생각했는지 옆방의 안주인한테 말을 건다.

"쥐가 아니라 오조니를 먹고는 춤을 추고 있던걸요."

안주인은 엉뚱한 대목에서 내 과거사를 들춘다. 나는 허공에 대롱대롱 매달려 애교를 떨면서도 기분은 조금 나빴다. 메이테이는 아직 나를 내려줄 생각을 않는다.

"과연 춤이라도 출 얼굴이구만. 부인, 이 고양이는 마음을 놓을 수가 없는 놈이군요. 옛날 쿠사조시(초쌍지. 에도 초기 그림이 들어간 통속소설)에 있는 고양이 네코마타를 닮았습니다."

그가 제멋대로 말을 늘어놓으면서 자꾸만 안주인에게 말을 건다. 안주인은 이내 성가셨는지 바느질하던 손을 멈추고 방안으로 나온다.

"정말 지루하시죠? 이제 올 겁니다."

그리고는 차를 새로 따라 메이테이 앞으로 내민다.

"어딜 갔습니까?"

"어딜 간다고 말하고 간 적이 없는 양반이니 알 수 없지만 아마 의사한테라도 간 모양입니다."

"아마키 선생 말인가요? 아마키 선생도 그런 병자한테 붙잡혔으니 난 재로군요."

"예에."

안주인은 달리 맞장구를 칠 방법도 없다고 보여 짧게 대답만 한다.

메이테이는 전혀 아랑곳하지 않고 계속해서 묻는다.

"근래에는 어떻습디까, 위의 상태가 조금은 나아진 겁니까?"

"나아졌는지 어떤지 통 모르겠어요. 아무리 아마키 선생한테 다녀도 저렇게 잼만 먹어서는 위장병이 나을 리 없지요."

안주인은 아까의 불평을 암암리에 메이테이에게 흘린다.

"그렇게 잼을 먹어댑니까, 꼭 어린애 같군요."

"잼만이 아니고 요새는 위장병 약인가 뭔가 하면서 무 같은 것만 마구 먹어대니……."

"허어."

라고 메이테이는 감탄한다.

"아무래도 무 같은 것 안에는 디아스타제가 있다든가 하는 이야기를 신문에서 읽은 것 같아요."

"과연 그래서 잼의 손해를 보충한다는 의도군요. 거 몸 생각은 꽤나 하는구만, 하하하하."

메이테이는 안주인의 호소를 듣고 매우 유쾌한 기색이다.

"요전 같았을 때는 갓난아기한테까지 먹이려 들어서……."

"잼을 말입니까?"

"아뇨, 무 같은 것을요……. 글쎄, '아가야 아빠가 맛난 것을 줄 테니 이리 와보렴' 하면서, ─ 가끔 아이들을 귀여워해주는가 싶으면 그런 멍청한 짓만 한다니까요. 2, 3일 전에는 가운데 딸년을 안아다 옷장 위에 올려 놓았답니다……."

"어쩐 일로 그랬답니까?"

메이테이는 무엇을 물어도 의도가 있는 것으로 해석한다.

"뭐 이유도 뭣도 없어요, 그냥 그 위에서 뛰어내려보라는 거예요. 서너 살밖에 안 된 여자아이인데, 그런 엄청난 일을 할 재간이 없잖아요."

"과연 이건 의도가 없어도 너무 없군요. 하지만 저래도 속은 나쁘지 않은 호인 아닙니까."

"저런 데다 속까지 나빴다간 더 못 참지요."

안주인은 열심히 기염을 토한다.

"뭐 그렇게 불평은 하시지만 그래도 낫지 않습니까? 이렇게 부족함 없이 그날 그날 살아갈 수 있으면 그나마 나은 것이지요. 쿠샤미 군 같은 친구는 도락도 하지 않고 옷에도 신경 쓰지 않고 수수하니 세상살이에 안성맞춤인 사람이잖아요."

메이테이는 격에 맞지도 않는 설교를 신이 난 듯 하고 있다.

"그런데 잘 모르고 계세요……."

"뒤로는 딴 짓이라도 한답니까? 방심하고 있을 수 없는 세상 아닙니까."라고 뜬구름 잡는 대답을 한다.

"다른 도락은 없지만 읽지도 않을 책들만 잔뜩 사다 날라요. 그것도 적당히 계산해서 사주면 좋을 텐데, 시도 때도 없이 마루젠(서양책을 많이 구비한 유명한 서점)에 가서는 몇 권이 됐든 들고 와서 월말이 되면 모르는 척 하고 있지 뭡니까, 작년 말 같은 때는, 책값이 다달이 쌓여 얼마나 곤혹을 치렀는지 몰라요."

"뭐 책 같은 건 가져올 만큼 가져와도 상관없지요. 지불을 하라고 오면 금방 주겠다 주겠다 하고 있으면 돌아갈 거 아닙니까."

"그래도 그렇게 언제까지 미룰 수도 없잖아요."

안주인은 말도 안 된다는 듯이 말한다.

"그럼, 이유를 말하고 책값을 줄여달라고 해보지요."

"어딜요, 그런 말을 해도 도무지 들어야지요, 요즘에 와서는 저더러 학자 아내로 어울리지 않다, 책의 가치를 털끝만큼도 알아주지 않는다, 옛날 로마에 이런 이야기가 있으니 후학을 위해 들어두라고 하더라구요."

"그것 재미있군요, 어떤 이야기입디까?"

메이테이는 신이 났다. 안주인에게 동정을 나타내고 있다기보다 오히려 호기심으로 그러는 것 같다.

"뭐라더라, 옛날 로마에 타루킨이라던가 하는 왕이 있다면서⋯⋯."

"타루킨요? 타루킨이라니 좀 이상하군요."

"저는 양놈들 이름 같은 건 어려워서 외우지 못해요. 어쨌든 7대째라더군요."

"오호라, 7대 타루킨이라니 이상하군요. 흠, 그 7대 타루킨이 어쨌답디까?"

"어머, 선생님까지 놀리시면 제가 뭐가 됩니까. 알고 계시다면 가르쳐 주시면 좋잖아요, 참 짓궂으시네요."

안주인은 메이테이에게 한방 먹인다.

"놀리다니요, 그런 짓궂은 짓을 할 사람으로 보입니까? 그냥 7대 타루킨이라니 기발하다고 생각해서 말이지요⋯⋯. 에에, 잠깐만요. 그러고 보니 로마의 7대 왕이라, 그렇다면 확실히는 기억나지 않지만 타킨 더 프라우드를 말하는 건가. 뭐 누가 됐든, 그 왕이 어땠답니까?"

"그 왕 앞에 한 여자가 9권의 책을 들고 와서 사달라고 했다는 거예요."

"과연."

"왕이 얼마면 팔겠냐고 물으니 엄청나게 비싼 값을 부르길래 너무 비싸니 조금 깎아주지 않겠느냐고 하자 그 여자가 갑자기 9권 중 3권을 불에 던져 태워버렸대요."

"아까운 짓을 했군요."

"그 책 안에는 예언인가 뭔가 딴 데서 볼 수 없는 것이 쓰여 있었다네요."

"아아 — ."

"왕은 9권이 6권이 되었으니 조금은 값도 줄었으려니 생각하고 6권에 얼마냐고 묻자 역시 원래대로 한 푼도 깎지 않는다는 거예요, 그것 너무 하다고 말하자 그 여자는 다시 3권을 집어 불 속에 던져 넣었다네요. 왕은 아직 미련이 남았던지 나머지 3권을 얼마에 팔 거냐고 묻자 역시나 이번에도 9권의 값을 달라고 하더래요. 9권이 6권이 되고, 6권이 3권이 되어도 책값은 원래대로 한 푼도 내려가지 않고 그것을 내리려고 하면 남아 있는 3권도 불에 넣어버릴지 모르니 왕은 하는 수 없이 비싼 돈을 내고 타지 않은 3권을 샀다는 거예요……. 그러면서 이 양반, '어떤가 이야기를 듣고 보니 조금은 책의 존재감을 알겠는가, 어떤가?' 하고 힘주어 허세를 부리는데 저야 뭐가 고마운 건지 잘 모르겠더라구요."

안주인은 견식을 내세워 메이테이의 대답을 재촉한다.

과연 그 메이테이도 조금 궁색했는지 소맷자락 안에서 손수건을 꺼내 나에게 재롱을 떨게 하고 있다가 "하지만 부인." 하고 급히 뭔가 생각난 것처럼 소리친다.

"그렇게 책을 사서 마구잡이로 읽어대니 남들한테서 조금은 학자입네 뭐네 하는 소리를 듣는 겁니다. 요사이 어떤 문학잡지를 보니 쿠샤미 군의 평이 실려 있더군요."

"정말요?"

안주인은 고쳐 앉는다. 주인의 평판에 신경을 쓰는 걸 보면 천상 부부라고 해야겠다.

"뭐라고 되어 있던가요?"

"뭐 두세 줄뿐이었지만, 쿠샤미 군의 글은 청산유수 같다고 되어 있습디다."

안주인은 조금 생글거리면서 말했다.

"그게 다예요?"

"그 다음에는 - 나오는가 생각하면 금세 사라지고, 가버려서는 오랫동안 돌아오는 것을 잊는다고 되어 있더군요."

안주인은 묘한 표정을 지으며 걱정스러운 말투로 말한다.

"칭찬일까요?"

"뭐 칭찬 쪽이겠지요."

메이테이는 시치미를 떼고 손수건을 내 눈 앞에 흔든다.

"책이란 장사도구라 어쩔 수도 없겠지만 웬만큼 고집 세고 괴팍해야지요."

메이테이는 올커니 또 다른 방면으로 접어들었구나 하고 맞장구를 친다.

"괴팍하기는 좀 괴팍하지요, 학문하는 자들은 어차피 그렇습니다."

두둔하는 것 같은 변호하는 것 같은 이도저도 아닌 묘한 맞장구를 친다.

"전에 언젠가는 학교에서 돌아와서 바로 나가는데 옷을 갈아입는 게 귀찮았던지 글쎄, 외투도 벗지 않고 책상에 걸터앉아 밥을 먹는 거예요. 밥그릇을 코다츠 위에 올려놓고서 - 저는 밥통을 안고 앉아 있었는데 하도 이상해서……."

"뭐랄까 하이칼라의 대질심문 같군요. 하지만 그런 점이 쿠샤미 군의 쿠샤미 군다운 점으로 - 여하튼 범상하지는 않아요."라고 후하게 칭찬을 한다.

"범상한지 아닌지 여자인 저로서는 모르겠으나 아무리 그래도 너무 못됐어요."

"하지만 범상한 것보다는 낫지요."

메이테이가 은근히 가세하자 안주인은 불만스런 모양으로,

"도대체 범상 범상 모두들 그러시는데, 어떤 것이 범상한 거예요?"라고 터놓고 범상의 정의를 묻는다.

"범상 말입니까, 범상하다고 하면 - 딱 잘라 설명하기는 어려운데요……."

"그런 애매한 것이라면 범상하다고 좋아라 할 것도 아니네요?"

안주인은 여자들 특유의 논리로 따진다.

"애매하지는 않습니다, 분명히 알고 있는데 단지 설명하기가 어렵다는 거지요."

"뭐든 자기가 싫어하는 일을 범상하다고 하는 거 아니예요?"

안주인은 자기도 모르게 상황을 파악한 듯한 말이 나온다.

메이테이도 이렇게 되면 어쩐지 범상을 마무리해야만 하는 모양이된다.

"부인, 범상이라는 것은요, 우선 나이는 28이나 29쯤 되었을까 싶은데 에라 모르겠다 하고 뒹굴거리면서, 날이 청명한가 싶으면 반드시 술병을 들고 강둑에 올라가 노는 무리들을 말하는 것입니다."

"그런 무리가 있을까요?"

안주인은 잘 모르니까 분명하지 않게 대꾸를 한다.

"뭐랄까 뒤죽박죽이라서 잘 모르겠네요."

하고 드디어 기가 꺾인다.

"그럼 바킨(일본근세 대하소설가 쿄우테이 바킨)의 몸통에 메이죠 펜데니스(영국소설가. 펜데니스의 주인공)의 목을 붙여서 한두 해 유럽의 공기로 감싸두는 겁니다."

"그렇게 하면 범상이 만들어질까요?"

메이테이는 대답을 하지 않고 웃고만 있다.

"뭐 그런 수고를 들이지 않아도 가능합니다. 중학교 학생들한테 시로키야의 지배인을 더해서 둘로 나누면 훌륭한 범상이 만들어집니다."

"그럴까요?"

안주인은 고개를 갸웃한 채로 납득하기 어렵다는 기색이다.

"자네 아직도 있나."

주인이 어느 틈에 돌아와서는 메이테이 옆에 앉는다.

"아직 있는가라니 좀 인정머리 없구만, 바로 돌아올 테니 기다리고 있으라고 하지 않았는가."

"매사가 저렇다니까요."

안주인은 메이테이에게 일러바친다.

"방금 자네가 없는 동안 자네의 일화를 남김없이 들어버렸다네."

"여자들이란 말이 많아서 안 되네, 인간도 이 고양이만큼 침묵을 지키면 좋으련만."

주인은 내 머리를 쓰다듬어준다.

"자네 어린 아이한테 갇은 무를 먹였다면서?"

"흐음." 하고 주인은 웃었다.

"어린 애라도 요즘 애들은 얼마나 영리한지. 그 후 아가야 매운 것은 어디 있냐 하고 물으면 꼭 혀를 내미니 희한하지."

"마치 개한테 재주를 가르치는 것 같아 잔혹하구만. 그런데 칸게츠가 올 것 같은데."

"칸게츠가 오기로 했나?"

주인은 못 믿겠다는 얼굴을 한다.

"그래. 오후 1시까지 여기로 오라고 엽서를 보내두었으니."

"남의 사정도 물어보지 않고 또 그런 짓을 했구만. 칸게츠를 불러서 뭘 하려는 건가?"

"뭐 오늘 것은 내쪽에서 원한 게 아니고 칸게츠 선생 스스로 요구한 거였네. 무슨 이학협회에서 연설을 한다든가 하더구만. 그 연습 때문에 나한테 들어봐달라고 하니 그것 마침 잘됐다, 쿠샤미한테도 들려줘야겠다고 말했네. 그래서 자네 집으로 부르기로 한 것이지. ─ 뭐 자네는 한가한 사람이니 딱 좋잖은가 ─ 지장 같은 건 없잖은가, 아마 들어보면 좋을걸."

메이테이는 혼자서 말을 집어삼키고 있다.

"물리학 연설 같은 건 나는 잘 모르네."

주인은 메이테이의 독단에 대해 약간 분개한 것처럼 말한다.

"그런데 그 문제가 '자석이 붙은 노즐'에 대해서 같은 무미건조한 것이 아니라네. '목매달기의 역학'이라는 속세를 초월한 범상치 않은 연제이니 경청할 가치가 있잖은가."

"자네는 목을 매달을 뻔한 남자니 경청하는 게 좋겠지만 나는 그게 영……."

"가부키자에서 오한이 날 정도의 인간이니 들을 수가 없다는 결론은 나올 것 같지도 않군."

늘 그렇듯 가벼운 입을 놀린다. 안주인은 호호호 웃으며 주인을 돌아보고는 다른 방으로 사라진다. 주인은 아무 말 없이 내 머리를 쓰다듬는다. 이때만큼은 매우 정성들여 쓰다듬었다.

그리고 약 7분 정도 지나자 말한대로 칸게츠 군이 온다. 오늘은 밤에 연설을 한다더니 전에 없이 훌륭한 프록코트를 입고 새로 빨아 빳빳한 깃을 세워 남자다움을 2%쯤 높여서는 "조금 늦었습니다." 하고 침착한 말투로 인사를 한다.

"아까부터 둘이서 목을 빼고 기다리고 있었네. 빨리 해보게, 안 그런가?"라며 주인을 본다. 주인도 하는 수 없이 "음." 하고 억지대답을 한다.

칸게츠 군은 서두르지 않는다.

"물 한잔만 주실 수 있을까요?"

"여어 본격적으로 할 건가. 다음에는 박수를 요청하겠구만 그래."

메이테이는 혼자서 소란을 떤다. 칸게츠 군은 안주머니에서 초고를 꺼내서 천천히 "연습이니까 사양 말고 평을 부탁드립니다."라고 미리 서론을 말하고 드디어 연설을 발표하기 시작한다.

"죄인을 교수형에 처한다는 것은 주로 앵글로색슨족 간에 이루어진 방법이었고 그보다 고대로 거슬러 생각해보면 목매는 것은 주로 자살의 방법으로서 행해진 것입니다. 유대인에게는 돌을 던져 죄인을 죽이는 습관이 있었다고 합니다. 구약성서를 연구해보면 소위 행잉hanging이라는 말은 죄인의 시체를 매달아 야수 또는 육식새의 먹잇감으로 삼는 뜻으로 인정됩니다. 헤로도투스의 설에 따르면 유대인은 이집트를 떠나기 이전부터 밤중에 죽은 자를 남들에게 보이는 것을 매우 싫어했던 것으로 생각됩니다. 이집트인은 죄인의 목을 잘라 몸통만을 십자가에 못 박아서 한밤중에 내버렸다고 합니다. 페르시아인은……."

"칸게츠 군, 목매달기와는 주제가 점점 멀어지는 것 같은데 괜찮은가."

메이테이가 참지 못하고 끼어든다.

"이제 본론으로 들어갈 참이니 조금만 기다려 주시기 바랍니다. …… 그런데 페르시아인은 어땠는가 하면 이것 역시 처형에는 못 박기를 이용한 것 같습니다. 단, 살아 있을 동안에 못 박기를 한 것인지, 죽은 다음 못을 박은 것인지 그 부분은 잘 모르겠습니다……."

"그런 건 몰라도 상관없네."

주인은 따분한 듯 하품한다.

"아직 여러 가지 말씀드리고 싶은 것도 있습니다만 폐를 끼쳐 드릴까 봐서……."

"끼쳐드릴까 봐서라기보다 끼칠 것 같으니 쪽이 듣기가 편하네, 안 그런가, 쿠샤미?"

또 메이테이가 추궁을 하자 주인은 "어느 쪽이든 마찬가지 아닌가?"라고 마음에도 없는 대답을 한다.

"자 드디어 본론으로 들어가서 변론하겠습니다."

"변론하다니 야담가들이나 하는 말투군. 연설가는 더 품위 있는 말을 사용해주었으면 하네."

메이테이 선생이 또다시 참견한다.

"변론하겠습니다가 천박하다면 뭐라 말하면 될까요?"

칸게츠 군은 조금 언짢은 말투로 되묻는다.

"메이테이 말은 들으려는 건지, 끼어들어 망치려는 건지 판단이 안 되는군. 칸게츠 군, 그런 피곤한 말에는 신경 쓰지 말고 어서 계속하게."

주인은 과연 빨리 난관을 빠져나가려고 한다.

"'욱 하고 치밀어서 변론하는 버드나무구나' 같은 시는 어때?"

메이테이는 여전히 태평스러운 말을 한다. 칸게츠는 자기도 모르게 픕 웃음을 터뜨린다.

"정말 처형으로 교살을 이용한 것은 제가 조사한 결과에 의하면 오디세이의 22권째에 나옵니다. 즉 그 텔레마커스가 페넬로페의 열두 시녀를 교살한다는 대목입니다. 그리스어로 본문을 낭독해도 좋겠습니다만,

너무 과시하는 느낌도 들 테니 그것은 그만두도록 하겠습니다. 465행부터 473행을 보시면 알 수 있습니다."

"그리스어 운운하는 것은 빼는 쪽이 좋겠군, 마치 그리스어를 할 줄 안다고 말하는 것 같으니, 그렇지 쿠샤미?"

"그건 나도 찬성이네, 잘난척하는 말은 안 하는 게 좋겠네. 속이 깊은 사람이라면."

주인은 전에 없이 곧바로 메이테이에게 가담한다. 사실 두 사람은 그리스어의 '그' 자도 읽을 줄 모른다.

"그럼 이 두세 구절은 오늘밤 빼는 것으로 하고 다음을 변론 — 그러니까, 말씀드리겠습니다. 이 교살을 지금부터 상상해보면 이것을 집행하는 데는 두 가지 방법이 있습니다. 첫째는 텔레마커스가 유메이어스 및 필리시우스의 도움을 받아 밧줄의 한쪽 끝을 기둥에 꽁꽁 묶습니다. 그리고 그 밧줄의 매듭 여러 곳에 구멍을 뚫어 이 구멍으로 여자의 머리를 하나씩 넣어두고 한쪽 끝을 확 잡아당겨 매단 것으로 보이는 것입니다."

"결국 서양세탁소의 셔츠처럼 여자가 매달렸다고 보면 좋겠군."

"그렇지요, 그리고 두 번째는 밧줄의 한쪽 끝을 앞에서처럼 기둥에 묶고 다른 한쪽 끝도 처음부터 천장에 높이 매다는 것입니다. 그리고 그 높은 밧줄에서 몇 가닥 다른 밧줄을 내려서 거기에 매듭의 고리가 된 것을 붙여 여자의 목을 넣어두고 막상 필요할 때 여자가 서 있던 발판을 치우는 식입니다."

"예를 들자면 주막에 새끼줄을 여러 갈래 늘어뜨려서 발을 만들어 끝에 애기전구를 매달아 놓은 풍경이라고 생각하면 틀림없겠구만."

"애기전구라는 건 본 적이 없으니 뭐라고 말씀드릴 수는 없지만 만약 있다고 하면 그런 비슷한 부분이라 생각됩니다. — 그래서 이제부터 역학적으로 첫 번째 경우는 도저히 성립할 수 없음을 증명해 보여드리겠습니다."

"재미있겠군." 하고 메이테이가 말하자 "음, 재미있어."라고 주인도 거든다.

"우선 여자가 같은 거리로 매달려 있다고 가정합니다. 또 지면에서 제일 가까운 두 여자의 목과 목을 연결하고 있는 밧줄은 수평하다고 가정합니다. 그래서 $a_1 a_2 \cdots\cdots a_6$를 밧줄이 지평선과 모양을 이루는 각도로 하고, $T_1 T_2 \cdots T_6$를 밧줄의 각 부분이 받는 힘이라고 가정하고 $T_7 = X$는 밧줄의 가장 낮은 부분이 받는 힘으로 합니다. W는 물론 여자의 체중이라고 알아두십시오. 어떤가요, 아시겠습니까?"

메이테이와 주인은 얼굴을 마주보고 "대강 알겠네."라고 한다.

단 이 대강이라는 정도는 두 사람이 제멋대로 정한 것이니 다른 사람의 경우에는 응용할 수 없을지도 모른다.

"그럼 다각형에 관해, 아시는 바와 같이 평균성이론에 의하면 다음처럼 12개의 방정식이 성립됩니다."

$$T_1 \cos a_1 = T_2 \cos a_2 \quad \cdots (1)$$
$$T_2 \cos a_2 = T_3 \cos a_3 \quad \cdots (2)$$
$$\vdots$$

"방정식이 그렇게나 많은가."

주인은 대충대충 말을 한다.

"사실은 이 식이 연설의 핵심인데요."

칸게츠 군에게서 매우 애석해하는 기분이 보인다.

"그럼 핵심만은 두고두고 들어보기로 할까?"

메이테이도 조금 미안한 듯이 받아들인다.

"이 식을 생략해버리면 모처럼의 역학적 연구가 정말 엉망이 되는데요……."

"뭐 그런 염려는 안 해도 되니까 팍팍 줄여버리지……."

주인은 아무렇지 않게 말한다.

"그럼 요청에 따라 무리지만 생략하겠습니다."

"그것이 좋겠네."

메이테이가 묘한 시점에서 손뼉을 짝짝 친다.

"그리고 영국으로 자리를 옮겨 논하자면 베어울프 안에 교수가 즉, 갈가 ^{Galga}(교수대의 뜻)라고 하는 글자가 보이니까 교수형은 이 시대부터 행해진 것이 틀림없다고 생각됩니다. 블랙스톤의 설에 의하면 만약 교수형에 처해지는 죄인이 만에 하나 밧줄의 상태로 죽음에 이르지 않을 때는 다시 같은 형벌을 받게 해야 한다고 하고 있습니다만, 이상하게도 '피어스 플로우먼' 안에는 가령 흉악한이라도 두 번 목매는 법은 없다는 구절이 있는 것입니다. 뭐 어느 쪽이 진짜인지는 모르겠습니다만, 나쁘게 말하면 한번으로 죽지 않는 일이 종종 실제로 있으니까요. 1786년에 유명한 피츠 제럴드라는 악한을 목매단 적이 있었습니다. 그런데 절묘한 순간에 첫 번째에는 발판에서 뛰어내릴 때 밧줄이 끊어져버린 것입니다. 또다시 하자 이번에는 밧줄이 너무 길어 다리가 땅에 닿아버려 역시 죽지 않았던 것입니다. 드디어 세 번째에 구경꾼들이 도와서 왕생하게 했다는 이야기입니다.”

“이런이런.”

메이테이는 이런 시점에 오면 갑자기 기운이 난다.

“정말 죽기 한 번 어렵구만.”

주인까지 들떠 있다.

“아직 재미난 것이 더 있습니다. 목을 매달면 키가 한치만큼 늘어난다고 합니다. 이것은 분명 의사들이 재본 것이니 틀림없습니다.”

“그건 새로운 연구구만. 어떤가, 쿠샤미 군 같은 친구는 조금 매달아 주면, 한치 늘어나면 남들만큼은 될지도 모르겠구만.”

메이테이가 주인 쪽을 보자, 주인은 의외로 진지하게 말한다.

“칸게츠 군, 한치 정도 커졌다가 다시 살 수 있겠는가?”라고 묻는다.

“그것은 불가능합니다. 매달려서 척추가 늘어나기 때문인 것으로 쉽게 말하면 등이 늘어난다기보다 부서지는 것이니까요.”

“그럼 뭐 그만두겠네.”라고 주인은 단념한다.

연설의 그 다음은, 아직 상당히 길게 남아서 칸게츠 군은 목매달기의 생리작용까지 언급할 생각이었지만 메이테이가 엉뚱한 중같이 뜬금없는 말로 끼어드는 것과, 주인이 때때로 거리낌 없이 하품을 해대므로 결국 도중에 그만두고 돌아가 버렸다.

그날 밤은 칸게츠 군이 어떤 태도로 어떤 웅변을 토로했는지 멀리서 일어난 사건이니 나로서는 알 까닭이 없다.

2, 3일은 아무 일도 없이 지나갔는데 어느 날 오후 2시경 또 메이테이 선생이 평소 하던 대로 우연동자처럼 불쑥 들어왔다. 자리에 앉더니, 갑작스레 "자네, 오치 토후우의 다카나와 사건을 들어봤는가?"

러시아 함락의 호외를 알리러 온 정도의 기세이다.

"모르네. 요즘은 만나지 못했으니."

주인은 늘 그렇듯이 칙칙하다.

"오늘은 그 토후우 씨의 실책 이야기를 보도해드리려고 바쁜 와중에 일부러 걸음을 했네."

"또 그런 허풍을 떠는군, 자네는 정말 못말리겠구만."

"하하하하하 못말린다기보다는 오히려 자신감 넘치는 쪽일걸. 그것만큼은 조금 구별해주게나, 내 명예에 관계된 일이니."

"그거나 그거나 똑같지."

주인은 으르렁대고 있다. 온전한 천연거사가 재림한 것이다.

"이 전 일요일에 토후우 씨가 다카나와의 센가쿠지東岳寺에 갔다는구만. 이 추운데 그만두면 좋으련만 – 우선 요즘 같은 때 센가쿠지 같은 델 가다니 마치 도쿄를 모르는, 시골뜨기 같지 않은가."

"그건 토후우 마음이지. 자네가 그것을 말릴 권리는 없네."

"그럴 권리야 사실 없지. 권리는 아무래도 좋지만 그 절 안에 의사유물보존회라는 구경거리가 있잖은가. 자네도 알고 있지?"

"뭐 글쎄."

"모르는가? 센가쿠지에 가본 적은 있잖은가?"

"아니."

"없다구? 이거 놀랐는걸. 어쩐지 토후우를 정말 변호한다고 생각했네. 도쿄 사람이 센가쿠지를 모르다니 안 됐구만."

"몰라도 선생은 잘 하고 있지 않은가."

주인은 드디어 천연거사가 된다.

"그야 상관없지만, 그 전람회장에 토후우가 들어가 구경하고 있자니 거기에 독일인이 부부끼리 왔다더군. 그것이 처음에는 일본어로 토후우에게 뭔가 질문을 했다는군. 그런데 선생이 평소에 독일어를 써보고 싶어서 안달난 사내잖은가. 그래서 두세 마디 술술 말해보았다네. 그런데 뜻밖에 잘 했던 모양이네 — 나중에 생각하면 그것이 재앙의 불씨였지만서도."

"그래서 어떻게 됐나?"

주인은 결국 낚여 들어간다.

"독일인이 오오타카 겐고의 일본칠공예 미술의 인롱(도장이나 구급약 등을 넣어 허리에 차는 조그만 상자)을 보고 '이것을 사고 싶은데 팔지 않겠느냐'고 물었다는구만. 그때 토후우의 대답이 걸작이 아닌가, 일본인은 청렴결백한 군자들뿐이니 도저히 안 되겠다고 했다지. 그 때까지는 모양새가 보기 좋았는데 그로부터 독일인 쪽에서는 적당한 통역을 얻었다고 생각했는지 계속해서 질문을 하더라는 거야."

"뭘?"

"그게 말이지, 뭔지 알 정도라면 걱정은 없겠지만 빠른 말로 마구 물어대니까 어떻게 알아들을 수가 있어야지. 가끔 알겠다 싶으면 토비구치(꼬챙이 모양의 소방용구)나 카케야(말뚝 박을 때 쓰는 큰 망치) 같은 단어 정도인데 서양의 소방도구나 나무망치를 뭐라고 번역해야 하는지 배운 적도 없으니 진땀을 뺐다는군."

"과연."

주인은 선생 자신과 비교하면서 동정을 나타낸다.

"그 참에 한가로운 사람들이 무슨 신기한 일이 있나 하고 하나둘 모여들었지. 급기야는 토후우와 독일인을 사방에서 에워싸고 구경을 했다지. 토후우는 얼굴이 빨개져서 쩔쩔매고 있었고. 처음의 기세와는 딴판으로 완전히 졸아들었다네."

"결국 어찌 되었다는가?"

"결국에는 토후우가 더 이상 참지 못하게 되었는지 잘가소이라고 일본어로 말하고 성큼성큼 돌아왔다는구만, 그랬더니 그 독일인 '잘가소이는 조금 이상하다. 자네 나라에서는 잘가세요를 잘가소이라고 하는가' 하고 물어보더래. 뭐 역시 잘가세요이지만 상대가 서양인이니 조화를 이루기 위해 잘가소이라고 했다고 하는 걸 보면 토후우는 아무리 힘든 상황이라도 조화를 잊지 않는 남자라고 감동했다네."

"잘가소이는 그렇다고 하지만 서양인은 어떻게 되었는가?"

"서양인은 어이가 없어 망연자실한 눈으로 쳐다보았다는군. 하하하하 재미있지 않은가."

"그리 재미있을 것도 없구만. 그것을 일부러 알려주러 온 자네가 더 재미있네."

라며 주인은 잎담배의 재를 화로 속에다 털어낸다. 때마침 격자문 벨이 펄쩍 뛸 만큼 크게 울리면서 '실례합니다' 하고 날카로운 여자 목소리가 들린다.

메이테이와 주인은 무심코 서로 얼굴을 쳐다본다.

주인 집으로 여자 손님이 다 오다니 의아한 눈으로 보고 있자니 그 날카로운 목소리의 주인공은 고급스런 두 겹 비단기모노를 다다미에 질질 끌면서 들어온다. 나이는 마흔 초반을 조금 넘긴 듯하다. 빠져나온 이마 자락으로 앞머리가 제방공사를 한 것처럼 높이 솟아 적어도 얼굴 길이의 2분의 1만큼이 천장을 향해 얹혀 있다. 눈이 깎아지른 언덕마냥 직선으로 치켜 올라가 좌우에 대립되어 있다. 여기서 직선이란 고래눈보다 가늘다는 뜻이다. 거기다 코만큼은 대책 없이 크다. 남의 코를 훔쳐와서 얼굴 한가운데에 갖다 붙여 놓은 것처럼 보인다. 3평 정도의 작은 뜰에 야스쿠니 신사의 석등롱을 옮겨놓았을 때처럼, 혼자서 자리를 차지하고 있는데 어쩐지 균형이 맞지 않다. 그 코는 소위 매부리코로 한때는 마음껏 높아져보았지만 이래서는 지나치다고 생각해 도중에 겸손해져 끝 쪽으로 가면서 처음의 기세와는 다르게 쳐져 밑에 있는 입술을 내려다보고 있다. 이렇듯 한 눈에 띄는 코이니 이 여자가 말을 하고 있을 때는 입이 뭔가를 말한다고 하기보다는 코가 말을 하고 있다고밖에 생각할 수 없겠다. 나는 이 위대한 코에 경의를 표하기 위해 앞으로는 이 여자를 하나코(코부인)라고 부를 생각이다. 하나코 즉 코부인은 깍듯이 첫인사를 마치고 안방을 스윽 둘러본다.

"정말 좋은 집에 사시는군요."

주인은 '거짓말 마슈'라고 속으로 말한 채 담배를 뻐끔뻐끔 피운다.

메이테이는 천장을 바라보면서 암암리에 주인을 재촉한다.

"자네 저건 비가 새는 건가, 판자의 나뭇결인가, 묘한 무늬가 생겼네."

"물론 비가 샌 것이네."

주인이 대답하자 "상당하구만." 하고 메이테이가 모른 척 시치미를 뗀다.

하나코는 사교를 모르는 사람들이라고 속으로 짜증이 났다. 한참 동안은 셋 다 그 자리에 앉은 채로 말이 없다.

"좀 물어보고 싶은 것이 있어 찾아왔어요."

하나코는 다시 말문을 연다.

"네."라고 주인이 지극히 냉담하게 받아친다.

이래서는 안 되겠다고 생각했는지 하나코는 말을 꺼냈다.

"실은 저는 이 근처 – 저 맞은편 길가 모퉁이 저택에 사는데요."

"저 커다란 서양관의 창고가 있는 집 말입니까? 거기에는 카네다라는 문패가 걸려 있던데요."

주인은 드디어 카네다의 서양관과 카네다의 창고를 알아본 듯했는데 카네다 부인에 대한 존경의 정도는 전과 다름이 없다.

"실은 남편이 이야기를 여쭙는 건데 회사 쪽이 너무 바쁘다 보니."

이번에는 조금 알아들었을 거라는 눈짓을 보내지만 주인에게는 전혀 먹히지 않는다.

아까부터 하나코의 말투가 처음 대면하는 여자 치고는 존재감이 너무 강해서 주인은 이미 불만이 차 있는 것이다.

"회사도 하나라면 모르겠는데, 두세 개씩이나 겸하고 있어서요. 거기다 어느 회사나 중역이라서 – 아마 아시겠지만."

이래도 모르겠냐는 표정을 짓는다. 원래 우리 주인은 박사라든가 대학교수라면 매우 공손해지는데 어쩐지 사업가에 대한 존경의 정도는 매우 낮다. 사업가보다 중학교 선생 쪽이 위대하다고 믿고 있는 것이다. 굳이 그렇게 믿고 있지 않아도 융통성 없는 성질이라서 도저히 사업가, 부자들의 득을 보는 일은 미덥지 않다고 단념하는 듯하다. 아무리 저쪽이 세력가이든 재산가이든 보살핌을 받을 전망이 없다고 딱 잘라 생각한 사람의 이해관계에는 지극히 무관심하다. 그렇다 보니 학자사회를 제외하고 다른 방면의 일에는 매우 우매하고 특히나 실업계 등에서는 어디에 누가 무엇을 하고 있는지조차 전혀 모른다.

설사 안다고 해도 존경의 마음은 추호도 생기지 않는 것이다.

하나코 쪽에서는 같은 하늘 한 구석에 이런 이상한 사람이 같은 햇빛을 받으며 생활하고 있으리라고는 꿈에도 몰랐다. 지금까지 이 세상 인간들을 꽤나 만나봤다 했지만 카네다의 아내라고 이름을 거론했을 때 갑자기 대우가 바뀌지 않는 경우는 없었다. 어느 모임에 나가도 어떤 신분 높은 사람 앞에서도 당연히 카네다 부인으로 통하고 있었는데 소위 이런 초라한 늙은 선생에 관해서야, '우리 집은 맞은편 큰길 모퉁이의 저택'이라고까지 말했으면 직업 따위는 묻지 않아도 처음부터 놀랄 거라고 예상했던 것이다.

"카네다란 사람을 알고 있는가?"

주인은 성의 없이 메이테이 선생에게 묻는다.

"알고 있고 말고, 카네다 씨는 내 숙부의 친구네. 요전에는 가든파티에도 오셨었지."

메이테이는 진지하게 대답한다.

"그래? 자네 숙부님이 누구신가?"

"마키야마 남작이시네."

메이테이는 더욱 진지하다.

주인이 뭔가 말하려다 말고 있는 사이, 하나코는 갑자기 방향을 바꾸어 메이테이 쪽을 본다. 메이테이는 오오시마산 명주옷에 옛날 외국에서 들어온 현란한 무늬의 사라사인가 뭔가를 겹쳐입고 시치미를 뚝 떼고 있다.

"어머, 당신이 마키야마님의 – 뭐가 되십니까? 전혀 몰라 뵙고 정말 실례를 했습니다. 마키야마님에게는 항상 신세를 지게 되었다고 남편한테서 늘 이야기를 듣고 있었습니다."

갑자기 정중한 말투로 나오면서 덤으로 고개까지 숙여 인사한다.

메이테이는 "아이고 뭐 하하하하."라고 웃고 있다.

주인은 어이가 없어 말 없이 둘을 보고 있다.

"분명 따님의 혼사 일에 대해서도 마키야마 씨한테 여러 가지로 배려를 부탁했다고 하던데……."

"네에 – , 그런가요?"

이것만큼은 메이테이에게도 너무 당돌했다고 보여져 조금 얼떨떨한 목소리로 말을 한다.

"실은 여러분들이 딸애를 달라고 말씀은 있었는데 이쪽 신분도 있는 것이니까 어지간한 곳으로 보낼 수도 없어서……."

"그러시겠지요."

메이테이는 겨우 안심을 한다.

"그래서 그 일에 관해서 물어보려고 올라온 건데요."

하나코는 주인 쪽을 보면서는 갑자기 거드름 피우는 말투로 바뀐다.

"여기로 미즈시마 칸게츠라는 남자가 종종 온다던데요, 그 사람은 도대체 어떤 사람인가요?"

"칸게츠에 관한 것을 물어서 뭘 하시려구요."

주인은 쏩쏩하게 말한다.

"역시 따님의 혼사 관계로 칸게츠 군의 성향을 좀 알아보고 싶다는 것이겠지요."

메이테이가 기지를 발휘한다.

"그게 물어볼 수 있으면 정말 다행이겠습니다만……."

"그럼, 따님을 칸게츠에게 주시고 싶다는 말씀이신지."

"꼭 주고 싶다는 건 아니구요."

하나코는 갑자기 주인을 굴복시킨다.

"여기 말고도 여기저기 입질이 있으니까 굳이 모험을 할 것까지는 없죠, 우리는."

"그럼 칸게츠에 관한 것 따윈 안 들으셔도 되겠네요."

주인도 지지 않는 기세다.

"하지만 굳이 숨길 까닭도 없잖아요."

하나코도 약간 서슬을 세운다.

메이테이는 둘 사이에 앉아, 은색 담뱃대를 군대 깃발처럼 들고 속으로 '자, 조금 더 조금 더' 하고 소리치고 있다.

"그럼 칸게츠 쪽에서 꼭 맞아들이겠다고 말하기라도 한 겁니까?"

주인이 정면으로 대포를 한방 먹인다.

"그렇게 말한 건 아니지만……"

"맞아들일 거라고 생각하고 있는 겁니까, 그럼?"

주인은 이 부인에게는 대포가 딱이라고 깨달은 것 같다.

"이야기가 그렇게까지 오간 건 아니지만 – 칸게츠 씨도 나쁠 건 없을 텐데요."

하나코는 막판에서 살바를 다시 잡는다.

"칸게츠가 뭔가 그 따님에게 연모를 느껴 목맬 일이라도 있습니까?"

있으면 말해보라는 식으로 주인은 반박한다.

"뭐 그런 모양입디다."

이번에는 주인의 대포공격이 조금도 먹히지 않는다. 지금까지 신이 나서 심판이라도 된 것처럼 구경하던 메이테이도 하나코의 한마디에 호기심이 발동했는지 담뱃대를 내려놓고 앞으로 다가앉는다.

"칸게츠가 따님에게 연애쪽지라도 보낸 겁니까, 이거 흥미롭군요. 새해 들어 일화가 또 하나 늘어 좋은 이야깃거리가 되겠군요."

라며 혼자서 좋아라 하고 있다.

"연애쪽지면 다행이게요, 더 노골적이에요, 두 사람 모두 아시지 않습니까?"

하나코는 떠보는 듯 시비를 걸어온다.

"자네 알고 있었나?"

주인은 여우한테 홀린 듯한 얼굴을 하고 메이테이에게 묻는다.

메이테이도 멍청한 말투로 "나는 모르지, 알고 있다면 자네겠지."라고 쓸데없는 데서 겸손을 떤다.

"아니, 두 분도 아시는 일이에요."

하나코만 자신만만이다.

"네에?"

둘은 한꺼번에 감탄하는 투로 말한다.

"잊어버리셨으면 제가 말을 할까요? 작년 말 무코지마의 아베 씨 저택에서 연주회가 있어 칸게츠 씨도 갔었잖아요, 그날 밤 돌아가는 길에 아즈마바시에서 무슨 일이 있었잖아요 – 자세한 것까지는 당사자한테 폐가 될지로 모르니 말할 수 없고, – 그만한 증거가 있으면 충분하다고 생각하는데, 어떠신지요?"

다이아가 들어간 반지를 낀 손가락을 무릎 위에 가지런히 놓고 딱 자세를 바로 한다. 위대한 코가 점점 이상한 빛을 내어 메이테이도 주인도 아무도 없는 듯한 모습이다.

주인은 물론, 그 메이테이도 이 뜻밖의 말에는 황당했는지 한참은 멍하니 넋나간 병자처럼 앉아 있었는데, 놀란 것이 조금 가라앉아 점차 본래의 태도로 돌아옴과 동시에 우습다는 느낌이 한꺼번에 밀려온다. 두 사람은 입을 맞춘 듯이 "하하하하하." 하고 한바탕 웃어 제낀다. 하나코만은 조금 예상이 빗나간 얼굴로 웃는 것은 큰 실례라고 둘을 노려본다.

"그게 따님이었습니까, 과연 이것 재미있군요, 말씀하신 대로에요, 그렇지? 쿠샤미? 칸게츠 군이 따님한테 푹 빠져 있는 게 틀림없군요……. 이제 숨겨도 어쩔 도리가 없으니 다 털어놓는 수밖에 없지 않은가."

"에헴." 하고 주인은 그뿐이다.

"정말 숨기시면 안 됩니다. 씨는 제대로 뿌려졌으니까요."

하나코는 또 자신만만해진다.

"이거야 어쩔 수가 없네. 무엇이든 칸게츠에 관한 사실은 참고로 하시도록 진술해드리지, 이봐 쿠샤미, 자네가 주인인데 그렇게 싱글싱글 웃고만 있어서는 체면이 안 서지 않는가, 정말 비밀이라는 것은 무서운 것이구만. 아무리 숨겨도 어디선가는 탄로나니 말이네. ─ 하지만 또 이상하다고 하면 이상한 것이, 카네다 부인은 어떻게 이 비밀을 알게 되셨습니까? 정말 놀랍군요."

메이테이는 혼자서 떠든다.

"제 쪽도 방심은 하지 않지요."

하나코는 의기양양한 표정이다.

"너무 방심을 안 하시는 것 같습니다. 도대체 누구한테 들으셨습니까?"

"바로 이 뒤에 있는 인력거꾼 집의 안주인한테서요."

"그 검은 고양가 있는 인력거꾼 집 말입니까?"

주인은 눈을 동그랗게 뜬다.

"네, 칸게츠 씨의 일이라면 꽤 쓸 만했지요. 칸게츠 씨가 여기로 올 때마다 어떤 이야기를 하는지 인력거꾼 집의 안주인한테 부탁해 일일이 알아둔 거에요."

"그건 너무하시네."

주인은 언성을 높인다.

"뭐, 그쪽이 뭘 하시든 무슨 말을 하시든 그건 상관할 바가 아니지요. 칸게츠 씨 일뿐이니까."

"칸게츠 일이건 누구 일이건 ─ 그 인력거꾼 집 안주인은 정말 마음에 안 드는 사람이구만."

주인은 혼자 화를 낸다.

"하지만 그쪽 울타리 밖에 와 서 있는 것은 저쪽 마음이 아니던가요, 이야기가 새어나가는 게 싫으시면 더 작은 소리로 하시든가, 더 큰 집으로 들어가시든가 하는 게 좋겠군요."

하나코는 조금도 얼굴이 붉어지는 기색이 없다.

"인력거꾼 집만이 아닙니다. 새길가의 고토 선생한테서도 여러 가지 것을 듣고 있지요."

"칸게츠의 일을 말입니까?"

"칸게츠 씨만의 것도 아니에요."

하나코는 조금 대단한 말을 한다. 주인은 조금 미안해하는가 싶더니

"그 선생은 못 봐주게 고상한 척하며 자기만 인간인 양 이중적인 얼굴을 하고 있는 멍청한 놈입니다."라고 말한다.

"뭘 알고 하시는 말씀인지, 그분 여자에요. '놈'은 번지수가 다른데요."

하나코의 말투는 점점 본색을 드러내기 시작한다. 이래서는 정말 싸움을 걸러 온 것 같아 보이는데 그에 비하면 메이테이는 역시 메이테이여서 이 담판을 흥미진진하게 경청하고 있다. 신선이 댓닭의 싸움을 보는 것 같은 표정을 하고 태연하게 듣고 있다.

험담 주고받기로는 도저히 하나코의 맞수가 될 수 없다는 것을 깨달은 주인은 한참 동안 침묵을 지키는 것을 하는 수 없이 유지하고 있었는데 겨우 뭔가 떠올랐는지 메이테이에게 도움을 청한다.

"그쪽은 칸게츠 쪽에서 먼저 따님을 연모한 것으로만 말씀하시는데

제가 들은 바로는 조금 다르군요, 그렇잖은가, 메이테이?"

"음, 그때 이야기라면 따님 쪽이 먼저 병이 들어서 – 뭐랄까 헛소리도 했다는 것으로 들었는데요."

"뭐요? 그런 일은 없어요."

카네다 부인은 직선적인 말투로 말한다.

"그래도 칸게츠는 분명히 아무개 박사 부인한테서 들었다고 했었거든요."

"그것이 이쪽의 수법이네요, 아무개 박사 부인한테 부탁해 칸게츠 씨의 주의를 끌어본 거라구요."

"그 부인은 그것을 알고도 받아들였단 말입니까?"

"네. 받아들인다고 해도 거저로는 안 되지요, 이러쿵저러쿵 하길래 여러 가지를 좀 썼죠 뭐."

"꼭 칸게츠 군에 관한 걸 있는 것 없는 것 죄다 듣지 않고는 그냥은 돌아갈 수 없다는 결심이군요."

메이테이도 조금 기분이 나빠진 것처럼 보여 전에 없이 거친 언쟁투를 사용한다.

"됐어됐어, 이야기해도 손해날 것도 아니고 이야기해버리지 않겠나, 쿠샤미? – 부인, 저나 쿠샤미 군이나 칸게츠 군에 관한 사실에 지장 없는 일은, 전부 이야기할 테니, – 맞다, 순서를 정해 하나씩 물어봐주시면 이야기가 편하겠군요."

하나코는 드디어 납득을 하고 슬슬 질문을 던진다. 한때 거칠어졌던 말투도 메이테이에 대해서는 다시 원래처럼 정중해진다.

"칸게츠 씨도 이학박사라고 하던데 대체 어떤 것을 전공한 것이랍니까?"

"대학원에서는 지구의 자기를 연구하고 있습니다."

주인이 진지하게 대답한다. 불행하게도 그 의미를 하나코는 잘 모르는 것이니 "네에."라고는 말했지만 미심쩍은 얼굴을 하고 있다.

"그것을 공부하면 박사가 될 수 있나요?"라고 또 묻는다.

"박사가 되지 않으면 안 될 이유라도 있는 것입니까?"

주인은 불쾌한 듯이 묻는다.

"예. 그냥 학사라면, 얼마든지 널려 있으니까요."

하나코가 아무렇지 않게 대답한다.

주인은 메이테이를 보며 드디어 싫은 내색을 한다.

"박사가 되는가 아닌가는 우리들도 보장할 수가 없으니 다른 것을 물어보는 것으로 하지요."

메이테이도 별로 좋은 표정은 아니다.

"요즘에도 그 지구의 – 뭐라던가를 공부하고 있답니까?"

"2, 3일 전에는 목매달기의 역학이라는 연구 결과를 이학협회에서 연설했지요."

주인은 아무 기색도 눈치채지 못하고 말한다.

"어머 뭐 그렇대요, 목매달기라니, 정말 이상한 사람이군요. 그런 목매달기인지 뭔지를 하고 있다면 박사 되기는 글렀겠군요."

"본인이 목을 매달아버리면 어렵겠지만 목매달기의 역학이라면 못할 것도 없지요."

"그런가요?"

이번에는 주인 쪽을 보고 안색을 살핀다. 애석하게도 역학이라는 의미를 잘 모르니 마음이 놓이지 않는다. 그러나 이런 것만 물어서는 카네다 부인의 면목에 관계된 것이라 생각했는지, 그냥 상대의 안색으로 점을 치며 본다. 주인의 얼굴은 떨떠름하다.

"그밖에는 뭔가 알기 쉬운 것을 공부하고 있지는 않나요?"

"글쎄요, 저번에 '도토리의 스태빌리티(안정성)'를 논하며 아울러 '천체의 운행에 이른다'는 논문을 쓴 적이 있지요 아마."

"도토리 같은 것도 대학에서 공부하는 건가요?"

"글쎄 저도 문외한이니 잘은 모르지만 어쨌든 칸게츠 군이 할 정도니까 연구할 가치가 있다고 보여집니다."

메이테이는 시치미를 떼고 적당히 가지고 논다.

하나코는 학문상의 질문은 적성에 맞지 않다고 단념한 것으로 보여, 이번에는 화제를 돌린다.

"다른 이야기인데요 – 이번 정월에 버섯을 먹고 앞니가 두 개나 부러졌다지 않았습니까?"

"네, 그 빠진 부분에 쿠우야모치가 들러붙었지요."

메이테이는 이 질문이야말로 자기 영역 안에 있다며 갑자기 신이 났다.

"정말 멋대가리 없는 사람 아니에요? 이쑤시개는 놔뒀다 뭐한답니까."

"다음에 만나면 주의하라고 해두지요."

주인이 키득키득 웃는다.

"버섯으로 이가 부러질 정도라면 이 상태도 어지간히 안 좋은 것 같은데 어떻대요?"

"좋다고는 할 수 없겠지요 - 그렇지 메이테이?"

"좋은 것은 아니지만 그래도 애교가 있어요. 그리고 아직 메꿔 넣지 않은 것이 이상하지요. 지금도 쿠우야모치가 자주 끼어 가관이지요."

"이를 메꿀 돈이 없어서 빠진 채로 그냥 두는 거래요, 아니면 그걸 즐기느라 그냥 두는 거래요?"

"뭐 영원히 앞니가 빠진 채로 이름을 남길 까닭도 없을 테니 안심하시지요."

메이테이의 기분은 점점 회복되는 듯하다.

하나코는 다시 화제를 바꾼다.

"뭔가 댁에 편지나 그런 것 당사자가 쓴 것이라도 있으시면 좀 봤으면 좋겠는데요."

"엽서라면 많이 있지요, 보시겠어요?"

주인은 서재에서 30~40장을 들고 온다.

"그렇게 많이 보지 않아도 - 그중 두세 장만……."

"어디보자, 제가 봐서 괜찮은 걸 골라드리지요."

메이테이 선생은 "이거라면 재미있겠네요."라며 엽서 한 장을 내민다.

"어머 그림도 그리시나봐요, 꽤 솜씨가 있네요, 어디 한번 볼까요?"
하면서 쳐다보고 있었는데 "어머 이게 뭐야, 너구리잖아. 뭘 한다고 하필 고른다고 고른 게 너구리 같은 걸 그린 걸 골랐네요 - 그래도 너구리로 보이니 신기하긴 하네요."

조금 감탄한 기색이다.

"그 구절을 읽어보시지요."

주인이 웃으면서 말한다.

하나코는 하녀가 신문을 읽듯이 읽기 시작한다.

"음력 섣달 그믐날 밤, 산의 너구리가 잔치를 열어 무성하게 춤을 춥니다. 그 노래에 말하기를, '와라, 그믐날의 밤에 산도 여인네도 오지 않을소냐. 얼씨구 지화자.'"

"이게 뭡니까, 누굴 놀리는 것도 아니구."

하나코는 불평을 늘어놓는다.

"이 선녀는 마음에 들지 않으신가요?"

메이테이가 또 한 장 꺼낸다. 보니 선녀가 날개옷을 입고 비파를 켜고 있다.

"이 선녀의 코가 너무 작은 듯한데."

"뭐, 그게 보통이지요, 코보다 구절을 읽어보시지요."

구절에는 이렇게 되어 있다.

"옛날 어느 곳에 한 천문학자가 있었습니다. 어느 날 밤 평소처럼 높은 곳에 올라 한마음으로 별을 보고 있자니 하늘에서 아름다운 선녀가 나타나 이 세상에서는 듣도보도 못할 만큼의 묘한 음악을 연주하는 것이어서 천문학자는 몸에 스며드는 추위도 잊고 거기에 홀려서 넋을 놓고 들어버렸습니다. 아침에 보니 그 천문학자의 송장에 서리가 새하얗게 내려앉아 있었습니다. 이것은 진짜 이야기라고 그 거짓말쟁이 노인네가 말했습니다."

"무슨 말이람, 그게. 의미도 뭣도 없잖아요. 이래도 이학박사로 통하는가요? '분케이구락부文藝俱樂部(유명한 문예잡지의 이름)' 같은 거라도 좀 읽으면 좋을 것 같은데요."

칸게츠 군 험담을 실컷 늘어놓는다. 메이테이는 농담 반으로 "이건 어떻습니까."라고 세 번째 엽서를 내민다.

이번에는 활판으로 범선이 인쇄되어 있고 앞에서처럼 그 밑에 뭔가 어지럽게 쓰여 있다. "간밤 머물렀던/열 여섯 어린 창녀/어미가 없다고/거친 바다의 새/그 잠결에/어린새 울었네/ 어미아비는/배타는 파도 밑."

"멋지네요, 감동이에요."

"그런가요?"

"네, 이거라면 샤미센도 타겠는데요."

"샤미센을 타면 진짜지요. 이건 어떻습니까?"

메이테이는 아무거나 막 내민다.

"아니, 이제 이것만 보면 딴 건 너무 많아서요. 그렇게까지 촌뜨기는 아니라는 것을 알았으니."라고 혼자서 점수를 매긴다. 하나코는 이것으로 칸게츠에 관한 대강의 질문을 마친 것으로 보인다.

"이것 정말 실례를 했어요. 아무쪼록 제가 여기 온 것은 칸게츠 씨한테는 비밀로 해주세요."

하나코는 제멋대로 요구를 한다. 칸게츠의 일은 뭐든 물어보지 않으면 안 되지만, 자기 쪽에 관한 것은 일절 칸게츠한테 알려서는 안 된다는 방침인 듯하다.

메이테이도 주인도 "네에."라고 마음에도 없는 대답을 하니 "어쨌든 그사이 답례는 해드릴 테니."라고 다짐을 하면서 일어선다.

배웅하러 나간 두 사람이 자리로 돌아오자마자 메이테이가 "저건 뭔가?" 하자 주인 역시 "저건 뭔가?" 하고 동시에 같은 질문을 던진다.

안방에서 안주인이 참고 있을 수가 없었는지 큭큭큭 웃는 소리가 들린다. 메이테이는 큰 소리로 말을 한다.

"부인 부인, 지난번 얘기했던 평범의 표본이 왔었어요. 평범도 그 정도면 상당히 잘난 것이지요. 자 조심할 필요 없으니, 마음껏 웃으시지요."

주인은 불만 섞인 투로 "무엇보다, 마음에 안 드는 얼굴이야."라면서 뭐 씹은 것처럼 말하자, 메이테이는 바로 받아쳐 "코가 얼굴의 중앙에 진을 치고 묘하게 자리잡고 있더군." 하고 뒤를 잇는다.

"게다가 비뚤어지기까지."

"조금 고양이 등처럼 구부러진데다. 고양이 등 코는 너무 이상한데."

둘은 재미있다는 듯 웃는다.

"남편을 쥐고 흔들 얼굴이야."

주인은 아직도 분이 안 풀린 모양이다.

"19세기에 팔다 남아 20세기에 재고처리 창고에서 만날 상판떼기야."

메이테이는 묘한 말만 한다.

거기에 안주인이 안방에서 나와서 같은 여자라고 주의를 준다.

"너무 그리 험담을 하시면 또 인력거꾼 집 안주인이 일러바치겠어요."

"좀 일러바쳐주는 게 약이 되겠네요, 부인."

"하지만 얼굴 험담 같은 걸 하시는 건 너무 점잖지 않으세요, 누구는 좋아서 그런 코를 갖고 있겠어요? — 거기다 상대가 부인인데, 너무 심하시네요."

안주인은 하나코의 코를 변호함과 동시에 자신의 용모도 간접적으로 변호해둔다.

"뭐가 심하다는 거야, 저건 부인이 아니고 우인ᵇᵘⁱⁿ이지, 그렇지 메이테이?"

"우인인지도 모르지만, 상당하던데, 꽤나 휘둘리지 않았나?"

"도대체 선생을 뭘로 보고 저러는 걸까?"

"저 앞에 인력거꾼 집 정도로 생각하는 거겠지. 저런 인물에게 존경받으려면 박사가 되는 수밖에. 대체 박사가 못된 건 자네 잘못이지, 안 그래요, 부인? 그렇지요?"

메이테이는 웃으면서 안주인을 돌아다본다.

"박사 같은 것 도저히 못되지요."

주인은 안주인에게까지 내팽개쳐진다.

"이래 뵈도 곧 될지도 모르니 구박하지 말라구. 당신 같은 사람은 알 리 없지만 옛날 소크라테스라는 사람은 94세에 대 저술을 했지. 소포클레스가 걸작을 발표해 천하를 떠들썩하게 한 것도 거의 백살에 가까운 고령이었어. 시모니데스는 여든에 귀한 시를 지었고. 그러니 나도……."

"헛소리 마세요, 당신 같은 위장병 환자가 그렇게 오래 살 수 있겠어요?"

안주인은 주인의 수명을 정확히 예상하고 있다.

"어디서, — 아마키 선생한테 가서 물어보라구 — 원래 당신이 이런 후줄근한 검은 무명옷이나, 기워진 옷만 입혀 놓으니 저런 여자한테 바보

취급을 당하는 것이지. 내일부턴 메이테이가 입고 있는 저런 옷을 입을 테니 꺼내놔."

"꺼내놓으라고 해도 저런 멋진 옷감이 없네요. 카네다 부인이 메이테이 씨한테 정중해진 것은 숙부님의 이름을 듣고나서예요. 옷 탓이 아니라구요."

안주인이 훌륭히 책임을 회피한다.

주인은 숙부님이라는 말을 듣고 갑자기 떠올랐는지 메이테이에게 묻는다.

"자네한테 숙부가 있다는 건 오늘 처음 알았네. 지금까지 말을 한 적이 없지 않은가, 정말 있기는 한 건가?"

메이테이는 기다렸다는 듯이 주인 부부를 번갈아 보며 말한다.

"음 그 숙부님, 그 숙부가 어지간히 완고해야 말이지 - 역시 그 19세기에서 연명하여 오늘날까지 살아계신다네."

"오호호호호, 재미난 말씀만 하셔, 어디 살고 계신데요?"

"시즈오카에 살고 있지요, 그게 그냥 살고 있는 게 아닙니다. 머리에 무사머리를 얹고 살고 계시니까 황당하지요. 모자를 쓰시라고 하면 나는 이 나이가 되지만 아직 모자라는 걸 쓸 만큼 추위를 탄 적은 없다면서 고집을 피우십니다 - 추우니까 더 주무시라고 하면 인간은 4시간만 자면 충분하다. 4시간 이상 자는 것은 사치라며 날이 밝기도 전에 일어나십니다. 그래서 말이죠, 저도 수면시간을 4시간으로 줄이려고 오랜 세월 수업을 받았는데 젊었을 때는 아무래도 잠이 많아서 잘 안 되더니만 근래에 와서 비로소 그런 경지에 들어선 것은 정말 기쁘다고 자랑하고 다닙니다. 예순일곱이 되어 잠이 줄어드는 건 당연한 거지요. 당사자는 완전히 극기의 힘으로 성공했다고 믿고 계시니 참. 그리고 외출할 때는 반드시 쇠부채를 들고 나가신답니다."

"뭘 하시려고?"

"뭘 할지는 모르지, 그냥 들고 나가는 거지. 뭐 지팡이 대신 정도로 생각하고 있는지도 모르지. 그런데 일전에 이상한 일이 있었지 뭡니까."

이번에는 안주인한테로 말을 돌린다.

"네에 — ."

안주인이 건성으로 대답한다.

"올봄 갑자기 편지를 보내서 상고모자(챙이 높은 모자)하고 프록코트(낮에 입는 남자 예복)를 빨리 보내라는 겁니다. 조금 놀라서 우편으로 되물었더니 노인네가 쓰겠다는 대답이 돌아왔어요. 23일에 시즈오카에서 전승축하 모임이 있으니 그때까지는 맞출 수 있게 빨리 조달하라는 명령이었지요. 그런데 이상한 것은 그중에 이렇게 되어 있는 거예요. 모자는 적당한 크기의 것을 사달라, 양복도 치수를 재어서 다이마루^{大丸}에 주문해달라……."

"요즘은 다이마루에서도 양복을 맞추는가?"

"그게 글쎄, 시로키야로 잘못 안 것이네"

"치수를 재어달라는 건 무리가 아닌가?"

"그게 숙부님답다는 점이지."

"그래서 어떻게 했나?"

"하는 수 없으니 대충 재어서 보내주었지."

"자네도 짓궂구만. 그래서 기한에는 맞췄는가?"

"뭐 이렇게 저렇게 도착했겠지. 고향 신문을 보니 '당일 마키야마 옹은 드물게 프록코트에다 늘 들고 다니는 쇠부채를 들고…….'"

"쇠부채만큼은 잊어버리지 않는 것 같군."

"그러게 돌아가실 때 관 속에다 쇠부채만큼은 넣어주려고 하네."

"그래도 모자도 양복도 제때 잘 맞춰 도착해서 다행이구만."

"그런데 그게 문제였네. 나도 무사히 넘겨서 잘 되었다고 생각하고 있었는데 한참 뒤 고향에서 소포가 도착해서 뭔가 답례라도 해주었나 하고 열어보았더니 보내준 상고모자가 아니겠나, 그리고 편지가 첨부되어 있었지, 모처럼 구해 보내주어 고마우나 조금 크게 되었으니 모자가게에 보내서 줄여 보내라. 줄이는 값은 어음으로 이쪽으로 보내달라고 되어 있더군."

"과연 앞뒤분간을 못 하시는구만."

주인은 자기보다 주변머리 없는 사람이 같은 하늘 아래 또 있는 것을 발견하고 크게 만족하는 듯이 보인다. 이윽고 "그래서 어떻게 됐나?"라고 묻는다.

"어떻게 한들 마찬가지니 그냥 내가 받아서 쓰고 있지."

"그 모자 말인가?"

주인이 싱글싱글 웃는다.

"그 분이 남작이신가요?"

안주인이 신기한 것처럼 묻는다.

"누가 말인가요?"

"그 쇠부채의 숙부님요."

"한학자세요. 젊을 때 성당에서 주자학인가, 뭔가에 외골수로 빠져 있었으니 이제까지 저렇게 전등불 밑에서 공손하게 무사머리를 하고 있는 것입니다. 별 도리가 없습니다."

메이테이는 자꾸 턱을 쓸어댄다.

"그래도 자네 아까 그 여자한테 마키야마 남작이라고 한 것 같은데."

"그리 말씀하셨어요. 저도 응접실에서 듣고 있었는걸요."

안주인도 이것만큼은 주인의 의견에 동의한다.

"그랬습니까, 아하하하하."

메이테이는 까닭도 없이 웃는다.

"그야 거짓말이었지요. 저한테 남작 숙부가 있으면 지금쯤 국장 정도는 되었겠지요."

하고 태평스럽게 말한다.

"어쩐지 이상하다 했어."

주인은 신이 난 것 같기도 하고 걱정스럽기도 한 표정을 짓는다.

"어머 어쩜, 진지한 표정으로 잘도 그런 거짓말을 갖다 붙이시네요. 선생님도 어지간히 허풍이 뛰어나시네요."

안주인은 매우 감탄하는 기색이다.

"저보다 그 여자 쪽이 한수 위던데요."

"선생님도 만만치는 않으십니다."

"하지만 부인, 저의 허풍은 단순한 허풍에 불과합니다. 그 여자의 것은 죄다 속셈이 있고 꿍꿍이가 있는 거짓말이지요. 아주 고약해요. 원숭이

의 잔머리에서 갈라져 나온 술수와, 타고난 웃기는 취미를 혼동하시면,
코미디의 신도 안목 없음을 한탄하지 않을 수 없는 까닭에 이르니까요."

주인은 눈을 내리깔고 "어떨까." 하고 말한다.

안주인은 웃으면서 "마찬가지지요."라고 말한다.

나는 지금까지 건너편 큰길가에 발을 내디딘 적은 없다. 모퉁이 저택
의 카네다라는 자가 어떻게 생겨먹었는지 본 적도 물론 없다. 들어본 것
도 지금이 처음이다.

주인의 집에서 사업가가 화제에 오른 적은 한 번도 없었으므로 주인
의 밥을 먹는 고양이까지 이 방면에는 정말 무관심해질 뿐만 아니라, 매
우 냉담했었다. 그런데도 아까 생각지도 않은 하나코의 방문을 계기로
내 알바는 아니지만 담화를 듣게 되어 그 따님의 미모를 상상하고 또 그
부귀와 권세를 떠올려보니 고양이이지만 편하고 한가롭게 툇마루에서
구르고 있을 수만은 없게 되었다. 그뿐 아니라 나는 칸게츠 군에 대해서
강한 동정을 느껴 가만 있을 수 없을 것 같다. 저쪽에서는 박사 부인이
며, 인력거꾼 집 안주인이며, 심지어 고토의 텐쇼인까지 매수해서 본인
도 모르는 사이 앞니가 빠진 것까지 탐색하고 있는데 칸게츠 군 쪽에서
는 그저 싱글벙글 하며 옷의 끈만 신경 쓰고 있는 것은, 아무리 갓 졸업
한 이학박사라도, 너무나 능력 없지 않은가. 그렇다고 저런 위대한 코를
얼굴 한가운데 안치하고 있는 여자이니 보통내기여서는 다가갈 엄두도
나지 않을 것 같다. 이러한 사건에 관해서는 주인은 오히려 무관심하고
돈도 너무 없다. 메이테이는 돈에 얽매이지는 않지만 저런 우연동자이
니 칸게츠에 도움을 줄 리는 만무하다. 그리고 보면 불쌍한 것은 목매달

기의 역학을 연설하는 그 선생뿐이다. 나라도 분발해서 적진으로 뛰어들어 그 동정을 살펴주지 않으면 너무나 불공평하다. 나는 고양이지만 에픽테토스를 읽고 책상 위로 내던져버릴 정도의 학자 집안에 기거하는 고양이로, 세상 일반의 우둔한 고양이, 아둔한 고양이와는 선을 달리하고 있다. 이 모험을 군이 감행할 정도의 의협심은 평소에 꼬리 끝에 모아두고 있다. 무엇보다 칸게츠 군에게 은혜를 입은 것도 없지만 이것은 그냥 개인을 위해 쓸데없이 혈기왕성하게 나대는 짓은 아니다. 크게 말하면 공평을 원하고 중용을 사랑하는 하늘의 뜻을 현실에 실천하는 훌륭한 선행인 것이다. 남의 허락도 얻지 않고 아즈마바시 사건 등을 도처에 떠벌리고 다니는 이상, 남의 처마 밑에 개를 숨어들게 해 그 사실을 득의양양하게 만나는 사람들에게 지껄이는 이상은, 인력거꾼, 마부, 무뢰한, 건달 서생, 날품팔이 식모, 산파, 할망구, 안마사, 얼간이에 이르기까지 모두를 이용해서 국가가 녹을 먹이는 인재에게 번거로움을 끼치고 뉘우치는 기색이 없는 이상 - 고양이에게도 생각이 있다. 다행히 날씨도 좋다, 서리가 풀린 것은 조금 난처하지만 도리를 위해서는 한목숨도 버린다. 발바닥에 진흙이 묻어 툇마루에 매화 꽃 도장을 찍는 것쯤, 단지 가정부에게 폐는 될까 모르겠지만 내 고통이라고는 할 수 없다. 내일이랄 것도 없다, 지금 당장 나가봐야겠다고 용맹정진의 대 결심을 하고 부엌까지 뛰어나왔는데 '잠깐' 하고 생각했다.

　나는 고양이로서 진화의 극도에 달해 있을 뿐만 아니라, 뇌의 발달에 있어서는 감히 중학교 3학년에 뒤지지 않은 셈이지만 안타깝게도 목구멍 구조만큼은 어디까지나 고양이어서 인간의 말을 할 수가 없다. 설령 운 좋게 카네다 씨 저택에 숨어들어 충분히 적의 정세를 살핀 시점에서도 중요한 칸게츠 군에게 가르쳐줄 방법에 이르지 못한다. 주인에게도 메이테이 선생에게도 말할 수 없다. 말해줄 수가 없다면 흙 속에 다이아몬드가 해를 받아 빛나지 못하는 것과 같은 것으로, 모처럼의 지식도 무용지물이 된다. 이것은 어리석다, 그만둘까 하고 올라가는 문에서 멈춰보았다.

하지만 한번 결심한 일을 도중에 그만두는 것은 소나기가 내릴까 하고 기다리고 있을 때 먹구름과 함께 이웃 동네로 지나가버리는 것처럼 어쩐지 뒤가 개운치 않다. 그것도 잘못이 이쪽에 있으면 모르겠지만 소위 정의를 위해, 인간의 도리를 위해서라면 가령 개죽음을 당한다 해도, 해내는 것이 의무를 아는 남아의 본모습일 것이다. 헛되이 수고를 하고 헛되이 발을 더럽히는 정도는 고양이로서 합당한 부분이다. 고양이로 태어난 인과로 칸게츠, 메이테이, 쿠샤미 선생과 세치 혀끝으로 서로의 사상을 교환할 기량은 못되지만, 고양이인 만큼 어디에 숨어드는 술수만큼은 모든 선생들보다 뛰어나다 하겠다. 남들이 하지 못하는 것을 성취하는 것은 그 자신에게 있어서 유쾌한 일이다. 나 한 몸이라도 카네다의 내막을 아는 것은 아무도 모르는 것보다 낫다. 남에게 말해줄 수는 없어도 남에게 알려져 있다는 자각을 그들에게 부여할 수 있는 것만으로도 유쾌하다. 이렇게 유쾌함이 속속 터지는 일인데 안 가고 있을 수는 없다. 역시 가기로 하자.

건너 큰길로 나와 보니 과연 듣던 대로 서양관이 모퉁이 땅을 제 세상인 양 밟고 서 있다.

그 집 주인도 이 서양 저택처럼 거만하게 살고 있을 거라 생각하며 들어가 건물 안을 바라보고 있었는데 그저 사람을 위압하려고 이층 건물이 무의미하게 우뚝 솟아 있는 것 말고는 하등의 소용도 없는 구조였다. 메이테이 선생이 말하는 소위 평범함이란 이런 것일까?

현관을 오른쪽으로 보아 나무가 심어진 길 가운데를 빠져나가 부엌문으로 돌아간다. 과연 부엌은 넓다. 분명 쿠샤미 선생네 부엌의 열배는 된다. 전에 니혼 신문에 자세하게 쓰여 있던 오오쿠마 백작의 부엌에도 뒤지지 않겠다 싶을 정도로 가지런하고 반들반들하다.

"모범적인 부엌이다." 하고 들어가 본다.

둘러보니 회반죽으로 발라올린 두 평 남짓한 흙바닥에 그 인력거꾼 집 안주인이 서서 가정부와 인력거꾼을 상대로 열심히 뭔가 말을 하고 있다. 이것 위태롭게 되었다고 물통 뒤로 숨는다.

"그 선생이라는 작자, 우리 어르신 이름을 모르는가." 하고 가정부가 말한다.

"모를 리가 있는가, 이 구역에서 카네다 씨 저택을 모르면 눈도 귀도 없는 병신이지."

이것은 필시 인력거꾼의 목소리다.

"뭐라 할 수도 없지. 저 선생이라면 책 말고는 아무것도 모르는 별난 사람이니까. 어르신을 조금이라도 알고 있으면 겁을 먹을지도 모르겠지만 소용없어, 자기 자식들 나이도 모르는 작자인데."

안주인이 말한다.

"카네다 씨인데도 겁을 먹지 않는 거야, 쓸모없는 벽창호 같으니라구.

상관없어 뭐, 우리가 으름장을 좀 놓아줄까?"

"그게 좋겠네. 부인의 코가 너무 크다는 둥, 얼굴이 마음에 들지 않는다는 둥…… 그런 심한 말을 하다니. 저 면상은 방금 토기로 빚어내다 만 너구리 같은 주제에 – 저러면서 남들만큼이라고 생각하고 있으니 어찌 할 수 없는 게 아닌가."

"얼굴만이 아니지, 수건을 덜렁덜렁 들고 목욕탕으로 가는 대목에서도 얼마나 거만한지 알아? 자기만큼 위대한 사람은 없다는 식이란 말이야."

쿠샤미 선생은 가정부한테도 크게 인망을 못 얻고 있다.

"뭐니뭐니 해도 여럿이서 그놈의 울타리 옆에 가서 험담을 있는 대로 해주는 게."

"그렇게 하면 분명 겁을 먹겠지."

"하지만 이쪽의 모습을 보여주면 재미없으니 목소리만 들려줘서 공부하는데 훼방을 놓은 다음 가능한 한 약을 올려주라고 아까 마님이 덧붙여 두셨거든요."

"그야 알고 있지."

부인은 험담의 3분의 1을 받아들인다는 뜻을 비쳤다. 과연 이 한패가 쿠샤미 선생을 놀려주러 오겠구나 하고 세 사람 옆을 살짝 빠져나가 안으로 들어간다.

고양이의 발은 있어도 없는 것 같아 어디를 걸어가도 서툰 소리가 나는 법이 없다. 하늘을 밟는 것처럼 구름 위를 걷는 것처럼 물속에 경을 치는 것처럼, 통 안에서 슬(고대 중국 현악기)을 두드리는 것처럼, 사물의 깊은 맛을 핥아 입밖에 표현하지 못하나 차고 뜨거운 것을 스스로 깨달아 아는 것 같이. 평범한 서양 저택도 없고 모범적인 부엌도 없고 인력거집 안주인도 머슴도, 가정부도, 아가씨도 하녀도 하나코 부인도 부인의 남편도 없다. 가고 싶은 곳에 가고 듣고 싶은 이야기를 듣고 혀를 내밀고 꼬리를 흔들고 수염을 바짝 세워서 유유히 돌아갈 뿐이다.

특히 나는 이쪽 길에 관해서는 이 나라 제일의 능력가다. 쿠사조시에 나오는 고양이 네코마타(꼬리가 둘로 갈라져 있는 귀신고양이)의 혈통을 이어받은 것이 아닐까 하고 스스로 의문이 들 정도이다. 두꺼비의 이마에는 야광 구슬이 박혀 있다고 하는데 고양이 꼬리에는 신기석교연무상(시가의 재료가 되는 모든 것)은 물론이거니와, 만천하의 인간을 바보로 만드는 일가 상전의 묘약이 채워져 있다.

카네다 씨 집 복도를 남들 모르게 가로지르는 것 정도는, 인왕님이 우뭇가사리를 밟아 뭉개기보다 쉽다. 이때 나는 스스로도 자기 역량에 감탄하며 이것도 다 평소 소중히 간직한 꼬리 덕이구나 하고 정신을 차리고 보니 그냥 있을 수가 없다. 내가 존경하는 꼬리 대명신을 예배하여 냐옹님의 운이 오래오래 가기를 기원한다고 조금 머리를 숙여보았지만 아무래도 조금 잘못된 듯하다.

가능한 한 꼬리 쪽을 보며 세 번 절하지 않으면 안 된다. 꼬리 쪽을 보려고 몸을 돌리자 꼬리도 자연스레 돈다. 붙잡으려고 고개를 비틀자 꼬리도 똑같은 간격을 두고 먼저 뛰어나간다. 과연 천지현황을 세치 안에 둘 만한 영물인 만큼 도저히 내 손에 들지 않는다. 꼬리도 돌기를 일곱 번 반을 하고 힘이 빠져서 포기했다. 눈이 조금 침침하다. 어디에 있는

지 방향을 분간하기 어렵다. 무슨 상관이냐 하고 내키는 대로 돌아다닌
다. 장지문 뒤에서 하나코의 목소리가 들린다. 여기다 하고 멈춰 서서 좌
우의 귀를 쫑긋 세우고 숨을 죽인다.

"가난한 선생 주제에 너무 건방지지 뭡니까?"

특유의 첫소리 같은 날카로운 목소리를 질러댄다.

"음 건방진 작자야, 이참에 좀 혼을 내줘야겠어. 그 학교라면 고향친
구도 있으니."

"누가 있는데요?"

"츠키 핀스케랑 후쿠치 키샤고가 있으니 부탁해서 혼을 내주라고 해
야겠어."

나는 카네다 씨가 태어난 곳은 잘 모르지만 요상한 이름의 인간들만
모아놓은 곳이구나 하고 조금 놀랐다. 카네다 씨는 계속 말을 이어 "그
자는 영어선생이던가."라고 묻는다.

"예, 인력거집 안주인 말로는 영어 리도르(독해 리더)인가 뭔가를 전공
으로 가르친다고 한다나 뭐라나."

"어차피 쓸 만한 선생도 아닌게라."

아닌게라에도 적잖이 감탄했다.

"요사이 핀스케를 만났는데 '우리 학교에 사차원인 놈이 하나 있습니
다. 학생이 선생님 엽차는 영어로 뭐라고 말하는가요 하고 질문을 했
는데 엽차는 Savage tea라고 진지하게 대답해서 교사들 사이에 놀림
거리가 되고 있습니다. 정말 그런 선생이 있으니 다른 선생들이 고개
를 못 들고 다닌다고 하더구만요' 하던디 모르긴 해도 그 작자 짓이 틀

림없겠지."

"그 작자 아니면 누가 있었어요, 딱 그런 소리를 할 면상으로 생기지 않았수? 아니 수염 같은 건 왜 기른대여."

"괘씸한 놈이여."

수염을 기른 게 괘씸하다고 하면 고양이들은 한 마리도 괘씸하지 않은 녀석이 없겠다.

"거기다 그 메이테인지 고주망태인지 하는 작자는 뭐, 뭐라더라 엉뚱해서 어디로 튈지 알 수 없습다, 숙부가 마키야마 남작이라나 뭐라나, 그런 면상에 남작 숙부라니, 가당키나 해요, 그럴 리 없다 생각했다니께요."

"어느 개뼈다귀인지 모르는 놈이 한 말을 곧이곧대로 믿은 것도 잘못이지."

"잘못이라니 너무 사람을 바보로 만드는 거 아니유?"라고 대단히 유감스러워한다.

이상하게도 칸게츠 군에 관해서는 한마디 일언반구도 없다. 내가 숨어들기 전에 평판은 끝난 것인지 아니면 이미 낙제로 결정이 나버려 염두에 두지 않는 건지 그 부분은 염려도 되지만 어쩔 수가 없다. 한동안 머물러 있자니 복도를 사이에 두고 맞은편 방에서 벨소리가 들린다. 오호라 저기도 뭔가가 있다 싶어 더 늦기 전에 그쪽으로 걸음을 향한다.

와보니 여자가 혼자서 뭔가 큰 소리로 말하고 있다. 그 목소리가 하나코와 아주 비슷한 점을 미루어 추측해보면 이것이 바로 이 집안의 따님, 칸게츠 군으로 하여 자살미수 입수를 감행케 했던 대단한 그 여자일 것이다. 안타깝다 안타까워, 장지문 너머라 옥구슬의 온전한 모습을 볼 수가 없으니. 따라서 얼굴 한가운데에 커다란 코를 붙이고 있는지 아닌지 확인할 길이 없다. 하지만 이야기하는 모양새나 콧김이 거친 점 등을 종합해보건대 꼭 남의 주의를 끌지 않는 납작한 들창코라고도 생각되지 않는다. 여자는 쉴 새 없이 떠들고 있는데 상대의 목소리가 조금도 들리지 않는 것은 소문에 듣던 '전화'라는 것하고 이야기하는 것일 게다.

"너는 야마토냐? 내일 말이다, 가니까, 세 자리 잡아두도록 하거라, 알았냐? ─ 알았냐구 ─ 뭐 모른다구? 아구 답답해. 특석 세 자리 잡아 놓으라구. ─ 뭐라고, 못 잡는다구? 못 잡을 리가 있어? 무조건 잡아 ─ 헤헤헤헤 농담을? ─ 뭐가 농담이야 농담은 ─ 짓궂게 사람을 갖고 노는구나. 대체 너는 누구냐? 초키치라구? 초키치 같은 건 알 바 아니구. 아주머니한테 전화기에 나와 보라고 해 ─ 뭐? 나한테 뭐든지 말하라구? ─ 너 무례하구나. 내가 누군지 알고 그러냐? 카네다야. ─ 헤헤헤헤 잘 알고 있으시다구? 정말 바보로구나 너. ─ 카네다라고 하면 말이다. ─ 뭐? ─ 매번 찾아주셔서 감사드린다고? ─ 뭔가 감사합니다야? 네 감사 같은 건 받고 싶지 않고 ─ 어라 또 웃었겠다. 너 아무래도 진짜 멍청이로구나. ─ 말씀하신 대로라고? ─ 그렇게 사람을 갖고 놀면 전화 끊어버린다. 상관없어? 후회 안 하지? ─ 입 다물고 있으면 속을 어떻게 아냐, 뭐라 말 좀 해봐라."

전화는 초키치 쪽에서 끊어버렸는지 아무 대꾸도 없는 듯하다. 따님은 입에 거품을 물며 다이얼을 마구마구 돌려댄다. 발밑에서 강아지가 놀라서 갑자기 깽깽 짖어댄다. 이것 멍청히 있다가는 안 되겠다 싶어 얼른 뛰어내려 툇마루 밑으로 기어들어간다.

때마침 복도를 다가오는 발소리가 들리고 장지문을 여는 소리가 들린다. 누군가 왔구나 하고 열심히 귀를 기울이니 "아가씨, 주인님과 마님이 부르고 계십니다."라고 가정부 같은 목소리가 들린다.

"몰라, 몰라."

따님은 짜증을 낸다.

"잠깐 볼일이 있으니 아가씨를 불러오라고 하셨습니다."

"시끄러, 모른다구."

따님은 이번에도 짜증을 낸다.

"……미즈시마 칸게츠 씨의 일로 용무가 있으시다는데요."

가정부는 눈치를 살피며 기분을 달래려고 한다.

"칸게츠든 스게츠든 난 모른다잖아 – 아휴 지겨워, 수세미도 당황할 얼굴을 해가지고는."

세 번째 짜증은 불쌍한 칸게츠가 자리에도 없는데 날아든다.

"근데 너 언제 머리를 묶었어?"

가정부는 안도의 한숨을 쉬더니 "오늘요."라고 될 수 있는 대로 간단한 대꾸를 한다.

"건방지기는, 하녀 주제에."

네 번째 쏘아붙이기를 다른 방면에서 한다.

"그리고 새 옷깃도 달았잖아."

"예, 지난번에 아가씨한테 받은 것인데 너무 좋은 것이라 그냥 막 입기 아깝다는 생각에 장롱 안에 넣어두었는데 지금 입던 것이 너무 낡아서 바꿔봤어요."

"내가 언제 그런 걸 줬지?"

"이번 정월에 시로키야에 가셔서 구하신 거잖아요 — 녹갈색에 스모 일람표 수가 놓인 것 아닙니까. 나한테는 너무 수수해서 싫으니까 너한 테 주겠다고 하셨던 그거요."

"어머 그랬어? 잘도 어울린다. 아휴 짜증나."

"황송합니다."

"칭찬이 아니잖아. 짜증난다구."

"예."

"그렇게 잘 어울리는 걸 왜 말도 없이 받았어?"

"예."

"너 같은 것한테 어울릴 정도면 나한테도 이상할 것 없을 게 아냐?"

"분명 잘 어울리실 겁니다."

"어울리는 걸 그렇게 잘 알면서 어떻게 가만히 있었어. 그렇게 딱 입 씻으려는 수작이잖아, 당돌한 것 같으니."

쏴붙이기는 멈출 줄 모르고 연발한다. 앞으로 사태가 어떻게 전개될 까 하고 듣고 있을 때 저쪽 방에서 "토미코, 토미코." 하고 큰 소리로 카 네다 씨가 따님을 부른다. 따님은 어쩔 수 없이 "네." 하고 전화기가 있 던 방에서 나간다.

나보다 약간 큰 강아지가 얼굴의 중심에 눈과 입을 끌어다 모아놓은 것 같은 면상을 하고 따라간다. 나는 특유의 닌자 걸음으로 다시 부엌 에서 큰길로 나가 서둘러 주인집으로 돌아간다. 탐험은 우선 훌륭한 성적을 거두었다.

돌아와 보니, 깨끗한 저택에서 갑자기 누추한 곳으로 옮겨왔으니 어쩐지 햇볕이 잘 드는 좋은 산에서 어두컴컴한 동굴 안으로 기어들어온 것 같은 기분이 든다. 탐험 중에는 다른 것에 정신이 빼앗겨 방의 장식이며, 방문, 장지문의 상태 따위에는 눈길도 주지 않았는데 우리 집의 볼품없음을 느낌과 동시에 그 소위 '평범'이라는 게 그리워진다. 선생보다 역시 사업가가 위대한 것처럼 생각된다. 나도 조금 이상하다 싶어 그 꼬리한테 질문을 던져보았더니 그 말이 맞다, 맞다 하고 꼬리 끝으로부터 신탁이 있었다.

방으로 들어가보니 메이테이 선생이 아직 돌아가지 않고 있다. 잎담배 꽁초를 벌집처럼 화로 안에 꽂아놓고, 책상다리로 앉아 뭔가 이야기하기 시작한다. 어느 샌가 칸게츠 군까지 와 있다. 주인은 팔베개를 하고 천장의 비가 샌 자국을 여념 없이 바라보고 있다. 여전히 태평한 자들의 회합이다.

"칸게츠 군, 자네 일을 헛소리로까지 말했던 부인의 이름은 당시 비밀이었던 것 같은데 이제 이야기해줘도 좋지 않은가?"라고 메이테이가 놀리기 시작한다.

"이야기를 한다 해도 저한테만 관계된 일이라면 상관이 없겠지만, 상대한테 폐가 되는 일이니."

"아직 안 되는가?"

"거기다 아무개 박사 부인한테까지 약속을 해버린 것이니."

"다른 데다 말하지 않겠다는 약속 말인가?"

"네."

칸게츠 군은 평소처럼 하오리의 끈을 만지작거린다. 그 끈은 팔기에
는 적당하지 않을 것 같은 보라색이다.

"그 끈 색이 좀 유행이 지난 것 같구만."

주인이 누운 채 말한다. 주인은 카네다 사건 따위에는 무관심하다.

"그렇군, 도저히 러일전쟁 시대의 것은 아니군. 무사들의 벙거지에 접
시꽃 문양이 그려진 무사용 하오리(에도시대 무사들이 여행, 승마 등에 입던
하오리. 등솔 아래쪽을 터놓았음)라도 입지 않으면 납득이 가지 않을 끈이로
군. 노부나가織田信長가 장가갈 때 머리카락을 자센(찻솔머리. 옛날 남자들의
머리매는 법. 가루차를 물에 풀 때 쓰던 찻솔 모양으로 묶은 모양)으로 틀어 올렸
다는데 그때 이용한 것이 분명 저런 끈이었을걸."

메이테이의 평은 여전히 장황하다.

"사실 이것은 할아버지가 쵸슈 정벌 때 사용한 것입니다."

칸게츠 군은 사뭇 진지하다.

"이제 그 정도 하고 박물관에라도 기증하면 어떤가. 목매달기의 역학
의 연설자, 이학박사 미즈시마 칸게츠 군이라는 사람이 떨거지 무사 같
은 차림새를 하고 있는 것은 좀 체면에도 관계된 일이니."

"충고대로 해도 괜찮지만, 이 끈이 매우 잘 어울린다고 해주는 사람도
있어서 말이지요……."

"누군가, 그런 취미에도 없는 말을 하는 사람이?"

주인은 누운 자세를 바꾸면서 큰 소리로 묻는다.

"그건 아시는 분이 아니라서 — ."

"모르는 자라도 상관없어, 도대체 누군가?"

"어떤 여성입니다."

"하하하하 꽤나 풍류 있는 여인인가 보구만. 내가 맞춰볼까, 역시 스미타가와의 밑바닥에서 자네 이름을 부르던 그 여인네지? 그 하오리를 입고 다시 한 번 뛰어들어보는 게 어떻겠나?"

메이테이가 옆에서 끼어든다.

"헤헤헤헤 이제 물 밑바닥에서 부르지는 않습니다. 여기서 북서쪽 방향에 있는 청정한 세계에서라면 몰라도요……."

"그리 청정하지도 않은 것 같구만, 독하게 생겨먹은 코지?"

"예?"

칸게츠는 다소 놀란 얼굴을 한다.

"저 맞은편 큰길의 코가 아까 여기로 밀어닥쳤어. 정말 깜짝 놀랐네, 그렇지 쿠샤미 군?"

"음." 하고 주인은 누운 채로 차를 마신다.

"코라니 누구 말입니까?"

"자네가 친애하는 영원한 여성의 어머님이지 누구겠나."

"네에?"

"카네다의 마누라라는 여자가 자네에 관한 것을 물으러 왔었다네."

주인이 진지하게 설명해준다. 놀랄까, 기뻐할까, 창피해할까 하고 칸게츠 군의 모습을 살펴보니 별다른 것도 없다.

칸게츠는 평소처럼 조용한 말투로 보라색 끈을 또 만지작거리면서 말한다.

"아무쪼록 저에게 그 따님을 데려가 달라는 부탁이었겠지요?"

"그런데 완전히 틀렸네. 그 어머니라는 자가 위대한 코의 소유자인데 말이지……."

메이테이가 반쯤 말을 하려는데, 주인이 가로막는다.

"이봐 자네, 난 아까부터 그 코에 대해 비체시를 생각하고 있었는데 말야."

주인이 자다가 봉창 두드리는 소리를 하자 옆방에서 안주인이 키득 키득 웃기 시작한다.

"자네도 참 할 일이 없구만, 그래, 만들었는가?"

"조금 됐네. 첫 번째 구절이 '이 얼굴에 코만 신이 나서'라는 것이네."

"그리고?"

"그 다음이 '이 코에 신주神酒공양'이라는 것이지."

"다음 구절은?"

"아직 거기까지밖에 못했지."

"재미있군요."

칸게츠 군이 씨익 웃는다.

"다음으로 '구멍 두 개 그윽하다'고 붙이면 어떻겠나?"

메이테이는 뚝딱 한 구절을 만들어낸다.

그러자 칸게츠가 바로 뒤를 잇는다.

"'속 깊은 곳 털도 보이지 않고'는 안 되겠습니까?"

각자 얼토당토않은 말을 늘어놓고 있자니 울타리 쪽 길가에서 너댓사 람이 시끌벅적 말하는 소리가 들린다.

"이마도야키今戸燒의 너구리 이마도야키의 너구리."

주인도 메이테이도 조금 놀라서 바깥쪽을 울타리 틈새로 살펴보니 "와하하하하." 하고 웃는 소리가 들리고 멀리로 흩어져가는 발소리가 들린다.

"이마도야키의 너구리라는 게 뭐지?"

메이테이가 이상하다는 듯이 주인에게 묻는다.

"뭔지 모르겠구만." 하고 주인이 대답한다.

"상당히 기발하군요."

칸게츠 군이 비평을 덧붙인다.

메이테이는 무슨 생각을 해냈는지 갑자기 일어서서 연설하는 흉내를 낸다.

"나는 오랜 세월 미학상의 견지에서 이 코에 대해 연구한 적이 있으니 그 일부를 피력하여 두 분의 귀를 성가시게 해 드리겠습니다."

주인은 너무 갑작스런 법석에 멍하니 아무 말도 못한 채 메이테이를 보고 있다.

칸게츠는 "꼭 들어보고 싶습니다."라고 작은 소리로 말한다.

"여러 가지 조사해보았지만 코의 기원은 아무래도 분명히 알 수 없습니다. 첫째 불확실한 점은 만약 이것을 실용상의 도구라고 가정한다면 구멍 두 개로 충분합니다. 무엇도 이렇게 거만하게 한가운데에서 튀어나올 필요가 없는 것이지요. 그런데 어째서 점점 보시는 것처럼 이와 같이 밀고 나오느냐."

메이테이가 자신의 코를 집어보인다.

"그다지 밀고 나오지도 않은 거 아냐?"

주인은 겉치레 인사도 아닌 말을 한다.

"어쨌든 밀려들어가 있지는 않으니까. 그냥 구멍 두 개가 나란히 있는 상태와 혼동해서는 오해를 사게 될지도 모르니 미리 주의를 해두겠습니다. — 해서 소생의 하찮은 의견에 의하면 코의 발달은 우리들 인간이 코를 푼다고 하는 미세한 행위의 결과가 자연스럽게 축적되어 이렇듯 현저하고 분명한 현상을 나타낸 것입니다."

"말 그대로 하찮은 의견이구만." 하고 또 주인이 촌평을 덧붙인다.

"아시다시피 코를 풀 때는 반드시 코를 집습니다, 코를 집어 이 국부에만 자극을 가하면 진화론의 대원칙에 따라 이 국부는 이 자극에 반응하기 위해 그밖의 부분에 비례해서 어울리지 않게 발달을 합니다. 피부도 자연히 단단해집니다. 근육도 점차 딱딱해집니다. 결국 응고되어 뼈가 됩니다."

"그것은 좀 — 근육이 그렇게 자유자재로 하루아침에 뼈로 변화할 수는 없을 것인데."

이학박사인 만큼 칸게츠 군이 항의를 한다. 메이테이는 벌레라도 삼켰냐는 얼굴로 계속 이어간다.

"아니 미심쩍음은 두말할 것 없겠지만 논리보다는 증거, 이대로 뼈가 있으니 어쩔 수 없잖습니까. 이미 뼈가 생긴 것이지요. 뼈는 생겨도 콧물은 나옵니다. 나오면 참고 있을 수는 없습니다. 이 작용으로 뼈의 좌우가 깎여나가 가느다랗고 높은 융기로 변화해갑니다 — 정말 놀라운 작용이지요. 낙숫물이 돌을 뚫듯이, 빈두로(불교에서 16나한의 하나. 머리털이 길고 눈썹이 흼)의 머리가 스스로 광명을 발하듯이 그렇듯 콧대가 솟아 단단해집니다."

"그래도 자네 것은 디룩디룩 하잖은가."

"연사 자신의 국부는 회고의 우려가 있으니 굳이 논하지 않겠습니다. 그 카네다 씨 마나님이 소유하고 계신 코는 가장 발달했고 가장 위대한 천하의 진품으로서 두 분에게 소개해두고 싶습니다."

칸게츠 군은 문득 히히히히 웃는다.

"그러나 무엇이든 극도에 달하면 장관임에는 틀림없으나 어쩐지 두려워서 다가가기 어려운 법입니다. 그 콧마루는 훌륭한 것은 틀림없습니다만 조금 너무 험준한가 싶기도 합니다. 옛 선인 중에도 소크라테스, 골드스미스 혹은 새커리 같은 사람들의 코는 구조상으로 말하자면 상당히 변명의 여지는 있겠지만 그 점에 애교가 있습니다. 코높이 때문에 귀한 것이 아니라, 기이하기 때문에 고귀하다는 것은 바로 이런 이유가 아닐까요. 흔히들 '코보다 경단(하나요리단고(꽃보다 경단. 금강산도 식후경)이라는 속담. 하나는 '꽃'의 의미와 '코'의 의미도 있음)'이라고 한다면 미적가치에서 말씀드리자면 우선 메이테이 정도의 것이 적당한 것으로 사료됩니다."

칸게츠와 주인은 "후후후후." 하고 웃어댄다.

메이테이 자신도 재미있다는 듯이 웃는다.

"그럼 단지 지금까지 변론한 것은 − ."

"선생님, 변론이라는 말은 조금 야담가 같아서 천박하니 삼가주시지요."

칸게츠 군은 지난번의 복수를 한다.

"그러시다면 세수를 하고 다시 나올까요. ─에에─ 그리고 코와 얼굴의 균형에 대해 한마디 언급하고 싶습니다. 그밖에 상관없이 단독으로 코론을 내세워보자면 그 어머님은 어디에 내놔도 창피하지 않을 코─쿠라우마야마(코가 큰 선인이 산다고 전해내려오는 전설의 산)에 전시회가 있다 해도 필시 따놓은 당상일 거라고 생각될 정도의 코를 소유하고 계신데, 안타깝게도 그것은 눈, 입, 그 밖의 모든 선생과 하등의 상담도 하지 않고 생겨난 코라는 사실입니다. 줄리어스 시저의 코는 위대하기 이를 데 없습니다. 그러나 시저의 코를 가위로 조금 잘라 그 집안 고양이 얼굴에 안치한다면 어떤 자가 되겠습니까. 비유에도 '고양이 이마'라고 할 정도의 면적에, 영웅의 콧대가 우뚝 솟아나 있다면 바둑판 위에 나라의 대불을 얹어놓은 것과 다를 바 없는 것으로, 비례가 어긋나 균형을 잃어버린 격, 그 미적 가치를 떨어뜨리는 꼴이라고 생각합니다. 어머님의 코는 시저의 그것처럼, 참으로 영웅의 자태다운 용기임에 틀림없으나 그 주변을 에워싼 안면적 조건은 어떤 모습일까요. 물론 그 댁의 고양이처럼 열등하지는 않지요. 그러나 간질병 걸린 추녀처럼 미간에 팔자를 새기고 가느다란 눈을 치켜 올리고 있는 것은 사실입니다. 여러분, 이 얼굴에 이런 코가 있는데 감탄하지 않는 게 이상하지 않습니까?"

메이테이의 말이 조금 끊기자마자, 뒤뜰 쪽에서 한마디가 들린다.

"아직도 코 이야기를 하고 있는가 봐. 참 네 고집이 쇠심줄이구만."

"인력거집 여편네구만."

주인이 메이테이에게 가르쳐준다. 메이테이는 다시 말을 시작한다.

"꾀하지도 않은 뒤쪽에서 새롭게 이성의 방청자가 있는 것을 발견한 것은 연설자로서 명예롭지 않을 수 없습니다. 특히나 옥구슬 굴러가는 아리따운 목소리로 건조한 강연에 한 점의 농염함을 곁들여주신 것은 그야말로 뜻밖의 행운입니다. 가능한 한 통속적으로 이야기를 바꾸어 절세가인 숙녀분들의 권고에 보답하고자 하는 바입니다만, 이제부터는 조금 역학상의 문제에 들어가니 자연히 귀부인 분들께서는 이해하시기 어려울지도 모르겠습니다, 아무쪼록 헤아려주시기를 바랍니다."

칸게츠 군은 역학이라는 말을 듣고 다시 싱글싱글한다.

"제가 증거를 세우려고 하는 것은 이 코와 이 얼굴은 도저히 조화롭지 않다. 차이징의 황금률을 깨뜨린다는 것으로, 그것을 엄격히 역학상의 공식으로 보여드리려고 하는 바입니다. 우선 H를 코의 높이라고 합니다. a는 코와 얼굴의 평면 교차에서 발생하는 각도입니다. W는 물론 코의 중량이라고 이해해주십시오. 어떻습니까, 대강 아시겠습니까. ……."

"알 수 있겠나?"라고 주인이 말한다.

"칸게츠 군은 어떤가?"

"저도 좀 이해가 안 됩니다."

"그거 곤란하구만. 쿠샤미 자네는 그렇다 치고 자네는 이학박사이니 알 것 같았는데. 이 공식이 연설의 핵심이니 이것을 생략하고는 지금까지 이야기한 보람이 없는데 − 뭐 하는 수 없지. 공식은 생략하고 결론만 말하겠네."

"결론이 있긴 있는가?"

주인이 불가사의하다는 듯이 묻는다.

"당연하지, 결론이 없는 연설은 디저트 없는 서양요리 같은 법, − 자,

이상의 공식에 피르호, 바이츠만 등등의 설을 참작하여 생각해보면, 선천적 형체의 유전은 물론 용서하지 않을 수 없습니다. 또한 이 형체에 따라서 일어나는 심리적 상황은 가령 후천성은 유전되는 것이 아니라는 유력한 설이 있음에도 불구하고 어느 정도까지는 필연의 결과라고 인정하지 않으면 안 됩니다. 따라서 그처럼 신분에 걸맞지 않는 코의 소유자가 낳은 자녀에게는, 그 코에도 뭔가 이상이 있을 것으로 추측됩니다. 칸게츠 군은 아직 나이가 젊으니 카네다의 따님의 코 구조에 있어서 특별한 이상을 인정하고 싶지 않을지도 모르겠으나 관련된 유전은 잠재기가 긴 것이어서 언제 어느 때 기후의 격변과 함께 갑자기 발달해 어머님의 그것처럼 순식간에 팽창할지도 모릅니다, 그런 까닭에 이 혼사는 메이테이의 이학적 증거에 의하면 지금 단념하시는 쪽이 안전하다고 사료됩니다, 이것에는 그 댁의 주인은 물론이고, 거기에 잠자고 있는 고양이님도 이견은 없으리라 사료됩니다."

주인은 겨우겨우 일어나 열심히 주장을 한다.

"그야 물론이지. 저런 자의 딸을 누가 데려가겠나. 칸게츠 군 절대 받아들여서는 안 되네."

나도 찬성의 뜻을 표하기 위해 냐옹 – 냐옹하고 두 번만 울어서 보여준다.

칸게츠 군은 별달리 시끄러운 기색도 없이 말한다.

"선생님들의 의향이 그러시다면 저는 단념해도 상관없으나 만약 당사자가 그것을 신경 써서 병이라도 걸린다면 죄스러우니 – ."

"하하하하 요염죄라는 말이군."

주인만은 대단히 정색을 한다.

"그런 바보 같은 짓이 어디 있나, 그자의 딸이라면 제대로 된 것이 아닐 것이 뻔할 걸세. 처음 남의 집에 와서 나를 끽 소리도 못하게 한 여편네네."라고 혼자서 씩씩거린다.

그러자 다시 울타리 곁에서 서너 명이 "와하하하하." 하는 소리가 들린다.

한 사람이 "거만한 벽창호 등신 같으니라구." 하고 하자 또 한 사람이 "더 큰집으로 들어가고 싶을걸." 한다.

옆에서 또 한 사람이 "안 됐지만 아무리 떠벌려봤자 이불 속에서 버둥거리는 격이지 뭐." 라고 소리를 지른다.

주인은 툇마루로 나가 이에 질세라 고함을 친다.

"소란스럽구나, 뭐냐 너희는, 남의 담장 밑에 와서."

"와하하하하 '새비지 티'다, '새비지 티'"라고 하나가 되어 입을 놀린다.

주인은 마치 턱 아래 비늘을 건드려 사람을 잡아먹을 듯 포효하는 용의 모습을 해가지고 벌떡 일어서더니 지팡이를 들고 큰길로 뛰어나간다.

메이테이는 손뼉을 치며 "재미있다, 더해, 더." 하고 말한다.

칸게츠는 하오리의 끈을 만지작거리며 싱글싱글 웃는다. 나는 주인의 뒤를 따라 울타리의 부서진 틈을 지나 큰길로 나가보니 큰길 한복판에서 주인이 아무것도 하는 것 없이 지팡이를 들고 서 있다. 인기척은 하나도 없고 마치 여우에게 홀린 모습이다.

늘 그렇듯 오늘도 카네다 저택으로 숨어든다. 늘 그렇듯이란 지금에 와서 굳이 해석할 필요도 없다. 종종을 제곱한 정도의 빈도를 나타내는 말이다. 한번 한 짓은 두 번 해보고 싶은 법이고, 두 번 해본 짓은 또 세 번 해보고 싶은 것은 인간들한테만 있는 호기심은 아니며 고양이라고 해도 이런 심리적 특권을 갖고 이 세계에 태어난 것으로 인정해주지 않으면 안 된다. 세 번 이상 되풀이할 때 비로소 습관이라는 말을 쓰게 되어 이런 행위가 생활상의 필요로 진화하는 것 역시 인간과 다를 바 없다. 무엇 때문에 내가 그렇게까지 빈번하게 카네다 씨 저택으로 향하는가 의아해진다면 그 전에 잠깐 인간에게 반문하고 싶은 것이 있다. 왜 인간은 입으로 연기를 빨아들여 코로 내뿜는가, 배를 채우는 것도 약도 되지 않는 것을 부끄러운 줄도 모르고 토해내기를 서슴치 않는 이상은 내가 카네다 씨 집에 출입하는 것을 그렇게 큰 소리로 나무라지 않았으면 하는 바이다. 카네다 씨 저택은 나한테 담배다.

숨어든다고 하면 어폐가 있다, 어쩐지 도둑이나 샛서방 같아서 듣기 불편하다. 물론 초대는 받지 않았지만 내가 카네다 씨 저택에 가는 것은 결코 가츠오 토막을 후무리거나 눈코가 얼굴 중심에 경련이 날 만큼 밀착되어 있는 그 집 강아지 군 등과 밀담을 하기 위해서는 아니다. ─ 뭐 탐정이라고? ─ 천만부당한 일이다. 대개 세상에서 무엇이 천박한 가업이냐고 묻는다면 탐정과 고리대금업자만큼 부당한 직업은 없다고 생각한다. 과연 칸게츠 군을 위해, 고양이에게는 있을 법도 않을 의협심을 발휘해 한번은 카네다 집안의 동정을 살피면서 찾아가 본 적은 있지만 그것은 단 한번으로, 그 후에는 결코 고양이의 양심에 부끄럽고 비열한 행동거지를 한 적은 없다. ─ 그렇다면 왜 숨어든다는 의심스러운 말을 사용했는가? ─ 자, 그것이 훌륭한 의미가 있는 말이다. 원래 나의 생각에 의하면 거대한 하늘은 만물을 뒤덮기 위해 대지는 만물을 올려놓기 위해 생겼다 ─ 아무리 집요한 토론을 좋아하는 인간일지언정 이 사실을 부정할 수는 없을 것. 그런데 이 하늘과 땅을 제조하기 위해 그들 인류는 어느 정도의 힘을 허비하고 있느냐 하면 한 치의 도움도 되지 못한 건 아닐까. 자신이 만들지도 않은 것을 자신의 소유로 정하는 법은 없을 터. 자신의 소유라고 해도 지장이 없지만 다른 출입을 금할 이유는 없을 것이다. 이 넓디넓은 대지에 교활하게도 울타리를 둘러치고 말뚝을 박아 세워 아무개 아무개의 소유지라고 획을 그어 나누어 놓는 짓은 마치 저 창천에 구역을 정해 여기는 내 하늘, 저기는 너네 하늘이라고 신고하는 격이다. 만약 토지를 잘게 잘라 한 평 정도의 소유권을 매매한다면 우리가 호흡하는 공기를 한 자짜리 육면체로 나누어 잘라 파는 짓을 해도 좋은 까닭이다. 공기를 잘라 파는 것이 불가능하고 하늘의 구역이 부당하다면 지면의 소유 역시 불합리한 것은 아닌가. 이런 견지에 의해 이런 법칙을 믿고 있는 나는, 그러니 어느 곳에라도 들어간다.

무엇보다 가고 싶지 않은 곳으로는 가지 않지만, 뜻하는 방향으로는 동서남북의 구별도 두지 않고 아무렇지 않은 얼굴로 어슬렁어슬렁 다닌다. 카네다 같은 자에게 꺼릴 이유가 없다. ─그러나 고양이의 슬픔은 우격다짐으로는 도저히 인간에게는 이를 수 없다는 점. '힘이 곧 권리'라는 격언까지 있는 이 세상에 존재하는 이상은, 아무리 이쪽에 도리가 있다 한들 고양이의 이론은 통하지 않는다. 억지로 통하게 하려고 하면 인력거집의 검은 보스처럼 불시에 생선가게의 멜대 같은 것으로 한방 먹힐 우려가 있다. 도리는 이쪽에 있지만 권력은 저쪽에 있는 경우에, 도리를 접고 두말 않고 굴복하든가, 아니면 권력의 눈을 속이고 나의 도리를 관철하든가 할 수 있다면 나는 물론 후자를 택한다. 그래도 멜대는 피하지 않으면 안 되는 까닭에, 숨어들지 않을 수 없다. 남의 저택 안으로는 들어가도 상관없는 고로, 들어가지 않을 이유는 없다. 이런 까닭에 나는 카네다 씨 저택으로 숨어드는 것이다.

숨어드는 빈도가 늘어남에 따라, 탐정놀이를 할 마음은 없지만 저절로 카네다 씨 일가의 사정이 별로 보고 싶지도 않은 내 눈에 비춰지고, 기억하고 싶지도 않은 내 뇌리에 인상을 남기기에 이르는 것은 어쩔 수 없다. 하나코 부인이 세수를 할 때마다 정성들여 코만 닦는 것이나, 토미코 아가씨가 구운 떡에 콩고물 묻힌 것을 턱없이 드셔댄다는 것이나, 그리고 카네다 자신이 − 카네다는 마누라랑 어울리지 않게 콧대가 턱없이 주저앉은 남자다. 단순히 코만이 아니다, 얼굴 전체가 납작하다. 어릴 때 싸움을 하다 골목대장 손에 목덜미를 붙잡혀 흙담장에다 있는 힘껏 밀어붙여졌을 때의 얼굴이 40년 후인 오늘날까지도 그 인과를 보여주고 있지는 않은가 하고 의심이 들 정도로 평평한 얼굴이다. 지극히 온화하고 위험하지 않아 보이는 얼굴임에는 틀림없지만, 어쩐지 변화가 없어도 너무 없다. 아무리 화를 내도 밋밋한 얼굴이다. − 그런 카네다가 다랑어회를 먹고 스스로 자신의 민대머리를 빡빡 두드리는 것이나, 그리고 얼굴만 낮은 게 아니라 키도 작아서 어처구니없이 높은 모자와 높은 나막신을 신는 것이나, 그것을 인력거꾼이 이상하다며 서생에게 흉을 보는 것이나, 서생이 과연 자네의 관찰력은 기발하다고 인력거꾼을 칭찬하는 것이나, − 일일이 헤아리기도 어렵다.

근래에는 부엌문 옆을 지나 뜰로 빠져나가 정원 동산 그늘에서 저쪽을 건너다보아 장지문이 꼭 닫혀 조용하다 싶으면 살금살금 기어 올라간다.

만약 사람 소리가 북적댄다든가 안방에서 보이겠다 싶으면 연못의 동쪽으로 돌아 변소 옆으로 해서 아무도 모르게 툇마루 밑으로 나온다. 나쁜 짓을 한 기억은 없으니 숨을 이유도 두려워할 이유도 전혀 없지만, 만에 하나 인간이라는 무법자를 만나기라도 해서는 더럽게 운 나쁘다고 하고 포기하는 수밖에 없으니 만약 세상이 쿠마사카 쵸한 같은 도둑놈들 투성이로 변한다면 어떠한 성인군자라도 나 같은 태도로 나올 것이다. 카네다 씨는 당당한 사업가이니 설마 쿠마사카 쵸한처럼 5자 3치나 되는 창칼을 휘두를 염려는 없을 테지만 들은 바에 의하면 사람을 사람으로 생각하지 않는 병이 있다는 것이다. 사람을 사람으로 생각하지 않을 정도라면 고양이는 쥐새끼로도 생각하지 않을 터. 그러고 보면 어떤 덕망 있는 고양이라도 그의 저택 안에서는 결코 방심할 수 없을 것이다. 그러나 그런 점이 나에게는 상당히 흥미로워서 내가 이렇게까지 카네다 씨 집의 문을 드나드는 것도 단지 그런 위험을 무릅써보고 싶은 것뿐인지도 모른다.

그것은 추후에 생각해본 다음 고양이의 뇌리를 남김없이 해부해 답을 얻었을 때 다시 들려드리겠다.

오늘은 어떤 모양새인가 하고 늘 가는 정원 동산의 잔디 위에 턱을 괴고 앞쪽을 건너다 보니 다다미가 15개쯤 깔린 응접실을 음력 봄볕에 한껏 내어놓고, 카네다 부부가 손님과 이야기에 빠져 있는 중이다. 공교롭게 하나코 부인의 코가 연못 너머로 내 이마 위를 정면으로 째려보고 있다. 코가 째려보는 것은 태어나서 오늘이 처음이다. 카네다 씨는 다행히 옆모습으로 손님과 상대하고 있어서 그 평평한 부분은 반쯤 감춰져 보이지 않았지만, 대신 코의 소재를 판별할 수 없다. 그저 희끗희끗한 깨소금색의 수염이 제멋대로 난잡하게 돋아나 있어서 그 위에 구멍이 두 개 있을 거라고 결론만은 어렵잖게 낼 수 있다. 봄바람도 저렇게 완만한 얼굴에만 분다면 참으로 편안할 거라고, 덧붙이는 김에 상상의 나래를 펴보았다. 손님은 셋 중에서 가장 평범한 용모를 하고 있다. 단지 평범한 것뿐이지 이렇다 하고 꺼내어 소개하기에 족한 이목구비는 하나도 없다. 보통이라고 하면 괜찮을 것 같지만 보통의 지극히 평범한 사당에 올라 범속이라는 방에 들어간 것은 오히려 딱하게 보인다. 그토록 무의미한 면상을 가져야 할 숙명을 띠고 메이지의 시대에 태어난 저 자는 누구일까. 여느 때처럼 툇마루 밑까지 가서 그 이야기를 들어보지 않으면 알 수 없다.

"……그래서 마누라가 일부러 그 남자가 있는 곳까지 직접 가서 용태를 물었는데 말이다……."

카네다 씨는 평소처럼 거만한 말투이다. 거만하기는 하지만 추호도 준엄한 부분이 없다. 말투도 그의 얼굴처럼 평평한 판자때기 같다.

"과연 그 남자가 미즈시마 씨를 가르친 일이 있으니 – 과연, 좋은 생각이시네요 – 과연." 하고 '과연'을 연발하는 것은 손님이다.

"그런데 어쩐지 건질 건 없고 말이지."

"예에, 쿠샤미라면 그럴 만도 합니다. – 그자는 제가 함께 머물고 있을 때부터 참으로 뜨뜻미지근한 자였으니 – 그거 곤란하셨겠군요."

손님은 하나코 부인 쪽을 본다.

"곤란요? 곤란하지 않은 게 이상하지, 저는 이 나이가 되도록 남의 집에 가서 그런 무례한 대우를 받아본 적은 없답니다."

하나코는 늘 그렇듯 콧바람을 연신 내뿜는다.

"뭔가 무례한 거라도 말씀했나요, 옛날부터 고집불통 성격이라 – 십년을 하루같이 독해 교사를 하고 있는 것만 봐도 대강 아시겠지요?"

손님은 보기 좋게 맞장구를 쳐주고 있다.

"글쎄 말이 안 통할 정도로 마누라가 뭘 물으면 마치 양날 검도 무안해질 만큼 무례한 인사라던데……."

"그건 참 괴팍하시군요 — 도대체 학문 좀 한다 하면 자만심이 싹트는 법인지, 거기다 가난하면 지기 싫어하는 오기가 더 생기니까 — 세상에는 어딜 가나 무법자가 있는 것이지요. 자기가 능력 없는 것은 알지도 못하고 무턱대고 재산 있는 사람들을 쏘아붙이는 자들이 — 마치 자기들 재산이라도 거둬들이는 기분인가 봅니다. 아하하하."

손님은 너무 기뻐하는 모습이다.

"아니, 정말이지 언어도단으로, 그렇게 말한다는 것은 분명 세상 물정 모르는 아둔함에서 생기는 것이니 조금 골탕을 먹여서 정신이 바짝 들게 해주는 게 좋을 거라 생각하고 조금 혼을 내줬지."

"과연 그럼 상당히 느낀 바가 있었겠네요, 무엇보다 본인을 위해서도 그게 낫거든요."

손님은 어떤 식이었는지 알지도 못하면서 아까부터 이미 카네다의 수하가 되어 있다.

"그런데 스즈키 씨, 그자는 뭐 워낙 완고한 작자잖아요. 학교에 나가도 후쿠치 씨나 츠키 씨한테는 말도 섞지 않는다든가. 무서워서 잠자코 있는가 했더니 요사이는 죄도 없는, 우리집 서생들을 지팡이를 들고 와서는 쫓아냈다는 거예요 — 서른도 넘은 나이에 그러고 싶을까 몰라요 글쎄, 이건 뜻대로 되지 않으니 머리가 이상해진 거랄 수밖에요."

"예에~ 어째서 또 그런 고약한 짓을 했답니까……."

이것에는 과연 그 손님도 조금 미심쩍은 생각이 드는 모양이다.

"뭐, 그냥 그 작자네 집 앞으로 뭐라뭐라 하면서 그냥 지나갔다는 거예요, 그랬더니 갑자기 지팡이를 들고 맨발로 뛰어나왔다네요. 설사 뭐라고 좀 언짢은 말을 했다고 해도 어린애들 아닙니까, 수염 기른 동자승 꼴 아니에요? 거기다 선생 아닙니까?"

"과연 선생이 그럼 안 되지요."

손님이 그렇게 말하자 카네다 씨도 한마디 거든다.

"그러게, 선생인데 말이에요."

선생인 이상은 어떠한 모욕을 당해도 나무토막처럼 얌전히 있어야 된다는 것은 이 세 사람의 우연히 일치한 결론으로 보인다.

"거기다 그 메이테이란 남자는 완전 고주망태예요. 아무짝에도 쓸모 없는 허풍만 잔뜩 늘어놓고서. 나는 그런 변태 같은 사람은 처음 봤다니까요."

"아아 메이테이 말인가요? 여전히 허풍을 떨고 있습니까. 역시 쿠샤미 씨 집에서 만나셨겠지요. 그 사람한테 걸리면 방도가 없어요. 그자도 옛날 자취하던 동료였는데 사람을 너무나 갖고 노는 바람에 자주 다투었었지요."

"누구도 화가 날 걸요, 저렇다면. 그야 거짓말을 할 수도 있겠지요, 뭐, 의리가 없다든가, 말을 맞춰야 한다든가 – 그럴 때는 누구도 마음에 없는 말을 하는 법이니까. 하지만 그 작자는 토해내지 않고도 끝날 것을 허풍을 쉴새 없이 토해대니 끝이 없다는 거 아닙니까. 뭐가 아쉬워서 그런 엉터리 수작을 뻔뻔스럽게 잘도 늘어놓는지 원 참."

"무엇보다 완전히 즐기자고 하는 거짓말질이니 곤란하지요."

"모처럼 제대로 들어보려고 갔던 미즈시마 일도 엉망이 되어버렸지 뭐예요. 난 분통이 터지고 부아가 나서 – 그래도 의리는 의리니까, 남의 집에 이야기를 들으러 가서 모르는 얼굴로 그냥 오는 것도 뭣하니까 나중에 인력거꾼한테 맥주를 한 박스 줘서 보냈지요. 그런데 글쎄 어떤 줄 아세요? 이런 것 받을 이유가 없다, 갖고 돌아가라고 했다는 거예요. 그래도 감사표시니까 아무쪼록 받아주세요 라고 인력거꾼이 말했더니 – 얄밉지 않습니까, 나는 잼은 매일 먹어도 맥주 같이 쓴 것은 마셔본 적이 없어서, 하고 안으로 휙 들어가버리더랍니다 – 그것도 야박하게, 어때요, 무례하기 짝이 없지 않나요?"

"그것 심하군요."

손님도 이번에는 정말 심하다고 느낀 모양이다.

"그래서 오늘 일부러 자네를 부른 것인데 말야."

한참 뜸을 들이고 있던 카네다의 목소리가 들린다.

"그런 덜떨어진 놈은 안 보는 데서 놀려주기만 하면 끝날 것 같지만, 그래도 조금 곤란한 일이 있어서……."

카네다가 다랑어회를 먹을 때처럼 대머리를 찰싹찰싹 두드린다.

나는 툇마루 밑에 있으니 실제로 두드렸는지 아닌지 보일 리는 없지만 이 대머리의 소리는 근래에 귀에 꽤 익은 소리다. 비구니가 목탁 소리를 금방 분간할 수 있는 것처럼 툇마루 밑에서라도 소리만 분명하다면 바로 출처가 대머리임을 감정할 수 있다.

"그래서 자네한테 조금 성가신 수고를 부탁할까 해서 말이지……."

"제가 할 수 있는 것이라면 뭐든지 말씀하세요 – 이번에 도쿄 근무를 할 수 있게 된 것도 다 여러 가지로 배려를 해주신 결과가 아니고 뭐겠습니까."

손님은 흔쾌히 카네다 씨의 의뢰를 받아들인다.

이 말투로 보아 이 손님은 역시 카네다의 도움을 받은 사람으로 보인다. 이거 사건이 점점 재미있게 전개되겠구나, 오늘은 날씨가 너무 좋아서 별 생각 없이 와본 건데 이런 좋은 재료를 얻어가리라고는 꿈에도 생각지 못했다. 명절에 우연히 절에 들렀다가 승방에서 뜻하지도 않은 떡 대접을 받게 되는 것 같은 격이다. 카네다가 손님에게 어떤 일을 의뢰할까 하고 툇마루 밑에서 귀를 기울였다.

"그 쿠샤미라고 하는 변태가 어떻게 말하는지 미즈시마에게 무슨 바람을 넣어 저 카네다의 딸을 받아들여서는 안 된다는 둥 꼬드긴다는구만 – 하나코 그렇지?"

"꼬드기는 정도가 아니예요. 저런 놈의 딸을 받아들일 멍청이가 어디 있느냐, 절대로 받아들여서는 안 된다고 한답니다."

"저런 놈이라니 무슨 망발인가, 그런 고약한 말을 했다구?"

"말했다 뿐이겠어요, 인력거집 마누라가 정확히 알려준 거라구요."

"스즈키 군 어떤가? 들은 대로네, 꽤 귀찮겠지?"

"난처하네요, 다른 일과 달리 이런 일은 남이 공공연히 참견할 것은 못 되니. 그 정도의 일은 어떠한 쿠샤미라도 알 만한데. 대체 무슨 영문일까요?"

"그래서 자네는 학창시절부터 쿠샤미하고 하숙도 하고 했으니 지금은 어떻든 옛날에는 친밀한 관계가 아니었나? 부탁하는데 자네가 당사자를 만나서 이해를 잘 따져볼 텐가. 뭔가 화가 나서 그러는지도 모르겠으나 화나는 것은 그쪽 사정이고 얌전하게 있어주기만 하면 일신상의 편의도 충분히 헤아려줄 것이고 눈에 거슬리는 일도 그만둬 줄 의향이 있네. 허나 그쪽이 계속 그렇게 나오면 우리도 우리라는 마음이 드는 것이니…… 결국 그런 고집을 부리는 건, 본인만 손해라 그 말이지."

"예 말씀하신 대로 어리석은 저항을 하는 것은 본인만 손해일 뿐 아무 이득도 없는 짓이니 좋게 타일러 보겠습니다."

"그리고 우리 딸은 여러 가지 이야기가 들어오고 있으니 반드시 미즈시마에게 주겠다고 정할 까닭도 없지만 대강 듣자하니 학문도 인물도 그만하면 나쁘지 않은 것 같으니, 만약 당사자가 공부를 열심히 해서 가까운 시일 내에 박사라도 된다면야 받아들일 수 있을지 모른다는 정도는 못 이기는 척 흘려줘도 상관없지."

"그렇게 말해주면 본인도 격려가 되어 공부하겠지요. 잘 알겠습니다."

"그리고 좀 이상한 일인데 말야……. 미즈시마한테도 어울리지 않는 일이라 생각하는데 저 변태 쿠샤미를 선생 선생 하며 그놈의 말은 잘 듣는 모양이니 문제구만. 뭐 그게 꼭 미즈시마만 바라보고 있는 건 물론 아니니까 쿠샤미가 뭐라 하여 훼방을 놓든 우리랑은 별 상관은 없네만……."

"미즈시마 그 청년이 안됐네요."

하나코 부인이 말을 꺼낸다.

"미즈시마라는 자는 만나본 적도 없습니다만, 여하튼 이 댁과 연을 맺을 수만 있다면 평생의 행복이니 본인은 물론 이견도 없겠지요."

"예, 미즈시마 씨는 받아들이고 싶어 하는데 쿠샤미니 메이테이니 하는 이상한 자들이 옆에서 이러쿵 저러쿵 하는 바람에."

"그거 고약한 심술이네요, 상당한 교육을 받은 자들이 어울리지 않은 소행을 하다니. 제가 쿠샤미한테 가서 잘 말해두겠습니다."

"아아, 아무쪼록 귀찮더라도 부탁하겠네. 그리고 실은 미즈시마의 일도 쿠샤미가 제일 잘 알고 있는가 본데 지난번 아내가 갔을 때는 지금의 전후사정을 조목조목 들어보지도 못한 모양이니 자네가 일단 본인의 성품이나 재능 등을 잘 듣고 와 주게."

"알겠습니다. 오늘은 토요일이니까 지금 가 보면 벌써 돌아와 있겠지요. 요즘은 어디 살고 있는지 잘 몰라서."

"요 앞에서 오른쪽으로 끝까지 가서 왼쪽으로 한 골목만 가면 다 쓰러져가는 검은 울타리가 있는 집이에요."라고 하나코가 가르쳐준다.

"그럼, 아주 가깝네요. 문제없습니다. 돌아가는 길에 잠깐 들러보지요. 뭐, 대강 알겠지요, 문패를 보면."

"문패는 있을 때도 있고 없을 때도 있던데. 명함을 밥풀로 붙여두는지 비가 오면 떨어져버리더라구요. 그러면 날씨 좋은 날 다시 붙여 놓더라구요. 그래서 문패로는 찾기 어려울 걸요. 저런 귀찮은 짓을 하느니 하다못해 나무팻말이라도 달아두면 좋을 텐데 말이에요. 정말 속을 알 수 없는 사람이라니깐."

"정말 놀랍군요. 하지만 무너져가는 검은 울타리 집이라고 물으면 대강 알겠지요."

"예, 그렇게 누추한 집은 이 동네에 딱 한 집밖에 없으니 금방 알 겁니다. 아, 맞다 맞다, 그래도 모르겠으면 좋은 수가 있어요. 무조건 지붕에 풀이 돋아난 집을 찾아가면 틀림없을 거예요."

"무척이나 특색 있는 집이로군요, 하하하하."

스즈키 군이 납시기 전에 돌아가지 않으면 상황이 꼬이게 생겼다. 이야기도 이만큼 들었으면 됐고.

툇마루 밑을 따라 변소에서 서쪽으로 돌아 뜰 동산 그늘에서 큰길로 나와 걸음을 서둘러 지붕에 풀이 돋아나 있는 우리 집으로 돌아와 아무 일 없었다는 듯이 응접실 툇마루로 유유히 들어온다.

주인은 툇마루 쪽에 하얀 모포를 깔고 엎드려 화창한 봄볕에 일광욕을 즐기고 있다. 태양의 광선은 의외로 공평해서 지붕에 냉이가 잔뜩 나 있는 누추하고 비좁은 집이라도 카네다의 거실처럼 볕이 들고 따뜻한 것 같은데 딱하게도 모포만은 봄 같지가 않다. 제조회사에서는 흰색이라고 짜내고, 파는 가게에서도 흰색인 상태로 팔았을 뿐 아니라 주인 역시 흰색으로 주문해서 사왔을 텐데 ― 여하튼 12~13년 전의 일이니 흰색의 시대는 벌써 지나가고 지금은 단지 짙은 회색인 변색의 시기를 만나고 있다. 이 시기를 경과해서 다른 암흑색으로 둔갑하기까지 모포의 수명이 이어질지 어떨지는 의문이다. 지금이라도 벌써 구석구석까지 다 닳아 해져서 가로세로의 짜임새가 분명히 읽힐 정도이니 모포라고 칭하기에는 이미 글렀고 '모'라는 글자는 생략하고 단지 헝겊쪼가리라고 말하는 것이 적당하다.

그러나 주인의 생각으로는 1년 지나 2년, 2년 지나 5년, 5년 지나고 10년이 지난 이상은 평생 간직하지 않으면 안 된다고 생각하는 것 같다. 참으로 한심하다. 그런데 그런 특별한 인연이 있는 모포 위에 배를 깔고 무엇을 하고 있는고 하니 양손으로 턱을 괴고 오른손 손가락 사이에 잎담배를 끼고 있다. 그뿐이다.

무엇보다 그가 비듬투성이인 머릿속 저편에는 우주의 대진리가 불수레처럼 회전하고 있는지도 모르지만 곁에서 본 바로는 그런 것은 꿈에도 상상할 수 없다.

담뱃불은 점점 빠는 입 쪽으로 타들어가 한 치만큼 타버린 재가 뚝 하고 모포 위로 떨어지는 것도 아랑곳하지 않고 주인은 열심히 담배에서 피어오르는 연기의 행적을 눈으로 쫓아가고 있다. 그 연기는 봄바람에 떴다 가라앉았다 하면서 희미한 고리를 몇 개나 만들며 깊은 보랏빛의 안주인 머리카락 뿌리 쪽으로 빨려들어가고 있다. – 아차, 안주인 이야기를 해뒀어야 하는 데 깜박 잊었다.

안주인은 주인에게 엉덩이를 향하고 – 뭐 예의 없는 부인? 별달리 예의 없지도 않다. 예의 있든 없든 그것은 서로가 해석하기 나름이니 어떻든 상관없는 것이다. 주인은 아무렇지 않게 안주인의 엉덩이 쪽으로 괴고 있는 턱을 쭉 내밀고 있고 안주인은 아무렇지 않게 주인의 얼굴 쪽에다 장엄한 엉덩이를 들이대고 있는 것까지야 무례할 것도 뭣도 없는 것이다. 두 사람은 결혼한 지 1년도 채 되지 않아 예의범절 따위의 거북한 경우를 벗어던지신 초연적인 부부이다. – 그런데 그처럼 주인에게 엉덩이를 향하고 앉은 안주인은 어쩐 일로, 오늘 날씨를 타고 한 자 남짓한 검은 머리카락을 풀가사리와 생달걀로 박박 문질러 빨았던 것으로 보여 버릇없는 그것들을, 보란 듯이 어깨에서 등으로 늘어뜨리고 말없이 아이들의 옷소매를 열심히 깁고 있다. 실은, 그 젖은 머리카락을 말리기 위해 물 건너온 견직 이불과 바느질 상자를 툇마루 쪽에 내놓고 공손히 주인에게 엉덩이를 돌리고 앉아 있던 것이었다. 아니면 주인 쪽에서 엉덩이가 있는 쪽으로 얼굴을 갖다 댔는지도 모른다. 그리하여 아까 말한 담배연기가 풍성하게 나부끼는 검은 머리 사이로 흘러 흘러 때 아닌 아지랑이가 피어오르는 모양을 주인은 아무 생각 없이 바라보고 있다. 그러나 연기란 원래 한곳에 머무는 법은 없는 고로, 그 성질로 인해 위로 위로 올라가니 주인의 눈도 이 연기가 머리카락과 어우러지는 진풍경을 놓치지 않고 보려 들자면 반드시 두 눈을 움직이지 않으면 안 된다.

주인은 먼저 허리 부근부터 관찰을 시작해 서서히 등을 지나 어깨에서 목덜미에 잠깐 걸쳤지만, 이내 그것을 지나쳐 드디어 정수리에 다다랐을 때, 문득 앗 하고 놀랐다.

주인이 백년해로를 약속한 부인의 정수리 한가운데에는 동그랗고 커다랗게 머리가 빠져 있었다. 거기다 그 빠진 자리가 따뜻한 햇볕을 반사하며 때를 만난 듯이 반짝반짝 빛나고 있다. 뜻하지 않은 대목에서 이런 이상한 대발견을 해냈을 때의 주인의 눈은 눈부심 속에 충분히 놀라움을 나타내며 선명한 광선으로 자신의 동공이 열리는 것도 아랑곳하지 않고 일사분란하게 쳐다보고 있다.

주인이 이 대머리를 봤을 때, 처음 그의 뇌리에 떠오른 것은 그 집안 대대로 내려오는 불단에 몇 세기 동안이나 장식되어 있던 등불접시이다. 그의 일가는 진종으로, 진종에서는 불단에 신분에 걸맞지 않는 돈을 들이는 것이 관습이다. 주인은 어릴 때 그 집의 창고 안에 어두컴컴하게 장식되어 있던 금박이 두껍게 칠해진 불상을 넣는 장이 있고 그 장 안에는 언제나 신주(놋쇠)로 된 등불접시가 매달려 있고, 그 등불접시에는 낮에도 희미한 불이 켜져 있던 것을 기억하고 있다. 주위가 어두운 가운데 이 등불접시가 비교적 명료하게 빛나고 있었으므로 어린 마음에 이 등을 몇 번이고 봤던 인상이 불현듯 안주인의 대머리에서 떠올라 튀어나온 것일 게다.

등불접시는 1분도 지나지 않은 사이 사라졌다. 이번에는 관음상의 비둘기가 떠오른다. 관음상의 비둘기와 안주인의 대머리와는 하등의 관계도 없는 것 같지만, 주인의 머리에서는 둘 사이에 밀접한 연관이 있다. 마찬가지로 어릴 때 아사쿠사에 가면 반드시 비둘기에게 모이를 사주었다. 모이는 한 접시에 분큐전(에도막부 때 분큐 연간에 만든 동전 화폐) 두 개로 붉은 토기에 들어 있었다. 그 토기가 색으로 보나 크기로 보나 이 대머리와 아주 닮은 것이다.

"과연 닮았는걸."

주인이 사뭇 감탄한 듯이 말하자 안주인은 돌아보지도 않고 말한다.

"뭐가요?"

"아니, 당신 머리에 커다란 대머리 자국이 있구만. 알고 있어?"

"예."

안주인은 의연하게 일손을 멈추지 않고 대답한다. 별반 두려운 기색도 없다. 초연한 모범부인이다.

"시집 올 때부터 있었는가, 결혼하고 새로 생겼는가?"

주인이 묻는다.

만약 시집오기 전부터 머리가 벗겨져 있었다면 속은 것이라고, 입 밖으로는 내지 않았지만 속으로 생각한다.

"언제 생겼는지 기억 안 나지요, 대머리 같은 게 어떻든 상관없잖아요?"

도를 깨달은 자 같다.

"상관없다니 자기 머리지 않은가."

주인은 조금 화난 기색을 띠고 있다.

"자기 머리니 상관없지요."

말은 했지만 과연 조금은 신경이 쓰이는지 오른손을 머리에 대고 빙글빙글 어루만지면서 대머리 자국을 찾는다.

"어머 꽤나 커졌네, 이 정도는 아니라고 생각했는데."

그렇게 말하는 것을 보니 나이에 비해 대머리가 너무 크다는 것을 이제야 깨달은 모양이다.

"여자는 머리를 올려 묶으면 여기가 치켜 올라가니 누구나 대머리가 돼요."

조금 변명을 한다.

"그런 속도로 모두 대머리가 되면 마흔 정도면 빈주전자마냥 되어야겠구만. 이것 무슨 병이 틀림없어. 전염될까 무섭군, 늦기 전에 빨리 아마키 선생한테 보여봐."

주인은 자꾸만 자기 머리를 들쑤셔 만져본다.

"그렇게 남의 말만 하시는데 당신도 콧구멍에 새치가 있지 않았어요? 대머리가 전염된다면 새치도 전염되겠네요, 뭐."

안주인이 조금 툴툴거린다.

"콧속의 새치는 안 보이기나 하지 정수리가 – 특히나 젊은 여자의 정수리가 그렇게 벗겨지면 보기 흉하지, 동네 바보도 아니고."

"동네 바보라면 왜 장가는 드셨수? 자기가 좋아서 장가들어놓고서 바보라니……."

"몰랐으니 그랬지. 이날 이때까지 까맣게 몰랐네. 그렇게 위세를 떨 거면 왜 시집올 때 머리를 보여주지 않은 거요?"

"그런 말을! 어느 나라에 머리 시험을 치고 급제하면 시집을 온다는 것이 있습디까?"

"대머리는 그래도 참아줄 수 있다지만 당신은 키가 남들 어깨도 안 오니 그게 뭐야. 정말 보기 흉해서 못 봐주겠어."

"키는 보면 금방이나 알 수 있지요, 키 작은 것은 처음부터 알고 장가를 든 게 아닙디까?"

"그건 알고 있었지, 분명 그랬지만 아직 더 자랄 줄 알고 장가를 든 거지."

"스무 살이나 되어서 키가 자라다니 - 당신도 어지간히 사람을 바보로 아는군요."

안주인은 깁고 있던 아이들 옷을 내팽개치고 주인 쪽으로 몸을 튼다. 대꾸하기에 따라서는 그 정도로는 끝나지 않겠다는 기세다.

"스무살이라고 키가 자라지 말라는 법은 없겠지. 시집와서 자양분이라도 먹이면 조금은 크려니 하고 생각한 거지."

주인이 진지한 얼굴을 하고 요상한 이치를 늘어놓고 있는 사이 현관 벨이 힘차게 울려대고 주인장을 부르는 커다란 목소리가 들린다. 드디어 스즈키 군이 냉이풀이 돋아난 집을 목표로 쿠샤미 선생의 와룡굴을 물어물어 찾아온 것으로 보인다.

안주인은 싸움을 후일로 미루고 허둥지둥 바느질 상자와 민소매를 안고 안방으로 도망친다. 주인은 쥐색 모포를 둘둘 말아 서재로 집어던진다.

이윽고 하녀가 들고 온 명함을 보고 주인은 조금 놀란 듯한 표정이었지만 이쪽으로 건너오시라고 말해두고 명함을 쥔 채로 변소로 들어간다. 무엇 때문에 변소로 서둘러 들어갔는지는 알 수 없고 무엇 때문에 스즈키 토주로 군의 명함을 변소까지 들고 갔는지는 더더욱 설명하기 어렵다. 여하튼 폐가 된 것은 똥냄새 나는 곳에서 수행을 명받은 '명함' 군이다.

하녀가 손님용 방석을 불단 앞에 놓고 '자 이쪽으로'라고 안내한 다음 스즈키 군은 일단 실내를 빙 둘러본다. 불단에 걸린 화개만국춘 花開萬國春이라는 목암(명나라에서 일본으로 귀화한 스님)의 가짜 글이나, 교토에서 난 싸구려 청자에 꽂아놓은 담홍색 벚나무 가지 등을 일일이 차례차례 점검한 다음에 문득 하녀가 권한 방석 위를 보니 어느 틈에 고양이 한 마리가 스윽 와 앉아 있다. 말할 것도 없이 그것은 지금 말하고 있는 나다.

이때 스즈키 군의 가슴 속에 잠시 안색에도 나타나지 않을 만큼의 풍파가 일었다. 이 방석은 의심할 여지없이 스즈키 군을 위해 깔려 있는 것이었다. 자신을 위해 깔린 방석 위에 자신이 앉기도 전부터 아무 거리낌도 없이 이상한 동물이 태연하게 자리를 점거하고 있다. 이것이 스즈키 군의 마음의 평정을 깨뜨린 첫째 조건이다.

만약 이 방석이 권해진 채로 주인 없이 그저 봄바람 부는 대로 맡겨져 있었다면 스즈키 군은 일부러 겸손한 척하며 주인이 '자 어서' 하고 말할 때까지는 딱딱한 다다미 위에서 참고 있었을지도 모른다. 그러나 금세 자신의 소유여야 할 방석 위에 인사도 없이 올라탄 것은 누구인가? 인간이라면 양보를 할 법도 하지만 고양이라니 괘씸하다. 자리를 차지한 것이 고양이라는 것이 일단 불쾌함을 느끼게 한다. 이것이 스즈키 군의 마음의 평정을 깨뜨린 두 번째 조건이다.

마지막으로 그 고양이의 태도가 가장 부아가 난다. 조금은 딱한 표정이라도 지으면 나으련만 올라탈 권리도 없는 방석 위에 아무 일 없다는 듯 천연덕스럽게 앉아 애교 없는 둥그런 눈을 껌벅이면서 너는 누구냐고 말하는 것처럼 스즈키 군의 얼굴을 바라보고 있으니 말이다. 이것이 평정을 무너뜨린 세 번째 조건이다.

그렇게 불만이라면 내 목덜미라도 잡아서 끌어내리면 될 것을 스즈키 군은 말없이 보고만 있다. 천하의 인간이라는 자가 고양이가 두려워 손을 대지 못한다는 것은 있을 리 만무한데 왜 빨리 나를 처분해버리고 자신의 불만을 해소하지 않느냐 하면 이것은 순전히 스즈키 군이 일개의 인간으로서 자기체면을 유지하려는 자존심 때문이라고 짐작된다. 만약 완력에 호소했다면 삼척동자라도 나쯤은 가뿐히 들었다 내렸다 하겠지만 체면을 중시하다 보면 아무리 카네다 씨네 심복인 스즈키 토주로라도 이 2척 사방 한가운데에 떡 하니 자리 잡고 계신 고양이 대명신을 어떻게도 할 수가 없는 것이다. 아무리 사람이 보고 있지 않다고 해도 고양이와 자리다툼을 한다는 건 막상 인간의 위엄에 관계된 문제다. 고양이를 상대로 진지하게 잘잘못을 가리는 일은 아무래도 어른스럽지 않다. 우스운 꼴이다. 이 불명예를 피하기 위해서는 다소의 불편은 감수

해야 한다. 그러나 감수하지 않으면 안 되는 만큼 그만큼 고양이에 대한 증오의 감정은 커질 테니 스즈키 군은 때때로 내 얼굴을 보고는 씁쓸한 표정을 짓는다. 나는 스즈키 군의 불만어린 얼굴을 보는 것이 재미있어서 터져 나오려는 웃음을 가까스로 참고 가능한 한 태연한 얼굴을 유지하고 있다.

나와 스즈키 군 사이에 이렇게 무언극이 벌어지고 있는 사이 주인은 옷매무새를 다듬고 변소에서 나와서 "여어."라고 자리에 앉았는데 손에 들고 있던 명함은 그림자조차 보이지 않는 것을 보니, 스즈키 토주로 씨의 이름은 냄새나는 그곳에서 무기징역에 처해진 것으로 보인다. 명함이야말로 날아든 액운을 만난 것이라 생각할 틈도 없이 주인은 '이놈의 고양이' 하며 내 목덜미를 잡아 '예끼놈' 하더니 툇마루로 내던진다.

"자 깔고 앉게나. 그간 뜸했네 그려? 언제 도쿄로 나왔는가?"

주인은 오랜 친구를 향해 방석을 권한다. 스즈키 군은 방석을 살짝 뒤집은 다음에 거기에 앉는다.

"뭐 아직도 바쁘다 보니 미리 알리지도 못했네만 실은 요전부터 도쿄 본사 쪽으로 다시 오게 되었다네……."

"그것 잘됐군, 꽤 오래 만나지 못했네. 자네가 시골로 가고 나서 처음 아닌가?"

"그래, 벌써 10년 가까이 되네. 뭐 그 후 가끔 도쿄에 나올 일도 있었지만 막상 일이 많다 보니 언제나 실례만 하는구만. 나쁘게 생각하지는 말아주게나. 이쪽 일은 자네 직업과는 달라서 상당히 바쁘거든."

"10년이 지나는 사이에 꽤 변했구만."

주인은 스즈키 군을 위아래로 훑어보고 있다. 스즈키 군은 깔끔하게 가르마를 타고 영국 사립학교에서나 입는 트위드를 입고 화려한 옷깃장식에 가슴에는 금시계줄 장식까지 번쩍거리고 있는 모양새를 보니, 아무래도 쿠샤미 선생의 옛 친구라고는 생각되지 않는다.

"응, 이런 것까지 달고 다녀야만 하는 신세가 됐네."

스즈키 군은 은근히 금시계줄 장식을 신경 쓰며 보여준다.

"그것 진짜인가?"

주인은 성의 없는 질문을 던진다.

"18K(십팔금)일세."

스즈키 군은 웃으면서 대답하고는 말을 더 잇는다.

"자네도 꽤 나이를 먹었구만. 분명 아이도 있었던 것 같은데 하나인가?"

"아닐세."

"그럼 둘?"

"아니."

"더 되는가, 그럼 셋?"

"그래 셋이야. 앞으로 몇이나 더 생길지 모르겠네."

"여전히 속편한 말을 하는구만. 제일 큰 애는 몇 살이 되었나, 벌써 많이 컸겠지?"

"응, 몇 살인지 잘 모르겠네만 아마 여섯이나 일곱일 걸세."

"하하하, 선생은 속편해서 좋구만. 나도 선생이나 될 걸 그랬어."

"한번 되어보게, 사흘만 지나면 지겨워질 테니."

"그럴까, 어쩐지 품위 있고 편하고 여유 있고 거기다 좋아하는 공부도

할 수 있으니 좋지 않은가? 사업가도 나쁘지는 않지만 우리 같은 사람들은 안 된다네. 사업가가 될 거면 계속 위로 올라가지 않으면 안 되지. 말단직은 형편없는 뒤치다꺼리나 해야지, 마음에 없는 술잔이나 받아먹어야지 사람이 피곤해져."

"나는 사업가 나부랭이들은 학창시절부터 아주 싫었어. 돈만 번다면 뭐든지 하는, 옛날로 말하면 천한 장사치 아닌가."

주인이 사업가를 앞에 두고 태평한 소리를 늘어놓는다.

"설마 – 그렇게만 말할 수도 없다네, 조금은 천박한 구석도 있지만, 여하튼 돈과 함께 죽을 할 각오가 아니면 살아남을 수 없으니 – 그런 점에서 그 돈이라는 놈이 요사스러워서 – 지금도 어느 사업가한테서 듣고 왔는데 돈을 만드는 데도 삼각술(삼빼기법)을 사용해야 한다는 거야 – 의리를 빼버리고 인정을 빼버리고 창피를 빼버리는 것으로 삼각형이 된다고 하니 재미있지 않은가, 하하하하."

"누군가, 그런 바보가?"

"바보가 아니야, 꽤 머리 좋은 사람이야, 이쪽 사업계에선 좀 유명한데, 자네 모르는가? 요 앞 큰길에 사는데."

"카네다 말인가? 그런 놈이 뭐라구."

"화가 많이 나 있군. 뭐 그야 반 농담이겠지만 말야, 그 정도로 하지 않으면 돈은 머물러주지 않는다는 비유일세. 자네처럼 그렇게 진지하게 해석하면 곤란해."

"삼각술은 농담이라 쳐도 그 집 마누라 코는 뭔가. 자네도 갔었으니 봤을 테지, 그 코?"

"안주인 말인가, 안주인 꽤 시원시원한 사람이던데."

"코 말야, 커다란 코를 말하고 있는 걸세. 요전에 나는 그 코에 대해 시를 하나 만들었지."

"뭔가 그 시라는 게?"

"비체시를 모르는가, 자네도 꽤나 요즘 세상에 어둡구만."

"아아 나처럼 바쁘면 문학 따위는 엄두가 안 나지. 거기다 전부터 별로 좋아하지도 않았고."

"자네 샤를마뉴의 코의 모양새를 아는가?"

"아하하하 꽤나 할 일 없군. 모르네."

"웰링턴은 부하들한테 코쟁이라는 별명을 얻었지. 그것도 아는가?"

"코에 관한 것만 신경 써서 어떻게 한다는 거야. 상관없지 않은가 코 같은 게 둥글든 뾰족하든."

"결코 그렇지 않아. 자네 파스칼은 알고 있는가?"

"또 그 소린가, 마치 시험을 치러 온 것 같구만. 파스칼이 어땠다는 건가."

"파스칼이 이런 말을 했어."

"어떤 말을?"

"만약 클레오파트라의 코가 조금만 낮았더라면 세계지도에 대변화를 초래했을 거라고."

"과연."

"그러니 자네처럼 그렇게 코를 대충대충 취급해서는 안 되지."

"뭐 알겠네, 잘 새겨놓겠네. 그건 그렇다 치고 오늘 온 것은 자네한테 좀 볼일이 있어서 왔는데 ─ 저기 전에 자네가 가르쳤다든가 하는, 미즈시마 ─ 그러니까 미즈시마 허엄, 잠깐 생각이 안 나서. ─ 그 왜 자네 집으로 시도 때도 없이 온다고 하지 않았는가."

"칸게츠?"

"그래그래 칸게츠 칸게츠. 그 사람에 대해서 좀 물어보고 싶은 것이 있어 왔다네."

"결혼사건 말인가?"

"뭐 얼추 그런 것이지. 오늘 카네다 씨한테 갔더니……."

"요전에 그 코가 제 발로 왔었지."

"그런가, 그 집 마나님도 그렇다고 하더군. 쿠샤미 씨한테 여쭤보려고 들렀더니 공교롭게도 메이테이가 와 있어 훼방을 놓는 바람에 뭐가 뭔지 알 수 없게 되어버렸다고."

"그런 코를 달고 오니 그렇지."

"아니 자네를 말하는 게 아닐세. 그 메이테이 군을 말한 것이니. 깊은 사연을 묻지도 못하고 그냥 와서 유감이었으니 나더러 한 번 더 가서 잘 듣고 와줄 수 없겠냐고 부탁을 하더군. 나도 이런 시중은 들어본 적이 없지만 만약 당사자끼리 싫어하는 게 아니라면 중간에서 마무리해주는 것도 나쁜 일은 아니니 ─ 그래서 와본 것일세."

"수고가 많군."

주인은 냉담하게 대답했지만 속으로는 당사자끼리라는 말을 듣고 어쩐지 마음이 조금 움직인다. 푹푹 찌는 여름밤에 한오라기 냉풍이 소맷자락을 빠져나가는 기분이 든다. 원래 이 주인은 무뚝뚝하고, 완고하여

흥을 깨는 것을 목적으로 제조된 자인데 그렇다고 해도 냉혹하고 몰인정한 문명의 산물과는 근본적으로 그 차원을 달리하고 있다. 툭하면 화를 내며 펄펄 뛰어도 사리판단은 제대로 한다.

지난번 코와 다툼을 한 것은 코가 마음에 들지 않아서이지 코의 딸한테는 아무 죄도 없다는 말이다. 사업가를 싫어하니 사업가의 한 족속인 카네다 아무개도 당연히 싫지만 이것 역시 딸과는 상관없는 일이라는 것도 알고 있다. 딸에게는 고맙다 싫다 하는 것도 없고 무엇보다 칸게츠는 진짜 동생보다도 사랑하는 문하생이다. 만약 스즈키 군이 말한 것처럼 당사자끼리 좋아하는 사이라면 간접적으로도 이것을 방해하는 것은 군자가 할 짓은 아니다. − 쿠샤미 선생은 이래 봬도 자신을 군자라고 생각하고 있다. − 만약 당사자끼리 좋아하고 있다면 − 그러나 그게 문제다. 이 사건에 대해 자기의 태도를 바꾸려면 우선 그 진상부터 확인하지 않으면 안 된다.

"자네, 그 딸은 칸게츠한테 시집오고 싶어하는가? 카네다나 코는 아무래도 상관없지만 딸의 의향은 어떻던가?"

"음, 저기 − 뭐랄까 − 아무래도 − 오고 싶어 할 것 아닌가?"

스즈키 군의 대꾸는 조금 애매하다.

사실은 칸게츠 군의 일만 듣고 알려주면 될 생각으로 따님의 의향까지는 확인하고 오지 않았던 것이다. 따라서 말이 막히는 법이 없는 스즈키 군도 조금 낭패를 본 기미가 보인다.

"'그럴 것이다'는 확실하지 않은 말이잖나."

주인은 무슨 일이든 정면으로 부딪치지 않으면 성이 차지 않는다.

"아니, 그건 좀 내가 말을 잘 못했네. 아가씨 쪽에서도 분명 뜻이 있는 거지. 아니 완전히 ─ 응? 안주인이 나한테 그렇게 말했으니. 뭐 가끔은 칸게츠 군의 험담을 하는 적도 있다고 하지만 말야."

"그 따님이?"

"그래."

"괘씸하구만, 험담을 하다니. 그럼 칸게츠에게 마음이 없는 게 아닌가?"

"그게 말이지, 세상은 묘한 것이어서 자기가 좋아하는 사람의 험담을 일부러 해보기도 하잖은가."

"그런 멍청한 자가 어디 있단 말인가."

주인은 이와 같은 미묘한 인정에 관한 것에는 조금도 느낌이 없다.

"그런 멍청한 자가 세상에 꽤 있으니 어쩔 수 없지. 지금 카네다 씨 부인도 그렇게 해석하고 있네. 허둥대는 수세미 같다는 식으로 가끔 칸게츠 씨 험담을 하니까 속으로는 훨씬 더 생각하고 있는 게 틀림없다고."

주인은 이 불가사의한 해석을 듣고 너무 뜻밖이어서 눈을 동그랗게 뜨고 대답도 하지 않고 길거리에서 저속한 예능을 파는 사람을 보듯 스즈키의 얼굴을 노려만 보고 있다. 스즈키 군은 '이 인간, 여차하면 본전도 못 건지겠구나' 하고 판단한 것으로 보여 주인에게도 마음을 정할 수 있는 방면으로 화제를 돌린다.

"자네가 생각해도 알 만하지 않은가, 저만한 재산에 저만한 기량이면 어디 내놔도 걸맞는 집에 딸을 줄 것 아닌가. 칸게츠 군도 대단할지 모르지만 신분으로 말하면 ─ 아니 신분을 따지면 실례가 될지 모르겠네. ― 재산면에서 보면, 뭐 누가 봐도 어울리지는 않지. 그런데 나까지 동원할 정도로 부모가 마음을 가져주는 것은 본인이 칸게츠 군에게 뜻이 있으니 그런 게 아니겠는가."

스즈키 군은 꽤 훌륭한 이유를 들어 설명을 한다. 이번에는 주인도 납득이 간 것 같아서 겨우 안심을 했는데 이런 시점에 우물쭈물하고 있다가는 다시 벼락을 맞을 위험이 있으니 내친 김에 일사천리로 밀어붙여 한시라도 빨리 사명을 완수하는 쪽이 만사 편하겠다고 마음먹었다.

"그래서 말인데, 방금 같은 이유로 그쪽에서 말하기로는 금전이나 재산은 하나도 필요하지 않으니 그 대신 당사자가 내세울 만한 자격을 원한다 ― 자격이라고 하면 뭐 지위나 신분이겠지, ― 박사가 되면 딸을 줘도 된다느니 거만을 떠는 것이 아니니 오해하지는 말게. 전에 마나님이 왔을 때는 메이테이 군이 있어서 이상한 말만 하고 갔으니 ― 자네가 나쁘다는 게 아니네. 마나님도 자네더러 세상에 닳지 않은 정직한 분이라고 칭찬하더구만. 완전 메이테이 군 때문이지. ― 그래서 말인데 본인이 박사라도 되어주면 저쪽에서도 사람들한테 할 말도 있고 위신이 선다는 것일세. 어떤가, 가까운 시일에 미즈시마 군이 박사논문이라도 제출해서 박사학위를 딸 움직임은 없는가. 뭐 ― 카네다 만이라면 박사도 학사도 필요 없지만, 세상 사람들 눈이 있으니 또 그렇게 쉽게도 되지 않을 거고."

이런 말을 듣고 보니 저쪽에서 박사, 박사 하는 것도 반드시 무리도 아니라는 생각이 살짝 든다. 무리는 아닌 것 같으면 스즈키 군 말대로 해주고 싶어진다. 주인을 살리는 것도 죽이는 것도 스즈키 군 마음이다. 과연 주인은 단순하고 정직한 사람이다.

"그럼 이번에 칸게츠가 오면 박사논문을 쓰도록 내가 권해보겠네. 하지만 당사자가 카네다 씨 딸을 받아들일 생각인지 아닌지 그것부터 우선 물어 따져보는 게 순서겠구만."

"물어 따지다니, 자네 그런 모난 짓을 해서 일이 마무리되는 줄 아나. 그냥 평소대로 이야기 중에 은근슬쩍 떠보는 게 제일이야."

"떠본다구?"

"그래, 떠본다고 하면 어폐가 있을지 모르지만 — 뭐 굳이 떠보지 않아도 이야기하다 보면 자연스레 알게 되는 법이지."

"자네야 알지 모르지만 나는 분명히 물어보지 않으면 몰라."

"모른다면 뭐 상관없지. 하지만 메이테이 군을 봤잖나, 쓸데없는 참견을 해서 일을 그르쳐버리는 것은 좋지 않다고 생각하네. 가령 권하기까지는 않더라도 이런 일은 본인의 의사에 맡겨야 할 것이니. 이번에 칸게츠 군이 오면 아무쪼록 훼방 놓지 않도록 해주게. — 아니 자네 말고 그 메이테이 군말일세. 그자의 입에 걸려들면 구제불능이니."

주인 대신 메이테이의 험담을 듣고 있자니 호랑이도 제 말하면 온다고 그 메이테이 선생 아니나 다를까 부엌문으로 홀연히 봄바람을 타고 날아든다.

"이거 귀한 손님이구만. 나처럼 지나가는 행인이라도 되면 쿠샤미는 드문드문 봐서 안 된다니까. 아무래도 쿠샤미 집에는 10년에 한번 쯤 오는 게 낫겠네. 이 과자도 평소 때보다 고급 아닌가."

라며 후지무라 양과자점의 양갱을 덥석 입에 넣는다. 스즈키 군은 머뭇 머뭇하고 있고 주인은 싱글벙글 웃고 있고 메이테이는 입을 우물우물 하며 먹고 있다.

나는 이 순간의 광경을 툇마루에서 쳐다보면서 무언극이라는 것은 얼마든지 성립될 수 있다고 생각했다. 선가禪家에서 무언의 선문답을 하는 것이 이심전심이라면 이 무언의 연극 또한 분명 이심전심의 막이다. 매우 짧지만 매우 예리한 막이다.

"자네는 평생 떠돌이인가 했더니 어느새 날아왔구만. 오래 살고 볼일이지. 어떤 횡재를 만날지 알 수 없으니."

메이테이는 스즈키 군에 대해서도 주인을 대할 때처럼 예의라는 건 눈곱만큼도 없다.

아무리 자취하던 동료라도 10년 동안이나 안 만났으면 어쩐지 서먹한 법인데 메이테이 군만은 그런 기색도 전혀 보이지 않는 것은 대단한 것인지 바보스러운 건지 전혀 감이 잡히지 않는다.

"오랜만에 만나서 꼭 그렇게 홀대해야겠는가."

스즈키 군은 어찌어찌 대답은 했지만 어쩐지 불안한 기색으로 옷에 달린 금줄장식을 신경질적으로 만지작거리고 있다.

"자네 전차는 타 봤는가?"

주인은 갑자기 스즈키 군에 대해서도 묘한 질문을 던진다.

"오늘은 자네들한테 놀림 당하러 온 것 같구만. 아무리 촌놈이라도 ─ 이래 봬도 시가철도를 60주 갖고 있다네."

"영 쑥맥은 아니로군. 나는 888주 반쯤 가지고 있었네. 좀 더 일찍 자네가 도쿄에 나갔더라면 벌레 먹지 않은 것을 열 주는 줬을 것인데 아까운 짓을 했구만."

"여전히 입이 거칠군. 하지만 농담은 농담이라치고 그런 주식은 갖고 있으면 손해는 없지, 해마다 높아지면 높아졌지 떨어지진 않으니."

"그럼. 반 주라도 천 년 동안 갖고 있으면 창고 2개 정도는 지을 테니 말야. 자네도 나도 그 방면에는 빠지지 않는 당세의 기재들이지만 거기에 비하면 쿠샤미 같은 자들은 불쌍하기 짝이 없네. 주식이라고 하면 흔하디 흔한 무청의 형제쯤으로 생각하고 있으니."

메이테이가 양갱을 하나 더 집으며 주인 쪽을 보자 주인도 메이테이의 먹성이 전염되어 과자 그릇에 손이 간다. 세상에는 만사 적극적인 자가 남들한테 흉내 내게 할 권리를 갖고 있다.

"주식 따위는 아무래도 상관없지만 나는 한번이라도 좋으니 소로사키한테 전차를 태워주고 싶었네."

주인은 베어 문 양갱의 이빨 자국을 실망스런 눈으로 바라본다.

"소로사키가 전차를 타면 탈 때마다 시나카와까지 가버릴걸, 그보다 역시 천연거사로서 장아찌 만드는 돌에나 새겨지는 쪽이 무사하고 좋겠네."

"소로사키라면 죽지 않았는가. 참 안됐어, 머리 좋은 친구였는데 안타깝게 됐지."

스즈키 군이 말하자 메이테이가 바로 말을 받는다.

"머리는 좋았지만 밥 짓는 일은 제일 서툴렀지. 소로사키가 당번일 때는 나는 항상 밖에 나가 소바로 떼웠었지."

"정말 소로사키가 지은 밥은 탄내가 나고 덜 익어서 나도 잘 못 먹었네. 거기다 반찬으로 두부를 꼭 생으로 먹게 했으니 차가워서 먹을 수가 있어야지."

스즈키 군도 10년 전의 불평을 기억의 밑바닥에서 끌어올린다.

"쿠샤미는 그 시절부터 소로사키의 친구로 매일 밤 같이 새알 단팥죽을 먹으러 나갔었는데 그 여파로 지금도 만성위장병으로 고생하고 있잖은가. 사실 쿠샤미 쪽이 팥죽을 먹은 그릇 수가 더 많으니 소로사키보다 먼저 죽었어야 맞는 것인데."

"그런 논리가 어느 나라에 있다던가. 내 팥죽보다 자네는 운동한답시고 매일 밤 죽도를 들고 뒤뜰 난탑(달걀 모양의 묘석)에 나가서 석탑을 두드리다가 중한테 발각되어 야단을 맞지 않았는가."

주인도 이에 질세라 메이테이가 옛날에 저지른 짓들을 폭로한다.

"아하하하, 그래그래. 중이 불상의 머리를 두드려서는 편히 주무시지 못하게 되니 그만두라고 했지. 그래도 내 것은 죽도였는데 이 스즈키 장군의 것은 더 거칠었지. 석탑과 씨름 한판으로 크고 작은 것 3개를 쓰러뜨렸으니."

"그때 그 중, 화가 정말 머리 끝까지 올라서 반드시 원래처럼 일으켜 놓으라고 해서 사람 손을 쓸 때까지 기다려달라고 했더니 사람을 쓰면 안 된다, 참회의 뜻으로 직접 세워놓지 않으면 부처님의 뜻에 배반하는 것이라고 했으니."

"그때의 자네는 풍채 같은 건 없었어, 옥양목 셔츠에 앞만 겨우 가린 훈도시(남자의 속옷으로 앞부분만 간신히 가린 것) 차림으로 비가 내린 물웅

덩이 안에서 끙끙거리던 꼴이란…….”

“그것을 또 자네가 시치미 뚝 떼고 사생을 했으니 더 심하지. 나는 별로 화내는 법이 없는 사람인데 그때만큼은 속으로 정말 무례하다고 생각했었네. 그때 자네 말투를 아직도 기억하고 있는데 자네는 아는가?”

“10년 전의 말 같은 걸 누가 기억하고 있단 말인가, 하지만 그 석탑에 ‘귀천원전 황학대거사 안영오년 진정월歸泉院殿 黃鶴大居士 安永五年 辰正月’이라고 새겨놓았던 것만은 지금도 기억이 나네. 그 석탑은 예스럽고 아담하게 만들어져 있었지. 이사할 때 훔쳐가고 싶을 정도였으니까. 정말 미학상의 원리에 입각한 고딕풍의 석탑이었지.”

메이테이는 또 엉터리 미학을 들먹인다.

“그때도 자네 말투가 이랬지 – 나는 미학을 전공할 생각이니 천지간의 재미난 일들은 가능한 한 사생을 해두어 장래에 참고로 삼아야겠다, 딱하다, 불쌍하다는 사적인 감정은 학문에 충실한 나 같은 자의 입에 담을 부분은 아니라고 태연하게 말하던 걸. 나도 자네가 너무나 몰인정하다 싶어 진흙 범벅된 손으로 자네의 사생첩을 찢어버렸었지.”

“내 유망한 그림의 재능이 꺾여버려 전혀 살아나지 못하게 된 것도 전부 그때부터야. 자네한테 창과 칼을 꺾여버린 것이지. 나는 자네한테 원한이 있어.”

“그런 소리 말게. 이쪽이 있으면 있지.”

“메이테이는 그 시절부터 허풍을 떨었어.”

주인은 양갱을 다 먹고 다시 이야기 속으로 끼어들어온다.

“약속 같은 것 이행한 적이 없고 그래서 비난을 받으면 결코 사과하는 법도 없고 이렇다 저렇다 말만 하지. 그 절의 경내에 백일홍이 피어 있던 시절, 이 백일홍이 질 때까지 미학원리라는 저술을 완성한다고 하길래 '못한다, 도저히 해낼 기미는 없다'고 했지. 그러자 메이테이의 대답이, 나는 이래 봬도 보기와는 달리 의지가 강한 사람이다, 그렇게 의심스러우면 내기를 하자고 하길래 나는 진지하게 받아들여 칸다의 서양요리인가 뭔가를 한턱 내기로 했지. 분명 글 같은 것 쓸 마음은 처음부터 없다고 생각했으니 내기를 한 게 내심은 염려가 됐지. 나한테 서양요리 같은 것을 살 돈은 없으니까. 그런데 전혀 원고 쓸 생각을 않는 거야. 일주일이 지나도 20일이 지나도 한 장도 쓰지 않는 거야. 드디어 백일홍이 지고 꽃이 한 송이도 남지 않게 되었는데도 당사자는 아무렇지 않게 있으니 오호라~ 서양요리를 먹게 되었구나 하고 계약 이행을 독촉하자 메이테이가 시치미를 뚝 떼고 발뺌을 하는 것이 아닌가."

"또 뭔가 이유를 달던가?"

스즈키 군이 끼어든다.

"응, 정말 유들유들한 작자야. 나는 그밖에 다른 재능은 없지만 의지만큼은 결코 자네들한테 지지 않는다고 고집을 피우더군."

"한 장도 쓰지 않았는데 말인가?"

이번에는 메이테이 자신이 질문한다.

"물론이지, 그때 자네는 이렇게 말했어. 나는 의지에 있어서만큼은 감히 누구에게도 한발도 양보하지 않아. 그러나 유감스럽게도 기억이 남들 두 배는 모자라네. 미학원론을 저술하고자 하는 의지는 충만했었으나 그 의지를 자네에게 발표한 다음날부터 싹 잊어버렸지. 그랬으니 백일홍이 질 때까지 저서를 완성 못한 것은 기억 탓이지 의지 탓은 아니네. 의지 탓이 아닌 이상 서양요리 같은 걸 낼 이유가 없다고 고집을 부렸다네."

"과연 메이테이다워, 재미있군."

스즈키 군은 왠지 재미있어 한다. 메이테이가 없을 때의 말투와는 사뭇 다르다. 이것이 똑똑한 사람의 특색인지도 모른다.

"뭐가 그리 재미있는가." 하고 주인은 금방이라도 화를 낼 기색이다.

"그것 미안하네, 그러니 그걸 메우기 위해 공작의 혀 같은 것을 사방팔방으로 찾고 있는 게 아닌가. 뭐 그렇게 화내지 말고 기다려보게. 그나저나 저술이라고 하니 생각났는데 오늘은 일대의 신기한 소식을 갖고 왔다네."

"자네는 올 때마다 신기한 소식을 갖고 오는 사람이니 방심을 할 수가 없어."

"그런데 오늘 소식은 진짜 신기한 소식이라네. 액면가 그대로 한 푼도 에누리 안 한 진짜 소식. 칸게츠가 박사논문 원고를 쓰기 시작한 걸 아는가? 칸게츠는 견식을 고집하는 사람이니 박사논문 같은 무의미한 노고는 감행하지 않을 거라고 생각했는데 저래도 역시 끼가 있으니 신기하지 않은가. 자네 그 코한테 꼭 알려주게나, 요즘은 도토리 박사 꿈이라도 꾸고 있을지 모르겠구만."

스즈키 군은 칸게츠의 이름을 듣고 말을 꺼내서는 안 된다고 턱과 눈으로 주인에게 신호를 보내지만 주인에게는 전혀 통하지 않는다. 아까 스즈키 군을 만나 설법을 들었을 때는 카네다의 딸 쪽만 딱한 마음이

들었는데 지금 메이테이한테서 코 코 하는 말을 들으니 다시 지난날 다툰 것이 떠오른다. 생각하면 우습기도 하고 또 조금은 얄밉기도 하다. 그러나 칸게츠가 박사논문을 쓰기 시작한 것은 무엇보다 큰 수확으로 이것만은 메이테이 선생이 자화자찬하는 것처럼 근래 들어 신기한 소식이다. 그냥 신기한 소식일 뿐인가, 기분 좋은 신기한 소식이다. 카네다의 딸을 받아들이느냐 마느냐는 우선 아무래도 좋다. 여하튼 칸게츠가 박사가 되는 것은 좋다. 자기처럼 만들다 만 나무조각은 불사방 구석에 쳐박혀 벌레 먹을 때까지 원래 나무토막인 채로 굴러다녀도 유감은 없지만, 이것 잘 만들어졌다고 생각되는 조각에는 하루라도 빨리 금박을 입혀주고 싶다.

"정말 논문을 쓰기 시작했나?"

스즈키 군의 신호는 저쪽으로 밀어제치고, 열심히 묻는다.

"사람 말을 어지간히 의심하는 사람이로군. ㅡ무엇보다 문제는 도토리인지 목매달기의 역학인지 분명히 모르지만 말야. 여하튼 칸게츠의 일이니 코가 황공해할 것이 틀림없어."

아까부터 메이테이가 코 코 하고 거리낌 없이 말하는 것을 들을 때마다 스즈키 군은 불안한 기색이다. 메이테이는 조금도 개의치 않으니 눈치도 못 챈다.

"그 후 코에 대해 또 연구를 했는데 요즘 트리스트램 샌디(로렌스 스턴의 영국 소설로 현학적인 코 이야기가 나옴) 중에 코 이론이 있는 것을 발견했네. 카네다의 코도 스턴에게 보이면 좋은 재료가 될 터인데 유감이지. 코의 명성을 천세에 떨칠 자격은 충분히 있는데 그대로 헛되이 사라져버린다는 것은 유감천만이지. 이번에 여기 오면 미학상의 참고를 위해 사생을 해봐야겠네."

여전히 입에서 나오는 대로 떠들어댄다.

"하지만 그 처자 칸게츠한테 오고 싶다는군."

주인이 조금 전 스즈키 군한테서 들은 대로 말하자 스즈키 군은 이것 곤란하다는 표정으로 자꾸 주인에게 눈짓을 보내는데 주인은 부도체처럼 전혀 전기에 감전되지 않는다.

"좀 묘하구만, 저런 자의 자식도 사랑을 하는 것이. 그러나 대단한 사랑은 아닐 걸세, 대개 코끝사랑쯤이겠지."

"코끝사랑이라도 칸게츠가 받아들이면 좋은데."

"받아들이면 좋다니, 자네 전에는 쌍수로 반대했잖은가. 오늘은 또 수그러들었네."

"수그러들다니, 절대로 수그러들지 않았네, 하지만……."

"하지만 어떻다는 건가. 여봐, 스즈키. 자네도 사업가의 말석을 더럽히는 한 사람이니 참고를 위해 들려주겠네만. 저 카네다 아무개 같은 자의 여식 따위를 천하의 수재 미즈시마 칸게츠의 부인으로 떠받드는 것은 초롱불과 범종이라는 식이어서, 우리 친구되는 자들이 냉랭하게 묵과해서는 안 될 일이라고 생각하는데. 비록 사업가인 자네라도 이것에 이견은 없을 테지?"

"여전히 기운이 넘치는군. 좋아, 좋아. 자네는 10년 전과 모습이 조금도 변하지 않으니 대단해."

스즈키 군은 적당히 받아 넘기려고 한다.

"대단하다고 칭찬하니 조금 더 박학한 부분을 보겠나. 옛날 그리스인은 체육을 매우 중시해서 모든 경기에 큰 포상을 걸어 백방으로 장려하는 비책을 강구했다네. 그런데 이상한 것은 학자의 지식에 대해서만은 하등의 포상도 주었다는 기록이 없었기 때문에 오늘날까지 실은 매우 의아하게 생각하고 있던 참이지."

"과연, 좀 이상하구만."

스즈키 군은 어디까지나 말을 맞춰준다.

"그런데 문득 한 사흘 전에 이르러 미학연구를 하면서 그 이유를 발견해서 다년간의 의문이 한 번에 눈 녹듯 풀렸지. 앓던 이가 빠진 것처럼 통쾌한 깨달음을 얻어 하늘로 뛰어오를 지경이었다네."

메이테이의 말이 너무 그럴싸해서 과연 달변가인 스즈키도 감당하기 어렵겠다는 표정을 짓는다. 주인은 또 시작되었구나 하고 말은 하지 않았지만 상아 젓가락으로 과자 그릇의 테두리를 탕탕 치며 고개를 숙이고 있다. 메이테이만 자신만만해서 계속 떠들어댄다.

"그래서 이 모순된 현상을 설명해 암흑의 늪에서 나의 의문을 천세에 걸쳐 구원해준 자가 누구라고 생각하나? 학문이 있은 이래 학자라고 불리는 저 그리스의 철학자, 소요파의 원조 아리스토텔레스 그 사람이지.

그의 설명에 따르면 ─ 이봐, 과자 그릇 좀 두드리지 말고 경청하게. ─ 그들 그리스인이 경기에서 얻는 상은 그들이 연기하는 기예 자체보다 귀중한 것이지. 그런 까닭에 포상도 되고 장려의 도구도 되지. 그러나 지식 자체에 이르러서는 어떤가. 만약 지식에 대한 보상으로서 무엇을 주려고 한다면 지식 이상의 가치가 있는 것을 주지 않으면 안 되겠지. 그러나 지식 이상의 귀중한 보배가 세상에 있을까. 물론 있을 리 없지. 보잘것없는 것을 주면 지식의 위엄을 깎아내리는 셈이 될 뿐이고. 그들은 지식에 대해 천 냥이 든 상자를 올림푸스 산만큼 쌓고 크리수스의 부를 다 기울여서라도 그에 상응하는 보수를 주려고 했던 것인데 아무리 생각해도 도저히 맞출 수가 없다는 것을 간파하고 그 이후로는 아예 아무것도 주지 않기로 해버렸지. 황금이 지식에 필적할 수 없는 것은 이것으로 충분히 이해할 수 있겠지.

그런데 이 원리를 복용한 다음에 시사문제를 들여다보는 것이 좋겠네. 카네다 아무개는 도대체 지폐에 눈코를 붙인 인간이 아닌가? 좀 어려운 말을 갖다 표현하자면 그는 일개의 활동지폐에 지나지 않는 것이지. 활동지폐의 딸이라면 활동수표 정도겠지. 그에 비해 칸게츠 군은 어떤가. 과분하게도 학문 최고의 학부를 첫 번째로 졸업하고 추호도 게으른 생각 없이 쵸슈정벌 시대의 하오리 끈을 달고 밤낮 도토리의 안정성을 연구하고 그래도 만족하는 모습도 없이 조만간 로드 켈빈도 압도할 만큼의 대 논문을 발표하려 하고 있는 게 아닌가. 가끔 아즈마바시를 지나가다 몸을 던지는 기예를 보여주는 적도 있지만 이것도 열성 있는 청년에게 있을 법한 발작적 소행으로, 추호도 그가 지식을 따를 자 없는 사람이 되는데 영향을 끼칠 정도의 사건은 아니지. 메이테이 특유의 비유를 들어 칸게츠 군을 평한다면, 그는 활동도서관이네. 지식으로 쌓아올린 28센티미터의 탄환이란 말일세. 이 탄환이 한번 때를 얻어 학계에 폭발하는 날엔, ─ 만약 폭발해보게 ─ 꼭 폭발하고 말 것이네 ─."

메이테이는 여기에 이르러 메이테이 특유라고 자칭하는 형용사가 생각처럼 나오지 않아서 흔히 말하는 용두사미의 느낌으로 다소 수그러드는 듯 보였지만 금세 살아나서 말을 계속한다.

"활동수표 같은 게 몇천 만장 있다 한들 티끌로 돌아가버리는 법. 그 정도이니 칸게츠에게는 어울리지도 않는 저런 여인은 안 될 말이지. 내가 허락 못 하지, 백수 중에서도 가장 총명하다는 코끼리와, 가장 탐욕스런 돼지 새끼가 결혼하는 격이지 그건. 그렇잖은가 쿠샤미?" 메이테이가 그렇게 말하고 빠지자 주인은 다시 말없이 과자 그릇을 두드리기 시작한다.

스즈키 군은 조금 가라앉은 느낌으로 도리 없이 대답한다.

"그런 일도 없을걸."

아까까지 메이테이의 험담을 엄청 늘어놓은 참인데 여기서 잘못 말했다간 주인 같은 무법자가 어떤 말을 또 폭로할지 모른다. 가능한 한 이 대목에서는 적당히 메이테이의 날카로운 침을 피해 무사히 빠져나가는 것이 상책인 것이다. 스즈키 군은 똑똑한 사람이다. 쓸데없는 저항은 피할 수 있을 만큼 피하는 것이 세상의 이치로, 쓸데없는 공론은 봉건시대의 유물이라고 여기고 있다. 인생의 목적은 구설이 아닌 실행에 있다. 자기 생각대로 착착 일이 진행된다면 그것으로 인생의 목적은 달성된 것이다. 노고와 걱정과 논쟁 없이 일이 진척되면 인생의 목적은 매우 편하게 흘러 달성되는 것이다.

스즈키 군은 졸업 후 이 극락주의(낙천주의)에 의해 성공하고 이 극락주의에 의해 금줄장식 시계까지 달고 이 극락주의로 카네다 부부에게 신뢰를 얻고 마찬가지로 이 극락주의로 보기 좋게 쿠샤미 군을 설득해

내 지금의 사태가 십중팔구까지 달성된 시점에, 메이테이 같이 평범한 잣대로 잴 수 없는, 보통 인간이 아닌 심리를 가졌다고 의심되는 허풍선이가 뛰어들어 왔으니 그 갑작스러움에 당황하고 있는 중이다. 극락주의를 발명한 것은 메이지의 신사이고 극락주의를 실행하는 것은 스즈키토주로 군이며 지금 이 극락주의 때문에 매우 곤란한 입장에 있는 것 역시 스즈키 토주로 군이다.

"자네는 아무것도 모르니 그렇지도 않을 거라고 짐작해서 전에 없이 말수도 적게 고상하게 앉아 있기만 하는데 전에 그 코의 주인이 왔을 때의 모습을 보았다면 아무리 사업가 편을 드는 자네라도 틀림없이 혀를 내둘렀을걸, 그렇지 쿠샤미, 자네 엄청 분투하지 않았나."

"그래도 자네보다 내 쪽이 평판이 낫다고 하는군."

"아하하하, 상당한 자신감인데. 그렇지 않고서는 savage tea라고 학생들이나 선생들한테 놀림을 당하고도 시치미 뚝 떼고 학교에 나갈 수는 없겠지. 나도 의지는 결코 남에게 뒤지지 않는다고 자부하네만 그렇게 뻔뻔스럽지는 못하네. 발아래 엎드려야겠네."

"학생이나 선생들이 조금 이러쿵저러쿵 했다고 뭐가 대수인가, 생트부브는 고금독보의 평론가인데 파리대학에서 강의를 했을 때는 평판이 나빠서 학생들의 공격에 대응하기 위해 외출할 때 꼭 비수를 소매 속에 넣고 방어의 도구로 삼았던 적이 있지. 브룬튀에르 역시 파리의 대학에서 에밀 졸라의 소설을 공격했을 때는……."

"글쎄, 자네야 대학교수도 뭣도 아니지 않은가. 고작해야 독해선생면서 그런 대가들을 예로 드는 것은 피라미가 고래를 가지고 스스로 비유하는 격이지, 그런 말을 하면 더 놀림만 당할걸."

"잠자코 있게. 생트부브나 나나 같은 학자니."

"대단한 견식이군. 하지만 검을 들고 돌아다니는 것만큼은 위험하니 흉내는 내지 않는 게 좋겠네. 대학교수가 검이라면 독해선생은 뭐 과도 정도일까. 하지만 그렇다 해도 칼은 위험하니 차라리 상점에 가서 장난 감 공기총을 사 매고 다니는 것이 더 나을 듯하구만. 그 편이 귀엽게 봐 줄 만하지 않은가. 안 그런가, 스즈키?"

스즈키 군은 이야기가 겨우 카네다 사건에서 벗어났다 싶어 안도의 한숨을 내뱉으며 말한다.

"여전히 철딱서니 없어서 좋구만. 10년 만에 비로소 자네들을 만나 니 뭔가 꽉 막힌 길가에서 탁 트인 들판으로 나온 것 같은 기분이 드네. 아무래도 이쪽 세계의 담화는 조금도 방심할 수 없으니 말야. 뭘 말하 든 정신을 바짝 차리고 있지 않으면 안 되니 걱정스럽고 답답해서 정 말 괴로워. 이야기는 벌 서는 것처럼 하지 않는 게 제일 좋지. 그리고 옛 날 서생시절의 친구들과 이야기하는 것이 제일 거리낌 없어서 좋네. 아 아, 오늘은 뜻밖에 메이테이를 만나 유쾌했네. 나는 볼일이 좀 있어서 이만 실례하겠네."

스즈키가 일어나려 하자 메이테이도 따라나설 기세로 말한다.

"나도 일어서야겠군, 난 지금 니혼바시의 연회에 가야만 하니 거기까 지는 같이 가세나."

"그럼 마침 잘됐군, 오랜만에 같이 산책이나 할까."

하고 두 친구는 손을 잡고 돌아간다.

24시간의 사건을 남김없이 쓰고 남김없이 읽으려면 적어도 24시간이 걸릴 것이다. 아무리 사생문을 지향하는 나라도 이것은 도저히 고양이의 꾀로는 감당할 수 없는 기술이라고 자백하지 않을 수가 없다. 따라서 아무리 내 주인이 하루 종일 정교한 묘사에 가치 있는 기언과 기행을 농하는데도 불구하고 빠짐없이 이것을 독자들에게 보도할 능력과 끈기가 없는 것은 매우 유감이다. 유감이기는 하나 어쩔 수 없다. 휴식은 고양이한테도 필요한 것이다.

스즈키 군과 메이테이 군이 돌아간 후로 겨울 찬바람은 뚝 그치고 이슥하게 깊어가는 밤에 눈이 내리는 것처럼 집은 조용해졌다. 주인은 평소처럼 서재로 기어들어간다. 아이들은 6조의 다다미방에서 베개를 나란히 베고 잔다. 한칸 방의 장지문을 사이에 두고 남향의 방에는 이제 세

살이 되는 멘코에게 젖을 먹이며 안주인이 누워 있다. 꽃 안개에 저물기를 서둘며, 해는 일찍 떨어지고 거리를 지나는 나막신 소리조차 손에 잡힐 듯이 응접실로 울려 퍼진다. 이웃 동네 하숙집에서 피리를 부는 소리가 멈췄다가 들렸다가 하며 졸린 귓가에 때때로 둔한 자극을 준다. 바깥은 아마 어슴푸레해졌을 것이다. 저녁 만찬으로 먹은 생선국물에 배가 전복껍데기처럼 불룩해졌으니 아무래도 휴식이 필요하다.

어렴풋하게 들리기로는 세간에는 고양이의 사랑이라 칭하는 하이쿠 취향의 현상이 있어 봄에는 들떠 동네 안 동족끼리 꿈꿀 새도 없이 돌아다니는 밤도 있다고 하는데 나는 아직 그 같은 심적 변화를 만난 적은 없다. 애당초 사랑이란 우주적인 활력이다. 위로는 하늘의 신 주피터로부터 아래로는 흙 속에서 우는 지렁이, 땅강아지에 이르기까지 이 방면에 걸쳐 온몸을 쏟는 것이 만물의 습성이니 고양이들이 몽롱한 기쁨과 소란스런 풍류의 기운을 발산하는 것도 무리는 아니다. 돌이켜보면 이러한 나도 한때는 삼색털 미케에게 마음이 끌린 적도 있었다. 삼각주의의 장본인 카네다의 따님 토미코조차 칸게츠 군을 연모했다는 소문이다. 그러니 천금 같은 봄날 밤 마음도 하늘로 둥둥 떠 만천하의 암수 고양이가 미쳐 돌아다니는 것을 번뇌의 방황이라고 경멸할 마음은 털끝만큼도 없지만, 안타깝게도 유혹을 받아도 그런 마음이 생기지 않으니 어쩔 수 없다. 내 코앞의 상태는 오로지 휴식을 원할 뿐이다. 이렇게 졸려서는 사랑도 못한다. 어슬렁어슬렁 아이들의 이불자락으로 돌아가 기분 좋게 잠을 청한다. …….

문득 눈을 떠 보니 주인은 어느 샌가 침실로 와 안주인 옆에 깔려 있는 이불 속에 파고들어와 있다. 주인은 잠잘 때는 반드시 서양 글씨로 된 작은 책을 서재에서 가지고 오는 버릇이 있다. 그러나 누워서 이 책을 두 쪽 이상 읽은 적은 없다. 어떨 때는 가져와서 베개 맡에 두거나 손도 대지 않을 때조차 있다. 한 줄도 읽지 않을 거면 일부러 들고올 필요도 없을 것 같은데 그 점이 주인다운 점으로, 아무리 안주인이 놀리고 그만하라고 해도 결코 알아듣지 못한다. 매일 밤 읽지도 않는 책을 수고스러운데도 침실까지 가져온다. 어떤 때는 욕심을 내 서너 권씩 안고 온다. 전에는 매일 밤 웹스터 대사전까지 안고 올 정도였다. 생각건대 이것은 주인의 병으로 사치스런 사람이 류분도^{龍文堂}(교토 주물공 용문당에서 나는 쇠주전자. 물 끓는 소리를 솔바람에 비유)에서 나는 솔바람 소리를 듣지 않으면 잠들지 못하는 것처럼 주인도 책을 베개 맡에 두지 않으면 잠들지 못하는 것이리라. 그리고 보니 주인에게 있어서 책은 읽는 것이 아니라 잠을 청하는 기계이다. 활판 수면제이다.

오늘밤에도 뭔가 있을 거라고 살펴보니 붉고 얇은 책이 주인의 수염 끝에 닿을 정도의 위치에 반쯤 펼쳐져 굴러다니고 있다. 주인의 왼쪽 손 엄지가 책 사이에 끼인 채 있길래 펼쳐보니 기특하게도 오늘밤에는 대여섯 줄은 읽은 것 같다. 붉은 책과 나란히 평소처럼 니켈로 된 손목시계가 봄과 어울리지 않는 차가운 빛을 띠고 있다.

안주인은 젖먹이 아이를 한 자쯤 앞으로 밀어내고 베개 맡에서 밀쳐진 채 입을 벌리고 코를 골며 자고 있다. 대개 인간에게 있어서 무엇이 꼴불견인가 하면 입을 벌리고 자는 것만큼 꼴사나운 모양새는 없을 것 같다. 고양이들은 평생 이런 부끄러운 짓을 하는 적이 없다. 원래 입은 소리를 내기 위해, 코는 공기를 들이마시기 위해서 붙어 있는 도구이다. 무엇보다 북쪽으로 가면 인간들이 게을러져 되도록이면 입을 벌리지 않을 셈으로 절약한 결과 코로 언어를 사용하는 코맹맹이 소리, 뭐라더라 '즈으즈으말'도 있지만 코를 닫아버리고 입만으로 호흡의 용도를 대신하고 있는 것은 즈으즈으말보다도 봐줄 수가 없다고 생각한다. 무엇보다 천장에서 쥐똥이라도 떨어지는 날엔 더 위험하다.

아이들은 어떤가 보니 이것 역시 부모 못지않은 모양새로 자고 있다.

언니 톤코는 언니의 권리는 이런 거라고 말하기라도 하는 것처럼 오른손을 쑥 뻗어서 동생의 귀 위에 올려놓고 있다. 동생 슨코는 이에 질세라 언니의 배 위에 한쪽 발을 올리고 건방진 자세로 자고 있다. 둘 다 처음 잠들었을 때의 자세보다도 90도는 분명 회전하고 있다. 게다가 이 부자연스런 자세를 계속 유지하는 두 사람 모두 불평도 없이 너무도 얌전히 잠들어 있다.

과연 봄날의 등불은 각별하다. 천진난만하면서 정취라고는 찾아볼 수 없는 이 광경 뒤에서 좋은 밤을 아쉬워하라는 듯 우아하게 빛나고 있다. 벌써 몇 시나 되었는가 하고 방 안을 들여다 보니 사방은 잠잠하고 단지 들리는 것이라고는 괘종시계와 안주인의 코고는 소리 그리고 먼발치에서 하녀의 이가는 소리뿐이다. 이 하녀는 남들한테서 이갈이 한다는 말을 들으면 극구 부인하는 여자다. 나는 태어나서 오늘에 이르기까지 이갈이를 한 기억은 없다고 고집을 부리며 결코 고치겠다거나 황공하다고도 말하는 법이 없이 그냥 그런 기억은 없다고만 일관한다. 과연 자면서 부리는 재주이니 기억은 없는 것이 맞겠다. 그러나 사실은 기억하지 못해도 존재하는 것이 있으니 곤란하다. 세상에는 나쁜 짓을 해 놓고도 자신은 어디까지나 선량한 사람이라고 우기는 자들이 있다. 이 것은 자신이 죄가 없다고 자신하고 있으니까 천진해서 괜찮기는 하지 만 남이 곤란해진다는 사실은 아무리 천진해도 없어지는 것은 아니다. 이런 신사숙녀들은 이 하녀의 계통에 속한다고 본다. — 밤은 꽤 이슥 해진 것 같다.

이때 부엌의 덧문을 똑똑 하고 두 번 가볍게 두드리는 자가 있다. 아 니 지금 시간에 사람이 올 리 없다. 아마 그 쥐일까, 쥐라면 잡지 않으 리라고 마음먹었으니 제멋대로 헤집고 다니겠지만 상관없다. — 또 똑 똑 두드린다. 아무래도 쥐 같지는 않다. 쥐라고 해도 매우 생각이 깊은 쥐겠다. 주인집의 쥐들은 주인이 다니는 학교 학생들처럼 밤낮을 가리 지 않고 난리법석의 연습에 여념이 없어, 측은한 주인의 꿈을 놀래켜 깨 워버리는 것을 천직처럼 여기고 있는 무리들이니까 저처럼 조심스러울 리가 없다. 방금 그것은 분명 쥐는 아니다. 언젠가는 주인의 침실에까 지 난입해 높지 않은 주인의 콧대를 깨물고 개선가를 부르며 빠져나간 쥐가 있었는데 그 쥐새끼놈 치고는 너무 겁이 많다. 쥐는 절대 아니다.

이번에는 끼이 — 하고 덧문을 밑에서 위로 들어 올리는 소리가 들림 과 동시에 허리까지 오는 장지문을 가능한 한 조심조심 홈을 따라 미끄 러지듯 연다. 이건 분명 쥐는 아니다. 인간이다. 이 깊은 밤에 인간이 하 녀의 안내도 받지 않고 문짝을 뜯어 왕림하신다고 한다면 메이테이 선 생이거나 스즈키 군은 아닌 것이 뻔하다. 혹여 고명한 것만큼은 전부터 익히 들어 알고 있던 도선생은 아닌가 모르겠다. 오호라, 도선생이라고 하면 빨리 그 귀한 얼굴을 알현하고 싶다.

도선생은 지금 막 부엌 위에 그 대단한 진흙발을 올려놓고 두 발짝쯤 걸은 모양이다. 세 발짝째라고 생각한 순간 바닥 널빤지 뚜껑에 발이 걸렸는지 '꽈당' 하고 밤의 정적을 울리는 소리가 들렸다. 내 등의 털들이 구둣솔로 반대로 쓸어 올린 것 같이 쭈뼛 선다. 한동안은 발소리도 나지 않는다. 안주인을 보니 여전히 입을 벌리고 태평한 공기를 열심히 토해 내고 있다. 주인은 붉은 책에 엄지를 깨물린 꿈이라도 꾸고 있을 것이다.

이윽고 부엌에서 성냥을 켜는 소리가 들린다. 도선생이라도 나만큼 밤눈은 밝지 않다고 보인다. 마음대로 되지 않아 불편한 상태일 것이다.

이때 나는 가만히 웅크려 생각했다. 도선생은 부엌에서 응접실 방면을 향해 출현할 것인가, 아니면 왼쪽으로 꺾어져 현관을 통과해 서재로 빠져나갈 것인가. ─ 발소리는 장지문 소리와 함께 툇마루로 나갔다. 도선생은 드디어 서재로 들어갔다. 그리고 아무런 기척도 없다.

나는 이틈에 재빨리 주인 부부를 깨워주고 싶다는 생각이 간신히 들었는데 막상 어떻게 잠을 깨워야 할지 도무지 요령을 터득하지 못하고 생각만 머릿속에서 물레방아처럼 맴돌기만 하고 하등의 판단도 서지 않는다.

이불자락을 물고 흔들어 보면 어떨까 하고 두세 번 해보았지만 소용도 없다. 차가운 코를 볼에 문질러 보면 어떨까 하고 주인의 얼굴 끝으로 가져갔더니 주인은 잠든 채로 손을 쭉 뻗어 내 콧등을 사정없이 쥐어뜯는다. 코는 고양이에게 있어서도 급소이다. 에이, 아파서 죽는 줄 알았다. 이번에는 하는 수 없어서 냐옹냐옹 하고 두 번쯤 울어 깨우려고 했지만 어쩐 일인지 이때만큼은 목구멍에 뭔가가 탁 막혀 생각처럼 소리가 나오지 않는다. 가까스로 몸을 털어서 낮은 소리를 조금 내보고 놀랐다. 정작 주인은 잠에서 깰 기색도 없는데 갑자기 도선생의 발소리가 났다.

삐그덕 삐그덕 툇마루를 따라 다가온다. 드디어 올 것이 왔다, 이렇게 되면 이제 소용없다고 포기하고 장지문과 버드나무 고리짝 사이에 잠시 몸을 숨겨 동정을 살핀다.

도선생의 발소리는 침실의 장지문 앞으로 와서 딱 멈춘다. 나는 숨을 죽이며 그 다음에는 무엇을 할까 하고 열심히 엿본다. 나중에 든 생각이지만 쥐를 잡을 때는 이런 기분이 되면 문제없을 것이다. 혼이 양쪽 눈에서 튀어나올 것 같은 자세이다. 도선생 덕분에 둘도 없는 깨달음을 얻은 것은 정말 고마운 일이다. 금세 장지문의 세 번째 문살이 비에 젖은 것처럼 한가운데만 색이 변한다. 그것을 통해 엷은 다홍색의 것이 점점 진하게 비치는가 싶더니 종이는 어느새 찢어지고 붉은 혀가 날름 한다. 혀는 잠깐 동안 어둠 속으로 사라진다. 대신에 어쩐지 무시무시하게 빛나는 것이 하나, 찢어진 구멍 저쪽에서 나타난다. 그것은 의심할 여지도 없이 도선생의 눈이다. 묘하게도 그 눈이 방안에 있는 어떤 것도 보지 않고 단지 버드나무 고리짝 뒤에 숨어 있는 나만을 처다보고 있는 것처럼 느껴졌다. 채 1분도 되지 않은 찰나였지만 이렇게 노려봄을 당하다가는 수명이 10년은 줄어들 것 같은 생각이 들 정도다. 더 이상 참을 수 없으니 고리짝 뒤에서 튀어나가야겠다고 결심했을 때, 침실의 장지문이 스윽 열리고 삼가 기다리던 도선생이 드디어 눈앞에 나타났다.

나는 서술의 순서로서, 불시에 등장한 귀한 손님 도선생을 지금 여러분에게 소개하는 영광을 얻었는데, 그전에 잠깐 소견을 개진하여 높은 배려를 부탁드리고 싶은 바가 있다.

고대의 신은 전지전능하다고 숭배를 받고 있다. 특히나 야소교(예수교)의 신은 20세기인 오늘날까지도 이 전지전능한 탈을 뒤집어쓰고 있다. 그러나 속세의 사람들이 생각하는 전지전능이란, 때에 따라서는 무지무능으로도 해석될 수도 있다. 이렇게 말하는 것은 분명 패러독스이다. 그런데도 이런 패러독스를 타파한 자는 천지개벽 이후 이 몸뿐일 것이라고 생각하니 나 스스로도 흔한 고양이는 아니라는 허영심도 생기니 반드시 여기서 그 이유를 말씀드려 고양이도 가벼이 봐서는 안 된다는 것을 오만한 인간 여러분의 뇌리에 새겨 넣고 싶다는 생각이다.

천지만물은 신이 만들었다고 했다. 해서 인간도 신의 제조물일 것이다. 현재 성서라든가 하는 것에는 그대로 명기되어 있다고 한다. 그런데 이런 인간에 대해 인간 자신이 수천 년의 관찰을 거듭하며 참으로 묘하고 불가사의하다 느낌과 동시에 점점 신의 전지전능을 인식하게끔 기울어진 사실이 있다. 그것은 다름 아닌, 인간도 이렇듯 우글우글한데 같은 얼굴을 한 자는 세상에 한 명도 없다는 것이다. 얼굴의 도구는 물론 정해져 있다. 크기도 대개는 비슷하다. 같은 재료로 만들어져 있음에도 불구하고 한 사람도 똑같은 결과로 완성되지는 않는다. 뭐 그렇게 간단한 재료로 이렇게까지 다른 모양의 얼굴들을 떠올린 것인가 생각하니 제조가의 기량에 감탄하지 않을 수 없다. 어지간한 독창력을 소모해 변화를 추구한 얼굴이라고 해도 열두세 종 말고 나올 것이 없다고 하는 것을 들어보면 인간 제조를 한 몸에 짊어진 신의 솜씨는 각별한 것이라고 감탄하지 않을 수 없는 것이다. 도저히 인간 사회에서는 목격할 수 없을 정도의 기량이니 이것을 전능적 기량이라고 해도 손색이 없을 것이다.

인간은 이점에 있어서 정말 신에게 두려움을 느끼고 있는 것 같다. 과연 인간의 관찰안으로 말하면 무엇보다 경외스러운 것이다. 그러나 고양이의 입장에서 말하면 이 같은 사실이 오히려 신의 무능력을 증명하고 있다고도 해석할 수 있다. 만약 완전히 무능하지는 않다고 해도 인간 이상의 능력은 결코 안 되는 자라고 단정할 수 있을 것이라 생각한다.

신이 인간의 숫자만큼 많은 얼굴을 제조했다 하나 애초부터 속으로 계산이 있어서 그 정도의 변화를 낳은 것인지, 아니면 개나 고양이나 똑같은 얼굴로 만들자고 마음먹고 해보았는데 그게 잘 되지 않아서 만들어도 만들어도 제대로 만들어지지 않아 이 난잡한 상태에 빠진 것인지, 알 수는 없지 않은가? 그들의 안면구조는 신의 성공작품이라고 볼 수 있음과 동시에 실패의 흔적이라고도 판단할 수 있는 것이 아닐까. 전능이라고도 할 수 있지만 무능으로 평가해도 지장은 없다. 그들 인간의 눈은 평면 위에 두 개가 나란히 있어 좌우를 한꺼번에 볼 수가 없으니 사물의 반쪽 면밖에 시야에 들어오지 않는 것은 딱할 따름이다.

입장을 바꿔보면 이 정도로 단순한 사실이 그들 사회에 밤낮으로 끊이지 않고 일어나고 있는데도 당사자들은 신에게 이끌려 있으니 깨달을 리가 없다.

제작한 다음에 변화를 주는 것이 곤란하다면 철두철미한 모방을 하는 것도 마찬가지로 곤란하다. 라파엘로에게 한 치도 다르지 않은 성모상을 두 개 그리라고 주문하는 것은 전혀 닮지 않은 마돈나(성모)를 두 폭

그려달라고 협박하는 것이나 다를 바 없어, 라파엘로에게 있어서는 무척 당혹스러운 일일 것이다, 아니 같은 것을 두 개 그리는 쪽이 오히려 곤란할지도 모른다. 코보대사(홍법대사)더러 어제 쓴 대로 똑같은 필법으로 '공해空海'라고 써달라고 부탁하는 쪽이 마치 서체를 바꿔달라는 주문을 받는 것보다 곤란할지도 모른다.

인간이 사용할 수 있는 국어는 완전히 모방주의로 전승되는 것이다. 그들 인간이 엄마한테서 유모한테서 타인한테서 실용적인 언어를 배울 때는 단지 들은 그대로를 반복하는 것밖에 털끝만큼의 야심도 없는 것이다. 할 수 있는 능력을 총동원해 남 흉내를 내는 것이다. 그처럼 남 흉내로 성립되는 국어가 10년 20년이 지나는 사이, 발음에 저절로 변화를 가져오는 것은 그들에게 완전한 모방의 능력이 없다는 것을 증명하고 있다. 순수한 모방은 그처럼 어려운 법이다. 따라서 신이 그들 인간을 구별할 수 없도록 몽땅 인장을 찍은 것처럼 만들어낼 수 있다면 더욱더 신의 전능을 표명할 수 있는 것이며 동시에 오늘날처럼 제멋대로인 얼굴을 만천하에 드러내며 눈이 돌아갈 지경으로 변화를 만들어낸 것은 오히려 그 무능함을 짐작케 하는 도구도 될 수 있는 것이다.

나는 무슨 필요가 있어 이런 논쟁을 벌이는지는 잊어버렸다. 원래를 망각하는 것은 인간에게조차 흔히 있는 일이니 하물며 고양이에게는 당연한 일이라고 너그럽게 봐주었으면 한다. 여하튼 나는 침실의 장지문을 열고 방안에 불쑥 들이닥친 도선생을 언뜻 봤을 때, 이상한 감상이 저절로 마음속에 솟아났던 것이다. 왜 솟아났는가? ― 왜 라는 질문이 나왔으니 일단 다시 생각해보지 않으면 안 된다. ― 그러니까, 그 이유는 이렇다.

내 눈 앞에 홀연히 나타난 은밀한 도선생의 얼굴을 보니 그 얼굴이 −
평소 신이 제작해놓은 완성된 모양을 어쩌면 무능의 결과가 아닐까 의
심하고 있었는데 그것을 한꺼번에 날려버리기에 충분한 특징을 갖고 있
었기 때문이다. 특징이란 다름이 아니다. 그의 이목구비가 우리 친애하
는 호남 '미즈시마 칸게츠' 군과 오이 두 개처럼 꼭 닮았다는 사실이다.
나는 물론 도둑을 많은 지인으로 알고 있지는 않지만, 그 행위의 난폭
함에서 평소 상상해 몰래 마음속으로 그리고 있던 얼굴이 없는 것도 아
니다. 작은 코의 좌우에 전개된, 1전짜리 동전만한 눈을 달고 있고, 짧
고 뾰족뾰족한 머리 모양을 했을 거라고 마음대로 정해놓고 있었는데,
보니 생각과는 딴판이라, 상상은 결코 함부로 하는 것은 아닌가 보다.

이 은밀한 인사는 키가 훤칠하고, 색이 가무잡잡한 일자형의 눈썹에,
의기 넘치고 훌륭한 도둑이다. 나이는 스물예닐곱쯤인 것 같고, 그것마
저 칸게츠 군을 사생해놓은 것 같다.

신도 이런 비슷한 얼굴을 두 개 제조할 수 있는 솜씨가 있다고 한다
면 결코 무능하다고 볼 것은 아니다. 아니 사실을 말하면 칸게츠 군 자
신이 갑자기 머리가 이상해져서 깊은 밤에 뛰어들어온 것은 아닐까 하
고 문득 생각할 정도로 너무 닮았다. 단지 코 밑에 거무튀튀하게 수염이
돋아난 것이 보이지 않아서 일단은 다른 사람이라는 것을 알았다. 칸게
츠 군은 옹골차고 야무진 호남으로 메이테이로부터는 활동수표라는 호
칭을 얻은, 카네다 토미코 따님을 훌륭히 흡수하기에 충분할 만큼의 정
성을 들인 제조물이다. 그러나 이 도선생도 인상으로 관찰해보면 그 여

인에 대한 인력상의 작용에 있어서 칸게츠 군에게 한발도 양보하지 않는다. 만약 카네다의 따님이 칸게츠 군의 눈매나 입꼬리에 홀린 것이라면 동등한 열정을 갖고 이 도둑 선생한테도 홀딱 빠지지 않는다면 의리가 없는 것이다. 의리는 놔두고 논리에 맞지 않다. 그렇게 재기 넘치고 뭐든 빨리 알아차리는 성질이니 이 정도는 남한테서 듣지 않아도 분명 알 수 있을 것이다. 그래서 보니 칸게츠 군 대신 이 도선생을 내민다 해도 반드시 온몸을 바쳐 금슬조화의 열매를 얻을 수 있을 것이 틀림없다. 만일 칸게츠 군이 메이테이 등의 설법에 동요되어 이 천고의 좋은 연이 파괴된다고 해도 이 도선생이 건재한 동안은 괜찮다. 나는 미래의 사건의 전개를 여기까지 예상하고 토미코 양을 위해 겨우 안심을 했다. 이 도선생이 하늘 아래 존재하는 것은 토미코 양의 생활을 행복하게 하기 위한 일대요건이다.

도선생은 옆구리에 뭔가 안고 있다. 잘 보니 아까 주인이 서재에 내던져 놓은 낡은 모포이다. 서양에서 건너온 무명의 줄무늬 한텐(반팔의 짧은 두루마기)에 청회색의 하카다 오비(하카다에서 나는 견직물 띠)를 엉덩이 위에 묶고 맨살의 허연 허벅지는 무릎 아래까지 드러내 놓은 채 지금 막 한쪽 발을 들어 다다미 위로 들여놓는다.

아까부터 붉은 책에 손가락이 물린 꿈을 꾸고 있던 주인은 이때 잠꼬대를 요란하게 하면서 "칸게츠다."라고 큰 소리로 말한다. 도선생은 모포를 떨어뜨리고 내디디려던 발을 갑자기 거둔다. 장지문 그림자에 가늘고 긴 허벅지 두 개가 선채로 미세하게 움직이는 것이 보인다. 주인은 '으 – 음, 음냐음냐' 하고 중얼거리면서 그 붉은 책을 내던지고 시커

먼 팔을 피부병 환자처럼 북북 긁는다. 그 다음은 다시 조용해져 베개를 내팽개치고 잠들어버린다. 칸게츠라고 말한 것은 완전히 자기도 모르는 잠꼬대로 보인다.

도선생은 한참 동안 툇마루에 선 채 실내의 동정을 살피고 있었는데 주인 부부가 깊이 잠들어 있는 것을 확인하고 다시 한쪽 발을 다다미 위에 들인다. 이번에는 칸게츠라고 하는 목소리도 들리지 않는다. 이윽고 나머지 한쪽 발도 들여놓는다. 한 개의 등불로 방안 가득 비춰지고 있던 다다미 6개의 방은 도선생의 그림자에 정확히 이등분되어 버드나무 고리짝 부근에서 내 머리 위를 지나 벽의 반이 시커멓게 변한다.

돌아보니 도선생의 얼굴 그림자가 마침 벽 높이의 3분의 2쯤 되는 곳에 막연하게 움직이고 있다. 호남도 그림자만 보니 머리 여덟 달린 도깨비처럼 정말 괴이한 모습이다. 도선생은 안주인의 잠자는 얼굴을 위에서 들여다보았는데 무엇 때문인지 싱글싱글 웃었다. 웃는 모양까지 칸게츠 군을 베껴놓은 것에는 나도 놀랐다.

안주인의 베개 맡에는 4치 각의 한자 5, 6치 만한 못 박힌 상자가 소중하게 놓여 있었다. 이것은 고향이 카라츠인 타타라 삼페이 씨가 지난번 귀성했을 때 선물로 가져온 참마이다. 참마를 베개 맡에 두고 자는 것은 그다지 전례 없는 이야기이기는 하지만 안주인은 조림에 사용할 백설탕을 다용도장에 넣어둘 정도로 장소에 대한 개념이 모자란 여자이니 안주인에게 걸리면 참마는커녕, 단무지가 침실에 있어도 아무렇지도 않을지 모른다. 그러나 신이 아닌 도선생은 안주인이 그런 여자라는 것을 알 리 없다. 그렇게까지 소중하게 신변에 가까이 두고 있는 이상은 소중한 물건일 거라고 짐작을 하는 것도 무리는 아니다. 도선생은 잠깐 참마 상자를 올려다보았는데 그 무게가 도선생의 예감과 맞아 꽤 무게가 있는 것 같아 매우 만족하는 모양이다. 드디어 참마를 훔치겠구나, 게다가 다름 아닌 이 호남이 참마를 훔치겠구나 하고 생각하니 갑자기 우스워 졌다. 그러나 눈치 없이 소리를 내면 위험하니까 꼼짝 않고 참고 있다.

이윽고 도선생은 참마 상자를 정성스레 낡은 모포에 둘둘 말기 시작했다. 뭔가 묶을 것이 없을까 하고 주변을 둘러본다. 그러자 다행히 주인이 잘 때 풀어 던져놓은 옷의 낡은 띠가 눈에 들어온다. 도선생은 참마상자를 이 띠로 단단히 묶어 가뿐히 짊어진다. 그다지 여자가 좋아할 모습은 아니다. 그리고 아이들의 소매 없는 옷 두 벌을 주인의 속옷 잠방이 안으로 쑤셔 넣더니 허벅지 근처가 둥글게 부풀어 구렁이가 개구리를 삼킨 것 같이 ─ 혹은 산달이 다가온 구렁이라는 쪽이 더 맞는 표현인지도 모르겠다. 어쨌든 요상한 꼴이 되었다. 거짓말인 것 같다면 한번 해보는 게 좋겠다.

도선생은 속옷을 둘둘 감아 목에다 휘감는다. 그 다음은 어떻게 할지 보니 주인의 겉옷 두루마리를 큰 보자기처럼 펼쳐 안주인의 띠와 주인의 하오리(웃옷 위에 입은 짧은 겉옷)와 속바지 그리고 모든 잡다한 것을 말끔하게 접어 넣고 둘둘 만다. 그 숙련된 솜씨나 손놀림에도 조금 감탄했다. 그리고 안주인의 띠 두 개를 서로 이어 이 짐을 묶어 한손에 달랑달랑 든다. 아직 챙길 것이 더 없을까 하고 주위를 둘러보고 있는데 주인의 머리맡에 '아사히' 담뱃갑이 있는 것을 발견하고 슬쩍 옷소매에 집어넣는다. 또 그 담뱃갑 안에서 한 개비를 꺼내 램프 불에 갖다 댄다. 맛난 것처럼 깊이 빨았다가 뱉어낸 연기가 우윳빛 램프의 둘레를 돌고 아직 사라지기 전에 도선생의 발소리는 툇마루를 따라 멀어져갔다. 주인 부부는 여전히 잘 자고 있다. 인간도 의외로 멍청한 것이다.

나는 다시 잠깐의 휴식에 들어간다. 쉴 새 없이 떠들고 있다가는 몸이 견디지 못한다.

푹 자다가 잠에서 깼을 때는 음력 3월의 하늘이 청명하게 개어 부엌문 쪽에서 주인 부부가 순사와 이야기를 하고 있을 때였다.

"그럼 여기로 들어와 침실 쪽으로 돌아갔군요. 당신들은 자는 중이어서 전혀 눈치를 채지 못한 것이구요?"

"네."

주인은 조금 멋쩍은 것 같다.

"그래서 도난당한 것은 몇 시쯤인가요?"

순사는 무리한 것을 묻는다. 시간을 알 정도라면 도둑맞을 필요는 없는 것이다. 그것을 알아차리지 못하는 주인 부부는 이 질문에 대해 열심히 토론을 하고 있다.

"몇 시쯤이었지?"

"글쎄요."

안주인은 생각에 잠긴다. 생각하면 알 거라고 생각하는 모양이다.

"당신은 저녁 몇 시에 쉬셨습니까?"

"제가 잠든 것은 그보다 나중이지."

"예, 제가 잠든 게 당신보다 전이에요."

"눈이 떠진 것은 몇 시였지?"

"7시 반이었던가."

"그럼 도둑이 들어온 것은 몇 시쯤이 될까."

"아무래도 밤중이겠지요."

"한밤중인 건 알고 있는데 몇 시쯤인가 이말이야."

"분명한 것은 잘 생각해봐야 알겠단 말이에요."

안주인은 아직도 생각할 참이다. 순사는 그냥 형식적으로 물어본 것이니 언제 들어왔냐는 전혀 문제가 되지 않는 것이다. 거짓말이든 뭐든 적당한 대답만 해주면 된다고 생각하고 있는데 주인 부부가 요령을 파악하지 못하고 문답을 계속하고 있으니 순사는 조금 초조해졌는지, "그럼 도난당한 시각은 분명치 않군요."라고 말하자 주인은 평소 때의 말투로 돌아와, "뭐 그렇네요."라고 대답한다.

순사는 웃지도 않고, 또 물어본다.

"그럼, '메이지 38년 모월 모일 문단속을 하고 잠든 참에 도둑이 어디어디의 덧문을 벗기고 어디어디로 잠입해 물건을 몇 점 훔쳐갔으니 위와 같이 고소를 원합니다'라는 서면을 제출하세요. 신고가 아닌 고소입니다. 받는 사람은 없는 게 낫습니다."

"물건도 일일이 쓰는 겁니까?"

"네, 하오리 몇 점 가격 얼마라는 식으로 표로 만들어 내시면 됩니다. ─ 아니 들어가 봐도 소용이 없어요. 도둑맞은 다음이니."

순사는 태연하게 말을 하고 돌아간다.

주인은 붓과 벼루를 방 한가운데로 가져와 안주인을 앞에 앉혀놓고 마치 싸움이라도 하는 듯한 투로 말한다.

"이제부터 도난고소장을 쓸 거니까 도둑맞은 것을 일일이 말해봐. 자 말해봐."

"어머 짜증나, 자 말해보라니요, 그런 강압적인 말투에 누가 말을 한 답니까?"

안주인은 가는 띠를 둘러맨 채 털썩 앉는다.

"그 꼴은 뭔가, 바보천치 같은 여인숙 창녀를 보는 것 같구만. 왜 띠를 그 꼴로 여미고 나온 거야?"

"그렇게 보기 안 좋으시면 하나 사주시지. 여인숙 창녀든 뭐든 도둑맞 았으니 어쩔 수 없지 않겠어요?"

"띠까지 가져갔는가, 희한한 놈이군. 그럼 띠부터 적어 볼까. 띠는 무 슨 띠요?"

"무슨 띠라니 어디 띠가 그렇게 여러 개 있었수? 검정 면하고 비단무 명이 같이 되어 있는 띠지요."

"검정 면과 비단무명이 같이 된 띠 하나 – 값은 얼마 정도였지?"

"6엔쯤이요."

"턱도 없이 비싼 띠를 맸구만. 앞으로는 1엔 50전짜리쯤으로 해."

"그런 띠가 어디 있는 줄 알아요? 그러니까 당신은 인정머리 없다는 거예요. 마누라 따위는 어떤 더러운 꼴을 하고 있어도 자기만 좋으면 상 관없다 이거예요?"

"일단 됐고, 그 다음은 뭐야."

"비단 하오리요, 그건 코노의 숙모님 유품으로 받은 것으로 같은 비단 실이라도 요즘 것과는 짜임부터가 달라요."

"그런 해석은 안 들어도 되고. 값은 얼마야?"

"15엔."

"15엔짜리 하오리를 입다니 분수에 안 맞는군."

"상관없잖아요, 당신한테 사준 것도 아닌데 뭘."

"그 다음은 뭐요?"

"검은 양말 한 켤레."

"당신 건가?"

"당신 거잖아요. 27전이나 하는."

"그리고?"

"참마가 한 상자."

"참마까지 가져갔는가. 삶아먹을 셈이었나, 아니면 갈아서 즙으로 할 셈인가."

"어떻게 할 건지는 모르지요. 도둑한테 가서 물어보시기 그래요."

"얼마지?"

"참마 값까지는 몰라요."

"그렇다면 12엔 50전쯤으로 해두지."

"터무니없잖아요? 아무리 카라츠에서 파왔다는 참마라지만 12엔 50전은 너무했네요."

"하지만 모른다면서."

"모르지요, 모르지만 12엔 50전은 말도 안 돼요."

"모르지만 12엔 50전은 너무하다는 건 또 뭐야. 정말 논리에 맞지 않아. 그러니 당신을 오탄친 팔레오로구스(오탄친의 의미가 에도시대 속어

로 명칭이라는 뜻을 갖고 있는 데서 '호모사피엔스'처럼 이름을 붙인 것)라고 하
는 거야."

"뭐라구요?"

"오탄친 팔레오로구스."

"뭐유, 그 오탄친 팔레오로구스라는 건?"

"뭐든 상관없지. 그리고 나머지는 – 내 옷은 언제 나오는 거야."

"나머지는 알아서 뭐하려구요. 오탄친 팔레오로구스 뜻이나 가르쳐
줘요."

"뜻이고 뭐고 그런 거 없어."

"가르쳐줘도 되잖아요, 당신은 정말이지 나를 바보로 알고 있어요. 분
명 사람이 영어를 모른다고 험담하시는 거지요?"

"쓸데없는 소리 말고 빨리 나머지나 말해봐. 빨리 고소장을 내야 물
건을 되돌려받지."

"어차피 지금 고소해도 한발 늦었어요. 그보다 오탄친 팔레오로구스
나 가르쳐 달라구요."

"거참 성가신 여자구만, 뜻이고 뭐고 없다는데 그러네."

"그렇담 나머지 물건도 없수."

"미련한데다 고집까지. 그럼 마음대로 해. 나도 더 이상 도난고소장을
써주지 않을 테니."

"저도 물건 수를 가르쳐주지 않을 거유. 고소는 당신이 알아서 하실
테니 나는 상관없지요."

"그럼 그만두자구."

주인은 평소처럼 휙 일어나 서재로 들어가버린다.

안주인은 응접실에 들어가 바느질 상자 앞에 앉는다. 둘 모두 한 10분은 아무 말도 하지 않고 가만히 장지문을 노려보고 있다.

거기에 위세 좋게 현관을 열고 참마의 기증자 타타라 삼페이 군이 들어온다. 타타라 삼페이 군은 원래 이 집의 서생이었지만 지금은 법과대학을 졸업하고 어느 회사의 광산부에 고용되었다. 이 자도 사업가의 싹이 터서 스즈키 토주로의 후배이다. 삼페이 군은 예전의 관계로 때때로 옛 선생의 누추한 거처를 방문해 일요일 같은 때는 하루 종일 놀다 갈 정도로 이 가족과는 스스럼 없는 사이이다.

"사모님. 날씨 한번 좋습데이."

카라츠의 사투리인지 뭔지 안주인 앞에 양복바지 차림으로 무릎을 꿇고 앉는다.

"어머, 타타라 씨."

"선생님은 어디 나가셨습까?"

"아니, 서재에 계세요."

"사모님, 선생님처럼 공부하시면 안 됩니데이. 가끔 있는 일요일인데이요."

"저한테 말해도 소용없으니 타타라 씨가 선생님한테 그렇게 말해보세요."

"그렇다면야……." 라고 말을 하려던 삼페이 군은 방안을 둘러보더니 "오늘은 아가씨도 안 보이네여이."라고 안주인에게 물어보자마자 기다렸다는 듯이 옆방에서 톤코와 슨코가 뛰어나온다.

"타타라 아저씨, 오늘은 초밥 사왔어?"

언니 톤코는 지난번 약속을 기억하고 삼페이 군의 얼굴을 보자마자 재촉한다.

타타라군은 머리를 긁적이면서, 실토한다.

"기억도 잘 한데이, 담에는 꼭 사올 거구만. 오늘은 잊어버렸습데이."

"싫어 싫어 −."

언니가 말하자 동생도 금방 흉내를 내며 따라한다.

"싫어 싫어 −."

안주인은 이제사 기분이 나아졌는지 얼굴에 약간 웃음기가 돈다.

"초밥은 안 사왔어도 참마는 그때 줬데이. 아씨들 잘 드셨는가이?"

"참마가 뭐예요?"

언니가 묻자 동생이 이번에도 또 흉내를 내 삼페이 군에게 묻는다.

"참마가 뭔데요?"

"아직 안 먹었는가이, 빨리 어머니한테 삶아달라 하소. 카라츠의 참마는 도쿄 것과는 달라서 맛좋데이."

삼페이 군이 고향 자랑을 하자 안주인은 그제서야 알아차리고는,

"타타라 씨 전에는 정말 고마웠어요."

"어떻습녀, 먹어보셨습가? 부러지지 않게 상자를 맞춰 단단히 채워왔으니 상태는 패안았지에?"

"그런데 모처럼 보내주신 참마를 어젯밤 도둑맞아버렸어요."

"도둑을 맞아요? 멍청한 놈이구만요. 그토록 참마를 좋아하는 놈이 있습까?"

삼페이 군이 크게 감탄한다.

"엄마, 어젯밤 도둑 들었어?"

언니가 묻는다.

"그래."

안주인은 가볍게 대답한다.

"도둑이 들어와서 – 그래서 – 도둑이 들어와서 – 어떤 얼굴을 하고 들어왔어?"

이번에는 동생이 묻는다. 이 묘한 질문에는 안주인도 뭐라고 대답해야 좋을지 몰라 망설이다가 대답한다.

"무서운 얼굴을 하고 들어왔지."

그리고는 타타라 군 쪽을 본다.

"무서운 얼굴이면 타타라 아저씨 같은 얼굴이야?"

언니가 미안해하는 기색도 없이 되받아 묻는다.

"무슨 말이야. 그런 무례한 말을."

"하하하하, 내 얼굴이 그렇게 무섭나? 곤란하데이."

타타라 군이 머리를 긁는다.

타타라 군의 머리 뒷부분에는 지름 한 치 만한 대머리 자국이 있다. 한 달 전부터 생겨서 의사한테 보였는데 아직 쉽게 나을 것 같지도 않다. 이 대머리를 제일 먼저 발견한 것은 언니 톤코이다.

"어어, 타타라 아저씨 머리는 엄마처럼 반짝반짝해."

"가만히 있으라고 했는데."

"엄마 어젯밤 도둑 머리도 반짝거렸어?"

이것은 동생의 질문이다.

안주인과 타타라 군은 자기도 모르게 웃음이 터져 나왔지만 너무 귀찮아서 이야기도 뭣도 못하겠어서 안주인은 아이들을 달래 쫓아낸다.

"자자 너희들은 잠깐 뜰에 나가서 놀아라. 엄마가 금방 좋아하는 과자를 갖다줄 테니."

"타타라 씨 머리는 왜 그래요?"

그리고는 진지하게 물어본다.

"기계충이 갉아먹었슴데이. 잘 안 낫슴디더. 사모님도 있슴꺼?"

"으으, 벌레가 먹다니, 그야 묶어서 올리는 부분은 여자니까 조금은 벗겨지지요."

"대머리는 전부 박테리아랍디데이."

"제 것은 박테리아가 아니에요."

"그건 사모님 고집이시지에."

"어쨌든 박테리아는 아니에요. 하지만 영어로 대머리를 뭐라 하던데."

"대머리는 볼드라고 하는데예."

"아니 그런 것 말고 더 긴 이름이 있지 않아요?"

"선생님한테 물어보면 금방 아실 겜데이."

"선생은 아무래도 가르쳐주지 않으니 타타라 씨한테 묻는 거예요."

"저는 볼드 말고는 모름데이. 길다면 어떤데예?"

"오탄친 팔레오로구스라던가. 오탄친이라는 것이 '대'라는 글자고 팔레오로구스가 '머리'이지요?"

"그럴지도 모르겠네예. 지금 선생님 서재로 가서 웹스터를 찾아보고 알아 다드겠슴데이. 하지만 선생님도 정말 이상하시네예. 이 좋은 날씨에 집에만 앉아계시니 ― 사모님, 그러면 위장병은 절대 낫지 않슴데이. 저기 우에노에 라도 가서 꽃구경이라도 나가자고 권해보시지예."

"타타라 씨가 데리고 가주세요. 선생은 여자가 하는 말은 절대로 듣지 않는 사람이니."

"요즘에도 잼을 드심까?"

"네, 여전해요."

"요전에 선생님 불평을 하십디데이. 아무래도 마누라가 내가 잼을 너무 먹어댄다고 해서 곤란한데 나는 그렇게 많이 먹을 생각은 없어. 뭔가 잘못 안 걸 거라고 말씀하셔서 그럼 아가씨나 사모님이 같이 드신 게 아닐까 했슴데이."

"아휴 타타라 씨, 어떻게 그런 말을 하세요."

"하지만 사모님도 먹고 싶은 얼굴을 하고 계시는데예."

"얼굴만 보고 그런 걸 어떻게 알아요."

"웬걸예 ― 그럼 사모님 요매만큼도 안 드셨슴까?"

"그야 조금은 먹었지요. 먹어도 상관없지 않아요? 우리집 것인데."

"하하하하, 그럴 줄 알았슴데이 ― 그런데 정말로 도둑은 들었슴까, 액땜하셨네예. 참마만 가져갔슴까?"

"참마뿐이라면 괜찮게요, 입는 옷까지 몽땅 다 가져갔어요."

"당장 곤란하시겠슴데이. 또 빚을 내셔야 함까? 이 고양이가 개라면 좋았을 텐데예 ― 안깝네요이. 사모님, 개를 큰놈으로 한 마리 꼭 기르세

239

요. ─마, 고양이는 갖다 버리소예, 밥만 축내고 ─ 쥐는 좀 잡긴 함까?"

"한 마리도 잡는 건 못 봤어요. 정말 낯짝 두껍고 뻔뻔스런 고양이라니까요."

"아니 그럼 이러지도 저러지도 못하겠네예. 빨리 갖다버리소. 제가 받아가서 삶아 먹어버릴까예."

"어머, 타타라 씨도 참. 고양이를 먹어요?"

"먹어봤지예. 고양이는 맛좋슴데이."

"정말 호걸이네요."

하등한 서생 중에는 고양이를 먹는 야만인들이 있다는 이야기는 이미 들었지만, 내게 인정을 베풀어준 것에 평소 고마워하고 있는 타타라 군 역시 이와 같은 부류이라고는 지금까지 꿈에도 몰랐다. 하물며 그 사람은 이미 서생이 아니고 졸업한 날은 얕음에도 불구하고 당당한 일개 법학사로 무츠이 물산의 임원까지 된 몸이니 내가 경악할 것도 역시 한두 가지는 아니다. 사람을 보면 다 도둑이라고 생각하라는 격언은 칸게츠 2의 행위에 의해 이미 증명이 되었지만, 사람을 보면 고양이 잡아먹는다고 생각하라는 것은, 나도 타타라 군 덕분에 비로소 깨달은 진리이다.

세상을 살다 보면 세상의 이치를 알게 된다. 이치를 아는 것은 기쁘지만 나날이 위험이 많아져 하루하루를 방심할 수 없게 된다. 교활해지는 것도 비겁해지는 것도 겉과 안이 겹쳐진 호신복을 입는 것도 순전히 사물을 아는 결과이고 사물을 아는 것은 나이를 먹는 죄이다. 노인들 중에 제대로 된 자가 없는 것은 이런 이유이구나, 나 같은 고양이도 어쩌면 얼마 되지 않아 타타라 군의 냄비 안에서 양파와 더불어 성불하는 쪽이

상책인지도 모르겠다고 생각하면서 구석 쪽에 쭈그리고 있자 방금 전 안주인과 싸움을 하고 일단 서재로 퇴각해 있던 주인이 타타라 군의 목소리를 알아듣고 슬쩍 응접실로 나와본다.

"선생님, 도둑을 만나셨다지예. 얼마나 황당하고 어리석은 일임까."

타타라 군이 다짜고짜 한 번에 들이댄다.

"들어온 놈이 어리석지."

주인은 어디까지나 현인인 척 자부하고 있다.

"들어오는 쪽도 어리석지만예, 도둑맞은 쪽도 별반 현명하지는 않은 것 같네예."

"아무것도 도둑맞을 것 없는 타타라 군 같은 사람이야 제일 현명하겠지요."

안주인이 이번에는 남편의 손을 들어준다.

"그래도 제일 미련한 것은 이 고양이임데이. 참말로 어쩔 속셈인지 쥐는 잡지 않고 도둑이 들어와도 모른 척하고 있고. ─ 선생님, 이 고양이를 저한테 넘기소. 이래 두었다간 아무 짝에도 쓸모가 없겠슴데이."

"주는 거야 상관없는데 뭘 할 건가?"

"삶아 먹어야지예."

주인은 인정사정 없는 이 한마디를 듣고 후우 하고 기분 나쁜 위장병적인 웃음을 내뱉었지만 특별한 대꾸도 하지 않았고, 타타라 군 역시 꼭 먹고 싶다고도 하지 않았던 것은 나에게 있어서는 뜻밖의 행운이다. 주인은 이윽고 화제를 바꾼다.

"고양이는 아무래도 좋지만 옷을 도둑맞아서 추워서 안 되겠구만."

크게 의기소침한 모습이다. 과연 추울 만도 하다. 어제까지만도 무명 옷을 두 장이나 겹쳐 입었었는데 오늘은 얇은 겹옷에 반소매 셔츠뿐이니, 거기다 아침부터 운동도 하지 않고 쭉 앉아만 있었으니 불충분한 혈액은 어디까지나 위를 위해 일하며 손발 쪽으로는 조금도 돌지 못했다.

"선생님, 학교 선생 같은 것 하고 계셔서는 도저히 안 되심데이. 조금만 도둑맞아도 금방 곤란해집니데이 – 일단 지금부터 생각을 바꿔서 사업가라도 되어보시지예."

"선생님은 사업가는 질색이니 그런 말을 해도 소용없어요."

안주인이 곁에서 타타라 군에게 대답한다. 안주인은 물론 사업가가 되어주었으면 하고 있다.

"선생님, 학교 졸업한 지는 몇 년째심까?"

"올해로 9년째이지요."

안주인은 주인을 돌아본다. 주인은 그렇다고도 그렇지 않다고도 말하지 않는다.

"9년이 지나도 월급은 오를 생각을 않고 아무리 공부해도 남들이 칭찬해주는 것도 아니고, 낭군 혼자 적막인 격이라."

중학교 시절에 배운 시의 한 구절을 안주인을 위해 읊어주자 안주인은 조금 알기 어려웠던지 아무 대꾸도 하지 않는다.

"교사도 물론 싫지만 사업가는 더 싫어."

주인은 무엇이 좋을지 속으로 생각하고 있는 것 같다.

"선생님은 뭐든 다 싫어하니까……."

"싫어하지 않는 것은 사모님뿐임까?"

타타라 군이 분위기에 안 어울리는 농담을 한다.

"제일 싫어."

주인의 대답은 더욱 간단명료하다. 안주인은 옆을 돌아보며 조금 새침해 있었지만 이내 주인 쪽을 보고, "살아 있는 것도 싫으시지요?"라고 충분히 주인을 눌러줬다는 셈으로 말한다.

"그다지 좋지는 않지."

주인은 의외로 태평한 대답을 한다. 이래서는 손을 쓸 수가 없다.

"선생님, 좀 활발하게 산책이라도 다니지 않으면 건강을 망쳐버리심데이. ─ 그렇게 해서 사업가가 되세요이. 돈 버는 것, 정말 일도 아닙니데이."

"얼마 벌지도 못하는 주제에."

"뭐, 작년에 겨우 회사에 막 들어갔으니까예. 그래도 선생님보다는 저축이 있습데이."

"어느 정도나 저축했어요?"

안주인이 열심히 묻는다.

"벌써 50엔은 됩니데이."

"도대체 월급이 어느 정도예요?"

이것도 안주인의 질문이다.

"30엔임데이. 그중에 매달 5엔씩 회사 쪽에서 맡아서 저축해두었다가 막상 급할 때 주니까네. ─ 사모님, 용돈으로 소토보리선[外濠線]의 주식 좀 사소? 지금부터 3, 4개월 후면 두 배가 됩니데이. 정말 적은 돈만 있으면 금방 두 배도 세 배도 된다니까예."

"그런 돈이 있으면 도둑을 맞아도 곤란하지 않겠네요."

"그러니 사업가에 한한다잖습까. 선생님도 법과라도 나와서 회사나 은행에라도 다니시면 요즘은 한 달에 3, 4백 엔의 수입은 너끈할 텐데요이, 애석한 일임데이. ─ 선생님 저 스즈키 토주로라는 공학박사를 알고 계심까?"

"응, 어제도 왔었네."

"그렇슴까, 전에 어느 연회에서 만났을 때 선생님 이야기를 했더니 '그런가, 자네는 쿠샤미 군 집의 서생으로 있었나, 나도 쿠샤미 군과는 전에 고이시카와의 절에서 함께 자취를 한 적이 있지, 다음에 가면 안부나 전해주게, 나도 그사이 찾아갈 테니' 라고 하시데예."

"요즘 도쿄에 있다더군."

"예, 지금까지는 큐슈의 탄광에 있었습니다만, 얼마 전 도쿄 근무로 발령받았다지예. 꽤 훌륭하지예. 저 같은 것한테도 오랜 친구처럼 이야기해주십디데이. ─ 선생님, 그분이 얼마나 벌 것 같습까?"

"모르겠네."

"월급이 250엔으로 여름과 연말에 배당이 붙으니까 못해도 평균 4, 5백 엔은 되지요이. 저란 남자가 그렇게 받고 있는데 선생님은 독해 전문으로 10년을 하루같이 쥐꼬리만 한 생활을 하시면 너무 억울하지 않습까."

"그래, 억울하지."

주인 같은 초연주의인 사람도 금전의 관념은 보통의 인간과 다른 점이 없다. 아니 궁핍한 만큼 남들보다 두 배는 더 돈을 갖고 싶은 것인지도 모른다. 타타라 군은 사업가의 이익을 이만하면 다 들려주었다 싶어 더 이상 할 말이 없어지자, 안주인에게 질문한다.

"사모님, 선생님 댁에 미즈시마 칸게츠라는 사람이 오는가예?"

"예, 자주 오시지요."

"어떤 인물임까?"

"학식이 매우 높은 분이랍디다."

"호남임까?"

"호호호호, 타타라 씨만큼일 거예요."

"그렇슴까, 저 정도라고예?"

타타라 군은 나름 진지하다.

"어떻게 칸게츠의 이름을 알고 있는가."

주인이 묻는다.

"전에 어떤 사람한테 부탁을 받았슴니데이. 그런 것을 물을 만한 가치가 있는 인물인가 해서예?"

타타라 군은 듣기도 전부터 벌써 칸게츠보다 더 나아보이려고 한다.

"자네보다 훨씬 대단한 자야."

"그렇슴까, 저보다 대단하다고예?"

웃지도 않고 화도 내지 않는다. 이것이 타타라 군의 특징이다.

"조만간 박사라도 된담까?"

"지금 논문을 쓰고 있다더군."

"역시 멍청하네예. 박사논문을 쓰다니. 좀 더 얘기할 꺼리가 있는 인물인가 했드이만."

"여전히 대단한 견식이군요."

안주인이 웃으면서 말한다.

"박사가 되면 누가 딸을 준다든가 어쩐다든가 하길래 그런 바보가 있 겠는가, 남의 집 딸을 차지하기 위해 박사가 되다니, 그런 인물한테 주느 니 차라리 나한테 주는 쪽이 훨씬 낫겠다고 말해주었습데이."

"누구한테?"

"저한테 미즈시마의 일을 물어봐달라고 부탁한 자 말임데이."

"스즈키가 아닌가?"

"웬걸예, 그 사람이라면 아직 그런 말은 하지 않았습데이. 그쪽은 거 물이라예."

"타타라 씨는 헛똑똑이신가 봐요. 우리한테 오면 대단히 위세를 부려 도 스즈키 씨 같은 사람 앞에 가면 잔뜩 쫄아서 어쩔 줄 모르시지요?"

"예. 그렇게 안 하면 위험함데이."

"타타라 군, 산책이나 나갈까?"

느닷없이 주인이 제안을 한다. 아까부터 얇은 겹옷 하나로 너무 추워 서 운동이라도 좀 하면 훈훈해질 거라는 생각에서 주인은 전에 없는 동 의를 표한 것이다. 궁지에 몰린 타타라 군은 물론 머뭇거릴 리가 없다.

"갑시데이. 우에노로 갈까요? 이모자카에 가서 경단이라도 먹을까요? 선생님 그곳 경단을 먹어본 적이 있으심까? 사모님도 한번 가서 드셔보 소. 부드럽고 쌉니데이. 술도 마실 수 있고예."

평소처럼 두서없이 시시콜콜한 말들을 주고받는 사이 주인은 벌써 모 자를 쓰고 신발 신는 데로 내려간다.

나는 다시 조금 휴식을 취한다. 주인과 타타라 군이 우에노 공원에서 어떤 짓을 하며 이모자카에서 경단을 몇 그릇이나 먹었는지 그런 사사로운 종류의 일들은 탐색할 필요도 없고 또 미행할 용기도 나지 않아 쭉 생략하고 그사이 휴식을 취하고자 한다. 휴식은 만물이 마땅히 하늘에 요구해야 할 권리이다. 이 세상에 살아 숨 쉴 의무를 갖고 꿈틀거리는 자들은, 살아 숨 쉴 의무를 다하기 위해 휴식을 얻지 않으면 안 된다. 만약 신이 있어 너는 일하기 위해 태어난 것이지 잠들기 위해 태어난 것이 아니라고 하면 나는 대답해주겠다, 나는 말씀하신 것처럼 일하기 위해 태어났으니 고로 일하기 위해 휴식을 원한다고. 주인처럼 기골에 불평만 잔뜩 빨아들여놓은 목석 같은 자조차도 때로는 일요일 말고 자기가 알아서 휴식을 취하지 않는가. 감정도 많고 한도 많아서 밤낮 심신이 고단한 나 같은 자는 가령 고양이라고 해도 주인 이상으로 휴식을 필요로 하는 것은 당연한 일이다. 다만 아까 타타라 군이 나를 보고 농땡이 부리는 것 말고는 하등의 재주도 없는 사치스런 물건인 양 경멸한 것은 조금 마음에 걸린다.

　특히나 만물의 물상物象에만 사역당하는 속물들은, 오감의 자극 말고는 하등의 활동도 하지 않으므로 다른 것을 평하는 것에서도 형체 말고는 생각이 미치지 못하는 것은 참으로 안타까운 노릇이다. 뭐든 엉덩이라도 걷어 올려 허리에 지르고 땀이라도 내지 않으면 일하지 않는 것처럼 여겨버린다. 달마라는 승려는 다리가 썩을 때까지 좌선을 하다가 끝을 봤다고 하는데 가령 벽 틈으로 담쟁이덩굴이 들어와서 대사의 눈과 입을 막을 때까지 꼼짝 않는다 한들, 그것은 자고 있는 것도 죽어 있는 것도 아니다. 머릿속은 항상 활동하고 확연히 드러나지 않으면 소리가 안 난다는 등의 이치를 굳게 믿고 있다. 유가에도 정좌의 수행이라는 것이 있다고 한다. 이것 역시 방 안에 틀어박혀 편안히 앉은 채로 수행을 하는 것은 아니다. 뇌 속의 활력은 남들 두 배나 활활 타고 있다. 단지 외관상으로는 지극히 침착하고 정숙한 태도이니 천하의 범안은 이들 지식 거장을 들어 혼수상태거나 가사상태의 용한 사람이라고 간주하여, 무용지물이니 쭉정이니 하면서 되지도 않는 비방의 목소리를 내는 것이다.

이들 범안은 모든 형태만 보고 마음을 보지 못하는 불구의 시각을 갖고 태어난 자들로, ─ 거기다 타타라 삼페이 군 같은 자는 형태만 보고 마음을 보지 못하는 첫번째 부류의 인물이니 이 삼페이 군이 나를 겨드랑이 털만도 못한 존재로 간주하는 것도 그렇지만, 더 유감스러운 것은 동서고금의 서적을 조금 읽어서 사물의 진상을 얼마간 풀어냈다 하는 주인마저, 천박한 삼페이 군에게 어지간히 동의하며 고양이냄비를 엎을 생각을 안 한다는 점이다. 그러나 한발 물러나 생각해보면 그렇게까지 그들이 나를 경멸하는 것도 굳이 무리는 아니다. '큰' 소리는 속세의 귀에 들어오지 않고 양춘백설의 시에는 화하는 자 적다는 비유도 오랜 옛날부터 있는 법이다.

형체 이외의 활동을 볼 능력이 없는 자를 보고 내 혼의 빛이 발하는 것을 보라고 강요하는 것은 중에게 머리를 묶으라고 재촉하는 것과 같고, 다랑어에게 연설을 해보라고 하는 것 같으며, 전차에 탈선을 요구하는 것 같고, 주인에게 사직을 권고하는 것과 같고, 삼페이에게 돈에 관해 생각하지 말라고 하는 것과 같은 일이다. 필경 억지주문에 지나지 않는다. 그렇지만 고양이도 사회적 동물인 법. 사회적 동물인 이상은 아무리 스스로를 높이 드러내어 평한다고 한들 어느 정도까지는 사회와 조화를 이루어나가지 않으면 안 된다. 주인이나 안주인, 가정부, 삼페이들이 나를 나로서 평가해주지 않는 것은 유감이지만 어쩔 수 없다. 허나 불명한 결과로 내 가죽을 벗겨 샤미센 가게에 팔아넘기고 살점을 썰어 타타라 군의 상에 올리는 무분별한 짓을 당해서는 그야말로 큰일이 아닐 수 없다. 나는 머리를 써서 활동해야 할 천명을 받고 이 사바 세계에 출현한 만큼 고금 이래의 고양이로서 매우 중요한 몸이다. 천금을 가진 자는 불당 주변에 앉지 않는다는 속담도 있는 것을 보면, 알아서 보통보다 훨씬 뛰어난 것을 숭상해 짓궂은 장난으로 이 한몸의 위험을 자초하는 짓은 단순히 자신이 화를 입을 뿐 아니라, 또한 하늘의 뜻을 크게 거스르는 일이다. 용맹한 호랑이도 동물원에 들어가면 똥돼지 옆에 자리를 잡고, 기러기도 닭장에 산 채로 잡혀 들어가면 닭들과 같은 도마에 오른다. 속세의 사람들과 어우러져 사는 이상은 자기를 낮추어 보통 고양이로 둔갑하지 않을 수 없다. 그리고 보통고양이처럼 되려면 쥐를 잡아야만 할 것이다. ─나는 드디어 쥐를 잡기로 마음먹었다.

얼마 전부터 일본은 러시아와 큰 전쟁을 하고 있다고 한다. 나는 일본의 고양이이니 물론 일본 편을 들겠다. 가능하다면 혼성고양이 여단을 조직하여 러시아 병사를 할퀴어주고 싶은 마음도 있다. 그렇게까지 원기 왕성한 내가 쥐 한두 마리쯤이야 잡으려는 의지만 있으면 자고 있는 사이라도 일없이 잡을 수 있다. 옛날 어떤 사람이 당시 유명한 선사를 보고 '어떻게 하면 깨달음을 얻겠습니까' 하고 물었더니 '고양이가 쥐를 노리는 것처럼만 하거라'라고 대답했다고 한다. '고양이가 쥐를 잡는 것처럼만'이란, 그렇게만 하면 벗어날 놈은 없다는 뜻이다. 여자가 똑똑해 봐야 소용없다는 속담은 있지만 고양이 똑똑해봐야 쥐 잡지 못한다는 격언은 아직 못 들어본 것 같다. 그러고 보면 아무리 현명한 나 같은 자라도 쥐 한 마리 잡지 말란 법은 없을 것이다. 잡지 못할 리 없기는커녕 잡은 것을 놓칠 리는 더욱 없을 것이다. 내가 지금까지 잡지 않은 것은 잡고 싶지 않아서일 뿐.

봄날은 어제처럼 저물고 때때로 부는 바람에 홀린 꽃보라가 부엌의 낮은 장지문 깨진 틈으로 날아들어 물통 속에 떠오른 그림자가, 어둑어둑한 부엌용 램프의 빛에 희미하게 보인다. 오늘밤이야말로 거사를 치뤄 온 집안을 놀라게 해줘야겠다고 결심한 나는, 미리 전장을 둘러보고 지형을 파악해둘 필요가 있겠다 싶어 현장을 둘러본다. 전투의 동선은 굳이 너무 넓을 이유가 없다. 다다미 개수로 한다면 4개 정도면 딱이다. 그중 한 개를 잘라 반은 설거지대, 반은 술집 야채가게의 용무를 보는 흙바닥이다. 부뚜막은 누추한 부엌에 어울리지 않게 화려해서, 붉은 구리가 반짝거리며 뒤쪽은 벽에 판자를 붙여놓은 것 사이를 두 자쯤 남기고 내 전복껍데기 밥그릇이 있는 곳이다.

또한 응접실에 가까운 여섯 자는 밥그릇 접시 몇 개를 넣어놓는 찬장이 있어 그렇잖아도 좁은 부엌을 더 좁게 쪼개어 옆으로 튀어나온 선반의 난간과 거의 닿을 정도의 높이로 되어 있다. 그 밑에 절구가 바로 놓여 있고 절구 안에는 작은 나무통의 밑바닥이 내 쪽을 향하고 있다. 무가는 강판, 나무공이가 나란히 걸려 있는 곁에 불 끄는 단지만이 초연히 차지하고 있다. 새까매진 통나무가 엇갈려 있는 한가운데로 주전자나 냄비를 거는 한 줄의 갈고리가 늘어뜨려져 있고 그 끝에는 평평하고 커다란 바구니가 걸려 있다. 그 바구니가 가끔씩 바람에 흔들려 의젓하게 움직이고 있다. 이 바구니는 무엇 때문에 매달았는지 이 집에 막 왔을 때는 전혀 영문을 알지 못했지만 고양이의 손이 닿지 않게 하려고 일부러 여기에 음식을 넣어둔다는 것을 알고 나서 인간의 고약한 심성을 다시금 느꼈다.

이제부터 작전계획이다. 어디서 쥐와 전쟁을 하는가 하면 물론 쥐가 나오는 곳이 아니면 안 된다. 아무리 이쪽에 유리한 지형이라고 해도 혼자서 기다리고 있어서는 전혀 싸움이 되지 않는다. 여기에 있어서도 쥐의 출구를 연구할 필요가 생긴다. 어느 방면에서 튀어나올까하고 부엌 한가운데에 서서 사방을 둘러본다. 어쩐지 도고대장(당시 일본 해군 총사령관, 도고헤이 하치로 장군) 이라도 된 것 같은 기분이 든다. 하녀는 아까 목욕탕에 가서 돌아오지 않았다. 아이들은 벌써 잠들었다. 주인은 이모자카의 경단을 먹고 돌아와서는 여전히 서재에 틀어박혀 있다. 안주인은 – 안주인은 무엇을 하고 있는지 모른다. 아마도 꾸벅꾸벅 졸면서 참마 꿈이라도 꾸고 있을까. 가끔 문 앞으로 인력거가 지나가는데 지나간 다음에는 한층 적막하다. 나의 결심도, 나의 의로운 기세도, 부엌의 광경이나 사방의 적막함, 전체의 느낌이 어느 것 하나 비장하지 않은 것이 없다. 아무래도 고양이 중의 도고대장이라고밖에 생각되지 않는다.

이런 경지에 이르면 장엄한 가운데 일종의 유쾌함을 느끼는 것은 누구나 똑같은 것이지만 나는 이 유쾌함의 밑바닥에 일생일대의 걱정거리가 가로놓여 있음을 발견했다. 쥐와 전쟁을 하는 것은 각오한 일이니 몇 마리가 덤비든 두렵지는 않지만, 나오는 방향이 분명하지 않는 것은 불리하다. 주도면밀한 관찰로 얻은 재료를 종합해보면 쥐 도적이 출몰하는 데에는 세 가지 경로가 있다. 그들이 만약 시궁쥐라고 한다면 하수관을 따라 흘러들 테니 부뚜막 뒤쪽으로 돌아올 것이 틀림없다. 그때는 불 끄는 단지의 그림자에 숨어 퇴로를 차단한다. 아니면 도랑에 더운물을 빼는 회반죽 구멍에서 목욕탕을 돌아 부엌으로 불시에 튀어나올지도 모른다. 그렇다면 가마솥 뚜껑 위에 진을 치고 코앞까지 왔을 때 위에서 뛰어내려 한방에 덮친다.

다시 주변을 둘러보니 찬장문 오른쪽 밑 구석이 반달 모양으로 갉아먹혀 있어 그들의 출입에 필요한 것인가 의심된다. 코를 대고 냄새를 맡아보니 쥐 냄새가 약간 난다. 만약 여기로 함성을 지르면서 나오면 기둥을 방패삼아 보내놓고 협공으로 발톱을 확 세워주면 된다. 만약 천장에서 떨어지면 하고 위를 올려다보니 새까만 숯검댕이가 램프 불빛에 빛나 지옥을 뒤집어 매달아놓은 것처럼 보여 어쩐지 내 솜씨로는 오르는 것도 내려오는 것도 할 수 없을 것 같다. 설마 저렇게 높은 곳에서 떨어지기야 하겠나 싶어 이 방면만큼은 경계를 풀기로 한다. 그렇다 쳐도 세 방면에서 동시에 공격을 당할 염려가 있다. 한쪽 입구라면 한눈으로라도 해치워줄 수 있다. 두 군데라면 어떨까, 뭐 그래도 어떻게든 해치울 자신이 있다. 그러나 세 군데가 되면 아무리 본능적으로 쥐를 잡아야 할 예기를 가진 나라도 손 쓸 도리가 없다. 그렇다고 인력거집의 검은 보스 같은 자에게 도움을 청하는 것도 내 위엄에 관계되어 있다.

어떻게 하면 좋을까. 어떻게 하면 좋을까 생각하다 좋은 지혜가 떠오르지 않을 때는 그런 일은 일어날 리 없다고 결론내려버리는 것이 제일 안심할 수 있는 지름길이다. 또한 방법이 따르지 않는 것은 그런 일이 일어나지 않을 것이기 때문이라고 생각하고 싶어지는 법이다. 우선 세간을 둘러보라. 어제 맞아들인 신부가 오늘 죽지 않는다고도 할 수 없지 않은가, 그러나 신랑은 왕춘천대나 팔천대라고 백년해로를 할 듯이 축하의 말을 늘어놓고 걱정스러운 얼굴도 하지 않는 것은 아닐까. 걱정하지 않는 것은 걱정할 가치가 없어서가 아니다. 아무리 걱정해도 방법이 따르지 않기 때문이다. 내 경우에도 삼면 공격이 반드시 일어나지 않는다고 단언할 상당한 논거는 없지만서도 일어나지 않는다는 쪽이 안심하기에 더 편리하다. 안심은 만물에게 필요하다. 나도 안심을 원한다. 따라서 3면 공격은 일어나지 않는다고 정해버렸다.

그래도 아직 걱정이 풀리지 않으니 어쩐 일인가 하고 곰곰이 생각해보고 겨우 이유를 알았다. 3가지 계략 중 어느 쪽을 선택하는 것이 가장 득책인가의 문제에 대해 스스로 명료한 답변을 얻으려 고심한 까닭이다. 찬장선반에서 나올 때는 이것에 따른 방책이 있다, 목욕탕에서 나타날 때는 이것에 대한 꾀가 있다, 또 설거지대로 올라올 때도 이것을 맞이할 계산도 있지만, 그중 어느 것인가 한쪽으로 정하지 않으면 안 된다면 참으로 당혹스럽다.

도고대장은 발틱 함대가 츠시마 해협을 지날지, 아니면 멀리 소야 해협으로 돌아갈지에 대해 크게 고민했다고 하는데 지금 내가 나 자신의 경우에 빗대어보니 그 곤혹스러움의 정도를 짐작하겠다. 나는 전체의 상황에 있어 도고 각하와 비슷할 뿐만 아니라, 이 각별한 지위에 있어서도 또한 도고 각하와 고심을 같이 하는 자이다.

내가 이렇게 골똘히 지략을 짜내고 있는 사이, 갑자기 찢어진 뒤뜰 장지문이 열리고 가정부의 얼굴이 불쑥 들어온다. 얼굴만 들어온다고 하는 것은 손발이 없다는 말은 아니다. 다른 부분은 밤눈에 잘 보이지 않는데 얼굴만이 뚜렷하고 강한 색을 띠고 내 동공 안으로 확연히 떨어져 들어왔기 때문이다.

가정부는 평소보다 붉은 볼따구니를 더 불그레하게 해가지고 목욕탕에서 돌아오자마자, 일찍부터 부엌 문단속을 한다. 서재에서 주인이 자기 지팡이를 베개 맡으로 꺼내두라고 하는 소리가 들린다. 무엇 때문에 베갯머리에 지팡이를 장식해두는지 나는 몰랐다. 설마 점쟁이인 체하고 용 울음을 들으려는 얼토당토않은 이유는 아닐 것이다. 어제는 참마, 오늘은 지팡이, 내일은 무엇을 놓고 잘까.

밤은 아직 깊으려면 멀었다. 쥐는 좀처럼 나올 생각을 않는다. 나는 대전을 앞두고 잠깐 휴식을 취한다.

주인집 부엌에는 끈을 잡아당겨 여는 천창이 없다. 응접실이라면 난간 속 같은 데에 폭 한자 가량이 갈라져 나와 있어 사시사철의 바람을 통하게 하는 천창을 대신하고 있다. 안타까운 기분도 없이 흩어지는 벚꽃을 꾀어내 휘익 불어오는 바람에 놀라 눈을 떠보니 으스름달까지 어느 틈에 비쳐들었는지 부뚜막의 그림자는 지하창고로 내려가는 마룻바닥의 문고리 위에 비스듬히 걸려 있다.

잠은 그만 자야겠다 하고 두세 번 귀를 흔들고 집안의 동정을 살펴보니 휑한 것이 어젯밤처럼 괘종시계 소리만 들린다. 이제 쥐가 출몰한 시간이다. 과연 어디서 나타날까.

찬장 속에서 달그락달그락 소리가 난다. 작은 접시의 테두리를 발로 차며 속을 엉망으로 해 놓고 있는 것 같다. 여기서 나오려니 하고 구멍 옆에 웅크려 기다리고 있는데 좀처럼 나올 기미는 보이지 않는다. 그릇 소리는 이윽고 멈췄지만 이번에는 대접인가 뭔가에 발이 걸렸는지 무겁고 둔탁한 소리가 때때로 덜그럭거린다. 게다가 문 하나를 사이에 두고 바로 저쪽에서 그러고 있다. 내 코끝과 거리로 치면 세 치도 안 되는 거리이다. 가끔은 쫄쫄쫄 하고 구멍 입구까지 발소리가 다가오지만 곧 다시 멀어져, 얼굴을 내미는 놈이 한 마리도 없다. 문짝 너머에서 지금 적이 난폭한 짓을 저지르고 있는데도 나는 가만히 구멍 출구에서 기다리고 있지 않으면 안 되니 아마도 끈기가 필요할 모양이다.

쥐는 여객선 그릇 안에서 성대하게 무도회를 벌이고 있다. 하다못해 내가 들어갈 만큼만 가정부가 이 문을 열어두면 좋았을 텐데, 가정부는 참 머리도 안 돌아가는 시골뜨기다.

이번에는 부뚜막 그림자 쪽에서 내 전복껍데기 밥그릇이 딸그락거린다. 적은 이 방향으로도 왔구나 하고 살짝 발소리를 죽이며 다가가자 작은 통 사이로 꼬리가 살짝 보였다가 설거지대 아래로 숨어버렸다. 한참 뒤 목욕탕에서 양치용 그릇이 쇠 대야에 땡그렁 하고 닿는 소리가 들린다. 이번에는 뒤쪽이라고 뒤돌아본 찰나, 다섯 치 가까이 되는 커다란 놈이 치약봉지를 떨어뜨리며 툇마루 아래로 훌쩍 뛰어든다. 도망치는 것인가 하고 나도 따라서 뛰어내렸더니 벌써 그림자 하나 보이지 않는다. 쥐를 잡는 것은 생각보다 어려운 일이다. 나는 선천적으로 쥐를 잡을 능력이 없는가도 모른다.

내가 목욕탕으로 돌아가자 적은 찬장에서 뛰어나와 찬장을 경계하면 설거지대에서 뛰어오르고 부엌 한가운데에서 지키고 있으면 세 방면 모두에서 조금씩 소란을 피운다. 이건 얄밉다고 해야 할까, 비열하다고 해야 할까 도저히 그들은 군자의 적은 못된다. 나는 열댓 번은 여기저기 신경을 빼앗기고 마음을 쓰면서 분주히 노력해보았지만 결국 한 번도 성공하지 못한다. 유감이기는 하지만 그 같은 소인배들을 적으로 삼아서는 어떠한 도고대장도 손 쓸 도리가 없다. 처음에는 용기도 있고 적개심도 있어 비장하고 숭고한 미적 감각까지 있었으나 결국에는 귀찮고 하찮은 생각과 졸림과 피곤함으로 부엌 한가운데에 주저앉아 꼼짝 않게 되어버렸다.

그러나 움직이지 않아도 마음먹고 사방팔방 노려보고 있으면 적들은 소인배이니 큰 일은 일어나지 않는 것이다. 목표한 적들이 의외로 자잘한 놈들이라면 오히려 전쟁이 명예롭다는 느낌이 사라지고 증오스런 마음만 남는다. 증오스런 마음을 흘려보내자 의욕이 빠져나가 그냥 멍해진다. 멍해진 다음에는 마음대로 해라, 어차피 별 짓은 못할 테니 하고 경멸한 나머지 졸음이 쏟아진다. 이상과 같은 경로를 거쳐 결국 졸음이 몰려왔다. 자야겠다. 휴식은 적진에 있다 해도 필요한 법.

옆 방향으로 차양을 내 열어놓은 천창으로 다시 꽃보라를 한줌 던져 넣으며 거센 바람이 나를 감싸고 지나간다 싶더니 찬장 입구에서 탄환같이 튀어나온 놈이 피할 틈도 주지 않고 바람을 가르며 내 왼쪽 귀를 물어뜯는다.

이것에 이어진 검은 그림자는 뒤로 도는가 하고 생각할 틈도 없이 내 꼬리에 매달린다. 순식간에 일어난 사건이다. 나는 아무 목적도 없이 기계적으로 펄쩍 뛰어오른다.

온몸의 힘을 모공에 몰아넣어 이 괴물을 흔들어 떨어뜨리려고 한다. 귀를 물고 늘어졌던 놈은 중심을 잃고 털썩 내 옆얼굴에 늘어진다. 고무관처럼 부드러운 꼬리털 끝이 생각지도 않았는데 내 입으로 들어온다. 죽을 각오로 떨어져라 하고 꼬리를 물어 좌우로 흔들자 꼬리만 앞니 사이에 남고 몸체는 낡은 신문으로 쳐 발라진 벽에 부딪쳤다가 바닥창고 문고리 위에 내동댕이쳐져 뛰어 오른다. 놈이 틈도 주지 않고 올라타 공이 튀어 오르는 것처럼 내 코끝을 스치고 선반 끝에 올라 다리를 움츠리고 선다. 그가 선반 위에서 나를 내려다본다, 나는 바닥 판자 사이에서 그를 올려다본다. 거리는 다섯 자. 그 중간에 달빛이 큰 폭의 띠를 공중에 늘어뜨리듯 옆으로 비쳐든다.

나는 앞발에 힘을 실어 있는 힘을 다해 선반 위로 뛰어올라가려고 했다. 앞발만큼은 보기 좋게 선반 테두리에 걸렸지만 뒷발은 허공을 휘젓고 있다. 꼬리에는 검은 놈이 죽어도 떨어지지 않을 기세로 물고 늘어져 있다. 나는 위험을 감지했다. 앞발에 힘을 주어 더 깊이 자세를 잡으려고 한다. 발을 안으로 내디딜 때마다 꼬리의 무게 때문에 밀려난다. 2, 3분 더 미끄러지면 떨어질 수밖에 없다. 나는 더욱더 위험하다. 선반 판을 발톱으로 할퀴는 소리가 벅벅 들린다. 이래서는 안 되겠다 하고 왼쪽 앞발을 빼 바꾸는 박자에서 발톱을 보기 좋게 잘못 바꾸는 바람에 그만 오른쪽 발톱 하나로 선반에 대롱대롱 매달린 꼴이 되었다. 내 몸과 꼬리를 물고 늘어진 놈의 무게로 몸이 빙글빙글 돈다. 이때까지 꼼짝하지 않고 기회를 노리고 있던 선반 위의 괴물은 이때다 하고 내 이마를 노리고 선반 위에서 짱돌이 날아오는 것처럼 뛰어내린다. 내 발톱은 한 오라기의 걸림줄을 잃는다.

급기야 세 덩어리가 하나가 되어 달빛을 세로로 가르며 아래로 떨어진다. 다음 칸에 놓여 있던 작은 양념절구와, 양념절구 안의 작은 통과 빈 잼 깡통도 똑같이 한 덩어리가 되어 아래에 있는 불 끄는 단지를 이끌고 반은 물동이 안으로, 반은 바닥창고 판자 위에 처참하게 나뒹군다. 모든 것이 한밤중에 심상치 않은 소리를 내면서 필사적으로 버티는 내 영혼까지 추위에 떨게 했다.

"도둑이야!"라고 주인은 품위라고는 없는 목소리를 내면서 침실에서 뛰어나온다.

보니 한손에는 램프를 들고 한손에는 지팡이를 들고 잠이 덜 깬 눈에서는 신분에 걸맞는 형형한 빛을 뿜어내고 있다. 나는 전복껍데기 곁에 얌전하게 웅크린다. 두 마리의 괴물은 찬장 안으로 모습을 감춘다. 주인은 싱겁다는 듯이 "뭐야, 누구냐, 큰 소리를 낸 놈이?"라고 노기를 띠며 상대도 없는데 혼자서 묻고 있다.

달이 서쪽으로 기울어 하얀 달빛의 띠 한 줄은 반절 정도로 가늘어졌다.

이렇게 더워서는 고양이라도 해도 견딜 재간이 없다. 가죽을 벗고 살을 벗고 뼈만 남겨 시원해지고 싶다고 영국의 시드니 스미스인가 하는 사람이 괴로워했다는 이야기가 있는데, 가령 뼈만 남지 않아도 좋으니 하다못해 이 담회색의 반점 들어간 털옷만은 조금 빨아 널어버리든가, 아니면 당분간 전당포에라도 맡기고 싶은 충동이 인다. 인간 입장에서 보면 고양이 같은 동물은 일년 내내 똑같은 얼굴을 하고 춘하추동 간판 한 장으로 밀어붙이는, 지극히 단순 무사하고 돈 한 푼 들지 않는 생애를 보내고 있는 것처럼 생각될지도 모르지만 아무리 고양이라도 나름대로 더운 것 추운 것은 안다. 가끔은 목물 한번쯤 끼얹고 싶지 않은 것도 아니지만, 어쨌든 이 털옷 위에다 더운 물을 사용했다가는 말리기도 쉬운 일이 아니니 땀 냄새를 참고 이날 이때까지 목욕탕 물속에 들어가

본 적은 한 번도 없다. 가끔은 부채라도 사용해보려는 마음도 일지 않은 것은 아니지만 어쨌든 손에 쥘 수가 없으니 어쩔 수 없다. 그것을 생각하면 인간은 사치스런 존재다. 날로 먹어야 할 것을 일부러 삶아보거나 구워보거나 식초에 절여보거나 된장을 발라 먹거나 제멋대로 쓸데없는 수고를 들이고는 서로 기뻐한다. 입는 것도 그렇다. 고양이처럼 일년 내내 똑같은 것을 걸치고 다니라고 하는 것은 불완전하게 태어난 그들에게 있어서는 조금 무리인지도 모르겠지만, 굳이 그렇게 잡다한 것을 피부 위에 얹고 살지 않아도 되는 것이다. 양을 성가시게 해서 매년 털을 벗겨대거나 누에의 도움을 받아 실을 얻거나 목화밭의 풍류까지 받아들이기에 이르러서는 사치는 무능의 결과라고 단언해도 좋을 정도다. 의식주는 우선 너그럽게 용서한다고 치고 생존상 직접적인 이해관계도 없는 부분까지 이런 상태로 밀고나가는 것은 도무지 이해가 가지 않는다.

무엇보다 머리털 같은 것은 저절로 나는 것이니 내버려두는 쪽이 가장 간편하고 본인을 위해서도 편할 거라고 생각하는데 그들은 필요 없는 변통을 해서 온갖 잡다한 모양을 뽐내며 잘난체한다. 중이라고 자칭하는 자들은 언제 보아도 머리를 퍼렇게 하고 있다. 더우면 그 위에 양산을 쓴다. 추우면 머리두건으로 감싼다. 이래서는 무엇 때문에 퍼런 것을 드러내놓고 다니는지 주제가 맞지 않는 게 아닌가. 그런가 하면 빗인지 뭔지 무의미한 톱 모양의 도구를 이용해 머리털을 좌우로 갈라놓고 좋아라 하는 자도 있다. 반이 아니면 7부, 3부의 비율로 두개골 위에 인위적인 구획을 나눈다. 그중에는 이런 구분이 가르마를 지나가 뒤쪽까지 삐져나가 있을 때가 있다. 마치 인조로 만든 파초잎 같다. 그 다음에는 정수리를 평평하게 깎고 좌우는 똑바르게 잘라 떨어뜨린다. 둥근 머리에 네모난 틀을 끼워놓고 있으니 정원사를 투입해 만든 삼나무 울타리의 사생이라고밖에는 생각할 수 없다. 이밖에도 5부 깎기, 3부 깎기, 1부 깎기까지 있다는 이야기이니 급기야는 머리 뒤쪽까지 깎아 들어가 마이너스 1부 깎기, 마이너스 3부 깎기 같은 신기한 모양이 유행할지도 모른다. 여하튼 그렇게 신상을 괴롭혀서 어떻게 할 참인지 알 수가 없다.

　무엇보다, 다리가 네 개 있는데도 두 개밖에 사용하지 않는다는 것부터가 사치다. 네 다리로 걸어다니면 그만큼 더 잘 갈 텐데, 언제나 두 개만 사용하고 남은 두 개는 머리와 꼬리를 뗀 포장용 대구처럼 어깨에 쓸데없이 늘어뜨리고 있는 것은 바보 같은 짓이다. 이것으로 보면 인간은 고양이보다 훨씬 한심한 자들로, 지루한 나머지 그 같은 장난을 고안해 즐기고 있는 것이라고 짐작된다. 다만 이상한 것은 이 한량들이 오며 가며 바쁘다, 바쁘다 하고 스쳐지나갈 뿐만 아니라, 그 안색도 어떻게나 바쁜지, 나쁘게 말하면 바쁜 것에 잡아먹혀 버리는가 생각될 만큼 옹졸하고 인색하다. 그들 중 어떤 자는 나를 보고 때때로 저렇게 되면 편하고 좋겠다는 식으로 말하는데 편하고 좋으면 그리 되어보시지. 그렇게 안달하라고 아무도 부탁한 것도 아닐 것이다. 스스로 제멋대로 일을 손에 쥐지 못을 만큼 제조해놓고 힘들다, 힘들다 하는 것은 스스로 불을 활활 일으키고는 덥다, 덥다 하는 것과 마찬가지다. 고양이도 머리 깎는 법을 스무 가지나 생각해내는 날에는 이렇게 편하게 있지는 못할 터. 맘 편하게 살고 싶다면 나처럼 여름에도 털옷을 입고 다닐 만한 수련을 하는 게 좋을 것이다. ─ 사실 말은 이렇게 하지만 조금 덥긴 하다. 털옷으로는 정말 너무 덥다.

이래서는 전매특허인 낮잠도 못 잔다. 뭔가 없을까, 한동안 인간 사회의 관찰을 게을리 했더니 오늘은 오랜만에 그들이 취흥에 악착 같은 모양을 한번 구경해볼까 하고 살펴보았는데 공교롭게도 주인은 이 점에 관해 대단히 고양이에 가까운 성질을 갖고 있다. 낮잠은 나에게 뒤지지 않을 만큼 자는데다, 특히나 여름휴가가 되고부터는 무엇 하나 인간다운 일을 하지 않으니 아무리 관찰을 해도 전혀 관찰하는 보람이 없다. 이럴 때 메이테이라도 와주면 위장병 피부도 얼마간 반응을 나타내어 한동안이라도 고양이에게서 멀어질 텐데, 메이테이 선생 이제는 슬슬 올 때가 되었는데 하고 생각하고 있자니 누구인지 모르게 목욕탕에서 좌악 좌악 물을 끼얹는 자가 있다. 물을 끼얹는 소리만이 아니다, 때때로 큰 소리로 추임새를 넣고 있다.

"이야, 좋다."

"기분 정말 끝내준다."

"한바가지 더."라고 온 집안에 울려 퍼지게 소리를 낸다. 주인집에 와서 이렇게 큰 소리와 이런 무례한 짓을 할 자는 그자 밖에는 없다. 바로 메이테이 선생이다.

드디어 왔구나, 이것으로 오늘 반나절은 벌었다고 생각하고 있자니, 선생, 땀을 닦으며 옷에다 어깨를 집어넣고 평소처럼 방안까지 성큼성큼 올라와서 모자를 다다미 위에 획 던지며 안주인을 불러댄다.

"부인, 쿠샤미 군은 어떻게 됐습니까?"

안주인은 옆방에서 바느질 상자 곁에 엎드려서 기분 좋게 자고 있는 중에 뭔가가 쩌렁쩌렁 고막이 울릴 정도로 울려서 퍼뜩 놀라, 덜 깬 눈을 일부러 크게 뜨고 이쪽 방으로 나오니 메이테이가 사츠마산 고급 마 옷을 입고 아무 데나 진을 치고 앉아 자꾸만 부채질을 하고 있다.

"어머나 어서 오세요."

말은 그리 했지만 조금 낭패라는 기분으로 콧등에 땀이 맺힌 채로 인사를 한다.

"까맣게 모르고 있었네요."

"아니, 지금 막 왔어요. 방금 목욕탕에서 가정부한테 물을 좀 끼얹어달라고 해서 간신히 다시 살아난 참이지요. – 너무 덥지 않습니까?"

"요 사흘간은 그냥 가만히 있기만 해도 땀이 줄줄 흐를 정도이죠. – 그런데 별일 없으셨습니까?"

안주인은 여전히 코의 땀을 닦지 않는다.

"네 고마워요. 뭐 더운 정도로 그렇게 별일 있겠습니까. 하지만 올 더위는 별나네요. 아무래도 몸이 나른한 게 말이죠."

"저 같은 사람도 여간해선 낮잠 같은 것 자는 적이 없는데, 이렇게 더우면 결국……."

"주무시는군요. 괜찮습니다. 낮잠 자고 밤에도 자면 이런 괜찮은 일이 또 어딨겠어요."

여전히 한가한 말을 늘어놓아보았지만 그것만으로는 부족한지,

"저 같은 사람은, 잠이 별로 없는 기질이어서 말이죠. 쿠샤미 군처럼 올 때마다 자고 있는 사람을 보면 부럽습니다. 무엇보다 위장병에 이 더위는 견뎌낼 수 없으니까요. 튼튼한 사람이라도 오늘 같아서는 고개를

어깨 위에 올려놓고 있기 힘드니. 그렇다고 이렇게 올려놓고 있는 이상은 빼놓는 것도 안 되지만 말이죠."

메이테이는 전에 없이 목의 처치에 궁색하다.

"부인 같아서는 목 위에 올려놓을 것이 더 있으니 앉아 있을 수는 없을 겁니다. 올림머리의 무게만으로도 눕고 싶어지겠습니다 그려."

안주인은 지금까지 자고 있던 것이 올림머리의 모양으로 탄로났다고 생각했는지 머리를 만지작거리며 말한다.

"호호호 짓궂기도 하셔라."

메이테이는 그런 것에는 신경도 쓰지 않고 엉뚱한 말을 한다.

"부인, 어제 말이죠, 지붕 위에서 계란 프라이를 해봤습니다."

"프라이를 어떻게 하셨나요?"

"지붕의 기와가 너무 훌륭하게 달구어져 있어서요, 그냥 두는 것도 아깝다는 생각이 들어서 버터를 녹여서 계란을 떨어뜨려보았지요."

"어머, 그래서요?"

"그런데 역시 햇빛은 생각처럼은 아닙니다. 좀처럼 반숙이 되지 않아서, 밑으로 내려가 신문을 읽고 있자니 손님이 왔길래 깜박 잊어버리고 오늘 아침이 되어서야 갑자기 떠올라서 이제 다 되었으려니 하고 올라가보았지요."

"어떻게 되어 있었나요?"

"반숙은커녕, 완전히 흘려내려버렸지요."

"어머, 어머."

안주인은 미간에 팔자주름을 지으면서 감탄했다.

"그런데 중복까지도 그렇게 선선하더니 요즘 들어 더워지는 것은 이상하지요."

"그러게 말예요. 요전에는 쭉 홑겹 옷으로는 쌀쌀할 정도였는데 그저께부터는 갑자기 더워졌지요."

"게라면 옆으로 가는 것이지만 올해 기후는 뒷걸음을 치는가 봅니다. 뒷걸음질치다 넘어져 신경을 쓰게 한들 어떻겠나 하고 말하려는 셈인지도 모르겠습니다."

"무슨 말인가요, 그건."

"아뇨, 아무것도 아닙니다. 아무래도 기후가 역행하는 것은 마치 헤라클레스의 소라는 말입니다."

분위기를 타고 더욱더 이상야릇한 말을 하니 과연 안주인은 알아듣지 못한다. 그러나 조금 전의 뒷걸음질친다는 대목에서 조금 무시를 당했으니 이번에는 그냥 "네에 −."라고 말하고 더 되묻지 않았다.

안주인이 더 이상 되묻지 않자 메이테이는 모처럼 말을 꺼낸 보람이 없다.

"부인, 헤라클레스의 소를 아십니까?"

"그런 소는 모르겠네요."

"모르십니까, 그럼 해석을 해드리리다."

안주인은 그렇게까지는 할 것 없다고 하기에는 애매하니까 그냥 "예."라고 했다.

"옛날에 헤라클레스가 소를 끌고 왔답니다."

"그 헤라클레스라는 자는 소목동이라도 되나요?"

"소 목동은 아닙니다. 목동은커녕 고깃집 주인도 아니지요. 그 시절 그리스에는 아직 소고기집이 한 채도 없을 때이니까요."

"어머 그리스 이야기군요? 그러면 그렇다고 하실 것이지."

안주인은 그리스라는 나라만은 알고 있다.

"역시 헤라클레스 아닙니까."

"헤라클레스라면 그리스인가요?"

"네, 헤라클레스는 그리스의 영웅이잖아요."

"저는 잘 모르겠으니. 그래서 그 남자가 어땠답니까?"

"그 남자가요, 아까 부인처럼 졸려서 쿨쿨 자고 있었대요 - ."

"아이, 짓궂으셔."

"자고 있는 사이 발칸의 아들이 왔답니다."

"발칸은 또 뭐예요?"

"발칸은 대장장이이지요. 이 대장장이의 아들이 그 소를 훔쳤지요. 그런데 말이죠. 소의 꼬리를 잡고 끙끙거리며 끌고 갔으니 헤라클레스가 눈을 떠서 소야, 소야 하고 부르며 돌아다녀봐도 찾을 수가 없었겠죠. 당연히 못 찾을 밖에요. 소의 발자국을 따라가도 앞쪽으로 걷게 해서 데려간 것이 아니라, 뒤로 뒤로 하며 끌고 갔기 때문이지요. 대장장이의 아들치고는 매우 영리했지요."

메이테이 선생은 이미 날씨 이야기는 싹 잊어버렸다.

"그런데 쿠샤미는 어떻게 하고 있습니까. 여전히 낮잠입니까? 낮잠도 중국인들 시에 나오면 풍류지만 쿠샤미처럼 일과가 낮잠이면 조금 속물 같지 않습니까? 무슨 말이냐 하면 매일 조금씩 죽어가는 것이지요, 부인 수고스럽겠지만 좀 깨워주시지요."

메이테이가 자꾸 재촉하자 안주인은 동감하는 것처럼 말하며 일어서려 한다.

"예, 정말 저래서는 안 되는데. 저러면 몸만 축나지요. 방금 밥을 막 먹고도 저런답니다."

그러자 메이테이 선생은 태연한 얼굴을 하고 물어보지도 않은 말을 흘린다.

"부인, 밥이라면, 저도 아직 식사를 못했는데요."

"어머, 때가 되었는데 제가 신경을 못 썼네요. ‒ 그럼 별 건 없지만 오차즈케라도."

"아뇨 오차즈케(밥에 찻물을 부은 일본 요리) 같은 건 됐고요."

"그래도 선생님, 어차피 입에 맞으실 만한 것은 없어서요."

안주인이 조금 거드름을 피운다. 메이테이는 눈치를 챘는지,

"아뇨 오차즈케든 오유즈케든 내오지 않으셔도 됩니다. 오다가 먹을 걸 좀 사왔으니 그것을 여기서 먹겠습니다."

웬만한 사람은 도저히 꺼내기 어려운 말을 낯짝도 두껍게 늘어놓는다.

안주인은 "어머!"라고 단 한마디를 했는데 그 어머 안에는 놀랐을 때의 '어머'와, 기분이 안 좋다는 '어머'와, 수고가 덜어져서 고맙다는 '어머'가 섞여 있다.

그 참에 주인이, 전에 없이 너무 시끌벅적해서 막 잠든 눈을 거꾸로 치켜뜨게 했을 때의 기분으로 서재에서 휘청휘청 나온다.

"거 참 시끄럽게도 하는구만. 모처럼 기분 좋게 한잠 자려고 했더니."

하품을 섞어 심술이 난 얼굴이다.

"아니 잠을 깨웠구만. 봉황을 놀라게 해드려서 이거 정말 미안하네. 하지만 가끔이니 봐주게. 자, 앉게나 어서."

어느 쪽이 손님인지 알 수 없는 인사를 한다.

주인은 말이 없는 채로 자리에 앉아 나무 세공을 한 잎담배 상자에서 '아사히'를 한 개비 꺼내 뻐끔뻐끔 피우기 시작했는데 문득 맞은편 구석에 뒹굴고 있던 메이테이의 모자에 눈을 돌리고 말했다.

"자네 모자를 샀구만."

메이테이는 곧바로 "어떤가?" 하고 자랑스럽게 주인과 안주인 앞에 꺼내놓는다.

"뭐 예쁘네요. 짜임이 섬세하고 부드럽네요."

안주인은 자꾸만 모자를 어루만진다.

"부인, 이 모자는 보물입니다, 무슨 말이나 다 들으니까요."

주먹을 쥐고 파나마 모자(페도라와 비슷한 남성용 모자)의 옆구리를 탁 치자, 과연 뜻한 대로 주먹만 한 구멍이 생겼다.

안주인이 "하아." 하고 놀랄 틈도 없이 이번에는 주먹을 안쪽으로 넣어 푹 치니까 머리 꼭대기 쪽이 쏘옥 올라와 뾰족해진다. 다음에는 모자를 쥐고 챙과 챙을 양쪽에서 눌러 찌부러뜨려 보인다. 찌부러진 모자는 밀대로 늘린 국수처럼 평평해진다. 그것을 한쪽 끝에서 두루마리라도 마는 것처럼 둘둘 말아 개킨 뒤 품안에 넣어 보인다.

"어떻습니까, 말 대로죠?"

"참 신기하네."

안주인이 마술사의 마술이라도 구경하는 것처럼 감탄하자, 메이테이도 그런 기분이 되었는지 왼쪽 품안에 넣었던 모자를 일부러 오른쪽 소매에서 잡아당겨 꺼내 "어디에도 망가진 데는 없습니다."라고 원래대로 돌려놓더니 검지손가락 끝에 모자 정수리 바닥을 올려놓고 빙글빙글 돌린다.

이제 그만 두는가 했더니 마지막으로 획 하고 뒤로 내던져 그 위에 털썩 하고 엉덩이를 깔고 앉아버렸다.

"자네 괜찮은가?"

그 모습에 주인조차 걱정스러운 얼굴이다.

안주인은 당연히 걱정스럽게 주의를 준다.

"모처럼 사신 훌륭한 모자를 망가뜨리기라도 하면 큰일이니 이제 적당히 하시는 게……."

자신만만한 것은 모자 주인뿐이다.

"그런데 망가지지 않으니 이상하지요."

꾸깃꾸깃 된 것을 엉덩이 밑에서 꺼내 그대로 머리에 올려놓자 이상하게도 머리 모양으로 금세 회복된다.

"정말 튼튼한 모자군요, 어떻게 하신 거예요?"

안주인이 더욱더 감탄하자 메이테이는 모자를 쓴 채 안주인에게 대답한다.

"뭐 어떻게도 한 건 없습니다, 원래부터 이런 모자입니다."

"당신도 저런 모자를 사시면 좋겠네요."

한참 지나 안주인은 주인에게 권했다.

"글쎄, 쿠샤미는 훌륭한 밀짚모자로 된 걸 갖고 있지 않았던가요?"

"그런데 그게, 요전에 아이가 밟아버렸어요."

"이런, 이런, 그것 아깝게 됐군요."

"그러니 이번에는 선생님 것처럼 튼튼하고 멋진 걸 사면 좋겠다고 하는 거지요."

안주인은 파나마의 가격을 모르고 있으니 자꾸만 주인에게 권고하고 있다.

"이것으로 하세요, 네, 여보."

메이테이는 이번에는 오른쪽 소매 안에서 빨간 케이스에 든 가위를 꺼내서 안주인에게 보여준다.

"부인, 모자는 이쯤하고 이 가위를 보세요. 이것이 또 굉장한 보물입니다. 이것을 14가지로 사용한답니다."

이 가위가 나오지 않았으면 주인은 안주인 때문에 파나마 모자 잔소리를 계속 들을 참이었는데 다행히 안주인이 여자로서 갖고 태어난 호기심 때문에 이 액운을 면할 수 있었던 것은 메이테이의 기지라기보다 오히려 뜻밖의 운이 맞아떨어졌다고 나는 간파했다.

"그 가위가 어떻게 14가지로 사용되나요?"

묻자마자 메이테이 군은 자신만만한 말투로 설명한다.

"지금 일일이 설명해드릴 테니 들어보시지요. 준비됐습니까? 여기 초승달 모양의 빠진 부분이 있지요, 여기에 잎담배를 넣고 뚝 잎을 자릅니다. 그리고 이 뿌리 부분에 약간 세공이 있지요? 이것으로 철사를 뚝뚝 끊는 겁니다. 그 다음에는 평평하게 해서 종이 위에 옆으로 두면 자가 되지요. 또한 칼날 뒤에는 눈금이 나 있으니까 길이를 재는 대신으로도 쓸 수 있습니다. 이쪽 겉에는 줄이 붙어 있어 이것으로 손톱을 손질하지요. 거기다가요. 이 끝을 나사머리에 끼워 넣어 빙글빙글 돌리면 망치로도 사용할 수 있어요. 힘껏 집어넣어 비틀어 열면 대부분 못질한 상자 같은 것도 힘 들이지 않고 뚜껑을 열 수 있어요. 또, 이쪽 날 끝은 송곳으로 만들어져 있지요. 여기는 글씨 쓰다 틀린 글자를 지우는 곳으로, 따로따로 떼어내면 칼이 됩니다. 마지막으로 — 자 부인, 이 마지막이 압권입니다, 여기에 파리 눈알 정도 되는 크기의 구슬이 있지요, 잠깐 보시겠어요?"

"싫어요, 또 분명 바보로 만드실 거 아녜요?"

"그렇게 사람을 못 믿어서 어쩌시려고. 하지만 속는 셈 치고, 잠깐 들여다보세요. 네? 싫으십니까, 잠깐이면 되니까."

가위를 안주인에게 건넨다. 안주인은 미덥지 않은 것처럼 가위를 받아들고 그 파리 눈알 부분에 자신의 눈알을 대고 목표물을 찾고 있다.

"어떠세요?"

"어쩐지 새까만데요."

"새까맣다면 안 되지요. 조금 더 장지문 쪽으로 해서, 그렇게 가위를 눕히지 말고 — 그래, 그래요, 그렇게 하면 보일 겁니다."

"어머 이거 사진이네요. 어떻게 이런 작은 사진을 붙여놓았지요?"

"그게 재미있다는 말입니다."

안주인과 메이테이는 계속 문답을 한다. 아까 전부터 말없이 있던 주인이 사진이 보고 싶어졌는지 불쑥 끼어든다.

"어이, 나도 좀 보세나."

안주인은 가위를 얼굴에 갖다댄 채로 여간해서는 눈에서 떼려고 하지 않는다.

"정말 멋져요, 나체의 미인이네요."

"이봐 잠깐 좀 보자니까."

"아이구, 기다려보세요. 머리도 아름답고. 허리까지 내려왔네. 조금 위를 보고 있고 키가 무지무지 큰 여자네, 어쩜 이렇게 이뻐."

"여봐, 보여 달라면 대충 하고 보여줄 일이지."

주인은 크게 서둘러대며 안주인에게 달려든다.

"하아, 오래 기다리셨어요. 자요, 실컷 보고 노세요."

안주인이 가위를 주인에게 건넬 때 부엌에서 가정부가 손님의 주문품이 도착했다며 메밀 소바 두 그릇을 방으로 갖고 온다.

"부인, 이것이 제가 준비한 음식입니다. 좀 뭣하지만 여기서 먹어대보겠습니다."

메이테이가 정중히 예의를 갖춘다.

진지한 것 같으면서도 장난을 하는 것 같은 동작이니 안주인도 대응에 궁색했는지 "어서 드세요."라고 가볍게 대꾸를 하기만 하고 쳐다보고 있다.

주인은 겨우 사진에서 눈을 떼고 말했다.

"자네, 이 더위에 소바는 독이네."

"뭐 괜찮아, 좋아하는 것은 좀처럼 몸에 지장을 주지 않으니."

그리고는 시루의 뚜껑을 연다.

"금방 뽑은 것이라 좋군. 소바 불은 것과 인간 얼빠진 것은 본디 믿을 만한 게 못되지."

양념을 장국 안에 넣고 마구마구 섞어 휘젓는다.

"자네, 그렇게 와사비를 마구 넣으면 맵잖은가."

주인은 걱정스러운 듯 주의를 주었다.

"소바는 간장과 와사비로 먹는 것이지. 자네는 소바가 싫다고 했던
가?"

"나는 우동이 좋아."

"우동은 마부들이나 먹는 거지. 소바의 참맛을 알지 못하는 사람만큼
불쌍한 사람도 없네."라고 말하면서 삼나무 젓가락을 서슴없이 집어넣
어 가능한 한 많은 양을 두치 만한 높이로 집어 들었다.

"부인, 그거 아세요? 소바를 먹는데도 여러 가지 방법이 있어요. 초보
자들은 무턱대고 장국에 찍어서 이렇게 입 안에서 질겅질겅 씹지요. 그
러면 소바의 맛은 몰라요. 일단 이렇게 한 젓가락으로 들어 올려서 말
이죠."

메이테이가 젓가락을 들어올리자, 길다란 놈이 줄을 맞춰 한 치쯤 허
공에 낚아 올려진다.

메이테이 선생이 이 정도면 되겠다 하고 아래를 내려다보자, 아직 두
세 가닥의 꼬리가 시루 바닥에서 떨어지지 않고 휘감겨 있다.

"이놈은 길구만, 어때요 부인, 이 길이 정도면?"

다시 부인에게 맞장구를 요구한다.

부인은 "참 길기도 하네요."라고 마치 감동한 듯이 대답한다.

"이 긴 놈을 장국에 3분의 1쯤 담가 한입에 먹어버리는 거지요. 씹으

면 안 돼요. 씹으면 소바 맛이 없어지니까. 목구멍 속으로 쭈르륵 미끄러져 들어가는 맛이 제 맛이지요."

젓가락을 힘껏 높이 들자 소바는 겨우 바닥에서 떨어졌다.

왼손에 받아든 장국 그릇 안으로 젓가락을 조금씩 떨어뜨려 꼬리 끝에서부터 조금씩 담그자 아르키메데스의 이론에 의해 소바의 잠긴 분량만큼 장국의 부피가 늘어난다.

그런데 장국 그릇 안에는 원래부터 간장이 8부쯤 들어 있었으니 메이테이의 젓가락에 걸린 소바의 4분의 1도 잠기기 전에 그릇은 장국으로 가득 차버렸다. 메이테이의 젓가락은 그릇을 지나 5치 위에 이르러 딱 멈춰 한참 동안 움직이지 않는다. 움직이지 않는 것도 무리는 아니다. 조금이라도 더 내렸다가는 장국이 넘치게 생겼다. 메이테이도 여기에 이르러서 조금 주저하는 눈치였지만 금세 토끼가 도망치듯 재빨리 입을 젓가락 쪽으로 가져갔나 싶은 순간, 후루룩짭 소리가 나더니 목젖이 한두 번 위아래로 무리하게 움직인 후 젓가락 끝의 소바는 온데 간 데 없어졌다. 보니 메이테이 군의 양 눈가에서 눈물 같은 것이 한두 방울 볼 쪽으로 흘러내렸다. 와사비가 작용을 한 것인지, 들이마실 때 목이 메었는지 그것은 막상 판단할 수 없다.

"대단하구만. 한입에 잘도 삼켜버리는구만."

주인이 경탄하자 "훌륭하시네요."라고 안주인도 메이테이의 솜씨를 격찬했다.

메이테이는 아무 말도 하지 않고 젓가락을 놓은 뒤 가슴을 한두 번 두드리더니 손수건으로 입을 닦고 조금 한숨을 돌린다.

"부인, 메밀은 대개 세입 반이나 네입에 먹는 겁니다. 그보다 더 나눠 먹으면 제대로 먹을 수 없어요."

거기에 칸게츠 군이 무슨 생각인지 이 더운데 수고스럽게도 겨울 모자를 쓰고 두 발이 먼지투성이가 되어 들어온다.

"아니 호남이 납시셨는데 먹는 중이니 조금 실례하겠네."

메이테이는 다른 사람들이 둘러앉은 가운데에서 낯빛 하나 변하지 않고 남은 시루를 뚝딱 비운다. 이번에는 아까처럼 유별나게 먹지도 않는 대신, 손수건을 이용해 도중에 숨을 한번 돌리는 우스운 모습도 없이 시루 두 개를 가볍게 해치운 것은 상당했다.

"칸게츠 군, 박사논문은 벌써 다 탈고했는가."

주인이 묻자 메이테이도 그 뒤에서 "카네다 씨 딸이 기다리다 목이 빠지겠으니 빨리 제출하게나."라고 한다.

칸게츠 군은 평소처럼 조금 기분 이상한 웃음을 흘리며, 진심이라고도 생각되지 않는 말을 진심인 양 내뱉는다.

"송구스러우니까 가능한 한 빨리 내서 안심시켜주고 싶지만 아무래도 문제가 문제이니만큼 훨씬 노력이 들어가는 연구를 필요로 해서 말이지요."

"그래. 문제가 문제이니 그렇게 코가 말한 대로도 되지 않겠지. 하긴 그 코라면 충분히 콧김을 맞을 만한 가치는 있지만 말야."

메이테이도 칸게츠 식의 대꾸를 한다.

비교적 진지한 것은 주인이다.

"자네 논문 주제는 뭐라고 했었지?"

"'개구리 눈알의 전동작용에 대한 자외선의 영향'이라는 것입니다."

"그것 묘하군. 과연 칸게츠 선생이야, 개구리 눈알은 어디가 달라도 달라. 어떻겠나, 쿠샤미? 논문 탈고 전에 그 주제만이라도 카네다 집안에 알려주면?"

주인은 메이테이가 하는 말은 받아치지 않고 바로 칸게츠에게 묻는다.

"자네, 그런 것이 힘이 드는 연구인가?"

"예, 꽤 복잡한 문제입니다. 첫째 개구리 눈알의 렌즈 구조가 그렇게 간단하지가 않으니까요. 그것으로 여러 가지 실험도 해야만 하는데, 우선 둥그런 유리구슬을 마련해서 그것으로 할까 생각 중입니다."

"유리구슬 같은 건 유리집에 가면 문제없지 않은가."

"아이구, 천만에요."

칸게츠 선생 몸을 약간 뒤로 젖힌다.

"원래 원이라든가 직선이라는 것은 기하학적인 것으로 그 정의에 맞는 이상적인 원이나 직선은 현실세계에는 존재하지 않는 법입니다."

"존재하지 않는다면 그만두면 될 것이지."

메이테이가 말을 꺼낸다.

"그래서 우선 실험상 지장 없을 정도의 구슬을 만들어보려고 했지요. 얼마 전부터 하기 시작했습니다."

"완성되었는가?"

주인이 문제없는 것처럼 묻는다.

"했을 것 같습니까?"

칸게츠 군이 말했지만 이래서는 조금 모순이라고 깨달았는지,

"정말 어렵습니다. 점점 다듬다가 이쪽의 반경이 조금 길다고 생각해서 저쪽을 약간 다듬으면 이것 참, 이번에는 반대쪽이 길어집니다. 그런 것을 심혈을 기울여 겨우겨우 다 다듬었다 싶으면 전체의 모양이 일그러지는 것입니다. 겨우겨우 이 일그러짐을 잡아놓으면 다시 직경에 문제가 생깁니다. 처음에는 사과 정도의 크기였던 것이 점점 작아져서 딸기만하게 됩니다. 그래도 끈기 있게 하고 있으면 콩알만 해집니다. 콩 정도가 되어도 아직 완전한 원은 만들어지지 않지요. 저도 꽤 열심히 다듬었지만 — 이번 정월부터 유리구슬을 크고 작게 여섯 개는 다듬었는가 봅니다."

거짓말인지 진짜인지 짐작도 가지 않는 말을 주절주절 늘어놓는다.

"어디서 그렇게 다듬고 있는가?"

"역시 학교 실험실이지요, 아침에 다듬기 시작해서 점심 때 조금 쉬고 그리고는 어두워질 때까지 다듬는데, 생각보다 쉽지가 않습니다."

"그럼 자네가 요즘 바쁘다, 바쁘다 하던 게 그거였나? 일요일에도 학교에 나가는 건 그 구슬을 다듬으러 가는 거였군."

"구슬 만드는 박사가 되어 들어가서는 — 이런 하이쿠로구만. 하지만 그 열심을 들려주면 아무리 코부인이라도 조금은 고마워하겠지. 실은 지난번 내가 무슨 볼일이 있어 도서관에 갔다 돌아오는 길에 우연히 로바이 군을 만났지 뭔가. 그자가 졸업 후 도서관으로 걸음을 옮긴다는 건 정말 이상한 일이라고 생각해 '감동스럽게 공부를 다 하는구만' 하고 말했더니 선생 뜬금없다는 얼굴을 하고 '뭐 책 읽으러 온 게 아니고, 방금이 앞을 지나가다 용변이 마려워서 잠깐 화장실에 들렀다'고 하길래 크게 웃었네만, 로바이 군과 자네는 상반되는 좋은 예로서 새로운 시집에 꼭 넣고 싶네 그려."

메이테이 군은 여느 때처럼 장황한 주석을 단다. 주인은 조금 진지해져서 묻는다.

"자네 그렇게 매일매일 구슬만 다듬고 있는 것도 좋지만, 언제쯤 완성될 예정인가."

"뭐 이 모양이라면 10년 정도 걸릴 것 같은데요."

칸게츠 군은 주인보다 더 속편하게 보인다.

"10년이라 – 조금 더 빨리 다듬으면 안 되는가?"

"10년이면 빠른 편입니다, 뭐 경우에 따라서는 두 배 정도는 걸립니다."

"그것참 힘들겠군, 그럼 그리 쉽게 박사는 될 수 없지 않은가."

"예, 하루라도 빨리 해 안심시켜주고 싶지만 어쨌든 구슬을 다듬어내지 않으면 중요한 실험을 못하니까요……."

칸게츠 군은 잠간 말을 끊더니 곧 자신감에 찬 얼굴로 말을 늘어놓는다.

"뭐 그렇게 걱정은 하지 않으셔도 됩니다. 카네다 씨도 제가 구슬만 다듬고 있다는 것은 잘 알고 있습니다. 실은 2, 3일 전에 갔을 때도 사정을 잘 이야기하고 왔습니다."

그러자 지금까지 셋의 담화를 잘 알지도 못하면서 경청하고 있던 안주인이 미심쩍은 듯이 묻는다.

"그런데 카네다 씨네 가족 모두 지난달부터 오오이소에 가 계시지 않나요?"

칸게츠 군도 이것에는 조금 밀리는 모양이었지만 "그거 이상하군요, 어떻게 된 걸까요?"라고 시치미를 뚝 뗐다.

이럴 때 안성맞춤인 것은 메이테이 군으로, 이야기가 끊겼을 때나 분위기 안 좋을 때, 졸릴 때, 곤란한 때, 어떤 때든 정해놓고 반드시 옆에서 끼어들어온다.

"지난달 오오이소에 간 사람을 이삼일 전 도쿄에서 만나다니 신기하기 짝이 없구만 그래. 소위 영혼의 교혼인가. 서로 생각하는 정이 애절할 때는 그런 현상이 자주 일어나는 법이지. 얼핏 들으면 꿈같지만 꿈이라고 해도 현실보다 뚜렷한 꿈이지. 부인처럼 특별히 사랑을 해보지도 받아보지도 않은 쿠샤미 같은 집에 자리 잡아 평생 연애가 뭔지도 알지 못하시는 분에게는 미심쩍은 것도 당연하지만……."

"어머, 무슨 근거로 그런 말을 하시나요? 분명 경멸하시는 거지요?"

안주인은 도중에 갑자기 메이테이에게 따지고 든다.

"자네 역시 상사병 같은 것 해본 적은 없지 않은가."

주인도 정면으로 나서서 안주인을 거든다.

"그야 내 염문 같은 건 아무리 떠돌아도 모두 75일이나 지나버렸으니 자네들 기억에는 남아 있지 않을지도 모르지만 ─ 실은 이래 봬도 실연 당하고, 이 나이가 되도록 독신으로 살고 있다네."

그리고는 앉아 있는 얼굴들을 공평하게 둘러본다.

"호호호호 재미있으셔."라고 말한 것은 안주인이고, "믿을 걸 믿으라고 해야지."라고 뜰 쪽을 돌아다본 것은 주인이다.

다만 칸게츠 군만은 여전히 싱글싱글 한다.

"아무쪼록 그 회고담을 후학을 위해 여쭙고 싶습니다."

"내 것도 꽤 신비로와서 돌아가신 고이즈미 야쿠모 선생에게 말하면 잘 받아주셨겠지만, 애석하게도 선생은 영원히 주무시니 실제로 이야기할 필요도 없지만 모처럼이니 풀어보지. 그 대신 끝까지 경청해주어야 되네."

메이테이 군이 다짐을 받고 드디어 본론으로 들어간다.

"회고하면 바야흐로 ─ 으음 ─ 몇 년 전이었던가 ─ 귀찮으니 약 15, 6년 전이라고 해두지."

"농담 아니야?"

주인은 '흥' 하고 콧김을 뿜는다.

"정말 기억력이 안 좋군요."

안주인이 놀렸다.

칸게츠 군만은 약속을 지켜 한마디도 하지 않고 빨리 그 다음이 듣고 싶다는 표정이다.

"어쨌든 어느 해 겨울의 일인데, 내가 에치고 지방에 있는 캄바라의 다케노코다니를 지나서 타코츠보 고개를 걸쳐 드디어 아이즈 고개 쪽으로 나오려고 할 때였지."

"참 묘한 곳이구만."

주인이 다시 훼방을 놓는다.

"잠자코 들어봅시다, 재미있잖아요."

안주인이 제지한다.

"그런데 날은 저물고 길은 잘 모르고 배는 고프고, 하는 수 없어서 고개의 한가운데 있는 집 한 채를 두드려 이러이러해서 여차여차한 사정이니, 아무쪼록 머물게 해달라고 하니 '어려울 것 없습니다, 자 올라오시지요'라고 촛불을 내민 아가씨의 얼굴을 보고 나는 부들부들 떨었다네. 나는 그때부터 사랑이라는 괴물의 마력을 절실하게 자각했지."

"어머 세상에. 그런 산속에도 아름다운 여인이 산단 말이에요?"

"산이든 바다든 부인, 그 아가씨를 한번 보여드리고 싶을 정도입니다, 신부들 올림머리처럼 올려 묶었습디다."

"흐음."

안주인은 어이없어하고 있다.

"들어가 보니 다다미 8개짜리 방 한가운데에 커다란 화로가 방을 가르고 있고 그 주변에 아가씨와 아가씨의 할아버지, 할머니와 나 넷이서 앉았지요. 마침 '배가 고프시지요'라고 말하길래 뭐든 좋으니 빨리 먹게 해주십사 하고 부탁을 했지요. 그러자 할아버지가 모처럼의 손님이시니 뱀밥이라도 지어 올려야겠다고 말하는 겁니다. 자 이제부터 드디어 실연에 관한 대목이니 제대로 들어주시길."

"선생님, 듣는 것은 듣겠지만 아무리 에치고 지방이라도 겨울에 뱀이 있을 리 있어요?"

"음, 그야 당연한 질문이야. 하지만 이런 시적인 이야기가 되면 그렇게 이치에만 매여 있을 수는 없지. 교카鏡花의 소설이라면 눈 속에서 게도 나오지 않던가?"

칸게츠는 "과연." 하고 한마디만 하고 다시 경청의 태도로 돌아갔다.

"그 시절의 나는 몸에 나쁜 것이라면 골라 먹는 대장이어서, 메뚜기,

붉은 개구리, 괄태충 같은 것은 질리도록 먹던 참이었으니 뱀밥은 솔깃했지. 빨리 대접을 받고 싶다고 할아버지한테 대답했지. 그래서 할아버지가 화로 위에 냄비를 걸어놓고 그 안에 쌀을 넣어 부글부글 끓이기 시작했지. 이상하게도 그 냄비 뚜껑을 보니 크고 작은 10개 남짓한 구멍이 뚫려 있더군. 그 구멍에서 더운 기운이 뿍뿍 나오는 걸 보고 '궁리도 훌륭하게 했구나, 시골치고는 감탄스럽다' 하고 보고 있는데 할아버지가 문득 일어나 어딘가로 나갔다가 한참이 지나 커다란 소쿠리를 옆구리에 끼고 돌아왔다네. 아무 생각 없이 이것을 화로 뒤쪽 귀퉁이에 놓길래 그 안을 들여다보니 – 그것이 있었네. 긴 놈이. 추우니까 서로 엉켜 휘감겨서 한 덩어리처럼 되어 있었지."

"이제 그런 이야기는 그만하세요. 징그러워요."

안주인은 미간을 찌푸린다.

"웬걸요, 이것이 실연의 중대 원인이 되는 대목인데 여기서 멈출 수는 없지요. 할아버지는 이윽고 왼손에 냄비 뚜껑을 들고 오른손에는 그 덩어리째 엉킨 길다란 놈들을 무뚝뚝하게 잡아서 냄비 속으로 던져 넣고 곧바로 뚜껑을 닫았는데 과연 나도 그때만큼은 숨구멍이 컥 하고 막히는 줄 알았답니다."

"이제 그만하세요. 아이그 무서워라."

안주인이 자꾸만 무섭다고 한다.

"조금만 더하면 실연 대목이니 잠시 참아주세요. 그러자 1분도 채 지나지 않아 뚜껑 구멍에서 뱀대가리 하나가 스윽 나왔을 때는 정말 놀랐습니다. 한 놈 나왔구나 싶더니 옆 구멍에서도 또 스윽 얼굴을 내미는 게 아니겠어요.

또 나왔다고 말하는 사이 저쪽에서도 나오고 이쪽에서도 나오더군요. 드디어 냄비뚜껑이 온통 뱀대가리가 되었지요."

"왜 그리 대가리를 내미는 거지?"

"냄비 속이 뜨거우니까 괴로운 나머지 나오려고 용을 쓰는 거지. 이윽고 할아버지는 이제 됐겠다, 잡아끌어 라든가 뭐라든가 하자 할머니는 '예 — 이' 하고 대답하고, 딸도 '예' 하고 대꾸를 하더니 각자 뱀대가리를 들고 쑥 잡아끄는 거야. 고기는 냄비 속에 남았는데 뼈만은 깨끗이 발라져 대가리를 잡아끌자 길다란 것이 신기하게도 함께 빠져나오는 거야."

"뱀 뼈바르기군요."

칸게츠 군이 웃으면서 물었다.

"완전히 뼈바르기지, 대단한 솜씨 아닌가. 그리고는 뚜껑을 열어서 주걱으로 밥과 고기를 마구마구 휘저어 '자 드시지요' 하며 내밀었다네."

"그걸 먹었는가?"

주인이 냉담하게 묻자 안주인은 씁쓸한 얼굴로 불평을 늘어놓는다.

"아휴 이제 그만요, 속이 울렁거려서 오늘 저녁밥은 다 먹었네."

"부인은 뱀밥을 드셔보지 않았으니 그런 말을 하시지만 뭐 한번 잡숴보시면 그 맛을 평생 잊을 수 없을 겁니다."

"으, 싫어요. 누가 먹는답니까?"

"그래서 충분히 배도 채웠고 추위도 가셨고 아가씨의 얼굴도 맘껏 보았으니 이제 더 바랄 것이 없다고 생각하고 있는데 쉬시라고 하길래 여행의 피로도 쌓였던 참에 그 말에 따라서 벌러덩 드러누우니 미안하게도 앞뒤를 분간 못하고 잠이 들어버렸지."

"그리고 어떻게 되셨어요?"

이번에는 안주인 쪽에서 재촉한다.

"그리고는 다음날 아침이 되어 눈을 뜨고나서부터가 실연이지요."

"무슨 일이 생겼나요?"

"아뇨, 특별히 어떻게 된 건 아닙니다만요. 아침에 일어나 잎담배를 피우면서 뒤쪽 창문으로 바깥을 내다보고 있는데 맞은편 우물가 옆에서 주전자 같은 민대머리가 세수를 하고 있는 거예요."

"할아버지인가 할머니인가."

주인이 묻는다.

"그게 말이지, 나도 식별하기 어려워 한참을 쳐다보고 있는데 그 대머리가 이쪽을 향하는 찰나에 또 놀랐지 뭔가. 그것이 내 첫사랑 간밤의 그 아가씨란 말이지."

"글세, 아까 아가씨는 신부같이 올림머리였다고 하지 않았나요?"

"전날 밤에는 올림머리였지요, 거기다 아주 풍성한. 그런데 다음날 아침은 맨들맨들한 주전자였어요."

"사람 놀리지 말게."

주인은 늘 그렇듯이 천장 쪽으로 시선을 피한다.

"나도 내 눈이 의심스러워 조금 무서워지기까지 하더라니까. 더 계속해서 모습을 살펴보고 있자니 대머리는 세수를 마치고 옆의 돌 위에 놓여 있던 올림머리 가발을 재빨리 뒤집어쓰고 시치미를 뚝 떼고 집으로 들어가길래 과연 하고 생각했지. 과연이라고는 생각한 것 같은데 그때부터 드디어 실연이라는 어쩔 수 없는 운명을 받아들여야 하는 몸이 되어버렸지."

"싱거운 실연도 다 있지 않은가, 안 그런가, 칸게츠? 그랬으니 실연을 당해도 이렇게 명랑하고 기운이 철철 넘치지."

주인이 칸게츠 군을 향해 메이테이 군의 실연을 평가하자 칸게츠는 사뭇 진지한 얼굴로 말한다.

"하지만 그 아가씨가 대머리가 아니어서 경사스럽게 도쿄에라도 데리고 돌아가셨더라면 선생님은 더 원기왕성할지도 모르지요, 여하튼 모처럼의 아가씨가 대머리였던 것은 천추의 한이 되셨겠군요. 그런데 그런 젊은 여자가 어떻게 머리가 다 빠져버렸을까요?"

"나도 그것에 대해서는 곰곰 생각했지만 뱀밥을 너무 많이 먹은 탓이 아닌가 생각합니다. 뱀밥이란 놈은 은근히 올라오거든요."

"하지만 선생은 무사하셨으니 괜찮네요."

"저는 대머리는 되지 않고 끝났지만 그 대신 그때부터 이처럼 근시가 되었지요."

금테 안경을 들고 손수건으로 정성스럽게 닦고 있다.

한참이 지나 주인은 뭔가 떠올랐는지 확인차 물어본다.

"그런데 도대체 어디가 신비스럽다는 건가?"

"그 머리카락은 어디서 샀는지, 주웠는지 아무리 생각해도 지금까지도 알 수 없으니 그것이야말로 신비하지."

메이테이 군은 다시 안경을 원래처럼 코 위에 걸친다.

"마치 재담꾼의 이야기를 듣는 것 같습니다."

이것은 안주인의 비평이었다.

메이테이의 쓸모없는 이야기도 이것으로 일단락을 고했으니 이제 그만하는가 싶었는데 선생은 재갈이라도 물리지 않는 한 도저히 입을 다물고 있을 수가 없는 성질인지라 다시 다음과 같은 말을 떠들어댔다.

"내 실연도 쓰디쓴 경험이지만 그때 저 대머리를 모르고 받아들였으면 마지막 생애의 눈엣가시가 되었을 터이니 잘 생각하지 않으면 위태로울 뻔했지. 결혼 같은 것은 막상 하는 순간이 되어 뜻하지 않은 곳에 생채기의 고름이 숨어 있는 것을 찾아내는 법이니까. 칸게츠 군도 그렇게 동경하거나 실의에 빠져 있거나 혼자서 어려워하지 말고 단단히 마음을 가라앉히고 구슬을 다듬는 게 좋겠네."

메이테이가 실로 진지한 말을 늘어놓자, 칸게츠 군은 일부러 당황스럽다는 표정을 짓는다.

"예 가능한 한 구슬만 다듬고 있었는데 저쪽에서 그렇게 놔두질 않으니 마음이 약해져 버립니다."

"맞아. 자네 같은 경우는 저쪽이 떠들썩하지만 그중에는 우스운 면도 있지. 저 도서관에 볼일을 보러 왔던 로바이 군 같으면 아주 기이하니 말일세."

"무슨 일이 있었나?"

호기심이 발동하여 주인이 묻는다.

"뭐냐구, 이런 것이지. 그 선생 그 옛날 시즈오카의 도자이칸에 묵은 적이 있었지. ― 단 하룻밤만 ― 그리고 그날 밤 바로 그곳 하녀에게 결혼고백을 한 거야. 나도 참 속없지만 아직 그 정도로는 진화하지 않았지. 무엇보다 그 시절에는 그 여인숙에 오나츠라는 유명한 아가씨가 있었고

로바이 군 방에 들어온 것이 마침 그 오나츠였으니 무리도 아니었겠지."

"무리가 아니기는커녕 자네의 그 무슨 고개하고 마치 똑같지 않은가."

"조금 비슷하지, 사실 나와 로바이는 그렇게 차이는 없으니. 여하튼, 그 오나츠한테 청혼을 하고 아직 대답을 듣지 못하고 있는데 수박이 먹고 싶어지더라는 거야."

"뭐라고?"

주인이 이상한 표정을 짓는다. 주인만이 아니라 안주인도 칸게츠도 약속이나 한 듯이 고개를 갸웃하며 잠깐 생각해본다. 메이테이는 이에 아랑곳하지 않고 계속 이야기를 진행한다.

"오나츠를 불러 시즈오카에 수박은 없는가 물었더니 오나츠가 아무리 시즈오카라도 수박 정도는 있습니다 하고 쟁반에 수박을 산더미같이 쌓아가지고 왔다네. 그래서 로바이 군은 그것을 먹었다지. 산더미 같은 수박을 차례차례 갉아먹고 오나츠의 대답을 기다리고 있자니 여전히 대답은 돌아오지 않고 그 사이 배가 아프기 시작했다는군. 끙끙거리고 있었는데 조금도 효험이 없어서 다시 오나츠를 불러 이번에는 시즈오카에 의사는 없겠지 하고 물었더니 오나츠가 또 '아무리 시즈오카라도 의사쯤은 있지요'라고 말하고 텐치 겐코라든가 하는 천자문에서 훔쳐온 듯한 이름의 의사를 데려왔다지. 다음날 아침이 되어 배의 통증도 싹 사라져 고맙다고 하고 길을 나서기 15분 전에 오나츠를 불러 어제 말씀드린 청혼의 허락여부를 물었더니 오나츠는 웃으면서 '시즈오카에는 수박도 있고 의사도 있습니다만 하룻밤 만에 만들어지는 신부는 없습니다'라고 하고 나가버린 뒤 코빼기도 보여주지 않았다는구만. 그로부터 로바이

군도 나처럼 실연을 당해 도서관에는 소변을 보는 것 말고는 오지 않게 되었다니, 생각해보면 여자는 죄가 많은 자들이야."

그 말에 주인이 전에 없이 얼른 말을 받는다.

"정말 그렇네. 일전에 뮈세의 각본을 읽었는데 그 안의 인물이 로마의 시를 인용해 이런 말을 했었지. ─ 날개보다 가벼운 것은 티끌이요. 티끌보다 가벼운 것은 바람이다. 바람보다 가벼운 것은 여자다. 여자보다 가벼운 것은 무無이다. ─ 참 말도 잘하지. 여자란 어쩔 수가 없어."

주인은 묘한 부분에서 힘을 넣어 보인다.

이것을 듣고 있던 안주인은 납득하지 못하고 받아친다.

"여자가 가벼워서 안 된다고 말씀하시지만 남자의 무거움 역시 좋은 것은 아니지요."

"무겁다, 무슨 말인가?"

"무겁다는 게 무겁다는 것이지요, 당신같이 말이에요."

"내가 왜 무거운가?"

"그럼 무겁지 않수?" 하고 묘한 토론이 시작된다.

메이테이는 재미있다는 듯이 듣고 있다가 이윽고 입을 열어 놀려대는 것인지 칭찬을 하는 것인지 애매한 말을 한다.

"그렇게 벌게져서 서로 인신공격을 하는 점이 부부의 진정한 모습이라는 것인가. 아무래도 옛날 부부 같은 건 정말 무의미한 것이었던 게 틀림 없구만."

그것으로 끝내도 될 것을 다시 아까 그 말투로 다음과 같이 덧붙이며 떠들어댄다.

"옛날에는 남편한테 말대꾸 같은 것을 하는 여자는 하나도 없었다고 하는데 그렇다면 벙어리를 마누라로 두고 있는 것과 똑같지 않은가. 나 같은 사람은 전혀 고맙지 않네. 역시 부인처럼 당신은 무겁지 않냐든가 뭐라고 말을 해야 맛이지. 어차피 마누라를 가질 거면 가끔은 싸움 한두 번 하지 않고는 지루해서 살 수 있겠나. 우리 어머니 같이 아버지 앞에 나가면 예 예 하고 받들고만 있어서야. 그렇게 20년이나 같이 지내는 동안 절에 가는 것 말고는 밖으로 나가본 적이 없다고 하니 불쌍하지 않은가. 그야 그 덕분에 선조 대대의 계명은 일일이 암기하고 있네만. 남녀 간의 교제도 그래, 나 어린 시절 같은 때는 칸게츠처럼 마음에 둔 사람과 합주를 하거나 영혼의 교환을 하며 몽롱한 상태로 만나보거나 하는 일은 도저히 불가능했었지."

"안되셨군요."

칸게츠 군이 머리를 숙인다.

"참으로 딱하지. 거기다 그 시절의 여자들이 반드시 지금 여자들보다 품행이 좋다고는 할 수 없었으니. 부인 요즘에는 여학생이 타락했다 어떻다 하고 소란스럽게 말하지만요, 뭐 옛날에는 이보다 더 심했었답니다."

"그랬나요?"

안주인은 진지하다.

"그렇고 말구요, 거짓말 아니에요, 증거도 제대로 있으니 뭐라 할 수 없지. 쿠샤미, 자네도 기억하고 있는지 모르겠는데 우리들 대여섯 살 때까지는 여자를 호박처럼 바구니에 넣어 멜대로 짊어지고 팔던 것 기억

289

나나?"

"나는 그런 건 기억나지 않네."

"자네 고향에서는 어땠는지 모르겠는데 시즈오카라면 분명히 그랬어."

"설마." 하고 안주인이 작은 소리로 말하자, "정말입니까?"라고 칸게츠가 믿기지 않는다는 표정으로 묻는다.

"정말이네. 우리 아버지가 값을 매긴 적도 있다네. 그때 내가 아마 여섯 살쯤이었을 거야. 아버지와 함께 아부라쵸에서 토오리쵸로 산책을 하러 나갔는데 저쪽에서 큰 소리로 '계집애 있어요, 계집애 사세요' 라고 소리치는 거야. 우리가 마침 2번가 모서리를 돌 때, 이세겐이라는 포목점 앞에서 그 남자와 마주쳤지. 이세겐이라는 것은 열 칸(한 칸은 약 1.8 미터)은 되는 가게에 창고를 다섯 개쯤 갖추고 있던 시즈오카 제일의 포목점이지. 다음에 가면 꼭 보고 오게나. 지금도 여전히 남아 있을 걸세. 그 지배인이 진베라고, 늘 어머니가 사흘 전에 죽었다는 얼굴을 하고 계산대에 쭈그리고 있지. 이 진베 군 옆에는 하츠라는 스물너댓 살된 젊은 자가 앉아 있는데, 이 하츠는 또 운쇼 율사로 귀의해서 삼칠일 동안 소바 국물만으로 지낸 것 같은 창백한 얼굴을 하고 있지. 하츠 옆이 초돈으로, 이자는 어제 불이나 초가삼간을 다 태워먹은 것처럼 숙연하게 주판에 몸을 맡기고 있지. 초돈과 나란히……."

"자네는 포목점 이야기를 하는 건가, 사람 파는 장수 이야기를 하는 건가?"

"그래그래 사람 파는 장수 이야기를 하고 있었지. 실은 이 이세겐에 대해서도 정말 기담이 있는데 그건 나중으로 미루고 오늘은 사람 파는 이야기로만 해두지."

"사람을 파는 것도 결국 그만두는 게 좋겠네."

"어딜, 이것이 20세기의 오늘날과 메이지 초반 여자들의 품성의 비교에 대해 대단한 참고가 되는 재료인데 그렇게 쉽게 그만둘 수 있는가 ― 그래서 내가 아버지와 이세겐 앞까지 오니 그 사람 파는 장수가 아버지를 보고 '나으리 계집애 떨이는 어떠십니까. 싸게 쳐 드릴 테니 사 가시지요'라고 하면서 멜대를 내려놓고 땀을 닦고 있는 거야. 보니 바구니 안에는 앞에 하나 뒤에 하나 둘 다 두 살쯤 된 여자아이가 들어 있었지. 아버지는 이 남자를 향해 싸면 사겠지만, 이게 다인가 하고 묻자 '네에 공교롭게도 오늘은 모두 다 팔리고 단 둘만 남았습니다. 어느 쪽이든 상관없으니 가져가시지요'라고 여자아이를 양손으로 들고 수박이나 뭐라도 되는 것처럼 아버지 코앞에 내밀더군. 아버지는 머리를 통통 두드려 보고 '하하 소리가 꽤 괜찮구만' 하고 말했네. 그로부터 드디어 흥정이 시작되어 값을 어지간히도 깎은 끝에 아버지가 '사도 될 것 같은데 물건은 확실하겠지' 하고 묻자 '예예 앞의 놈은 시종 보고 있었으니 틀림은 없습니다만, 뒤에 있는 놈은 어쨌든 눈이 덜 가니 좀 흠이 있을지도 모르겠습니다. 그 녀석이라면 보장할 수 없는 대신에 값을 깎아드리지요'라고 했네. 나는 이 문답을 지금도 기억하고 있는데 그때 어린 마음에 여자라는 것은 과연 방심할 수 없는 존재구나 하고 생각했다네. ― 하지만 메이지 38년인 오늘, 이런 말도 안 되는 소리로 여자를 팔아넘기는 장사치도 없을 뿐더러 뒤쪽에 있는 놈은 문제가 있을 거라는 소리도 듣지 못하는 것 같네. 그래서 내 생각에는 역시 거대 서양문명의 그늘에서 여자의 품행도 몰라보게 진보한 것이라고 단정 지을 수 있는데 어떤가, 칸게츠?"

칸게츠 군은 대답을 하기 전에 우선 헛기침을 한번 해보이고는 일부러 안정된 나즈막한 목소리로 이런 의견을 늘어놓았다.

"요즘 여자들은 학교에 다니거나 합주회, 자선회나 유희 등에서 '좀 사주실래요, 어머 싫으세요?' 하면서 스스로 자신을 팔러 다니고 있으니 그런 야채가게의 떠벌이를 고용해서 계집애를 사라고 저속한 위탁판매를 할 필요는 없겠습니다. 인간에게 독립심이 발달되면 저절로 이런 식이 되는가 봅니다. 노인 같은 사람들은 쓸데없이 염려를 하고 이러쿵저러쿵 하지만 사실, 이것이 문명의 추세이니 저 같은 사람은 크게 기뻐할 현상이라고 은근히 반가움의 뜻을 표하고 있는 것입니다. 사는 방법도 머리를 두드려 보고 물건이 확실한가 아닌가 묻는 야만인은 아무도 없으니 그 점은 안심해도 될 것이고. 또 이런 복잡한 세상에 그런 수고를 들이는 날에는 한도 끝도 없을 테니까요. 50이 되고 60이 되어도 남편을 가지는 것도 시집을 가는 것도 가당키야 하겠습니까?"

칸게츠 군은 20세기의 청년인 만큼 크게 당세의 사고방식을 개진하며 시키시마의 담배를 메이테이 선생의 얼굴 쪽으로 후우 하고 뿜어냈다.

메이테이는 시키시마의 담배 정도로 질릴 남자는 아니다.

"자네 말대로 요즘 여학생, 따님들은 뼈와 살과 가죽까지 전부 자존심으로 만들어져 무엇이든 남자한테 지지 않는 점이 경탄스러울 따름이네. 우리 집 근처의 여학교 학생들도 대단하더군. 통 넓은 옷을 입고도 버젓이 철봉에 매달리니 대단하지. 나는 2층 창문에서 그들의 체조를 목격할 때마다 고대 그리스의 부인들을 떠올리곤 하지."

"또 그리스인가?"

주인이 냉소하듯이 끼어들자, 뭔가 안다는 얼굴로 떠들어댄다.

"아무래도 미적인 느낌이 드는 것들은 대개 그리스에 근원이 있으니 어쩔 수 없어. 미학자와 그리스는 도저히 뗄래야 뗄 수 없는 관계네. ─특히나 그 살결이 검은 여학생이 일사분란하게 체조하고 있는 모습을 보면, 나는 항상 아그노디체Agnodice의 일화를 떠올리게 되지."

"또 어려운 이름이 등장했군요."

칸게츠 군은 여전히 싱글거린다.

"아그노디체는 위대한 여자란 뜻이지, 나는 정말 감탄했네. 당시 아테네의 법에서는 여자가 산파를 개업하는 것을 금지하고 있었지. 불편한 일이었지. 아그노디체 역시 그 불편을 느꼈을 게 아닌가."

"뭔가, 그 '아' 뭐라고 하는 게."

"여자네, 여자 이름. 이 여자가 곰곰이 생각하기에는 아무래도 여자가 산파가 될 수 없는 것은 안타깝다, 불편하기 그지없다. 어떻게든 산파가 되어야겠다, 산파가 될 방법은 없을까 하고 삼일 밤낮을 생각해보았다네. 마침 이틀째 새벽 동이 트기 전 이웃집에서 아이가 응애응애 우는 소리를 듣고 '음, 그거야' 하고 문득 크게 깨달아 서둘러 긴 머리를 자르고 남자 옷으로 갈아입고 히에로필루스Herophilus의 강의를 들으러 갔지. 처음부터 끝까지 강의를 잘 듣고 이제 됐다 하는 참에 드디어 산파를 개업했다네. 그런데 그 부인 아주 장사가 잘되었어. 여기서도 응애 저기서도 응애 아이들이 줄줄이 태어나주었으니. 그것이 모두 아그노디체의 보살

핌이었으니 대단히 많이 벌었지. 그런데 인간만사 새옹지마, 칠전팔기라 했던가. 드디어 이 비밀이 탄로나버려 결국 나라의 법도를 깨뜨렸다는 것으로 무거운 처벌을 받게 되었지."

"마치 야담을 보는 것 같군요."

"꽤 훌륭하지요. 그런데 아테네의 여인들이 모두 힘을 합쳐 탄원서를 내니까 당시 판사도 그렇게 법을 강행할 수도 없어 결국 당사자는 무죄로 풀려나고, 앞으로는 여자도 산파영업 마음대로 할 수 있다는 포고령까지 나와, 다행히 사건은 그렇게 마무리되었지."

"참 아시는 것도 많으시군요, 감동이에요."

"예, 웬만한 것은 알고 있지요. 단 하나 모르는 게 있다면 자신이 바보인 것 정도이지요. 하지만 그것도 어렴풋이는 알고 있지요."

"호호호호, 재미있는 말만 하시기는……."

안주인이 얼굴에 주름이 가게 웃고 있자니, 격자문 초인종이 처음 달았을 때와 똑같은 소리를 내며 울린다.

"아이구, 또 손님이시네."

안주인은 응접실로 내려간다.

안주인과 엇갈려 방으로 들어온 자는 누군가 생각했더니 우리가 아는 오치 토후우 군이었다.

여기에 토후우 군까지 가세하면 주인집에 출입하는 별난 사람들은 있는 대로 다 망라했다고까지 할 수는 없어도 적어도 나의 무료함을 달래기에 충분할 정도의 머릿수는 갖추어진 셈이다. 이것으로 부족하다고 해서는 안 될 소리다. 운 나쁘게 다른 집에서 길러진 끝에 평생 토록 인간 중에 지금 같은 선생이 한 명이라도 있을 것조차 알지 못하고 죽어 버렸을지도 모를 일이다.

다행히도 쿠샤미 선생 문하의 제자가 되어 아침저녁으로 선생의 상석 앞에서 모시고 있으니 선생은 물론이거니와 메이테이, 칸게츠 내지는 토후우 같은, 넓은 도쿄에조차 별로 예를 찾아보기 어려운 일당백 호걸무리의 일거수일투족을, 뒹굴거리며 알현하는 것은 나에게 있어서 천재일우의 영광인 셈이다. 덕분에 이 더운데 털가죽으로 덮여 있다는 괴로움도 잊고 재미나게 반나절을 소일할 수 있는 것도 감사할 따름이다.

어차피 이렇게 모였으니 조용히 끝나지는 않을 터. 뭔가 떠들썩해지겠구나 하고 장지문 그늘에서 삼가 바라본다.

"정말 오랜만에 찾아뵙습니다."

예의를 갖추는 토후우 군의 얼굴을 보니 지난번처럼 역시 반듯하고 빛이 난다. 머리만으로 평가하자면 뭔가 엉터리 하급배우처럼도 보이지만 거칠거칠한 흰 고쿠라 하카마(남자 기모노 바지)를 수고로운데도 점잔을 빼고 입고 있는 점은, 사카키바라 겐기치(개혁파 사상가의 이름)의 수제자라고밖에 생각할 수 없다. 따라서 토후우 군의 신체에서 보통 인간다운 점은 어깨부터 허리까지 뿐이다.

"아니 더운데 잘도 납시었네. 자 이쪽으로 내려앉게나."

메이테이 선생은 자신의 집인 양 천연덕스럽게 맞이한다.

"선생님 꽤 오랫동안 뵙지 못했습니다."

"그래, 아마 이번 봄 낭독회가 끝이었지? 낭독회라고 하니 요즘도 열심인가? 그 후 오미야는 되지 않았는가? 그것 훌륭했었네. 나는 열렬히 박수를 보냈었는데, 자네 알았었는가?"

"예, 덕분에 크게 용기가 나서 드디어 마무리까지 해냈었지요."

"다음에는 언제 또 여는가?"

주인이 끼어든다.

"7, 8월 두 달은 쉬고 9월에는 뭔가 분주하게 해보고 싶습니다. 재미난 취향 같은 게 있으십니까?"

"그렇군?"

주인이 성의 없는 대꾸를 한다.

"토후우 군, 내 창작물을 하나 하지 않겠나?"

이번에는 칸게츠 군이 상대를 한다.

"자네의 창작이라면 재미있겠는데 도대체 무엇인가?"

"각본이네."

칸게츠 군이 가능한 한 강하게 밀고 나오자 생각했던 대로 셋은 조금 어이없이 의논이라도 한 듯이 칸게츠의 얼굴을 본다.

"각본이라, 대단한데. 희극인가 비극인가?"

토후우 군이 말을 이끌자 칸게츠 선생 더욱 시치미를 떼며 말한다.

"뭐 희극도 비극도 아니지. 요즘은 구극이니 신극이니 하며 꽤 시끄럽게들 말하니까 나도 하나 새로운 기축을 내세워 '하이쿠극'이라는 말을 만들어볼까."

"하아쿠극이라, 어떤 것인가?"

"하이쿠 취향의 극을 줄여서 '하이쿠극'이라고 한 것이지."

그러자 주인도 메이테이도 다소 연기에 휩싸여 있는 듯하다.

"그래 그 취향이라는 건 뭔가?"

질문을 던진 것은 역시 토후우 군이다.

"뿌리가 하이쿠 취향에서 오는 것이니 너무 길어서 지루한 것은 좋지 않다고 생각하네. 1막짜리로 해두었지."

"과연."

"우선 무대장치부터 이야기하자면, 이것도 정말 간단해야 좋아. 무대 한가운데에 커다란 버드나무를 한 그루 심는 거야. 그리고 그 버드나무 줄기에서 하나의 가지를 오른쪽으로 쭉 나오게 해서 그 가지에 까마귀를 한 마리 앉혀놓는 거지."

"까마귀가 가만히 있어주면 좋을 텐데."

주인이 혼잣말처럼 뇌까린다.

"뭐 문제없습니다. 새 다리를 실로 가지에 잘 묶어두는 거지요. 그리고 그 밑에 목욕통을 하나 내놓습니다. 미인이 비스듬히 앉아 수건으로 몸을 닦고 있는 겁니다."

"그건 좀 퇴폐적이군. 첫째 누가 그 여인 역을 하겠는가?"

메이테이가 묻는다.

"뭐 이것도 간단합니다. 미술학교의 모델을 고용하는 것이지요."

"그럼 경시청이 시끄럽게 나올 것 같은데."

주인은 또 걱정을 한다.

"뭐 흥행만 하지 않으면 상관없지 않겠습니까? 그런 것까지 꼬치꼬치 따지고 드는 날에는 학교에서 누드 사생 같은 것도 못할걸요."

"하지만 그건 수업을 위한 것이니 그냥 보는 것과는 좀 다르지."

"선생님들이 그런 말을 하는 날에는 일본도 아직 멀었군요. 회화도 연극도 똑같은 예술입니다."

칸게츠 군은 기염을 토한다.

"뭐, 토론도 좋지만 그래 어떻게 되었는가?"

토후우 군, 때에 따라선 해볼 수도 있다는 듯 줄거리를 듣고 싶어 한다.

"거기에 꽃길에서 하이쿠 시인 다카하마 쿄시가 지팡이를 들고 하얀 등잔의 심지같이 생긴 모자를 쓰고 속이 비치는 비단 하오리에, 감색 바탕에 흰 비색 무늬가 있는 삼베바지에 끄트머리가 접힌 단화 차림으로 나오는 거지. 차림새는 육군의 운전병 같지만 하이쿠 시인이니 될 수 있는 대로 유유히, 속으로 하이쿠 짓기에 여념이 없는 모양새로 걷지 않으면 안 되네. 그리고 쿄시가 꽃길을 다 걸어와 드디어 나무 무대에 도달했을 때, 문득 눈을 들어 앞쪽을 보면 커다란 버드나무가 있고 버드나무 그늘에서 백옥 같은 여인이 목욕을 하고 있다, 뜨끔해서 위를 올려다 보니 길다란 버드나무 가지에 까마귀 한 마리가 머물러 여자의 목욕하는 모습을 내려다보고 있다, 그래서 쿄시 선생 크게 하이쿠 감각에 감동하는 부분이 50초쯤 있고, '목욕하는 여인에게 홀린 까마귀구나' 하고 커다란 소리로 한 구절 읊는 것을 신호로 딱따기를 치고 막을 내린다. ─ 어떤가, 이런 취향은? 마음에 들지 않는가. 자네 오미야가 되기보다 쿄시가 되는 쪽이 훨씬 낫겠네."

토후우 군은 어쩐지 좀 맘에 안 드는 표정으로 진지하게 대답한다.

"너무 순식간에 지나가는 것 같구만. 그리고 좀 더 인정을 가미한 사건을 넣었으면 하는 바람이."

지금까지 비교적 얌전히 있어주었던 메이테이지만 언제까지나 잠자코 있을 남자는 아니다.

"그것만으로도 하이쿠극은 대단하네. 시인 우에다 빈의 말에 의하면, 하이쿠 취미라든가 해학이라는 것은 소극적이어서 망국의 소리라고 했는데, 빈답게 훌륭한 말이네.

그런 형편없는 것을 하라는 건가. 그야말로 우에다 군한테서 조롱만 받을걸. 우선 그게 극인지 웃자고 하는 건지 뭔지 너무 소극적이어서 알 수 없지 않은가. 실례하네만 자네는 역시 실험실에서 구슬을 닦고 있는 편이 낫겠네. 하이쿠극 백 개를 만들든 이백 개를 만들든 망국의 소리라면 소용없지."

칸게츠는 약간 상기된 듯 "그렇게 소극적인가요? 저는 상당히 적극적이라 생각했는데요."라며 어느 쪽이든 상관없는 변명을 하기 시작한다.

"쿄시가 말이지요. 쿄시 선생이 여인한테 홀린 까마귀구나 하고 까마귀가 여인에게 홀리게 한 점이 매우 적극적인 대목 아닙니까?"

"그것 새로운 설이군. 꼭 해설을 들어봐야겠구만."

"이학박사로서 생각해보건대 까마귀가 여인에게 홀린다는 식으로 말하는 것은 불합리하지요."

"그럼, 그럼."

"그 불합리한 것을 무턱대고 내뱉고도 조금도 억지같이 들리지 않습니다."

"그런가?"

주인이 의심스러운 말투로 끼어들었지만 칸게츠는 일절 개의치 않는다.

"왜 억지같이 들리지 않느냐면 이것은 심리적으로 설명하면 잘 알 수 있지요. 사실 홀리는가 홀리지 않는가 하는 것은 하이쿠 시인 당사자에게 존재하는 감정이지 까마귀와는 의논한 바가 아니지요. 그런데도 '저 까마귀가 홀렸구나' 하고 느끼는 것은 결국 까마귀가 이렇다 저렇다는 것이 아니라 필경 자신이 반한 것이지요. 쿄시 자신이 아름다운 여인의 목욕하는 모습을 보고 뜨끔 하고 생각한 순간 쑥 빨려 들어간 것이 틀림없지요. 자, 자신이 홀린 눈으로 까마귀가 가지 위에서 미동도 하지 않고 아래를 내려다보고 있는 것을 본 것이니 '하하, 녀석도 나와 똑같구나' 하고 착각을 한 것입니다. 착각은 틀림이 없지만 그 점이 문학적이며 적극적인 점인 것입니다. 자기만 느낀 것을 의심도 없이 까마귀에게까지 확장시켜 아무것도 모른다는 얼굴을 하고 있는 점 등은, 상당한 적극주의가 아니고 무엇이겠습니까. 어떻습니까, 선생님."

"과연 명론이로군, 쿄시에게 들려주면 분명 놀랄걸세. 설명만큼은 적극적인데 실제 그 극을 상연하는 날에는 구경꾼들은 분명 소극적이 될걸. 안 그런가, 토후우 군?"

"예, 아무래도 너무 소극적인 것 같습니다."

토후우 군이 진지한 얼굴로 대답한다.

주인은 대화의 국면을 좀 더 전개해 보고 싶어졌는지, "어떤가, 토후우 군. 요즘은 걸작이 없는가?" 하고 묻는다.

"아뇨, 별달리 이렇다 하게 선보여 드릴만한 것도 나오지 않습니다

만, 조만간 시집을 내보려고 - 원고를 다행해 갖고 왔으니 평을 내려
주시지요."

토후우 군이 품에서 보라색의 비단보 꾸러미를 꺼내서 그 안에서 5,
60장쯤 되는 원고지 다발을 꺼내 주인 앞에 놓는다.

주인은 그럴듯한 얼굴을 하고 그럼 한번 보겠다고 말하고 들여다보니
첫 장에 이렇게 쓰여 있다.

세상 사람답지 않게 가냘프게 보이는구나
토미코 양에게 바친다

주인은 조금 신기한 얼굴을 하고 한참 동안 첫 장을 그저 바라보고 있
으니 메이테이는 옆에서 "뭔가 이건 신체시인가"라고 말하면서 들여다
보고는 "여어, 바쳤구만. 토후우 군, 마음먹고 토미코 양에게 바쳤어, 대
단해."라고 연거푸 칭찬을 한다.

주인은 아직도 이상하다는 듯이 묻는다.

"토후우 군, 이 토미코라는 사람은 정말 존재하고 있는 여인인가요?"

"예, 요전에 메이테이 선생과 함께 낭독회에 초대한 여인 중 한 사람
이지요. 바로 이 근처에 살고 있습니다. 실은 방금 시집을 보여주려고
잠깐 들러보았습니다만, 공교롭게도 지난달부터 오오이소로 피서를 가
서 안 계시더군요."라고 진지함이 풀풀 넘치게 말한다.

"쿠샤미, 이것이 바로 20세기일세. 그런 얼굴 하지 말고 빨리 걸작이
라도 낭독해보게. 하지만 토후우 군, 이 방법은 조금 밋밋해. 이 '가냘프

게'라고 하는 부분은 도대체 무슨 의미라고 생각하는가?"

"여리다거나 섬약하다는 뜻이라고 생각합니다."

"과연 그렇게 보지 않을 것도 없지만 원래 글자의 뜻은 '위태로운 기운'이라는 것일세. 그러니 나라면 이렇게는 쓰지 않겠네."

"그럼 어떻게 쓰면 더 시적으로 보이겠습니까?"

"나라면 이렇게 하지. '세상 사람답지 않게 가냘퍼 보이는 토미코 양의 코 밑에 바친다'라고 말일세. 겨우 세 글자 더 썼지만 '코 밑'이라는 말이 있는 것과 없는 것은 느낌에 꽤 차이가 있지."

"과연."

토후우 군은 이해하기 어려운 것을 무리하게 납득한 모양으로 대꾸한다.

주인은 말없이 겨우 한 장을 넘기고 드디어 권두 제1장을 읽기 시작한다.

흐릿하게 피어오르는 향기에 그대의
영혼인가 사모의 연기 퍼져가네
오오 이 몸, 아아 이 몸, 쓸쓸한 세상에
달콤하게 얻는 것은 뜨거운 입맞춤뿐

"이건 좀 이해하기 어렵군."

주인은 탄식하면서 메이테이에게 건넨다.

"이것 좀 너무 그렇군."

메이테이는 그것을 칸게츠에게 건네준다.

칸게츠는 "과연 그렇군요."라며 토후우 군에게 돌려준다.

"선생들이 잘 모르시는 것도 당연합니다, 10년 전의 시세계와 오늘날의 시세계는 몰라볼 정도로 달라졌으니까요. 요즘의 시는 집안에서 뒹굴거리며 읽거나 정류장에서 읽어서는 도저히 이해할 수가 없으니 만든 본인조차 질문을 받으면 답변에 궁색해지는 때가 자주 있습니다. 완전히 직감으로 쓰는 것이어서 시인은 그 밖에는 하등의 책임도 없는 것입니다. 주석이나 뜻읽기는 학문 연구하는 자들이 하는 것이지 우리는 전혀 상관없습니다.

전에도 제 친구인 소세키라는 남자가 '일야 一夜'라는 단편을 썼었는데 누가 읽어도 몽롱해서 감을 잡지 못하므로 당사자를 만나 주제가 무엇이냐고 열심히 물어보았지만 당사자도 그런 것은 모른다고 하며 대응하지 않는 것입니다. 순전히 그런 면이 시인의 특색인가 합니다."

"시인인지는 몰라도 참 이상한 남자군."

주인이 말하자, 메이테이가 간단히 소세키 군을 못박았다.

"바보로군."

토후우 군은 이것만으로는 아직 변론이 부족한지 더 말을 한다.

"소세키는 우리 동료들 중에서도 제외이지만, 저의 시 또한 아무쪼록 마음 가는 대로 읽어주셨으면 해서요. 특히나 주의를 바라는 것은 씁쓸한 이 세상과, 달콤한 입맞춤이 대조를 이룬 점이 제가 고심한 부분입니다."

"상당히 고심을 한 흔적이 보입니다."

"달콤한과 쓸쓸한을 대조를 이루게 한 부분은 17가지 맛을 내는 조미료 같은 말투여서 재미있네. 완전히 토후우 군의 독특한 기량에 경탄해 마지 않네."

연신 솔직한 사람을 놀려대며 좋아라 하고 있다.

주인은 무슨 생각을 했는지, 불쑥 일어나 서재 쪽으로 갔는데 이윽고 종이 한 장을 들고 나온다.

"토후우 군의 작품도 보았으니 이번에는 내가 단문을 읽어 자네들의 평을 듣고자 하네."

제법 진심어린 태도다.

"천연거사의 묘비명이라면 벌써 두세 편은 들었네."

"좀 가만히 있어보게. 토후우 군, 이것은 결코 자신 있는 건 아니지만 아주 즉흥적이니 들어주시게."

"꼭 들어보겠습니다."

"칸게츠 군도 같이 들어보게나."

"함께가 아니라도 듣겠습니다. 너무 길지는 않겠지요?"

"겨우 60자 남짓이네."

쿠샤미 선생 드디어 손수 만든 명문을 읽기 시작한다.

"야마토 타마시(일본의 혼)! 라고 외치며 일본인이 폐병환자 같은 기침을 했다."

"첫 단추가 대단하군요."

칸게츠 군이 칭찬한다.

"야마토 타마시! 라고 신문팔이가 말한다. 야마토 타마시! 라고 소매치기가 말한다. 야마토 타마시가 일약 바다를 건넜다. 영국에서 야마토 타마시의 연설을 한다. 독일에서 야마토 타마시의 연극을 한다."

"과연 어디를 보나 천연거사 이상의 작품이군."

이번에는 메이테이 선생이 뒤로 나자빠지는 시늉을 한다.

"도고 대장이 야마토 타마시를 갖고 있다. 생선가게의 긴 씨도 야마토 타마시를 갖고 있다. 사기꾼, 투기꾼, 살인자도 야마토 타마시를 갖고 있다."

"선생님, 거기에 칸게츠도 갖고 있다고 붙여주시지요."

"야마토 타마시는 어떤 것인가 하고 물었더니, 야마토 타마시라고 대답하고 지나가버렸다. 대여섯 줄을 읽고 난 사이 에헴 하는 소리가 들렸다."

"그 구절은 아주 잘 만들었군. 자네 꽤 문장적 재능이 있구만. 그럼 다음 구절은 뭔가?"

"세모난 것이 야마토 타마시인가, 네모난 것이 야마토 타마시인가. 야마토 타마시는 이름이 나타내는 것처럼 혼이다. 혼이니까 항상 흔들흔들한다."

"선생님 꽤 재미는 있는데, 야마토 타마시가 너무 자주 나오는 건 아닌가요?"

토후우 군이 주의를 준다. 이때 "찬성"이라고 말한 것은 물론 메이테이다.

"누구도 입밖에 내지 않는 자는 없지만 아무도 본 자는 없다. 아무도 들은 적은 없지만 누구도 만난 자가 없다. 야마토 타마시는 그럼 텐구

(일본 전설에 내려오는 신선)를 비유한 것인가."

주인은 한결 묘연하게 말할 생각으로 다 읽었는데 과연 그 명문도 너무 짧은 것과, 주제가 어디에 있는지 잘 모른다는 점에서, 세 사람은 아직 더 있을 거라고 생각하며 기다리고 있다.

아무리 기다려 봐도 이렇다 저렇다 말하지 않으므로 마지막으로 칸게츠가 묻는다.

"그것뿐입니까?"

주인은 가볍게 "응." 하고 대답했다. 응은 간혹 지나치게 편한 대답이다.

이상하게도 메이테이는 이 명문에 대해 언제나처럼 쓸데없는 말을 남기지 않았지만 다시 주인을 향해 물었다.

"자네도 단편을 모아 한 권으로 누군가에게 바치는 건 어떤가?"

주인은 아무렇지도 않게 "자네한테 바쳐줄까." 하고 묻자 메이테이는 "아유, 웬걸." 하고 대답할 뿐 아까 안주인에게 보여주며 한창 이야기했던 가위를 싹둑싹둑 하면서 손톱을 자르고 있다.

칸게츠 군은 토후우 군을 향해 "자네는 그 카네다의 딸을 알고 있는가?"라고 묻는다.

"이번 봄 낭독회에 초대하고서 친해져서 그때부터는 시종 교제를 하고 있네. 나는 그 따님 앞에만 나가면 어쩐지 일종의 감흥에 사로잡혀 당분간은 시를 지어도 노래를 읊어도 유쾌하게 흥이 실려 나오거든. 이런 문집 중에도 사랑의 시가 많은 것은 순전히 그런 이성의 친구한테서 영감을 얻은 것 때문이라고 생각하네. 그래서 나는 그 따님에 대해서는 절실히 감사의 뜻을 표하지 않으면 안 되니까 이번 계기를 통해 문집을 바치기로 했지. 옛날부터 친구가 없는 자 치고 훌륭한 시를 쓴 자는 없다더군."

"그럴까."

칸게츠 군은 얼굴 깊이 웃음을 띠고 대답했다.

아무리 달변가들이 모였다고는 하나 그리 오래는 계속되지 못하는지, 담화의 불시는 꽤 사그러 들었다. 나도 그들의 변화 없는 잡담을 종일 들어야 할 의무도 없으니까 그만 실례하고 사마귀를 찾으러 뜰로 나갔다. 오동나무 녹음이 어우러진 사이로 서쪽으로 기우는 해가 띄엄띄엄 새어나온 줄기에는 매미가 열심히 울고 있다.

밤에는 때에 따라서는 비가 한바탕 내릴지도 모르겠다.

나는 요즘 운동을 시작했다.

고양이 주제에 운동이라니 건방을 떤다고 한마디로 매도해버리는 무리들에게 좀 묻겠는데 그런 인간들 역시 문득 최근까지는 운동의 '운' 자도 모르고 먹고 자는 것을 천직처럼 여기고 있었던 게 아닌가. 귀인은 아무 일도 하지 않는다느니 하며 팔짱을 끼고 방석 위에서 썩어빠진 엉덩이를 뭉그적거리며 양반의 명예라고 거들먹거리고 살았던 것은 기억하고 있을라나.

운동을 하라느니, 우유를 마시라느니 냉수목욕을 하라느니 바닷속으로 뛰어들라느니, 여름이 되면 산 속에 틀어박혀 당분간 안개를 먹어두라는 등 쓸데없는 주문을 연발하게 된 것은, 서양에서부터 전염되어온 근간의 병으로 역시 페스트, 폐렴, 신경쇠약의 일종으로 여겨도 좋을 정도다. 무엇보다 나는 작년에 막 태어나서 올해 한 살이니까 인간이 이런 병에 걸리기 시작할 당시의 모습들은 기억에 남아 있지 않을 뿐만 아니라 그 무렵에는 이 세상에 뚝 떨어지지도 않았던 것이 틀림없는데, 고양이의 1년은 인간의 10년에 해당하는 셈이다. 우리들 수명은 인간보다 두세 배나 짧은데도 그 짧은 세월 동안 고양이 한 마리의 발달은 충분히 이루어지는 점으로 미루어보면 인간의 세월과 고양이의 세월을 같은 비율로 계산하는 것은 매우 큰 오류이다.

첫째, 한 살 하고도 몇 개월이 부족한 내가 이 정도의 견식을 갖고 있는 것만 봐도 알 수 있을 것이다. 주인의 셋째 딸 같은 경우에는 세는 나이로 세 살이라고 하는데 지식의 발달로 말하면 참으로 둔하기 그지없다. 우는 것과, 기저귀에 오줌 싸는 것, 젖 먹는 것 말고는 아무것도 모른다. 세상을 근심하고 때를 분개하는 나하고 비교하면 비교가 안 되는 것이다. 그러니 내가 운동, 해수욕, 전지요양의 역사를 촌각의 시간에 기억에 개켜 넣고 있어도 추호도 놀랄 일이 아니다. 이 정도 일을 가지고 만약 놀라는 자가 있다면 그것은 인간이라는 다리 두 개 부족한 아둔패기뿐일 것이다. 인간은 옛날부터 그랬다. 그러니까 요즘에 이르러서야 겨우 운동의 효과를 떠들고 다니거나 해수욕의 좋은 점을 떠벌리며 대단한 발명이라도 한 냥 뿌듯해하는 것이다.

나 같은 동물은 태어나기도 전부터 그 정도쯤은 제대로 알고 있었다. 무엇보다 바닷물이 왜 약이 되는가는 해안으로 조금만 나가보면 바로 알 수 있는 게 아닌가. 저렇게 넓은 곳에 물고기가 몇 마리나 있는지는 모르지만 그 물고기들이 한 마리도 병에 걸려 의사를 찾아온 적은 없다. 모두들 건강하게 헤엄치고 있다. 병에 걸리면 몸이 말을 듣지 않게 된다. 죽으면 반드시 물 위에 뜬다. 그러니까 물고기의 왕생을 떠오른다고 하고 새의 죽음을 떨어진다고 하고 인간의 적막한 소멸은 '뒈진다'고 말한다.

서양을 건너 인도양을 횡단한 사람한테 가서 물고기가 죽는 장면을 본 적이 있는가 하고 물어보는 게 좋겠다. 누구라도 아니오라고 대답할 게 뻔하다. 그것은 그렇게 대답할 수밖에 없다. 아무리 다녀봐도 한 마리도 파도 위에 호흡을 멈춘 ─ 아, 호흡이 아니구나, 물고기니까 물먹기를 멈추고 물에 떠 있는 것을 본 사람은 없기 때문이다. 그 망망대해를 밤낮없이 쉬지도 않고 석탄을 때가며 찾아다녀봐도 고금왕래에 한 마리도 물고기가 떠오르지 않았다는 점을 들어 추론해보면 물고기는 정말 튼튼한 존재임에 틀림없다는 결론이 바로 내려지지 않는가. 그렇다면 왜 물고기가 그렇게 튼튼한가 하면 이것 또한 인간이 대답해주기를 기다렸다가 나중에 알지 않아도 금방 알 수 있다. 보다시피 바닷물을 삼키며 시종일관 해수욕을 즐기고 있으니 당연하다. 해수욕의 효능은 이렇게 물고기에게 있어서 현저하다. 물고기에게 있어서 현저한 이상은 인간에게도 현저할 수밖에 없다. 1750년에 닥터 리처드 러셀이 브라이튼 해변의 바닷물에 뛰어들면 404가지 병이 즉석에 완쾌된다고 거창한 광고를 낸 것은 때가 늦어도 한참 늦은 것으로, 웃어도 좋다. 우리가 비록 고양이지만 상당한 시기가 도래하면 모두 카마쿠라 주변으로 나가볼 생각이다. 단 지금은 갈 수 없다. 일에는 다 때가 있는 법. 유신 이전의 일본인들이 해수욕의 효능을 맛보지 못하고 죽어버린 것처럼 오늘날의 고양이들은 지금에야 벌거벗고 바닷속으로 뛰어들 만한 기회를 만나지 못하고 있다. 조급하면 오히려 일을 망칠 수 있다, 오늘날처럼 매립지로 뛰어 들어간 고양이들이 무사히 돌아오지 못하는 한은 무턱대고 뛰어들 수는 없다. 진화의 법칙에 따라 우리들 고양이의 기능이 광란하는 파도에 대해 적당한 저항력을 기르기에 이를 때까지는 – 바꿔 말하면 고양이가 죽었다는 대신 고양이가 떠올랐다는 말이 일반적으로 사용될 수 있는 날이 올 때까지는 – 쉽게 해수욕은 할 수 없다.

해수욕은 나중에 실행해보기로 하고 운동만큼은 즉시 하기로 결정했다.

아무래도 20세기인 오늘날 운동을 하지 않는 것은 너무나 빈민 같아서 남들한테 민망하다. 운동을 안 하면 운동을 하지 않는 것이 아니라 운동을 못하는 것이 되며, 운동을 할 시간이 없는 것이고, 여유가 없는 것이라 여겨져버린다. 옛날에는 운동은 종들이나 하는 것이라고 비웃음을 당한 것처럼 지금에 와서는 운동을 하지 않는 자가 하등하다고 여겨진다. 남들의 평가는 때와 경우에 따라 내 눈알처럼 변화한다. 내 눈알은 그냥 작아지거나 커지거나 할 뿐이지만 인간의 평가에 이르면 거꾸로 뒤바뀐다. 뒤바뀌어도 지장은 없다. 사물에는 양면이 있고, 양 끝이 있으니까. 양 끝을 두드려 흑백의 변화를 동일한 자가 일으키는 점이 인간의 융통성이라는 부분이다.

하늘의 구름다리를 가랑이 사이로 들여다보면 또 각별한 맛이 있다. 셰익스피어도 천년만년 셰익스피어라면 지루하다. 가끔은 가랑이 사이로 햄릿을 보며 자네 이것 안 되겠구만 하고 말해주는 자가 없으면 문학계도 진보하지 않을 것이다. 그런 고로 운동을 나쁘게 말하던 무리가 갑자기 운동을 하고 싶어서 여자들까지 라켓을 들고 왕래하며 돌아다니는 것도 전혀 이상할 것은 없다. 단지 고양이가 운동하는 것을 너무 잘났다고 비웃는 짓만 하지 않으면 된다.

그런데 내가 하는 운동이 어떤 종류의 운동인가 궁금해하는 자가 있을지 모르니 일단 설명해두겠다. 알다시피 불행하게도 나는 도구를 손에 쥘 수 없다. 그래서 공이나 배트는 다루는 법에 곤란을 겪는다. 그 다음은 돈이 없으니 무언가를 살 수도 없다. 이 두 가지 이유로 내가 선택한 운동은 돈 한 푼 안 들고 도구가 필요 없는 것이라고 불러야 할 종류에 속하는 것이라고 생각한다.

그렇다면 어슬렁어슬렁 걷기라든가, 아니면 다랑어 토막을 물고 뛰어다니는 것이라고 생각할지도 모르지만 그냥 네 발을 역학적으로 운동시켜 지구의 인력에 따라 대지 위를 지나다니는 것은 너무 단순해서 재미가 없다. 아무리 운동이라는 이름이 붙었어도 주인이 때때로 실행하는 것 같은, 말 그대로의 '운동'은 아무래도 운동의 신성함을 더럽히는 일이라고 생각한다. 물론 단순한 운동이라도 어떤 자극 하에서는 안 할 수는 없는 것 같다. 가다랑어포 경쟁이라든가 연어 찾기 같은 건 괜찮지만 이것은 중요한 대상물이 존재한다는 전제에서의 일로, 이 자극을 제거하면 삭막하고 취향이 없어져버린다. 현상적顯賞的 흥분제가 없다고 한다면 뭔가 기예가 뛰어난 운동을 해보고 싶다. 그래서 이것저것 생각해보았다. 부엌의 차양에서 지붕으로 뛰어오르는 법, 지붕 꼭대기에 있는 매화 모양의 기와 위에 네 다리로 서는 기술, 빨래 너는 조릿대 위를 건너는 일 — 이것은 도저히 성공하지 못한다. 대나무가 반들반들해서 미끄러우니 발톱을 세울 수 없다. 뒤에서 불시에 아이들에게 뛰어드는 일, — 이것은 대단히 흥미로운 운동의 하나인데 함부로 하면 혼쭐이 나니 고작 한 달에 세 번 정도밖에 시도하지 않는다. 종이봉지를 머리에 뒤집어쓰는 일 — 이것은 괴로울 뿐으로 매우 재미도 없는 방법이다. 특히 상대해줄 인간이 없으면 성공하지 못하니까 안 된다. 다음은 책표지를 발톱으로 할퀴는 일, — 이것은 주인에게 발각되면 반드시 야단을 맞을 위험이 있을 뿐 아니라, 비교적 발끝의 작용뿐이어서 온몸의 근육이 움직이지는 않는다. 이것들은 내가 소위 말하는 구식운동인 것이다. 신식 중에는 상당히 흥미로운 것들이 있다.

첫째 사마귀 사냥. — 사마귀 사냥은 쥐잡기만 한 큰 운동은 아닌 대신에 그만큼의 위험이 따른다. 한여름부터 초가을에 걸쳐 하는 유희로서는 제일 나은 것이다.

그 방법을 말하면 우선 뜰로 나가 사마귀 한 마리를 찾아 나선다. 시기만 괜찮으면 한 마리나 두 마리 찾아내는 것쯤은 식은 죽 먹기다. 그런 다음 찾아낸 사마귀 군 곁으로 불쑥 바람을 가르며 달려간다. 그러면 이크 하고 놀라는 듯한 몸짓을 하며 고개를 들어올린다. 사마귀도 꽤 다부진 놈이어서, 상대의 역량을 알지 못하는 동안은 저항할 셈으로 버티니까 재미있다. 들어 올린 고개를 오른쪽 앞발로 살짝 건드리는 시늉을 해본다. 들어 올린 고개는 부드러우니 휘청하고 옆으로 구부러진다. 이때 사마귀 군의 표정이 정말 흥미를 자아낸다. 이런, 하고 놀라는 모습이 표정에 역력하다. 그 순간 한달음에 뛰어 그의 뒤로 돌아서 이번에는 등 쪽에서 그놈의 날개를 가볍게 할퀸다. 그 날개는 평소에는 소중히 개켜져 있지만 할퀴는 법이 거세면 확 흩어져 안에서 요시노산 닥종이 같은 엷은 색의 속옷이 나타난다. 그놈은 여름에도 고생스럽게 두 겹을 입고 색다르게 보이려 한다. 이때 놈의 긴 목은 반드시 뒤로 다시 향한다. 어떤 때는 나를 향해 오는데 대개의 경우는 고개만 쭉 빼고 서 있는다. 이쪽에서 손을 먼저 내밀기를 끈기 있게 기다린다. 저쪽이 언제까지나 이런 태도로 있어서는 운동이 되지 않으니까 너무 길어지면 다시 한방 나간다. 이만큼 나가면 눈썰미가 있는 놈이라면 반드시 도망친다. 그런데 눈치 없이 막무가내로 돌진해오는 놈은 상당히 몰상식하고 야만적인 사마귀다. 만약 상대가 이렇듯 야만적인 행동을 한다면 달려드는 순간을 가만히 노리고 있다가 이제 됐다 할 만큼 혼을 내준다. 대개는 두세 자쯤 되는 데까지 나가 떨어진다. 그러나 적이 얌전하게 뒤로 뒷걸음질 치면, 이쪽은 안됐으니까 뜰의 가로수를 두세 번 새처럼 돌아다니다 온다. 사마귀 군은 아직 5, 6치(약 20센티미터)밖에 도망쳐가지 못한다. 이제 내 역량을 알았으니 까불 용기는 없다. 그저 우왕좌왕 헤매며 도망칠 뿐이다. 하지만 나도 우왕좌왕하며 쫓아가니까 놈은 결국에는 괴로워하며 날개를 펼쳐 간혹 힘껏 도약을 시도하는 경우가 있다.

원래 사마귀의 날개는 목과 조화를 이루어 매우 가늘고 길게 만들어져 있는데 들어보면 완전히 장식용이라고 해서 인간들이 하는 영어, 불어, 독어처럼 조금도 쓸 데는 없다. 따라서 무용지물을 이용해서 일대도약을 시도해도 나에 대해 그다지 효능이 있을 리가 없다. 말이 도약이지 사실은 지면 위를 기어다니는 것에 지나지 않는다. 이리 되고 보면 조금 불쌍하다는 느낌은 있지만 운동을 위한 것이니 어쩔 수 없다. 미안한 마음에 금새 앞쪽으로 돌아빠진다. 그러면 놈은 급회전을 못하게 되어 있으니까 역시 하는 수 없이 전진해온다. 그러면 코를 한방 먹여준다. 이때 사마귀 군은 반드시 날개를 펼친 채로 쓰러진다.

그것을 앞발로 꾹 누르고 조금 휴식을 취한다. 그리고 다시 풀어준다. 풀어주었다가 다시 누른다. 일곱 번 풀어주고 일곱 번 붙잡는 제갈공명의 전략으로 공격을 한다. 약 30분 남짓 이 순서를 반복해서 꼼짝도 못하게 된 시점을 노렸다가 입으로 살짝 가져가 물고 흔들어본다. 그리고 다시 토해낸다. 이번에는 지면 위에 드러누워 움직이지 않으니까 손으로 건드려 그 기세로 뛰어오르는 시점에서 다시 눌러준다. 이것도 싫증이 나면 마지막 수단으로 우걱우걱 먹어버린다. 말나온 김에 사마귀를 먹어본 적이 없는 사람들에게 이야기해두겠는데 사마귀는 그리 맛난 것은 아니다. 그리고 영양분도 의외로 적은 것 같다.

사마귀 사냥에 이어 매미잡기라는 운동을 한다. 단순히 매미라고 했지만 다 똑같은 것만은 아니다. 인간도 기름진 자, 말 많은 자, 떠돌아다니는 자가 있듯이 매미에도 유지매미, 참매미, 산매미가 있다. 유지매미는 기름기가 너무 흘러 안 된다. 참매미는 건방져서 곤란하다. 제일 만만한 것이 산매미이다.

이것은 여름 끝 무렵이 되지 않으면 나오지 않는다. 소매 겨드랑이 아래쪽 터진 부분으로 가을바람이 예고도 없이 살갗을 어루만져서는 에취 하고 감기에 걸렸다고 할 무렵, 힘차게 꼬리를 흔들어 세워 운다. 아주 잘 우는 녀석으로, 아마 우는 것과 고양이에게 잡아먹히는 것 말고는 천직이 없다고 생각될 정도다. 초가을에는 이 녀석을 잡는다. 이것을 매미잡기 운동이라고 한다.

잠깐 이야기해두겠는데 적어도 매미라는 이름이 붙은 이상, 땅 위를 굴러다니지는 않는다. 땅 위에 떨어져 있는 놈들에게는 반드시 개미가 달라붙어 있다. 내가 잡는 것은 이 개미의 영역에서 나뒹굴고 있는 녀석은 아니다. 높은 나뭇가지에 머물러 맴맴매엠맴하고 울고 있는 무리를 잡는 것이다. 이것도 말이 나온 김에 박학한 인간에게 묻고 싶은데 그것은 맴맴매엠하고 우는 것인가, 메엠맴맴하고 우는 것인가 해석에 따라서는 매미의 연구상 적지 않은 관계가 있다고 생각한다. 인간이 고양이보다 나은 점은 이런 점에 있고 인간 스스로 과시하는 점 또한 그러한 점에 있으니 지금 즉답을 할 수 없다면 잘 생각해두면 좋겠다. 무엇보다 매미잡기운동의 경우 어느 쪽으로 해도 상관은 없다. 그냥 소리를 이정표로 나무에 올라가서 그쪽이 정신없이 울고 있는 중에 확 잡아챌 뿐이다. 이것은 가장 간략한 운동으로 보이지만 꽤 수고를 요하는 운동이다. 나는 네 다리를 갖고 있으니까 대지를 다니는 것에 있어서는 굳이 다른 동물에게 뒤떨어진다고는 생각하지 않는다. 적어도 두 개와 네 개의 수학적 지식으로 판단해보아 인간에게는 뒤지지 않을 생각이다. 그러나 나무타기에 이르러서는 나보다 꽤 솜씨 좋은 놈들이 있다. 그것이 본업인 원숭이는 별도로 하고 원숭이의 자손인 인간들 중에도 절대 얕볼 수 없는 자들이 있다. 원래가 인력에 거슬러야 하는 무리한 일이니 못하더라도 별반 수치라고는 생각하지 않지만 매미잡기 운동 때에는 적지 않은 불편을 끼친다. 다행히 발톱이라는 좋은 도구가 있으므로 어찌어찌

오르기는 하지만, 옆에서 보는 만큼 쉽지는 않은 것 같다. 뿐만 아니라 매미는 나는 놈이다. 사마귀 군과 달리 한번 날아가버리면 모처럼의 나무타기도 나무를 타지 못하는 것과 아무런 선택의 여지도 없다는 비련에 봉착하게 되는 경우가 없다고도 할 수 없다.

　마지막으로, 때때로 매미한테 소변을 맞을 위험도 있다. 그 소변이 툭 하면 눈을 노리고 쏟아지는 것 같다. 도망치는 건 어쩔 수 없다 쳐도 어떻게든 소변만은 떨어지지 않도록 해주었으면 좋겠다. 나는 동안에 볼일을 봐버리는 것은 도대체 어떤 심리적 상태가 생리적 기관에 미쳐서일까. 역시 힘겨운 나머지 자기도 모르게 그러는지 모르겠다. 아니면 적의 갑작스런 출현으로 조금 도망칠 빌미를 벌기 위한 방편인지 모른다. 그렇다면 오징어가 먹물을 토하고, 멍청한 자들이 문신을 보여주고, 주인이 라틴어를 우물거리는 따위와 같은 항목에 들어가야 할 사항이 된다. 이것도 매미학상 소홀히 넘길 수 없는 문제이다. 충분히 연구하면 이것만으로 분명 박사논문의 가치는 있다. 이것은 여담이니 이 정도로 하고 다시 본론으로 돌아가겠다. 매미가 가장 많이 집거하는 것은 ― 집거가 이상하다면 집합인데, 집합은 진부하니까 역시 집거로 하자. ― 매미가 가장 많이 집거하는 곳은 오동나무이다. 그런데 이 오동나무는 나뭇잎이 아주 많다. 거기다 그 잎은 모두 부채만 한 크기이니까 그들이 겹쳐서 나면 가지가 보이지 않을 정도로 무성해진다. 이것이 매미잡기 운동에 방해요소가 된다. 소리는 새어나와도 모습은 보이지 않는다는 세속의 동요는 어쩌면 나를 위해 만든 것은 아닐까 하고 괴이한 기분이 들 정도이다. 나는 하는 수 없어서 그냥 소리를 이정표 삼아 다가간다. 밑에서 어느 정도 된 곳에서 오동나무는 주문대로 두 갈래로 되어 있으니까 여기서 한숨 돌리고 나뭇잎 뒤에서 매미의 소재를 탐색한다. 무엇보다 여기까지 오는 동안 파닥파닥 소리를 내며 날아가는 눈치 빠른 무리도 있다. 한 마리 날면 더 이상 거사를 치를 수 없다. 흉내를 내는 점에 있어서 매미는 인간 둘째 가라면 서러울 정도로 멍청하다. 하나가 날면 뒤를 이어 계속 날아간다.

겨우겨우 두 갈래에 도착할 즈음에는 나무 전체가 숙연해져서 한 소리도 머물러 있지 않는 경우가 있다. 예전에 여기까지 올라왔는데 사방을 아무리 둘러보고, 귀를 아무리 쫑긋 세워 봐도 매미의 기척이 없어서 다시 나오기도 귀찮아져 한참을 쉬려고 위에다 아예 진을 치고 다음 기회를 차분히 기다리고 있었는데, 어느틈엔가 잠이 들어 문득 꿈나라까지 간 적도 있다. 아이쿠 하고 눈이 떠져서 정신을 차려보니, 꿈나라에서 뜰에 깔아놓은 돌 위로 툭 떨어진 찰나였다. 그러나 대개는 오를 때마다 최소한 하나는 잡아온다. 단지 흥미가 덜한 것은, 나무 위에서 입에 물어버려야 한다는 점이다. 그러니까 아래로 가져와서 토해낼 때는 대부분 죽어 있다. 아무리 딸랑거려보고 잡아 할퀴어봐도 아무런 대꾸가 없다.

매미잡기의 묘미는 꼼짝 않고 몰래 가서 놈이 열심히 꼬리를 늘렸다 줄였다 하는 때를 노렸다가 앞발로 와락 누르는 순간에 있다. 이때 매미 놈은 비명을 지르면서 엷고 투명한 날개를 종횡무진 흔들어댄다. 그 빠르기, 아름다운 날갯짓은 언어도단, 정말 매미 세계의 가장 장관인 순간이다. 나는 매미를 누를 때마다 언제나 매미에게 부탁해 이 미술적 연기를 보여달라고 한다. 그것이 싫증나면 실례를 무릅쓰고 입 안에 넣어 먹어치워버린다. 매미에 따라서는 입 안에 들어갈 때까지도 연기를 계속하고 있는 놈이 있다.

매미잡기 다음에 하는 운동은 소나무 미끄럼이다.

이것은 길게 쓸 필요도 없으니 잠깐만 말해보겠다. 소나무 미끄럼이라고 하면 소나무를 미끄러져 내려오는 것처럼 생각될지도 모르는데 그렇지는 않고 역시 나무타기의 일종이다. 단지 매미잡기는 매미를 잡기 위해 오르고 소나무 미끄럼은 오르는 것을 목적으로 오른다. 이것이 둘의 차이이다. 원래 소나무는 영원한 상록으로 사이묘지룖明寺의 진미(겨울 화분의 소나무로 불을 피워 요기를 대접한 고사에서 유래)를 먹고 난 이래 오늘에 이르기까지 정말 울퉁불퉁하다. 따라서 소나무의 줄기만큼 잘 미끄러지지 않는 것도 없으며 손을 걸치거나 발을 디디기에 좋은 것도 없다. ─ 바꿔 말하면 발톱을 걸기에 그것만큼 좋은 것은 없다. 그 발톱걸기에 좋은 줄기에 단숨에 뛰어오른다. 뛰어올라갔다 내려온다. 내려오려면 두 가지 방법이 있다. 하나는 물구나무 선 것처럼 해서 지면을 향해 머리부터 내려오는 것, 또 하나는 올라갔던 자세 그대로 꼬리를 아래로 하고 내려온다. 인간에게 묻는데 어느 쪽이 더 어려운지 알고 있는가? 인간의 미천한 견해로는 어차피 내려오는 것이니 아래쪽으로 뛰어내리는 방법이 낫다고 생각할 것이다. 그것이 틀렸다. 인간은 요시츠네(일본 무사시대의 영웅 이름)가 히요도리고에(무장 요시츠네가 적의 배후에서 기습을 감행할 생각으로 절벽처럼 깎아지른 히요도리고에를 통과하려 했다는 데에서 유래)를 떨어뜨리는 것만을 생각하고 요시츠네조차 아래를 향해 내려갔으니 고양이 따위도 물론 아래로 향하는 게 많다고 생각할 것이다. 그러나 그렇게 가벼이 봐서는 안 된다. 고양이의 발톱은 어느 쪽을 향해 돋아나 있는 줄 아는가. 모두 뒤로 휘어져 있다. 그러니 갈고리처럼 물건을 걸어 끌어오는 것은 할 수 있지만 반대로 밀어내는 힘은 없다. 지금 내가 소나무를 기운차게 뛰어올랐다고 하자. 그러면 나는 원래 지상의 생물이니까 자연의 이치대로 말하자면 내가 오랫동안 소나무 꼭대기에 머무르는 것을 허락하지 않을 것이 틀림없다, 그냥 두면 반드시 떨어진다. 그러나 손 놓고 떨어져서는 너무 순식간이다. 그러니 어떠한 수단을 갖고 이 자연의 섭리를 어느 정도 늦추지 않으면 안 된다. 그것은 바로 즉시 내려오는 것이다.

떨어지는 것과 내려오는 것은 대단한 차이인 것 같지만 사실 생각하는 만큼은 아니다. 떨어지는 것을 늦추면 내려오는 것이고 내려오는 것을 빨리 하면 떨어지는 것이 된다. 떨어짐과 내려오는 것은 잠깐의 차이이다. 나는 소나무 위에서 떨어지는 것은 싫으니까 떨어지는 것을 늦춰 내려가지 않으면 안 된다. 즉 어떤 것을 이용해 떨어지는 속도에 저항해야만 한다. 나의 발톱은 앞에 말한 대로 모두 뒤쪽으로 향해 있으니까 만약 머리를 위로 해서 발톱을 세우면 이 발톱의 힘은 몽땅, 떨어지는 기세에 거슬러 이용할 수 있는 것이다. 따라서 떨어지는 것이 바뀌어 내려오게 된다. 정말 쉬운 방법이다. 그런데 또 몸을 거꾸로 해 요시츠네처럼 소나무 넘기를 해보라. 발톱은 있어도 도움이 되지 않는다. 쭉쭉 미끄러져 어디에도 체중을 받쳐줄 것은 없어진다. 여기에 이르면 모처럼 내려오려고 꾀한 것이 변화하여 떨어지는 것이 되어버린다. 이렇듯 거꾸로 뛰어내려오기는 어려워진다.

고양이 중에서 이런 기예가 가능한 자는 아쉽게도 나뿐일 것이다. 그러니 나는 이 운동을 칭하여 '소나무 미끄럼'이라고 하는 것이다. 마지막으로 담장순찰에 대해 한마디 하겠다. 주인의 뜰은 사방이 대나무 담장으로 둘러쳐져 있다. 툇마루와 평행하게 있는 한쪽은 8, 9칸(15~18미터)쯤 되는 것 같고 좌우는 양쪽 모두 4칸(8미터)에 지나지 않는다. 지금 내가 말한 담장순찰이라고 하는 운동은 이 담장 위에서 떨어지지 않고 한 바퀴 도는 것이다. 이것은 다치는 경우도 보통 있지만, 보기 좋게 해내면 참으로 흡족하다. 특히나 군데군데 뿌리를 태운 둥근 통나무가 서 있으니까 잠깐 휴식하기에도 편리하다. 오늘은 일진이 좋아서 아침부터 낮까지 세 번 해보았는데 할 때마다 잘 된다. 잘 되면 더 재미있다. 드디어 네 번 반복했는데 네 번째에 반 정도 도는데 옆집 지붕에서 까마귀 세 마리가 날아와서는 한 칸 저 앞에 줄을 지어 서 있다. 이것 무례한 녀석들이다. 남의 운동을 방해하다니, 특히나 어디서 굴러온 까마귀인가. 정해진 소속도 없는 주제에 남의 담장에 머무는 법이 어디 있는가 하고 '지나간다, 이봐 비켜라' 라고 말을 걸었다. 맨 앞의 놈은 이쪽을 보더니 실실 쪼개고 있다. 다음 놈은 주인의 뜰을 바라다보고 있다. 세 번째 놈은 부리를 담장 뿌리의 대나무에 닦고 있다. 뭔가 먹고 온 것이 틀림없다. 나는 대답을 기다리기 위해 그들에게 3분간의 시간을 주고 담장 위에 서 있었다.

까마귀는 통칭 칸자에몽(옛날 일본 남자들에게 흔하게 붙였던 이름을 따서 까마귀에게 붙인 것)이라고 하는데 과연 칸자에몽답다. 내가 아무리 기다려도 인사도 하지 않지만 날 생각도 않는다. 하는 수 없어 슬슬 걷기 시작했다. 그러자 맨 앞의 칸자에몽이 날개를 휙 펼쳤다. 이제서야 내 위광에 놀라 도망치는구나 했는데 오른쪽 방향에서 왼쪽으로 자세를 바꾼 것뿐이다. 이 녀석! 땅 위였으면 가만 놔두지는 않았겠지만 워낙 그냥도 힘든 도중에 칸자에몽 따위를 상대로 하고 있을 여유가 없다. 그렇다고 다시 머물러 세 마리가 움직이기를 기다리는 것도 싫다. 우선 그렇게 기다리고 있어서는 다리가 견디지 못한다. 저쪽은 날개가 있는 몸이니 이런 곳에서 잘 머물러 있다. 따라서 마음만 내킨다면 언제까지든 머물러 있을 것이다. 이쪽은 이번이 벌써 네 번째 도는 것이니 지쳐 있다. 게다가 그물타기에도 뒤지지 않을 기예 겸 운동을 하는 것이다. 어떤 장애물이 없어도 떨어지지 않는다는 보장이 없는데 이런 시꺼먼 놈들이 세 놈이나 앞길을 가로막아서는 쉽지 않은 형편이다. 도저히 안 되겠다 싶으면 스스로 운동을 멈추고 담장을 내려가는 수밖에 없다. 귀찮으니 그렇게 할까, 적잖은 숫자로 밀어붙이고 있고 게다가 이 주변에서 별로 보지 못한 면상들이다.

부리가 보통 아니게 뾰족한 것이 어쩐지 텐구의 자손들 같다. 어차피 질 좋은 녀석들은 아닌 게 분명하다. 조용히 물러나는 게 안전할까, 너무 깊이 들어갔다가 만에 하나 떨어지기라도 하면 더 수치스럽겠다고 생각하고 있자니 왼쪽을 봤던 까마귀가 '아호(바보)' 하며 울었다. 다음 것도 흉내를 내며 아호라고 했다. 마지막 녀석은 정중하게도 아호아호 하고 두 번 외쳤다. 아무리 성격 좋은 나라도 이것만은 그냥 넘어갈 수 없다.

첫째 자기 저택 안에서 까마귀들한테 모욕을 당했다고 해서는 내 이름을 걸고 창피한 노릇이다. 이름은 아직 없으니 관계 같은 것이 있을까 하고 말한다면 체면에 관계된 일이라고 바꿔 말하겠다. 결코 퇴각이란 있을 수 없다. 속담에도 오합지졸이라고 하니 세 마리여도 의외로 약할지도 모른다. 해볼 만큼 해보자 마음을 먹고 어슬렁어슬렁 걷기 시작한다. 까마귀 놈들은 시치미를 뚝 떼고 뭔가 서로 이야기를 하는 모습이다. 더욱더 비위에 거슬린다. 담장 폭이 5, 6치만 되어도 호되게 혼쭐을 내주겠지만 유감스럽게도 아무리 화가 나도 살금살금 걸을 수밖에 없다.

  간신히 적들의 선봉과 약 5, 6치 되는 거리까지 와서 다시 한숨 돌려야겠다 하고 있는데, 칸자에몽은 서로 입을 맞추기라도 한 듯이 갑자기 날갯짓을 하며 한두 자만큼 날아올랐다. 그 퍼드득대는 바람이 돌연 내 얼굴에 불어닥친 순간, 아차 싶더니 문득 발을 헛디뎌 땅으로 털썩 떨어졌다. 이것은 낭패라고 담장 밑에서 올려다보니 세 마리 모두 원래 장소에 머물러 부리를 나란히 하고 내 얼굴을 내려다보고 있다. 뻔뻔스런 놈들이다. 픽 쏘아보았지만 전혀 먹히지 않는다. 등을 구부려 조금 으르렁대봤지만 그도 헛수고다. 속물들이 영묘한 상징시를 모르는 것처럼 내가 그들을 향해 나타내는 분노의 기호에도 하등의 반응을 나타내지 않는다. 생각해보면 무리도 아닌 것이다. 나는 지금까지 그들을 고양이로 취급했었다. 그것이 틀렸다. 고양이라면 이 정도 했으면 분명 반응을 할 테지만 공교롭게도 상대는 까마귀다. 까마귀와 맞서보면 어쩔 수가 없다. 사업가가 주인 쿠샤미 선생을 압도하려고 조바심을 내는 것이나, 사이교(그 시대 가승)에게 은으로 된 고양이를 진상하는 것이나, 사이고 다카모리(메이지의 일등공신) 군의 동상에 까마귀들이 똥을 누는 것과 같은 일이다.

기회를 보는데 민첩한 나는 도저히 안 되겠다고 보여 깨끗하게 단념하고 툇마루로 내려갔다. 벌써 저녁밥 시각이다. 운동도 좋지만 도가 지나치면 좋지 않다고 온몸이 어쩐지 나른하고 축축 처지는 느낌이 든다. 그뿐인가 아직 가을에 막 접어들어 운동 중에 따가운 뙤약볕을 받은 털가죽은 지는 해를 마음껏 흡수했는지 후텁지근해 참을 수가 없다. 모공에서 배어나오는 땀이 흘러내리면 좋으련만 모근에 기름처럼 끈적끈적 달라붙는다. 등이 근질근질하다.

땀으로 근질근질하는 것과 벼룩이 있어서 근질근질한 것은 확실히 구별이 된다. 입이 닿는 곳이라면 물 수도 있고, 발이 닿는 영역은 긁는 것도 마음먹을 수 있는데 척추가 세로로 지나는 한가운데로 오면 내 힘으로는 어떻게 할 수가 없다.

이럴 때는 인간을 찾아서 무턱대고 비벼보거나, 소나무 껍질로 충분히 문지르던가, 둘 중 하나를 선택하지 않으면 찜찜해서 편한 잠도 잘 수가 없다. 인간은 어리석은 존재이니 고양이 어르는 소리로 ─ 고양이 어르는 소리는 인간이 나에게 내는 소리다. 나를 기준으로 생각해보면 고양이 어르는 소리가 아니라 얼러지는 소리이다, 상관없다, 여하튼 인간은 어리석은 존재니까 얼러지는 소리로 무릎 옆에 다가가면, 대부분의 경우 그 또는 그녀를 사랑하는 것으로 오해하고 내 마음대로 하게 놔둘 뿐인가 가끔은 머리까지 어루만져주는 것이다.

그런데 근래 내 털 속에 벼룩이라고 부르는 일종의 기생충이 번식해서 모처럼 인간에게 다가갈라치면 어김없이 목덜미를 잡혀 저쪽으로 내던져진다. 희미하게 눈에 들어올 듯 말 듯, 잘 잡히지도 않는 벌레 때문에 내가 꺼림을 당하는 모양이다. 손을 뒤집으면 비, 손을 덮으면 구름 이란 이것을 두고 하는 말인가. 겨우 벼룩 천 마리나 이천 마리로 잘도 그렇게 셈을 하는 흉내가 가능한 것일까. 인간 세계를 통해 보여지는 사 랑의 법칙의 첫째 조건에는 이렇게 되어 있다고 한다. – 자기의 이익이 되는 동안은, 당연히 남을 사랑할 것 – 인간의 대우가 갑자기 돌변했으 므로 아무리 가려워도 인간의 힘을 이용할 수는 없다. 그래서 두 번째 방 법으로 소나무 껍질 마찰법을 이용하는 수밖에 도리가 없다.

그럼 잠깐 긁어볼까 하고 툇마루에서 막 내려가려는데 아니, 이것도 수 지타산이 맞지 않는 어리석은 방책이라고 느껴졌다. 그 이유는 다름이 아 니다. 소나무에는 송진이 있다. 이 송진은, 집착심이 대단히 강한 놈으로, 한번 털끝에 달라붙기라도 하면 천둥이 치고 발틱 함대가 전멸해도 결코 떨어지지 않는다. 그뿐인가 다섯 가닥의 털에 착 달라붙기가 무섭게 열 가 닥으로 옮겨가버린다. 열 가닥 당했는가 싶으면 벌써 서른 가닥으로 불어 나 있다. 나는 담백함을 사랑하는 다도적茶道的 고양이다. 이렇게 끈질기고 악독하고 끈적끈적한, 집념 강한 놈은 정말 질색이다. 가령 천하의 절세 가묘 고양이라고 해도 이것만은 사양하겠다. 소위 송진에 있어서만 질 색일까. 인력거집 검은 보스의 두 눈에서 북풍을 타고 흐르는 눈곱과 다 를 바 없는 주제에, 이 담회색의 털옷을 엉망으로 한다는 것은 괘씸하 기 짝이 없는 짓이다. 조금은 생각해보라고 말한 참이라도 그놈은 좀처 럼 생각할 기미가 없다. 그 껍질 근처로 가서 등을 대기가 무섭게 기다 렸다는 듯이 착 달라붙을 게 뻔하다. 이런 무분별한 촌뜨기를 상대로 하 는 건 내 체면에 관계될 뿐만 아니라, 나아가 내 털들에 관계되는 것이다. 아무리 근질근질해도 참을 수밖에 달리 방도는 없을 것이다. 하지만 이 두 가지 방법 모두 실행할 수 없게 된다면 매우 불안하다. 지금 뭔가 궁리해두지 않으면 끝에 가서는 근질근질, 끈적끈적한 끝에 병에 걸려버릴지도 모른다.

뭔가 방법이 없을까 하고 뒷다리를 접고 생각하다가 퍼뜩 떠오른 것이 있었다. 우리 주인은 가끔 수건과 비누를 들고 홀연히 어디론가 나갈 때가 있다. 30~40분쯤 지나 돌아온 것을 보면 그의 몽롱한 안색이 조금은 활기를 띠고 맑아 보인다.

주인 같은 지저분한 남자에게 이 정도의 영향을 끼친다면 나한테는 조금 더 효과가 있을 것이 틀림없다. 나는 그냥 있어도 이 정도의 기량이니까 이보다 더 색남이 될 필요는 없는 것 같지만, 만에 하나 병에라도 걸려서 한 살 몇 개월 만에 요절하는 일이 있어서는 천하의 창생에 대해 할 말이 없다.

들어보니 이것도 인간의 무료함 달래기로 고안해낸 대중목욕탕이라는 것이라고 한다. 어차피 인간이 만든 것이니 쓸 만한 것은 아니겠지만 이참에 시험 삼아 들어가 보는 것도 괜찮을 것이다. 해보고 효험이 없으면 그만두면 되는 것이다. 그러나 인간이 자기들을 위해 만들어놓은 목욕탕에 다른 종류의 고양이를 들여보내줄 만한 도량이 있을지가 의문이기는 하다. 주인이 태연하게 들어갈 정도의 곳이니 역시 나를 거절할 일도 없을 테지만 만에 하나 안 좋은 꼴을 당하는 일이 있어서는 보기가 안 좋다. 일단 우선 상태를 보러 가는데 지나칠 것은 없다. 본 다음에 이 정도면 되겠다고 판단이 서면 수건을 챙겨 뛰어들어보자 하고 여기까지 생각을 정한 다음에 어슬렁어슬렁 목욕탕으로 향했다.

샛길을 왼쪽으로 구부러지면 맞은편에 높은 대나무 같은 것이 우뚝 솟아 있고 끝에서 희미한 연기를 내뿜고 있다. 이것이 바로 그 대중목욕탕이라는 것이다. 나는 살짝 뒷문으로 숨어들었다. 뒷문으로 숨어드는 것을 비겁하다거나 미련하다거나 하는데 그것은 앞으로가 아니면 방문할 수가 없는 자들이 질투 반으로 떠벌이며 꾸며낸 말이다. 옛날부터 영리한 사람은 뒷문으로 불시에 덮치는 것이 정해진 순서다. 신사양성법 제2권 제1장의 5쪽에 그렇게 나와 있다고 한다. 그 다음 쪽에는, 뒷문은 신사의 유서로서 자신이 덕을 얻는 문이라고 되어 있을 정도다. 나는 20세기의 고양이이니 이 정도의 교양은 있다. 너무 얕보아서는 안 된다.

그런데 숨어들어 보니, 왼쪽에 소나무를 갈라 8치 정도로 패놓은 것이 산더미처럼 쌓여 있고 그 주변에는 석탄이 동산처럼 수북이 쌓여 있다. 왜 소나무 땔감이 산더미 같고, 석탄이 동산을 이루고 있느냐고 묻는 자들이 있을지 모르지만 특별히 의미도 뭣도 없다. 그냥 조금 산과 동산을 구별해 말한 것뿐이다. 인간도 쌀을 먹거나 새를 먹거나 생선을 먹거나 짐승을 잡아먹거나 온갖 몹쓸 것들을 다 먹은 끝에 결국 석탄까지 먹어버릴 만큼 타락한 것은 참 딱하기 그지없다. 맞은편 막힌 곳을 보니 한 칸쯤 되는 입구가 활짝 열려 있어 안을 들여다보니 텅 비어 휑한 것이 적막하다. 그 맞은편에서 뭔가 인간의 목소리가 왁자지껄하다.

소위 목욕탕은 이 소리가 나오는 근처가 틀림없다고 단정했으니까 소나무 땔감과 석탄 사이에 생긴 틈을 빠져나가 왼쪽으로 돌아서 전진하니 오른쪽에 유리창이 있고 그 바깥에 둥그렇고 작은 통이 삼각형 즉 피라미드처럼 쌓여 있다. 둥그런 것들이 삼각형으로 쌓여 있게 된 것도 본의가 아닐 건데 유감천만일 거라고 가만히 작은 통들의 뜻을 헤아려보았다. 작은 통의 남쪽에는 4, 5자쯤 되는 판자들이 남아돌아 마치 나를 맞이하는 것처럼 보인다. 판자의 높이는 지면에서 약 1미터 정도니까 뛰어오르기에는 안성맞춤이다. '괜찮겠지' 하고 훌쩍 몸을 띄웠더니 소위 대중목욕탕은 바로 코앞, 눈밑에 펼쳐져 있다. 천하에 무엇이 재미있다고 해도 아직 먹어보지 못한 것을 먹고, 아직 보지 못한 것을 보는 것만큼 유쾌한 일은 없다. 여러분도 우리 주인처럼 일주일에 세 번 정도, 이 목욕계에 30분 내지 40분을 할애한다면 좋겠는데 만약 나처럼 대중목욕탕이라는 것을 본 적이 없다면 서둘러 보는 것이 좋겠다. 부모의 임종을 지켜보지 않아도 좋으니 이것만큼은 꼭 구경하는 것이 좋겠다. 세계가 넓다 한들 이런 가관이 또 어디 있을까.

무엇이 가관이냐고? 무엇이 가관이냐면 이것을 입밖에 내기가 꺼려질 만큼 가관이다. 이 유리창 안에 우글우글, 와자지껄 소란을 떠는 인간들은 죄다 벌거벗었다. 대만의 원주민이며 20세기의 아담이다.

애초에 의상의 역사를 풀어내보자면 ― 긴 이야기니까 이것은 토이펠스드렉 군에게 양보하고 이야기 보따리를 풀어놓는 것만은 참겠지만, ― 인간은 순전히 복장으로 유지되어온 존재다. 18세기경 대영제국 바스의 온천장에서 본 내시가 엄중한 규칙을 제정했을 때는 온천장 안에서 남녀 모두 어깨부터 다리까지 옷으로 몸을 감추었을 정도다.

지금으로부터 60년 전 이것도 영국의 어느 도시에서 도안학교를 설립한 적이 있다. 도안학교니까 나체화, 나체상의 묘사, 모형을 사들여 여기저기에 진열한 것은 좋았지만 막상 개교식을 거행하는 단계가 되어 당국 관계자를 비롯 학교직원이 대 곤혹을 치른 적이 있다. 개교식을 한다고 하면 시의 숙녀들을 초대하지 않으면 안 된다. 그런데 당시의 귀부인들의 생각에 의하면 인간은 복장의 동물이며 가죽을 입은 원숭이의 새끼가 아니라고 생각하고 있었다. 인간으로서 옷을 입지 않는 것은 코끼리 코가 없는 것 같고, 학교에 학생이 없는 것 같고, 병대에 사기가 떨어지는 것 같아 그 본질을 상실한 것이나 다름없다. 적어도 본질을 잃어버린 이상은 인간으로서는 통용되지 못하는 짐승류에 불과한 것이다. 가령 모사 모형이라 해도 짐승류를 인간으로 치부하는 것은 귀부인의 품위를 해치는 것이다. 그러니 출석을 거절하겠노라고 말하였다. 그래서 직원들은 말도 안 되는 억지라고는 생각했지만 어쨌든 여자는 동서양을 통틀어 일종의 장식품인 법. 밥벌이도 되지 않고 지원병도 될 수 없지만, 개교식에는 빠질 수 없는 장식도구라는 점에서 어쩔 수 없이 옷 파는 데에 가서 검은 천을 35마 8분의 7을 사와서 아까 말한 짐승류의 인간들에게 모조리 옷을 입혔다. 선례가 있어서는 안 된다고 단단히 다짐하고 얼굴까지 옷을 입혔다. 그렇게 해서 겨우겨우 막힘없이 식을 마쳤다는 이야기가 있다. 그 정도로 의복은 인간에게 있어서 중요한 것이다.

요즘에 와서는 누드, 누드 하고 끊임없이 나체를 주장하는 선생도 있지만 그것은 잘못되었다. 태어나서 오늘에 이르기까지 하루도 나체가 되어본 적이 없는 내가 볼 땐 아무래도 잘못되었다. 나체는 그리스, 로마의 유행의 바람이 문예부흥시대의 은폐의 바람에 이끌린 후 유행하기 시작한 것으로 그리스인이나 로마인은 평소부터 나체를 익숙하게 받아들이고 있었으니까 이것을 가지고 교육상의 이해관계가 어떻다는 식으로는 추호도 생각을 하지 않았을 테지만 북유럽은 추운 곳이다. 일본에서조차 맨몸으로 길거리에 나돌아 다니는 건 용납이 안 되는 판국이니 독일이나 영국에서 벌거벗고 다녔다간 죽음을 면치 못한다. 죽어버려서는 소용없으니까 옷을 입는다. 모두가 옷을 입으면 인간은 복장의 동물이 된다. 한번 복장의 동물이 된 다음에 갑자기 나체동물을 만나면 인간으로는 인정하지 않고, 짐승이라고 생각한다. 그런 것이니 서구 유럽인 특히 북방의 유럽인은 나체화, 나체상을 짐승으로 취급하는 것이다. 즉, 고양이에게 뒤떨어지는 짐승으로 인정해도 좋은 것이다. 아름답다? 아름다우면 아름다운 짐승으로 간주하면 되는 것이다.

이렇게 말하면 서양 부인들의 예복을 봤느냐고 하는 자도 있을지 모르겠는데, 고양이이니까 서양 부인의 예복을 감히 뵌 적은 없다. 듣자하니 그들은 가슴을 드러내고 어깨를 드러내고 팔을 다 드러내놓고 이것을 예복이라고 칭하고 있다고 한다. 참 괘씸한 일이다. 14세기경까지는 그들의 차림새가 그렇게까지 우스꽝스럽지는 않았다, 역시 보통 인간이 입는 것을 입고 다녔다. 그것이 왜 이런 천박한 광대로 둔갑했는가는 귀찮으니까 설명하지 않겠다. 아는 사람은 다 알고, 모르는 사람은 모른 채 있으면 그만이다. 역사야 어떻든 그들은 그렇게 이상한 행태를 하고 야간에만큼은 자신만만함에도 불구하고, 내심은 조금 인간다운 점도 있다고 보여져, 날이 밝으면 어깨를 움츠리고 가슴을 감추고 팔을 감싸고 모두 하나같이 보이지 않게 해버릴 뿐만 아니라, 발톱 하나도 남에게 보이는 것을 매우 수치스럽게 여기고 있다.

이런 것으로 보아도 그들의 예복이라는 것은 일종의 얼빠진 작용에 의해 바보와 바보들의 상담에서 성립된 것임을 알 수 있다. 그게 억울하다면 대낮에라도 어깨와 가슴과 팔을 내놓아 보는 것이 좋겠다. 나체주의자들도 그렇다. 그렇게 나체가 좋다면 딸도 나체로 다니게 하고 결국에는 자신도 나체 차림으로 공원이라도 활보하는 건 어떨까, 못 한다구? 못 하는 것이 아니라, 서양인들이 하지 않으니까 스스로도 하지 않는 것은 아닌가. 실제 이 불합리의 극치라 할 예복을 입고 거만하게 제국호텔 같은 데를 드나들지 않는가. 그 연유를 물어보면 아무것도 없다. 그냥 서양인들이 입으니까 입는다고 할 뿐일 것이다.

서양인은 강하니까 무리를 해서라도 멍청해 보여도 그것을 흉내 내지 않으면 안 될 것이다. 긴 것에는 감겨라, 강한 것에는 굽혀라, 무거운 것에는 눌려라, 그렇게 다 되어서는 아무래도 찝찝하지 않은가. 찝찝해도 어쩔 수 없다고 한다면 용서해줄 테니 너무 일본인을 대단한 자들이라고 여겨서는 안 된다. 학문도 그렇지만 이것은 복장에 관계가 없는 일이니 이하생략하고.

의복은 그처럼 인간에게도 중요한 것이다. 인간이 의복인가, 의복이 인간인가 할 정도로 중요한 조건이다. 인간의 역사는 살의 역사에 있지 않고, 뼈의 역사에 있지 않고, 피의 역사에도 있지 않고, 단지 의복의 역사라고 말하고 싶어질 정도다. 그래서 의복을 입지 않은 인간을 보면 인간다운 느낌이 들지 않는다. 마치 괴물이라도 본 것 같다. 괴물이라도 모두가 하나같이 괴물이 되면 소위 괴물은 사라지는 것이니 상관없지만 그렇게 되면 인간 자신이 크게 곤란해질 뿐이다.

그 옛날 자연은 인간을 평등한 존재로 제조해 세상에 내놓았다. 그래서 어떤 인간도 태어날 때는 반드시 벌거숭이다. 만약 인간의 본성이 평등에 안주하는 것이라면 족히 이 벌거숭이 상태 그대로 성장해 나가야 할 것이다. 그런데 벌거숭이 중 한 사람이 나서서 이렇게 누구나 다 똑같아서는 공부한 보람이 없다, 고생을 한 결과가 보이지 않는다, 어떻게든 나는 나나 누가 봐도 나라고 하는 점이 눈에 띄게 만들고 싶다, 그것에 대해서는 남들이 보아 앗 하고 놀랄 만한 뭔가를 몸에 붙여보고 싶다, 뭔가 좋은 것이 없을까 하고 10년간 생각해 겨우 사루마타(속옷, 잠방이)를 발명해 곧바로 이것을 입고서 어떠냐 황송하지 않느냐며 거만을 떨면서 여기저기를 돌아다녔다. 이것이 오늘날의 인력거꾼의 선조다. 간단한 속옷 하나를 발명하는데 10년의 긴 세월을 허비한 것도 막상 이상하지만 그것은 오늘날부터 고대로 거슬러 올라가 무지몽매한 세계에 있어 단정지은 결론으로서, 그 당시에는 이만큼 대단한 발명은 없었던 것이다.

데카르트는 '나는 생각한다, 고로 나는 존재한다'는 세살배기도 다 알 것 같은 진리를 생각해내는데 10년이나 걸렸다고 한다. 모두들 생각해낼 때는 고생고생하는 것이니 속옷의 발명에 10년을 허비했다고 해도 인력거꾼의 지혜로는 너무 잘해냈다고 할 수밖에 없다.

자, 사루마타가 생기자 세상에서 위세를 떨치는 것은 인력거꾼들뿐이었다. 인력거꾼들이 사루마타를 입고 천하대도를 제 것인 양 종횡무진 활보하고 다니는 것을 밉살스럽게 생각해 이에 질 리 없는 다른 괴짜가 6년 동안 궁리해 이번에는 '하오리'라는 무용지물을 발명했다. 그러자 사루마타의 세력은 순식간에 쇠퇴하고 하오리의 전성시대가 도래했다. 야채가게, 약방, 옷감집은 모두 이 대발명가의 후손이다.

사루마타기, 하오리기 뒤를 잇는 것이 하카마(바지처럼 생긴 통넓은 치마)기이다. 이것은 하오리 주제에 하고 발작을 일으킨 또 다른 괴짜가 생각해낸 것으로 옛날 무사, 지금의 관원들은 모두 이 족속들이다. 이렇게 괴물들 모두가 너도나도 다름을 뽐내며 새로움을 다투어 결국에는 제비꼬리에 흡사한 이상한 형태까지 출현하기에 이르렀는데 한발 물러서서 그 유래를 생각해보면 어느 것도 무리하게 엉터리로 막연히 들고 나온 것들은 결코 아니다. 모두 이기고 싶다는 용맹심의 발로에서 다양한 신형이 탄생한 것으로 나는 네가 아니다 라고 떠들고 다니는 대신에 뒤집어 쓰고 다니는 것이다.

그러고 보니 이런 심리에서 일대 발견이 생긴다. 그것은 다름 아니다. 자연은 진공을 싫어하는 것처럼 인간은 평등을 혐오한다는 것이다. 이미 평등을 혐오해 어쩔 수 없이 의복을 뼈와 살처럼 그렇게 덕지덕지 붙이고 다니는 오늘날에 있어 이 본질의 일부인, 이것들을 버리고 도로아미타불인 공평의 시대로 돌아가는 것은 미친 짓이다. 좋다, 미쳤다는 소리를 감수한다 해도 도저히 다시 돌아갈 수는 없다. 돌아간 무리를 문명인의 눈으로 보면 괴물이다. 가령 세계 몇억 만명의 인구를 괴물의 영역으로 끌어내려 이제 평등하겠지, 모두 괴물이니까 수치스러울 것은 없다고 안심해도 역시 소용없다. 세계가 괴물이 된 다음 순간부터 다시 괴물들의 경쟁이 시작될 테니. 옷을 입고 경쟁을 못하면 괴물 상태로 경쟁을 한다. 벌거숭이는 벌거숭이대로 어디까지나 차별을 둔다. 이런 점에서 봐도 의복은 도저히 벗을 수 없는 것이 된다.

그런데 지금 내 눈앞에 펼쳐진 인간의 무리는, 벗을 수 없는 사루마타도 하오리도 심지어 하카마도 모조리 선반 위에 올려놓고 천연덕스럽게도 원래의 광태를 대중의 눈앞에 드러내, 보이는 상대에게 노출하고 태연자약하게 담소를 나누고 있다. 내가 아까 더없이 이상한 풍경이라고 한 것은 바로 이걸 두고 한 말이다. 나는 문명의 모든 군자들을 위해 여기에 그 일반을 소개하는 영광을 갖게 되었다.

어쩐지 두서없어서 무엇부터 설명해야 좋을지 모르겠다. 괴물들이 하는 일에는 규율이라는 게 없으니 질서 있게 증명을 하는 데 수고가 든다.

우선 욕조부터 설명하자. 욕조인지 뭔지 모르겠지만 대강 욕조라고 생각할 뿐이다. 폭이 3자(약 1미터) 정도, 길이는 한칸 반(약 3미터)이나 될까, 그것을 두 개로 나누어 하나에는 하얀 물이 들어 있다. 약탕이라든가 하고 부른다고 하는데 석회를 녹여놓은 것 같은 색으로 탁하다. 무엇보다 그냥 탁한 것이 아니라 기름기가 있고 무거운 느낌으로 탁하다. 잘 들어보면 썩은 것으로 보이는 것도 이상하지는 않다, 일주일 동안에 한번밖에 물을 갈지 않는다고 한다. 그 옆에는 보통 일반적인 탕인데 이것 또한 투명하다거나 영롱하다고는 결코 말할 수 없다. 빗물통을 할퀴어 휘저어놓은 정도의 가치는 그 색에서 충분히 나타내고 있다. 이제부터가 괴물 이야기인데 꽤 힘이 든다.

빗물통 쪽에 우뚝 솟아 있는 젊은이가 둘 있다. 선채로 서로 마주보고 목욕물을 배 위에다 착착 끼얹고 있다. 좋은 눈요깃거리다. 둘 다 살결이 검은 점에 있어서는 흠잡을 데 없게 발달되어 있다. 이 괴물은 튼튼해 보인다고 생각하며 보고 있자니 한 사람이 손수건으로 가슴 주위를 쓰다듬으면서 묻는다.

"이봐, 아무래도 여기가 아파서 죽겠는데 왜 그럴까?"

상대방이 열심히 충고를 덧붙인다.

"거긴 위 부분인데, 위라는 놈은 목숨을 빼앗으니까 조심하지 않으면 위험해."

"글쎄 이 왼쪽이야." 하며 왼쪽 폐가 있는 쪽을 가리킨다.

"그게 위라니까. 왼쪽이 위고 오른쪽이 폐야."

"그런가, 난 또 위는 이 부근인가 했지."

이번에는 허리 주변을 두드려보이자, 상대방은 "그건 요통이구만." 하고 말했다.

거기에 25, 6세쯤 되는 엷은 수염을 기른 남자가 첨벙 뛰어든다. 그러자 몸에 붙어 있던 비누거품이 때와 함께 물 위에 둥둥 떠오른다. 철분기가 있는 물을 비추어봤을 때처럼 반짝반짝 빛난다. 그 옆에 머리가 벗겨진 할아버지가 5부로 머리를 깎은 사람을 붙잡고 무슨 말을 하고 있다. 둘 다 모두 머리만 물에 떠 있을 뿐이다.

"아니 이렇게 나이를 먹어서는 안 되겠어. 인간도 늙어빠지면 젊은 자에게는 못 당하겠네. 그려도 물만큼은 지금도 뜨거운 것이 아니면 기분이 좋질 않아서 말야."

"어르신 같으면야 정정하시지요. 그 정도로 총기가 있으시면 아직 괜찮습니다."

"총기는 뭘. 그냥 큰 병만 없다 뿐이지. 인간은 나쁜 짓만 하지 않으면

120까지는 산다고 하니께."

"예? 그렇게 오래 살 수 있습니까?"

"살구 말구, 120까지는 거뜬허지. 유신 전에 우시고메 마가리부치라는 무사가 있었는디 거기 있던 하인은 130이었지."

"정말 오래도 살았네요."

"아, 너무 오래 살아서 자기 나이도 잊어버렸댜. 백 살까지는 그래도 기억하고 있었는데 그때부터 잊어버렸다더구만. 그래서 내가 안 게 130일 때였는디 그것으로 죽은 것이 아니여. 그로부터 어떻게 되었는지는 모르지. 어쩌면 아직도 살아 있을지도 모르지."

하면서 할아버지는 욕조에서 일어난다. 수염을 기른 남자는 운모 같은 것을 자기 주변에 흩뿌리면서 혼자서 싱글싱글 웃고 있었다. 대신 들어온 것은 보통 일반의 괴물과는 달라 등에 무늬그림(문신)을 새겨 넣은 자다. 이와미 주타로가 큰 칼을 휘둘러 이무기를 물리치는 대목 같은데 애석하게도 아직 준공이 마무리되지 못했는지 이무기는 어디에도 보이지 않는다. 따라서 주타로 선생이 막상 얼빠진 느낌으로 보인다. 그 괴물은 뛰어들면서 "이거 되게 미지근하구만." 하고 말했다. 그러자 또 한 사람이 계속해서 뛰어들더니 "이거 정말…… 좀 더 뜨거워야 맛이지." 라고 얼굴을 찌푸리면서도 뜨거운 것을 참는 듯한 기색으로도 보였는데 그 주타로 선생과 얼굴이 마주치자 "아이고 형님." 하고 인사를 한다.

주타로는 "여어, 타미 씨는 어떤가?" 하고 묻는다.

"어찌 된 건지, 마구 돌아다니는 걸 좋아합니다."

"마구 돌아다니기만 하면은……."

"그러게요, 그 작자도 속이 구린 자니까. ─ 어쩐 일인지 남들이 좋아하지 않던데요. 직공이란 그런 것이 아닌데."

"맞아. 타미 같은 자는 허리가 낮지 않고, 머리가 높지. 그러니 아무래도 신용을 얻지 못하는 거지. 정말이야. 그러고서 자기가 제법 수완이 있는 줄 착각하고 있으니, ─ 결국은 자기 손해지."

"사로카네쵸에도 옛날 사람들은 많이 없어졌어요, 지금에는 작은 들통가게의 모토 씨하고 기와집 대장하고 형님 정도지요. 이쪽이야 여기서 태어난 자들이지만 타미 씨 같은 사람, 어디서 왔는지 알 수 없잖아요."

"그래. 하지만 잘도 그만큼 되었지."

"예. 어쩐 일인지 남들이 좋아하지 않아요. 남들이 만나주지 않더라구요."라고 철두철미하게 타미 씨를 공격한다.

빗물통은 이쯤으로 하고 하얀 탕을 보면 이것 역시 상당한 인파여서 탕 안에 사람이 들어간다기보다 사람 속에 탕이 들어 있다는 쪽이 적당하다. 게다가 그들은 매우 유유자적해서 아까부터 들어오는 자는 있지만 나가는 자는 한 사람도 없다. 이렇게 들어온 데다가 일주일이나 한데 모아두니 탕도 더러워질 것이라고 감탄을 하며 욕조 안을 더 잘 들여다보니, 왼쪽 구석에 밀어 붙혀진 채 쿠샤미 선생이 얼굴이 벌게서 웅크리고 있다.

불쌍하게 누군가 길을 열어 나오게 해주면 좋을 텐데 하고 생각하는데 아무도 움직일 것 같지도 않지만, 주인 역시 그 틈에서 나오려는 기색조차 보이지 않는다. 그냥 가만히 앉아 벌게서 있을 뿐이다. 이것은 고생스런 일이다. 될 수 있는 한 2전 5리짜리의 목욕탕을 활용하려는 심산에서 저렇게 벌게서 있는 것이겠지만 빨리 일어나지 않으면 탕에 김이 오르겠다고 주인을 끔찍이 생각하는 나는 창가 선반에서 내심 걱정이 되었다. 그러자 주인의 한 칸 옆에 있던 남자가 팔자주름을 만들면서 "이건 좀 효과가 너무 센 거 아냐, 아무래도 등 쪽에서 뜨거운 것이 찌릿찌릿 솟아나는 게."라며 나란히 앉은 괴물들에게 은근히 동정을 구했다.

"뭐 이게 딱 좋구만. 약탕은 이 정도가 아니면 효과가 없어요. 우리 고향 같은 데서는 이 두 배나 뜨거운 탕에도 들어가는걸요."라고 자랑스럽게 떠드는 자가 있다.

"도대체 이 탕은 무엇에 잘 든답니까?"

수건을 개켜 울퉁불퉁한 두상을 가린 남자가 일동에게 물어본다.

"여러 가지에 들지요. 뭐든 다 좋다니까 뭐. 좋은 것이겠지."

그렇게 말한 것은 말라비틀어진 누런 오이 같은 색과 모양을 함께 갖춘 얼굴의 소유자이다. 그렇게나 잘 드는 탕이라면 조금은 더 튼튼해질 법도 한데.

"약을 처음 넣었을 때보다 사흘째나 나흘째가 딱 좋은 것 같습니다. 오늘 쯤이 들어갈 때에요."

잘 안다는 얼굴로 말한 것을 보니, 탱탱 불은 남자다. 이것은 아마 때가 불어서일 것이다.

"마셔도 효과가 있을까요?"

어디서부터인지는 모르지만 쉰 쇳소리로 말하는 자가 있다.

"몸이 냉할 때 같은 때는 한잔 마시고 자면, 놀랍게도 소변 때문에 새벽에 깨지 않으니 뭐 해보시지요."

대답한 것은 어느 얼굴에서 나온 목소리인지 잘 모르겠다.

　욕조 쪽은 이 정도로 해두고 마루방을 둘러보니, 세상에 세상에 그림도 안 되는 아담들이 쭉 늘어서서 각자 제멋대로의 자세로 아무 곳이나 씻고 있다. 그중에 가장 놀라운 것은 벌러덩 드러누워 높은 영창을 바라다보고 있는 자와, 배를 깔고 엎드린 자세로 도랑 안을 들여다보고 있는 두 아담이다. 이것은 어지간히 할 일 없는 아담으로 보인다. 중이 돌벽을 향해 쭈그리고 있으면 뒤에서 어린 중이 자꾸 어깨를 두드린다. 이것은 사제 관계상 때밀이 대신을 하고 있는 것일 게다. 진짜 때밀이도 있다. 진짜는 감기에 걸렸는지 이 더운데 솜이 들어간 소매 없는 하오리를 입고 작은 나무통에서 영감님 어깨에 더운 물을 좍좍 끼얹고 있다. 오른쪽 발을 보니 엄지발가락 사이에 얇고 성긴 견직 때수건을 끼고 있다. 이쪽에서는 작은 나무통을 욕심내 3개나 끌어안은 남자가 옆 사람에게 비누를 써보라 써보라 하면서 자꾸만 장황한 설교를 늘어놓고 있다.

　뭐지 하고 들어보니 이런 이야기를 하고 있었다. "장총은 외국에서 건너온 것이거든. 옛날에는 칼뿐이었지. 양놈들은 비겁하니까, 그래서 저런 게 생겼지. 아무래도 지나(중국)는 아닌 것 같아, 역시 외국 같아. 와토나이 시대에는 없었거든. 와토나이 하면 역시 세이와 겐지지. 뭐래도 요시츠네가 에조(지금의 북간도)에서 만주로 건너갔을 때 에조 남자로 아주 학문이 뛰어난 자가 따라갔다고 하더구만. 그래서 그 요시츠네의 아들이 대명(명나라)을 공격했는데 명나라는 만만치 않으니 3대 쇼군에게 사신을 보내 3천 명의 군대를 빌려달라고 하자, 3대 쇼군이 그 녀석을 머물러 두게 하고 돌려보내지 않았지. ─ 뭐라 했더라. ─ 아무튼 뭐라는 사신이야. ─ 그래서 그 사신을 2년이나 붙잡아둔 끝에 나가사키에서 창녀를 보여주었는데 말야. 그 창녀 사이에 생긴 아이가 와토나이란 말이지. 그리고 고향으로 돌아와보니 명나라는 역적에게 멸망당해 있었어. ……."

무슨 말을 하는 것인지 잘은 모르겠다.

그 뒤에 25, 6살쯤 되어 보이는 음울한 얼굴을 한 남자가 멍하니 가랑이 부분에 하얀 물을 자꾸만 끼얹고 있다. 종기인지 뭔지로 괴로워하고 있는 것으로 보인다. 그 옆에 나이는 17, 8쯤으로 자네라든가 나라든가 건방진 소리를 술술 떠들어대고 있는 것은 이 근처의 서생일 것이다. 또 그 다음으로 이상한 등이 보인다. 엉덩이 속으로 한죽을 밀어 넣은 것처럼 등뼈의 마디가 역력히 드러나 있다. 그리고 그 좌우에 바둑판(고누) 비슷한 모양이 4개씩 열을 지어 늘어서 있다. 이 바둑판이 벌겋게 문드러져 둘레에 고름이 생긴 것도 있다.

이렇게 차례차례 쓰다 보니 쓸 것이 너무 많아 도저히 내 솜씨로는 그 한 점조차 형용할 길이 없겠다. 이것 성가신 것을 시작했다고 다소 싫증이 나 있자니 입구 쪽에 얇은 황색 무명옷을 입은 70 정도 되어 보이는 대머리 영감이 불쑥 나타났다. 영감은 공손히 이들 나체 괴물에게 고개 숙여 인사를 하며 막힘없이 말을 시작했다.

"여어, 어느 분도 매일 변함없이 감사드립니다. 오늘은 조금 날이 추우니 아무쪼록 느긋하게 ─ 저 하얀 탕에 드나드시면서 서서히 몸을 데우십시오. ─ 여봐, 어떻게 탕 온도를 잘 좀 봐드려라."

지배인은 "예 – ."라고 대답했다. 와토나이는 "애교 있는 자군. 저렇지 않아서는 장사는 못하지."라고 크게 영감을 격찬했다.

나는 갑자기 이 이상한 영감을 만나 조금 놀랐으니 이쪽의 설명은 그대로 두고 잠시 영감을 전문적으로 관찰하기로 했다.

영감은 이윽고 방금 막 일어선 네 살배기 남자아이를 보고 "아가, 이쪽으로 와."라고 손을 내민다. 아이는 다이후쿠모찌(팥소를 떡으로 싼 과자)를 밟아놓은 것 같이 생긴 영감을 보고 큰일이라고 생각했는지, 와 – 앙 하고 비명을 지르며 울기 시작한다.

영감은 조금 뜻밖이라는 기미로 당황한다.

"아니, 왜 울까? 할아버지가 무서워? 아니 이거 참."

하는 수 없으니 금세 상대를 바꿔 아이의 아버지에게 향했다.

"야, 여어 겐 씨. 오늘은 좀 춥네. 어젯밤, 오미야에 든 도둑은 어떤 멍청한 놈인가. 문에 틈이 난 곳을 네모낳게 잘라 뜯어놓고. 그리고는 훔쳐보지도 못하고 가버렸다지. 순경이나 야경꾼이라도 보였던 건가."

크게 도둑의 무모함을 비웃더니 이내 또 한 사람을 붙잡고는 "아이고 춥지? 당신네들은 젊으니 그리 추운 걸 못 느끼는 모양이네."라고 그냥 혼자서만 추워하고 있다.

한참 동안은 영감 쪽에 정신을 빼앗겨 다른 괴물에 대한 것은 까맣게 잊고 있었을 뿐 아니라 괴로운 듯이 웅크리고 있던 주인조차 내 기억 속에서 사라졌을 때, 갑자기 세면장과 마루방 중간에서 큰 소리를 내는 자가 있다. 보니 그 누구도 아닌 쿠샤미 선생이다. 주인 목소리가 유난히 큰 것과, 그 탁하고 듣기 괴로운 것은 어제오늘의 일도 아니지만 장소가 장소이니만큼 나는 적잖이 놀랐다. 이것은 분명 뜨거운 탕 속에 오랜 시간 동안 참고 몸을 담그고 있었기 때문에 신경이 거꾸로 올라온 것이 틀림없다고 순간적으로 나는 감정을 내렸다. 그것도 단순히 병 탓이라면 뭐라 할 것도 없지만 그는 흥분하면서도 충분히 본심을 잃지 않고 있음에 틀림없는데 무엇 때문에 느닷없이 굵고 탁하며 품위 없는 소리를 냈는가를 이야기하면 금방 알 수 있다. 그는 상대할 가치도 없는 건방진 서생을 상대로 어른스럽지도 않은 싸움을 시작한 것이다.

"좀 내려가, 내 통에 물이 들어가잖아."

큰 소리를 친 것은 물론 주인이다.

사물은 보기에 따라 어떻게도 되는 것이니까 이 고함을 단지 흥분의 결과라고만 판단할 필요는 없다. 만 명 중 한 명 정도는 다카야마 히코쿠로(판관)가 산적을 꾸짖는 것 같은 정도로 해석해줄지도 모른다. 본인 스스로도 그럴 생각으로 꾸민 연극인가도 모르지만 상대가 산적역할을 스스로 맡지 않는 이상은 예견된 결과는 나오지 않을 것이 뻔하다. 서생은 뒤를 돌아다보며 "저는 원래부터 여기 있었습니다."라고 얌전히 대답했다.

이것은 정상적인 대답으로 그냥 그 자리를 뜨지 않을 거라는 뜻을 나타낸 것뿐인데, 주인의 마음대로 되지 않았으므로 그런 것이다. 그 태도랄까 말투는 산적으로서 매도당할 만한 일도 아닌 것은 아무리 흥분한 기미의 주인이라도 알고 있을 터. 그러나 주인의 고함은 서생의 자리 자체가 불만스러운 것은 아니다. 아까부터 이 둘은 소년답지 않게 너무 거만하고 영악한 말만 늘어놓고 있었으므로 시종 그 말을 듣고 있던 주인은, 이 점에 완전히 화가 난 모양이다. 그래서 그쪽에서 얌전하게 대꾸를 해도 잠자코 마루방으로 올라가지 않는다. 이번에는 이렇게 호통을 친다.

"뭐냐 멍청한 놈, 남의 통에 더러운 물을 철벅철벅 튀게 하는 놈이 어디 있어!"

나도 이 서생을 조금은 밉상이라고 생각하고 있었기에 순간 속으로는 쾌재를 부르긴 했지만 학교 교사인 주인의 언동으로서는 어울리지 않는다는 생각도 들었다. 원래 주인은 너무 고지식해서 안 된다. 타고 남은 석탄재를 보는 것처럼 까칠하고 게다가 너무 딱딱하다. 옛날 한니발이 알프스 산을 넘을 때 길 한가운데에 커다란 바위가 가로막고 있어 아무래도 군대가 통행상의 불편을 겪었다. 그래서 한니발은 이 커다란 바위에 초를 뿌려 불을 질러서 부드럽게 해둔 다음 톱으로 어묵토막처럼 잘라 지체 없이 지나갔다고 한다.

이렇게 효과가 탁월하다는 약탕에 벌겋게 익을 정도로 들어가 있어도 전혀 효능이 없는 주인 같은 남자는, 역시 초를 뿌려 불로 지지는 수밖에 없다고 생각한다. 그리하지 않으면 이런 서생이 몇백 명 나오고 몇십 년이 걸려도 주인의 완고함은 고쳐질 리 없다. 이 욕조에 떠 있는 자, 이 세면장에 우글우글 하는 자들은 문명의 인간에 필요한 복장을 벗어던진 괴물단체이니까 당연히 보통의 규범과 도리를 갖고 다스릴 수는 없을 것이다. 무엇을 하든 상관없다. 폐가 있는 곳에 위장이 진을 치고 와토나이가 세이와 겐지가 되고 타미 씨가 신용을 못 얻어도 상관없다. 그러나 한번 세면장을 나와 마루방으로 올라오면 모두들 더 이상 괴물이 아니다. 보통의 인류가 서식하는 사바 세계로 나오는 것이다. 문명에 필요한 옷을 입는 것이다. 따라서 인간다운 행동을 하지 않으면 안 될 것이다.

지금 주인이 밟고 있는 곳은 바로 그 문턱이다. 세면장과 마루방의 경계에 있는 문턱 위에서 당사자는 이제부터 감언이설과 온갖 수완이 판치는 세계로 되돌아가려는 찰나이다. 그 찰나에서조차 그처럼 완고하다면 이 완고함은 본인에게 있어서 도저히 뿌리 뽑을 수 없는 고질병임에 틀림없다. 병이라면 쉽게 교정하기란 어렵다. 이 병을 치료하는 방법은 어리석은 내 생각으로는 단 하나뿐이다. 교장에게 의뢰해서 파직을 시키는 것뿐이다.

파직을 당하면 융통성이 없는 주인이니 분명 길거리에서 헤맬 것이다. 길거리에서 헤맨 결과는 객사밖에 없을 것이고. 바꿔 말하면 파직은 주인에게 있어서 죽음의 원인과도 같은 것이다. 주인은 스스로 자처해 병을 얻어 기뻐하고 있지만 죽는 것은 죽기보다 싫어한다. 죽지 않을 만큼의 병이라는 일종의 사치를 누리고 싶은 것이다. 그러니 그렇게 병에 걸려 있으면 죽을 거라고 위협하면 겁 많은 주인이니 달달 떨 것이 틀림없다. 이렇게 달달 떨고 있을 때 비로소 병은 깨끗하게 나을 것이다. 그래도 병이 떨어지지 않으면 거기까지일밖에.

아무리 바보이고 병에 걸렸더라도 주인인 것에 변함은 없다. 한 끼 밥은혜를 갚지 않고 쌓아두지 않는다는 시인도 있으니, 고양이도 주인의 신상을 헤아리지 않을 수는 없을 것이다. 딱하다는 마음이 가슴 한 가득이 치밀었기 때문에 문득 그쪽에 신경이 쏠려 세면장 쪽의 관찰을 소홀히 하고 있었는데 갑자기 하얀 욕조 방면을 향해 입들이 매도하는 소리가 들린다. 여기에도 싸움이 일어났는가 하고 돌아보니, 좁은 욕조 출입구(에도 시대의 욕탕 구조)에 한 치의 여지도 없이 괴물들이 몰려들어 털이 난 종아리와 털이 없는 허벅지가 한데 섞여 움직이고 있다.

때마침 초가을 해는 저물 줄도 모르고 비춰들고 세면장 위는 천장까지 한 면의 뜨거운 김이 피어오른다. 그 괴물들의 웅성대는 모습이 그 사이에서 몽롱하게 보인다. 뜨겁다 뜨겁다 하는 소리가 내 귀를 관통하고 좌우로 빠져나가는 것처럼 머릿속에서 어지럽게 뒤섞인다. 그 목소리에는 노란 것도, 파란 것도, 빨간 것도 검은 것도 있는데 서로 겹쳐져서 일종의 이름 붙이기 어려운 음향이 목욕장 안에 넘쳐흐른다. 단지 혼잡과 혼란을 형용하는데 적합한 목소리라는 것 말고는 그밖에는 아무 도움도 되지 않는 소리이다.

나는 멍하니 이 광경에 빠져 그냥 서 있었다.

이윽고 와 – 와 하는 소리가 혼란의 극에 달해 더 이상 한발도 나아갈 수 없는 지점까지 밀려났을 때 갑자기 엉망진창으로 밀고 당기는 무리 속에서 일대 기골이 장대한 자가 우뚝 솟아 올랐다. 그의 신장을 보니 다른 선생들보다는 분명히 3치 정도는 크다. 그뿐인가 얼굴에 수염이 돋아나 있는 것인지 수염 속에 얼굴이 동거하고 있는 것인지 알 수 없는 털복숭이 면상을 뒤로 젖히며 대낮에 깨진 종을 치는 듯한 소리를 내며 "물 좀 채워, 물 좀. 뜨겁다 뜨거워."라고 외친다. 이 목소리와 얼굴만은 그 제각기 엉켜 붙어 있는 무리 위에 걸출하게 솟아 그 순간만은 목욕탕 안에 이 남자 한 사람만 있다고 생각될 정도다. 초인이다. 니체가 말한 그 초인이다. 마귀 중의 대왕이다. 괴물의 우두머리라고 생각하고 있자니 욕조 뒤에서 에 ─ 이 라고 대답한 자가 있다. 이건 또 뭔가 그쪽으로 눈을 돌려보니 어둑어둑해서 물건 색도 구별할 수 없는 가운데 아까 그 솜 넣은 옷을 입은 때밀이가 석탄 한 덩이를 들고 와 아궁이 속에 깨져라 던져 넣는 것이 보였다. 아궁이 뚜껑을 헤치고 이 덩어리가 따닥따닥 소리를 낼 때 때밀이의 반쪽 얼굴이 확 밝아진다. 동시에 때밀이 뒤에 있는 벽돌벽이 어둠을 지나 타오르는 것처럼 빛났다.

나는 사태가 조금 심상치 않게 되었으니까 얼른 창문으로 뛰어내려 집으로 돌아간다.

돌아오면서도 생각했다. 하오리를 벗고 사루마타를 벗고 하카마를 벗어던지고 평등해지려고 노력하는 벌거숭이들 중에서 다시 벌거숭이들의 호걸이 나와서 다른 군중을 압도해버린다. 평등은 아무리 벌거숭이가 되어도 얻어질 수 있는 것은 아니구나.

돌아오자 천하는 태평한데 주인은 목욕하고 난 얼굴을 번들번들 빛내며 저녁을 먹고 있다. 내가 툇마루에서 올라가는 것을 보고 이런 태평한 고양이를 봤나, 어디를 싸돌아다니다 오는 거냐고 말했다. 밥상 위를 보자 형편도 궁색한 주제에 찬을 2, 3품이나 늘어놓고 있다. 그중에 생선 구운 것이 한 마리 있다. 이것은 뭐라 부르는 생선인지 모르지만 아무래도 어제쯤 오다이바 근처에서 잡힌 것이 틀림없다. 생선은 원래 튼튼한 놈이라고 설명해두었지만, 아무리 튼튼해도 이렇게 태워지거나 익혀져서는 견뎌낼 재간이 없다. 잔병치레를 하는 한이 있어도 차라리 가늘고 길게 목숨을 연명하는 쪽이 훨씬 낫겠다. 이렇게 생각하며 밥상 곁에 앉아 틈만 있으면 뭔가 받아먹으려고, 보는 듯 안보는 듯 때를 노리고 있었다.

이런 꾀를 쓰지 못하는 자는 도저히 맛있는 생선은 차지할 수 없다고 포기해야 한다.

주인은 생선을 조금 들었다가 맛없다는 표정을 하고는 젓가락을 다시 내려놓았다. 정면에 마주 앉은 안주인 또한 말없이 젓가락을 위아래로 운동하는 모습, 주인의 양쪽 턱이 떼어졌다 붙여졌다 벌어졌다 닫혔다 하는 모양을 열심히 연구하고 있다.

"이봐, 그 고양이 머리 좀 때려봐."

주인은 갑자기 안주인에게 명령했다.

"두드리면 어떻게 할 건가요?"

"여러 소리 말고 좀 때려봐."

이렇게요? 하고 안주인은 손바닥으로 내 머리를 툭 건드린다. 하나도 안 아프다.

"울지 않는가?"

"예."

"한 번 더 해봐."

"몇 번을 해도 똑같은 것 아니에요?"

안주인이 다시 손바닥으로 툭 친다. 역시 아무렇지도 않으니까 가만히 있었다. 그러나 그것이 무엇 때문인지는 지혜 깊은 나로서는 도통 이해하기 어렵다. 이것을 이해할 수 있으면 어떻게든 방법도 있을 테지만 무턱대고 때려보라고만 하니 때리는 안주인도 곤란하고 두들겨 맞는 나도 곤란하다. 주인은 두 번까지 생각대로 되지 않자 조금 초조해진 모양으로 "이봐, 좀 울게 때려보라니까."라고 말했다.

안주인은 귀찮은 표정으로 "울려서 뭐 하시려구요?"라고 물으면서 다시 딱 하고 때렸다.

이렇게 저쪽의 목적을 알면 이유는 없다, 울기만 하면 주인을 만족시킬 수 있는 것이다. 주인은 이처럼 어리숙하니까 싫다.

울리기 위해서라면 그렇다고 진작 말했으면 두 번 세 번 쓸데없는 수고는 하지 않아도 되고 나도 한번으로 방면이 될 것을 두 번 세 번 반복당할 필요는 없는 것이다. 그냥 때려보라는 명령은 때리는 것 자체를 목적으로 하는 경우 말고 사용할 것은 못된다. 때리는 것은 저쪽의 일, 우는 것은 이쪽의 일이다. 우는 것을 처음부터 예견해놓고 그냥 때리라는 명령 속에 이쪽의 마음이어야 할 우는 일까지 포함되어 있는 것처럼 생각하는 것은 실례천만이다. 타인의 인격을 중시하지 않는 것이다. 고양이를 바보로 아는 것이다. 주인이 이무기처럼 싫어하는 카네다 씨라면 할 법한 짓이지만 벌거숭이들을 정정당당하다고 과시하는 주인으로서는 정말이지 비열하다. 그러나 사실 주인은 그 정도로 쩨쩨한 남자는 아닌 것이다. 그러니 주인의 이 명령은 교활의 극치에서 나온 것은 아니다. 결국 지혜가 부족한 점에서 생겨난 장구벌레 같은 것이라고 추측된다.

밥을 먹으면 배가 어김없이 부르다. 베이면 피가 나는 것도 당연하다. 죽이면 죽는 것은 정해진 일이다. 그러니 때리면 우는 것도 당연하다고 속단을 했을 것이다. 그러나 그것은 안됐지만 조금 논리에 맞지 않는다. 그런 식으로 가면, 강물에 떨어지면 반드시 죽을 것이고 튀김을 먹으면 반드시 설사를 할 것이다. 월급을 받으면 반드시 출근해야 할 것이고 글을 읽으면 반드시 위대해지는 격이 된다. 반드시 그렇게 되어서는 조금 곤란한 자들도 생긴다. 때리면 반드시 울지 않으면 안 된다고 하면 나는 당황스럽다. 메지로의 시각을 알리는 종과 동일하게 간주되어서는 고양이로 태어난 보람이 없다. 우선 속으로 이만큼 주인을 눌러두고 그런 다음에 야옹하고 주문대로 울어주었다.

그러자 주인은 안주인을 향해 물었다.

"방금 그 '냐옹' 하는 소리는 감탄사인지 부사인지 뭔지 알겠소?"

안주인은 너무 엉뚱한 질문이라 아무 말도 하지 않는다. 사실은 나도 이것은 목욕탕에서의 흥분이 아직 수그러들지 않았기 때문일 거라고 생각했을 정도다. 원래 이 주인은 벽 하나를 사이에 둔 이웃들한테도 유명한 별난 사람으로 불리며, 어떤 사람은 분명 정신병이라고까지 단언하고 싶어 했을 정도다. 그런데 주인의 자신감은 참으로 대단해서 내가 정신병이 아니라, 세상의 네놈들이 정신병이라고 고집을 꺾지 않는다. 이웃 사람들이 주인을 개놈이라고 부르면 주인은 공평을 유지하기 위해 필요하다느니 뭐니 하며 그들을 돼지새끼들이라고 부른다. 실제로 주인은 어디까지나 공평을 유지할 생각인가 보다. 곤란한 자다.

이런 작자이니 이런 기이한 질문을 안주인에게 툭 내던지는 것도 주인에게 있어서는 아침 식전의 소소한 사건이 될지도 모르지만, 듣는 쪽에서 보자면 조금 정신병에 가까운 사람이 하는 말 같다. 그래서 안주인은 안개에 휩싸인 기분으로 뭐라고도 말하지 못한다. 물론 나도 뭐라 대답할 수도 없다. 그러자 주인은 금새 큰 소리로, "어이." 하고 재촉했다.

안주인은 깜짝 놀라 "예." 하고 대답했다.

"그놈의 예는 감탄사인가 부사인가, 어느 쪽이야?"

"어느 쪽 말예요? 그런 엉뚱한 건 아무래도 상관없잖아요?"

"상관없다? 이것이 현재 국어학자들의 두뇌를 지배하고 있는 큰 문제라구."

"어머, 고양이 우는 소리가요? 이상한 일이네요. 뭐 고양이 울음소리는 언어가 아니지 않아요?"

"그러니까. 그것이 어려운 문제라는 거지. 비교연구라는 것이지."

"그래요?"

안주인은 영리한 사람이니 이런 바보 같은 문제에는 관여하지 않는다.

"그래서 어느 쪽인지 알았대요?"

"중요한 문제이니 그렇게 서둘러서는 알 수 없지."

주인은 아까 그 생선을 우걱우걱 먹는다. 그러더니 그 옆에 있는 돼지고기와 감자조림도 먹는다.

"이것은 돼지고기군?"

"예, 돼지고기에요."

"흠."

주인이 크게 경멸하는 투로 집어삼켰다.

"술 한 잔 더하지."라고 술잔을 내민다.

"오늘밤은 꽤 드시네요. 벌써 꽤 발개지셨어요."

"마시고 말고 ─ 당신 세상에서 제일 긴 글자를 알아?"

"예, 전에 그 간바쿠 다이조 다이진인가 그거요?"

"그건 이름이지. 긴 글자를 아는가?"

"글자라면 외국 문자 말이유?"

"응."

"모르겠수, ㅡ 술은 이제 됐으니, 밥을 한 술 뜨시지, 네?"

"아니 아직 안 취했어. 제일 긴 글자를 가르쳐주지."

"예. 그러면 밥을 드시기에요."

"Archaiomelesidonophrunichereta라는 글자네."

"맘대로 지어낸 거지요?"

"지어내다니, 그리스어야."

"뭐라는 글자에요, 우리말로 하면?"

"뜻은 나도 잘 몰라. 그냥 나열하는 것만 알고 있어. 길게 쓰면 6치 3부 정도에 걸쳐 쓸 수 있지."

남들이라면 술 한 잔 걸치고 할 법한 말을 맨 정신에 말하고 있는 점이 매우 가관이다.

무엇보다 오늘밤에만은 술을 앞뒤 안 가리고 마셔댄다. 평소라면 한두 잔으로 끝낼 것을 벌써 넉 잔이나 마셨다. 두 잔으로도 꽤 발개지는데 두 배를 마셨으니 얼굴이 달궈진 젓가락처럼 화끈 달아올라 좀 괴로워 보인다. 그래도 아직 멈추지 않는다.

"한잔 더."라고 술잔을 내민다.

안주인은 너무하다 싶어 안 좋은 내색을 한다.

"이제 그만하시면 좋겠네요. 더 힘들기만 하시지."

"뭐 힘들어도 지금부터 연습하는 거야. 오오마치 케이게츠(평론가로서 나는 고양이로소이다를 오늘날 일본 풍속도라고 평가함)가 마시라고 했거든."

"케이게츠라니 뭐유?"

그 대단한 케이게츠도 안주인을 만나면 한 푼의 가치도 없다.

"케이게츠는 일류 비평가야. 그런 자라 마시라고 하니 좋은 것 아니겠어?"

"무슨 그런 말이. 케이게츠든 바이게츠든 괴로운 짓을 해가며 술을 마시라니 쓸데없는 짓이네요."

"술뿐이 아니야. 교제를 하고 도락을 즐기고 여행을 하라고 했어."

"그건 더 나쁜 거 아니에요? 그런 사람이 어떻게 일류 비평가예요. 말도 안 돼요. 처자가 있는 사람한테 도락을 권하다니……."

"도락이 어때서. 케이게츠가 권하지 않아도 돈만 있으면 할지도 모르지."

"없어서 다행이네요. 지금부터 도락 따위가 시작되어버리면 큰일이지요."

"큰일이라고 한다면 그만 둘 테니 그 대신 남편을 좀 더 소중히 여기고 저녁에 더 맛난 것을 좀 먹게 해주지."

"이게 최선을 다한 거예요."

"그런가. 그럼 도락은 후일 돈이 들어오는 대로 하기로 하고 오늘밤은 이것으로 그만하지." 하며 밥그릇을 내민다.

아무래도 물에 말은 밥을 세 그릇은 먹은 것 같다. 나는 그날 밤 돼지고기 세 조각과 소금구이 대가리를 얻었다.

　담장 순찰이라는 운동을 설명했을 때, 주인의 뜰을 둘러싸고 있는 대나무 울타리를 조금 소개한 참이었는데 이 대나무 울타리 바깥이 바로 이웃집, 즉 남쪽 옆의 지로짱 네라고 생각해서는 오해다. 집값은 싸지만 어디까지나 쿠샤미 선생의 마당이다. 욧짱이나 지로짱이라고 부르는, 소위 '짱' 붙은 무리와, 얇은 울타리 한 겹을 사이에 두고 이웃입네 하는 친밀한 교제는 맺고 있지 않다. 이 담장 밖은 5, 6칸(약10미터)의 공터이고 그 끝나는 곳에 노송나무가 대여섯 그루 우거져 있다. 툇마루에서 바라보면 저쪽은 울창한 숲이고 여기 사는 선생은 들판의 집 한칸에 이름도 없는 고양이를 벗 삼아 세월을 보내는 강호의 선비처럼 느껴진다. 단 노송나무 가지는 보기보다 그리 밀집해 있지는 않으므로 그 사이에서 군학관^{群鶴館}이라고 하여, 이름만 그럴싸한 싸구려 하숙집의 낡은 지붕이 서슴없이 보이니까 선생을 그렇게 상상하는 데에는 어지간히 힘이 드는 것은 물론이다. 그러나 이 하숙집이 군학관이라면 선생의 거처는 분명 와룡굴臥龍窟 정도의 가치는 있다. 이름에 세금은 들지 않으니까 서로 대단한 이름들을 내키는 대로 붙이는 것으로서, 이 폭 5, 6칸 되는 공터가 대나무 울타리를 따라 동서로 달리기를 약 10칸(20미터), 그리고 금새 갈고랑이 모양으로 구부러져 와룡굴의 북쪽면을 둘러싸고 있다. 이 북쪽면이 바로 소동의 불씨가 되는 장소이다. 원래라면 공터를 지나면 다시 공터라느니 하면서 허세를 부려도 좋을 정도로 집의 양면을 감싸고 있는데 와룡굴의 주인은 물론 굴 안의 영험한 고양이인 나조차 이 공터 때문에 애를 먹고 있다. 남쪽에 노송나무가 자리를 차지하고 있는 것처럼 북쪽에는 오동나무가 일곱여덟 그루 줄지어 있다. 벌써 둘레만도 한자 정도로 뻗어 있으니 나막신 장수라도 데려오면 좋은 값을 쳐주겠지만 세 들어 사는 자의 신세로는 그것을 아무리 알아도 실행은 할 수 없다. 주인도 참 딱하다는 생각이 든다. 전에 학교 급사가 와서 가지를 하나 꺾어갔는데 그 다음에 왔을 때는 새 오동나무 나막신을 신고 와서는 묻지도 않았는데 '저번의 가지로 하나 장만했습니다'라고 말하는 것이다.

교활한 놈이다. 오동나무는 있지만 나나 주인 가족에게 있어서는 한 푼도 되지 않는 오동나무다. 보물을 품어서 죄 없는 자가 재난을 당한다는 옛말이 있는 것 같은데 이것은 오동나무를 길러도 돈 없다고 해도 당연할 것으로 말하자면 그림의 떡이다. 어리석은 것은 주인이 아니고 나도 아니며 집주인 '덴베에'다. '어디 없는가, 나막신 장사 없는가' 하고 오동나무 쪽에서 재촉하고 있는데도 모르는 척 하고 집세만 거둬들이러 온다. 나는 특별히 덴베에 씨한테 원한도 없으니 그의 악담은 이쯤으로 하고 본론으로 돌아가 이 공터가 소동의 불씨라고 했던 희한한 이야기를 소개하려고 하는데, 결코 주인에게 말해서는 안 된다. 우리끼리만 하는 이야기다.

애당초 이 공터에 관해 첫째로 불리한 점은 울타리가 없다는 것이다. 바람 부는 대로 날려가고 부는 대로 지나가고 드나들어 누구나 통행 면제, 하늘 아래 뻥 뚫린 공터이다. 만약 공터가 지금 있다고 하면 거짓말이라 해도 아무 말 못한다. 실은 '있었다'고 해야 할 것이다. 그러나 이야기는 과거로 거슬러 올라가지 않으면 자초지종을 알 수 없다. 원인을 모르면 아무리 의사라도 처방이 곤란하다. 그러니 여기에 이사 왔을 당시부터 천천히 이야기를 시작하겠다.

바람부는 대로 지나가는 이곳도 여름에는 선선하고 제법 기분이 좋다. 안심할 수는 없어도 돈 없는 곳에 도둑이 있을 리 없는 것처럼. 그러니 주인집에 모든 담장, 울타리내지는 말뚝, 도둑막이 가시덤불 종류는 전혀 불필요하다. 그러면서도 이것은 공터 맞은편에 거주하는 인간 혹은 동물의 종류 여하에 따라 결정할 수 있는 문제일 거라고 생각한다. 따라서 이 문제를 결정하기 위해서는 일단 맞은편에 진치고 있는 군자의 성질을 분명히 밝히지 않으면 안 된다. 인간인지 동물인지 모르는 자를 군자라고 칭하는 것은 매우 섣부른 것 같기는 하지만 대개 군자라고 하면 통한다. 양상군자(후한서에 나오는 도둑)라고 하여 도둑까지도 군자라고 하는 세상이다. 단 이 경우에 있어서 군자는 결코 경찰이 성가시게 여기는 그 군자는 아니다. 경찰에게 성가신 존재가 되지 않은 대신에 숫자로 뜻을 이루려는 군자도 수도 없이 세상에 우글거리고 있다. 낙운관落雲館이라 부르는 사립 중학교 — 8백 명의 군자를 더 훌륭한 군자로 양성하기 위해 매달 2엔씩의 월사금을 징수하는 학교이다. 이름이 낙운관이니 풍류를 아는 군자들뿐일 거라고 생각하면 그것이 애초에 잘못이다. 그 신용할 수 없는 것으로는 군학관에 학이 내려앉지 않는 것과 같고, 와룡굴에 고양이가 있는 것과 같은 일이다. 학사라든가 교사라고 부르는 자들 중에 우리 주인 쿠샤미 선생처럼 살짝 맛이 간 자가 있다는 것을 안 이상은, 낙운관의 군자들이 풍류한들만은 아니라는 점은 눈치챘을 것이다. 아직도 잘 모르겠으면 더도 말고 사흘만 주인집에 머물러 보는 게 좋겠다.

전에 말했듯이 여기로 이사왔을 당시에는 그 공터에 담장이 없어서 낙운관의 군자들은 인력거꾼 집의 검은 보스처럼, 오동나무 밭에 어슬렁어슬렁 기어 들어와서 이야기를 하거나 도시락을 먹거나 조릿대 위에서 낮잠을 청하는 등 갖가지 것들을 했던 것이다. 그로부터는 도시락의 잔해 즉 대나무 껍질이며, 낡은 신문, 혹은 낡은 조리, 낡은 나막신, 낡았다는 이름을 가진 모든 것들을 대개 여기다 버린 것 같다. 무관심한 주인은 의외로 아무렇지 않게 생각하고 별반 항의도 하지 않고 지나갔던 것은, 알지 못했는지 아니면 알고 있어도 훈계하지 않을 참이었는지 알 수가 없다.

그런데 그들 군자들은 학교에서 교육을 받음에 따라 점점 군자다워진 것으로 보여 점차 북쪽에서 남쪽 방면을 향해 잠식을 꾀해왔다. 잠식이라는 말이 군자에게 어울리지 않는다면 그만두겠지만 단지 그밖에 쓸 말이 없다. 그들은 물과 풀을 찾아 거처를 바꾸는 사막의 주민들처럼 오동나무를 떠나 노송나무 쪽으로 진출해왔다. 노송나무가 있는 곳은 거실의 정면이다. 웬만큼 대담한 군자가 아니고서는 이런 행동은 할 수 없을 것이다.

하루 이틀 후 그들의 대담함은 한층 더 기승을 부려 대담하고도 대담해졌다. 교육의 결과만큼 무서운 것은 없다. 그들은 단순히 거실 정면으로 들이닥치는 것만이 아니라 이 정면에서 노래를 부르기 시작했다. 무슨 노래인지는 잊어버렸지만, 결코 와카和歌가나 단가 같은 풍류가 있는 종류는 아닌, 더 활발하고 더 속세의 귀에 쏙 들어오는 쉬운 노래였다. 더 놀라운 것은 주인만이 아니라, 나까지도 그들 군자의 재능과 기예에 탄복해 저절로 귀를 기울였을 정도다. 그러나 독자 여러분도 잘 알겠지만, 탄복이라는 것과 방해는 때때로 양립하는 경우가 있다. 이 양자가 이때 뜻하지도 않게 맞아떨어져 하나가 된 것은 지금 생각해봐도 거듭 유감이다.

주인도 유감일 테지만, 어쩔 수 없이 서재에서 뛰어나와서 여기는 너희들이 들어올 데가 아니다, 나가라고 하며 두세 번은 쫓아낸 것 같다. 그런데 배움이 있는 군자들이니 이런 정도로 얌전히 들을 리가 없다. 쫓아내면 금방 또 들어온다. 들어오면 활달하게 노래를 부르거나 시끄럽게 떠들어댄다. 거기다 군자들의 담화랍시고 한층 특이해서 '네깐 놈이 뭘 알아'라고 한다. 그런 말투는 유신 전에는 무사집의 하인들이나 무뢰한, 때밀이들의 전문적 지식에 속했던 것 같은데 20세기가 되고나서부터 교육받은 군자들이 배우는 유일한 말이 그것인 것 같다. 일반인으로 부터 경멸당하던 운동이, 오늘날 이처럼 환영받게 된 것과 똑같은 현상이라고 설명한 자도 있다. 주인은 다시 서재에서 뛰어나와 이 군자들 중에 말솜씨가 가장 뛰어난 한 사람을 붙잡아서 왜 여기 들어오는가 하고 추궁을 하자 군자는 금새 "네깐 놈이 뭘 알아."라는 품위 있는 말을 잊어버리고 "여기가 학교 식물원인 줄 알았습니다."라고 매우 천박한 투로 대답했다. 주인은 장래를 훈계하고 놓아주었다. 놓아준다는 표현은 거북이 새끼 같아서 이상하지만, 실제로 그는 군자의 소매를 붙잡고 담판을 지었던 것이다. 이 정도로 엄하게 타일렀으면 이제 괜찮을 거라고 주인은 생각하고 있었던 것 같다. 그런데 실제는 과거시대부터 예상과 다른 법으로 주인은 또 실패했다. 이번에는 북쪽에서 저택 안을 가로질러 덧문으로 빠져나간다. 누가 덧문을 드르륵 열어서 손님인가 하고 나가 보면 오동나무 밭 쪽에서 웃는 소리가 들린다. 형세는 점점 불온하다. 교육의 성과는 드디어 현저하게 나타난다. 불쌍한 주인은 아무래도 안 먹힌다고 그로부터 서재에 틀어박혀 공손하게 낙운관 교장에게 글을 띄워 조금 단속해줄 것을 애원했다. 교장도 정중한 답장을 주인에게 보내어 울타리를 칠 테니 기다려달라고 했다. 한참이 지나 직원 두세 사람이 와서 반나절 사이 주인의 거실과, 낙운관의 경계에 높이 석 자만큼의 네모난 울타리가 만들어졌다. 그것은 대나무를 성기게 엮어 간살이 네모나게 보인다. 이것으로 겨우겨우 안심이라고 주인은 기뻐했다. 주인은 우매하다. 이 정도의 일로 군자의 거동이 바뀔 리가 없는 것을.

대개 남을 갖고 노는 것은 재미난 법이다. 나 같은 고양이조차 가끔은 이집 따님들을 놀리며 데리고 놀 정도이니 낙운관의 군자들이 어리숙한 쿠샤미 선생을 갖고 노는 것은 지극히 당연한 것으로 이것에 불평하는 자는 어쩌면 놀림당하는 당사자뿐일 것이다. 놀린다는 심리를 해부해보면 두 가지 요소가 있다. 첫째, 놀림당하는 당사자가 아무렇지 않게 있어서는 안 된다. 두 번째, 놀리는 자가 세력에 있어서 머릿수에 있어서 상대보다 강하지 않으면 안 된다. 요전에 주인이 동물원에서 돌아와 엄청 감동하며 이야기한 적이 있다. 들어보니 낙타와 강아지의 싸움을 봤다는 것이다. 강아지가 낙타의 주위를 질풍처럼 돌면서 으르렁대는데 낙타는 아무 신경도 쓰지 않고 의연히 혹을 뽐내며 서 있기만 했다고 한다. 아무리 짖어대고 날뛰어도 상대가 되지 않으므로 결국에는 개도 재미가 없어 그만둔다. 정말 낙타는 무신경하다고 비웃고 있었는데, 그것이 지금 경우에 딱 들어맞는 예이다. 아무리 놀리는 사람이 난리를 쳐도 상대가 낙타처럼 있으면 그 장난은 성립되지 않는다. 그렇다고 사자나 호랑이처럼 상대방이 너무 강해버려도 상대가 되지 않는다. 놀렸다간 바로 갈기갈기 찢겨져버릴 것이다. 대개는 놀리면 이를 드러내며 노한다, 노발대발 해도 이쪽을 어떻게 할 것도 되지 않는다고 안심이 될 때 유쾌함은 매우 커지는 것이다.

왜 이런 일이 재미있느냐 하면 그 이유는 여러 가지가 있다. 우선 시간 때우기에 딱 좋다. 지루할 때는 수염의 갯수마저 세어보고 싶어지는 법이다. 옛날에 감옥에 투옥된 죄수 중 한 사람은 무료한 나머지, 방의 벽에 삼각형을 그려가며 그날그날을 보냈다고도 한다. 세상에 지루한 것만큼 참기 어려운 일도 없다, 뭔가 활기를 자극하는 사건이 없다면 살아 있는 것이 괴로운 법이다. 놀린다는 것도 결국 이런 자극을 만들어 노는 일종의 오락이다. 단 상대방을 다소 화나게 하거나 초조하게 하거나, 약하게 하지 않고는 자극이 되지 않으니까, 옛날부터 놀린다는 오락에 빠진 자들은 남의 기분이라고는 손톱만큼도 모르는 바보 양반들처럼 따분한 자, 혹은 자신을 위로하는 것 말고는 생각할 틈이 없을 정도로 두뇌의 발달이 유치한데다 활기를 사용하는 방법에 궁한 소년에 한정되어 있다.

다음으로는 자기가 우세한 것을 실제로 증명하는 데에는 무엇보다 간편한 방법이다. 사람을 죽이거나 남을 상처 입히거나 또는 누구를 모함해도 자기가 우세하다는 것은 증명할 수 있을 테지만, 이들은 오히려 죽이거나 상처 입히거나 모함하는 것이 목적일 때의 수단이고 자기의 우세한 점은 이 수단을 수행한 다음에 필연적으로 따라오는 결과로서 일어나는 현상에 지나지 않는다. 그러니까 한편으로는 자신의 세력을 나타내고 싶은데 남에게 해는 끼치고 싶지 않을 경우에는 놀리는 것이 제일 보기 좋은 것이다. 사실 남을 다소 상처 입히지 않고서는 자기의 위대한 점은 증명하기 어렵다. 눈앞에 드러나지 않으면 머릿속으로 안심하고 있어도 의외로 쾌락이 약한 것이다. 인간은 자기를 믿게 마련이다. 아니, 믿기 어려운 경우라 해도 믿고 싶은 법이다. 그러니 자기는 이만큼 믿음직한 자다, 이 정도면 안심이라는 어떤 장치를, 남에게 실제로 응용해 보이지 않으면 성에 차지 않는다. 게다가 이치를 모르는 속물이나, 그다지 자기가 믿을 만한 존재도 못되는 것 같아 불안한 자들은, 온갖 기회를 이용해 이 증권을 손에 쥐고자 한다. 유도선수가 때때로 남을 엎어 매쳐보고 싶어지는 것과 같은 일이다. 유술이 서툰 자들이, 어떻게든 자기보다 약한 놈을 단 한번이라도 좋으니 만나보고 싶다, 평범한 사람이라도 상관없으니까 던져보고 싶다고 지극히 위험한 생각을 품고 거리를 활보하는 것도 이것 때문이다. 그밖에도 이유는 여러 가지가 있지만 너무 길어지니까 생략하기로 하겠다. 듣고 싶으면 가다랑어포 한 묶음이라도 들고 와서 가르쳐 달라고 하면 언제든 가르쳐주겠다.

이상으로 설명한 부분을 참고해서 추론해보면 내 생각으로는 깊은 산속 우리의 원숭이와 학교 선생이 놀리기에는 제일 적당한 것 같다. 학교 선생을 깊은 산속의 원숭이에 비교해서는 실례인가. ― 원숭이에 대해 실례라는 게 아니라 선생에게 미안하다는 것이다.

그러나 둘이 정말 비슷하니 어쩔 수 없다. 알다시피 산속의 원숭이는 우리 안의 사슬에 묶여 있다. 아무리 이를 드러내며 꺄아꺄아 소란을 피워도 공격을 당할 우려는 없다. 선생은 쇠사슬로 묶여 있지 않은 대신 월급으로 묶여 있다. 아무리 위협해도 괜찮다. 사직했다고 학생을 때릴 일은 없을 것이다. 사직을 할 용기가 있는 자라면 처음부터 선생질 따위를 해서 학생을 돌보는 일은 하지 않을 것이다. 주인은 선생이다. 낙운관의 선생은 아니지만, 역시 그도 선생이다. 놀리기에는 지극히 적당하고 지극히 안전하고 지극히 무사한 자다. 낙운관의 학생들은 소년이다. 놀리는 일은 자기 코를 높이는 까닭이며 교육의 성과로서 당연히 요구할 수 있는 권리로까지 여겨지고 있다. 뿐만 아니라 놀리기라도 하지 않으면 활기로 충만한 오체와 두뇌를 어디다 풀어야 할지 힘이 남아돌아 곤란한 무리들이다.

이런 조건이 갖춰지면 주인은 스스로 놀림을 당하고 학생들은 스스로 놀린다, 누가 봐도 추호도 무리 없는 일이다. 그것에 화를 내는 주인만 촌뜨기의 극치, 얼빠진 자의 진수일 것이다. 이제부터 낙운관의 학생들이 어떻게 주인을 놀려주었는지, 이에 대해 주인이 어떻게 촌뜨기의 극치를 보여주었는지 낱낱이 써 보여주겠다.

여러분은 네모난 담장이라는 것이 어떤 것인지 알고 있을 것이다. 바람이 잘 통하는 간편한 담장인데 나 같은 자들은 그 틈 사이로 자유자재로 왕래할 수 있다. 사실 그것이 마련되든 마련되지 않던 똑같긴 하다. 단, 낙운관의 교장은 고양이를 위해 네모난 담장을 만든 것은 아니고 자신이 양성하는 군자들이 드나들지 못하게 하려고 일부러 직원들을 투입해 엮어 둘러치게 한 것이다.

과연 아무리 바람이 잘 통한다 해도 인간은 드나들 것 같지 않다.

대나무로 짜 엮은 이 사각형의 구멍을 뚫고 지나가는 일은 청나라 마술사 쵸세이손(장세존)이라 해도 어려울 일이다. 그러니 인간에 대해서는 충분히 담장의 효능을 다하고 있는 것이 틀림없다. 주인이 그 완성된 것을 보고 이 정도면 괜찮겠구나 하고 기뻐한 것도 무리는 아니다. 그러나 주인의 논리에는 커다란 구멍이 있다. 이 담장보다 더 큰 구멍이 있다. 배를 집어삼킬 듯 큰 물고기도 새어나갈 만한 큰 구멍이 있다.

주인은 '담장은 넘을 것이 아니다'라는 가정에서 출발한 것이다. 적어도 학교 학생인 이상은 아무리 허술한 담장이라도 '담장'이라는 이름이 붙어 분계선의 구역만 분명하다면 결코 난입당할 우려는 없다고 가정한 것이다. 또한 주인은 그 가정을 잠깐 동안 무너뜨리고 난입하는 자가 있어도 상관없다고 단정했던 것이다. 네모난 담장의 구멍을 지나가는 것은 아무리 어린아이라고 해도 도저히 가능할 성 싶지 않으니 난입의 우려는 결코 없다고 속단해버린 것이다. 과연 그들이 고양이가 아닌한 이 네모난 담장을 뚫고 올 일은 없을 것이고, 그러고 싶어도 못할 테지만 뛰어넘는 것, 올라타는 것쯤 아무 일도 아니다. 오히려 운동이 되어 재미있을 정도다.

　담장을 친 다음날부터 담장을 치기 전과 마찬가지로 그들은 북쪽의 공터를 폴짝폴짝 뛰어넘는다. 단 거실 정면까지는 탐색을 하지 않는다. 만약 쫓겨나면 도망치는데 조금 여유가 있으니까 미리 도망칠 시간을 계산에 넣어두어 붙잡힐 위험이 없는 곳에서 망을 보고 있다. 그들이 무엇을 하고 있는지 동쪽 별당에 있는 주인의 눈에는 물론 들어오지 않는다. 북쪽의 공터에서 그들이 놀고 있는 모양은 나무 쪽문을 열고 반대 방향에서 모퉁이를 꺾어서 보든가 아니면 변소의 창문에서 울타리 너머로 보는 수밖에는 없다. 창문으로 볼 때는 어디에 무엇이 있는지 일목요연하게 내다볼 수가 있지만 가령 적을 몇 명 발견했다 해도 잡는 것은 되지 않는다. 그냥 창문 격자 안에서 꾸짖는 것이 고작이다. 만약 나무 쪽문으로 돌아가 적지를 뚫으려고 한다면 발소리를 알아듣고 붙잡히기 전에 맞은편으로 폴짝 내려가버린다. 물개가 일광욕을 하고 있는 곳에 밀렵선이 향하는 격이다. 주인은 물론 변소에서 불침번을 서고 있을 수도 없다. 그렇다고, 소리가 나면 쪽문을 열고 바로 뛰어나갈 준비도 안되어 있다. 만약 그렇게 할라치면 선생 일을 그만두고 그쪽 방면의 전문가가 되지 않으면 따라갈 수 없다. 주인 쪽의 불리함을 말하자면, 서재에서는 적의 목소리만 들리고 모습이 보이지 않는다는 것과 창문에서는 모습이 보일 뿐 손을 쓸 수 없다는 것이다. 이 불리함을 간파한 적은 이런 전략을 세웠다. 주인이 서재에 틀어박혀 있다고 염탐을 했을 때는 되도록이면 큰 소리로 와글와글 떠들어준다. 그중에는 주인을 놀리는 말도 섞어가며 들으라는 것처럼 말한다. 게다가 그 목소리의 출처를 지극히 불분명하게 할 것. 얼핏 들으면 울타리 안에서 떠들고 있는지, 아니면 반대쪽에서 소통을 피우고 있는지 판정하기 어렵게 할 것. 만약 주인이 튀어나오면 도망치든가 아니면 처음부터 맞은편에 있어서 모르는 척한다. 또한 주인이 변소에 ─ 나는 조금 전부터 자꾸 변소 변소 하고 구린내 나는 글자를 사용하는 것을 별반 영광으로도 여기지 않는다, 사실은 당혹천만이지만 이 전쟁을 기술하는 데에 있어서 필요하니 어쩔 수가 없다. ─ 즉 주인이 변소를 찾아들었다고 보여질 때는 반드시 오동나무 부근을 배회하며 일부러 주인의 눈에 띄도록 한다. 주인이 만약 변소에서 사방에 울려 퍼지게 큰 소리로 고함을 지르면 적은 당황하는 기색도 없이 유유히 본거지로 퇴각한다.

이 전략을 이용하면 주인은 매우 곤란해진다. 분명 들어와 있다고 생각하고 창문에서 들여다보면 반드시 한두 명 들어와 있다. 주인은 뒤로 돌아가 보다가 변소에서 주시하고 있거나 변소에서 주시하고 있다가 뒤로 돌아가 보거나 몇 번을 말해도 똑같은 짓인데 몇 번 말해도 똑같은 짓을 반복하고 있다. 분주히 돌아다니다 결국 지친다는 것은 바로 이런 것이다. 선생이 직업인지 전쟁이 본업인지 조금 헷갈릴 정도로 흥분되었다. 이 흥분의 정점에 달했을 때 다음과 같은 사건이 일어났던 것이다.

사건은 대개 흥분에서 나오는 법이다. 흥분이란 말 그대로 거꾸로 올라오는 것이다. 이 점에 관해서는 갈레노스도 파라셀서스도 구식 케케묵은 편작도 이의를 달 자는 아무도 없다. 단지 어디로 거꾸로 올라오는가가 문제다. 또한 무엇이 거꾸로 올라오는가가 토론의 주제이다.

예로부터 서구 유럽인들의 전설에 의하면, 우리의 체내에는 4종류의 액체가 순환하고 있다고 한다. 첫째로 노액怒液이라는 놈이 있다. 이것이 거꾸로 올라오면 화가 난다. 둘째로 둔액鈍液이라고 이름하는 것이 있다. 이것이 거꾸로 올라오면 신경이 무디어진다. 다음으로는 우액憂液, 이것은 인간을 어두운 기운으로 만든다. 마지막이 혈액血液, 이것은 사지를 활발하게 한다. 그 후 인간의 문명이 발달함에 따라 둔액, 노액, 우액은 어느새 없어지고 지금에 이르러서는 혈액만이 옛날처럼 순환하고 있다는 이야기다. 그러니 만약 거꾸로 올라오는 것이 있다면 혈액 말고는 없을 것이 아닌가. 그런데 이 혈액의 분량은 개인에 따라 딱 정해져 있다. 성분에 따라서 다소의 차이는 있지만 우선 대개 한 사람당 다섯 되 다섯 홉의 비율이다. 따라서 이 다섯 되 다섯 홉이 거꾸로 올라오면 올라온 부분만큼은 활발히 활동하지만 나머지 국부는 결핍을 느끼고 차가워진다. 마치 파출소 방화 당시 순경이 모조리 경찰서로 모여 동네에는 한 사람도 남지 않게 되는 것 같은 격이다. 그것도 의학상으로 진단을 하면 경찰의 '거꾸로 올라옴'이라는 것이다. 그래서 이 거꾸로 오름을 치유하려면 혈액이 종전처럼 체내의 각 부분으로 골고루 퍼지게 하지 않으면 안 된다. 그 방법에는 여러 가지가 있다. 지금은 고인이 되었지만 주인의 선친 같은 분은 젖은 손수건을 머리에 대고 고타츠에 들어가 앉아 있었다고 한다. 머리는 차갑게 발은 뜨겁게는 장수의 비결이라고 상한론에도 나와 있는 대로 젖은 손수건은 장수법에 있어 하루도 빼놓을 수 없는 것이다. 그렇지 않으면 중이 상용하는 방법을 시도하는 것이 좋다. 한 곳에 머물지 않고 수행하는 중들은 반드시 나무 아래 바위 위를 거처로 삼는다고 한다. 나무 아래 바위 위란 힘든 고행을 위해서가 아니다. 모든 올라오는 것들을 가라앉히기 위해 육조가 쌀을 빻으면서 생각해낸 비법이다.

시험 삼아 바위 위에 앉아 보라, 엉덩이가 차가워지는 것은 당연할 것이다. 엉덩이가 차면 올라오던 것이 내려간다, 이것 또한 자연의 순리로 추호도 의심할 여지가 없다. 그렇게 여러 가지 방법을 이용해 끓어오르는 것을 누그러뜨리는 궁리는 꽤 발명되었는데 아직 올라옴을 일으킬 좋은 방법이 고안되어 나오지 않는 것은 유감이다. 대강 생각하면 올라옴은 손해이고 이익이 없는 현상이지만, 그렇게만 속단해서는 안 되는 경우도 있다.

직업에 따라서는 올라오는 흥분 상태는 매우 중요한 것으로, 흥분이 없으면 무엇도 되지 않는 일이 있다. 그중에서 가장 흥분을 중시하는 것은 시인이다. 시인에게 끓어오름이 필요한 것은 증기선에 석탄을 빼놓을 수 없는 것과 같아서, 이 공급이 하루라도 끊겨버리면 그들은 팔짱만 끼고 밥이나 축내는 하등의 능력도 없는 평범한 사람이 되어버린다. 무엇보다 끓어오르는 것은 '미친다'는 다른 이름으로, 미치광이가 되지 않으면 가업을 일으킬 수 없다고 해서는 체면이 서지 않으니까, 그들 사이에서는 끓어오름을 부르는데 그 이름을 사용하지 않는다. 입을 맞춰 '영감(인스피레이션), 영감' 하면서 상당히 그럴싸하게 칭하고 있다. 이것은 그들이 세상을 기만하기 위해 제조한 이름으로 그 실상은 그야말로 끓어오름이다. 플라톤은 그들의 편을 들어 이런 종류의 끓어오름을 '신성한 광기'라고 불렀지만 아무리 신성하다 해도 광기는 누구도 상대해 주지 않는다. 역시 영감이라는 새로운 발명의 묘약 같은 이름을 붙여두는 쪽이 그들을 위해 좋을 거라고 생각한다.

그러나 어묵의 재료가 참마인 것처럼, 관음상이 한 치 팔푼의 고목으로 만들어진 것처럼, 오리고기국의 주재료가 까마귀인 것처럼, 하숙집의 소고기찌개가 말고기인 것처럼 영감 또한 사실은 끓어오름이다. 끓어오르고 보면 잠시 미치광이가 되어 있다. 스가모巢鴨 병원에 입원하지 않고 끝나는 것은 단순히 잠시 미쳐 있기 때문이어서이다. 그런데 이 잠시 미친 미치광이를 제조하는 것이 곤란하다. 평생 미치광이는 오히려 만들기 쉽지만 붓을 쥐고 종이를 마주하는 동안만 미치광이로 만드는 것은, 아무리 솜씨가 뛰어난 신이라 해도 상당히 수고가 드는 일로 보여 좀처럼 만들어내지 못한다. 신이 만들어주지 않는 이상, 혼자 힘으로 만들지 않으면 안 된다. 그래서 예부터 오늘날까지 흥분술 역시 흥분제거술과 마찬가지로 학자들의 골머리를 앓게 했다.

어떤 사람은 영감을 얻기 위해 매일 떫은 감을 12개씩 먹었다고 한다. 이것은 떫은 감을 먹으면 변비가 생기고 변비에 걸리면 끓어오름은 반드시 일어난다는 이론에서 온 것이다. 뭐 어떤 사람은 술병을 들고 앞뒤 안 가리고 목욕탕에 뛰어들기도 했다. 탕 안에서 술을 마시면 여지없이 거꾸로 올라온다고 생각했던 것이다. 그 사람의 설에 의하면 이것으로 성공을 못 거두면 포도주 목욕물을 데워 들어가면 한 번에 효능이 있다고 믿어 의심치 않았다. 그러나 돈이 없으니 결국 실행하지 못하고 죽어버린 것은 안 된 일이기는 하다.

마지막으로 고인의 흉내를 내면 영감이 일어날 거라고 생각해낸 자도 있다. 이것은 어떤 사람의 태도나 동작을 흉내 내면 심적 상태도 그 사람을 닮아간다는 학설을 응용한 것이다. 술 취한 사람처럼 술주정을 하고 있으면 어느 틈엔가 술 마신 것 같은 기분이 된다. 그러니까 예부터 영감을 얻은 유명한 대가의 소작을 흉내 내면 반드시 거꾸로 올라올 것이 틀림없다.

들은 바로는, 위고는 요트 위에서 뒹굴면서 문장의 취향을 생각해냈다고 하니 배를 타고 푸른 하늘을 올려다보면 반드시 무엇이 됐든 거꾸로 올라올 것이다. 스티븐슨은 배를 깔고 누워 소설을 썼다고 하니까, 엎드려서 붓을 잡으면 반드시 피가 거꾸로 올라온다. 그처럼 여러 사람들이 유별난 것들을 생각해냈는데 아직 아무도 성공한 자는 없는 것 같다.

우선 오늘날의 시점에서는 인위적으로 끓어올라오게 함은 불가능한 일이 되고 있다. 유감이지만 어찌할 도리가 없다. 조만간 타의로 영감을 일으킬 수 있는 시기가 도래할 것은 의심의 여지도 없는 일로, 나는 인간 문명을 위해 이 시기가 하루라도 빨리 도래하기를 바라마지 않는다.

끓어오름의 설명은 이 정도로 충분한 것 같으니 이제부터 드디어 사건으로 들어간다.

그러나 모든 사건의 전에는 반드시 작은 사건들이 일어나는 법. 큰 사건만을 말하고 작은 사건을 묻어버리는 것은 옛날부터 역사가들이 항상 빠지는 폐단이다. 주인의 흥분상태도 작은 사건을 만날 때마다 한 층 단계를 더해 결국 큰 사건을 일으킨 것이니까 얼마간 그 발달을 순서대로 서술하지 않으면 주인이 어떻게 해서 흥분상태가 되었는지 알기 어렵다.

알기 어려우면 주인의 흥분상태는 빈 이름으로 돌아와 세상 사람들로부터 설마 그 정도는 아닐 거라고 가벼이 보일지도 모른다. 모처럼 거꾸로 올라왔어도 남들한테서 훌륭하게 거꾸로 올라왔다고 입에 오르내리지 못해서는 보람이 없을 것이다. 앞으로 서술할 사건은 크고 작음에 상관없이 주인에게 있어서 명예로운 것은 아니다. 사건 그 자체가 불명예스럽다면 하다못해 끓어오름이라도 올바른 끓어오름이었고, 결코 남에게 뒤지지 않는다는 것을 분명히 해두고 싶다.

주인은 다른 사람들에게 특별히 이렇다 하고 자랑할 만한 성질을 갖고 있지 않다. 끓어오르는 것이라도 자랑하지 않으면 달리 애써서 써 내려가 줄 건더기가 없다.

낙운관에 떼지어 있는 적군은 최근에 이르러 일종의 담담탄(영국이 인도의 담담군수공장에서 제조했다고 하여 이름 붙여짐. 1899년 제1회 헤이그 평화회의서 금지선언이 채택되고 병기로써 사용할 것이 금지됨)을 발명하여 10분의 휴식, 혹은 방과 후에 이르러 빈번하게 북쪽 공터를 향해 포화를 퍼부어댄다. 이 담담탄은 통칭 '공'이라 부르며 커다란 절굿공이를 가지고 임의로 적진에 발사하는 장치이다. 아무리 담담탄이라도 낙운관의 운동장에서 발사하니까 서재에 틀어박혀 있는 주인에게까지 닿을 염려는 없다. 적들도 탄도가 너무 먼 것을 자각하지 못하지는 않겠지만 그 점이 바로 전략이다. 여순전쟁(러일전쟁)에도 해군으로부터 간접사격을 실시하여 위대한 공을 세웠다는 이야기가 있지만, 공터에 굴러 떨어지는 공이라고 해도 상당한 성과를 거두지 못할 것은 없다. 소위 한발을 보낼 때마다 군이 총동원해 힘을 모아 와아 ― 하고 위협적인 큰 소리를 내는 것을 어찌 막겠는가. 주인은 두려운 나머지 손발에 지나가는 혈관들이 수축하지 않을 수 없다. 번민 끝에 그곳을 헤매고 있는 피가 거꾸로 솟아올라올 것이다. 적의 계략은 꽤 교묘하다고 해도 좋겠다.

옛날 그리스에 에스킬루스라고 하는 작가가 있었다고 한다. 이 자는 학자나 작가에 공통된 머리를 갖고 있었다고 한다. 내가 소위 말하는 학자 작가에 공통된 머리란, 대머리라는 뜻이다. 왜 머리가 벗겨졌는가 하면 머리의 영양부족으로 털이 자랄 만한 활기가 없어서인 게 분명하다. 학자 작가는 무엇보다 머리를 많이 사용하는 자이며 대개는 정해놓고 빈곤한 것이다. 그러니 학자 작가의 머리는 모두 영양부족으로 벗겨져 있다. 그럼 에스킬루스도 작가이니 자연의 섭리대로 머리가 벗겨지지 않으면 안 된다. 그는 맨들맨들한 금귤머리를 하고 있었다.

그런데 어느 날, 선생 평소의 머리 ― 머리에 외출이나 평상복도 없으니 평소 그 머리일 텐데 ― 평소의 그 머리를 태양에 그대로 드러내고 흔들어대며 길을 걷고 있었다. 이것이 실수의 시초이다. 대머리가 햇볕에 비치면 멀리서 보면 잘도 빛나는 법이다. 높은 나무에는 바람이 걸리듯 빛나는 머리에도 뭔가 걸리지 않으면 안 된다. 이때 에스킬루스의 머리 위에 한 마리의 독수리가 내려앉았는데, 보니 어딘가에서 생포한 거북이 한 마리를 발톱 끝에 붙잡고 있는 채이다. 거북, 자라 같은 것은 맛이 홀륭할 게 틀림없는데 그 옛날부터 등딱지를 단단히 붙이고 있는 놈 아닌가. 아무리 맛이 좋아도 등딱지가 붙어 있어서는 어찌 할 수도 없다. 새우 껍질구이는 있지만 거북새끼 등딱지 익힌 것은 지금까지도 없을 정도이니 당시에는 물론 없었을 것은 두말할 것도 없다.

  과연 그 독수리도 한참 내려앉을 곳을 노리고 있는데 때마침, 멀리 아래 세상에서 반짝 하고 빛나는 놈이 있다. 그때 독수리는 옳커니 하고 생각했다. 저 빛나는 놈 위에 거북이를 떨어뜨리면 등딱지는 틀림없이 깨질 것이다. 깨지면 사뿐히 내려앉아 속맛을 보면 간단하다. 맞아 맞아 하고 목표를 정하고 거북을 높은 곳에서 예고도 없이 에스킬루스의 머리 위로 떨어뜨렸다. 허나 공교롭게도 작가의 머리가 거북의 등보다 부드러웠으니 대머리는 엉망진창으로 깨지고 그 유명한 에스킬루스는 무참한 최후를 맞이했다. 그것은 그렇다 치고 더 알 수 없는 것은 독수리의 생각이다. 아까 그 빛나는 것이 작가의 머리인 것을 알고 떨어뜨린 것인지, 아니면 민들민들한 바위라고 착각하고 떨어뜨린 것인지, 해석하기에 따라 낙운관의 적과 이 독수리를 비교하는 것도 가능하거나 가능하지 않거나 할 것이다. 주인의 머리는 에스킬루스의 그것처럼 또 이력의 학자들처럼 반짝반짝 빛나고는 있지 않다. 그러나 다다미 6장의 코딱지만 한 방이라 해도 어쨌거나 서재라고 부르는 이 방을 차지하고 만날 졸기는 하지만 어려운 책 위에 얼굴 도장을 찍는 이상은 학자 작가와 같은 부류로 간주하지 않으면 안 된다. 그러면 주인의 머리가 벗겨지지 않은 것은 아직 벗겨질 자격이 없기 때문인 것으로, 그 사이 벗겨질 것은 조만간 이 머리 위에 내릴 운명일 것이다. 그러고 보면 낙운관의 학생들이 이 머리를 목표로 그 담담탄을 집중 발사하는 것은 무엇보다 시기에 적합한 계책이라고 하지 않을 수 없다. 만약 적이 이 행동을 2주일 이상 계속한다면 주인의 머리는 두려움과 번민으로 반드시 영양부족을 호소하며 금귤로든 주전자로든 구리단지로든 변화할 것이다. 더구나 2주 동안이나 포격을 당한다면 금귤은 찌부러질 것이 틀림없다. 주전자는 샐 것이 틀림없고 구리단지라면 녹이 슬 것이 뻔하다. 이 보나마나 한 결과를 예상치 못하고 오로지 적과 전투를 계속하려고 고심하는 것은, 단지 본인 쿠샤미 선생뿐이다.

어느 날 오후, 나는 평소처럼 툇마루로 나와 낮잠을 즐기며 호랑이가 된 꿈을 꾸고 있었다. 주인에게 닭고기를 가져오라고 하자, 주인이 예이 – 하고 조심조심 닭고기를 가져온다. 메이테이가 왔으니까 메이테이에게 기러기가 먹고 싶다, 기러기찌개를 마련해오라고 하자 무청 절인 것과 소금 전병을 같이 드시면 기러기 맛이 납니다 하고 평소처럼 얼토당토않은 소리를 해대니 커다란 입을 벌려 으르렁 하고 위협을 해주었더니 메이테이는 새파랗게 질려 야마시타의 기러기찌개집은 폐업했는데 어떻게 해드릴까요라고 말했다. 그렇다면 대신 소고기로 봐줄 테니 빨리 니시카와에 가서 로스(등심)를 한 근 사와라, 빨리 하지 않으면 너부터 잡아먹어줄 테다 라고 말했더니 메이테이는 얼른 엉덩이를 떼고 뛰어나갔다. 나는 갑자기 몸이 커졌으니 툇마루를 전부 차지하고 뒹굴며 메이테이가 오기를 기다려주고 있자니, 금새 집안에 울려 퍼지는 큰 소리가 있어 모처럼의 소고기도 먹어보지 못한 찰나에 꿈이 깨어 다시 나로 돌아와버렸다. 그러자 지금까지 조심조심 내 앞에 납작 엎드려 있었다고 생각했던 주인이 갑자기 변소에서 튀어나와 내 옆구리를 기분 나쁠 정도로 걸어차 이건 뭔가 하고 생각하는 사이, 후다닥 마당에서 신는 나막신을 끌고 나무 쪽문으로 돌아서 낙운관 쪽으로 나간다.

나는 호랑이에서 갑자기 고양이로 줄어들어 어쩐지 쑥스럽기도 하고 이상하기도 했지만 주인의 이런 시퍼런 서슬과 옆구리를 걸어차인 아픔으로 호랑이 생각은 금새 달아나버렸다. 동시에 주인이 드디어 출마해 적과 교전하는구나 하고 재미있어져 아픈 것을 참고 뒤를 따라 뒷문으로 나갔다. 동시에 주인이 도둑놈들 하고 버럭 화를 내는 소리가 들린다. 보니 학교 모자를 쓴 18, 9세쯤 되어 보이는 건장한 한 놈이 네모 담장을 향해 뛰어넘고 있다. 이거 한발 늦었구나 생각하는 사이, 그 모자는 달리기 자세를 취하고 근거지 쪽으로 위타천(불법의 수호신. 걸음이 빨랐다)처럼 도망간다. 주인은 도둑놈이 크게 성공했으므로 또다시 도둑놈들 하고 높이 소리치며 쫓아간다. 그러나 그 적을 쫓기 위해서는 주인도 담장을 뛰어넘지 않으면 안 된다. 탐색하러 들어가면 주인 스스로가 도둑이 될 것이다. 전에 말한 대로 주인은 훌륭한 흥분가이다. 이런 기세를 타고 도둑놈들을 쫓아가는 이상은 자기 자신이 도둑놈이 되어도 끝까지 따라갈 냥으로 되돌릴 기색도 없이 담장 바로 앞까지 나왔다. 지금 한걸음으로 도둑놈의 영역에 들어가야만 하는 찰나에 적군 속에서 엷은 수염을 북슬북슬 기른 장군이 건들거리며 나타났다. 두 사람은 담장을 경계로 뭔가 담판을 짓고 있다. 들어보니 하등의 형편없는 토론이었다.

"저건 본교의 학생입니다."

"학생이라고 해야 할 자가 왜 남의 집 안으로 침입한단 말입니까?"

"아니 공이 넘어갔으니 그렇지요."

"왜 허락을 받고 가지러 오지 않습니까?"

"앞으로 주의하겠습니다."

"그럼, 좋소."

용쟁호투의 장관이 펼쳐질 거라고 예상했던 교섭은 그렇게 산문적인 담판으로 무사하고 신속하게 종료되었다. 주인에게 왕성한 것은 단지 의욕뿐이다. 막상 중요한 순간엔 늘상 이렇게 끝난다. 마치 내가 호랑이 꿈에서 갑자기 고양이로 되돌아온 것 같은 모습이 있다. 나의 작은 사건이라는 것은 바로 이것이다. 작은 사건을 설명한 다음에는 순서에 따라 반드시 큰 사건을 이야기해야 한다.

주인은 거실 장지문을 열고 배를 깔고 엎드려 뭔가 생각에 잠겨 있다. 어쩌면 적에 대해 방어책을 강구하고 있을 것이다. 낙운관은 수업중인 듯하고 운동장은 의외로 조용하다. 다만 학교 교실 한 칸에서 윤리 토론을 하고 있는 것이 손에 잡힐 듯 들린다. 낭랑한 음성으로 상당히 잘 설명하고 있는 대목을 듣자하니 어제 적중에서 나타나 담판의 자리에 있던 그 장군이 아닌가.

"……그래서 공덕이란 것은 중요한 것으로 저쪽에 가보면 프랑스에서도 독일에서도 영국에서도 어디를 가도 이 공덕이 행해지지 않는 나라는 없다. 또한 아무리 천한 자라도 이 공덕을 중시하지 않는 자는 없다. 슬프구나, 우리나라에 이르러서는 아직 이 점에 있어서 외국과 비교할 수가 없으니. 하여 공덕이라고 하면 뭔가 새롭게 외국에서 수입해온 물건이라도 되는 것처럼 생각하는 제군들도 있을지 모르지만 그리 생각하는 것은 커다란 잘못으로, 옛사람도 부자의 도는 오로지 이것을 일관되게 충서忠恕하라는 말이 있다. 이 '서'라고 하는 것이 말하자면 공덕의 출처이다. 나도 인간이니 때로는 큰 소리를 내어 노래 부르고 싶어질 때가 있다. 그러나 내가 공부하고 있을 때 이웃 교실의 사람들이 노래하는 것을 들으면 아무래도 글을 읽을 수 없는 것이 내 성격이다. 그러니 내가 당시선이라도 큰 소리로 읊으면 기분이 청청해져 잘됐다고 생각할 때조차, 만약 나처럼 곤혹스러운 사람이 옆집에 살고 있어 나도 모르게 그 사람에게 방해가 되어서는 미안한 일이라고 생각해서 그럴 때는 언제나 삼가고 있는 것이다. 이런 이유이니 제군들도 가능한 한 공덕을 지켜 적어도 남에게 방해가 된다고 생각하는 일은 결코 해서는 안될 것이다……."

주인은 귀를 기울여 이 강의를 열심히 듣고 있었는데 이 대목에 이르러 빙긋 웃었다. 잠깐 이 빙긋의 의미를 설명할 필요가 있다. 야유가가 이것을 읽었다면 이 빙긋의 뒤에는 냉소적 분자가 섞여 있다고 생각할 것이다. 그러나 주인은 결코 그런 류의 사람은 아니다. 그런 류라기보다 그렇게 지혜가 발달한 자가 아니다. 주인이 왜 웃었는가 하면 말 그대로 기뻐서 웃었던 것이다. 윤리교사인 자가 그렇게 통절한 훈계를 해주니까, 이후에는 영원히 담담탄의 발사를 면하게 될 것이 틀림없다, 당분간 머리도 벗겨지지 않고 끓어오름은 한번에 고쳐지지 않아도 시기만 지나면 차차 회복될 것이다. 젖은 손수건을 머리에 얹고 코타츠에 들어앉아 있지 않아도, 나무 아래 바위 위를 거처로 삼지 않아도 괜찮을 거라고 생각했으니까 싱글벙글 웃었던 것이다. 빌린 돈은 반드시 갚아주는 것이라고 20세기인 오늘날에도 곧이 곧대로 생각할 정도의 주인이 이런 강의를 진지하게 듣는 것은 당연한 것이다.

이윽고 시간이 다 되었는가 강의는 딱 끝났다. 다른 교실의 수업도 모두 동시에 끝났다. 그러자 지금까지 교실 안에 밀봉되어 있던 8백 명의 세력은 함성을 지르며 건물에서 뛰쳐나왔다. 그 기세라는 것은 한 자 정도의 벌집을 두드려 떨어뜨린 것과 같다. 붕붕, 윙윙 하면서 창문이며 뒷문이며 교실에서 구멍이 뚫려 있는 곳이면 어디나 아무 거침없이 제멋대로 뛰어나왔다. 이것이 큰 사건의 발단이다.

우선 벌의 진영부터 설명하겠다. 이런 전쟁에 진영이니 뭐니 하는 게 있겠나 하는 것은 틀렸다. 보통 사람들은 전쟁이라고 하면 사하라든가 봉천, 또 여순이라든가 하는 것 빼고는 그밖에 전쟁은 없는 것처럼 생각하고 있다. 시 좀 읽었다 하는 야만인이 되면 아킬레스가 헥토르의 사체를 질질 끌고 트로이의 성벽을 세 바퀴 돌았다든가, 연나라와 장비가 장판교에 1장 8척의 창을 옆에 놓고 조조의 군대 백만을 노려보아 되돌아가게 했다든가 거창한 것만 연상한다. 연상은 당사자의 마음이지만 그것 말고 전쟁은 없는 것이라고 생각하는 것은 이상하다. 태고의 몽매한 시대에 있어서야 그런 말도 안 되는 전쟁도 있었는지 모르지만, 태평성대한 오늘날, 대일본제국의 도시 한복판에서 그렇게 야만적인 행동은 있을 수 없는 기적에 속한다. 아무리 소동이 일어도 파출소의 방화 이상으로 나올 우려는 없다.

그래서 보니 와룡굴 주인인 쿠샤미 선생과 낙운관의 8백 건아들의 전쟁은 우선 도쿄 시가 생긴 이래, 크나큰 전쟁 중 하나로 손꼽아야 할 종류의 것이다. 좌씨가 언릉의 전투를 기술하는 데 있어서도 먼저 적의 진영세력부터 서술하고 있다. 옛날부터 서술에 뛰어난 자는 모두 이런 필법을 이용하는 것이 통념이다. 따라서 내가 벌의 진영을 이야기하는 것도 지장은 없다. 그래서 우선 벌의 진영이 어떤가 하고 보니 네모난 담장 바깥쪽에 세로로 줄지어 선 한 무리가 있다. 이것은 주인을 전투선 안으로 유치하는 임무를 맡은 자라고 보인다.

"항복하지 않을까?"

"안 할걸, 안 할걸."

"소용없어 소용없어."

"안 나와."

"떨어지지 않을까."

"떨어지지 않으면."

"짖어봐."

"멍멍"

"멍멍"

"멍멍멍멍."

그리고 다음은 세로열 모두 한 덩어리가 되어 고함을 지른다.

세로열의 무리에서 조금 오른쪽으로 떨어진 운동장 방면에는 포대가 유리한 형세의 자리를 차지하고 진지를 둘러싸고 있다. 와룡굴을 향해 한 장관이 커다란 절굿공이를 들고 서 있다. 이것과 맞은편에 5, 6칸(10미터)의 간격을 두고 한 사람이 또 서 있다, 절굿공이 뒤에 다시 한 사람, 이것은 와룡굴로 얼굴을 향하고 우뚝 서 있다. 그렇게 일직선으로 늘어서 서로 마주보고 있는 것이 포수이다. 어떤 사람의 설에 의하면 이것은 야구 연습이지 결코 전투준비는 아니라고 한다. 나는 야구가 무엇인지 알지 못하는 문외한이다. 그러나 듣기로는 이것은 미국에서 수입된 유희로 오늘날 중학교 이상의 학교에서 실시되어 오고 있는 운동 중에서도 가장 유행하는 것이라고 한다. 미국은 튀는 것만 생각해내는 나라이니까 포대라고 착각해도 될 만큼 이웃에 폐를 끼치는 유희를, 일본인에게 가르쳐줄 만큼 친절했는지도 모른다. 또 미국인은 이를 들어 진짜 일종의 운동유희라고 생각하고 있을 것이다. 그러나 순수한 유희라도 그렇게 사방을 놀래키기에 충분한 능력을 갖고 있는 이상은 사용하기에 따라서 포격용으로는 충분하다.

내 눈으로 관찰한 결과로는 그들은 이 운동술을 이용해 불대포의 공적을 거두려고 꾀하고 있는 것으로밖에 생각되지 않는다. 사물은 말한 대로 어떻게도 되는 법이다. 자선이라는 이름을 빌어 사기행각을 벌이고, 영감이라고 부르며 끓어오름을 기뻐하는 자들이 있는 이상은 야구라는 유희 아래, 전쟁을 일으키지 말란 법도 없다. 그 어떤 자의 설명은 세상 일반의 야구일 것이다. 지금 내가 설명하는 야구는 이 특별한 경우에 한한 야구 즉 공성적攻城的 포술이다. 이제부터 그 담담탄을 발사하는 방법을 소개하겠다.

직선으로 깔린 포열 안의 한 사람이 담담탄을 오른손에 쥐고 절굿공이의 소유자에게 던진다. 담담탄은 무엇으로 제조했는지 외부인은 알 수 없다. 단단하고 둥근 돌떡 같은 것을 정성스럽게 가죽으로 감싸서 꿰맨 것이다. 전에 말한 대로 이 탄환이 포수 중 한 사람의 손을 떠나 바람을 가르며 날아가면 맞은편에 선 한 사람이 그 절굿공이를 힘껏 휘둘러 이것을 쳐보낸다. 가끔은 잘 쳐내지 못한 탄환이 딴 데로 빠져버리는 적도 있지만 대개는 뻥 하고 커다란 소리를 내며 튕겨나간다.

그 기세는 정말 맹렬한 것이다. 신경성 위장병 환자인 주인의 머리를 혼란시키는 것쯤은 쉽게 할 수 있다. 포수는 이것만으로 충분하지만 그 주변에는 구경꾼 겸 지원병이 구름떼처럼 달라붙어 있다. 뻥 하고 절굿 공이가 돌떡에 닿자마자 와ㅡ, 짝짝짝짝 하고 함성을 지르고 박수를 치며 응원을 한다. 맞았을 거야 라고 한다. 이래도 못 알아들었는가 하고 말한다. 그만 두손 들지 라고 말한다. 항복인가 하고 말한다. 이것만이라면 아직 괜찮겠는데 절굿공이에 맞은 탄환은 3번에 한번은 반드시 와룡굴 저택 안으로 굴러들어온다. 이것이 굴러들어오지 않으면 공격의 목적은 달성할 수 없는 것이다. 담담탄은 요즘 도처에서 제조하는데, 꽤 값이 나가서 아무리 전쟁이라도 그렇게 충분한 공급을 받을 수는 없다. 대개 한 부대의 포수에 하나 내지는 두 개의 비율이다. 뻥하고 터질 때마다 이 귀중한 탄환을 소비할 수는 없다.

그래서 그들은 공줍기라고 부르는 부대를 하나 두어 떨어진 탄환을 주워온다. 떨어진 장소가 좋으면 줍는데 힘도 들지 않지만 초원이나 남의 집 안으로 날아들어가면 그리 쉽게는 되가져오지 못한다. 그래서 평소라면 가능한 한 노고를 피하기 위해 줍기 쉬운 곳으로 쳐 날릴 테지만 이때는 반대로 나온다.

목적이 유희에 있는 것이 아니라 전쟁에 있으니까 일부러 담담탄을 주인의 저택 안으로 떨어지게 한다. 저택 안에 떨어진 이상, 저택 안으로 들어와 줍지 않으면 안 된다. 저택 안에 들어오는 가장 간편한 방법은 네모난 담장을 넘는 것이다. 네모난 담장 안에서 소동을 피우면 주인이 화를 안 낼 수 없다. 아니면 스스로 투구를 벗고 항복하지 않으면 안 된다. 고심끝에 머리가 점점 벗겨질 수밖에 없다.

지금도 적군한테서 날아온 탄환 하나는 조준이 빗나가지 않고 네모난 담장을 통해 넘어와 오동나무 아랫잎을 흔들어 떨어뜨리고 제2의 성벽 즉 대나무 담장에 명중했다. 소리가 상당하다. 뉴턴의 제1운동법칙에 의하면 만약 다른 힘을 가하지 않으면 한번 움직이기 시작한 물체는 균일한 속도를 가지고 직선으로 움직인다고 했다. 만약 이런 법칙만으로 물체의 운동이 지배당한다면 주인의 머리는 이때 에스킬루스와 운명을 같이 했을 것이다.

다행히 뉴턴은 제1법칙을 정함과 동시에 제2법칙도 제조해주었으니까 주인의 머리는 위태로운 가운데 목숨을 하나 건졌다. 운동의 제2법칙에서 말하는 운동의 변화는 더해진 힘에 비례한다. 그러나 그 힘이 작용하는 직선 방향으로 일어나는 것으로 되어 있다. 이것은 무슨 말인가 조금 이해하기가 힘들지만 그 담담탄이 대나무 담장을 뚫고 지나가 장지문을 찢고 주인의 머리를 파괴하지 않았던 점을 보면 뉴턴 덕분임이 틀림없다.

한참이 지나자 생각했던 대로, 적은 저택 안으로 잠입해 들어온 것으로 느껴져 "여긴가." "더 왼쪽인가." 등등 막대로 조릿대 잎을 두드리며 돌아다니는 소리가 들린다. 모든 적들이 주인의 저택 안으로 들어와 담담탄을 줍는 경우에는 반드시 특별한 큰 소리를 낸다. 몰래 숨어들어와

몰래 주워서는 중요한 목적이 달성되지 않는다. 담담탄이 귀한지도 모르겠지만 주인을 놀려주는 것은 담담탄 이상으로 중요하다. 이런 때는 멀리서 봐도 탄의 소재지는 분명하다. 대나무 담장에 맞은 소리도 알고 있다. 맞은 장소도 알고 있다. 그것이 떨어진 지면도 잘 알고 있다. 그러니까 얌전하게 주우려면 얼마든지 얌전하게 주울 수가 있다. 라이프니츠의 정의에 의하면 공간은 완성된 동시존재 현상의 질서이다. 가나다라마바사란 언제나 같은 순서대로 나타난다. 버드나무 아래에는 반드시 미꾸라지가 있다. 박쥐에게 저녁달은 바늘과 실이다. 울타리에 공은 어울리지 않는지도 모른다.

그러나 매일매일 공을 남의 저택 안에 던져 넣는 자의 눈에 비치는 공간은 분명 이 배열에 익숙하다. 보면 한눈에 금방 알 수 있는 것이다. 그런데도 그처럼 소란을 떠는 것은 필경 주인에게 전쟁 도전장을 내미는 짓이다.

이렇게 되어서는 아무리 소극적인 주인이라 해도 응할 수밖에 없다. 아까 거실 안에서 윤리 강의를 듣고 싱글싱글 하고 있던 주인은 분연히 뛰어나갔다. 막연하게 적 하나를 생포했다. 주인치고는 큰 성과다. 큰 성과임에는 틀림없지만 보니 14, 5세의 어린애다. 수염 난 주인의 적으로서는 조금 어울리지 않는다. 하지만 주인은 이것으로 충분하다고 생각했을 것이다. 빌면서 숙이고 들어오는 것을 억지로 잡아끌어 툇마루 앞까지 데려왔다. 이 대목에서 잠깐 적의 책략에 대해 한마디 할 필요가 있다. 적은 어제 주인의 서슬 퍼런 모습을 보고 이 상태라면 오늘도 반드시 스스로 출마할 것이 틀림없다는 것을 간파했다. 그때 만일 도망치지 못해 큰 중이 붙잡혀서는 일이 성가셔진다. 이 점은 1학년이나 2학년 정도의 어린애를 공줍기로 내세워 위험을 피하는 것보다 나은 것은 없다. 만약 주인이 어린애를 붙잡아 이러니저러니 잔소리를 해대도 낙운관의 명예에는 관계가 없다, 이런 것을 어른스럽지 못하게 상대하는 주인의 수치가 될 뿐이다. 적의 생각은 이랬다. 이것이 보통 인간의 생각으로 지극히 당연한 것이다. 단 적은 상대가 보통 인간이 아니라는 점을 계산에 넣는 것을 잊어버린 것뿐이다. 주인에게 이 정도의 상식이 있으면 어제도 뛰쳐나오지는 않았다. 끓어오름은 보통 인간을, 보통의 인간 이상으로 끌어올려 상식이 있는 자에게 비상식을 끼치는 것이다. 여자든 어린애든 인력거꾼이든 하인이든 그런 판별이 있는 동안은 아직 끓어오르는 방면에서 남에게 자랑하기에는 부족하다. 주인처럼, 상대도 되지 않는 중학교 1학년을 생포해 전쟁의 인질로 삼을 정도의 생각이 아니어서는 흥분가에 끼워 넣기는 불가능한 것이다. 포로만 불쌍하다. 단순히 상급생의 명령에 의해 공줍기를 맡은 잡병 역할을 맡은 점, 운 나쁘게 몰상식한 적장, 끓어오르기의 천재에게 쫓겨 담을 넘을 틈은커녕 뜰 앞으로 잡혀온 신세가 되었다.

이렇게 되면 적군은 손 놓고 아군의 수치를 보고 있을 리 없다. 너도 나도 네모난 담장을 뛰어넘어 나무문에서 뜰 안으로 난입한다. 그 수는 약 한다스 정도, 줄줄이 주인 앞에 늘어선다. 대개는 웃옷도 조끼도 입고 있지 않다. 하얀 셔츠의 팔을 걷어붙이고 팔짱을 끼고 있는 자가 있다. 하도 빨아 바랜 플란넬을 명색뿐으로 등에만 걸치고 있는 녀석도 있다. 그런가 하면 하얀 무명에 검은 띠를 두르고 가슴 한가운데에 꽃문자를 똑같은 색으로 수놓은 멋쟁이도 있다.

어느 쪽도 일당 천의 용장으로 보여 단파라고 산골 오지의 조릿대산에서 어젯밤 막 도착한 것처럼 검고 다부진 근육으로 똘똘 뭉쳐 있다. 학교 같은 데에 넣어 학문을 시키기에는 아깝고 어부나 선장으로 기르면 반드시 국가를 위해 쓸모 있을 거라고 생각될 정도이다. 그들은 서로 입을 맞추기라도 한 듯이 맨발에 정강이까지 걷어부치고 논이라도 매러 갈 모양의 풍채로 보인다. 그들은 주인 앞에 늘어선 채로 묵묵히 한마디도 하지 않는다. 주인도 입을 열지 않는다. 한참 동안 양쪽 다 눈싸움을 하고 있는 가운데 조금 살기가 돈다.

"네 녀석들은 도둑놈들이냐?"

주인은 물었다. 대단한 기염이다. 어금니로 집어삼킨 울화가 불꽃이 되어 콧구멍으로 빠져나오므로 작은 코가 눈에 띄게 화가 난 듯하다. 사자탈의 코는 인간이 화났을 때의 모양을 형태로 만든 것일 거다. 그렇지 않고서야 그렇게 무섭게 만들 수는 없다.

"아뇨, 도둑은 아닙니다. 낙운관의 학생입니다."

"거짓말 마. 낙운관 학생이 무단으로 남의 저택에 침입하는 놈이 어디 있어?"

"하지만 여기 학교 표시가 붙어 있는 모자를 쓰고 있습니다."

"가짜겠지. 낙운관 학생이라면 왜 함부로 침입을 해."

"공이 날아들어왔으니까요."

"왜 공을 집어던졌냐?"

"실수로 그만, 들어온 겁니다."

"괘씸한 녀석이구만."

"다음부터 주의할 테니 이번만 용서해주세요."

"어디서 뭐하는지도 모르는 놈이 담장을 넘어 집 안으로 침입하는 것을 쉽게 용서할 수 있을 것 같으냐?"

"그래도 낙운관 학생이 틀림없으니."

"낙운관의 학생이라면 몇 학년이냐?"

"3학년입니다."

"분명하지?"

"예."

주인은 안쪽을 돌아다보면서 '여봐, 여기 여기'라고 말한다.

사이타마 출신의 가정부가 미닫이문을 열고 예에 하고 얼굴을 내민다.

"낙운관에 가서 누구 좀 데려와 봐."

"누구를 데려올까요?"

"누구든 좋으니 데려와 봐."

가정부는 "예." 하고 대답하지만 뜰 앞의 광경이 너무 이상하다는 것과 심부름의 취지를 판단하기 어려운 것과, 아까부터의 사건의 전개가 말도 안 되므로 서지도 못하고 앉지도 못하고 그냥 싱글싱글 웃고만 있다. 주인은 이래 봬도 대전쟁에 임하고 있는 중이다. 끓어오르는 흥분으로 일을 꽤 잘 처리하고 있는 참이다. 그런데 자신의 하인이니 당연히 이쪽의 손을 들어주어야 할 자가 진지한 태도로 임하지 않는다. 그뿐인가, 용무를 일러주어도 싱글싱글 웃고만 있다. 더욱더 끓어오르지 않을 수 없다.

"누구든 상관없으니 불러오라는데 못 알아들어? 교장이든 간사든 교감이든…….'

"그럼 교장선생님을…….'

가정부는 교장이라는 말밖에 모르는 것이다.

"교장이든 간사든 교감이든 하고 말하는데 모르겠어?"

"아무도 안 계시면 소사라도 괜찮으세요?"

"멍청한 소리는. 소사 따위가 뭘 알겠어?"

여기에 이르러 가정부도 어쩔 수 없다고 생각했는지, "예이." 하고 말하고 나갔다.

심부름의 주제는 여전히 모르는 모양이다. 소사라도 잡아끌고 오지 않을까 걱정하고 있자니 아니나 다를까 아까 그 윤리 선생이 앞문으로 뛰어들어왔다. 태연하게 자리에 앉기를 기다리던 주인은 즉시 담판에 돌입한다.

"방금 저택 안에 이 자들이 난입해서…….'

추신구라(봉건시대의 극으로 47명의 충신 이야기) 같은 옛말투를 사용했는데 "정말 그 학교 학생 맞습니까?"라고 조금 비꼬는 투로 말꼬리를 맺었다.

윤리 선생은 그리 놀라는 기색도 없이 태연하게 뜰 앞에 나란히 있는 용사들을 한번 스윽 둘러본 다음, 눈동자를 원래대로 주인 쪽으로 돌려 다음과 같이 대답했다.

"예, 모두 저희 학교 학생입니다. 이런 일이 없도록 늘상 훈계를 덧붙여둡니다만…… 참으로 곤란한 일입니다……. 왜 자네들은 담장 같은

데를 넘는가?"

과연 학생은 학생이다, 윤리 선생 앞에서는 꼼짝을 못한다고 보여 뭐라고도 대꾸하는 자는 없다. 얌전히 뜰 구석에 찌그러져서 양떼가 눈을 만난 것처럼 가만히 있다.

"공이 들어오는 것도 어쩔 수 없겠지요. 이렇게 학교 이웃에 살고 있는 이상은 가끔은 공도 날아올 수 있지요. 하지만…… 너무 난폭하니 말입니다. 가령 담장을 뛰어넘는다고 해도 잘 모르게 살짝 주워간다면 그래도 봐줄 만 한데……."

"그렇고 말고요, 말씀은 잘 압니다만 아무래도 애들이 한둘이 아니다 보니……. 이제부터 주의하지 않으면 안 된다. 만약에 공이 날아가면 앞으로 돌아서 양해를 구하고 집어가야 한다. 알겠나? — 학교가 넓다보니 아무래도 수고만 끼쳐드려 송구합니다. 허나 운동은 교육상 필요한 것이니 아무래도 이것을 금지시킬 것도 못 되구요. 또 그것을 허락하면 금방 폐를 끼치는 일이 발생하는데 이것은 꼭 용서를 구하고 싶습니다. 그 대신에 앞으로는 꼭 앞문으로 돌아와서 허락을 구한 다음에 가져가도록 하겠습니다."

"아니, 그런 걸 알면 다행입니다. 공은 얼마든지 던지고 놀아도 상관은 없습니다. 앞으로 와서 정식으로 허락을 구하면 상관없지요. 그럼 이 학생들은 당신에게 인도해 드릴 테니 데리고 돌아가주시기 바랍니다. 아니 일부러 불러 오시게 해 죄송합니다."

주인은 평소 때처럼 용두사미식의 인사를 한다.

윤리 선생은 탄바의 촌뜨기 같은 학생들을 데리고 앞문을 통해 낙운관으로 물러난다.

나의 소위 대사건은 이것으로 우선 일단 마무리를 봤다.

뭐, 그것이 대사건이냐고 웃는다면 웃어도 좋다. 그런 사람에게는 대사건이 아니면 그만이니까. 나는 주인의 대사건을 그대로 베꼈고 그렇고 그런 사람의 대사건을 기록한 것은 아니다. 꼬리가 잘려 흐지부지 되어버린 것 아니냐고 험담을 하는 자가 있다면, 이것이 바로 주인의 특색임을 기억해주었으면 한다. 주인이 우스꽝스러운 글의 재료가 되는 것도 또한 이런 특색이 있기 때문임을 기억해주었으면 한다.

열네댓 살 어린애들을 상대로 하는 것은 어리석다고 한다면 나도 틀림없이 그렇다고 동의한다. 그러니 오오마치 케이게츠는 주인을 일컬어 아직도 치기를 면치 못했다고 말하고 있다.

나는 이미 작은 사건을 다 말했고 지금 다시 큰 사건을 다 말했으니 이제는 대사건 뒤에 일어난 여백을 그려내어 글 전체의 매듭을 지을 생각이다. 모두 내가 쓴 글은 입에서 나오는 대로 맡기면 그만이라고 생각하는 독자들도 있을지 모르겠지만, 나는 결코 그런 경솔한 고양이는 아니다. 한 글자 한 구절 뒤에 우주의 일대 철학의 이치를 포함시키는 것은 물론이거니와, 그 한 글자 한 구절이 층층이 연속되면 수미상응하고 앞뒤가 서로 비추어, 사소하고 쓸데없는 이야기라고 생각하여 아무 생각 없이 읽던 것이 홀연히 변모하여 쉽지 않은 법어가 되는 것이니 결코 뒹굴거리거나 다리를 내놓고 5행마다 한꺼번에 읽는 등의 무례를 범해서는 안 된다.

유종원은 한퇴지의 글을 읽을 때마다 장미물로 손을 씻었다고 할 정도이니까 내 글에 대해서도 하다못해 제 주머니를 털어 잡지를 사올 망정, 친구가 읽다 만 것을 빌려 때운다는 불상사만은 없기를 바란다.

앞으로 이야기할 것은 나 스스로 여백이라고 부르지만, 여백이라면 어차피 재미없기로 정해져 있는, 굳이 읽지 않아도 될 것이라고 생각하면 후회할 것이다. 꼭 마지막까지 정독해야만 한다.

대사건이 있던 다음날, 나는 잠시 산책을 할까 하고 바깥으로 나갔다. 그러자 건너편 옆골목으로 구부러지는 모퉁이에서 카네다의 주인과 스즈키 토주로 씨가 딱 서서 이야기를 하고 있다. 카네다 씨는 인력거로 자기 집으로 돌아가는 참, 스즈키 씨는 카네다 씨가 없을 때 방문했다가 되돌아오는 도중에 두 사람이 딱 마주친 것 같았다. 요즘은 카네다 씨 저택도 별로 흥미가 사라져 좀처럼 그쪽 방향으로는 발걸음이 닿지 않았는데 이런 데서 만나고 보니 어쩐지 반갑다. 스즈키 씨도 오랜만이니까 멀리서나마 얼굴을 뵙는 영광을 누려보자. 이렇게 결심하고 슬쩍 두 사람이 서서 이야기하고 있는 근방으로 다가가보니 저절로 두 사람의 담화가 귀에 들어온다. 이것은 내 잘못은 아니다. 그쪽이 이야기하고 있는 게 잘못이다. 카네다 씨는 탐정까지 붙여 주인의 동정을 살필 정도의 양심을 갖고 있는 작자이니 내가 우연히 그의 담화를 들었다고 화낼 이유는 없을 것이다. 만약 화를 낸다면 그자는 공평이라는 의미를 알지 못하는 것이다. 아무튼 나는 두 사람의 담화를 들어버리고 말았다. 결코 듣고 싶어서 들은 것이 아니다. 별로 듣고 싶지는 않았지만 이야기하는 쪽에서 내 귓속으로 날아 들어와버린 것이다.

"방금 전에 댁에 찾아갔던 참인데 마침 여기서 뵙게 되었군요."

토주로 씨는 정중하게 고개를 꾸벅한다.

"음, 그랬군. 실은 요전부터 자네를 좀 만나고 싶었는데 말야. 잘 됐구만."

"예, 마침 잘 뵈었군요. 무슨 용무로?"

"아니 뭐, 대단한 것도 아니네만. 뭐 누구든 상관은 없는데 자네가 적당해서 말이야."

"제가 할 수 있는 일이라면 뭐든 해야지요. 무슨 일이신데요?"

"에 ― 그게……."라고 잠시 생각을 하고 있다.

"뭣 하시면 괜찮으실 때 다시 찾아뵐까요? 언제가 좋으십니까?"

"뭐, 그런 대단한 일은 아니네만. ―그럼 모처럼이니 부탁 좀 할까?"

"뭐든 염려 마시고……."

"그 이상한 자 말일세. 자네 옛 친구 말야. 쿠샤미 뭐라던가 하는?"

"예, 쿠샤미 선생이 어찌 했습니까?"

"아니, 어떻게 한 건 아니구. 그 사건 이후 속이 좀 안 좋아서."

"지당하십니다, 쿠샤미는 꽤나 거만하니…… 조금은 자신의 사회적인 지위를 생각하면 좋을 텐데 말입니다, 마치 천상천하 유아독존인 양 있으니."

"그렇지. 돈에 머리는 숙이지 않겠다, 실업가 따위 ― 라든가 뭐라던가, 버릇없는 말들만 늘어놓으니 그렇다면 실업가의 솜씨를 보여줘야겠다 싶네. 전에도 한번 기를 눌러 놓긴 했는데 아직도 열을 올리고 있어. 정말 고집이 이만저만이 아니야. 놀랐어."

"아무래도 손해라는 개념이 없는 자이니 덮어놓고 거만을 떨고 있는 것이겠지요. 옛날부터 그런 버릇이 있는 자라서 결국 자기가 손해 보게 되는 것을 깨닫지 못하니 구제할 방법이 없습니다."

"아하하하, 정말 구제불능이군. 이리저리 손을 쓰고 방법을 바꿔보는데 말일세. 결국에는 학교 학생들을 시켰네."

"그것 묘안이군요. 효과가 있었습니까?"

"이것에는 그자도 꽤 곤란했던가 봐. 이제 머지않아서 두 손 들게 되어 있지."

"그것 잘됐군요. 아무리 고집을 피워도 큰 세력에는 힘이 부칠 테니까요."

"그렇지, 혼자서는 어쩔 수 없지. 그래서 상당히 약해진 것 같은데 어떻게 하고 있는지 자네가 가서 보고 와주었으면 해서 말이네."

"아, 그렇습니까. 뭐 어려운 일은 아닙니다. 바로 가보지요. 상황은 돌아오는 길에 알려드리는 것으로 하고. 재미있겠는데요, 그 고집불통이 의기소침해 있는 모습은 분명 볼 만할 겁니다."

"아아 그럼 돌아오는 길에 들르게, 기다리고 있을 테니."

"그럼 다녀오겠습니다."

이런 이번에도 또 계략을, 과연 실업가 세력은 대단한 자들이다. 석탄재 같은 주인을 끓어오르게 하는 것도, 고심한 끝에 주인의 머리가 파리도 미끄러지는 곳이 되는 것도, 그 머리가 에스킬루스와 똑같은 운명에 처하는 것도 모두 실업가 세력 때문이다.

지구가 지축을 회전하는 것은 무슨 작용인가 모르지만, 세상을 움직이는 것은 분명 돈이다. 이 돈의 공로과 힘을 알고 이 돈의 후광을 자유롭게 발휘하는 자는 실업가들을 제외하고는 한 사람도 없다. 태양이 무사히 동쪽으로 나와 무사히 서쪽으로 지는 것도 완전히 실업가들 덕분이다. 지금까지 그 가난한 학자 집에서 살며 실업가의 이익을 몰랐던 것은 나로서도 참 불찰이다. 그건 그렇다 치고 고집불통의 주인도 이번에는 조금 깨닫지 않을 수 없을 것이다. 이런데도 고집불통으로 밀어붙일 생각이라면 위험하다. 주인의 가장 소중한 목숨이 위험하다. 그는 스즈키 군을 만나 어떤 대꾸를 할지 모른다. 그 모습으로 그가 얼마나 깨닫고 있는지도 저절로 분명해질 것이다. 우물쭈물하고 있어서는 안 된다, 고양이도 주인의 일이니까 크게 걱정이 된다. 빨리 스즈키 군을 제치고 먼저 집으로 돌아간다.

스즈키 군은 여전히 말주변이 좋은 자다. 오늘은 카네다의 일 따위는 입밖으로 내지 않고 자꾸만 상관도 없는 세상사 이야기를 재미난 듯이 하고 있다.

"자네 조금 안색이 안 좋은 것 같은데 무슨 일이 있는가?"

"별로 그런 일 없는데."

"하지만 창백한데, 조심하지 않으면 안 되겠네. 날씨가 안 좋으니. 밤에는 잘 자는가?"

"응."

"뭔가 걱정이라도 있지는 않은가, 내가 할 수 있는 일이 있으면 뭐든 돕겠네. 사양 말고 말해보게."

"걱정이라니 뭐?"

"아니, 없으면 다행이지만, 만약 있다면 하고 물어보는 걸세. 걱정이

제일 큰 독이니. 세상은 웃으며 재미있게 사는 것이 이득이지. 아무래도 자네는 너무 어두운 것 같아."

"웃는 것도 독이야. 덮어놓고 웃어대면 죽을 수가 있어."

"농담도 잘 하는구만. 웃는 집에는 복이 들어온다잖은가."

"옛날에 그리스에 크리시포스라는 철학자가 있었는데 자네는 알 리 없겠지?"

"그래, 모르네. 그게 어땠다는 건가."

"그 남자가 너무 웃어서 죽었어."

"흐음, 그것 이상하구만, 하지만 그야 옛날 일이니……."

"예나 지금이나 다른 게 있겠어? 당나귀가 은그릇에서 무화과를 꺼내 먹는 것을 보고 웃겨서 참을 수가 없어서 깔깔대고 웃었지. 그런데 아무리해도 웃음이 멈추지 않았다네. 결국 웃다가 웃다가 죽었다지."

"하하하, 하지만 그렇게 마냥 웃지 않아도 되네. 조금 웃는 거지 - 적당히 - 그러면 기분도 좋아진다네."

스즈키 군이 열심히 주인의 동정을 살피고 있자니 앞문이 드르륵 열리고 손님이 왔나 하고 보니 그렇지 않다.

"저기, 공이 굴러들어왔는데 줍게 해주세요."

가정부는 부엌에서 "네." 하고 대답한다. 서생은 뒤뜰 쪽으로 돌아간다. 스즈키는 이상한 얼굴을 하고 뭐냐고 묻는다.

"뒷건물 서생이 공을 마당에 던져 넣었어."

"뒷건물 서생? 뒤에 서생이 사는가?"

"낙운관이라는 학교일세."

"아아 그런가, 학교? 꽤 소란스럽겠구만."

"소란스럽다 뿐인가. 편하게 공부도 할 수가 없다네. 내가 문부대신이라면 일찌감치 폐쇄명령을 내렸을 거야."

"하하하, 어지간히 화가 났구만. 뭔가 부아가 나는 일이라도 있었는가?"

"있다 뿐인가, 아침부터 밤까지 화나는 일만 있지."

"그렇게 부아가 나는 것 같으면 이사를 하면 되지 않는가?"

"이사는 왜, 무례천만한 놈들."

"나한테 화내봤자 어쩔 수 없네. 뭐 아이들이니, 따끔하게 혼내두면 되잖은가."

"자네는 괜찮겠지만 나는 괜찮지가 않네. 어제는 그 학교 선생을 불러 담판을 지었지."

"그것 재미있구만. 사과하던가?"

"응."

이때 다시 앞문을 열고 "저기, 공이 들어왔는데 줍게 허락해주세요." 라고 말하는 소리가 들린다.

"이것, 어지간히들 오는군. 또 공이라는구만, 자네."

"응, 앞문으로 오도록 약속을 받아놨지."

"과연, 그래서 저렇게 오는구만. 그래, 알았네."

"무엇을 알았다는 건가?"

"공을 주우러 오는 이유 말야."

"오늘은 이번이 16번째일세."

"자네 시끄럽지 않은가. 오지 말라고 하면 좋지 않겠나?"

"오지 말라고 하다니, 오니까 어쩔 수 없잖은가."

"어쩔 수 없다고 하면 그것까지야 어쩌겠는가마는, 그렇게 완고하게 하지 않아도 될 걸세. 인간은 모서리가 있으면 세상을 잘 굴러가기 힘들어져 손해. 둥글둥글한 것은 데굴데굴 어디든 잘 굴러갈 수 있지만 네모난 것은 구르는데 힘이 들 뿐 아닌가, 구를 때마다 모서리가 걸리니 아픈 것일세. 어차피 자기 혼자 사는 세상이 아니고 그렇게 자기 생각처럼 남들이 알아서 해주지 않지. 뭐 그러니, 아무래도 돈 있는 자들을 거역하면 손해지. 그냥 신경만 쓰이고 몸은 힘든데 남들은 칭찬해주지 않지. 상대는 아무렇지도 않거든. 앉아서 남을 부리기만 하면 그만이니까. 큰 세력에 밀리게 되어 있으니 어차피 이루어질 수 없는 것은 알고 있지. 완고함도 좋지만 꼿꼿이 서서 지나갈 생각으로 있는 동안에 자기 공부에 지장이 있거나 매일의 업무에 영향을 미치거나 결국에는 힘만 들고 아무런 이득도 없게 되니 말일세."

"죄송해요. 방금 공이 들어왔는데 뒷문으로 돌아가서 주워도 되겠습니까?"

"그것 봐, 또 왔네."

스즈키 군은 웃고 있다.

"무례한 것들."

주인은 얼굴이 벌게져 있다.

스즈키 군은 이제 대충 방문한 목적을 달성했다고 생각했으니까 그럼 실례하겠네, 좀 놀러오게 하고 돌아간다.

그 대신 들어온 자가 아마키 선생이다. 흥분가가 스스로를 흥분가라고 칭하는 자는 옛날부터 그 예가 적다, 이것 좀 이상하다고 깨달았을 때는 끓어오름의 고비는 이미 넘긴 상태이다. 주인의 끓어오름은 어제의 대사건 때에 최고조에 달했었지만 담판도 용두사미였음에도 불구하고 이렇게 저렇게 처음과 끝이 맞았으므로 그날 밤 서재에서 곰곰이 생각해보고 조금 이상하다는 것을 깨달았다. 우선 낙운관이 이상한가, 자신이 이상한가 의심을 할 여지는 충분히 있지만 여하튼 이상한 것은 틀림없다. 아무리 중학교 옆에 거처를 두었다고 해도 그처럼 일년 내내 계속 뻣성을 내고 있으니 조금 이상하달 수밖에. 이상한 걸 알았으면 어떻게 하지 않으면 안 된다. 하지만 어떻게 한다고 어쩔 수가 없다, 역시 의사의 약이라도 먹고 지랄 같은 성질의 원천에 뇌물이라도 먹여서 위로하고 달래는 수밖에 달리 방법이 없다. 이렇게 깨달았으니 평소 단골인 아마키 선생을 불러 진찰을 받다봐야겠다는 생각을 해낸 것이다. 현명한 것인지 어리석은 것인지 그 점은 제쳐놓고 여하튼 자신의 끓어오름을 깨달은 것만큼은 갸륵한 바, 기특하다고 해야겠다.

아마키 선생은 평소처럼 생글생글 침착을 유지하며 "어떻습니까?"라고 한다. 의사는 대개 어떻습니까가 정해진 말투이다.

나는 "어떻습니까?"라고 말하지 않는 의사는 아무래도 믿음이 가지 않는다.

"선생님, 아무래도 안 되겠어요."

"네, 무슨 일이 있으십니까?"

"대체 의사의 약은 효과가 있는 걸까요?"

아마키 선생도 놀랐지만 온후한 사람이니 별반 격한 모습도 없이, "듣지 않을 것도 없지요."라고 온화하게 대답했다.

"제 위장병, 아무리 약을 먹어도 똑같지 않습니까?"

"절대 그런 것이 아니에요."

"아니라구요? 조금은 나아진 겁니까?"

자신의 위를 남에게 물어본다.

"그렇게 빨리는 낫지 않습니다, 차차 효과가 있는 것이지요. 처음보다 꽤 좋아지셨습니다."

"그런가요?"

"여전히 부아가 납니까?"

"암요, 꿈에서까지 부아가 난다니까요."

"운동이라도 조금 하시는 게 어떠세요?"

"운동을 하면 더 부아가 납니다."

아마키 선생도 이 대목에선 기가 막힌지,

"어디 한번 볼까요?"라고 진찰을 시작한다.

진찰이 끝나기를 기다리다 못한 주인은 갑자기 큰 소리로 묻는다.

"선생님, 전에 최면술 책을 읽었는데 최면술을 응용해서 손버릇이 나쁜 자나 여러 가지 병을 고칠 수가 있다던데, 정말입니까?"

"예, 그런 요법도 있습니다."

"지금도 하고 있습니까?"

"예."

"최면술을 거는 건 어렵습니까?"

"뭐 문제는 없습니다, 저희들도 종종 하긴 하니까요."

"선생님도 하십니까?"

"예, 한번 해볼까요? 누구든 걸릴 수밖에 없는 이치의 것입니다. 선생만 괜찮다면 걸어볼까요?"

"그것 재미있겠군요, 한번 걸어주세요. 저도 전부터 걸려보고 싶었습니다. 하지만 최면에 걸렸다가 눈이 떠지지 않으면 곤란하잖아요."

"괜찮으실 겁니다. 그럼 해봅시다."

의견은 금세 모여 주인은 드디어 최면술에 걸리게 되었다.

나는 지금까지 이런 것을 본 적이 없으니 내심 속으로 기뻐서 그 결과를 거실 구석에서 바라본다. 선생은 우선, 주인의 눈부터 최면을 걸기 시작했다. 그 방법을 보고 있자니, 두 눈의 눈꺼풀을 위에서 아래로 쓸어내려 주인이 이미 잠이 들어 있음에도 불구하고, 자꾸만 같은 방향으로 길을 들이고 있다.

한참이 지나 선생은 주인을 향해 물었다.

"이렇게 눈동자를 쓰다듬고 있으면 점점 눈이 무거워지지요?"

주인은 "과연 그렇습니다."라고 대답한다.

선생은 계속 똑같이 쓸어내리고 쓸어내리면서 말한다.

"점점 무거워집니다, 그렇지요?"

주인도 그런 기분이 드는지, 뭐라고도 말하지 않고 가만히 있다.

그 같은 마찰법은 다시 3, 4분 반복된다.

마지막으로 아마키 선생은 말했다.

"자, 이제 떠지지 않습니다."

불쌍한 주인은 이제 눈을 뜰 수 없게 되어버렸다.

"이제 떠지지 않습니까?"

"예, 뜰 수가 없습니다."

주인은 묵묵히 눈을 감고 있다.

나는 주인이 이제 장님이 된 것이라고 믿어버렸다.

한참 뒤 선생은 "뜰 수 있으면 떠보세요. 도저히 떠지지 않을 테니."라고 말한다.

"그렇습니까?"라고 말하면서 주인은 평소대로 두 눈을 딱 떴다.

주인은 능글맞게 웃으면서 "걸리지 않는데요."라고 말하자 아마키 선생도 똑같이 웃으면서 "예, 그렇군요."라고 한다.

최면술은 결국 성공하지 못하고 끝난다. 아마키 선생도 돌아간다.

그 다음으로 온 자가 ─ 주인 집에 이 정도의 손님이 온 적은 없다. 교제가 적은 주인의 집 치고는 마치 거짓말 같다. 그러나 분명 왔다. 게다가 귀한 손님이 온 것이다.

내가 이 귀한 손님에 관해 한마디라도 설명하는 것은 단순히 귀한 손님이라서만은 아니다. 아까 말한 대로 대사건의 여파를 계속 그리고 있는 중이다. 그리고 이 귀한 손님은 이 여파를 그리는데 있어서 빼놓을 수 없는 재료이다. 이름이 뭔지는 모른다, 다만 얼굴이 긴 데다가 염소 같은 수염을 기르고 있는 마흔 전후의 남자라고 하면 좋을까. 메이테이가 미학자입네 하는 것에 대해 나는 이 남자를 철학자라고 부를 참이다.

왜 철학자라고 하냐면 무엇도 메이테이처럼 스스로 떠벌리기 때문이 아니라 그냥 주인과 대화할 때의 모습을 쳐다보고 있으면 아무래도 철학자답게 여겨지기 때문이다.

이자도 옛날 동창인 듯해 두 사람 다 웅대하는 행동거지는 지극히 터 놓고 지내는 모습이다.

"응, 메이테이 말인가, 그자는 연못에 떠 있는 금붕어 먹이처럼 둥둥 떠다닌다네. 전에도 친구를 데리고 생판 알지도 못하는 귀족집 문 앞을 지나가다가 잠깐 들러 차라도 마시고 가자면서 끌고 들어갔다는데 속도 좋지."

"그래서 어찌 되었나?"

"어찌 되었는지 물어보지는 않았지만, ─ 글쎄, 뭐 타고난 기인이랄까, 그 대신 생각도 아무것도 없는 완전한 금붕어 먹이지. 스즈키인가, ─ 그자가 온다고? 흐음 ─ 그자는 도리는 어떤지 모르겠지만, 세상눈으로 볼 땐 영리한 자일세. 금시계는 달고 다닐 만한 부류이지. 하지만 깊이가 없고 침착하지 못해서 글렀네. 원활, 원활 하는데 원활의 의미도 뭣도 모르는 주제에. 메이테이가 금붕어 먹이라고 한다면 그자는 짚으로 엮은 곤약이야. 그냥 기분 나쁘게 미끌하기만 하고 부들부들 떨고 있을 뿐이지."

주인은 이 기발한 비유를 듣고 크게 감동받은 것 같이 오랜만에 하하하 하고 시원하게 웃어댄다.

"그렇다면 자네는 뭔가?"

"나, 글쎄 나는 뭘까 ─ 뭐 자연산 참마 정도가 아닐까. 길게 진흙 속에 묻혀 있으니."

"자네는 시종 태연하고 편안한 것 같아 부럽구만."

"뭐 보통 인간들과 다를 바 없는 것뿐이라네. 특별히 부러워할 만한 것도 없어. 그냥 고맙게도 남을 부러워할 마음도 생기지 않으니 그만큼 좋지."

"살림은 요즘 넉넉한가?"

"똑같지 뭐. 충분하다가도 모자라고. 하지만 먹고 살고는 있으니 다행이지. 걱정할 정도는 아니네."

"나는 요즘 불쾌하고 부아가 나서 참을 수가 없네. 어디를 봐도 불평뿐이라네."

"불평도 나쁘지 않아. 불평이 일면 불평을 늘어놓아버리면 당분간은 기분이 좀 풀리거든. 인간은 여러 가지니까 그렇게 남한테도 자기처럼 되라고 권해도 될 것은 아니지. 젓가락은 남들과 똑같이 쥐지 않으면 밥을 먹기 어렵지만 자기 먹을 빵은 마음대로 자르는 게 제일 편한 것처럼.

훌륭한 재단사한테 옷을 마련하면 입었을 때 몸에 잘 맞는 것을 가져오지만, 서툰 재단사한테 맞추면 당분간은 참고 입지 않으면 안 되잖나. 하지만 세상은 공평한 것이어서 입고 있는 동안에는 양복 쪽에서 내 골격에 맞춰주니까. 지금 세상에 맞도록 훌륭한 부모가 솜씨 좋게 낳아주면 그것이 행복이지. 하지만 좀 하자 있게 태어나면 세상에 맞지 않아 그냥 참고 살든가, 아니면 세상이 맞춰줄 때까지 참고 기다리는 수밖에 방법은 없을 걸세."

"한데 나 같은 사람은, 언제까지 서 있어도 맞춰질 것 같지가 않아서 마음이 쓰이네."

"잘 맞지 않는 양복을 억지로 입으면 실밥이 터져버리지. 싸움을 하거나 자살을 하거나 소동이 일어난다는 말이지. 그러나 자네같이 그저 따분하다는 것만으로 자살은 물론이고 싸움도 한 적은 없을 테지. 그런대로 괜찮은 편 아닌가."

"그런데 매일 싸움만 하고 있다네. 상대가 없어도 혼자서 화를 내고 있으면 싸움이겠지."

"옳아, 1인 시위군. 재미있구만, 얼마든지 해도 되겠네."

"그게 싫다는 거지, 난."

"그럼 그만둬."

"자네 앞이니 하는 말인데, 사람 마음이 그렇게 마음대로 되는 것이 아니야."

"도대체 뭐가 그렇게 불평스러운가?"

주인은 여기에 있어서 낙운관 사건을 시작으로 방금 구워낸 너구리, 핀스케, 키샤고 외에 온갖 불평을 들어 철학자 앞에다 몽땅 털어놓았다.

철학자 선생은 잠자코 듣고 있었는데 겨우 입을 열어 주인에게 이렇게 말하기 시작했다.

"핀스케나 키샤고가 무슨 말을 해도 태연하게 있으면 되지 않을까? 어차피 쓸 데 없으니까. 중학생 같은 애들한테 화낼 가치가 있을까. 뭐 방해가 된다. 글쎄 담판을 지어도 싸움을 해도 그 훼방은 멈출 수 없지 않을까. 나는 그런 면에서는 서양인보다 옛날 일본인 쪽이 훨씬 훌륭하다고 생각하네. 서양인의 방식은 적극적, 적극적이라고 해서 요즘 꽤 유행하지만 그것은 상당한 결점을 갖고 있어. 첫째 적극적이라고 해도 한도 끝도 없는 이야기야. 언제까지 적극적으로 해대도 만족이라는 영역이라든가 완전이라는 경계에 이를 수 있는 것이 아니거든. 저쪽에 노송나무가 있잖은가. 저것이 눈에 거슬리니까 없애버렸어. 그러면 그 건너편의 하숙집이 또 방해가 되지. 하숙집을 퇴거시켜버리면 그 다음 집이 신경을 건드리고. 어디까지 가도 끝이 없는 이야기 아닌가. 서양인의 방식은 모두 이렇다네. 나폴레옹이든, 알렉산더든 이기고도 만족한 자는 한 사람도 못 봤네. 남이 마음에 들지 않고 싸움을 하고 저쪽이 입을 다물지 않고 법정에 호소하지, 법정에서 이기고 그래서 마무리되었다고 생각하는 것은 잘못이지. 마음의 마무리는 죽을 때까지 애태워도 마무리 되지 않잖은가. 과인정치가 잘 안 되니 대의정치로 바꿨어. 대의정치가 잘 안 되니까 다시 뭔가 다른 것을 찾아보고 싶어지고. 강이 성가시다고 다리를 만들고, 산이 신경 쓰인다고 터널을 뚫지. 교통이 불편하다고 철도를 잇고. 그래서 영원히 만족할 수 있는가. 그렇다고 인간인지라 어디까지 적극적으로 자기 뜻을 관철시킬 수 있는가. 서양의 문명은 적극적, 진취적인지도 모르지만 결국 불만족으로 평생을 보내는 사람이 만든 문명에 불과해. 일본의 문명은 자기 이외의 상태를 변화시켜 만족을 구하는 것이 아니잖나. 서양과 크게 다른 점은, 근본적으로 주변은 움직이지 않는 것이라는 큰 가정 하에 발달해왔다고 봐야지. 부모자식 관계가 재미없다고 해서 서양 유럽인들처럼 이 관계를 개량해 안정을 취하려 하는 것은 아니라고 봐. 부모자식 관계 아래에서 안심을 찾을 수단을 강구하는데 있는 것이지. 부부나 군신의 사이도 마찬가지, 무사와 상인의 구별도 그렇고, 자연 그 자체를 바라보는 것도 마찬가지. ― 산이 있어서 이웃 도시로 갈 수 없으면 산을 허물 생각을 하는 대신에, 이웃 도시로 꼭 가지 않아도 될 방법을 짜내는 거야. 산을 넘지 않아도 만족할 만한 마음을 기르는 것이지. 그러니 자네도 한 번 보게. 선가에서도 유가에서도 반드시 근본적으로 이 문제를 다루고 있지 않은가. 아무리 자신이 위대해도 세상은 도저히 뜻한 바처럼 되는 것은 아니고, 떨어지는 해를 되돌리는 일도, 힘차게 흐르는 강을 거슬러 흐르게 하는 것도 불가능하지. 단지 가능한 것은 자기 마음뿐이니 말일세. 마음만 자유롭게 하는 수업을 받는다면 낙운관의 학생이 아무리 소란을 피워도 무슨 문제가 되겠나, 진흙으로 빚은 너구리라도 상관 않고 내버려둘 수 있겠지. 핀스케 같은 자가 어리석은 말을 하면 이 바보 같은 놈 하면 그만이지. 옛날의 스님들은 남들이 칼을 들고 덤비면 전광석화로 봄바람을 벤다든가, 뭐라든가 하는 멋진 말을 남겼다는 이야기도 있지. 마음의 수업이 쌓여 소극의 극에 달하면, 이런 영활靈活한 작용이 생기는 게 아닐까.

나 같은 사람은, 그런 어려운 것은 잘 모르겠지만 어쨌든 서양인들 식의 적극주의만이 능사라고 생각하는 건 조금 그릇된 것 같네. 현재 자네가 아무리 적극주의로 임해도 학생이 자네를 놀리러 오는 것을 어찌 하지도 못하지 않은가. 자네의 권력으로 그 학교를 폐쇄할까? 아니면 그쪽이 경찰에 고소할 만한 나쁜 짓을 하면 모르겠지만 그렇지 않은 이상은 아무리 적극적으로 나가도 이길 턱이 없잖은가. 만약 적극적으로 나간다고 하면 돈이 문제가 되지. 많은 세력을 어찌 감당하겠나. 바꿔 말하면 자네가 부자에게 머리를 숙이지 않으면 안 되는 꼴이 되는 것이지. 무리를 지어 배짱을 퉁기는 아이들에게 엎드려 사과하지 않으면 안 되는 격이 되어버리네.

자네같이 가난한 사람이 게다가 혼자서 적극적으로 싸움을 하려는 것이 애당초 자네의 불평의 씨앗이네. 어떤가, 알겠는가?"

주인은 알았다고도 모르겠다고도 하지 않고 듣고만 있었다. 귀한 손님이 돌아간 다음에 서재에 들어가 책도 읽지 않고 뭔가 골똘히 생각하고 있었다.

스즈키 토주로 씨는 돈과 무리에 따르라고 주인에게 가르쳤다. 아마키 선생은 최면술로 신경을 가라앉히라고 조언을 해주었고 마지막 귀한 손님은 소극적인 수양으로 안정을 얻으라고 설법을 했다.

주인이 어느 쪽을 선택할지는 주인 마음이다. 단지 이대로는 지나가지 않을 것은 정해져 있는 이치다.

주인은 곰보 얼굴이다. 유신 전에는 곰보도 꽤 유행했다고 하지만 영일동맹의 오늘날에는 이런 얼굴은 막상 시대에 뒤떨어지는 감이 있다. 곰보의 쇠퇴는 인구의 증가와 반비례해서 가까운 장래에는 완전히 그 흔적이 끊어지기에 이를 거라는 것은 의학상의 통계에서 정밀하게 갈라져 나온 결론이어서 나처럼 고양이라고 해도 추호도 의심할 여지가 없을 정도의 명론이다.

지금 지구상에 곰보 얼굴로 서식하고 있는 인간은 몇 명 정도나 될지 모르지만 내가 교제하는 구역 안에서는 계산해보면 고양이 중에는 하나도 없다. 인간 중에는 단 한 사람이 있다. 그 한 사람이 바로 주인이다. 정말 안됐다.

나는 주인의 얼굴을 볼 때마다 생각한다. 뭐 무슨 인과로 이렇게 묘한 얼굴을 하고 염치없이 20세기의 공기를 호흡하고 있을까. 옛날이라면 조금은 위세를 떨쳤을지 모르겠지만 모든 곰보가 두 발로 물러날 것을 명받은 오늘날, 여전히 콧날이나 볼 위에 진을 치고 고집스럽게도 꼼짝 않는 것은 자랑할 만한 일이 아닐 뿐 아니라 오히려 곰보의 체면에 관한 것이다. 할 수 있다면 지금 당장 없애면 좋을 것 같다. 곰보 스스로도 신경이 쓰일 것이 분명하다. 아니면 평소의 세력이 부진한 때 맹세코 지는 해를 중천으로 올려놓으리라는 의욕을 품고, 그렇게 천연덕스럽게 얼굴 전체를 점령하고 있는지도 모른다. 그러고 보면 이 곰보는 결코 경멸의 뜻을 갖고 볼 것은 아니다. 도도한 세속의 흐름에 저항하는 만고불변의 구멍의 집합체이자 크게 우리들의 존경을 받을 가치 있는 들고난 것들이라고 해도 좋다. 단 지저분한 것이 결점일 뿐이다.

주인이 어릴 때 우시고메의 야마부시쵸에 아사다 소하쿠라는 한방의 명의가 있었는데 이 노인이 병든 사람의 집을 왕진할 때는 반드시 가마를 타고 유유자적하게 다녔다고 한다. 그런데 소하쿠 노인이 죽게 되어 그 양자가 뒤를 이었는데 가마가 금새 인력거로 바뀌었다. 그리고 양자가 죽고 또 양자가 뒤를 따랐다면 갈근탕이 안티피린으로 둔갑할지도 모른다. 가마를 타고 도쿄 시내를 누비고 다니던 것은 소하쿠 노인 당시에서조차 그다지 보기에 좋은 것은 아니었다. 이런 흉내를 내고 시치미를 뚝 떼었던 자는 옛날에 폐한 망자와, 기차에 실려 가는 돼지와, 소하쿠 노인뿐이었다.

주인의 곰보도 그 근사하지 않은 점에 있어서는 소하쿠 노인의 가마와 다를 바 없어서 옆에서 보면 안됐을 정도인데 한의사에도 뒤지지 않을 완고한 주인은 여전히 고독한 성, 지는 해인 곰보를 천하에 폭로하며 매일 등교하여 독해를 가르치고 있다.

이처럼 전 세기의 기념물을 만면에 새기고 교단에 서는 그는 학생들에게 수업 이외에 대단한 훈계를 하달하고 있음이 틀림없다. 그는 '원숭이가 손을 가졌다'를 반복하기보다 '곰보의 얼굴에 미치는 영향'이라는 크나큰 문제를 꾸밈없이 해석해 무의식 중에 학생들에게 답안을 주고 있는 것이다. 만약 주인 같은 인간이 교사로서 존재하지 않게 된 때에는 그들 학생들은 이 문제를 연구하기 위해 도서관 또는 박물관으로 달려가 우리들이 미이라를 보고 이집트인을 생생하게 떠올리는 것과 마찬가지의 노력을 쏟아 붓지 않으면 안 된다. 이런 점에서 보면 주인의 곰보도 알지 못하는 사이 묘한 공덕을 베풀고 있다.

무엇보다 주인은 이 공덕을 베풀기 위해 얼굴 전체에 천연두를 심어놓은 것은 아니다. 이래 뵈도 실은 천연두 주사도 맞았다. 불행하게도 팔에 맞았다고 생각한 것이 어느샌가 얼굴로 전염되어 있었던 것이다. 그 무렵은 어려서 지금처럼 외모에 신경 쓸 것도 없었으니 가렵다 가렵다 하면서 얼굴을 마구 긁어댔다고 한다. 마침 화산이 분화하여 터져 마그마가 얼굴 위로 흘러내린 것처럼 부모가 낳아준 얼굴을 쓸모없게 만들어버렸다. 주인은 가끔 안주인을 보고, 천연두를 앓지 않았을 때는 구슬 같이 매끄러운 얼굴의 소유자였다고 말한다. 아사쿠사의 관음사에서 서양인들이 뒤돌아봤을 정도로 매끈했다는 둥 자화자찬을 늘어놓는 적조차 있다. 과연 그럴지도 모른다. 단지 아무도 증명해줄 사람이 없다는 것이 유감일 뿐이다.

아무리 공덕이 되고 훈계가 되어도 지저분한 것은 역시 지저분한 것이니 세상물정을 알기 시작한 후부터 주인은 곰보에 대해 크게 걱정을 해서 온갖 수단을 총동원해 이 흉측한 형태를 문질러 없애려고 했다. 그런데 소하쿠 노인의 가마와 달리 싫다고 그리 갑자기 사라지는 것은 아니다. 지금껏 역력히 남아 있다. 이 역력함이 다소 신경이 쓰이는지 주인은 큰길을 다닐 때마다 곰보 얼굴을 세어보며 다닌다고 한다. 오늘 몇 명의 곰보를 만났고 그 소유자들은 남자인지 여자인지, 그 장소는 오가와마치의 공장인지, 우에노 공원인지, 모조리 그의 일기에 적어 넣는다. 그는 곰보에 관한 지식에 있어서는 결코 누구에게도 양보하지 않으리라 확신하고 있다. 전에 어느 서양물을 먹은 친구가 왔을 때는, "서양인 중에는 곰보가 있는가?"라고 물어봤을 정도이다.

그러자 그 친구가 "글쎄."라고 고개를 갸웃하면서 한참 생각한 다음 말했다.

"뭐 여간해선 없지."

주인은 다시 확인을 하며 되물었다.

"여간해선 없어도 조금은 있을 것 아닌가."

친구는 관심도 없는 얼굴로 대답을 했다.

"있어도 거지나 노숙자겠지. 교육을 받은 사람 중에는 없는 것 같아."

그랬더니 주인은 "그런가, 일본과는 조금 다르군." 하고 말했다.

철학자의 의견에 따라 낙운관과의 싸움을 멈춘 주인은 그 후 서재에 틀어박혀 자꾸만 뭔가를 생각하고 있다. 그의 충고를 받아들여 정좌를 하고 영활한 정신을 소극적으로 수양할 참인지도 모르겠지만 원래가 통이 작은 인간인 탓에 저렇게 음울하게 팔짱만 끼고 있어서는 이렇다 할 결과가 나올 리가 없다. 그보다 영문서적이라도 전당포에 맡겨 게이샤한테 나팔이라도 배우는 편이 훨씬 낫다고까지는 깨달았는데, 저렇게 고집 세고 비뚤어진 자는 도저히 고양이의 충고 따위를 들을 귀는 없으니까 마음대로 하게 놔두자고 하고 5, 6일은 옆에 다가가지도 않고 지냈다.

오늘은 그로부터 딱 일주일째다. 선가 같은 데서는 17일을 놓고 큰 깨달음을 얻겠다는 식으로 굉장한 기세로 결가부좌를 트는 무리도 있는 것이니 우리 주인도 어떻게 되었을지 죽든가 살든가 어떻게든 정리했을 거라고, 어슬렁어슬렁 툇마루에서 서재 입구까지 와서 실내의 동정을 정찰해보았다.

서재는 다다미 6개짜리의 남향인데, 볕이 잘 드는 곳에 커다란 책상이 놓여 있다.

단지 커다란 책상이라고 하면 실감이 안 날 것이다. 길이 6자, 폭이 3자 8치 높이는 이것에 걸맞는 커다란 책상이다. 물론 기성품은 아니다. 근처 가구점에 특별히 주문해서 침대 겸 책상으로 제작해온 희귀한 물건이다. 무슨 이유로 이런 커다란 책상을 새로 조달하고 또 무슨 이유로 그 위에서 자 보려는 발상을 한 것인지, 본인에게 물어보지 않았으니 전혀 알 수 없다. 아주 잠깐 일시적으로 생긴 마음으로 애물단지를 장만해 들여온 것인지도 모르고, 아니면 때에 따라서는 일종의 정신병자에서 종종 보여지는 것처럼, 연관도 인연도 없는 두 개의 개념을 연상해서 책상과 침대를 제멋대로 결부시킨 것인지도 모른다. 어쨌든 기발한 생각인 건 분명하다. 다만 기발함만으로 도움이 되지 않는 것이 결점이기는 하다. 나는 옛날에 주인이 이 책상 위에서 낮잠을 자며 뒤척이는 바람에 툇마루로 굴러 떨어진 것을 본 적이 있다. 그 이후 이 책상은 결코 침대로 사용되지 못한 것 같다.

책상 앞에는 얇은 모슬린 방석이 있고 담뱃불로 탄 구멍이 세 개 정도 나 있다. 안의 솜은 거무튀튀하다. 이 방석 위에서 뒤를 보고 단정하게 앉아 있는 것이 주인이다. 쥐색으로 더럽혀진 한 폭의 천으로 된 띠의 끝을 두 번 옭아매 매듭을 지은 양쪽이 느슨하게 다리 뒤로 늘어져 있다. 이 띠에 장난을 치다 느닷없이 머리채를 잡힌 것은 얼마 전의 일이다. 여간해서는 다가갈 띠는 아니다.

아직도 생각을 하고 있는지, 별 볼일 없는 생각이라는 말도 있는데 하며 뒤에서 들여다보고 있자니, 책상 위에서 유난히 반짝반짝 빛나는 것이 있다. 생각 없이 연거푸 두세 번 깜박거리다가, 이놈 이상하다 하고 눈부심을 꾹 참고 그 빛나는 것을 가만히 쳐다보았다. 그러자 이 빛나는 것은 책상 위에서 움직이고 있는 거울에서 나오는 것임을 알았다. 주인은 무엇 때문에 서재에 거울 같은 것을 휘두르고 있는 것일까. 거울이라고 하면 목욕탕에 있는 것이 맞다. 오늘 아침 나는 목욕탕에서 이 거울을 보았었다.

이 거울이라고 특별히 말하는 것은 주인의 집에는 거울은 이것 말고는 없기 때문이다. 주인은 매일 아침 세수를 한 다음에 머리를 빗을 때도 이 거울을 이용한다. ─주인 같은 남자가 머리를 빗을까 하고 묻는 사람도 있을지 모르지만 사실 그는 다른 것에 무정한 만큼 그만큼 머리를 소중히 다룬다. 내가 이 집에 들어오고 지금에 이르기까지 주인은 아무리 찌는 날이라고 해도 5부깎기로 머리를 깎아본 적이 없다. 반드시 2치(약 6센티미터) 정도의 길이로 해서 정성스레 왼쪽에서 가른 후 오른쪽 끝을 조금 비틀어 마무리한다. 이것도 정신병의 징후인지도 모르겠다. 이런 허세스러운 가르마는 이 책상과 조금도 조화롭지 않다고 생각하는데 굳이 타인에게 해를 끼칠 정도의 일은 아니니, 아무도 뭐라고 하지는 않는다.

　본인도 자신만만이다. 가르는 법이 하이칼라(머리털을 밑만 깎고 윗부분은 남겨 가르는 머리 모양)인 것은 그만 두고라도 왜 저렇게 머리를 길게 두는가 생각했더니 사실은 이런 이유가 있다. 그의 곰보는 단순히 얼굴만을 잠식한 것이 아니라, 오래 전에 정수리 부분까지 먹고 들어갔다고 한다. 그래서 만약 보통 사람처럼 5부깎기나 3부깎기로 했다간 짧은 머리카락의 뿌리 부분부터 수십 개나 되는 곰보가 적나라하게 드러나버린다. 아무리 문지르고 비벼도 오돌토돌한 것이 잡히지 않는다. 들판에 반딧불이를 풀어놓은 격으로, 풍류라 할지 모르나 안주인의 마음에 들지 않는 것은 물론이다. 머리카락만 길게 해두면 노출되지 않고 끝날 것을, 자청해서 자기의 약점을 드러내기에도 마땅치 않은 것이다. 될 수 있다면 얼굴까지 털을 길러 죄다 숨기고 싶을 정도이니까 그냥 돋아나는 털을 돈을 내고 깎아내서, 나는 두개골의 위까지 천연두에 걸렸음이네 하고 떠들고 다닐 필요는 없을 것이다. ― 이것이 주인이 머리카락을 기르는 이유로, 머리카락을 길게 하는 것이 그가 머리카락을 빗는 원인이며 그 원인이 거울을 보는 까닭이고 그 거울이 목욕탕에 있는 까닭이며 그렇게 해서 그 거울이 하나밖에 없다는 사실이다.

목욕탕에 있어야 할 거울이 그것도 하나밖에 없는 거울이 서재에 와 있는 이상, 거울이 유체이탈을 하지 않았다면 주인이 목욕탕에서 가져온 것이 틀림없다. 가져왔다고 하면 무엇 때문에 가져왔을까. 어쩌면 그 소극적 수양에 필요한 도구인지도 모르겠다.

옛날 어떤 학자가 뭐라뭐라 하는 승려를 찾아갔더니 그 고승, 옷을 훌러덩 벗고 기와짝을 닦고 있었다. 무엇을 만드시는가 하고 물었더니 그야 지금 거울을 만들려고 열심을 내는 중이라고 대답했다.

그래서 학자는 놀라서 아무리 고승이라도 기와짝을 닦아 거울로 할 수는 없을 것이라고 말하니까 고승 껄껄 웃으면서 그런가, 그럼 그만두지, 아무리 책을 읽어도 도를 깨닫지 못하는 것도 그와 같은 거라고 매도했다고 하니 주인도 그런 말을 주워듣고 목욕탕에서 거울이라도 가져와서 의기양양하게 움직여대고 있는지도 모른다. 나는 꽤 심란하게 되었구나 하고 가만히 엿보고 있다.

그것도 모르는 주인은 매우 진지한 모습으로 단 하나뿐인 거울을 쳐다보고 있다. 원래 거울이라는 것은 기분 나쁜 물건이다. 한밤중에 양초를 세워놓고 넓은 방 안에서 혼자 거울을 들여다보는 데는 웬만한 용기가 필요한 것 같다. 나 같은 경우 처음으로 이 집 따님이 거울을 내 얼굴 앞에 들이밀었을 때 악 하고 어지간히 놀라 거실 주변을 세 바퀴나 뛰어다녔을 정도다. 아무리 대낮이라고 해도 주인처럼 그렇게 열심히 쳐다보고 있는 이상은 스스로 자신의 얼굴이 무서워질 것이 틀림없다. 그냥 보는 것도 그다지 기분 좋은 얼굴은 아니다.

잠시 후 주인은 "참, 추하게도 생겼다." 하고 혼잣말을 했다.

자기의 추함을 자백하는 것은 꽤 감탄할 일이다. 모습으로 말하면 분명 미친 자의 꼴이지만 말만은 진리이다. 이것이 한발 더 나가면 자기의 추악한 것이 무서워진다. 인간은 자기 자신이 무서운 악당이라는 사실을 철두철미하게 느껴본 자가 아니면 고생을 본 사람이라고는 할 수 없다. 고생한 사람이 아니면 도저히 해탈은 할 수 없다. 주인도 여기까지 왔으면 결국 "오오, 무섭다."라고 말할 법도 한데 좀처럼 그 말은 나오지 않는다.

"참, 추하게도 생겼다."라고 말한 다음에 무슨 생각이 떠올랐는지 뿌움 하고 볼을 잔뜩 부풀려보았다. 그리고 부푼 볼따구를 손바닥으로 두세 번 토닥여본다. 무슨 주술인지 알 수 없다. 이때 나는 어쩐지 이 얼굴을 닮은 것을 본 것 같은 느낌이 머리를 퍼뜩 스쳤다. 아주 잘 생각해보니 그것은 가정부의 얼굴이다. 말이 나온 김에 가정부의 얼굴을 잠깐 소개하면 그것은 그야말로 부푼 얼굴이다. 저번에 어떤 사람이 아나모리 이나리 신사에서 복어로 만든 등불을 선물로 주었는데 마침 그 복어등처럼 부풀어 있다. 부푼 모습이 너무나 잔혹해서 눈은 양쪽 모두 분실되고 없다. 무엇보다 복어 부풀린 것은 전체가 동그랗게 부풀어 있지만 가정부를 보면 원래의 골격이 다각형이어서 그 골격대로 부풀어 오르니까 마치 물이 차 부은 육각시계 같은 모양이다. 가정부가 들으면 분명 화를 낼 테니 가정부는 이 정도로 해두고 다시 주인 이야기로 돌아와서, 그처럼 있는 힘껏 공기를 모아 볼을 부풀린 그는 앞에 말한 대로 손바닥으로 볼을 톡톡 두드리면서 "이 정도로 피부가 탱탱하면 곰보도 눈에 띄지 않을 텐데."라고 다시 혼잣말을 했다.

이번에는 얼굴을 옆으로 돌려 반쪽에만 광선을 받은 곳을 거울에 비추어 본다.

"이렇게 보면 정말 눈에 띄네. 역시 똑바로 하는 편이 평평하게 보이는군. 기이한 물건이로세."

꽤 감동한 모양이었다. 이번에는 오른손을 쭉 뻗어 가능한 한 거울을 멀리 두고 조용히 들여다본다.

"이 정도로 떨어져 있으니 나쁘지도 않네. 역시 너무 가까우면 안 돼. ─ 얼굴만이 아니라 뭐든 그런 법이지."

깨달음이라도 얻은 것 같은 말을 한다.

그리고는 거울을 갑자기 옆으로 놓더니 콧등을 중심으로 눈이나 이마나 눈썹을 중심을 향해 한꺼번에 꾸깃꾸깃 모았다. 보기에 상당히 불쾌한 용모가 완성되었다고 생각했더니 "야아, 이건 안 되겠네." 하고 당사자도 알아차렸는지 바로 그만둬버렸다.

"왜 이리도 심술궂어 보일까."

조금 의심스러운 투로 눈 언저리 3치 가량 되는 부분으로 거울을 가져온다. 오른쪽 검지손가락으로 코끝을 쓰다듬고 쓰다듬은 손가락 끝을 책상 위 누름종이에 꾹 눌러본다. 빨아들여진 콧기름이 둥글게 종이 위에 떠올랐다. 참 가지가지 하는 자다.

주인은 콧기름을 닦은 손가락 끝을 옮겨 갑자기 오른쪽 눈 아래 눈꺼풀을 획 뒤집어 까는 것이었다. 곰보를 연구하고 있는 것인지 거울과 눈싸움을 하고 있는 것인지 그 점은 조금 불분명하다. 이것저것 관심이 많은 주인이니 보고 있는 동안에 여러 가지로 변하는 모양이다. 그것만이 아니다. 만약 선의를 갖고 선문답 식으로 해석해주면 주인은 타고난 본성을 자각하는 방편으로서 그렇게 거울을 상대로 여러 가지 흉내를 연기하고 있는지도 모른다.

무릇 인간의 연구라는 것은 자기를 연구하는 것이다. 천지이든 일월이든 별이든 모두 자기의 다른 이름에 지나지 않는다. 자기를 제쳐두고 그밖에 연구해야 할 사항은 누구에게서도 찾아낼 수 없는 것이다. 만약 인간이 자기 밖으로 튀어나갈 수가 있다면 튀어나가는 순간에 자기는 없어져버린다. 게다가 자기의 연구는 자기 말고 누구도 해줄 자는 없다. 아무리 해주고 싶고 받고 싶어도 불가능한 노릇이다.

그러니 고래의 호걸들은 모두 자기 힘으로 호걸이 되었다. 남의 덕을 입어 자기를 알 정도라면 자기 대신에 소고기를 먹여 딱딱한가 부드러운가 판단할 수 있는 것이다. 아침에 법어를 듣고 저녁에 도를 묻고, 오동나무등불 아래에서 서책을 손에 드는 것은 모두 자신의 증명을 도발하는 방편의 도구에 지나지 않는다. 남이 말하는 법 중에, 남의 변론하는 도리 중에, 내지는 많은 책에 좀벌레가 쌓인 속에 자기가 존재할 까닭이 없다. 있다면 자기의 유령이다.

무엇보다 어느 경우에 있어서 유령은 영혼이 없는 것보다 나을지도 모른다. 그림자를 쫓아가면 본체와 마주칠 때가 없다고도 할 수 없으니. 대다수의 그림자는 대개 본체를 떠나지 않는 법이다. 이런 의미에서 주인이 거울을 만지작거리고 있다면 꽤 이야기를 해볼 만한 사람이다. 에픽테토스 따위도 이해 못하면서 달달 외워 학자입네 하는 자보다 몇 배는 낫다고 생각한다.

거울은 자만의 양성제조기인 동시에 자만의 소독기이기도 하다. 만약 세상 화려한 허영의 생각으로 이것을 대할 때는 이만큼 어리석음을 선동하는 도구도 없다. 예부터 오만함으로서 자기를 해하고 남에게 상처를 준 사건의 행적의 3분의 2는 분명 거울의 소행이다. 프랑스 혁명 당시 어떤 별난 의사가 개량 단두대를 발명하여 얼토당토않은 죄를 지은 것처럼 처음으로 거울을 만든 사람도 정말 잠자리가 안 좋았을 것이다.

그러나 자신에게 정나미가 떨어지기 시작했을 때, 자아가 위축되어 있을 때는 거울을 보는 것만큼 약이 되는 것도 없다. 아름다움과 추함이 명료하다. 이런 얼굴로 잘도 사람입네 하고 거만스럽게 오늘날까지 살아온 것을 깨닫는 것은 정해진 일이다. 그 점을 깨달았을 때가 인간의 평생 중 가장 고마운 시기이다. 스스로 자신의 어리석음을 알고 있는 것만큼 존경스러워 보이는 적도 없다. 이 자각성 바보 앞에서는 온갖 '잘난 자들'이 하나같이 머리를 숙이고 황공해하지 않으면 안 된다. 당사자는 의기양양하게 자기를 경멸하고 조롱하고 있을 참이라도 이쪽에서 보면 그 의기양양함이 황공해서 머리를 조아리게 된다. 주인은 거울을 보고 자기의 어리석음을 깨달을 정도의 현자는 아닐 것이다. 그러나 자기 얼굴에 찍혀 있는 천연두 자국 정도는 공평하게 읽어낼 수 있는 남자다. 얼굴이 추함을 스스로 인정하는 것은 마음의 천박함을 터득하는 계제도 될 것이다. 믿을 만한 사내다. 이것도 철학자한테서 조언을 들은 결과인지도 모른다.

그렇게 생각하면서 모습을 살피고 있자니, 그것도 모르는 주인은 열심히 눈을 까뒤집은 다음 "눈이 꽤 충혈되어 있는 것 같군. 역시 만성결막염이야."라고 말하면서 검지손가락을 비틀어 충혈된 눈꺼풀을 뻑뻑 비비기 시작했다.

아마도 가려울 텐데 그냥도 저렇게 벌게져 있는 것을, 이렇게 비벼서는 참을 수 없을 것이다. 머잖아 절인 도미 눈알처럼 썩어버릴 것이 틀림없다.

이윽고 눈을 뜨고 거울에 비춘 부분을 보니 아니나 다를까 뿌연 것이 북극의 겨울 하늘처럼 흐려 있었다. 하긴 평소에도 그다지 맑게 개인 눈은 아니다. 과장된 형용사를 빌리자면 검은자위와 흰자위가 구분되지 않을 정도로 혼돈스럽게 막연하다. 그의 정신이 몽롱하고 요령 없이 밑바닥에 일관되어 있는 것처럼 그의 눈도 애매모호하게 영원히 안구 안에서 떠돌고 있다. 이것은 태내의 독 때문이라고도 하며 혹은 천연두의 여파라고도 해석되어 어린 시절에는 버드나무 벌레나 붉은 개구리 등의 신세를 진 적도 꽤 있다고 하는데 모처럼 어머니의 지극한 정성도 무색하게 오늘날까지 태어났을 당시 그대로 멍하니 있다. 가만히 생각해보건대 이 상태는 결코 태독이나 천연두 때문은 아니다. 그의 눈알이 그렇게 난해하고 혼탁한 슬픈 지경에 방황하고 있는 것은 바꿔 말하면 그의 두뇌가 불투명한 실질로 구성되어 있고 그 작용이 암담몽롱의 극에 달해 있으니까 자연히 이것이 형체상에 나타나 아무것도 모르는 어머니에게 쓸데없는 걱정을 끼쳤을 것이다.

아니 땐 굴뚝에 연기 날소냐고, 탁한 눈알치고 어리석지 않은 것 없음을 증명한다. 그러고 보니 그의 눈은 그의 마음의 상징이며 그의 마음은 옛날 엽전같이 구멍이 뚫려 있으니까 그의 눈 역시 옛날 엽전과 똑같이 크기에 비해 통용되지 않을 것이 틀림없다.

이번에는 수염을 비비 꼬기 시작했다. 원래부터 버릇이 좋지 않은 수염으로 모두 제멋대로 자세를 취하고 돋아나 있다. 아무리 개인주의가 유행하는 세상이라지만 이렇게 제각각으로 버릇없음을 자처해서는 그 주인의 성가심은 얼마나 할까 생각된다. 주인도 이 대목에서 생각하는 바가 있어 요즘에는 크게 훈련을 시켜 가능한 한 체계적으로 안배되도록 애를 쓰고 있다. 그 열심의 성과는 헛되지 않아서 어제오늘 겨우 보조를 맞추고 있다. 지금까지는 수염이 그냥 돋아나 있었던 것인데, 요즘은 수염을 기르고 있는 것이라고 자랑할 정도가 되었다. 열심은 성과와 효과의 정도에 따라 고무되는 것이니까 자기 수염의 전도유망함을 보고 주인은 아침저녁 손이 스치기만 하면 반드시 수염을 향해 지도편달을 아끼지 않는다. 그의 야망은 독일 황제폐하처럼 향상심이 무성한 수염을 마련하는 데 있다. 그러니 털구멍이 옆을 향하든지 아래를 향하든지 막상 개의치 않고 한꺼번에 싸잡아 쥐고는 위쪽으로 끌어올린다. 수염도 어지간히 괴로울 것이다. 소유주인 주인조차 가끔은 고통을 호소하는 적도 있다. 하지만 그것이 훈련이다. 싫든 좋든 거꾸로 잡아올린다. 문외한의 눈으로 보면 속을 알 수 없는 도락 같지만 당사자만큼은 지당한 일로 여기고 있다. 교육자가 공연히 학생의 본성을 부추겨 내 솜씨를 보라고 과시하는 것과 같아 추호도 비난할 이유는 없다.

주인이 진심어린 열성을 갖고 수염을 조련하고 있자니 부엌에서 다각형의 가정부가 우편물이 왔다고 평소처럼 벌건 손을 서재 안으로 불쑥 내밀었다. 오른손에 수염을 붙잡고 왼손에 거울을 든 주인은 그대로 입구 쪽을 돌아다본다. 팔자의 꼬리에 물구나무를 명령한 것 같은 수염을 보자마자 가정부는 갑자기 부엌으로 돌아가 하하하하 하고 가마솥 뚜껑에 몸을 기대고 웃었다. 주인은 아무렇지도 않은가 보다. 유유히 거울을 내려놓고 우편물을 집어들었다. 첫 번째 서신은 활판인쇄로 어쩐지 위엄 있게 글자들이 늘어서 있다. 읽어보니,

삼가 드디어 경사스런 시후를 맞이하여 별고 없으십니까? 회고해보면 러일전쟁은 연전연승의 기세를 타고 평화 극복을 고하며 우리 충성스럽고 용맹스런 군인들은 지금 과반수가 만세 소리에 북과 노래를 연주하며 국민의 환희는 무엇으로 이에 비하겠습니까, 전에 선전포고가 발발하자 의용에 공을 바친 전사들은 오래토록 이억 만리에 있어 한파와 맹서의 고난을 잘 견디고 한마음 한뜻으로 전투에 종사해, 목숨을 국가에 바치는 지성은 영원히 새기어 잊혀지지 않을 것이며 그리하여 군대의 개선은 이달로서 거의 종료를 고한다고 하여, 본 회는 오는 25일을 기해 본 구역 내 천여 명의 출정 장교 하사병들에 대해 본 국민 일반을 대표하여 일대 개선축하회를 개최할 겸 군인유족을 위로하기 위해 열성으로 이를 맞이하여 막상 감사의 뜻을 표하는 취지로 여러분의 협찬을 우러러, 이 성대한 행사를 거행하는 행운을 얻을 수 있다면 본회의 면목은 이에 더할 바 없다고 알고, 아무쪼록 찬성해주시어 힘껏 의연하여 오로지 희망하는 뜻에 끊임없는 성원 바랍니다. 이만 총총

보낸 쪽은 귀족님이다.

주인은 말없이 다 읽더니 곧바로 봉투 안에 말아 넣고 언제 봤냐는 듯이 있다. 의연금 따위는 낼 것 같지도 않다. 전에도 토호쿠 지방의 흉작 의연금을 2엔인가 3엔 내고는 만나는 사람마다 의연금을 갈취 당했다고 떠들고 다닐 정도였다. 의연금이라고 하는 이상은 내는 것이지 갈취당하는 것이 아님은 당연하다. 도둑을 만난 것도 아닐 테고 갈취당했다는 말은 온당치 않다. 그런데도 불구하고 도난이라도 당한 것처럼 생각하는 주인이 아무리 군대를 환영할 목적이든 귀족님의 권유이든, 강경하게 담판을 지을 셈으로 말을 걸어온다면 막상 모를까, 활판의 편지 정도로 금전을 낼 인간이라고는 생각되지 않는다. 주인으로 말하면 군대를 환영하기 전에 먼저 자신을 환영하고 싶은 것이다. 자신을 환영한 다음이라면 웬만한 것은 환영할 것 같지만 자신이 아침저녁으로 지장이 있는 동안은, 환영은 귀족님에게 맡겨둘 요량인 것 같다. 주인은 두 번째 서신을 집어 들었는데, "야, 이것도 활판이군." 하고 말했다.

가을 찬바람이 부는 계절에 귀댁 더욱 건승하시길 바랍니다. 다름 아니오옵고 본교 귀하께서도 아시는 바와 같이 재작년 이후 두세 명 야심가 때문에 방해받아 한때 극에 달해 이 모두 불초 신샤쿠가 부족한 점에 기인한다고 알고 깊이 스스로 단속하고 있는 바, 와신상담 고심의 결과, 겨우 여기에 독자의 힘으로서 우리 이상에 달할 만한 교정 신축비를 얻을 방도를 강구하옵는데, 그것은 별다른 것이 아니라 별책 '재봉비술강요'라고 명명된 서책 출판의 뜻에 있으며 본서는 불초 신샤쿠가 다년간 고심하고 연구한 공예상의 원리원칙에 입각해 진심으로 살을 찢고 피를 짜내어 저술한 것으로 이에 따라 본서를 미치지 않은 곳 없이 널리 일반 가정에 제본실비로 근소한 이윤을 붙여 구매하여 주시기를 바라며, 일면으로는 이쪽 길을 발달시키는 데 일조가 됨과 동시에 또 한면으로는 근소한 이윤을 축적해 교정 신축비에 충당할 심산으로 있사옵니다. 따라서 근래 아무쪼록 황송한 말씀인 줄 아오나 본교 신축비 중에 기부해 주시는 것으로 생각해주시어 여기에 아뢰옵는 '비술강요'의 일부를 구매하신 다음, 시녀 분에게든 나누어 주시어 찬동의 뜻을 표하여 주시기를 엎드려 바라마지 않습니다. 이만 총총

대일본 여자재봉 최고등대학원 교장

누이다 신사쿠 구배 올림

주인은 이 정중한 서신을 냉담하게 돌돌 말아 획 하니 휴지통에 던져 넣는다. 모처럼의 신사쿠 군의 올림도 와신상담도 아무 도움도 되지 못한 것은 딱하다. 세 번째 서신에 이른다. 세 번째 서신은 분위기가 사뭇 다른 광채를 띠고 있다. 봉투에 희고 붉은 줄무늬가 엿가게 간판처럼 화려한 한가운데에 '친노 쿠샤미 선생 호피하'라고 8부체로 굵직하게 적혀 있다. 안에서 큰 것이 나올지 어떨지 보장할 수는 없지만 겉모습만은 제법 훌륭하다.

만약 나로서 천지를 다스리면 한입으로 서강의 물을 다 들이마실 것이고, 만약 천지로서 나를 다스리면 나는 한낱 길가의 티끌일 뿐. 모름

421

지기, 천지와 내가 무슨 상관인가.

······처음으로 해삼을 목구멍에 넘겨본 사람은 그 담력에 있어 존경할 만하고 처음으로 복어를 먹은 사내는 그 용기에 있어 중시할 만하다. 해삼을 먹을 수 있는 자는 신란(일본 불교의 한 종파)의 재래이며 복어를 먹은 자는 니치렌(일본 불교의 한 종파)의 분신 됨이다. 쿠샤미 선생 같은 분에 이르러서는 단지 박고지 초 된장을 알 뿐. 박고지 초 된장을 먹고 천하의 선비인 척하는 자는 나 지금껏 보지 못했다. ······

친구도 자네를 팔 것이며 부모도 자네에게 나 있어야 할 것이다. 애인도 자네를 폐할 것이며 부귀는 원래부터 바라는 것이 잘못이며 작위나 봉록은 하루아침에 잃을 것이며 자네의 머릿속에 감춰져 있는 학문에는 곰팡이가 생길 것이다. 자네 무엇을 의지하려 하는가. 천지 중에 무엇을 의지하려 하는가. 신? 신은 인간들이 괴로운 나머지 날조해낸 토우일 뿐. 인간의 절절한 똥이 응결된 악취나는 송장일 뿐. 의지하지 못할 것을 의지하며 편안하다 말한다. 쯧쯧, 취한이 함부로 이해가 가지 않는 언사를 지껄이며 비틀거리는 걸음으로 무덤을 향한다. 기름이 다하여 등불 스스로 소멸한다. 업이 다해 무엇을 남기랴. 쿠샤미 선생, 부디 차라도 마시고 속 차려라. ······

사람을 사람으로 여기지 않으면 두려울 바 없다. 사람을 사람으로 여기지 않는 자가 나를 나로 여기지 않는 세상을 분개하는 것은 어인 일인가. 권세 부귀영달을 얻은 자는 사람을 사람으로 여기지 않음에 있어 의기양양한 듯하다. 다만 남이 나를 나로 여기지 않을 때에 있어서 분연히 표정이 바뀌며 정색을 한다. 어디 정색을 해보라. 멍청하기 짝이 없는 놈. ……

　내가 남을 남으로 여길 때, 남이 나를 나로 여기지 않을 때, 불평하는 자는 발작적으로 하늘에서 내려온다. 그 발작적 활동을 이름하여 혁명이라 한다. 혁명은 불평하는 자의 행위에 있지 않다. 권세 부귀영달한 자가 자청해서 낳은 바 된다. 조선에 인삼이 그리 많은데 선생은 무슨 연유로 복용하지 않는가.

스가모에서 텐도코헤이 재배 올림

　신사쿠 군은 아홉 번 절을 올렸는데 이 남자는 단지 두 번만 절을 올린다. 기부금의 의뢰가 아닌 만큼 일곱 번 만큼 거만한 태도를 취하고 있다. 기부금의 의뢰가 아닌 대신 매우 난해하다. 어느 잡지에 내놔도 몰서가 될 가치는 충분히 있으니, 불투명한 두뇌를 가지고 시끄러운 주인은 어김없이 갈기갈기 찢어버릴 거라고 생각했는데 뜻밖에 넘겨보고 또 넘겨보면서 다시 읽고 있다. 이런 편지에 의미가 있다고 여겨 어디까지 그 의미를 찾으려는 결심인지도 모른다. 대략 천지간에 알지 못하는 것은 수도 없이 존재하지만 의미를 붙여서 말이 안 되는 것 또한 하나도 없다. 아무리 어려운 문장이라도 해석하려 들면 쉽게 해석할 수 있는 법이다. 인간은 바보라는 것인지, 인간은 영리하다는 것인지 별 수고도 들이지 않고 알 수 있는 것이다. 그뿐인가 인간은 개라고 하든 돼지라고 하든 특별히 괴로워할 만한 명제는 아니다. 산은 낮다고 해도 상관없고 우주는 좁다고 해도 큰 지장은 없다. 까마귀가 하얗고 절세미인이 추녀라고 하든 쿠샤미 선생이 군자라고 하든 통하지 않을 것은 없다. 그러니 이런 무의미한 편지라도 뭐라고 이치만 갖다 붙이면 어떻게든 의미는 얻을 수 있다. 특히나 주인처럼 알지도 못하는 영어를 억지로 끌어다 붙여서 설명해온 자는 더더욱 의미를 붙이고 싶어 하는 법이다.

날씨가 안 좋은데도 왜 굿모닝입니까 하고 학생이 물어오자 일주일 동안 머리 싸매고 생각하질 않나 콜롬버스라는 이름은 일본어로 뭐라고 합니까 하고 물어오자 사흘 밤낮으로 답을 궁리할 정도의 인간에게는 박고지 초된장이 천하의 선비이든, 조선의 인삼을 먹고 혁명을 일으키든 생각나는 대로의 의미는 가는 곳마다 솟아나는 것이다.

주인은 한참이 지나 굿모닝 때처럼 이 난해한 구절을 소화시켰다는 듯 매우 크게 칭찬했다.

"꽤 의심심장하구만. 아무래도 상당히 철학적인 논리를 연구한 사람인 게 틀림없어. 경탄할 만한 견식이야."

이 한마디로도 주인의 어리석은 면은 잘 드러나는데 바꾸어 생각해보면 막상 지당한 점도 있다. 주인은 무엇에 있어서든 잘 모르는 것을 고맙게 여기는 버릇을 갖고 있다. 이것은 구태여 주인에게만 한정된 일도 아닐 것이다. 잘 모르는 부분에는 바보 취급할 수 없는 무엇이 잠재되어 있고, 헤아릴 수 없는 부분에는 뭐랄까 기품 있다는 기분도 드는 법이다. 그러니 속세의 사람들은 잘 모르는 것을 아는 것처럼 떠벌리고 다니는데도 불구하고, 학자는 아는 것을 잘 모르게 해석한다. 대학 강의에서도 알 수 없는 말들만 떠드는 사람은 평판이 좋고, 알아듣게 설명하는 자는 인망이 없는 것만 봐도 잘 알 수 있다.

주인이 이 편지에 감탄한 것도 의미가 명료하기 때문은 아니다. 그 취지가 어느 부근에 있는지 거의 파악하기 어렵기 때문이다. 불쑥 해삼이 나오지를 않나, 괴로움에 절절한 똥이 나오지를 않나. 그러니 주인이 이 문장을 존경하는 유일한 이유는, 도가에서 도덕경을 존경하고 유교에서 역경을 존경하고 선가에서 임제록을 존경하는 것과 마찬가지로 전혀 모르기 때문이다. 단 완전히 까막눈이어서는 성이 차지 않으니까 제멋대로 주석을 달아 아는 척만은 한다. 모르는 것을 알았다고 아는 척하며 존경하는 것은 예부터 유쾌한 짓이다.

주인은 조심조심 8부체의 명필을 둘둘 말아 접어 이것을 책상 위에 놓은 채 품안에 손을 넣고 명상에 잠겨 있다.

그때 "계시오, 계시오." 하고 현관에서 큰 소리로 안내를 청하는 자가 있다.

목소리는 메이테이 같은데 메이테이와 어울리지 않게 자꾸만 안내를 청하고 있다. 주인은 아까부터 서재 안에서 그 목소리를 듣고 있었는데도 품안에 손을 넣은 채로 절대 움직이려고 하지 않는다. 손님을 맞이하러 나가는 것은 주인의 역할이 아니라는 주의인지, 이 주인은 결코 서재에서 대꾸를 한 적이 없다. 하녀는 아까 빨래비누를 사러 나갔다. 안주인은 변소에 있다. 그러면 손님을 맞으러 나가야 할 자는 나뿐이다. 나도 나가기는 싫다.

손님은 신발을 벗고 현관으로 올라와 장지문을 열어젖히고 성큼성큼 올라왔다. 주인도 주인이지만 손님도 손님이다. 거실 쪽으로 갔나 하고 싶더니 장지문을 두세 번 열었다 닫았다 하고는 이번에는 서재 쪽으로 다가온다.

"어이, 뭘 하고 있는가, 손님이 왔는데."

"응, 자넨가?"

"응, 자넨가라니. 거기 있었으면 뭐라고 대꾸를 할 것이지, 텅 빈 집 같지 않은가."

"응, 잠깐 생각할 일이 있어서."

"생각하고 있어도 들어오라 정도는 할 수 있겠지."

"못할 것도 없지."

"여전히 배짱 두둑하구만."

"얼마 전부터 정신수양에 힘쓰고 있는 중이야."

"이젠 별걸 다 하는군. 정신을 수양해서 대답도 못하는 날에는 손님은 발붙이기 곤란하겠군. 그렇게 태연해서 어쩌려구. 실은 나 혼자 온 것이 아니네. 대단한 손님을 모시고 왔지. 좀 나가서 만나주게나."

"누구를 데리고 왔는가?"

"누군지는 나가서 만나보게나. 꼭 자네를 만나고 싶어 하니."

"누군데?"

"글쎄 누구든, 어서 일어나게."

주인은 소매 품에 손을 집어넣은 채 슬쩍 일어나면서 "또 사람을 놀릴 참이겠지." 하고 툇마루로 나가 아무 생각 없이 응접실로 들어갔다.

그러자 6자의 도코노마(불단)를 정면으로 바라보고 한 노인이 숙연하게 정좌를 하고 있다. 주인은 얼떨결에 품안에서 손을 꺼내 중국에서 건너온 종이장식 옆에 엉덩이를 들이 밀고 바싹 앉았다. 이래서는 노인과 똑같이 서쪽을 향하게 되니까 양쪽 모두 인사를 할 수가 없다. 옛날 고

지식한 사람들은 예의는 엄격한 법이다.

"자, 저쪽으로."

노인은 불단 사이를 가리키며 주인을 재촉한다. 주인은 근 3년 전까지는 거실 어디에 앉아도 상관없다고 생각했지만 어떤 사람한테서 도코노마에 대한 해석을 듣고 그것은 상석이 변화한 것으로 상사가 자리하는 곳이라는 것을 알고 난 후 결코 불단에는 다가가지 않는 사람이다. 더구나 생판 본 적도 없는 연장자가 완고하게 버티고 있으니 상석이 웬말인가. 인사조차 제대로 하지 못한다. 일단 고개를 숙이고 "자 저쪽으로."라고 노인의 말대로 반복한다.

"아니 그래서는 인사를 할 수 없으니까 저쪽으로 앉으시지요."

"아니, 그래서는…… 자 저쪽으로."

주인은 적당히 상대방의 말투를 흉내 낸다.

"그래도, 그렇게 겸손하시면 미안하지요. 오히려 이쪽이 황송해집니다. 어서 사양 마시고."

"겸손이라니요…… 황송하니까…… 아무쪼록."

주인은 얼굴이 새빨개져서 입을 우물우물한다. 정신수양도 그리 효과는 없는 것 같다.

메이테이 군은 장지문 그림자 뒤에서 웃으면서 바라보고 서 있었는데 이제 좋은 때라고 생각해 뒤에서 주인의 엉덩이를 떠밀면서, 억지로 비집고 앉는다.

"좀 비켜보게. 그렇게 장지문 옆에 붙어 앉아 있으면 내가 앉을 자리가 없잖은가. 사양 말고 앞으로 나가게."

주인은 어쩔 수 없이 앞으로 밀려나간다.

"쿠샤미, 이쪽이 자네한테 늘 이야기하던 시즈오카 숙부님일세. 숙부님, 이쪽이 쿠샤미 군입니다."

"아이고, 처음 뵙겠습니다, 매번 메이테이가 와서 폐를 끼친다고 해서 한번 직접 뵙고 고견을 청하려고 하고 있던 참에, 다행히도 오늘은 근처를 지날 일이 있어 감사의 말씀도 드릴 겸 찾아뵌 것으로, 아무쪼록 이렇게 뵈었으니 앞으로도 잘 부탁드리겠습니다."

옛 말투로 막힘없이 술술 이야기한다. 주인은 교제가 좁고, 말수가 없는 인간인 이상 이런 구식 노인과는 더더욱 만나본 적이 거의 없으니 처음부터 다소 기가 꺾인 듯이 난처해하고 있는 참에 물 흐르듯 거침없는 인사 세례를 받았으니 조선 인삼도 엿가게 간판 모양의 편지봉투도 완전히 잊어버리고 그저 나처해진 나머지 말도 안 되는 소리만 한다.

"저도…… 저도…… 잠시 찾아뵈려 했던 참에…… 아무쪼록 잘 부탁드립니다."

말을 마치고 다다미에서 고개를 조금 들어보니 노인은 그때까지도 조아리고 있는지라 너무 미안해서 다시 머리를 숙였다.

노인은 호흡을 가다듬고 고개를 들면서 말을 꺼낸다.

"저도 원래는 이쪽에 집도 있고 오래오래 쇼군 밑에서 지냈을 것인데 막부가 와해되면서 그쪽으로 내려간 후 좀처럼 나오지 않게 되었지요. 지금 와보니 어디가 어딘지도 잘 모르겠고, ─ 메이테이가 데리고 다녀주지 않으면 정말 볼일도 볼 수 없겠습니다. 초목이 변한다고 하나 건국 이래 300년이나 저대로 쇼군 집안의……."

메이테이 선생 귀찮다고 생각했는지 얼른 끼어든다.

"숙부님, 도쿠가와 쇼군 집안도 고마우셨는지 모르겠지만 메이지의 시대도 상당합니다. 옛날에는 적십자 같은 것도 없었잖아요."

"그건 없었지. 적십자라고 부르는 것은 없었지. 특히 황실의 얼굴을 알현하는 일 같은 건 메이지 천황의 치세가 아니고는 도저히 불가능한 일이지. 나도 오래 산 덕에 이렇게 오늘날의 총회에도 출석하고 전하의 목소리도 듣고 이제 이만 죽어도 여한이 없다."

"뭐 오랜만에 도쿄 구경을 하는 것만으로도 좋은 일이지요. 쿠샤미, 숙부님은 이번 적십자의 총회가 있어서 일부러 시즈오카에서 오신 것이네, 오늘 함께 우에노에 나갔다가 지금 돌아오는 길이었지. 그래서 이대로 지난번 내가 시로키야에 주문한 프록코트를 입고 계시네."

과연 프록코트를 입고 있다. 프록코트는 입고 있는데 몸에 조금도 맞지 않는다. 소매는 너무 길고 옷깃이 벙벙하니 벌어지고 등이 우는데다 옆구리 밑이 약간 들려 있다. 아무리 꼴사납게 만들려고 해도 이렇게까지 정성을 들여 모양을 망가뜨리기도 쉽지 않을 것이다. 거기다 하얀 셔츠와 하얀 옷깃이 따로따로 떨어져 올려다보면 안에서 목뼈가 다 보인다. 첫째 검은 옷깃 장식이 옷깃에 속해 있는지, 셔츠에 속해 있는지 구별이 되지 않는다. 프록코트는 그런대로 참아줄 수 있다지만 백발의 묶어 올린 머리는 정말 가관이다. 소문이 자자하던 쇠부채는 어떤가 하고 눈을 기울여 보니 무릎 옆에다 딱 끌어다놓았다.

주인은 이때 겨우 마음의 평정을 되찾고 정신수양의 결과를 노인의 복장에 마음껏 발휘해 조금 놀랐다. 설마 메이테이의 이야기만큼은 아니겠거니 했는데 직접 보니 들었던 것 이상이다. 만약 자신의 곰보가 역사적 연구의 재료가 된다면 이 노인의 올림머리나 쇠부채는 분명 그 이상의 가치가 있다. 주인은 어떻게든 이 쇠부채의 유래를 물어보고 싶었는데 설마 함부로 질문할 것은 되지 못한 것 같고 이야기를 끊는 것도 예의가 아니라고 생각해 지극히 평상적인 질문을 꺼낸다.

"사람들이 꽤 나왔지요?"

"아이구, 사람이 얼마나 많은지, 그리고 사람들이 모두 나를 흘끔흘끔 쳐다봐서 — 아무래도 요즘은 인간이 구경을 점점 더 좋아하게 된 것 같더구만요. 옛날에는 그렇지 않았는데."

"에, 그렇지요, 옛날에는 그렇지는 않았지요."

주인도 노인다운 말을 한다. 이것은 굳이 주인이 아는 척을 한 것은 아니다. 그냥 몽롱한 두뇌에서 제멋대로 흘러나온 말이라고 보면 되겠다.

"게다가 말이지요, 모두 이 카부토와리(투구망치)에 시선이 쏠려서는."

"그 쇠부채는 꽤 무거워 보이는데요."

"쿠샤미, 좀 들어보게. 꽤 무겁네. 숙부님, 한번 들어보게 해보시지요."

노인은 무거운 듯이 집어 들고 "실례올시다" 하며 주인에게 건넨다.

교토의 쿠로다니에서 참배인이 렌쇼보蓮生坊의 도검을 받아드는 모양으로 쿠샤미 선생 한참을 들고 있다가 "과연" 하고 감탄한 뒤 노인에게 되돌려주었다.

"모두가 이것을 쇠부채, 쇠부채 하는데 이것은 투구망치라고 해서 쇠부채와는 완전히 다른 물건으로……."

"예? 무엇에 썼던 것입니까?"

"투구를 둘로 가른답니다, — 적의 눈이 멀게 되는 순간에 공격해 치는 것입니다. 쿠스노키 마사시게 시대부터 이용했다든가 아마……."

"숙부님, 그럼 마사시게의 투구망치인가요?"

"아니 이것은 누구 것인지 알 수 없어. 하지만 시대는 오래되었지. 겐무建武 시대에 만든 것인지도 모르겠다."

"겐무 시대인지도 모르겠지만 칸게츠 군은 바짝 쫄던데요. 쿠샤미, 오늘 돌아오는 길에, 마침 좋은 기회이니 대학을 지나오는 참에 이과에 들러 이과 실험실을 구경한 참이었다네. 그런데 이 투구망치가 철로 된 것이어서 자기력 기계가 망가져서 소동이 있었지."

"아니, 그럴 리가. 이것은 겐무 시대의 철로 성분이 좋은 철이니 결코 그런 일이 일어날 리가 없는데 말이다."

"아무리 성분이 좋은 철이라도 그렇게는 되지 않습니다. 칸게츠가 그렇게 말했으니 어쩔 수 없어요."

"칸게츠라면 그 유리구슬을 다듬고 있던 남자냐? 요즘 젊은이치고는 참 안됐더구나. 좀 더 뭔가 할 일이 있을 법도 한데."

"안됐지만 그것도 연구랍니다. 그 구슬을 다듬어내면 훌륭한 학자가 될 수 있으니까요."

"공을 다듬어내서 훌륭한 학자가 될 수 있다면 누구든 가능하겠구나. 나라도 할 수 있겠구나. 구슬가게 주인이라도 할 수 있겠고. 저런 일을 하는 자를 한나라 땅에서는 옥인이라고 칭하는데 이는 신분이 낮은 자이지."

주인 쪽을 향해 은연중에 찬성의 뜻을 구한다.

"과연." 하고 주인은 황송해하고 있다.

"지금 세상의 학문은 모두 형이하학으로 조금 더 괜찮은 것 같아도 막상 필요한 순간이 되면 조금도 도움은 못되니 말이지요. 옛날에는 그와 달리 사무라이는 모두 목숨 거는 장사였으니 막상이랄 때에 낭패를 보지 않도록, 마음의 수업을 철저히 한 것을 알고 계시는지 모르겠지만 좀처럼 구슬을 다듬거나 철사를 구부리거나 하는 손쉬운 것은 아니었었지요."

"과연." 하고 역시 황송해하고 있다.

"숙부님, 마음의 수업이라는 것은 구슬을 다듬는 대신 팔짱만 끼고 들어앉아 있는 것이지요?"

"그러니까 안 되지. 결코 그런 싱거워 빠진 것이 아니야. 맹자는 구방심求放心(잃어버린 본성을 찾는 것)이라고 하셨고 소강절은 심요방心要放(마음을 붙잡고 있지만 말고 놓아주라)이라고 말한 적도 있다. 또한 불가에서는 고승이 구불퇴전其不退轉(흔들림 없이 변함 없는 마음)이라고 가르치고 있어. 그렇게 쉽게는 알 수 없지."

"도저히 알아들을 수가 없습니다. 대체 어떻게 하면 되는 것입니까?"

"너는 타쿠안 선사의 부동지신묘록不動智神妙錄이라는 것을 읽어본 적이 있느냐?"

"아니오, 들어본 적도 없습니다."

"마음을 어디에 두는가이다. 적의 움직임에 마음을 두면 적의 움직임에 마음을 빼앗길 터. 적의 검에 마음을 두면 적의 검에 마음을 빼앗길 것이고, 적을 베어야겠다고 생각하는 점에 마음을 두면 적을 베어야겠다고 생각하는 점에 마음을 빼앗길 것이고, 내 검에 마음을 두면 내 검에만 마음을 빼앗길 터. 내가 베이지 않겠다고 생각하는 점에 마음을 두면 베이지 않겠다고 생각하는 점에 마음을 빼앗길 것이고, 남의 마음가짐에 마음을 두면 남의 마음가짐에 마음을 빼앗길 것이지. 여하튼 마음을 둘 곳은 없다고 되어 있다."

"잘도 잊지 않고 암송하셨군요. 숙부님도 꽤 기억력이 좋으십니다. 그런데 길지 않습니까? 쿠샤미, 알아들었는가?"

"과연." 하고 이번에도 과연이라고만 끝내버렸다.

"그렇지 않소, 선생? 마음을 어디에 두는가, 적의 움직임에 마음을 두면 적의 움직임에 마음을 빼앗기는 법. 적의 검에 마음을 두면······."

"숙부님, 쿠샤미 군은 그런 건 잘 알고 있습니다. 요즘 매일 서재에서 정신수양만 하고 있으니까요. 손님이 와도 마중도 안 나올 정도로 마음을 비우고 있으니 괜찮습니다."

"아, 그것 기특하신 일이로고 ─ 너도 좀 함께하면 좋으련만."

"헤헤헤, 그럴 여유는 없지요. 숙부님은 자신이 편안하시니 그러시지요, 남들도 다 노는 줄 알고 계시겠지요?"

"실제로 놀고 있는 게 아니냐?"

"그런데 한중망이라잖아요."

"그래, 그 모양이니 수업을 하지 않으면 안 된다고 하는 것이다, 망중한이라는 말은 있어도 한중망이라는 말은 들어본 적이 없다. 안 그런가요, 쿠샤미 선생?"

"예, 아무래도 그런 것 같습니다."

"하하하하, 그렇게 되면 어쩔 수 없지요. 그런데 숙부님 어떠십니까? 오랜만에 도쿄의 장어라도 드셔보심이. 치쿠요에서 사드리겠습니다. 여기서 전차로 가면 금방입니다."

"장어도 괜찮지만 오늘은 이제부터 스이하라에 갈 약속이 있으니 나는 이것으로 실례를 해야겠구나."

"아아, 스기하라 말입니까? 그 할아버지도 건강하시지요?"

"스기하라가 아니라 스이하라다. 너는 그리 자주 틀리기만 하니 곤란하다. 남의 성명을 잘못 들먹이는 것은 실례다. 제대로 신경 쓰지 않으면 안 된다."

"그래도 스기하라라고 되어 있지 않나요?"

"스기하라라고 쓰고 스이하라라고 읽는 것이다."

"이상하군요."

"뭣이 이상하다는 거냐. 속뜻읽기라고 해서 옛날부터 있던 것이다. 큐인(지렁이)을 옛이름으로는 미미즈라고 한다. 그것은 눈에 보이지 않는 속뜻읽기다. 가마(두꺼비)를 카이루라고 하는 것과 같은 것이지."

"헤에, 놀랍군요."

"가마를 때려죽이면 뒤로 나자빠진다. 그것을 속뜻읽기로 카이루라고 한다. 스키가키(간살울타리)를 스이가키, 쿠키타치를 쿠쿠타치, 모두 같은 것이다. 스이하라를 스기하라 등으로 말하는 것은 시골 것들 말이지. 명심하지 않으면 남들한테 조롱당하니라."

"그럼, 그 스이하라에 이제부터 가시는 겁니까? 곤란하군요."

"뭐 싫으면 너는 가지 않아도 된다. 나 혼자서 갈 테니까."

"혼자서 가실 수 있으십니까?"

"걸어서는 어렵겠다. 인력거를 불러서 여기서 타고 가야겠다."

주인은 황송해하며 즉시 가정부를 인력거집에 보낸다. 노인은 주저리 주저리 인사를 하고 묶어 올린 머리에 중산모(챙이 높은 상고모자)를 쓰고 돌아간다. 메이테이는 뒤에 남는다.

"저분이 자네 숙부신가?"

"저분이 내 숙부시네."

"과연."

다시 방석 위에 앉더니 팔짱을 끼고 생각에 잠긴다.

"하하하 호걸이시지? 나도 저런 숙부님이 계셔서 뿌듯하다네. 어디를 모시고 가도 저러시네. 자네 놀랐는가?"

메이테이 군은 주인을 놀라게 했단 생각으로 크게 기뻐하고 있다.

"뭐 그리 놀라지는 않았네."

"저 정도에 놀라지 않았다면 담력이 대단한걸."

"하지만 숙부님은 꽤 대단한 면이 있으신 것 같네. 정신수양을 주장하는 점 등은 크게 감복했네."

"감복해서 되겠는가? 자네도 지금 60정도가 되면 역시 저 숙부님처럼 시대에 뒤떨어질지도 모르잖은가. 정신차려두게. 시대에 뒤떨어진 것을 차례로 물려받는 건 멋이 없어."

"자네는 자꾸 시대에 뒤떨어짐을 신경 쓰는데 때와 경우에 따라서는 시대에 뒤떨어지는 쪽이 나은 경우도 있다네. 첫째 지금의 학문이라는 것은 앞으로 앞으로 가는 것뿐이지. 어디까지 가도 제한은 없지 않은가.

도저히 만족이라는 건 얻을 수 없지 않은가. 거기에 이르면 동양의 학문은 소극적이어서 나름의 맛이 있어. 마음 자체의 수업을 하는 것이니.”

주인은 전에 철학자한테서 들은 것을 자신의 말인 양 떠들어댄다.

“일이 커졌구만. 뭐랄까 야기 토쿠센 같은 말을 하고 있구만.”

야기 토쿠센이라는 이름을 듣고 주인은 뜨끔하고 놀랐다. 실은 전에 와룡굴을 방문해 주인을 설복시키고 유유히 돌아간 철학자라는 자가 바로 이 야기 토쿠센이며 지금 주인이 그럴싸하게 떠들어댔던 이론은 완전히 이 야기 토쿠센을 팔아 떠벌린 것이, 전혀 모를 줄 알았던 메이테이가 이 선생의 이름을 간발의 차이로 끄집어낸 것은, 암암리에 주인이 하룻밤 만든 콧대가 보기좋게 꺾여버린 셈이다.

“자네 토쿠센의 설교를 들어본 적이 있는가?”

주인은 만에 하나 어찌 될지 몰라 확인을 해본다.

“듣고 안 듣고가 어딨어, 그 작자 이야기라면 10년 전 학교에 있을 때 하고 오늘날하고 조금도 달라진 게 없는데.”

“진리는 그렇게 쉽게 변하는 것이 아니니까, 변하지 않는 게 믿음직스러운지도 모르지.”

“뭐 그렇게 편을 드는 사람들이 있으니 토쿠센도 저렇게 먹고사는 거겠지. 무엇보다 야기라는 이름부터 가관 아닌가. 그 수염이 완전히 염소라니까. 그리고 그것도 기숙사 시절부터 그 모양으로 돋아나 있잖은가. 이름인 토쿠센도 희한하지? 옛날 내가 살던 곳에 잠깐 묵으면서도 평소 하던 대로 소극적 수양이라는 토론을 했다네. 언제가 지나도 똑같은 말을 반복해서 끝이 나지 않으니까 내가 이제 그만 자자고 말하자, 선생 아무렇지 않게, 아니 나는 졸리지 않다며 딱 잘라 말하고 여전히 소극론을 펼치는 바람에 곤란했다네. 하는 수 없어서 자네는 졸리지 않겠지만 나는 몹시 졸리니까 아무쪼록 자주게나 하고 부탁을 해서 잠든 것까지는 좋았는데 ─ 그날 밤 쥐가 나와 토쿠센 군의 콧잔등을 물었지 뭔가. 밤중에 대소동이었지. 선생 뭣 좀 깨달은 것처럼 말은 하지만 목숨은 여전히 아까웠는지 매우 걱정하더군. 쥐의 독이 온몸에 퍼지면 큰일이다, '자네 어떻게 좀 해주게' 하며 추궁하는데 말이 안 나오더군. 그래서 어쩔 수 없어 부엌으로 가서 종잇조각에 밥알을 붙여 적당히 눈 가리고 아웅 해주었지."

"어떻게?"

"이것은 물 건너온 고약으로 근래에 독일의 명의가 발명한 것으로 인도인들이 독사에 물렸을 때 이용하면 즉효가 있다 하니 이것만 붙여두면 괜찮다고 말했지."

"자네는 그 시절부터 둘러대는 데 이골이 나 있었구만."

"……그러자 토쿠센은 저렇게 호인이니까 과연 괜찮겠다 하고 안심하고 쿨쿨 잠들어버렸지. 다음 날 일어나보니 고약 밑에 실오라기가 매달려서 염소수염처럼 늘어져 있었던 것은 배꼽 잡을 일이었지."

"하지만 그 시절보다 훨씬 대단해진 것 같구만."

"자네 요즘 만났었는가?"

"일주일쯤 전에 와서 장장 몇 시간을 이야기하고 갔지."

"안 그래도 토쿠센식의 소극설을 늘어놓는다고 생각했네."

"실은 그때 정말 감동해버렸으니까 나도 크게 분발해서 수양을 하려고 생각한 참이었네."

"분발도 좋지만. 남의 말을 너무 진지하게 받아들이면 바보 취급 당하네. 도대체 자네는 남의 말을 이것이나 저것이나 너무 곧이곧대로 받아들이니 안 된다네. 토쿠센도 입만 살았지 막상 위태로운 순간이 되면 남들하고 똑같은 것이네. 자네 9년 전의 대지진 알고 있지? 그때 기숙사 2층에서 뛰어내려 다친 자는 토쿠센뿐이었잖은가."

"그것에는 당사자도 꽤 할 말이 있지 않았던가?"

"그렇지, 당사자한테 말해보라고 하면야 훌륭하다마다. 선禪의 기세는 준수한 것이니 소위 모처럼의 계기에 이르면 무서울 정도로 빨리 사물에 응할 수가 있지. 다른 사람들이 지진이라며 우왕좌왕 하고 있는 틈을 타 2층 창문에서 뛰어내린 점에 수업의 효과가 나타나 기쁘다고 하면서 절뚝거리는 다리를 질질 끌며 기뻐하고 있었지. 오기가 강한 남자네. 도대체 참선이니 불교니 하며 시끄러운 무리들만큼 믿을 수 없는 자들은 없다네."

"그럴까?"

쿠샤미 선생 조금 주눅이 든다.

"요전에 왔을 때 또 뭐라고 선종스님의 잠꼬대 같은 소리를 하고 갔겠지?"

"그래, 전광영리電光影裏에 봄바람을 가른다나 뭐라나 하는 구절을 가르쳐주고 갔네."

"그 '전광'이 말일세. 그것이 10년 전부터 있던 것이니 우습지. 무각無覺 선사의 전광이라면 기숙사 안의 누구도 모르는 자는 없을 정도였지. 거기다 선생 가끔 다급해지면 전광석화를 잘못 말해 '춘풍영리에 전광'을 가른다고 하니 더 재미있었지. 다음에 오면 한번 시험해보게. 저쪽에서 태연하게 늘어놓고 있을 때, 이쪽에서 여러 가지로 반대를 해보는 거야. 그러면 금방 당황해서 이상한 말을 할걸."

"자네 같이 짓궂은 자를 만나버리면 누구도 마음대로 안 되겠지."

"어느 쪽이 짓궂은지 모르는구만. 나는 선종스님이니, 깨달았느니 하는 건 딱 질색이야. 우리집 근처에 난조인南藏院이라는 절이 있는데 거기에 80 먹은 은둔 스님이 있다. 그런데 요전에 소나기 오던 날 절 안으로 번개가 떨어져 그 스님이 있는 뜰 앞의 소나무를 갈라놓아버렸다지. 그런데 스님 태연하게 아무렇지도 않다고 하길래, 잘 들어보니 귀머거리였다지. 그랬으면 태연했을 수밖에. 대개 그런 것이네. 토쿠센도 혼자서 깨달았으면 그것으로 됐는데, 툭하면 남을 현혹시키려 드니 나쁜 걸세. 정말 토쿠센 덕에 두어 사람이 그 미친 기운에 사로잡혀 있으니 말일세."

"누가?"

"누구라니. 한 사람은 리노 토우젠이지. 토쿠센 덕분에 선학에 엉겨 붙어 카마쿠라로 나가서는 결국 거기서 미치광이가 되어버렸지. 엔가쿠지圓覺寺 앞에 기차 건널목이 있잖은가, 그 건널목으로 뛰어들어서 레일 위에서 좌선을 했던 거지. 그래서 저쪽에서 오는 기차를 멈춰 보이겠다며 기염을 토했지. 다행히 기차가 멈춰주었으니 한 목숨만은 구했지만 그 대신 다음에는 불속에 뛰어들어 타지 않고 물에 빠져도 가라앉지 않는 금강불괴의 몸이라 자칭하며 절 안에 연꽃이 핀 연못에 뛰어들어 부글부글 물보라를 일으키며 돌아다녔다지 뭔가."

"죽었는가?"

"그때도 다행해 도장의 스님이 지나가다 도와주었는데 그 후 도쿄로 돌아오고나서 결국 복막염으로 죽어버렸다는군. 죽은 것은 복막염인데 복막염에 걸린 원인은 승당에서 보리밥이나 만년 장아찌만 먹은 탓으로 결국에는 간접적으로 토쿠센이 죽인 것이나 다름없지."

"무턱대고 열중하는 것도 한마디로 좋다 나쁘다 하긴 그렇군."

주인은 조금 쓸쓸한 표정을 짓는다.

"정말이네. 토쿠센한테 당한 자가 동창 중에 하나 더 있지."

"허어, 큰일이구만. 누군가?"

"다치마치 로바이 군 알아? 그자도 완전히 토쿠센의 꾐에 빠져서는 장어가 승천한다는 말만 늘어놓고 있었는데 결국 그렇게 되어버렸네."

"그렇게라니 무슨 말인가?"

"결국 장어가 승천하고 돼지가 선인이 되었다는 것이지."

"무슨 말인가, 그 말은?"

"야기가 토쿠센이라면 다치마치는 돼지신선 '부타센'이지. 그 정도로 식탐이 강한 자는 없었는데 그 식탐과 선가 스님의 못된 고집이 함께 발병했으니 손을 쓸 수가 없지. 처음에는 우리도 알아차리지 못했는데 지금 와서 생각하면 이상한 말들만 늘어 놓았었다네. 나한테 와서 자네 저 소나무에 커틀렛이 날아오지 않느냐는 둥, 우리 고향에서는 어묵이 판자를 타고 헤엄치고 있다는 둥, 자꾸만 말도 안 되는 소리를 토하더라구. 그냥 지껄이기만 하는 동안은 그래도 좀 나았는데 바깥 시궁창으로 금돼지인지 뭔지를 캐러 가자고 재촉하기에 이르러서는 나도 두 손 두"

발 다 들었네. 그로부터 2, 3일 지나서 결국 부타센이 되어 스가모 정신병원에 수용되어버렸지. 원래 돼지 같은 것이 미쳐 날뛸 자격은 없지만 완전히 토쿠센 덕에 거기까지 빠져들었지 뭔가. 토쿠센의 세력도 꽤나 대단하지 않은가."

"그래, 지금도 스가모에 있는가?"

"있다 뿐인가. 스스로 크게 미쳐 여지껏 기염을 토하고 다니지. 최근에는 다치마치 로바이 같은 이름은 형편없다고 스스로 텐도 코헤이라고 부르면서 천도의 권세의 화신을 자청하고 있다네. 어처구니없는 자일세. 한번 갔다와보게."

"텐도 코헤이?"

"응, 텐도 코헤이. 미치광이 주제에 이름도 대단하지? 가끔은 '공자 코헤이'라고도 쓸 때가 있다네. 그러면서 세상사람들이 헤매고 있으니 반드시 구제해줘야 하면서 무턱대고 친구나 지인들에게 편지를 띄운다네. 나도 네다섯 통은 받았는데 그중에는 꽤 장문의 편지도 있어서 부족한 세금을 두어 번쯤 냈었지 아마."

"그럼 나한테 온 것도 로바이한테서 온 거로군."

"자네한테도 왔는가? 거 참 이상하구만. 역시 빨간 겉봉이었지?"

"응, 한가운데가 빨갛고 좌우가 하얀 것. 좀 독특하지 않은가?"

"그건 말이지, 일부러 지나(차이나)에서 가져온다더군. 하늘의 도는 하얀 색이며 땅의 도는 하얀 색이며 사람은 중간에 있어서 붉다는 부타센의 격언을 나타낸다고……."

"상당한 사연이 있는 봉투로군."

"미치광이인 만큼 엄청 특이하지. 그렇게 미치광이가 되었어도 식탐만큼은 여전한 듯해서 매번 어김없이 음식에 관한 말이 쓰여 있으니 묘하지. 자네한테 온 것에도 그런 말이 없던가?"

"응, 해삼 이야기가 쓰여 있었어."

"로바이는 해삼을 좋아했으니까. 그럴 만도 하지. 또?"

"그리고 복어하고 조선 인삼인가 뭔가 있었지."

"복어하고 조선 인삼이의 조합이라, 훌륭한데. 모르긴 해도 복어를 먹고 탈이 나면 조선 인삼을 끓여 마시라고도 할 참이었을걸."

"그렇지도 않은 것 같은데."

"그렇지 않았어도 상관없네. 어차피 미치광이인데 뭘. 그것뿐이었나?"

"더 있었네. 쿠샤미 선생 차라도 마시고 속차리라는 구절이 있었지."

"아하하하 '차라도 마시고'는 너무 심하구만. 그것으로 자네를 된통 먹여줄 속셈이 틀림없네. 큰 것 해냈구만. 텐도 코헤이 군, 만세야."

메이테이 선생은 재미있어서 껄껄 웃어댄다.

주인은 적잖은 존경심을 품고 읽고 또 읽어내려갔던 서간의 발송인이 금박이 붙은 미치광이라는 것을 알고 나니 조금 전의 열심과 고심이 어쩐지 헛수고인 것 같은 기분이 들어 화가 나기도 하고 또한 정신병자의 글을 그리 마음 졸이며 음미했던가 하고 생각하니 얼굴이 화끈거리기도 하고, 끝으로 미치광이의 작품에 이 정도로 감탄한 이상, 자신도 다소 정신에 이상이 있는 것은 아닌가 하는 의구심도 들어서 부아와 참회와 걱정이 한데 얽힌 상태로 뭐랄까 불안한 표정을 하고 앉아 있다.

때마침 격자문이 드르륵 열리고 무거운 구둣발 소리가 두 발짝쯤 현관 신발 벗는 곳에서 울리는가 싶더니 "잠깐 여쭙겠습니다, 잠깐 실례합니다."라고 커다란 목소리가 들린다.

엉덩이 무거운 주인에 비해 메이테이는 또 매우 가벼운 자이니 가정부가 손님을 응대하러 나갈 새도 없이 들어오라고 하면서 문의 틈 사이를 두 발짝쯤 뛰어넘어 현관으로 뛰어나갔다. 남의 집에 안내도 구하지 않고 저벅저벅 들어오는 점은 약간 부담도 되지만 남의 집에 들어온 이상 서생처럼 손님 응대를 도맡아 하는 것은 매우 편리하다.

아무리 메이테이라도 손님임에는 틀림없다. 그 손님이 현관으로 출장을 나가는데 주인인 쿠샤미 선생이 거실에 들어앉아서 움직이는 법이 없다. 보통 사람이라면 뒤를 따라나서야 할 것인데 그 점이 쿠샤미 선생이다. 태연스럽게 방석 위에 엉덩이를 붙이고 앉아 있다. 단, 퍼질러 앉아 있는 것과 침착하게 앉아 있는 것은 겉모습은 꽤 비슷하지만 그 실질은 매우 다르다.

현관으로 뛰어나간 메이테이는 뭔가 자꾸 말을 하고 있었는데 이윽고 안쪽을 향해 큰 소리로 부른다.

"이보게 주인, 잠깐 수고스럽겠지만 나와 보게. 자네가 아니면 일을 못 보는 모양이네."

주인은 하는 수 없이 팔짱을 낀 채로 느릿느릿 나온다.

보니 메이테이는 명함 한 장을 쥐고 정중하게 인사를 하고 있다. 어쩐지 위엄 없어 보이는 인사다. 그 명함에는 경시청 형사순사 요시다 토라조라고 되어 있다. 토라조 군과 나란히 서 있는 자는 25, 6세 가량의 키가 크고 멋지고 팔팔한 도잔(감색 천에 화려한 줄무늬가 들어간 수입옷감)

차림의 남자다. 묘하게도 이 남자는 주인과 똑같이 팔짱을 낀 채 말없이 떡하니 서 있다.

어쩐지 본 적이 있는 얼굴이라고 생각하며 자세히 관찰해보니 본 것 같은 정도가 아니다. 지난번 한밤중에 찾아와서 참마를 들고 달아난 도둑선생이다. 오호라 이번에는 백주대낮에 공연히 현관으로 납시셨나.

"이봐, 이분은 순사님으로 전에 그 도둑을 붙잡았으니 자네한테 출두해달라고 일부러 여기까지 찾아오셨네."

주인은 그제서야 형사가 들이닥친 이유를 알았는지 고개를 숙이고 도둑선생 쪽을 향해 정중히 사의를 표했다. 도선생 쪽이 토라조보다 남성미가 더 돋보여 그쪽이 형사라고 넘겨짚었던 것이다. 도선생도 적잖이 놀랐을 텐데 설마 '내가 도둑입네' 하고 말할 수도 없는 노릇이니 그냥 모른 척하고 서 있다. 역시 팔짱을 낀 채로 말이다. 무엇보다 수갑을 차고 있으니 손을 꺼내려고 해도 내보일 수는 없다. 웬만한 사람이라면 이런 모습으로 대개는 알아차릴 것이지만 주인은 요즘 인간들과는 어울리지 않게 공연히 공무원이나 경찰을 고마운 존재로 여기는 버릇이 있다.

천황의 권위 빛과 같다고 매우 두려운 존재로 여기고 있다.

무엇보다 이론상으로 말하자면 순사 따위는 자기 돈을 내고 문지기로 고용해두는 자라는 것쯤은 알고 있지만 실제로 대면하면 보기 민망할 만큼 굽실거린다.

주인의 부친은 그 옛날 변두리의 영주였으니까 윗사람에게 넙죽넙죽 고개를 숙이고 살았던 습관이 이렇게 아들에게 물려졌는지도 모르겠다. 참으로 딱한 지경이다.

순사는 그 꼴이 우스웠는지 싱글싱글 웃으면서 말한다.

"내일 말입니다, 오전 9시까지 니혼즈츠미의 지서로 나와주십시오. ─ 도난품은 무엇 무엇이었습니까?"

"도난품은……." 하고 말을 시작하려는데 공교롭게도 쿠샤미 선생 대부분 잊어버렸다.

단지 기억나는 것이라고는 타타라 삼페이의 참마뿐이다. 참마 따위는 아무래도 상관없다고 생각했는데 도난품은…… 하고 말을 꺼낸 다음이 나오지 않는 것은 얼마나 얼간이 같은지 체면이 서지 않는다. 남이 도둑맞았다면 막상 모를까 자기가 도둑맞았으면서 분명히 대답을 못하는 것은 덜떨어진 작자라는 증거라고, 마음을 단단히 먹고 다시 덧붙였다.

"도난품은…… 참마 한 상자."

도둑은 이때 웃음보가 터지려는지 아래를 보면서 옷깃에 턱을 집어넣었다.

메이테이는 아하하하 하고 웃으면서 말했다.

"참마가 제일 아까웠나 보구만."

순사만은 의외로 진지하다.

"참마는 나오지 않은 것 같은데 그 밖의 다른 것은 대부분 돌아온 것 같습니다. ─ 뭐 와보시면 아시겠지요. 그리고 말인데요, 물건을 건네 드리면 청구서가 필요하니 도장을 잊지 말고 챙겨 오십시오. ─ 9시까지 오지 않으면 안 됩니다. 니혼즈츠미 지서입니다. ─ 아사쿠사 경찰서 관할 내의 니혼즈츠미 지서요. ─ 그럼 안녕히 계십시오."

혼자서 떠들고 돌아간다. 도선생도 따라서 문을 나간다. 손을 꺼낼 수 없으니 문을 닫을 수가 없을 테고 그래서 그대로 열어 젖힌 채로 나가 버렸다. 황송해하면서도 불평스러운지 주인은 볼이 잔뜩 부어서 문을 탁 닫아버렸다.

"아하하하, 자네는 형사를 대단히 존경하는구만. 평소에 저렇게 겸 허한 태도를 가지면 얼마나 좋겠나, 자네는 순사들한테만 정중하니 문제야."

"그래도 몸소 알려주러 와주지 않았는가."

"알려주러 오다니 저쪽은 그게 일 아닌가. 당연하게 대하면 그만 아 닌가."

"하지만 보통 일이 아니지 않은가."

"물론 보통 일은 아니지. 탐정이라는 지저분한 일이지. 당연히 다른 일 보다 더 궂은일이지."

"자네, 그런 말을 하면 혼쭐이 나고 말걸."

"하하하, 그럼 순사 험담은 그만해두지. 하지만 순사를 존경하는 건 그렇다 치고 도둑을 존경하는데 이르러서는 놀라지 않을 수 없더구만."

"누가 도둑을 존경했다는 건가?"

"자네가 그랬잖나."

"내가 도둑놈하고 친분이 있을 법한가."

"있을 법한가라니, 자네 도둑한테 인사까지 깍듯이 하지 않았나."

"내가 언제?"

"바로 전 아주 90도 각도로 하지 않았나."

"무슨 소릴 하는가, 그건 형사였지."

"형사가 그런 차림을 하는 것 봤나?"

"형사니까 그런 차림을 하는 게 아닌가."

"고집은."

"자네야말로 고집이구만."

"뭐 무엇보다, 형사가 남의 집에 와서 그렇게 팔짱을 끼고 턱 버티고 서 있겠는가."

"형사라고 팔짱 끼지 말란 법은 없지."

"그렇게 어거지로 밀고 들어오면 할 말이 없네만. 자네가 사의를 표하는 사이 그자는 시종 그대로 서 있었잖은가."

"형사니까 그 정도의 행동은 있을 수 있지."

"자신이 넘쳐도 너무 넘쳐서 탈이야. 아무리 말을 해줘도 듣지 않는구만."

"듣지 않지. 자네는 말끝마다 도둑, 도둑 하기만 했지, 그 도둑이 들어오는 걸 신고한 게 아니잖나. 그냥 그렇게 생각하고 혼자서 고집을 부리는 거 아닌가."

메이테이도 여기에 이르러서는 도저히 구제할 수 없는 자라고 단념한 듯이 보여, 평소 때와는 어울리지 않게 입을 다물어버렸다. 주인은 오랜만에 메이테이를 납작하게 해주었다고 생각해 의기양양이다.

메이테이 입장에서 보면 주인의 가치는 고집을 부린 만큼 뚝 떨어졌을 터인데, 주인 입장에서는 고집을 부린 만큼 메이테이보다 대단해진 것이다. 세상에는 이렇게 앞뒤가 안 맞는 일은 종종 있다. 끝까지 고집을 부리고 있으면 이겼다는 생각이 들지만 그 사이, 당사자의 인물로서의 가치는 훨씬 하락해버린다. 이상하게도 완고한 본인은 죽을 때까지 스스로는 면목을 세웠다는 참일 테지만, 그때 이후 남들이 경멸해 상대해주지 않을 거라고는 꿈에도 깨닫지 못한다. 당사자는 행복할 것이다. 이런 행복을 돼지의 행복이라고 부른다고도 한다.

"여하튼 내일 갈 셈인가?"

"가고 말고, 9시까지 오라고 했으니 8시쯤 나갈 걸세."

"학교는 어떻게 하구?"

"쉬어야지. 학교 같은 건."

바닥에 내동댕이치듯 말한 것은 장관이었다.

"기세가 등등하구만. 쉬어도 되는가?"

"안 될 건 없지. 우리 학교야 월급제니까 깎일 염려는 없네, 괜찮아." 라고 곧바로 실토해버렸다. 간사한 것도 간사한 것이지만 참 단순하기도 하다.

"자네, 가는 건 좋은데 길은 알고 있는가?"

"알겠는가? 차 타고 가면 문제없겠지."라고 씩씩거리고 있다.

"시즈오카의 숙부님 못지않은 도쿄 통이시니 내가 졌네."

"얼마든지 지게나."

"하하하, 니혼즈츠미 지서라는 곳은 말일세, 보통 장소가 아니라네. 딴 데도 아닌 요시와라야."

"뭐라구?"

"요시와라라고."

"그 유곽이 있는 요시와라?"

"그렇지. 요시와라라고 하면 도쿄에 하나밖에 없지. 어떤가, 가볼 참인가?"

메이테이 군 또 주인을 놀리기 시작한다.

주인은 요시와라라는 말을 듣고 '그건 좀' 하고 머뭇거리는 모양이었지만 금세 생각을 바꾸어 필요 없는 대목에서 허세를 부린다.

"요시와라든, 유곽이든간에 일단 간다고 한 이상 꼭 가야지."

어리석은 사람은 애써 이런 대목에서 오기를 부리는 법이다.

메이테이 군은 "뭐 재미있을 거야, 보고 오게" 하고 말할 뿐이다.

한바탕 파장을 일으켰던 순사 사건은 이것으로 일단은 일단락 지어졌다.

메이테이는 그 뒤로도 여전히 쓸데없는 말을 늘어놓다가 해질 무렵, 너무 늦어지면 숙부에게 혼난다면서 돌아갔다.

메이테이가 돌아가고 나서 어찌어찌 저녁을 마치고 다시 서재로 기어들어간 주인은 다시 팔짱을 끼고 다음과 같이 생각하기 시작했다.

'내가 감탄하고 크게 배워 익히려고 했던 야기 토쿠센 군도 메이테이의 이야기에 의하면 별반 배워 익힐 가치도 없는 인간인 듯하다. 뿐만 아니라 그가 외치는 설은 어쩐지 비상식적인데다 메이테이가 말한 대로 다소 정신병적 계통에 속해 있기도 한 것 같다. 소위 말해 그는 분명히 두 미치광이 제자를 기르고 있다. 참으로 위험한 자다. 겁 없이 다가갔다간 같은 계통 안에 쓸려 들어갈 것 같다. 내가 문장 상에 있어서 경탄한 나머지, 그야말로 대단한 견식을 갖고 있는 위인이 틀림없다고 믿었던 텐도 코헤이의 일, 실명 다치마치 로바이는 순수한 미치광이 그 자

449

체이며 정말로 스가모의 정신병원에 기거하고 있다. 메이테이의 설명이 크게 떠벌려 부풀린 말이든, 그가 정신병원 안에서 명성을 떨치며 천도의 주재자로 스스로 군림한다는 것은 어쩌면 사실일 것이다.

이렇게 말하고 있는 나도 경우에 따라서는 조금 그리 되었는지도 모른다. 같은 기운끼리 서로 구하고(동병상련), 같은 종류끼리 서로 모인다(유유상종)고 하니 미치광이의 설에 감탄하는 이상 – 적어도 그 문장과 언사에 공감을 나타내는 이상 – 나도 역시 미치광이와 인연이 가까운 자일 것이다. 만약 똑같은 부류 안에 중화될 수 없더라도 집을 나란히 하고 미치광이와 서로 이웃해 기거한다고 하면, 경계의 벽을 한겹 때려 부수고 어느 새 같은 방안에 무릎을 맞대고 담소하는 일이 절대 없다고도 할 수 없겠다. 이것은 큰일이다. 과연 생각해보면 이 정도로 내내 나의 뇌작용은 스스로도 놀랄 정도로 묘하고도 무단히 바뀌어 색다름을 더하고 있다.

뇌 속 한 구석의 화학적 변화는 그렇다 치고 의지가 움직여 행위가 되는 점, 그것이 발해서 언사로 바뀌는 즈음에는 이상하게도 중용을 잃은 점이 많다.

혀 위에 맑은 샘물 없고 겨드랑이 밑에 신선한 바람을 일으킬 수 없는 것도, 치아 뿌리에 악취 나고 근육에 썩은 바람 부는 것을 어찌하겠는가.

정말 큰일이다. 어쩌면 이미 훌륭한 환자가 되어 있는 것은 아닐까. 아직 다행히 남에게 상처를 입히거나 세간의 훼방꾼이 되는 일은 하지 않으니 아직은 마을 안에서 추방당하지 않고 도쿄 시민으로서 존재하고 있는 것은 아닐까.

이것은 소극이니 적극이니 하고 말할 단계가 아니다. 우선 맥박부터 재보지 않으면 안 되겠다. 하지만 맥박은 이상이 없는 것 같다. 머리는 뜨거운가. 이것도 특별히 끓어오름의 기미도 없다. 그러나 아무래도 걱정이다.

이렇게 나와 미치광이만을 비교해 유사한 점만 계산하고 있다가는, 아무래도 미치광이의 영역을 벗어나는 것은 영영 못할 것 같다. 이것은 별로 좋은 방법이 아니다. 미치광이를 표준으로 삼아 자기를 그쪽으로 갖다 붙여 해석하니까 이런 결론이 나오는 것이다. 만약 건강한 사람을 표본으로 삼아 그 곁에 자기를 두고 생각해보면 어쩌면 반대의 결과가 나올지도 모른다. 그러려면 우선 코앞에서부터 시작하지 않으면 안 되겠다.

첫째 오늘 온 프록코트의 숙부님은 어떤가. 마음을 어디에 둘까……
그것도 조금 이상한 것 같다.

두 번째 칸게츠는 어떨까. 아침부터 밤까지 도시락까지 싸가며 구슬만 다듬고 있다. 이것도 같은 패거리다.

세 번째라면…… 메이테이? 그 친구는 장난만 치고 다니는 것을 천직으로 여기고 있다. 완전히 양성 미치광이가 따로 없다.

그럼 네 번째는…… 카네다의 마누라. 그 악독한 근성은 완전히 상식 밖이다. 100% 미친 여자의 대표이다.

다섯 번째는 카네다 차례다. 카네다는 내 눈에 띈 적은 없지만 우선 그 마누라를 공손하게 받들고 금슬을 맞추어 살고 있는 점을 보면 비범한 인간이라고 봐도 지장은 없을 것이다. 비범은 미치광이의 다른 이름이니까 우선 이것도 같은 부류로 넣어도 상관없겠다.

그러면 또, ─아직 있다 있어. 낙운관의 군자들, 나이로 보면 이제 막 싹이 나오는 것들이지만 미쳐 날뛰는 점에 있어서는 한 세대를 헛되이 하기에는 아까운 타고난 걸물들이다.

이렇게 하나하나 꼽아보니 대부분이 같은 부류인 것 같다. 의외로 마음이 든든해지는 듯하다. 이런 걸 보면 사회는 모두 미치광이들이 모여 사는 것인지도 모르겠다. 미치광이가 집합해서 칼을 맞대며 서로 물어 뜯고, 서로 욕하고 서로 시기하고 서로 빼앗고 그 모두가 단체로 세포처럼 무너지거나 들고 일어나거나 들고 일어났다가 다시 무너지거나 하며 살아가는 것을 사회라고 하는 것이 아닌지 모르겠다.

그중에서 약간은 이치를 알고 분별이 있는 자들은 오히려 방해가 되니까 정신병원이라는 것을 만들어놓고 거기에 몰아넣고 가둬두는 것은 아닐까. 그러면 정신병원에 유폐되어 있는 자들은 보통 사람이고, 병원 밖에 날뛰고 있는 자들은 오히려 미치광이들이다. 미치광이도 고립되어 있는 동안은 어디까지나 미치광이가 되어버리지만, 단체로 무리를 지어 세력이 커지면 건전한 인간이 되어버리는지도 모르겠다. 영향력 있는 미치광이가 돈이나 위세를 남용해 여러 작은 미치광이들을 부려 난폭을 일삼고 남들한테서 훌륭한 자라고 칭송받는 예는 적지 않다. 이제는 뭐가 뭔지 잘 모르겠다.'

이상은 주인이 그날 밤 형형하고 고독한 전등 아래에서 심사숙고하고 있을 때의 심적 작용을 있는 그대로 그려낸 것이다.

그의 두뇌가 불투명한 것은 여기에도 뚜렷이 나타나 있다. 그는 케사르(시저)를 닮은 8자 수염을 기르는데도 불구하고 미치광이와 평범한 자의 구별조차 하지 못할 정도로 바보천치다. 뿐만 아니라 그는 모처럼 이 문제를 제기해 자기의 사고력에 호소하면서 결국에 하등의 결론에도 도달하지 못하고 끝나버렸다. 선생은 뭐든 철저하게 생각하는 뇌구조가 안 되는 사람이다. 그의 결론의 막막함은, 그의 콧구멍에서 방출되는 아사히의 연기와 같이 포착하기 어려우며, 그의 논리에 있어서 유일한 특색으로 기억해야 할 사실이다.

나는 고양이다. 고양이 주제에 어떻게 그렇게 주인의 심중을 정밀하게 설명할 수 있는가 하고 의문을 가지는 자가 있을지도 모르지만, 이 정도쯤은 고양이에게 있어서 아무것도 아니다.

나는 이래 봬도 독심술을 터득하고 있다. 언제 터득했는가 하는 쓸데없는 것은 묻지 않아도 된다. 어쨌든 터득하고 있다.

인간의 무릎 밑에 앉아 잠들어 있는 동안에 나는 나의 부드러운 털 옷을 살짝 인간의 배에 비벼댄다. 그러면 한줄기의 전기가 일어나 그의 배 안의 경위들이 손에 잡힐 듯이 내 마음의 눈에 비친다. 전에 언젠가는 주인이 친절하게 내 머리를 쓰다듬으면서 갑자기 이 고양이 가죽을 벗겨 옷을 지으면 정말 따뜻하고 좋겠구나 하고 당치도 않은 생각을 모락모락 피워대는 것을 알아차리고 나도 모르게 털이 바짝 일어선 적조차 있다. 무서운 일이다. 그날 밤 주인의 머릿속에 일어난 생각들도 그런 연유로 다행히도 여러분들에게 알려줄 수 있게 해준 것은 큰 영예로 여기는 바이다.

단, 주인은 '뭐가 뭔지 알 수 없게 되었다'고까지 생각하고 그 다음은 쿨쿨 잠이 들어버린 것이다. 다음날이 되면 무엇을 어디까지 생각했는지 까맣게 잊어버릴 게 틀림없다. 이후에 만약 주인이 미치광이에 대해 생각할 일이 있다고 한다면 다시 한 번 새로 꺼내어 서두부터 생각해야 할 것이다.

　그때는 과연 이런 경로를 통해 이런 식으로 '뭐가 뭔지 모르겠다'가 될지 어떨지 보장은 할 수 없다. 그러나 몇 번 다시 생각하고 몇 개의 경로를 통해 나아가려고 해도 결국 '뭐가 뭔지 모르겠다'로 끝날 것만은 분명하다.

"당신, 벌써 7시에요."

장지문 너머로 안주인이 말을 걸었다. 주인은 잠에서 깨어 있는지, 아직도 자고 있는지 반대쪽으로 드러누워 아무 대답도 하지 않는다. 대답을 하지 않는 것은 주인의 버릇이다.

꼭 뭐라고 입을 열지 않으면 안 될 때는 '응'이라고만 한다. 이 '응'소리도 웬만해서는 들어보기 어렵다. 인간도 대답하기 귀찮아질 정도로 게을러지면 어딘지 모르게 나름의 맛이 있는데 이런 사람 치고 여자들이 좋아하는 적이 없다. 현재 데리고 사는 안주인조차 그다지 귀하게 여기고 있지 않은 것 같으니까 나머지는 미루어 짐작해도 큰 문제는 없을 것이다. 부모 형제의 눈에 나고서 생판 모르는 다른 절세미인들에게 사랑받을 리 만무하다. 그러는 이상 안주인에게조차 인기 없는 주인이 세간의 숙녀들의 마음에 들 리는 더더욱 없다.

군이 이성 간에 인망이 없는 주인을 꼭 폭로할 필요도 없지만 본인의 뜻밖의 착각으로 순전히 늙어서 안주인에게 호감을 얻지 못한다는 등으로 구실을 대고 있으면 그것이 방황의 씨앗이 되니 자각하는데 일조라도 될까 하여 친절한 마음으로 조금 덧붙여두는 것뿐이다.

부탁한 시각에, 시간이 됐다고 알려줘도 상대가 그런 정성을 허사로 아는 이상은, 반대쪽을 보고 대꾸조차 하지 않는 이상은, 그 곡절은 남편에게 있지 마누라에게 있지 않다고 결론을 내린 안주인은, 늦어도 나는 모르겠다는 태도로 빗자루와 먼지떨이를 쥐고 서재 쪽으로 가버렸다.

이윽고 탁탁탁 서재 안을 털고 다니는 소리가 들리는 것은 늘 하던 대로 청소를 시작한 것이다. 도대체 청소의 목적은 운동을 위해서인지, 놀기 위해서인지 청소의 역할을 담당하지 않는 내가 관여할 바는 아니니까 모른 척을 하고 있으면 상관없을 것 같지만, 이 집의 안주인의 청소법에 이르러서는 정말 무의미하다고 말하지 않을 수 없다. 무엇이 무의미하냐고 한다면 이 안주인은 단지 청소를 위해 청소를 하고 있기 때문이다. 먼지떨이로 한번 장지문을 스치고 빗자루로 일단 다다미 위를 지나가준다. 그것으로 청소는 다 되었다고 해석하고 있는 것이다. 청소의 원인 및 결과에 이르러서는 티끌만큼의 책임감도 지고 있지 않다. 그런고로 깨끗한 곳은 매일 깨끗하지만 쓰레기가 있는 곳, 먼지가 쌓인 곳은 항상 쓰레기가 굴러다니고 먼지가 쌓여 있다. 해가 되지 않는다면 보존해야 한다는 옛말도 있으니까 이래도 하지 않느니 보다는 나은지도 모른다. 그러나 한다고 해도 별반 주인에게 득이 되는 것은 없다. 그런데도 매일매일 수고를 들이는 점이 안주인의 대단한 점이다.

안주인과 청소는 다년간의 습관으로 기계적인 연상을 형태화하여 단단히 결부되어 있음에도 불구하고 청소의 질에 이르러서는 안주인이 아직껏 태어나기 이전 먼지떨이와 빗자루가 발명되지 않았던 옛날처럼 추호도 나아지지 않고 있다. 생각컨대 이 둘의 관계는 형식논리학의 명제에 따른 명사처럼 그 내용이 맞고 안 맞고에 상관없이 결합된 것일 게다.

나는 주인과 달리 원래가 일찍 눈이 떠지는 편이어서 이때 이미 배가 꼬르륵 한다. 아무리 그래도 집안 사람들이 밥상으로 향하기 전부터 고양이의 신분으로 아침밥에 냉큼 달려들 것은 아니지만, 그 점이 고양이의 천박함으로 혹시 김이 나는 국물 냄새가 전복껍데기 밥그릇에서 맛좋게 피어오르고 있지는 않을까 생각하면 가만히 있을 수가 없게 된다. 덧없는 것을 덧없다고 알면서도 의지가 될 때는 단지 그 의미만을 머릿속에 그리며 움직이지 않고 침착하게 있는 쪽이 상책이지만, 막상 그렇게는 되지 않는 법으로 희망사항과 실제가 맞아 떨어지는지 아닌지 반드시 시험해보고 싶어진다. 시험해보면 반드시 실망할 것이 뻔한 것조차 최후의 실망을 스스로 사실로 받아들이기 전까지는 알지 못하는 것이다.

나는 더 이상 참을 수가 없어서 부엌으로 들어갔다. 우선 부뚜막 그늘에 있는 전복껍데기 속을 들여다보니 예상에 어긋나지 않고 저녁에 핥아놓았던 대로 여전히 괴이한 빛이 바깥으로 난 창문을 타고 초가을의 그늘 아래에서 빛나고 있다. 가정부는 이제 막 지은 밥을 밥통에 옮겨놓고 지금은 아궁이에 걸어놓은 냄비 속을 계속 뒤섞고 있다. 솥 주변에는 끓어올라 흘러나온 밥물이 꼬들꼬들한 몇 개의 가닥이 되어 달라붙어서 어떤 것은 요시노(전통산업인 일본종이 제조로 유명한 곳)의 종이를 뜬 어 붙여놓은 것처럼 보인다.

이제 밥도 국도 만들어졌으니까 먹어줘도 괜찮을 거라고 생각했다. 이 럴 때 사양한다는 건 준비한 사람에 대한 예의가 아니다. 설사 내가 원 하는 대로 되지 않는다고 해도 어차피 손해 볼 일은 없으니 마음먹고 아 침밥을 재촉해야겠다. 아무리 남의 집 밥을 축내는 식객이라지만 배고 픈 것은 남들과 다르지 않다. 생각을 정한 나는 냐옹냐옹 하고 어린냥을 피우면서 호소하듯이 아니면 또 원망하듯이 울어보았다.

가정부는 전혀 돌아볼 기색을 안 한다. 타고난 다각형이니 인정이 메 마른 것은 일찌감치 알고 있었지만 그 점을 잘 헤아려 울어서 동정심을 부추기는 것이 내 특기다.

이번에는 냐~옹 냐~옹 하고 더 처절하게 해보았다. 그 울음소리는 내 가 들어도 비장한 소리를 띠어 먼 타향에 떨어져 혼자 살아가는 떠돌이 를 완벽하게 연기해 속이 타는 외로운 슬픔을 나타내기에 충분하다고 믿는다. 가정부는 태연한 얼굴도 돌아보지도 않는다. 아마 이 여자 귀머 거리인지도 모른다. 어느 집도 귀머거리 하녀를 들일 리가 없겠지만 그 래도 고양이 소리만은 귀머거리일 것이다. 세상에는 색맹이라는 것도 있어, 당사자는 완전한 시력을 갖추고 있다고 생각해도 의사가 보면 한 쪽이 하자가 있다고 하는 것처럼 이 가정부는 소리의 일부를 못 듣는 '성맹'일 것이다. 성맹도 한쪽은 하자가 있는 것이 틀림없다. 하자도 있 는 주제에 어지간히도 거만하다. 한밤중 같은 때도 아무리 내쪽에서 볼 일이 있으니 열어달라고 해도 절대로 열어준 적이 없다. 어쩌다 나가게 해주었다 싶으면 이번에는 아무래도 들여보내주지 않는다. 아무리 여름이라도 밤이슬은 차갑다. 하물며 서리에 있어서는 더해서 처마 밑에서 날을 새고 해가 나오기를 기다리는 일은, 얼마나 괴로운지 도저히 상상을 할 수 없을 것이다. 요전에 쫓겨났을 때는 들개의 습격을 받아 이미 가망이 없게 보였던 순간, 겨우겨우 헛간 지붕으로 뛰어올라 밤새도록 오들오들 떨었던 적조차 있다. 이 일들은 전부 가정부의 몰인정에서 비롯된 사태다. 이런 자를 상대로 울어보여도 감응이 있을 리는 없겠지만 배고플 때는 하느님 부처님 찾고, 가난이 도둑질을 낳고 연애가 편지를 쓰게 한다고 하니 이만한 일이라면 못해볼 것도 없다. 냐옹 그르렁 냐옹 그르렁 하고 세 번째에는 주의를 환기시키기 위해 일부러 더 복잡하게 울어보았다. 스스로는 베토벤의 심포니에도 뒤지지 않을 미묘한 음이라고 확신하고 있었지만 가정부에게는 하등의 영향도 미치지 못하는 것 같다.

가정부는 갑자기 무릎을 꿇고 부엌바닥 창고문 판자를 한 장 들어 올려 안에서 4치 길이만 한 단단한 석탄 하나를 꺼냈다. 그리고 그 길다란 것을 아궁이 모퉁이에서 탕탕 두드리자 긴 것이 세 동강으로 갈라지고 그 근처는 석탄가루로 시커멓게 되었다. 조금은 국물 속으로도 들어간 것 같다. 가정부는 그런 것에 신경 쓰는 여자는 아니다. 바로 부서진 세 개의 석탄을 냄비 밑 아궁이 안으로 밀어 넣었다. 도저히 나의 심포니에는 귀를 기울이는 것 같지도 않다. 하는 수 없어서 몸을 웅크리고 거실 쪽으로 되돌아가려고 목욕탕 옆을 지나가는데 여기는 지금, 여자가 셋이서 세수를 하고 있는 중으로 꽤 시끌벅적하다.

세수를 한답시고 위의 둘이 유치원 학생이고, 셋째는 언니 꽁무니에 달라붙기조차 힘들 정도로 어리니까 정식으로 세수를 하고 솜씨 있게 화장을 할 리가 없다. 제일 어린 셋째가 양동이 안에서 젖은 걸레를 들어올려서 자꾸만 온 얼굴을 문질러대고 있다. 걸레로 세수를 하는 것은 누구라도 기분이 나쁠 테지만 지진이 일어날 때마다 재미있다고 하는 아이니까 이 정도의 일은 놀랄 일도 아니다. 그래도 야기 토쿠센보다 더 깨달음이 있는지도 모른다. 과연 장녀는 장녀인 만큼 스스로 언니를 자처하며 역할을 톡톡히 하고 있으니 양치 물컵을 쨍그랑 쨍그랑 내던지며 걸레를 뺏으려 한다.

"아가야, 그건 걸레야."

아가도 꽤나 고집이 세서 순순히 언니가 하는 말 같은 것을 들으려고 하지 않는다. "으앙~시러, 바부."라고 말하면서 걸레를 도로 잡아끌었다. 이 바부라는 말은 어떤 의미이고 어떤 어원을 갖고 있는지 아무도 아는 자는 없다. 그냥 이 아가가 흥분할 때 가끔 사용하게 될 뿐이다.

걸레는 이때 언니 손과 아가의 손에서 좌우로 잡아당겨지니까 물을 머금은 한가운데에서 물방울이 뚝뚝 떨어져 어김없이 아가의 발에 떨어진다, 발뿐이라면 참을 만하지만 무릎 주변까지 몽땅 젖는다. 아가는 이래 봬도 겐로쿠를 입고 있다. 겐로쿠란 게 무엇인지 차근차근 들어보니 중간 정도의 무늬라면 뭐든 겐로쿠라고 한다. 도대체 누구에게 배워 왔는지 모르겠다.

"아가야, 겐로쿠가 젖으니까 그만해, 응?"

언니가 그럴싸하게 말을 한다. 그런 주제에 이 언니도 바로 방금 전까지 겐로쿠와 스고로쿠(주사위)를 잘못 알고 있던 유식쟁이이다.

겐로쿠 하니 떠오른다. 생각난 김에 한마디 떠들어보겠는데 이 아이의 단어 틀리게 말하기는 다반사의 일로 가끔 사람을 바보로 만드는 실수를 저지르기도 한다. 불이 나서 버섯(불똥: 히노코 – 버섯: 키노코)이 날아온다고 하지를 않나, 오차노미소(오차노미즈라는 학교 이름. 미소: 된장 – 미즈: 물) 여학교에 간다고 하지를 않나, 새우가 부엌에 있다는 말을 '에비스(새우라는 뜻의 '에비'를 7복신 중 가장 인기 있는 '에비스'와 혼동함)가 다이도코(부엌: 다이도코로)에'라고 나열하지를 않나 어떤 때는 '나 짚가게 아이가 아니야.'라고 말해서 잘 따져보니 뒷가게(우라다나)와 짚가게(와라다나)를 혼동하고 있는 것이다.

주인은 이런 실수를 들을 때마다 웃고 있지만 막상 본인이 학교에 나가 영어를 가르칠 때는 이보다 더 우스운 오류를 너무도 진지하게 저질러 학생들에게 들려주고 있을 것이다.

아가는 – 본인은 아가라고는 하지 않는다. 언제나 아갸라고 한다 – 겐로쿠가 젖은 것을 보고 "겐도코가 차거워."라고 말하며 울기 시작했다. 겐로쿠가 차가워서는 큰일이니까 가정부가 부엌에서 뛰어나와서 걸레를 집어들어 옷을 닦아준다. 이 소동 중에 비교적 조용히 있었던 것은 둘째 슨코 양이다. 슨코 양은 반대쪽을 보고 선반 위에서 굴러 떨어진 하얀 분가루 병을 열어 화장놀이를 하느라 정신없다. 먼저 집어넣은 손가락을 들어 콧잔등을 쓱 문지르니 세로로 하얀 자국이 한줄 그려지고 코가 있는 곳이 막상 불분명해졌다. 그 다음에 분을 묻힌 손가락을 굴려 볼 위를 문질렀더니 거기에도 하얀 덩어리가 생겼다. 이만큼 꽃단장을 한 시점에 하녀가 들어와 아가의 옷을 닦는 김에 슨코의 얼굴도 닦아버렸다.

슨코는 조금 불만스러운 것처럼 보였다.

나는 이 광경을 옆에서 다 보고 주인의 침실로 와 이제 일어났는가 하고 몰래 엿보고 있자니 주인의 머리가 온 데 간 데 없다. 그 대신 10문 반(약 250밀리미터)의 못생긴 발이 침구자락에서 하나 삐져나와 있다. 머리가 나와 있어서는 자꾸 깨우니까 귀찮다고 생각해서 파고들어가 있는 것 같다. 가만 보니 거북이 새끼 같다.

거기에 서재의 청소를 마친 안주인이 다시 빗자루와 먼지떨이를 어깨에 메고 와서는 아까 전처럼 장지문 입구에서, "아직 안 일어난 거유?"라고 소리를 친 채 한참 동안 서서 머리가 나오지 않는 이부자리를 쳐다보고 있었다.

이번에도 대답이 없다. 안주인은 입구에서 두발짝 만 앞으로 나가 빗자루를 탕탕 두드리면서 "아직도 자요, 여보?"라고 거듭 대답을 재촉한다. 이때 주인은 이미 잠이 깨어 있다.

깨어 있으니까 안주인의 습격에 대비하기 위해 사전에 침구자락 안으로 머리까지 몽땅 뒤덮고 있는 것이다. 고개만 내밀지 않으면 모른 척 지나가주는 적도 있을 거라고 얄팍한 생각에 의지해 자는 척하고 있던 참인데, 좀처럼 허락할 것 같지도 않다. 그러나 첫 번째 소리는 안방 쪽이어서 적어도 한 칸의 간격이 있었으니까 일단 속으로 안심하고 있었는데 탕탕 두드린 빗자루가 아무래도 석 자 정도의 거리로 쓰윽 다가와 있는 데에는 조금 놀랐다. 그뿐인가 두 번째의 "아직도 자요, 여보?"가 거리에 있어서나 음량에 있어서나 전보다 두 배 이상의 기세를 띠고 이

불 속에까지 들렸으니까 이것은 안 되겠다 각오를 하고 들릴락 말락하게 '응' 하고 대답했다.

"9시까지 가신다면서요? 빨리 서두르지 않으면 시간에 못 맞추겠수."

"지금 일어난다구."라고 잠옷 소맷자락으로 대답하는 것은 가관이다.

안주인은 언제나 이렇듯 한방 먹고 일어나겠거니 하고 안심하고 있으면 다시 잠들어버리니까 방심은 할 수 없다고 생각해 재촉을 한다.

"어서 일어나세요."

일어난다고 하는데도 계속 일어나라고 성가시게 해서는 먹히지 않는 법이다. 주인처럼 제멋대로인 자에게는 더 먹히지 않는다. 이 시점에서 주인은 머리까지 뒤집어쓰고 있던 이불을 한꺼번에 벗어던졌다. 보니 커다란 두 눈을 껌벅 뜨고 있다.

"왜 그리 시끄러워. 일어난다고 하면 일어나는 거지."

"일어난다고 해놓고 일어나지 않으니 그렇지요?"

"누가 언제 그런 거짓말을 했다구."

"항상 그러시면서."

"무슨 말도 안 되는 소리야."

"누가 말도 안 되는지 모르겠군요. 참."

안주인이 뾰루퉁해져서 빗자루를 들고 베개 맡에 서 있는 모습은 용맹스럽기까지 했다. 이때 인력거집 아들, 얏짱이 갑자기 큰 소리를 내며 '와앙~' 하고 울음을 터뜨린다. 얏짱은 주인이 화를 낼라치면 어김없이 울어대도록 인력거집 안주인한테서 명령을 받은 것이다. 그 집 안주인은 우리 주인이 화를 낼 때마다 얏짱을 울려 용돈벌이를 하는지도 모르겠지만, 얏짱이야말로 어지간히 귀찮다. 이런 엄마를 둔 것이니 아침부터 밤까지 시종 울고 또 울지 않으면 안 된다.

조금은 이쪽의 사정을 헤아려주어 주인도 화내는 것은 삼가해준다면 얏짱의 명도 조금은 길어질 것 같은데, 아무리 카네다 씨한테 부탁받았다고 해도 이런 어리석은 짓을 하는 것은 텐도 코헤이보다도 증상이 심각해진 쪽이라고 판단해도 좋은 것이다.

화를 낼 때마다 울게 하는 정도라면 아직 여유도 있지만 카네다 씨가 근처 부랑자들에게 몇 푼 집어주며 찰흙으로 빚은 너구리라고 할 때도 얏짱은 울어야만 하는 것이다. 주인이 화를 낼지 안 낼지 아직 판단이 서지 않으니까 반드시 화를 낼 것이라고 예상하고 미리 넘겨짚어 울고 있는 것이다. 이렇게 되면 주인이 얏짱인지 얏짱이 주인인지 구분이 되지 않는다. 주인에게 이런 짓을 해대는 데는 별달리 수고가 드는 것도 아니고 그냥 얏짱을 조금 야단쳐주기만 하면 힘들이지 않고도 주인의 싸대기를 후려쳐주는 격이 된다.

옛날 서양에서 범죄자들을 처형할 때 본인이 국경 밖으로 도망을 쳐 붙잡혔을 때는 우상을 만들어 인간 대신에 화형을 시켰다고 하는데 카네다 씨네 사람들 중에도 서양의 고사에 통달한 군사가 있다고 보여져 계략을 잘도 짜낸 것 같다. 낙운관이나, 얏짱의 엄마라나, 손이 모자란 주인에게 있어서는 정말 어찌하기 어려울 상대다. 그밖에도 성가신 것은 여러 가지가 더 있다. 어쩌면 동네 안의 모두가 어찌할 수 없는 상대인지도 모르지만, 당장에 관계가 없으니까 시간을 두고 조금씩 소개하기로 하겠다.

얏짱의 우는 소리를 들은 주인은, 아침 댓바람부터 상당히 끓어올라 있는 상태라고 보여져 후다닥 이불 위로 일어나 앉았다. 이렇게 되면 정신수양도 야기 토쿠센도 다 헛수고였던가.

다시 일어나면서 양쪽 손으로 두상이 벗겨질 정도로 머릿속을 북북 긁어댄다. 한 달이나 머물러 있던 비듬은 거리낌 없이 목덜미며 잠옷의 옷깃으로 떨어져 내린다. 볼 만한 장관이다. 수염은 어떤가 하면 이것 역시 놀라워서 쭈뼛쭈뼛 서 있다. 주인이 화를 내는데도 수염만은 얌전히 있어서는 안 되겠다고 마음이라도 먹은 것인지 한 올 한 올 빳빳이 서서 아무 방향으로나 맹렬한 기세로 돌진하고 있다. 이것 정말 혼자 보기는 아까운 구경거리다.

어제는 거울 앞이기도 한지라 얌전하게 독일 황제폐하의 흉내를 내며 정렬을 했겠지만 하룻밤 자고나면 훈련이고 뭐고 무슨 일이 있었냐는 듯, 곧바로 본래의 면면으로 돌아와 제 나름대로의 차림으로 되돌아오는 것이다. 마치 주인의 하룻밤 정신수양이 다음날이 되면 씻은 듯이 사라져 타고난 멧돼지적 본능이 곧바로 전면에 폭로되어 드러나는 것과 매한가지다. 이런 난폭한 수염을 갖고 있는 자가 용케도 지금까지 파직도 당하지 않고 교사 일을 계속하고 있었다고 생각하니 비로소, 일본이란 나라가 넓긴 넓다는 것을 실감한다. 넓지 않고서야 어떻게 카네다 씨나 카네다 씨네 개가 인간으로 통용될 수 있단 말인가. 그들이 인간으로서 통용되는 동안은 주인도 파직을 당할 이유가 없다고 확신하고 있는 것 같다. 막상 닥치면 스가모에 엽서를 띄워 텐도 코헤이 씨에게 들려줘 보면 금방 알 수 있는 일이다.

이때 주인은 어제 소개한 혼돈스러운 태고의 눈을 있는 힘껏 치켜뜨고 맞은편 벽장을 꼼짝 않고 바라보았다. 이것은 높이 한 칸을 옆으로 칸을 막아 위아래 모두 각각 두 장의 장지문을 끼워놓은 것이다. 아래쪽의 벽장은 이불자락과 거의 맞닿을 정도로 가까운 거리에 있으니까 일어나 앉은 주인이 눈을 뜨기만 하면 자연히 여기로 시선이 향하게 되어 있다.

보니 무늬가 그려진 종이가 군데군데 찢겨져 그 안의 이상한 것들이 노골적으로 보인다. 안에는 여러 가지 것이 있다. 어떤 것은 활판인쇄이고 어떤 것은 손으로 쓴 것이다. 또 어떤 것은 뒤집어져 있고 어떤 것은 거꾸로이다. 주인은 이 안을 들여다봄과 동시에 무엇이 쓰여 있는지 읽고 싶어졌다. 지금까지는 인력거집 마누라라도 붙잡아서 그 건방진 콧대를 소나무 껍질에 비벼줘야겠다고까지 화가 나 있던 주인이 갑자기 이 쓰다 버린 종이 같은 것을 읽어보고 싶어진 것은 이상한 것 같지만, 이런 양성의 신경질적인 소유자에게는 드물지 않은 일이다. 아이가 울 때 모나카(일본 과자의 한 종류. 겉은 얇게 부서지는 과자에 팥앙금이 들어 있음)하나 쥐어주면 울음을 뚝 그치는 것과 매한가지다.

주인이 옛날 어떤 절에서 하숙할 때 장지문 하나를 사이에 두고 비구니가 대여섯 명 있었다. 비구니라고 하는 자들은 원래 성질이 안 좋은 여자들 중에서도 가장 성질이 안 좋은 자들인데 이 비구니가 주인의 성질을 꿰뚫었던지 자취집 냄비를 두드리면서 방금 울던 까마귀가 이제 웃었다, 방금 울던 까마귀가 이제 웃었다 하고 박자를 맞춰가며 노래했다고 한다, 주인이 비구니를 그렇게 싫어하게 된 것도 이때부터라고 하는데, 비구니는 싫어하게 되었을망정 노래는 정말 틀린 것이 없다. 주인은 울거나 웃거나 기뻐하거나 슬퍼하는 것이 남들 두 배는 되는 대신 어느 쪽도 오래 지속되는 적이 없다. 좋게 말하면 집착이 없고 심기가 마음대로 변하는 것이겠지만, 이것을 속된 말로 번역해 쉽게 말하면 깊이가 없다, 얄팍하다, 콧대만 높은 철부지이다.

이미 철부지인 이상은 당장에라도 싸울 기세로 벌떡 일어난 주인이 갑자기 마음을 바꿔 벽장 안의 것들을 읽기에 이르는 것도 당연하다고 해야 할 것이다. 첫 번째로 눈에 들어온 것은 이토 히로부미가 거꾸로 놓인 놈이었다. 위를 보니 메이지 11년 9월 28일이라고 되어 있다. 한국통감도 이 시절부터 포고령의 꼬리를 따라다니고 있었다고 보여진다. 그 대장은 이 시절에는 무엇을 하고 있었을까 하고 읽을 수 있을 것 같지도 않은 부분을 무리하게 읽어 보니 '대장경'이라고 되어 있다. 과연 대단한 놈이다, 아무리 거꾸로 놓여 있어도 대장경이다. 조금 왼쪽을 보니 이번에는 대장경 옆에 누워 낮잠을 자고 있다. 당연하다. 거꾸로 서 있어서는 그리 오래 갈 리가 없다. 아래쪽에 커다란 목판으로 '너는'이라고 두 글자만 보인다, 나머지가 보고 싶지만 공교롭게도 드러나 있지 않다. 다음 행에는 '빨리'라는 두 글자만 나와 있다. 이것도 읽고 싶은데 역시 그것뿐으로 다른 단서가 없다.

만약 주인이 경시청의 탐정이었다면 남의 것이라도 상관하지 않고 잡아 뜯었을지도 모른다. 탐정이라는 자들 중에는 고등한 교육을 받은 자가 없으니 사실을 밝히기 위해서는 물불 안 가리고 뭐든 한다. 그것은 앞뒤가 맞지 않는 것이다. 바라건대 이제 조금 더 앞일을 생각했으면 한다. 앞일을 생각하지 않으면 사실은 결코 밝혀질 수 없는 것으로 해버리면 좋겠다. 내가 들은 바에 의하면 그들은 있을 법한 허구를 가지고 양민을 죄에 빠뜨리는 짓까지 서슴지 않는다고 한다. 양민이 돈을 내고 고용한 자가 고용주를 죄인으로 내모는 식이 되어서는 이 또한 대단한 미치광이이다.

다음으로 눈이 머문 것의 한가운데를 보니 한가운데에는 오오이타 현이 허공돌기를 하고 있다. 이토 히로부미조차 거꾸로 서 있는 판국이니 오오이타 현이 허공돌기를 하는 것이 대수인가. 주인은 여기까지 읽더니 양손에 주먹을 꽉 쥐고 천장을 향해 높이 들어 올렸다. 하품을 할 준비 자세다.

이 하품이 다시 고래의 포효처럼 변조를 다하다가 일단락지어지자 주인은 어슬렁어슬렁 옷을 갈아입고 세수를 하러 목욕탕으로 나갔다. 기다리고 있던 안주인은 잽싸게 이불을 걷어내고 잠옷을 개고 평소대로 청소를 시작한다. 청소가 평소대로인 것처럼 주인의 세수하는 모양도 10년을 하루같이 평소와 다름없다. 지난번 소개를 한 것처럼 여전히 거억거억, 우엑우엑을 계속하고 있다.

이윽고 머리빗기가 끝나고 서양 수건을 어깨에 걸치고 거실로 납시더니 긴 화로 옆에 의연하게 자리를 잡았다. 긴 화로라고 하면, 느티나무의 나이테 무늬나 구리로 된 통에 머리감은 여인네가 무릎을 세우고 긴 담뱃대를 먹감나무의 테두리에 탁탁 두드리는 모습을 떠올리는 독자들도 없다 할 수 없겠지만, 우리 쿠샤미 선생의 긴 화로에 이르러서는 결코 그런 욕심나는 물건은 못되고 무엇으로 만든 것인지 평범한 사람들은 알아맞히지 못할 정도로 고풍스러운 것이다. 긴 화로는 잘 닦아 반짝

반짝 빛나야 제 맛인데 이 물건은 느티나무인지, 벚꽃나무인지 오동나무인지 원래부터가 불분명한데다 거의 걸레질을 한 흔적이 없으니 어두운 빛을 띠고 정말 볼품이 없다.

이런 것을 어디서 사왔는가 하니 결코 산 기억은 없다. 그렇다면 누구한테 받았는가 물으면 누구도 준 사람은 없다고 한다. 그렇다면 훔친 것인가 하고 따져보면 어쩐지 그 점이 애매하다. 옛날 친척 중에 은둔자가 있었고 그 은둔자가 죽을 때 당분간 빈 집을 봐달라는 부탁을 한 적이 있다. 그런데 그 후 집을 구해 은둔자의 집에서 나올 때 거기서 자기 것인 양 사용하던 화로를 아무 생각 없이 가져와버린 것이라고 한다. 조금질이 안 좋다. 생각해보면 질이 안 좋은 것 같지만 이런 것은 세간에 종종 있는 일이라고 생각한다.

은행가 같은 자들은 매일 남의 돈을 취급하고 있는 사이 남의 돈이 자신의 돈처럼 보인다고 한다. 공무원은 시민의 심부름꾼이다. 일을 시키기 위해 어떤 권한을 위임받은 대리인 같은 것이다. 그런데 위임받은 권력을 빌어 매일 사무를 처리하다 보면 이것은 자신이 소유하고 있는 권력이고 시민들은 이것에 대해 어떤 의견도 내놓을 이유가 없다는 식으로 생각이 이상해진다. 이런 사람들이 세상에 충만해 있는 이상 친척의 화로 사건을 들어 주인에게 도둑 근성이 있다고 단정지을 것은 못된다. 만약 주인에게 도둑 근성이 있다고 한다면 천하의 모든 자들에게는 모두 도둑 근성이 있는 것이다.

길쭉한 화로 곁에 진을 치고 식탁을 앞에 둔 주인의 주위에는 아까걸레로 세수를 한 아가와 오차노미소의 학교에 간다던 톤코와 하얀 분가루 병에 손가락을 담갔던 슨코가 이미 자리를 잡고 아침밥을 먹고 있다. 주인은 일단 이 세 딸들의 얼굴을 공평하게 둘러보았다. 톤코의 얼굴은 남만의 쇠칼 손잡이 같은 윤곽을 하고 있다. 슨코도 동생인 만큼 다소 언니의 얼굴형을 띠어 류큐(오키나와)식의 칠을 한 붉은 쟁반 정도의 자격은 된다. 단, 아가에 이르러서는 혼자만 다른 색을 띠고 길쭉하게 생겨먹었다. 그냥 세로로 긴 것이라면 세상에 그런 예도 적지 않겠지만 이 아이의 얼굴은 옆으로 긴 것이다. 아무리 유행이 금방금방 변한다고 해도 옆으로 긴 얼굴이 유행하는 경우가 있을까. 주인은 자신의 아이들이면서도 곰곰이 생각할 때가 있다. 이리 보여도 자라지 않는 건 아니구나, 그냥 자랄 뿐인가, 그 자람의 신속함이라는 것은 선가의 절에 나는 죽순이 어린 대나무로 변화하는 기세로 커진다. 주인은 또 아이들이 그새 커졌다고 생각할 때마다 뒤에서 보이지 않는 손이 등을 떠미는 것 같은 기분이 들어 오싹해진다. 아무리 인생을 막연하게 사는 주인이라도 이 세 따님이 여자라는 것쯤은 알고 있다. 여자인 이상 어떻게든 여의지 않으면 안 된다는 것도 잘 알고 있다. 알고 있는 것뿐이고 여읠 재주가 없는 것도 충분히 자각하고 있다. 그래서 자기 아이들이면서도 솔찬히 감당하기 어려운 점이다. 감당하기 어려울 거라면 만들어내지 않았으면 됐는데 그것이 인간인 것을. 인간의 정의를 말한다면 그것밖에는 없다. 그냥 필요도 없는 것을 날조해 스스로 괴로워하고 있는 자라고 하면 충분하다.

과연 아이들은 대단하다. 이 정도로 아버지가 처치에 궁하리라고는 꿈에도 알지 못하고 싱글벙글 밥을 먹는다. 그런데 정말 처치곤란인 것은 아가이다. 아가는 올해 세 살이니까 안주인이 신경을 써서 식사 때에는 세 살다운 작은 젓가락과 밥그릇을 대주는데 아가는 절대로 알아듣지 못한다. 반드시 언니의 밥그릇을 빼앗고 언니의 젓가락을 집어가서 다루기도 어려운 것을 억지로 집어들고 있다. 세상을 둘러보면 빈수레가 요란하고 소인배일수록 꼴사납게 설쳐대고 분수에도 맞지 않는 관직에 오르고 싶어 하는 것인데 그 성질은 완전히 이 아기 때부터 싹트고 있는 것이다.

그로 인해 초래되는 점은 이처럼 심각한 것이니까 결코 교육이나 훈방으로 고쳐질 일은 아니라고 일찌거니 포기해버리는 편이 낫다.

아가는 옆에서 탈취한 위대한 밥그릇과 거대한 젓가락을 자신의 소유물로 하고 마음껏 난폭한 위세를 떨치고 있다. 잘 사용하지도 못하는 것을 무턱대고 사용하려고 하니까 저절로 난폭한 위세를 부리지 않을 수 없다. 아가는 우선 젓가락 윗부분을 둘 다 같이 쥐고 밥그릇 바닥으로 꾸욱 쑤셔 넣었다. 밥그릇 속은 밥이 8부 정도 채워져 그 위에 된장국이 그릇 가득 부어져 있다. 젓가락의 힘이 밥그릇에 전달되자마자 지금까지 어찌어찌 균형을 유지하고 있던 것이 갑자기 습격을 받았으니 30도 정도 기울어졌다. 동시에 된장국은 어김없이 가슴팍을 타고 줄줄 흘러내린다.

하지만 그 정도의 일로 포기할 아가가 아니다. 아가는 폭군이다. 이번에는 밀어 넣은 젓가락을 있는 힘껏 밥그릇 바닥에서 비틀어 올렸다. 동시에 조그만 입을 테두리로 가져가서 튀어오른 밥알을 넣을 수 있는 한 가득 입 속으로 쑤셔 넣었다. 옆으로 삐져나온 밥알은 노란색의 국물과 뒤섞여 콧등과 뺨과 턱으로 얏 하고 기합을 넣으며 달라붙었다. 달라붙지 못하고 다다미 위로 떨어진 것들은 수두룩하다. 꽤 거창하게도 먹는다. 나는 정중히 그 유명한 카네다 및 천하의 세력가들에게 충고한다. 당신들이 남을 다루는 것, 아가가 밥그릇과 젓가락을 다루듯 하면 당신들의 입으로 들어가는 밥알은 지극히 근소한 것이다. 필연적인 기세로 뛰어드는데 있지 않고 우물쭈물하다 뛰어드는 것이다. 아무쪼록 재고해주기 바란다. 세상 일에 능숙한 민완가들에게도 어울리지 않는 일이다.

언니 톤코는 자기 젓가락과 밥그릇을 아가에게 탈취당하고 안 어울리게 작은 것을 들고 아까부터 참고 있었는데 원래부터 너무 작은 것이어서 한 그릇 수북이 담아도 아암 하고 입을 벌리면 세입 정도면 다 먹어버린다. 따라서 빈번하게 밥통 쪽에 손이 가게 된다. 벌써 네 그릇을 비우고 이번에는 다섯 그릇째이다.

톤코는 밥통의 뚜껑을 열고 커다란 주걱을 들어 한참을 쳐다보고 있었다. 더 먹을까 말까 하고 망설이고 있었던 것 같은데 결국 결심했는지 눌지 않은 쪽을 찾아 한 주걱 뜨는 데까지는 무난했는데 그것을 돌려 밥그릇 위에 꾹꾹 눌렀더니 밥그릇에 다 들어가지 못한 밥은 덩어리진 채로 다다미 위로 굴러 떨어졌다. 톤코는 놀라는 기색도 없이 떨어진 밥알을 정중히 줍기 시작했다. 주워서 뭘 하려나 봤더니 다시 밥통 속으로 넣는다. 조금 지저분한 것 같다.

아가가 일대 활약을 시도해 젓가락을 휘저었을 때, 마침 톤코가 밥푸기를 마친 참이었다. 과연 언니는 언니라고 아가의 얼굴이 너무나 난잡한 것을 보고 그냥 두지 못하고, "야아 아가야, 지지, 얼굴이 밥풀투성이잖아."라고 말하면서 재빨리 아가의 얼굴 청소에 들어간다. 먼저 콧잔등에 기거하고 있던 것을 뜯어낸다. 뜯어내 버리겠지 했는데 웬걸 자기 입속으로 낼름 넣어버린 것에는 어이가 없었다. 그리고 뺨을 점검한다. 여기에는 군집을 이루고 있어 세어보니 양쪽 다 합해 약 스무 톨의 밥알이 붙어 있다. 언니는 차근차근 한 톨씩 떼어서는 먹고 떼어서는 먹고 드디어 동생 얼굴 안에 있는 놈들을 하나도 남김없이 먹어버렸다.

이때 조금 전까지는 얌전하게 단무지를 씹어 먹고 있던 슨코가, 갑자기 막 담아놓은 된장국 안에서 참마 조각을 건져내어 힘차게 입 속으로 쏙 집어넣었다. 여러분도 알다시피 국물에 든 참마가 뜨거운 만큼 입속에 가만히 넣어둘 수 있는 자는 없다. 어른들조차 조심하지 않으면 입천장을 데이고 만다. 하물며 슨코처럼 참마에 경험이 적은 자는 물론 낭패를 볼 것이다. 슨코는 와악 하면서 입안의 참마를 식탁 위에 토해냈다. 그 두세 조각이 무슨 생각인지, 아가의 앞까지 미끄러져와 마침 적당한 거리에서 멈춘다. 아가는 원래부터 참마를 아주 좋아했다. 그렇게도 좋아하는 참마가 눈앞으로 굴러들어왔으니 잽싸게 젓가락을 내던지고 손으로 잡아 오물오물 먹어버렸다.

아까부터 이 꼴을 쭉 지켜보고 있던 주인은, 한마디도 하지 않고 오로지 자신의 밥만 먹고 자신의 국만 먹으며 이때는 이미 이쑤시개로 이를 청소하느라 여념이 없는 중이었다. 주인은 딸들의 교육에 관해서 절대적인 방임주의를 고집하는 것으로 보인다. 셋이 자주색 치마를 입은 30대 여학생이나 창녀가 되어 셋 모두 입이라도 맞춘 듯이 정부랑 눈이 맞아 집을 나간다고 해도 여전히 자신의 밥을 먹고 자신의 국을 다 마시고 볼 것이다. 참 능력 없는 자다.

그러나 지금 세상에 능력이 있다는 사람을 들여다보면 거짓말을 해서 남을 낚는 것과, 앞으로 돌아가 말의 눈알을 빼는 것과 허세를 부려 남을 위협하는 것과 마음속을 떠보아 남을 함정에 빠뜨리는 것 말고는 아무것도 모르는 것 같다. 소년배들까지도 이를 보고 흉내 내어 이렇게 하지 않으면 위세를 떨치지 못한다고 잘못 마음먹고 있어 원래라면 얼굴 붉히며 화내야 할 것은 당당하게 이행하며 미래의 신사들이라고 생각하고 있다. 이것은 유능한 자라 할 수 없다. 건달패라고 해야 할 것이다. 나도 일본의 고양이니 다소의 애국심은 있다. 이런 유능한 자들을 볼 때마다 한 대 때려주고 싶어진다. 이런 자들이 한 사람이라도 늘어나면 나라는 그만큼 쇠퇴할 것이다. 이런 학생이 있는 학교는 학교의 수치이며 이런 시민이 있는 나라는 나라의 수치이다. 수치인데도 불구하고 득실득실 세상에 굴러다니고 있는 것은 납득하기 힘들다고 생각한다.

일본의 인간들은 고양이만 한 기개도 없다고 보여진다. 참 딱한 일이다. 이런 건달패에 비하면 주인 같은 자들은 훨씬 품격 있는 인간이라고 말하지 않을 수 없다. 의욕이 없다는 점이 고급스러운 것이다. 무능한 점이 고급스러운 것이다. 주제넘지 않는 점이 고급스러운 것이다.

그처럼 능력 없는 꼴로 무사히 아침식사를 마친 주인은, 이윽고 양복을 입고 차를 타고 니혼즈츠미 지서로 출두하기에 이르렀다. 인력거 문을 열었을 때, 인력거꾼에게 니혼즈츠미라는 곳을 알고 있는가 물었더니 인력거꾼은 헤헤헤 웃었다. 그 유곽이 있는 요시와라 부근의 니혼즈츠미이지요 라고 확인을 한 것은 조금 우습다.

주인이 보기 드물게 인력거를 타고 현관을 나간 다음에 안주인은 평소대로 식사를 마치고 "자아 학교에 가야지. 늦으니 서둘러라."라고 재촉하자, 아이들은 아무렇지 않은 얼굴로 "어, 하지만 오늘은 쉬는데." 하며 채비를 할 기색이 없다.

"쉬다니 무슨 말이야, 빨리 해라."라고 꾸짖듯이 말하며 되묻자 "그래도 어제, 선생님이 쉰다고 그러셨어."라고 언니는 좀처럼 움직이지 않는다.

안주인도 여기에 이르러 다소 이상하게 생각했는지, 선반에서 달력을 꺼내 여러 번 보니 붉은 글씨로 휴일이라고 정확히 표시되어 있다. 주인은 휴일인지도 모르고 학교에 결근계를 냈을 것이다. 안주인도 모르고 우편함에 던져 넣었을 것이다. 다만 메이테이에 이르러서는 정말로 알지 못했는지, 알고도 모른 척을 했는지 그 점은 조금 의문이다. 이 발견에 깜짝 놀란 안주인은 "그럼 모두 얌전하게 놀아라." 하고 여느 때처럼 바느질 상자를 꺼내 바느질에 돌입한다.

그 후 30분가량은 집안이 평온하여, 별반 내 재료가 될 만한 사건도 일어나지 않는데 갑자기 이상한 손님이 찾아왔다. 열일곱, 여덟 쯤 되어 보이는 여학생이다. 뒤꿈치가 접힌 신발을 신고 보라색의 하카마를 질질 끌고 머리를 주판알처럼 부풀린 모습으로 입구에서 안내도 청하지 않고 제멋대로 올라왔다.

이것은 주인의 조카이다. 학교 학생이라고 하는데 때때로 일요일에 와서 걸핏하면 숙부와 싸우고 돌아가는 유키에라든가 하는 예쁘장한 이름의 아가씨이다. 무엇보다 얼굴은 이름만큼도 안 된다. 밖에 나가 한두 블록을 걸어가면 반드시 만나게 되는 흔한 인상이다.

"숙모님 안녕하세요?"

거실로 성큼성큼 들어와 바느질 상자 옆에 엉덩이를 붙였다.

"어머, 이렇게 일찍부터……."

"오늘은 휴일이니까 오전 중에 일찍 들렀다 가려고 8시 반쯤에 집에서 나와 서둘러 왔어요."

"그래, 무슨 볼일이라도?"

"아뇨, 그냥 너무 오랜만이라 잠깐 와봤어요."

"잠깐이 아니어도 괜찮으니까, 천천히 놀고 가. 숙부님도 금방 오실테니."

"숙부님은, 벌써 어딜 나가셨어요? 해가 서쪽에서 뜨겠네."

"응, 오늘은, 이상한 곳에 가셨어. ……경찰서에 갔지, 이상하지?"

"어머 왜요?"

"이번 봄에 들어온 도둑이 붙잡혔다고."

"그래서 참고인으로 불려간 거예요? 꽤나 성가시겠네요."

"뭐 물건을 찾아오는 거니까. 도둑맞은 게 나왔으니 가지러 오라고 어제 순사가 일부러 발걸음을 해주었거든."

"아아, 그래요? 그렇지 않으면 이렇게 일찍 숙부님이 외출할 일은 없겠지요. 평소라면 지금 자고 계실 시간이잖아요."

"숙부님만큼 늦잠 자는 분은 없으니…… 그렇게 해서 깨우면 씩씩 거리면서 화를 낸다. 오늘 아침에도 7시까지 꼭 깨워달라고 해서 깨웠잖아. 그랬더니 이불 속으로 기어들어가서 대답도 안 하는 거야. 난 걱정이 돼서 또 깨웠더니 잠옷 소매에다 대고 뭔가 말하는 거야. 정말 못 말리는 양반이야."

"왜 그렇게 주무실까요? 분명 신경쇠약일 거예요."

"그럴까?"

"정말 툭하면 화내는 분이니까요. 저러고도 학교를 잘 다니시는지."

"뭐 학교에서는 얌전한가 봐."

"그럼 더 문제네요. 마치 염라대왕이네요."

"왜?"

"왜라뇨, 염라대왕이지요. 꼭 그렇게 생기지 않았어요?"

"그냥 화만 내는 게 아니야. 사람이 오른쪽이면 왼쪽으로 하고 왼쪽이라면 오른쪽으로, 뭐든 하라는 대로 한 적이 없다니까, ─ 정말 고집불통 양반."

"청개구리네요. 숙부님은 그게 낙인가 보죠. 그러니 앞으론 뭔가 시키시려거든 거꾸로 말하면 이쪽 생각대로 될 거 아니에요. 요전에 양산을 사주셨을 때도 필요 없다, 괜찮다고 일부러 그렇게 말했더니 필요 없을 리가 있느냐면서 바로 사주시더라구요."

"호호호호, 대단해. 나도 이제부터 그렇게 해야겠네."

"그러세요. 안 그러면 숙모님만 손해에요."

"요전에 보험회사 사람이 와서 꼭 들어보라고 권했지, ─ 여러 가지 이유를 들면서 이런 이익이 있다느니, 저런 이익이 있다느니 하며 아마 한 시간은 이야기를 했는데 아무래도 들지 않더라구. 우리도 저축도 없고 이렇게 아이들은 셋이나 되고 모처럼 보험에라도 들어주면 훨씬 마음이 든든할 텐데, 그런 것은 조금도 상관하지 않는 양반이니."

"그러게요, 만약 무슨 일이라도 생기면 불안하시겠어요."

열일곱 여덟쯤의 아가씨로서는 어울리지 않는 조숙한 말을 한다.

"그 담판을 옆방에서 듣고 있자니 정말 재미있더라구. 과연 보험의 필요성도 인정할 수 없는 것은 아니고 필요한 것이니까 회사도 있는 것일 테고. 하지만 이 양반은, 죽지 않는 이상은 보험에 들 필요는 없지 않은가 하면서 고집을 피우고 있잖아."

"숙부님이요?"

"그래, 그랬더니 회사 사람이 물론 죽지 않으면 보험회사도 필요 없습니다만, 인간의 목숨이라는 것이 질긴 것 같아도 또 위태로와서 모르는 사이 언제 위험이 닥칠지 모른다고 하니까, 숙부님 하는 말, 괜찮아 괜찮아, 나는 죽지 않기로 결심했다면서 완전히 무법자 같은 말을 하는 거야."

"아무리 결심해도 안 죽을 수는 없죠. 저도 꼭 급제할 생각이었지만 결국 낙제해버렸잖아요."

"보험회사 직원도 그렇게 말했지. 수명은 자기 마음대로는 안 된다, 결심으로 오래 살 수만 있다면 아무도 죽는 일은 없을 거라고."

"보험회사 분 말씀이 지당하네요."

"지당하지, 그럼. 그걸 모른다니까. 아니 절대 죽지 않는다, 맹세코 죽지 않는다고 끝까지 버티더라구."

"이상하네요."

"이상하지? 정말 이상해. 보험금을 낼 돈이라면 은행에 저금하는 쪽이 훨씬 낫다고 딱 잘라 말하는 거야."

"저축이 있어요?"

"있겠어, 어디? 자기가 죽은 후 따위는 조금도 신경 쓸 생각 같은 건 없는 거지."

"정말 걱정이네요. 왜 그러실까요, 여기에 오시는 분들도 숙부님 같은 분은 한 사람도 없잖아요."

"어디 있겠어. 눈 씻고 찾아봐도 없지."

"스즈키 씨한테라도 좀 부탁해서 의견이라도 말해달라고 하면 어때요. 저런 온화한 사람이라면 훨씬 말하기 편할 텐데요."

"그런데 스즈키 씨는 우리 쪽에서는 평판이 안 좋아."

"모두 거꾸로네요. 그럼 그 분이 좋겠다 - 그 왜 침착하신 - ."

"야기 씨?"

"예."

"야기 씨한테는 상당히 입을 다물고 있긴 하지만, 어제 메이테이 씨가 와서 험담을 하고 갔으니 생각한 만큼 효과가 있을지는 모르지."

"그래도 괜찮지 않아요? 그렇게 점잖고 침착하면 - 저번에 학교에서 연설도 하시던데요."

"야기 씨가?"

"예."

"야기 씨가 유키에 너희 학교 선생님이었어?"

"아뇨, 선생님은 아니지만 숙덕淑德부인회 때 와서 연설을 해주셨거든요."

"재미있었어?"

"글쎄요, 그렇게 재미있지도 않았어요. 하지만 그 선생님이 그렇게 얼굴이 길잖아요. 거기다 산신령처럼 수염을 기르고 있으니까 모두들 감동하며 듣긴 했지요."

"연설은 어떤 이야기였어?"

안주인이 물어보고 있자니 툇마루 쪽에서 유키에 목소리를 알아듣고 세 아이가 우당탕탕 거실로 난입해 들어왔다. 지금까지는 대나무 울타리 바깥 공터에 나가 놀고 있었는가 보다.

"와아, 유키에 언니 왔다."

두 언니는 반가워서 큰 소리로 말한다.

안주인은 "그렇게 소란 피우지 말고, 와서 얌전히 앉아라. 유키에 언니가 지금 재미난 이야기를 하시는 중이니까." 하고 일감을 구석으로 밀친다.

"유키에 언니 무슨 이야기야, 나 이야기 너무 좋아해." 하고 말한 것은 톤코로 슨코도 따라서 묻는다.

"또 카치카치야마(딱따기산. 일본 전래동화) 이야기해줄 거야?"

"아가도 야기해줘."

말을 꺼낸 셋째는 언니와 언니 사이에서 무릎 앞쪽으로 성큼 나온다. 단지 이것은 이야기를 듣겠다는 것이 아니라, 아가도 역시 이야기를 해주겠다는 의미이다.

"어머 또 아가님의 이야기네."

언니가 웃자 안주인은 아가를 얼러본다.

"아가는 나중에 해라. 유키에 언니의 이야기가 끝나고 나서."

아가는 좀처럼 들으려고 하지 않는다.

"시러시러, 바부."라고 큰 소리로 말한다.

"오오, 그래그래 아가야부터 하세요. 무슨 이야기야?"

유키에는 겸손하게 말한다.

"이짜나, 아가야 아가야 어디가 한대."

"와, 재미있네. 그리고?"

"아가가 논에 벼짜르로."

"그래, 참 잘했네."

"네가 오면 방구 된대."

"하하, 방구가 아니구 방해야."

톤코가 입을 연다.

아가는 여전히 '바부' 하고 한소리를 해서 곧바로 언니를 질리게 한다.

그러나 도중에 언니가 끼어든 바람에 그 다음을 잊어버려서 다음 이야기가 나오지 않는다.

"아가야, 다 끝났어?"라고 유키에가 묻는다.

"음,음, 나중에 방구는 떼찌야. 뿡뿡뿡 한대."

"호호호호, 못 써요, 그런 말. 누구한테 배웠어?"

"식모한테."

"나쁜 식모네, 그런 말을 다 가르치고."

안주인은 쓴웃음을 지으며 말했다.

"자 이번에는 유키에 언니 차례다. 아가는 얌전하게 듣는 거야."

과연 폭군도 이해를 한 모양인지 그 정도로 당분간은 침묵을 지켰다.

"야기 선생님의 연설은 이런 거예요."

유키에가 드디어 입을 열었다.

"옛날 어느 골목 한가운데에 커다란 돌 지장보살이 있었대요. 그런데 거기가 공교롭게도 말이나 차가 다니는 정말 북적대는 곳이라 방해가 되어서 참 곤란했대요, 거리의 사람들이 맹렬히 나서서 회의를 한 끝에 이 돌 지장보살을 구석으로 밀쳐놓으면 좋겠다고 생각했대요."

"정말 있었던 이야기야?"

"글쎄요, 그런 말은 전혀 하지 않으셔서. ─ 그래서 모두 갖가지 의견을 내놓았는데 그 마을에서 제일 힘센 남자가 '그건 문제없다, 내가 반드시 밀쳐 보이겠다'고 혼자서 그 골목으로 가서 양팔을 걷어붙이고 땀을 흘리며 힘껏 잡아당겨보았지만 아무리 해도 꼼짝도 하지 않더래요."

"꽤나 무거운 지장보살이었군."

"예, 그래서 결국 포기하고 집으로 돌아가 자버렸으니까 마을 사람들은 다시 토론을 했겠지요. 그러자 이번에는 마을 안에서 제일 영리한 남자가 '나한테 맡겨봐라, 최선을 다 해보겠다'면서 무거운 상자 안에 떡을 가득 넣고는 지장보살 앞으로 와서 '여기까지 와봐라'고 하면서 떡을 보여주며 약을 올렸대요, 그러면 지장보살도 식탐이 나니까 떡으로 낚일 거라고 생각했는데 역시나 꼼짝도 하지 않았대요. 영리한 남자는 이래서는 안 되겠다 싶었죠. 이번에는 호리병박에 술을 채워 한손에 달랑달랑 들고 한손에는 술잔을 들고 다시 지장보살 앞으로 와서 '자 마시고 싶지? 마시고 싶으면 여기까지 와봐라' 하고 3시간이나 약을 올려봤지만 역시나 꼼짝도 않더래요."

"언니야, 지장보살님은 배도 안 고팠으까?"라고 톤코가 묻자 슨코도 질세라 말했다.

"나두 떡 먹고 싶다."

"영리한 그 남자는 두 번 다 뜻대로 안 되자 그 다음에는 가짜 돈을 수북이 만들어 와서 '자 갖고 싶지? 갖고 싶으면 가지러 와봐라' 하고 돈을 내밀었다 집어넣었다 했지만 이것도 먹혀들지 않았대요. 꽤나 완고한 지장보살님이지요?"

"그러네. 숙부님하고 좀 닮았네."

"맞아요, 숙부님 같아요, 결국에는 그 사람도 두 손 들고 포기해버렸대요. 그랬더니 이 다음에는요, 대단한 허풍장이가 나서서 '나라면 반드시 밀쳐 보이겠으니 안심하시오'라고 대단히 쉬운 일이라는 듯이 큰소리치더래요."

"그 허풍쟁이는 뭘 했다는 거야?"

"그게 재미있어요. 처음에는요, 순사 옷을 입고 수염을 붙이고 지장보살님 앞에 와서는 '이봐 이봐, 움직이지 않으면 뒤가 안 좋을 거야, 경찰에서 가만두지 않을 거야'라고 위세를 떨어보았대요. 지금 세상에 경찰흉내 같은 게 가당키나 하겠어요?"

"그렇지, 그래서 지장보살님은 움직였대?"

"움직였겠어요? 숙부님인데요."

"하지만 숙부는 경찰한테는 대단히 공손하지 뭐야."

"어머 그래요? 그런 얼굴을 해가지구요? 그럼 그렇게 무서울 것은 없네요. 하지만 지장보살님은 움직이지 않았대요, 무슨 일 있었냐는 듯이 여전했대요. 그래서 그 허풍쟁이는 정말 화가 나서 순사옷을 벗어 던져버리고 수염도 휴지통에 쑤셔박아버리고 이번에는 부자 복장을 하고 나타났대요. 지금 세상으로 말하자면 이와사키 남작 같은 얼굴을 했겠죠. 우습죠?"

"이와사키 같은 얼굴이라면 어떤 얼굴인데?"

"그냥 좀 거만한 얼굴이에요. 그렇게 아무것도 하지 않고 또 아무 말도 하지 않고 지장보살 앞에서 커다란 잎담배를 피우면서 왔다갔다 했대요."

"그게 뭐가 되지?"

"지장보살님을 연기에 가두는 거지요."

"마치 이야기꾼의 장난 같으네. 보기 좋게 연기에 가두었어?"

"그렇게는 안 됐지요, 상대가 돌이잖아요. 속이는 것도 정도껏 해야 되는데, 이번에는 황제폐하로 둔갑하고 왔대요. 바보 아니에요?"

"헤에, 그 시절에도 황제폐하가 있었나?"

"있었겠지요. 야기 선생님은 그렇게 말씀하셨는걸요. 분명 폐하로 둔갑했다고, 황송하지만 둔갑을 하고 왔다고 — 그런데 정말 불경스럽지 않아요? 허풍쟁이 신분에."

"폐하라면 어느 폐하일까?"

"어느 폐하일까요, 어느 폐하가 됐든 불경스럽잖아요."

"그러네."

"그런데 그렇게까지 했는데도 듣지 않았겠죠. 허풍쟁이도 더 이상 어쩔 도리가 없으니까 '이제 나의 재주로는 저 지장보살은 어떻게 할 수가 없겠다' 하고 역시 두 손 들었대요."

"참, 가관이었겠네."

"예, 그 참에 징역을 보내버리는 건데. – 하지만 마을 사람들은 한층 더 신경을 쓰면서 다시 회의를 열었는데요, 더 이상 아무도 받아들이는 자가 없어서 풀이 죽었답니다."

"그래서 끝이야?"

"아직 더 있어요. 마지막으로 인력거집과 건달패들을 잔뜩 고용해서 지장보살님 주변에서 와글와글 시끄럽게 돌아다녔대요. 그냥 지장보살님을 괴롭혀서 머물러 있지 못하게 하면 된다는 생각으로 밤낮으로 교대로 소란을 피웠대요."

"참 힘들었겠네."

"그래도 먹히지가 않더래요. 지장보살님 쪽도 쇠심줄이죠."

"그 다음은 어떻게 됐어 언니?"

슨코가 열심히 묻는다.

"그래서 아무리 매일매일 떠들어대도 무슨 수가 보이지 않자 모두들 슬슬 진이 빠져갔는데 인력거꾼이나 건달패는 며칠이든 일당으로 일을 하니까 물 만난 듯이 소란을 피웠대요."

"유키에 언니야, 일당이 뭐야?"

슨코가 질문을 한다.

"일당이라는 건 말이지, 돈을 말해."

"돈을 받아서 뭐해?"

"돈을 받아서. ……호호호 짓궂기는. – 그래서 숙모님, 매일 밤낮으로 소란을 피우고 있자니 그때 마을 안에 바보다케라고, 아무도 모르고 아무도 상대해주지 않는 바보가 있었대요.

그 바보가 이 소동을 보고 '너희들은 왜 그렇게 시끄럽냐, 몇 년 걸려도 지장보살 하나 움직이지 못하는가, 불쌍한 놈들'이라고 말했대요."

"바보 주제에 그런 소리를."

"꽤나 대단한 바보지요. 모두가 바보다케가 하는 말을 듣고 '그럼 시험 삼아, 어차피 안 될 테지만 그래도 쟤한테도 해보라고 하지 뭐' 하며 다케에게 부탁을 하자 바보다케는 두말 않고 받아들여 그런 방해되는 소란을 떨지 않고 그저 조용히 있으라고 인력거꾼이랑 건달패들을 물러나게 하고 홀연히 지장보살님 앞으로 나왔대요."

"언니, 호련이는 바보다케 여자친구야?"

슨코가 중요한 대목에서 이상한 질문을 던졌으므로 안주인과 유키에는 웃음을 터뜨렸다.

"아니 친구가 아니구."

"그럼 뭐야?"

"홀연히라는 말은 말이지. ─ 뭐라고 해야 되지."

"호련이가 '뭐라고 해야 되지'야?"

"그게 아니라, 홀연히라는 건 말이지 ─."

"응."

"맞다, 타타라 삼페이 아저씨 알잖아."

"응, 참마 주셨어."

"그 타타라 아저씨 같은 걸 말해."

"타타라 아저씨가 호련이야?"

"응, 뭐 그런 셈이지. ─ 아무튼 바보다케가 지장보살님 앞으로 와서 손을 옷소매 속에 넣고 '지장보살, 있잖아 동네 사람들이 너한테 움직이라고 한다, 움직여주라' 하고 말했더니 지장보살님은 금세 '그런가? 그렇다면 진작 그렇게 말할 것이지' 하며 천천히 움직이기 시작했대요."

"참 이상한 지장보살님이네."

"그 다음부터가 연설이에요."

"아직 더 있어?"

"예, 그리고 야기 선생님이요, '오늘은 부인회이지만 내가 그런 이야기를 일부러 해드린 것은 조금 생각이 있어서이므로 이렇게 말씀드리면 실례인지도 모르겠지만 부인이라는 분들은 어떤 일을 할 때, 정면으로 지름길을 통해서 가지 않고 오히려 멀리 돌아서 수단을 찾는 습관이 있어요. 당연히 이것은 부인들에게만 한정된 것은 아니지요. 메이지 시대는 남자라고 해도 문명의 폐해를 입어 다소 여성적이 되어가고 있으니 자주 불필요한 수고와 노고를 허비하여 이것이 본줄기이다, 신사가 해야 할 방침이다 하고 오해를 하고 있는 부분이 많은 것 같은데 이런 것들은 개화의 업에 속박당한 기형아라 할 수 있어요. 특별히 논할 가치도 없지요. 단 부인들에게 있어서는 가능한 한 방금 말씀드린 옛날이야기를 기억하셔서 막상의 경우가 닥쳤을 때는 아무쪼록 바보다케 같은 솔직한 의견으로 일을 처리해내가시기를 바랍니다. 여러분들이 바보다케가 되면 부부 사이, 고부 간에 일어날 성가신 갈등의 3분의 1은 분명 줄어들 것입니다. 인간은 나쁜 의도가 있으면 있을수록 그 생각이 미쳐서 불행의 씨앗이 되는 법, 많은 부인들이 평균적으로 남자보다 불행한 것

은 완전히 이 안 좋은 생각이 너무 지나치기 때문입니다. 아무쪼록 바보
다케가 되세요, 라는 연설이셨어요."

"흐음, 그래서 유키에 너도 바보다케가 될 생각이야?"

"싫어요, 바보다케라니요. 그런 자가 되고 싶지는 않아요. 카네다 씨네
토미코 같은 애들은 무례하다고 막 화를 내던걸요."

"카네다 씨네 토미코라면 저 건너편 집의?"

"예, 그 멋만 부리는 애요."

"그 아가씨도 유키에 너희 학교에 다녀?"

"아뇨, 그냥 부인회에서 방청하러 온 거에요. 정말 하이칼라죠. 되게
대단해요."

"하지만 미모가 아주 빼어나다고 하지 않았어?"

"그냥, 남들 같던데요. 자랑할 정도는 아니던데. 화장을 그렇게 하면
웬만한 사람은 다 예뻐 보이지요."

"그럼 유키에도 그렇게 화장하면 카네다 씨네 아가씨 두 배는 예뻐
지겠네."

"아이, 숙모님은. 몰라요, 몰라. 하지만 그 아가씨는 정말이지 너무 꾸
몄어요. 아무리 돈이 많아도 그렇지 ─ ."

"너무 꾸며도 돈이 많은 쪽이 좋지 않아?"

"그도 그렇지만 ─ 그 아가씨야말로, 조금 바보다케가 되는 게 좋겠더
라구요. 어지간히 잘난 척을 해야지요. 저번에도 아무개 시인이 신체시
집을 선물해주었다고 모두에게 떠벌리고 있지 뭐예요."

"토후우 씨 아니었어?"

"어머, 그분이었어요? 정말 별나다니까."

"하지만 토후우 씨는 정말 진지한 사람이야. 스스로는 그런 일을 하는 것이 당연하다고까지 생각하고 있는걸."

"그런 사람이 있으니까 안 되는 거라구요. ― 아 맞다, 재미있는 일이 또 있었죠. 요전에 누군가 그 아가씨 쪽에 연애편지를 보낸 자가 있었대요."

"어머, 세상에나. 누구지, 그런 걸 보낸 사람이?"

"누군지 모른다는 거 있죠."

"이름은 없대?"

"이름은 제대로 쓰여 있었지만 들어본 적도 없는 사람이래요, 그리고 그것이 주저리주저리 엄청 장황한 편지라서요, 별 이상한 이야기가 다 쓰여 있대요. 제가 당신을 사모하고 있는 것은 마치 종교가가 신을 동경하는 것과 같은 이치라는 둥, 당신을 위해서라면 제단에 바쳐지는 어린양이 되어 이 한몸 희생하는 것이 더없는 명예라는 둥, 심장의 모양이 삼각형이고 삼각의 중심에 큐피드의 화살이 꽂혀 그게 화살쏘기였다면 최고점이라는 둥……."

"그것 진심인 거야?"

"진심이다마다요. 정말로 제 친구들 중에 그 편지를 본 애들이 셋이나 있는걸요."

"짓궂은 아가씨네, 그런 걸 다 보여주구. 그쪽은 어차피 칸게츠 씨한테로 시집갈 생각이니까 그런 것이 세상에 알려지면 곤란할 텐데."

"곤란해하긴요. 엄청 뻐기던대요. 다음에 칸게츠 씨가 오면 알려드리면 좋겠어요. 칸게츠 씨는 전혀 모르시겠죠?"

"글쎄, 그 분은 학교에 틀어박혀 구슬만 다듬고 계시니까 아마 모르고 있을 거야."

"칸게츠 씨는 정말 그 아가씨를 신부로 맞을 생각인가 보죠? 참 안됐네요."

"왜? 돈이 있으니 막상 힘들 때 힘이 되고 좋지 않을까?"

"숙모님은 툭하면 돈, 돈 하니까 품위 없어 보여요. 돈보다 사랑이 더 중요하지 않나요? 사랑이 없으면 부부관계는 성립되지 않잖아요."

"그래? 그럼 유키에는 어떤 집으로 시집갈 건데?"

"그런 걸 어떻게 알아요, 아직 특별히 사람도 없는걸요."

유키에와 숙모가 결혼 사건에 대해 뭔가 토론을 열심히 주고받고 있자니 아까부터 잘 모르는 채로 듣고 있던 슨코가 갑자기 입을 열어 말했다.

"나도 시집가고 싶어."

이 막무가내의 희망에는 과연 청춘의 기운으로 가득 차 크게 공감해야 할 유키에조차도 조금 얼이 빠진 모양이었지만, 안주인 쪽은 비교적 아무렇지 않게 웃으면서 되물었다.

"어디로 가고 싶어?"

"음, 나는, 사실은, 쇼콘샤招魂社(야스쿠니 신사)에 시집가고 싶은데 스이도바시를 건너기가 싫어서 어떻게 할까 생각 중이야."

안주인과 유키에는 이 명답을 듣고 나머지 것을 더 물을 용기도 나지 않아 웃겨 자빠지기 바로 직전일 때, 둘째딸 슨코가 언니를 향해 이런 의견을 제시했다.

"언니도 쇼콘샤가 좋지? 나도 너무 좋은데. 같이 쇼콘샤에 시집가자, 응? 싫으면 말고. 나 혼자서 차 타고 빨리 가버리지."

"아가도 가."

결국에는 아가까지 쇼콘샤에 시집을 가게 되었다. 그렇게 셋이 3종 세트로 쇼콘샤에 시집을 가면 주인도 과연 편해질 것이다.

거기에 인력거 소리가 덜커덩덜커덩 문 앞에 멈췄는가 싶더니 금세 힘차게 '다녀오셨습니까'라는 소리가 들렸다. 주인이 니혼즈츠미 지서에서 돌아온 모양이다. 인력거꾼이 꺼낸 커다란 보자기 보따리를 하녀에게 받아들게 하고 주인은 유유히 거실로 들어선다.

"어, 왔구나."

유키에에게 인사를 건네면서 그 유명한 길쭉한 화로 옆에 탁 하고 손에 들었던 호리박병 모양의 것을 내던졌다.

호리박병이라는 것은 순수한 호리박병은 물론 아니고, 꽃병이라고도 생각되지 않는, 그저 일종의 이상한 도자기이니까 어쩔 수 없이 한동안 그렇게 부르기로 한다.

"이상한 병이네요, 그런 것을 경찰서에서 받아오셨어요?"

유키에가 쓰러진 병을 일으켜 세우면서 숙부님에게 물어본다.

숙부님은 유키에의 얼굴을 보면서 자랑한다.

"어떠냐, 훌륭하지?"

"훌륭하다구요? 이게요? 제가 보기엔 별론데. 이 기름단지 같은 걸 뭣하러 가져오신 거예요?"

"기름단지라니? 넌 그리 감각이 없어서 안 되는 거야."

"그럼 뭔데요?"

"꽃병이다."

"꽃병치고는 입구가 너무 작고 몸통은 너무 불룩하잖아요."

"그게 재미있잖냐. 너도 참 멋을 모르는구나. 네 숙모하고 오십보백보다. 쫏쫏 멋대가리 없기는."

주인이 기름단지를 집어 들어 장지문 쪽에 비춰보면서 감정을 하고 있다.

"그래요, 전 멋대가리도 없으니 그런 기름단지를 경찰에서 받아오는 흉내는 못 내겠네요. 그렇죠, 숙모?"

숙모님은 그 말은 안중에도 없다. 보자기 꾸러미를 풀어 혈안이 되어 도난품을 조사하고 있다.

"어머 왜 이래? 도둑들도 요즘 많이 컸네. 전부 뜯어서 풀을 먹여놨네. 여기 좀 봐봐요."

"누가 경찰에서 기름단지를 받아왔다는 거냐. 기다리기가 지루해서 근처를 좀 산책하다가 발견하고는 사온 것이지. 너 같은 애들은 알 리가 없겠지만 그래 봬도 진품이다."

"너무 진품 아닌가요. 도대체 숙부님은 어디를 산책하셨길래."

"어디라니 니혼즈츠미지. 요시와라에도 들어가 봤지. 꽤나 북적대더구만. 그 철문을 본 적이 있느냐? 물론 없겠지."

"누가 본대요? 요시와라 같은 델, 창녀들 있는 곳에 제가 갈 이유가 없지요. 숙부님은 선생님의 신분으로 잘도 그런 곳에 가시네요. 정말 창피하네요. 안 그래요, 숙모님? 숙모님."

"응, 그렇지. 아무래도 물건 수가 모자라는 것 같은데. 이게 다 돌아온 거랍디까?"

"안 돌아온 건 참마뿐이야. 원래 9시에 출두하라고 해놓고서 11시까지 기다리게 하는 법이 어디 있어, 이 모양이니 일본의 경찰은 안 되는 거야."

"일본의 경찰이 안 되는 게 아니라 요시와라를 산책하는 게 안 되는 거지요. 그런 걸 학교에서 알면 면직 당하실 걸요. 그렇죠, 숙모님?"

"응, 그렇겠지. 여보, 내 띠 한쪽이 없어요. 어쩐지 뭐가 부족하다 했더니만."

"띠 한쪽 정도면 그냥 포기해. 나는 3시간이나 기다려서 중요한 시간을 반나절이나 허비해버렸어" 하고 평상복으로 갈아입고 태연하게 화로에 기대어서 기름단지를 바라보고 있다.

안주인도 하는 수 없다고 포기하고 돌아온 물건들을 그대로 선반에 올려놓고 자리로 돌아온다.

"숙모님, 이 기름단지가 진품이래요. 지저분하지 않나요?"

"그걸 요시와라에서 사 오셨다구요? 어머나."

"뭐가 어머나야. 알지도 못하는 주제에."

"그래도 그런 단지라면 요시와라에 가지 않아도 얼마든지 있지 않아요?"

"파는 데가 없어. 어디나 굴러다니는 물건은 아니란 말씀이지."

"숙부님도 꽤나 지장보살이네요."

"또 어린애가 건방을 떤다. 아무래도 요즘 여학생들은 입이 거칠어서 탈이야. 책 좀 읽어라."

"숙부님은 보험이 싫으시죠? 여학생과 보험 중 어느 게 더 싫으세요?"

"보험은 싫은 게 아니다. 그건 필요한 것이지. 앞을 생각하는 자들은 누구나 들지. 그런데 여학생은 무용지물이야."

"무용지물이면 어때요. 보험 하나도 들어놓지 않으시면서."

"다음 달부터 들 생각이다."

"정말이죠?"

"그렇다마다."

"에이, 웬걸요, 보험 같은 것. 그럴 돈 있으면 딴 걸 사는 게 낫겠어요. 안 그래요, 숙모님?"

숙모님은 싱글싱글 웃고 있다. 주인은 진지한 얼굴로,

"너 같은 애는 100년이고 200년이고 살아 있을 것 같으니 그런 한심한 소리를 하지, 조금 더 이성이 발달해봐라, 보험의 필요성을 느끼는 것은 당연한 일이다. 다음달에는 꼭 들 거다."

"그래요? 그럼 하는 수 없지요. 하긴 지난번처럼 양산을 사주실 돈이 있으면 보험에 드는 것이 나은지도 모르겠네요. 사람이 필요 없다고, 필요 없다고 하는데도 억지로 사주시잖아요."

"그렇게 필요 없었느냐?"

"네, 양산 같은 건 필요 없어요."

"그러면 다시 갖고 와라. 마침 슌코가 갖고 싶다고 하니 그걸 돌려주면 되겠네. 오늘 가져왔느냐?"

"어머, 그런 말씀이 어디 있어요? 너무 심하지 않으세요, 모처럼 사주셔 놓구선 도로 내놓으라니요."

"필요 없다 하니 그런 것 아니냐. 너무할 것도 쎘다."

"필요 없는 건 맞지만 그래도 너무하세요."

"모르는 소리만 하는구나. 필요 없다고 하니 돌려달라는데 너무하긴 뭐가 너무하냐?"

"그래두요."

"그래도 뭐?"

"그래도 너무하세요."

"바보 아냐, 똑같은 말만 계속하고."

"숙부님도 똑같은 말만 계속하고 계시잖아요."

"네가 계속 고집을 부리니 나도 그러는 것 아니냐. 분명히 필요 없다 하지 않았느냐."

"그야 그랬지만요. 필요 없는 걸 필요 없다고 했지만 돌려드리기는 싫어요."

"대단하다, 대단해. 억지소리만 해대는 벽창호인데다 고집불통이니 한심하구나. 너희 학교에선 논리학도 안 가르치냐?"

"마음대로 생각하세요, 어차피 무식하니까 뭐라 하셔도. 남의 것을 돌려달라니 완전 남이라도 그런 몰인정한 말은 안 할 거예요. 바보다케 흉내라도 좀 내보세요."

"무슨 흉내를 내라고?"

"좀 솔직하고 담백하게 말씀하시라구요."

"너는 멍청한 주제에 고집까지 세우나. 그러니 낙제나 하지."

"낙제는 했어도 숙부님한테 학자금 내달라고 하진 않았네요, 뭐."

유키에는 이 대목에 이르러 감정을 주체하지 못하겠는지 닭똥 같은 눈물을 보라색 하카마 위에 뚝뚝 떨어뜨렸다.

주인은 그 눈물이 어떠한 심리작용에 기인하는지 연구라도 하는 것처럼 하카마 위와 고개를 숙이고 있는 유키에의 얼굴을 멍하니 쳐다보고 있었다.

그 찰나에 가정부가 부엌에서 벌겋게 언 손을 거실 위에 모으고 "손님이 오셨습니다."라고 한다.

"누가 왔지?" 하고 주인이 묻자 "학교 학생이라고 합니다." 하고 가정부는 유키에의 우는 얼굴을 곁눈으로 훔쳐보면서 대답했다.

주인은 응접실로 나간다.

나도 취잿거리 수집 겸 인간 연구를 위해 주인의 뒤꽁무니에 붙어 살금살금 툇마루로 돌아갔다. 인간을 연구하려면 뭔가 파란이 있을 때를 선택하지 않으면 좀처럼 좋은 결과가 나오지 않는다. 평상시에는 사람들이 보통 사람들이니 보고 들어도 보람이 없을 정도로 평범하다. 그러나 막상 무슨 일이 닥치면 이 평범이 갑자기 영묘한 신비적 작용 때문에 쑥쑥 일어나 기이한 것, 이상한 것, 묘한 것, 다른 것, 한마디로 말하면 우리 고양이들 입장에서 보아 대단한 후학이 되는 사건이 도처에 마구 나타난다. 유키에 같은 여자의 나약한 눈물은 바로 그런 현상 중의 하나다. 그처럼 불가사의하고 예측불허의 마음을 갖고 있는 유키에도, 안주인과 이야기를 하고 있는 동안은 꼭 그렇다고도 생각되지 않았는데 주인이 돌아와서 기름단지를 내던지자마자 금세 잠자는 용에게 증기펌프를 들이부은 것처럼 갑자기 그 심연하고 알 수 없는, 교묘하고 미묘하고 기묘하다 못해 영험하기까지 한 기질을 아낌없이 다 발산했다. 그러나 그 기질은 천하의 여성들에게 공통적으로 있는 기질이다. 다만 안타까운 것은 그것이 그리 쉽게 나타나지는 않는다는 점이다. 아니, 나타나기는 종일 끊임없이 나타나고 있지만, 그처럼 현저하고도 명백하게 거침없이는 나타나지 않는다. 다행히도 주인처럼 나의 털을 툭하면 거꾸로 쓰다듬고 싶어 하는, 성질 비뚤어진 기특한 자가 있으니 이런 우스꽝스러운 연극도 구경할 수 있을 것이다.

주인의 뒤만 졸졸 따라다니면 어디를 가도 무대의 배우는 저절로 움직일 것이 틀림없다. 재미난 인간을 주인으로 모셔서 길지 않은 고양이의 인생에도 꽤 많은 경험을 간접 체험할 수 있으니 고마운 일이 아닐 수 없다. 이번 손님은 어떤 자일까.

보아하니 나이는 열일곱, 여덟? 유키에 아가씨와 비등비등한 서생이다. 커다란 머리를 속이 훤히 들여다보일 정도로 짧게 깎고 주먹코를 얼굴 한가운데에 갖다 붙이고 응접실 구석 쪽에 앉아 있다. 특별히 이렇다 할 특징도 없는데 두개골만큼은 엄청나게 크다. 동자승 머리로 깎았는데도 그렇게 크게 보이니까 주인처럼 길게 길렀으면 어김없이 사람들의 시선을 끌었을 것이다. 이런 얼굴일수록 학문은 그다지 별볼일없는 자라는 것은 평소부터 주인의 지론이다.

사실은 그럴지도 모르지만 조금 보면 나폴레옹 같기도 해서 매우 가관이다. 옷은 다른 서생들처럼 사츠마 쪽 무늬인지, 쿠루메 무늬인지 아니면 이요 무늬인지 잘 모르겠지만, 여하튼 무늬라고 이름 붙일 수 있는 겹옷의 소매를 짧게 걷어 올리고 속에는 셔츠도 속옷도 없는 것 같다. 맨몸에 겹옷이나 맨발은 건강해 보여 좋다고 하지만 그자의 모양은 매우 지저분하고 누추한 느낌을 준다. 거기다 다다미 위에 도둑놈 같은 발가락 자국을 역력히 세 개나 찍어놓은 것은 완전히 맨발의 책임에 있다. 그는 네 번째 발자국 위에 무척이나 거북스럽게 무릎을 꿇고 앉아 있다.

도대체 공손하게 앉아 있어야 할 자가 얌전하게 앉아 있는 것은 별반 신경이 쓰이지도 않지만, 밤톨머리의 짤막하고 껑충한 옷차림새의 난폭자가 황송하게 있는 모습은 어쩐지 조화롭지 않은 것 같다. 길거리에서 선생과 마주치고도 인사도 하지 않는 것을 자랑으로 여길 정도의 무리가, 한 30분만이라도 남들처럼 앉아 있는 것은 괴로울 것이 틀림없다. 그런 자가 타고난 겸허한 군자, 성덕자인 양 예의를 갖추고 있으려니 본인 괴로운 것과는 상관없이 곁에서 보기에 꽤 우스운 것이다. 교실 혹은 운동장에서 그렇게 떠들고 다니던 자가, 어떻게 그렇게 자기를 단속할 힘을 갖추고 있는가 생각하면 안됐기도 하지만 우습기도 하다.

이렇게 한 사람씩 상대를 하면 아무리 덜떨어진 주인이라도 학생들에 대해 어느 정도의 무게가 있는 것처럼 여겨진다. 주인도 여간 의기양양한 게 아니다. 티끌모아 태산이라고 미미한 학생 하나도 많은 세력이 모이면 얕볼 수 없는 단체가 되어 배척운동이나 데모를 벌일지도 모른다. 이것은 마치 겁쟁이가 술을 마시고 대담해지는 것 같은 현상일 게다. 대중을 의지해 소란을 피우는 것은 사람의 기운에 취한 결과, 정기를 빼앗긴 것이라고 말해도 지장은 없을 것이다. 그렇지 않으면 저렇게, 황송해

한다기보다 오히려 의기소침해져서 스스로 장지문에 바짝 달라붙어 있을 정도의 그 서생이, 아무리 늙어빠졌다고 해도 적어도 선생이라는 이름이 붙은 주인을 경멸할 리 없다. 바보로 알 리 없다.

주인은 방석을 내밀면서 "자, 깔고 앉게."라고 말했지만 밤톨머리 서생은 그대로 굳어서 "예."라고 말만 하고 꿈쩍도 않는다.

코앞에 다 낡아 너덜거리는 사라사(공단) 방석이 '앉아주세요'라는 말도 없이 착석하고 있는 뒤에서 살아 있는 왕바위머리가 우두커니 앉아 있는 것은 묘한 모습니다. 방석은 앉기 위한 방석이지 두고 보기 위해 안주인이 공장에서 사가지고 온 것은 아니다. 방석 입장에서는 깔고 앉아주지 않으면 참으로 명예를 훼손당한 것으로 이것을 권하는 주인 역시 얼마간 체면이 서지 않는 것이 된다.

주인의 체면을 손상시켜 가면서까지 방석과 눈싸움을 하고 있는 밤톨머리 서생은 결코 방석 그 자체가 싫은 것은 아니다. 사실은 정식으로 앉는 것은 할아버지 제사 때 말고는 태어나서 좀처럼 없는 일로서 아까부터 이미 발이 저려와서 발끝은 곤란을 호소하고 있음에도 불구하고 앉지 못하는 것이다. 방석이 하릴 없이 무료하게 있는데도 불구하고 깔고 앉아주지 않는다. 주인이 다시 앉으라는 데도 앉지 않는다. 성가신 밤톨머리다. 이 정도로 사양할 거라면 여럿이 모였을 때 조금 더 공손하면 좋았을 걸 학교에서 조금 더 삼가하면 좋았을 걸, 하숙집에서 조금 더 조심했으면 좋았을 텐데. 뜬금없는 대목에서 눈치를 살피고, 해야 할 때에 가서는 겸손하지 않고 더 행패를 부린다. 성질 못된 밤톨머리다.

그 참에 뒤 장지문을 스윽 열고 유키에 아가씨가 차 한 잔을 서생에게 올렸다. 평소라면 그 savage tea가 나왔다고 놀리겠지만 주인 한 사람만으로도 어려운 자리에, 묘령의 여성이 학교에서 막 배운 오가사와라 예법으로 묘하게 멋들어진 손놀림을 하고 찻잔을 들이댔으니 서생은 크게 괴로워 몸부림치는 모양으로 보인다.

유키에 아가씨는 장지문을 닫을 때 뒤에서 싱글싱글 웃었다. 그러고 보면 여자는 같은 또래라도 상당히 대단한 것이다. 이 서생에 비하면 훨씬 배짱이 두둑한 것이다. 특히나 아까 원통하게 뚝뚝 흘렸던 한 방울의 눈물 뒤였으니 이 싱글싱글함이 더욱 돋보였다.

유키에가 빠져나간 다음은 둘 다 말없는 채로 한동안은 견딜 수가 있었지만 이래서는 도를 닦는 것 같았는지 주인은 드디어 입을 열었다.

"자네 이름이 뭐라고 했던가?"

"후루이……."

"후루이? 후루이 누구인가, 이름이?"

"후루이 부에몬."

"후루이 부에몬 – 과연 꽤 오래된 이름이구만. 요즘 이름이 아니야, 4학년이라고 했던가?"

"아뇨."

"그럼 3학년?"

"아뇨, 2학년입니다."

"갑반인가?"

"을반입니다."

"을이라면, 내 담당인데. 그렇군."

주인은 감탄하고 있다.

실은 이 큰머리는 입학 전부터 주인의 눈에 띄었으니 결코 몰라볼 것은 아니다. 뿐만 아니라 가끔은 꿈에까지 나올 정도로 감명 받은 머리이거늘 태평한 주인은 이 머리와 그 고풍스런 이름을 연결짓고, 연결한 것을 또 2학년 을반으로 연상해내지 못했던 것이다. 그래서 이 꿈에 나올 만큼 감동적인 머리가 자신이 맡은 반의 학생이라는 말을 듣고 뜻밖에 그런가 하고 속으로 손뼉을 탁 쳤다.

그러나 이 옛날 이름을 가진 커다란 머리의, 거기다 자신이 맡고 있는 학생이 무엇 때문에 지금 찾아왔는지 도무지 짐작할 수가 없다. 원래 인기도 없는 선생이니까 학교 학생 따위는 정월이든 연말이든 거의 찾아오는 일은 없다. 이렇게 들른 학생이라고는 후루이 부에몬 군이 최초라고 할 정도로 드문 손님이지만, 방문한 이유를 모르고서는 주인도 입을 꾹 다물고 있는 것 같다. 이런 재미없는 사람의 집에 그냥 놀러올 리도 없을 것이고, 그렇다고 사직권고라면 조금 더 기세등등하게 태도를 취할 것이고, 그렇다고 부에몬 같은 학생이 신상의 용무로 상담할 일이 있을 리도 없고, 어느 쪽으로 어떻게 생각해도 주인은 알 수가 없었다. 부에몬 군의 모습을 보니 아니면 본인 자신조차 왜, 여기까지 찾아왔는지 확실히 모르고 있는지도 모른다.

뾰족한 수가 없어서 주인이 먼저 공공연히 물어보았다.

"자네 놀러왔는가?"

"그렇지 않습니다."

"그럼 무슨 볼일로?"

"예."

"학교 일인가?"

"예, 조금 드릴 말씀이 있어서…….""

"음. 무슨 일인가. 자 이야기해보게."

부에몬 군은 아래를 내려다본 채로 아무 말도 못한다. 원래 부에몬 군은 중학교 2학년 치고는 말주변이 뛰어난 편으로, 머리가 큰데 비해 두뇌는 발달하지 않았지만 입으로 떠드는 것에 있어서는 을반에서 그만그만한 학생이다. 언젠가는 콜럼버스의 일본어 해석을 가르쳐달라고 해서 주인을 크게 곤란하게 한 그 대단한 부에몬이다. 그런 장본인이 아까 전부터 말더듬이 공주님처럼 우물쭈물 하고 있는 것은 뭔가 사연이 있는 것이 아니고는 단순히 사양하는 것뿐이라고는 도저히 받아들이기 어렵다. 주인도 조금 미심쩍게 생각했다.

"이야기할 것이 있다면 빨리 털어놓는 게 좋지 않을까?"

"그게 좀 말하기 어려운 일이라…….""

"말하기가 어렵다?"

주인은 부에몬 군의 얼굴을 보았는데 저쪽은 여전히 고개를 숙이고 있으니까 뭐라 판단을 할 수가 없다. 하는 수 없이, 조금 말투를 바꾸어 부드럽게 덧붙여 보았다.

"좋아. 뭐든 말해봐. 나밖에 들을 사람도 없으니까. 다른 사람한테는 비밀로 할 테니."

"그럼, 이야기해도 될까요?"

부에몬 군은 아직 망설이고 있다.

"괜찮아."

주인은 마음대로 판단을 내린다.

"그럼 이야기할게요."

말을 꺼내며 밤톨머리를 불쑥 들어올려 약간 눈이 부신 것처럼 주인 쪽을 보았다.

그 눈은 세모나다. 주인은 볼을 부풀려서는 아사히 담배의 연기를 내뿜으면서 얼굴을 약간 옆으로 돌렸다.

"실은 그게…… 곤란하게 되어버려서……."

"뭐가?"

"뭐냐면, 너무 난처한 일이 생겨버려서요……."

"그래서 뭐가 난처하냐구."

"그런 짓을 할 생각은 없었는데요, 하마다가 빌려달라고 빌려달라고 해서 그만……."

"하마다라면 하마다 헤이스케 말인가?"

"예."

"하마다에게 하숙비라도 빌려준 건가?"

"아, 그런 걸 빌려준 건 아닙니다."

"그럼 뭘 빌려줬다는 건가?"

"이름을 빌려줬습니다."

"하마다가 자네 이름을 빌려서 뭘 했는가?"

"연애편지를 보냈어요."

"뭘 보냈다구?"

"그러니까 이름은 놔두고 편지만 전달하겠다고 했거든요."

"어쩐지 무슨 말인지 도통 모르겠구만. 도대체 누가 무엇을 했다는 건가?"

"연애편지를 보냈다구요."

"연애편지를 보냈다? 누구한테?"

"그래서 말하기 어렵다고 한 겁니다."

"그럼 자네가 어떤 여자한테 연애편지를 보낸 건가?"

"아뇨, 제가 아니구요."

"하마다가 보냈는가?"

"하마다도 아닙니다."

"그럼 누가 보냈다는 거야?"

"누군지 모르겠습니다."

"도무지 알아들을 수가 없어. 그럼 아무도 보내지 않은 건가?"

"이름만은 제 이름입니다."

"이름만은 자네 이름이라니 무슨 일인지 전혀 감이 오지 않는구만. 더 조리 있게 이야기해보게. 원래 그 연애편지를 받을 당사자는 누구였는가?"

"카네다라고 맞은편 길가에 사는 여자입니다."

"그 카네다라는 실업가 말인가?"

"예."

"그래서 이름만 빌려줬다는 건 무슨 말인가?"

"그 집 딸이 하도 하이칼라로 건방지니까 연애편지를 보낸 겁니다.

－하마다가 이름이 없으면 안 된다고 하길래, 네 이름을 쓰라고 했더니 자기 이름은 형편없다고, 후루이 부에몬 쪽이 더 멋있다고－그래서 결국 제 이름을 빌려줘버렸습니다."

"그래서 자네는 그 집 딸을 알고 있는가. 사귀기라도 했는가?"

"사귀기는커녕 얼굴 한번 본 적도 없거든요."

"대책 없군. 얼굴도 모르는 남한테 연애편지를 하다니 무슨 생각으로 그런 짓을 한 건가?"

"그냥 모두들 그 계집은 건방지고 고집 세다고 하니까 놀려주려고 한 겁니다."

"어쭈, 점점 더하는구만. 그럼 자네 이름을 공연히 써 보낸 거로군."

"예, 문장은 하마다가 썼습니다. 제가 이름을 빌려주고 엔도가 밤중에 그집에 가서 편지함에 넣고 왔습니다."

"그럼 셋이서 공동으로 했구만."

"예, 그렇지만, 나중에 생각해보니까 혹시 들켜서 퇴학이라도 당하면 큰일이니 정말 걱정이 되어 2, 3일은 잠도 못 자고 그냥 멍하니 보내고 있었습니다."

"그것 참 어처구니없는 바보짓을 했구만. 그래서 분메이 중학교 2학년 후루이 부에몬이라고도 썼는가?"

"아뇨, 학교 이름 같은 건 쓰지 않았습니다."

"학교 이름을 쓰지 않은 건 잘했구만. 이것으로 학교 이름이 나왔어봐. 그야말로 분메이 중학교의 명예에 관한 일이지."

"어떨까요, 퇴학당할까요?"

"글쎄."

"선생님, 제 아버지는 너무 엄한 분이고, 거기다 어머니가 계모니까, 만약 퇴학이라도 당하는 날이면 저 정말 곤란해집니다. 정말 퇴학을 당하게 될까요?"

"그러니 그런 엉뚱한 짓을 왜 해가지고는."

"그럴 생각도 없었는데요, 그만 그렇게 되어 가지구. 퇴학당하지 않게 할 수는 없을까요?"

부에몬 군은 곧 울음을 터뜨릴 것 같은 소리로 자꾸만 애걸복걸한다.

장지문 뒤에서는 아까부터 안주인과 유키에가 키득키득 웃고 있다. 주인은 어디까지나 거드름을 피우며 "글쎄다."를 되풀이하고 있다. 꽤나 재미있다.

내가 재미있다고 하면 뭐가 그렇게 재미있냐고 묻는 사람이 있을지도 모른다. 그렇게 묻는 것도 당연하다. 인간이든 동물이든 자기를 아는 것은 평생의 중요한 일이다. 자기를 아는 것이 가능하기만 하면 인간도 인간으로서 고양이보다 존경을 받아도 좋다. 그때는 나도 이런 짓궂은 글을 쓰는 것은 주인이 딱한 것 같으니 바로 그만둬 버릴 생각이다.

그러나 스스로 자기 코의 높이를 모르는 것과 마찬가지로 자신이 어떤지는 좀처럼 알아차리기 어렵다고 보여 평소에 경멸하고 있는 고양이를 향해서조차 그러한 질문을 던지는 것일 게다.

인간은 주제넘은 것 같아도 역시, 어딘가 나사가 빠져 있다. 만물의 영장이라고 어디서나 만물의 영장입네 하고 돌아다니고는 있어도 이만한 사실도 정작 이해하지 못한다. 거기다 아무렇지도 않게 태연한데에 이르러서는 조금 웃음이 터지는 것을 간신히 참고 있는 중이다. 그는 만물의 영장을 등에 짊어지고 자기 코가 어디 붙어 있는지 가르쳐달라, 가르쳐달라고 소란을 피우고 있다. 그렇다면 만물의 영장을 그만둘 건가 하면, 천만에 죽어도 내려 놓으려고는 하지 않는다. 이 정도로 공공연히 모순을 일삼고도 아무렇지 않게 있을 수 있으면 애교 있다고 해야 할까. 애교가 있는 대신 멍청하다는 사실은 달갑게 받아들이지 않으면 안 된다.

내가 이 부에몬 군과, 주인과 안주인 및 유키에 아가씨를 재미있게 생각하는 것은 단순히 외부의 사건이 맞물려 그 맞물림이 파동을 일으킨 곳에 전달되기 때문은 아니다. 실은 그 맞물림의 반향이 인간의 마음에 가지각각의 음색을 일으키기 때문이다.

첫째 주인은 이 사건에 대해 오히려 냉담하다. 부에몬 군의 아버지가 아무리 엄하고 그 어머니가 아무리 부에몬을 의붓자식 취급해도 그리 놀라지 않는다. 놀랄 리가 없다. 부에몬 군이 퇴학을 당하는 것은 자신이 면직당하는 것과는 의미가 크게 다르다. 천 명 가까이나 되는 학생들이 몽땅 퇴학을 당하면 교사도 의식주에 궁핍해질지도 모르지만 한낱 후루이 부에몬 군 한 사람의 운명이 어떻게 달라지든 그것은 주인의 아침저녁과는 상관이 없다. 상관도 없는 것에는 동정심도 저절로 희박해지는 법이다. 본적도 없고 생판 모르는 사람 때문에 눈살을 찌푸리거나 코끝이 찡해지거나 탄식하는 것은 결코 자연스러운 경향은 아니다. 인간이 그렇게 정이 깊고 배려심이 있는 동물이라고는 여간해선 생각되지 않는다. 그저 세상에 태어난 덤으로 가끔 사귐을 위해 눈물을 흘려보거나 불쌍한 표정을 지어 보이거나 할 뿐이다. 소위 눈속임의 표정으로,

사실은 꽤 힘이 드는 예술이다. 이 속임수를 능수능란하게 하는 자를 예술적 양심이 강한 자라고 해 세간으로부터 매우 귀중히 여겨진다. 그래서 남들로부터 귀중히 여김을 받는 인간만큼 수상한 자는 없다. 시험해보면 금방 알 수 있다. 이 방면에 있어서 주인은 오히려 서툰 부류에 속한다고 해도 좋겠다. 서투니까 소중히 여김을 받지 못한다. 소중히 여김을 받지 못하니까 내부의 냉담함을 굳이 숨길 생각도 없이 겉으로 드러낸다. 그가 부에몬 군에게 "글쎄다."를 반복하고 있는 것도 밑에 가라앉은 감정이 어떤 것인지 잘 알 수 있다.

냉담하다고 해서 결코 주인 같은 선량한 사람을 싫어해서는 안 된다. 냉담은 인간 본래의 성질이며 그 성질을 숨기려고 노력하지 않는 자는 정직한 자다.

만약 여러분이 이러한 때 냉담 이상을 바란다면 그것이야말로 인간을 과대평가하고 있다고 말하지 않으면 안 된다. 정직한 것조차 홀대받는 세상에 그 이상을 예상하고 기대하는 것은, 바킨(에도 후기의 작가. 다키자와 바킨)의 소설에서 시노랑 코분고가 빠져나가고 맞은편 집 세 채 모두 이웃으로 하츠켄텐이 이사할 때가 아니고서는 이치에 맞지 않는 무리한 주문이다.

주인은 우선 이 정도로 하고 다음으로는 응접실에서 웃고 있는 여자들로 이야기를 옮겨보고자 하는데 이것은 주인의 냉담함을 한층 더 넘어 우스운 영역으로 뛰어들어 좋아라 하고 있다. 이 여자들에게는 부에몬 군이 골머리를 앓고 있는 연애편지 사건이 부처의 설파처럼 고맙게 여겨진다. 이유는 없고 그냥 고마운 것이다. 억지로 해부하면 부에몬 군이 곤란한 것이 고마운 것이다. 여자들을 향해 물어보라, "당신들은 사람이 곤란한 게 재미있어서 웃습니까?"라고. 그 말은 들은 여자들은 이 질문을 내던진 자를 바보취급 할 것이다. 바보라고 하지 않는다면 일부러 이런 질문을 해서 숙녀의 품위를 모욕했다고 할 것이다. 모욕을 주었다고 생각하는 것은 사실일지도 모르지만 남이 곤란한 것을 재미있어 하는 것도 사실이다. 그렇다고 한다면 이제부터 나의 품성을 모욕하는 일을 스스로 해보일 테니 뭐라고 딴 소리하면 안 된다고 딱 잘라 말하는 것과 매한가지다. 나는 도둑질을 한다. 그러나 결코 부도덕하다고 해서는 안 된다. 만약 부도덕하다는 식으로 말하면 내 얼굴에 먹칠을 하는 것이다. 나를 모욕한 것이다. 라고 주장하는 것과 같은 식이다.

여자는 상당히 영리하다. 생각에 논리가 분명하게 서 있다. 적어도 인간으로 태어난 이상 밟히거나 채이거나 깨지거나 거기다 남이 돌아다보지 않을 때, 아무렇지 않게 있을 각오가 필요할 뿐만 아니라, 침뱉음을 당하고 똥물을 뒤집어쓴 데다 크게 놀림을 당하는 것을 기꺼이 감수하지 않으면 안 된다. 그렇지 않으면 그렇게 영리한 여자라고 이름이 붙은 자들과 교제는 할 수 없다.

부에몬 군도 잠깐의 순간에 실수를 저지르고 크게 두려워하고는 있는 것 같지만, 이렇게 두려워하고 있는 자를 뒤에서 우습다고 하는 것은 실례라고 여길지도 모르겠지만, 그것은 나이 어린 자의 치기라는 것으로, 남이 실례를 했을 때 화내는 것을 속이 좁다고 한다고 하니 그런 말을 듣는 것이 싫다면 얌전히 있는 것이 좋을 것이다.

마지막으로 부에몬 군의 심경의 변화를 잠깐 소개하겠다. 그는 걱정의 화신이다. 저 위대한 두뇌는 나폴레옹의 그것이 공명심으로 충만해 있는 것처럼 실로 걱정으로 가득 차 있다. 가끔 그 주먹코가 씰룩씰룩 움직이는 것은 걱정이 안면신경에 전달되어 반사작용처럼 무의식 중에 활동하는 것이다. 그는 커다란 대포알을 집어삼킨 것처럼 뱃속에 어떻게도 할 수 없는 덩어리를 품고 이 사나흘을 처치곤란으로 보낸 것 같다. 너무 절절한 나머지 딱히 해결할 방도도 없으니 담임이라고 이름 붙은 선생한테 와보면 어떻게든 도와줄 거라는 생각에, 싫은 사람의 집에 그 커다란 머리를 숙이고 찾아뵌 것이다.

그는 평소 학교에서 주인을 놀리거나 동급생들을 선동해서 주인을 곤란하게 한 일은 까맣게 잊고 있다. 아무리 놀려주었고 곤란에 빠뜨렸다 해도 담임이라는 이름이 붙은 이상은 걱정해줄 것이 틀림없다고 믿고 있는 것 같다. 꽤나 단순한 자이다. 담임은 주인이 좋아서 맡은 역할은 아니다. 교장의 명령에 의해 어쩔 수 없이 받아들인, 소위 메이테이의 숙부님의 챙 높은 모자 같은 종류이다. 그냥 이름일 뿐이다. 그냥 이름만으로는 어떻게 할 수도 없다.

이름이 막상 곤란한 경우에 도움이 된다면 유키에 양은 이름만으로 얼마든지 맞선을 볼 수 있겠다. 부에몬 군은 그저 제멋대로일 뿐만 아니라, 타인은 자기에게 반드시 친절해야 한다는, 인간을 과대평가한 가정에서 출발하고 있다. 비웃음을 당하리라고는 생각도 하지 못했을 것이다. 부에몬 군은 담임 집에 와서 분명 인간에 대한 하나의 진리를 발견했을 것이다. 그는 이 진리 때문에 장래에 더 진정한 인간이 될 것이다. 남의 걱정에는 냉담해질 것이며, 남이 곤란할 때는 큰 소리로 웃을 것이다. 그렇게 하여 천하는 미래의 부에몬 군들로 충만해질 것이다. 카네다 군 및 카네다 부인들로 충만해질 것이다.

ˇ 나는 간절히 부에몬 군이 한시라도 빨리 깨달아 진짜 인간이 될 수 있기를 희망하는 바이다. 그렇게 되지 못하면 아무리 걱정해도 아무리 후회해도 아무리 착한 쪽으로 옮기려는 마음이 절실해도 도저히 카네다 군처럼 성공은 할 수 없을 것이다. 아니, 사회는 머지않아 인간의 거주지 밖으로 추방할 것이다. 분메이 중학교 퇴학 정도가 아니다.

그렇게 생각하며 재미있구나 하고 생각하고 있자니 격자문이 드르륵 열리고 현관 장지문 그늘에서 얼굴이 반쯤 불쑥 나왔다.

"선생님."

주인은 부에몬 군에게 "글쎄다"를 반복하고 있던 참에, 선생님 하고 현관에서 부르는 바람에 누구일까 하고 그쪽을 보니 반쯤 빼꼼히 장지문에서 내밀고 있는 얼굴은 다름 아닌 칸게츠 군이다.

주인은 "어이, 들어오게." 하고 말했을 뿐 그냥 앉아 있다.

"손님이군요?"

칸게츠 군 역시 얼굴을 반만 들이민 채 되묻고 있다.

"뭐 상관없네, 올라오게."

"실은 잠깐 선생님하고 나가서 뭣 좀 하려고 왔는데요."

"어디를 가려는가? 또 아카사카인가? 그쪽은 이제 사양이네. 전에는 무턱대고 돌아다녀서 다리가 막대기같이 뻣뻣해졌었다네."

"오늘은 괜찮으실 겁니다. 오랜만에 나가보지 않으시겠습니까?"

"어디로 갈 생각인가? 어쨌든 들어오게."

"우에노에 가서 호랑이 울음소리라도 들으려구요."

"재미없지 않은가, 그보다 잠깐 올라와 보게."

칸게츠 군은 도저히 그런 자세로는 담판을 짓기 어렵다고 생각했는지, 신발을 벗고 어슬렁어슬렁 방으로 올라왔다. 여느 때처럼 엉덩이를 한 겹 덧댄 쥐색바지를 입고 있는데, 이것은 오래되었거나 엉덩이가 무거 워서 찢어진 것은 아닌, 본인의 변명에 의하면 최근 자전거 연습을 시작 해 엉덩이와 사타구니 부분에 비교적 많은 마찰이 생겨서 그렇다는 것 이다. 미래의 안주인으로 눈여겨보고 있는 장본인에게 글을 보낸 사랑 의 적이 그 자리에 있다는 것은 꿈에도 알지 못하고 "여어." 하고 말하며 부에몬 군에게 가볍게 인사를 하고 툇마루 가까운 곳에 자리를 잡았다.

"호랑이 울음소리를 듣다니 무슨 재미로 말인가?"

"예, 지금 말구요, 이제부터 이곳저곳 산책을 하고 밤 11시쯤 되어서 우에노로 갈 겁니다."

"흐음."

"그러면 공원 안의 오래된 나무들이 무성하게 우거져서 볼 만할 겁 니다."

"그렇겠군, 낮보다 조금은 한적하겠군."

"가능한 한 나무가 울창한 낮이라도 사람이 잘 다니지 않는 곳을 골 라서 걷고 있으면 어느 틈엔가 황사 가득한 도시에 살고 있다는 기분 은 싹 가시고 틀림없이 산 속을 걷고 있는 것 같이 상쾌해지실 겁니다."

"그런 기분이 들면 어떻다는 건가?"

"그런 기분으로 한참 머물러 있으면 얼마 안 되어 동물원 안에서 호랑이가 우는 겁니다."

"그렇게 잘 울어줄까?"

"그럼요, 운다니까요. 그 울음소리는 대낮에도 이과대학에까지 들릴 정도니까 한밤중 한적하고 사방에 사람도 없이 귀신의 기운이 피부에 와닿고 도깨비가 코를 찌를 때……."

"도깨비가 코를 찌른다는 건 무슨 말인가?"

"왜, 그런 말 하지 않습니까, 무서울 때요."

"그런가. 잘 못 들어본 같아서. 그래서?"

"그래서 호랑이가 우에노의 고목의 잎사귀들을 마구 흔들어 떨어뜨릴 것 같은 기세로 울겠지요. 굉장하지요."

"그것 굉장하겠군."

"어떤가요? 모험을 하러 가보시지 않겠습니까? 분명 즐거울 거라 생각하는데요. 아무래도 호랑이 울음소리는 한밤중이 아니면 들은 거라고 할 수 없다고 생각합니다."

"글쎄."

주인은 부에몬 군의 애원에 냉담했던 것처럼 칸게츠 군의 탐색에도 냉담하다.

이때까지 묵묵히 호랑이 이야기를 부러운 눈으로 듣고 있던 부에몬 군은 주인의 "글쎄."에서 다시 자신의 처지가 퍼뜩 떠올랐는지 "선생님, 저는 걱정입니다, 어떻게 하면 좋을까요?"라고 되묻는다.

칸게츠 군은 의심스런 얼굴을 하고 이 큰바위 군을 보았다. 나는 생각할 것이 있어 잠깐 실례를 하고 거실 쪽으로 돌아간다.

거실에서는 안주인이 키득키득 웃으면서 시골에서 구워낸 싸구려 찻잔에 차를 쪼로록 따라 안티몬의 찻잔 위에 올려놓는다.

"유키에, 미안한데 이것을 갖다드릴래?"

"저, 싫어요."

"어째서?"

안주인은 조금 놀란 모습으로 웃음을 뚝 그쳤다.

"어쨌든요."

유키에는 새침한 얼굴을 하고는 곁에 있던 요미우리 신문 위로 엎어지듯 시선을 떨어뜨렸다. 안주인은 다시 한 번 협상을 시작한다.

"어머 이상한 사람이네. 칸게츠 씨니까 상관하지 마."

"그래도 싫다구요."

요미우리 신문 위에서 눈을 떼지 않는다. 이럴 때 글자가 눈에 들어올 리 없을 테지만, 읽고 있지 않은 걸 들춰내면 또 울어버릴 것이다.

"그렇게 부끄러울 것 없잖아?"

안주인이 웃으면서 일부러 찻잔을 요미우리 신문 위에 올려놓는다.

"어머 왜 이러세요."라고 유키에가 신문을 찻잔 밑에서 빼내려는 찰나에 찻잔에 걸려서 차는 신문 위에서 거침없이 다다미 바닥 틈으로 흘러들어간다.

"그것 봐." 하고 안주인이 말하자 유키에는 "어머 큰일이네." 하고 부엌으로 뛰어나갔다.

행주라도 들고올 생각인가 보다. 나에게는 이 연극이 조금 재미있다.

칸게츠 군은 그것도 모르고 거실에서 싱거운 말만 하고 있다.

"선생님, 장지문을 바꾸셨군요. 누가 발랐나요?"

"여자들이 발랐지. 어때 잘 발랐지?"

"예, 꽤 솜씨가 좋네요. 그 때때로 찾아오시는 아가씨가 붙이신 겁니까?"

"응, 그 애도 거들었다네. 이만하면 시집갈 자격은 있다고 자랑이더구만."

"예에, 그렇군요."라고 말하면서 칸게츠 군 장지문을 쳐다보고 있다.

"이쪽은 평평한데 오른쪽 끝은 종이가 남아서 약간 울고 있네요."

"그곳이 바른 지 얼마 안 된 곳이네. 무엇보다 경험이 없을 때 완성한 곳이지."

"과연, 솜씨는 좀 떨어지는군요. 저런 표면은 초절적超絶的 곡선이라 도저히 여간해선 나타낼 수 없는 것입니다."

이학자인 만큼 어려운 말을 하자 주인은 적당한 대꾸를 했다.

"그렇지."

이런 상태로는 언제까지 한탄을 하고 있어도 도저히 전망이 보이지 않는다고 생각한 부에몬 군은 갑자기 그 위대한 두개골을 다다미 위에 딱 붙이고 말이 없는 채 암묵적으로 결별의 뜻을 나타냈다.

주인은 "돌아가는가?"하고 물었다.

부에몬 군은 어깨가 축 처져 사츠마 게타를 끌고 문을 나섰다. 불쌍하게도. 그냥 놔두면 '암두의 사(소세키의 제자가 게곤 폭포에서 투신자살을 하면서 바위 위 나무에 써놓은 유서)'의 싯구라도 써놓고 게곤華嚴 폭포에 뛰어들지도 모르겠다.

원인을 따지자면 카네다 아가씨의 하이칼라와 건방짐에서 비롯된 일이다. 만약 부에몬 군이 죽으면 유령이 되어 아가씨를 잡아다가 죽여주는 것이 낫다. 그런 자가 세상에서 하나 둘쯤 사라져가도 남자는 조금도 곤란할 까닭이 없다. 칸게츠 군은 더 아가씨다운 여인을 맞아들이는 것이 좋다.

"선생님, 저자 학생입니까?"

"응."

"머리가 정말 크군요. 학문은 잘 합니까?"

"머리만큼은 안 되지만 가끔 이상한 질문을 하네. 요전에 콜럼버스를 번역해달라고 해서 곤혹을 치렀네."

"머리가 너무 크니까 그런 쓸데없는 질문을 하는 거겠지요. 선생님은 뭐라고 말씀하셨습니까?"

"응? 뭐 적당한 말로 번역해주었지."

"그래도 번역을 하시긴 하신 겁니까? 이것 대단하시네요."

"아이들은 뭐가 됐든 번역해주지 않으면 믿지를 않네."

"선생님도 꽤 정치가가 되셨습니다. 그러나 지금의 모습에서는 어쩐지 매우 기운이 없어져 선생님을 곤란하게 할 것처럼은 보이지 않던데요?"

"오늘은 좀 그럴 일이 있다네. 바보 같은 녀석이지."

"무슨 일입니까? 어쩐지 잠깐 봤는데도 정말 불쌍해 보이던데요. 도대체 무슨 일이라도?"

"뭐 어리석은 짓이지. 카네다네 딸한테 연애편지를 보냈다는구만."

"예? 저 큰머리가요? 요즘 서생들은 대단하군요. 정말 놀랐습니다."

"자네도 걱정이겠지만……."

"뭐 조금도 걱정하지는 않습니다. 오히려 재미있네요. 연애편지가 얼마든지 날아들어도 괜찮습니다."

"그렇게 자네가 안심하고 있다면 상관없지만……."

"그렇고 말구요. 저는 전혀 상관없습니다. 하지만 저 큰머리가 연애편지를 썼다는 것에는 조금 놀랍네요."

"그게 말이지. 장난으로 한 거라네. 그 아가씨가 하이칼라이고 거만해서 놀려주려고 셋이서 공모해서……."

"셋이 편지 하나를 카네다 씨 댁 따님한테 주었다구요? 점점 더 재미있어지네요. 서양요리 1인분을 셋이서 나눠 먹은 것과 같지 않습니까?"

"그런데 역할이 나눠져 있었지. 한 사람이 문장을 쓰고 한 사람이 편지함에 넣고, 나머지 한 사람이 이름을 빌려준 거지. 해서 방금 온 저 아이가 이름을 빌려준 장본인이네. 이것이 제일 어리석지. 거기다 카네다네 따님 얼굴도 본 적 없다는 거야. 어떻게 그런 말도 안 되는 짓을 할 수 있었는지."

"그것 근래의 대사건이네요. 걸작입니다. 정말이지 저 큰머리가 여자에게 연애편지를 하다니 재미있지 않습니까?"

"얼토당토 않은 실수를 했지."

"뭐가 됐든 상관없습니다, 상대가 카네다인걸요."

"역시 자네가 신부로 맞이할지도 모를 사람이잖은가."

"맞아들일지도 모르니까 상관없다는 겁니다. 뭐, 카네다 따위 상관없습니다."

517

"자네는 상관이 없다 해도…….."

"뭐 카네다도 상관없을 겁니다, 괜찮아요."

"그렇다면 그것으로 됐다고 치고 당사자가 나중에 갑자기 양심에 가책을 느껴 두려워졌는지 크게 걱정을 하고 나한테 상담하러 왔지 뭔가."

"허어, 그래서 저렇게 착 가라앉아 있었던 거군요, 소심한 아이 같네요. 선생님은 뭐라고 말씀해주셨습니까?"

"본인이 퇴학당하겠느냐고 그것을 제일 걱정하고 있더군."

"왜 퇴학을 당합니까?"

"그런 나쁜 짓, 부도덕한 짓을 했으니까."

"뭐, 부도덕이라고 할 정도도 아니잖습니까. 상관없습니다. 카네다라면 명예롭게 여기고 분명 떠벌리고 다닐걸요."

"설마."

"여하튼 불쌍하게 됐군요. 그런 짓을 하는 것이 나쁘다고는 해도 저렇게 걱정을 한다면 젊은 청년 하나 죽이는 셈인데요. 저 서생 머리는 커도 인상은 그리 나쁘지 않던데요. 코 같은 델 실룩실룩 하는 게 귀엽기도 하고."

"자네도 메이테이같이 태평한 말만 하는군."

"뭐, 이것이 시대풍조입니다, 선생님은 너무 옛날 사람 같으셔서 뭐든 어렵게 해석하시는 겁니다."

"하지만 어리석지 않나, 알지도 못하는 곳에다가 장난으로 연애편지를 보내다니 정말 상식에 벗어난 짓 아닌가."

"장난은, 대개 상식에서 벗어나 있는 법이지요. 도움을 주시지요. 선생님께 덕이 될 겁니다. 저 상태라면 게곤 폭포에라도 뛰어들겠습니다."

"그럴까?"

"그렇게 하세요. 더 크고, 더 분별 있는 대승들도 그 정도가 아닌, 더 나쁜 장난질을 하고도 누가 그랬냐는 듯 태연한 얼굴을 하고 있지 않습니까. 저런 아이를 퇴학시킬 정도라면 그런 자들을 한 귀퉁이로 몰아 추방이라도 하지 않으면 불공평하잖아요."

"그도 그렇구만."

"그래 어쩌세요? 우에노에 호랑이 울음소리를 들으러 가는 건요?"

"호랑이라."

"예, 들으러 가시지요. 실은 2, 3일 후에 잠깐 귀국하지 않으면 안 될 사정이 생겨서요, 아마 어디에도 같이 다니는 건 당분간 어려울 것 같으니 오늘은 꼭 같이 산책이라도 하려고 온 것입니다."

"그래? 돌아가는가, 무슨 일이라도 있는 건가?"

"예, 조금 볼일이 생겼습니다. ― 여하튼 나가보시지 않겠습니까?"

"그래. 그럼 나가보지."

"자, 가시지요. 오늘은 제가 저녁식사를 사드리겠으니. ― 그리고 운동 삼아 우에노에 가기에 딱 좋은 시각입니다."

연신 재촉을 하는 바람에 주인도 그럴 마음이 되어 함께 집을 나섰다.

뒤에서는 여전히 안주인과 유키에가 거리낌 없는 소리로 깔깔깔, 낄낄낄 웃고 있었다.

11

응접실 앞에서 바둑판을 가운데 두고 메이테이 군과 토쿠센 군이 마주앉아 있다.

"그냥은 안 되지. 지는 쪽이 뭔가 내기로 하지. 알았나?"

메이테이 군이 다짐을 하자, 토쿠센 군은 여느 때처럼 염소 같은 수염을 잡아당기면서 대꾸를 한다.

"뭘 걸면 모처럼의 깨끗한 유희를 속되게 해버리는 것이네. 내기 같은 것으로 승부에 마음을 빼앗겨서는 재미가 없어. 성패는 범위 밖에 두고 흰 구름 떠가는 자연에 마음을 맡기고 느긋하게 대국을 마치는 것이야말로 그것의 참맛을 알 수 있는 것이네."

"또 시작이구만. 그런 신선노름 하는 자를 상대로 하면 힘이 드는데. 마치 신선 이야기 속의 인물 같구만."

"현이 없는 거문고를 연주하는 격이지."

"선 없는 전화를 건다는 건가?"

"여하튼 하자구."

"자네가 흰돌을 갖겠는가?"

"아무 쪽이나 상관없네."

"과연 신선인 만큼 여유도 있구만. 자네가 흰돌이라면 자연의 순리대로 나는 흑돌이겠군. 자, 들어오게. 어디서부터든지 들어오라구."

"흑돌부터 두는 게 법칙이니."

"과연, 그렇다면 겸손하게 정석대로 이쪽부터 가겠네."

"정석에 그런 것은 없네."

"없어도 상관없어. 지금 새로 발명한 정석이니."

내가 아는 세상이 좁으니까 바둑이라는 것은 요즘에 이르러 처음 보았는데 보면 볼수록 요상하게 생겼다. 넓지도 않은 사각형의 판에 더 좁게 사각형으로 칸을 나누어 눈이 뿌옇게 될 정도로 빽빽하게 까맣고 하얀 돌을 늘어놓는다. 그리고 이겼다느니 졌다느니 죽었다느니 살았다느니 식은땀을 흘리며 떠들고들 있다. 고작 사방 1자 정도의 면적 안에서. 고양이의 앞발로 할퀴어 흩트려놓아도 금방 엉망진창이 된다. 잡아끌어서 묶으면 풀로 엮은 암자이며, 풀면 원래의 들판이니. 할 일 없는 장난이다. 팔짱을 끼고 판을 바라보고 있는 쪽이 훨씬 편하다. 그것도 처음 3,40목은, 돌을 늘어놓는 방법에서는 별반 눈에 거슬리지도 않지만 막상 천하를 가르는 대목일 때 들여다보고 있으면 참말로 딱한 모습들이다. 흰돌과 검은돌이 판에서 넘쳐 떨어질 때까지 서로 밀치며 꽉꽉 채우고 있다. 옹색하다고 옆에 있는 놈한테 비켜달라고 하는 것도 안 되고 방해가 된다고 앞의 선생에게 퇴거를 명할 권리도 없고, 하늘의 뜻이라고 포기하고 꼼짝 않고 웅크리고만 있는 것 말고는 어떻게 할 수도 없다.

바둑을 발명한 자는 인간이고, 인간의 기호가 국면에 나타난다고 한다면, 옹색한 바둑돌의 운명은 옹졸하고 졸렬한 인간의 성질을 대표하고 있다고 해도 과언이 아니겠다. 인간의 성질을 바둑돌의 운명으로 짐작할 수 있는 것이라고 한다면 인간이란 천공해활天空海活의 세계를 내가 먼저라고 앞 다투어, 자기가 두 발을 디디고 서 있는 곳 말고는 어떻게 되어도 내디딜 수 없도록 잔꾀를 부려 자신의 영역에 선을 긋는 것을 좋아한다고 단언하지 않을 수 없다. 인간이란 구태여 고통을 추구하는 존재라고 한마디로 평가해도 좋을 것이다.

태평한 메이테이 군과 도를 깨달은 토쿠센은 무슨 바람이 불었는지 오늘만은 선반에서 오래된 바둑판을 끄집어내어 이 숨 막히는 장난질을 시작한 것이다. 과연 두 사람이 만났으니 처음 한동안은 각자 임의의 행동을 추하며 판 위를 흰돌과 흑돌이 자유자재로 이곳저곳에 출몰했지만 판의 넓이에는 한계가 있으니 가로세로의 눈금은 한수 한수 매워져 나가고 아무리 태평스럽고 아무리 도를 텄다 한들 괴로워지는 것은 당연하다.

"메이테이 군, 자네의 바둑은 꽤 거칠구만. 그런 곳에 들어오는 법은 없네."

"선승의 바둑에는 이런 법은 없는지 모르지만 본인방本因坊(바둑의 최고수에게 붙이는 호칭)에게는 그런 법이 있으니 어쩌겠나."

"하지만 죽을 게 뻔한데."

"충신은 죽음을 불사하거늘, 하물며 이런 것쯤이야, 어디 이렇게 둬볼까."

"그렇게 나오시겠다면, 좋네. 훈풍이 남쪽에서 불어 전각에 미미한 청량함을 낳는고로. 이렇게 이어서 놓으면 되겠지."

"오호, 그러시겠다? 과연 대단해. 설마 바로 알아차리지는 못할 거라 생각했는데. 부디, 종을 연거푸 울리지 말게나, 이렇게 하면 어떻게 할 텐가?"

"어찌하고 저찌하고도 없지. 단칼의 검이 하늘을 갈라 연다 ─ 으음, 귀찮으니 딱 끊어주지."

"어허, 이런 이런. 그곳이 끊기면 죽어버리는데. 이봐 농담 아닌가. 잠깐 기다려보게."

"그러니 아까부터 말하지 않았는가. 이렇게 된 곳으로는 들어오는 것이 아니지."

"들어와서 실례했네. 이 흰돌 좀 거둬주게나."

"그것도 기다려달라는 건가?"

"그 김에 그 옆에 것도 물려주지 그러나."

"낯짝도 두껍구만, 자네."

"Do you see the boy인가. ─ 뭐 자네와 나 사이가 아닌가. 그런 서먹서먹한 소리 말고 한수 물러주게나. 죽느냐 사느냐 하는 판 아닌가. 잠시만 잠시만 하고 꽃길에서 달려 나오는 중 아닌가."

"난 그런 건 모르네."

"몰라도 되니까, 좀 치워보게나."

"자네 아까부터 여섯 번이나 물러달라고 하지 않았나?"

"기억력도 좋구만. 앞으로는 아까의 두 배 물러주면 될 것 아닌가. 그러니 조금만 치워달라고 하는 것이지. 자네도 거 어지간히 고집 세구만. 참선 같은 걸 하면 좀 더 속이 넓어지는 줄 알았더니만."

"하지만 이 돌이라도 죽이지 않으면 내가 조금 위태로워질 것 같으니 그렇지……."

"자네는 처음부터 져도 상관없는 부류 아닌가."

"나는 져도 상관없지만 자네가 이기는 건 못 보지."

"얼토당토 않은 득도를 했구만. 여전히 춘풍석화가 전광을 가르는가?"

"춘풍석화가 아니라 전광석화겠지. 방금 거꾸로 말했네."

"하하하하, 이제 대충 거꾸로 해도 상관없는 줄 알았더니 역시 분명한 구석이 있구만. 그럼 하는 수 없지, 그만 포기할까나."

"생사가 큰일 같아도 무상하고 신속한 법, 그만 포기하게나."

"아멘." 하고 메이테이 선생 이번에는 전혀 상관없는 방면으로 딱 하고 한수를 놓았다.

응접실 앞에서 메이테이 군과 토쿠센 군이 열심히 승패를 겨루고 있는 동안 거실 입구에는 칸게츠 군과 토후우 군이 나란히 있고 그 옆에 주인이 누렇게 뜬 얼굴을 하고 앉아 있다. 칸게츠 군 앞에 가츠오부시(가다랑어포 말린 것) 세 개가 벗겨진 채 다다미 위에 나란히 줄지어 있는 것은 가관이다.

이 가다랑어포의 출처는 칸게츠 군의 품안이었는데 꺼냈을 때는 뜨뜻한 게 손바닥에 느껴질 정도로 벗겨진 채 데워져 있었다. 주인과 토후우 군이 묘한 얼굴을 하고 시선을 가다랑어포 위에 쏟아 붓자 칸게츠 군이 입을 열었다.

"실은 딱 나흘 전에 고향에서 돌아왔는데요 여러 가지 볼일이 있어서 여기저기 돌아다녔었거든요, 결국 여기는 들르지 못했습니다."

"그렇게 서둘러 올 것까지는 없는데."

주인은 여느 때처럼 성의 없이 말한다.

"서둘러 오지 않아도 됐지만 이 선물을 빨리 드리지 않으면 안 될 것 같아서요."

"가다랑어포가 아닌가?"

"예, 고향의 명물입니다."

"명물이라도 도쿄에도 그런 건 있을 텐데."

주인은 제일 큰 놈을 하나 집어 들어 코끝으로 가져가 냄새를 맡아 본다.

"냄새 맡는다고 물건이 좋은지 나쁜지는 알 수 없습니다."

"조금 큰 게 명물이라는 것인가?"

"뭐 잡숴보시지요."

"먹기야 먹겠지만 이놈은 어쩐지 끝이 깔끔하지 않잖나."

"그러니까 빨리 가져오지 않으면 안 되겠다고 한 것입니다."

"왜?"

"왜냐면 그건 쥐가 먹었습니다."

"그것 위험하구만. 잘못 먹으면 페스트에 걸리잖는가."

"아, 괜찮아요, 그 정도로 갉아먹어서는 해는 없습니다."

"도대체 어디서 갉아먹었는가?"

"배 안에서요."

"배 안? 어째서?"

"넣을 곳이 없었으니까 바이올린과 같이 자루 안에 넣어서 배를 탔다가 그날 밤에 당했습니다. 가다랑어포만이라면 상관없었는데 중요한 바이올린의 몸통도 가다랑어포인 줄 알고 역시 조금 갉아먹었습니다."

"정신없는 쥐로구만. 배 안에 살다 보면 그렇게 구별을 못하게 되는가 보군."

주인은 누구도 알 수 없는 말을 하면서 여전히 가다랑어포를 바라보고 있다.

"뭐 쥐니까 어디 살든 덜렁대겠지요. 그러니 하숙에 가져와도 또 당할 것 같아서요. 위험하니까 밤에는 이불 속에 넣고 잤습니다."

"조금 지저분한 것 같구만."

"그러니 드실 때는 좀 씻어 드세요."

"조금 정도로는 깨끗해질 것 같지도 않구만."

"그럼 거품이라도 내서 박박 닦으면 되겠네요."

"바이올린도 안고 잤는가?"

"바이올린은 너무 커서 안고 잘 수는 없습니다만……."

"뭐라고? 바이올린을 안고 잤다고? 그것 운치 있구만. 가는 봄 무거운 비파를 안은 마음이라는 구절도 있는데 그것은 먼 그 전의 일이지. 메이지의 수재는 바이올린을 안고 자지 않으면 옛사람을 따라갈 수는 없구만. 잠옷차림으로 긴 밤 지키는구나 바이올린은 어떤가? 토후우 군, 신체시로 그런 걸 표현해볼 수 있는가?"

맞은편에서 메이테이 선생 큰 소리로 이쪽 이야기에도 참견한다.

토후우 군은 진지하게 "신체시는 하이쿠와 달라서 그리 급하게는 만들 수 없습니다. 하지만 완성되었을 때는 조금 더 영혼의 기미를 건드리는 묘한 음이 나옵니다."

"그런가, 영혼은 향을 피워서 맞아들이는 것이라고 생각했는데 역시 신체시의 힘으로도 임재할 수 있는 거로구만."

메이테이는 아직도 바둑을 제쳐두고 놀리며 좋아라 하고 있다.

"그런 쓸데없는 소리를 하면 또 지겠구만."

주인은 메이테이에게 주의를 준다.

메이테이는 아무렇지도 않은 듯이 대꾸한다.

"이기고 싶어도 지고 싶어도 상대가 가마솥 안의 문어처럼 손도 발도 내놓지 못하니 나도 무료해서 하는 수 없이 바이올린 이야기에 끼어든 걸세."

메이테이의 말에 상대인 토후우 군은 약간 격한 말투로 내뱉었다.

"이번에는 자네 차례야. 이쪽에서 기다리고 있잖은가."

"엥? 벌써 됐는가?"

"두고말고, 진작부터 두었지."

"어디다?"

"이 흰돌을 끝으로 뻗었네."

"과연. 이 흰돌을 끝으로 뻗어서 졌단 말이지. 그렇다면 나는 – 나는 – 나는 나는 하고는 있지만 판단이 얼른 서지 않는구만, 아무래도 좋은 수가 없어. 자네 한 번 더 두게 해줄 테니 아무 데나 한 수 두어 보게."

"그런 바둑이 어디 있는가."

"그런 바둑이 여기 있어. 그럼 두지 뭐. ─ 그럼 이 구석 부분에 조금 구부러지게 놔볼까. ─ 칸게츠, 자네 바이올린은 너무 싸구려라서 쥐도 하찮게 보고 갉아먹은 거야, 좀 더 좋은 걸 마련하지, 내가 이탈리아에서 300년 전의 고풍스러운 것으로 가져다줄까?"

"아무쪼록 부탁드립니다. 그 김에 지불하도록 부탁드릴까요."

"그런 낡은 것이 도움이 될까?"

아무것도 모르는 주인은 한마디 하며 메이테이 군을 나무란다.

"자네는 인간 고물과 바이올린 고물을 동일시하고 있구만. 인간 고물이라도 카네다 모씨 같은 자는 지금껏 유행하고 있을 정도이니까 바이올린에 이르러서는 오래된 것일수록 더 좋지. ─ 자, 토쿠센, 아무쪼록 빨리 부탁하지. 바둑의 대사는 아니네만, 가을 해는 금방 저무니까 말야."

"자네같이 바빠서 정신없는 자와 바둑을 두는 것은 고통이네. 생각할 여유도 뭣도 없잖은가. 하는 수 없으니 여기에 한목 둬서 집을 만들어야겠군."

"이런 이런, 결국 살려줘버렸구만. 안타까운 짓을 했어. 설마 거기에는 두지 않을 거라고 농도 섞어가며 노심초사하고 있었는데 역시 안 되는 건가."

"당연하지. 자네는 바둑을 두는 게 아니라 속이고 있잖아."

"그게 본인방의 방식, 카네다 방식, 요즘 세상 신사들의 방식이지. ─

이봐 쿠샤미 선생, 과연 토쿠센 군은 카마쿠라에 가서 만년절임을 먹더니 어지간히 움직이지 않는군. 정말로 감탄스러워. 바둑은 별 볼일 없지만 배짱 하나는 대단해."

"그러니 자네 같이 배짱 없는 사내는 흉내라도 좀 내보는 게 어때."

주인이 뒤로 돌아앉은 채 대답하자마자 메이테이 군은 크고 붉은 혀를 낼름 내밀었다.

토쿠센 군은 추호도 상관없는 사람처럼 다시 재촉한다.

"자, 자네 차례야."

"자네는 바이올린을 언제부터 시작했는가. 나도 조금 배워보려 했지만 상당히 어렵다더군."

토후우 군이 칸게츠 군에게 물어본다.

"음, 뭐 한두 대목이라면 누구나 가능하네."

"같은 예술이니까 시가에 취미가 있는 사람은 역시 음악 쪽에서도 향상이 빠르겠다고 은근히 기대를 한 적이 있네만, 어떤가?"

"좋겠지. 자네라면 분명 잘하게 될 걸세."

"자네는 언제부터 시작했는가?"

"고등학교 시절부터지. ─선생님, 제가 바이올린을 배우기 시작한 전말을 이야기한 적이 있습니까?"

"아니, 아직 못 들었네."

"고등학교 시절에 선생한테라도 배우기 시작했는가?"

"뭐, 선생님도 뭣도 있었을 리 없지. 독학이라네."

"정말 천재로군."

"독학이라면 천재라고 단정지을 것도 없겠지."

칸게츠 군이 한방 쏜다.

천재라는 말을 듣고 발끈 하는 것은 칸게츠 군뿐일 것이다.

"그야, 아무래도 상관없지만 어떻게 독학을 했는지 좀 들려주게나. 참고로 삼게 말야."

"그래, 해주지. 선생님, 이야기해볼까요?"

"그래, 말해보게."

"지금에는 젊은 사람들이 바이올린 상자를 자주 들고 다니지만 그 시절에는 고등학교 학생으로 서양 악기 같은 것을 다루는 자는 거의 없었습니다. 특히나 제가 다니던 학교는 시골 중에서도 시골로, 삼실로 덧댄 짚신조차 없을 정도로 질박한 곳이었으니까 학교 학생이 바이올린 같은 것을 배우는 자는 물론 하나도 없지요. ……."

"어쩐지 재미난 이야기가 곧 시작될 것 같구만. 토쿠센 군 이제 적당히 끝내지 않겠나?"

"아직 정돈 안 된 곳이 두세 군데 더 있네."

"있어도 상관없어. 거의 다 자네한테 납세하겠네."

"그렇게 말했다고 받을 것도 안 되지."

"선학자 치고 어울리지 않게 좀스럽군 그래. 그럼 단숨에 해치워줘야겠군. ─칸게츠, 어쩐지 상당히 재미있을 것 같군. ─그 고등학교였던가, 학생들이 맨발로 등교하는 게…….."

"그런 적은 없습니다."

"하지만, 모두 맨발로 군대식 체조를 하고 뒤로 돌아를 하도 해서 발바닥이 정말 두꺼워졌다는 소문이 있던데."

"설마요. 누가 그런 소문을 퍼뜨렸지요?"

"누구든 상관없지. 그리고 도시락으로는 위대한 주먹밥 하나를 여름 밀감처럼 허리춤에 매달고 와서 그것을 먹는다고 하지 않는가? 먹는다고 하기보다 오히려 베어 먹는 것이지. 그러면 속에서 매실장아찌가 하나 나온다더구만. 이 매실장아찌가 나오기를 기대하며 소금기 없는 겉부분을 일사불란하게 먹어치운다고 하던데 과연 혈기왕성한 자들이지. 토쿠센, 자네가 마음에 들어 할 이야기네."

"소박하고 튼튼해서 믿음직한 기풍이군."

"아직 믿음직한 것은 더 있네. 거기에는 재떨이가 없다고 하네. 내 친구가 그곳에 발령받아 일하던 무렵 토게츠 미네吐月峰 표시가 있는 재떨이를 사러 나갔는데 그것은커녕, 재떨이라고 이름 붙어 있는 것은 하나도 없었지. 이상하다 생각하고 물어보니 재떨이 같은 것은 뒤뜰 덤불에 가서 잘라오면 누구나 만들 수 있으니까 팔 필요가 없다고 명료하게 대답했다고 하지. 이것도 소박하고 튼튼한 기풍을 나타내는 미담이겠군, 안 그런가, 토쿠센?"

"음, 그야 그래서 좋네만, 여기에 공배(바둑에서 흰돌과 검은돌 사이에 어느 쪽의 집도 안 되는 빈 터)를 하나 끼워 넣지 않으면 안 되겠는걸."

"좋아. 공배, 공배, 공배라. 그것으로 정리됐구만. ─나는 그 이야기를 듣고 정말 놀랐다네. 그런 곳에서 자네가 바이올린을 독학한 것은 우러러볼 일이야. 고독한 사람치고 천재 아닌 자 없다고 옛글 초사楚辭에도 있지만 칸게츠 군은 완전히 메이지의 굴원屈原(중국 시인)이라니까."

"굴원은 싫습니다."

"그럼 금세기의 베르테르인가. ─ 뭐 돌을 집어 계산을 하라고? 거 참 빡빡한 성격이구만. 계산해보나 마나 내가 진 게 아닌가."

"그래도 결말은 내야 하니까……."

"그럼 자네가 해주게나. 나는 지금 계산할 때가 아니네. 일대의 천재 베르테르가 바이올린을 배우기 시작한 일화를 듣지 않으면, 선조들에게 체면이 서지 않으니 실례하겠네."

메이테이 군이 자리를 떠나 칸게츠 군 쪽으로 슬쩍 다가왔다.

토쿠센은 꼼꼼히 흰돌을 집어서는 흰구멍을 메우고 검은돌을 집어서는 검은 구멍을 메우고 열심히 속으로 계산을 하고 있다.

칸게츠 군은 이야기를 계속한다.

"고향 사정이 이미 그런 사정인데다 고향 사람들이 또 그렇게 완고해서, 조금이라도 나약한 자가 있어서는 타지의 학생들에게 볼 면목이 없다고 해서 무턱대고 제재를 엄중히 했으니까 꽤 고생스러웠습니다."

"자네 고향의 서생이라면, 정말 말이 안 통하겠구만. 어째서 그 감색 무지로 된 하카마 같은 걸 입는 건가? 무엇보다 그것부터가 특이하다니까. 그래서 짠 바닷바람에 휘감겨 있는 탓인지, 아무래도 살결이 검어. 남자니까 그래도 괜찮지만 여자가 그렇다면 상당히 곤란할 거야."

메이테이 군이 끼어들었다 하면 감동적인 이야기는 어디론가 날아가 버린다.

"여자도 그처럼 검습니다."

"그런데도 맞아줄 사람이 있는가."

"글쎄요, 한 고장이 몽땅 다 검으니까 어쩔 수 없지요."

"인과응보지. 안 그런가, 쿠샤미?"

"검은 편이 낫겠지. 완전히 희면 거울을 볼 때마다 교만함이 흘러나와서 못 써. 여자라는 것은 만만하게 끝나는 자들이 아니니까."

주인은 기염을 토하듯 한숨을 내쉬었다.

"그래도 마을 안이 온통 검으면 검다고 우쭐대지 않겠습니까?"

토후우 군이 그럴싸한 질문을 했다.

"아무튼 여자는 전혀 불필요한 존재야."라고 주인이 말하자,

"그런 말을 하면 부인 나중에 기분이 안 좋아지실 텐데."

메이테이 선생이 웃으면서 주의를 준다.

"뭐 상관없어."

"집에 없는가?"

"아이들 데리고 아까 나갔거든."

"어쩐지 조용하다 했네. 어디로 나갔는가?"

"어딘지는 모르겠고. 실컷 싸돌아 다니겠지."

"그리고 마음대로 돌아오시는가?"

"뭐 그렇지. 자네는 독신이라 좋겠구만."

주인의 말에 토후우 군은 조금 불평 섞인 얼굴을 하고 칸게츠 군은 싱글싱글 웃는다. 메이테이는,

"마누라를 가지면 모두 그렇게 말할 생각이 들지. 있잖나 토쿠센, 자네 같은 사람도 안주인은 어렵지?"

"뭐? 잠깐 기다리게. 4, 6에 24, 25, 26, 27이면. 적다고 생각했더니

46집 있구만. 조금 더 이겼을까 했는데 마무리해보니 겨우 18집 차이인가. - 방금 뭐라고 했나?"

"자네도 안주인은 어려울 거라고 했네."

"아하하하, 그렇지도 않네. 우리 마누라는 나를 엄청 사랑하고 있으니."

"그래? 실례했구만. 그래야지 토쿠센이지."

"토쿠센 군만 그런 것이 아닙니다. 그런 예는 얼마든지 있지요."

칸게츠 군이 천하의 안주인들을 대신해 잠깐 변호의 노고를 맡았다.

"나도 칸게츠 군에게 찬성이네. 내 생각으로는 인간이 절대적인 영역에 들어가려면 단 두 가지 길이 있을 뿐인데 그 두 가지 길이란 예술과 사랑이지. 부부의 사랑은 그중 하나를 대표하는 것이니 인간은 반드시 결혼을 해서 이런 행복을 완성하지 않으면 하늘의 뜻에 등을 돌리는 격이라고 생각하네. - 어떠십니까, 선생?"

토후우 군은 여전히 진지하게 메이테이 군 쪽으로 돌아앉았다.

"명쾌한 논리군. 나 같은 자는 도저히 절대적인 경지에 이를 것 같지도 않구만."

"마누라를 맞아들이면 경지에 이르기는 더 어렵지."

주인은 난해한 표정을 지으며 말했다.

"어쨌든 우리 미혼의 청년들은 예술의 영지를 입어 향상의 일로를 개척하지 않으면 인생의 의의를 모를 테니 우선 아쉬우나마 바이올린이라도 배워야겠다고 칸게츠 군에게 아까부터 경험담을 듣고 있는 것입니다."

"그래그래, 베르테르 군의 바이올린 이야기를 들을 것이었지. 자 이야기해보게. 이제 방해는 하지 않을 테니."

메이테이 군이 겨우 상황을 수습하자,

"향상의 일로는 바이올린 따위로 열리는 것은 아니지. 그런 유희삼매로 우주의 진리가 알려지면 큰일이지. 세상 이치를 알고자 한다면 역시 험한 낭떠러지에서 손을 거두었다가 극적으로 다시 살아나는 정도의 기백이 없으면 안 되지."

토쿠센 군이 거드름을 피우며 토후우 군에게 훈계 섞인 설교를 한 것까지는 좋았는데 토후우 군은 선종의 선자도 모르는 자이니 도무지 감동하는 것 같지도 않다.

"흐음, 그럴지도 모르겠지만 역시 예술은 인간이 갈망하는 신앙의 극치를 나타낸 것이라고 생각되니까 아무래도 이것을 버리는 것은 안 되겠습니다."

"버리는 것이 안 되면 원하는 대로 내 바이올린 이야기를 들려주기로 하지, 그래서 방금 말한 대로 그런 형편이니 나도 바이올린 연습을 시작할 때까지는 꽤 고심을 했지. 첫째 사기가 곤란했습니다, 선생님."

"그랬겠구만, 짚신도 없는 고향에 바이올린이 있을 리는 만무했겠고."

"아뇨, 있기는 있었습니다. 돈도 전부터 모아두었으니까 지장은 없었는데 아무래도 살 수가 없었던 것이지요."

"어째서?"

"좁은 땅이니까 사두면 금방 들통나잖아요. 사람들이 알면 바로 건방지다느니 어쩌니 하니까 제재를 당하게 되지요."

"천재는 옛날부터 박해를 받는 법이니까."

토후우 군은 크게 동정을 표했다.

"또 천재 소린가, 부디 천재 소리만은 이제 참아주게나. 그래서 매일 산책을 하며 바이올린이 있는 가게 앞을 지날 때마다 저것을 살 수 있다면 좋을 텐데, 저것을 품에 안았을 때 기분은 어떨까, 아아 갖고 싶다, 갖고 싶다 하고 생각하지 않은 날이 하루도 없었지요."

"그렇지, 그렇지." 하고 평한 것은 메이테이다.

"참 이상하게 집착했구만." 하고 이해를 못한 것은 주인이고 "역시 자네는 천재야."라고 경탄한 것은 토후우 군이다. 다만 토쿠센만은 초연히 수염을 만지작거리고 있다.

"그런 곳에 어떻게 바이올린이 있을까가 우선 의심스러울지도 모르시겠지만, 이것은 생각해보면 당연한 일입니다. 왜냐하면 이 지방에도 여학교가 있어서 여학교 학생들은 수업시간에 매일 바이올린을 연습해야만 하니까 없으면 안 되겠지요. 물론 좋은 건 없습니다. 그냥 바이올린이라는 이름이 간신히 붙는 정도의 것뿐이지요. 그래서 가게에서도 그리 비중을 두고 있지 않아서 2, 3대를 가게 앞에 걸어놓는 것입니다. 그게 말이지요, 가끔 산책을 하며 앞을 지나갈 때 바람이 불거나 손이 스치거나 해서 소리가 날 때가 있습니다. 그 소리를 들으면 갑자기 심장이 터질 듯한 기분이 되어 안절부절 못하게 되는 것입니다."

"위험하구만. 물 발작, 사람 발작, 발작에도 여러 가지 종류가 있지만 자네 경우는 베르테르인 만큼 바이올린 발작이구만."

메이테이 군이 장난스럽게 이야기하자,

"아니 그 정도로 감각이 예민하지 않으면 진정한 예술가가 될 수 없지요. 아무래도 천재기질을 타고나신 거예요."

토후우 군은 더 감동을 받은 것 같다.

"예, 정말 발작인지도 모르겠습니다만, 하지만 그 음색만큼은 묘했어요. 그 후 오늘날까지 꽤 연주를 해왔지만 그렇게 아름다운 소리는 없었어요. 글쎄요, 뭐라 형용하면 좋을까요. 도저히 말로 표현할 수 없습니다."

"옥구슬끼리 부딪쳐 나는 아름다운 소리로 들리지 않던가?"

어려운 말을 꺼낸 것은 토쿠센이었지만 누구도 맞장구를 쳐준 자가 없는 것은 참 안됐다.

"제가 매일매일 가게 앞을 산책하고 있는 사이 결국 이 영롱하고 색다른 소리를 세 번 들었습니다. 세 번째에 무슨 일이 있어도 사야만 되겠다고 결심을 했지요. 가령 고향 사람들한테 문책을 당한다 해도 다른 지방 사람들한테 경멸을 당한다 해도 ― 좋다, 총칼로 제재를 당해 숨이 끊어진다 해도 ― 여차해서 퇴학처분을 받더라도 ― , 이것만은 꼭 사지 않고는 못 견디겠다고 생각했습니다."

"그게 천재라는 것이야. 천재가 아니면 그렇게 몰두할 수는 없지. 부럽구만. 나도 어떻게든 그 정도로 불타오르는 느낌이 일어났으면 하고 해마다 마음은 먹고 있네만 아무래도 잘 안 되네. 음악회 같은 델 가서 되도록 열심히 듣고는 있지만 아무래도 그 정도로 감흥이 나질 않더구만."

토후우 군은 정말 부러워하고 있다.

"감흥을 타지 않는 쪽이 행복하네. 지금에야 아무렇지 않게 이야기하고 있지만 그 시절의 고통은 도저히 상상할 수 있는 종류는 아니었으니까. ―그리고는 선생님, 드디어 공들여서 그것을 샀지요."

"흐음, 어떻게?"

"마침 11월의 천장절(천황 탄생일) 전날 밤이었어요. 고향 사람들은 모두 한꺼번에 온천에 묵으러 갔으니까 마을에는 아무도 없었어요. 저는 아프다고 하고는 그날은 학교도 쉬고 자고 있었어요. 그날 밤이야말로 반드시 나가서 그렇게 바라던 바이올린을 손에 넣어야겠다고 이불 속에서 그것만 생각하고 있었습니다."

"꾀병을 핑계 삼아 학교까지 쉬었단 말인가?"

"정말 그랬습니다."

"과연 상당히 천재로군."

메이테이 군도 조금 감명받은 모습이다.

"이불 속에서 목만 내밀고 있자니, 해 저무는 것이 더디어서 못 기다릴 것 같았지요. 하는 수 없어서 머리까지 푹 파묻고 눈을 감고 기다려 보았는데 역시 안 되겠더라구요. 고개를 내밀자 따가운 가을 햇볕이 6자의 장지문 전체에 닿아 쨍쨍 비출 때는 정말 발작이 일어나더군요. 위쪽에 가느다랗고 긴 그림자가 덩어리져서 때때로 가을바람에 흔들리는 것이 눈에 들어오더군요."

"그 가늘고 긴 그림자라는 것이 뭔가?"

"떫은 감의 껍질을 벗겨 처마 밑에 매달아 둔 것입니다."

"흠, 그래서?"

"하는 수 없이 이불에서 나와 장지문을 열고 툇마루로 나가서 감 말린 것을 하나 빼내어 먹었습니다."

"맛있던가?"

주인이 어린아이처럼 물어본다.

"물론 맛있지요. 거기 감은 도쿄 같은 데에서는 도저히 그 맛을 알 수 없지요."

"감은 그렇고 그리고 어떻게 했나?"

이번에는 토후우 군이 묻는다.

"그리고 다시 이불에 파묻혀 한숨을 붙이고 빨리 날이 저물면 좋겠다 하고 부처님께 빌었지요. 한 3, 4시간 정도 지나 이제 되었겠다 하고 고개를 내밀면 따가운 가을 햇살이 여전히 6자의 장지문을 쨍쨍 비추고 있고 위쪽에 길고 가느다란 그림자는 여전히 한 덩어리로 한들한들거리고 있었지."

"그건, 들었네."

"몇 번이나 그랬지. 그리고 이불에서 나와 장지문을 열고 말린 감을 하나 먹고 또 잠자리에 들어가서 빨리 날이 저물기를 바라며 기도를 올렸지."

"역시 아까 그 이야기 아닌가."

"뭐 선생님, 그리 초조해하지 마시고 들어보세요. 그리고 약 3, 4시간 이불 속에서 꾹 참고 이번에는 정말 되었겠지 하고 고개를 쑥 내밀어보면 따가운 가을햇살은 아직도 6자의 장지문을 가득 비추고 위쪽에 가늘고 기다란 그림자도 한데 덩어리져서 흔들흔들 하고 있는 거예요."

"언제까지 똑같은 이야기만 할 건가."

"그리고 이불에서 나와 장지문을 열고 툇마루로 나가서 말린 감을 하나 빼먹고⋯⋯."

"또 감을 먹었는가. 아무래도 언제까지 해도 감만 먹다가 끝나겠구만."

"저도 답답해서 그랬지요."

"듣고 있는 우리가 훨씬 더 답답하네."

"선생님은 정말 성격이 급하시니 이야기가 끊겨서 곤란하네요."

"듣는 쪽도 좀 곤란하구만."

토후우 군도 은근히 불평을 내비쳤다.

"그렇게 여러분이 곤란하다고 하는 이상은 어쩔 수 없군요. 대강 이 정도로 마무리하지요. 요컨대 저는 말린 감을 먹고는 자고 자다가는 먹고, 결국에 처마 밑에 매달려 있던 놈들을 죄다 먹어버렸습니다."

"전부 먹었다면 날도 저물었겠구만."

"그런데 그렇게 되지 않았어요. 제가 마지막 것을 먹고 이제 되었겠지 하고 고개를 내밀어보니, 글쎄 여전히 따가운 가을 햇볕이 6자의 장지문을 온통 비추고⋯⋯."

"난 이제 그만이네. 가도 가도 끝이 없구만."

"이야기하는 저도 신물이 납니다."

"하지만 그 정도 끈기만 있으면 웬만한 사업은 성취하겠군. 그대로 놔뒀다간 내일 아침까지 가을 햇볕이 쨍쨍 비추게 생겼어. 도대체 언제쯤 그 바이올린을 살 생각인가?"

그 대단한 메이테이 군도 조금 참기 어려워진 것으로 보인다. 단지 토쿠센 군만은 태연하게 내일 아침까지든 모레 아침까지든 아무리 가을 햇볕이 쨍쨍 내리쬐어도 꼼짝할 기색이 없다. 칸게츠 군도 여전히 침착을 유지하고 있다.

"언제 살 생각이냐고 하시는데요, 밤이 되기만 하면 바로 사러 나갈 생각이었지요. 단 유감스럽게도 아무리 머리를 내밀어봐도 가을해가 따갑게 내리쬐고 있었으니까 – 아니 그때의 저의 고통이란 도저히 지금 여러분들의 지루함에는 비교가 안 되었습니다. 저는 마지막 곶감을 먹었는데도 아직 해가 저물지 않는 것을 보고 저도 모르게 눈물이 주르륵 흘러버렸습니다. 토후우 군, 나는 너무나 안타까워서 울었다네."

"그럴 테지, 예술가는 원래가 다정다한하니까 운 것에는 나도 동감하지만 이야기는 좀 더 빨리 진행시켰으면 하네만."

토후우 군은 사람이 좋아서 어디까지나 진지하게 우스꽝스러운 대꾸를 하고 있다.

"진행시키고 싶은 마음은 굴뚝같지만 아무래도 날이 저물어주지 않으니까 곤란하군요."

"그렇게 날이 저물지 않으면 듣는 쪽도 곤란하니 그만하지."

주인이 결국 더 이상 참을 수 없게 되었는지 말을 꺼냈다.

"그만두면 곤란합니다. 이제부터가 드디어 점입가경에 이르는 대목이니까요."

"그럼 들어볼 테니 빨리 날이 저무는 것으로 하면 좋겠구만."

"그럼, 조금 무리한 주문이긴 하지만 선생님의 말씀이시니 양보하고 이 대목에서 날이 저문 것으로 하지요."

"그것 잘 됐구만."

토쿠센 군이 젠체하며 말을 했으므로 일동은 자기도 모르게 폼 하고 웃음을 터뜨렸다.

"드디어 밤이 되었으므로 일단 마음이 놓여 한숨을 돌리고 쿠라카케무라의 하숙집에서 나왔지요. 저는 타고나기를 시끄러운 곳이 싫으니까 편리한 시내를 피해서 인적이 드문 한촌의 일반집에서 한동안 달팽이 같은 조그만 암자를 엮고 살았지요."

"인적이 드물다는 것은 너무 허풍 같구만."

주인이 항의를 신청하자 이내 메이테이군도 불평을 드러냈다.

"달팽이 암자도 과장이야. 응접실 없는 다다미 4칸 정도로 해두는 쪽이 사생적이고 더 재미있겠어."

하지만 토후우 군만은 "나는 아무래도 언어가 시적이어서 느낌이 좋네."라고 칭찬했다.

토쿠센 군은 진지한 얼굴로 "그런 곳에 살고 있다가는 학교에 다니는 게 힘들겠구만. 몇 리나 되었는가?" 하고 물었다.

"학교까지는 기껏해야 4, 5블럭입니다. 원래 학교부터가 한촌에 있으니까요……."

"그럼 학생들은 그 주변에 꽤 많이 하숙을 하고 있겠구만."

토쿠센은 좀처럼 받아들이지 않는다.

"예, 대부분의 일반집에는 한두 명은 반드시 있습니다."

"그런데도 인적이 드물다는 겁니까?" 하고 정면공격을 하고 들어온다.

"예, 학교가 없었다면 완전히 인적은 드문 것이지요. ……그래서 그날 밤 복장이라고 하면 손으로 짠 솜 넣은 무명 옷 위에 금단추의 교복 외투를 입고 외투의 두건을 푹 뒤집어써서 남의 눈에 띄지 않도록 단단히 무장을 했습니다. 때마침 감잎이 떨어지는 시기로 숙소에서 난고^{南鄕} 거리로 나올 때까지는 길이 나뭇잎으로 가득했지요. 한발 한발 내디딜 때마다 바스락바스락 하는 것이 신경이 쓰였습니다. 누군가 뒤를 밟고 있는 것 같아 초조했지요. 뒤돌아보면 토레이지^{東嶺寺}의 숲이 빽빽하게 우거져 검고 어두운 가운데 더 어둡게 비치고 있었지요. 이 토레이지라는 것은 마츠다이라 가문의 묘소가 있는 장소로 산자락에 걸쳐 있고 제 숙소와는 한 블록 정도밖에 떨어져 있지 않는, 경치가 그윽하고 고요한 평범한 사찰이지요. 숲에서 위쪽으로는 별다른 것이 없는 하늘로 별이 반짝이고 있고, 그 은하수가 나가세가와 강을 비스듬히 가르고 끝은 ─ 끝은, 그렇지요, 우선 하와이 쪽으로 흐르고 있었습니다⋯⋯."

"하와이가 불쑥 튀어나왔군."

메이테이 군이 말했다.

"난고 거리를 따라 두 블럭을 더 가서서 다카노다이마치에서 시내로 들어가 코죠마치를 지나 센고쿠마치를 돌아서 쿠이시로쵸를 옆으로 보고 토오리쵸를 1가, 2가, 3가의 순서로 지나가서 그리고 오와리쵸, 나고야초, 샤치호코쵸, 카마보코쵸로⋯⋯."

"그렇게 여러 군데를 지나지 않아도 되는데. 요컨대 바이올린을 샀는가, 안 샀는가?"

주인이 지루해 죽겠는지 묻는다.

"악기가 있는 가게는 카네젠, 그러니까 카네코 젠베에이니까 아직 꽤 남았습니다."

"꽤 남았어도 좋으니 빨리 사기나 하게."

"알겠습니다. 그래서 카네젠 쪽으로 와보니 가게에는 등불이 훤하게 걸려 반짝반짝……."

"또 반짝반짝인가, 자네의 그 반짝반짝, 쩽쩽은 한 번이나 두 번으로 끝나는 법이 없으니 난해하구만."

이번에는 메이테이가 선수를 쳤다.

"아뇨, 이번의 반짝반짝은, 한번 살짝 지나가는 반짝이니까 별반 걱정은 안 하셔도 됩니다. ……등불 그림자에 비춰보니 갖고 싶던 그 바이올린이 가을의 불빛을 은은하게 반사하며 자연스럽게 들어간 몸통의 완만한 곡선에 차가운 빛을 띠고 있었습니다. 단단히 조여진 금선의 일부만이 반짝거리며 눈에 하얗게 비춰졌지요. ……."

"서술이 꽤 훌륭하구만."

토후우 군이 칭찬했다.

"저거다. 저 바이올린이다 하고 생각하니 갑자기 가슴이 두근거리고 다리가 후들거렸어요……."

"흐흠." 하고 토쿠센 군이 코웃음을 쳤다.

"나도 모르게 뛰어들어 호주머니에서 지갑을 꺼내 안에서 5엔짜리를 두 장 꺼내서……."

"드디어 샀는가?"

주인이 묻는다.

"사려고 했는데 '기다려봐, 이 대목이 중요한 대목인데. 자칫 잘못하면 실패한다. 뭐 그만두자' 하고 아슬아슬한 순간에 마음이 멈췄습니다."

"뭔가? 아직도 사지 않았나? 바이올린 하나로 꽤나 사람을 질질 끌고 다니지 않는가."

"끌고 다닐 생각은 아니지만, 그래도 아직 살 수 없으니까 어쩔 수 없습니다."

"왜?"

"왜냐하면 아직 초저녁이어서 사람이 많이 지나다녔거든요."

"사람이 200이든 300이든 지나가도 상관없잖은가. 자네는 참 이상한 사람이군."

주인은 폭발 일보직전이다.

"그냥 사람이라면 천 명이든 이천 명이든 상관없겠지만요, 학교 학생들이 소매를 걷어붙이고 커다란 막대기를 들고 배회하고 있으니까 쉽게 손을 내밀 수는 없었지요. 그중에는 침전당이니 뭐니 하면서 언제까지나 학교의 밑바닥에 머물러 좋아라 하는 자들이 있었으니까요. 그런 자들일수록 유도에 강한 법이지요. 그래서 좀처럼 바이올린 같은 것에 손을 내밀 수는 없었습니다. 어떤 봉변을 당할지 알 수 없었거든요. 저도 바이올린은 정말이지 갖고 싶었지만 이래 봬도 목숨은 아까우니까요. 바이올린을 켜다 죽음을 당하느니 차라리 켜지 않고 사는 쪽이 더 낫지요."

"그럼, 결국 사지 못하고 끝났구만."

주인이 확인했다.

"아뇨, 샀답니다."

"답답한 사람이로구만. 살 거면 진작 살 것이지. 싫으면 싫어도 좋으니까 빨리 마무리는 하면 좋잖아."

"에헤헤헤, 세상일은 그렇게 마음대로 이가 맞물려주는 것이 아니잖습니까." 하고 말하면서 칸게츠 군은 냉담하게 '아사히'에 불을 붙여 뻐끔뻐끔 피우기 시작했다.

주인은 귀찮아진 것처럼 홀쩍 일어나 서재로 들어갔는가 싶더니 어쩐지 낡아빠진 서양책을 한권 들고 나와서 벌러덩 배를 깔고 엎드려 읽기 시작했다. 토쿠센은 어느 틈엔가 응접실 앞으로 물러나서 혼자서 바둑돌을 늘어놓고 혼자 시합을 하고 있다. 모처럼의 일화도 너무나 오래 걸리는 탓에 청중이 하나 둘 빠져나가고 남은 것은 예술에 충실한 토후우 군과, 긴 것이라면 옛날부터 질려본 적이 없는 메이테이 선생뿐이다.

긴 연기를 후우 하고 세상에 거침없이 뿜어낸 칸게츠 군은 이윽고 앞과 똑같은 속도를 유지하며 담화를 계속한다.

"토후우 군, 나는 그때 이렇게 생각했네. 도저히 이것 초저녁은 안 되겠다, 그렇다고 한밤중에 오면 카네젠은 잠들어버릴 테니까 안 되겠고. 아무래도 학교 학생들이 산책에서 돌아오고 그리고 카네젠도 아직 잠이 들지 않았을 때를 노렸다가 오지 않으면 모처럼의 계획이 수포로 돌아간다. 하지만 그 시간을 제대로 노리는 것이 어렵지."

"과연 이런, 어렵겠구만."

"그래서 나는 그 시간을 뭐 한 10시쯤으로 계산하고 지금부터 10시경까지 어딘가에서 시간을 때우지 않으면 안 된다. 집에 돌아가서 다시 나오기는 힘들다. 친구 집에 수다를 떨러 가는 것은 어쩐지 마음이 걸려 재미없을 것 같고, 하는 수 없으니까 그 시간이 될 때까지 시내 이곳저

곳을 산책하기로 했네. 그런데 평소라면 2시간이나 3시간은 터덜터덜 정처 없이 걷고 있는 동안 어느 샌가 시간이 지나가버렸을 테지만, 그날 밤만은 어쩐지 시간이 느리게 지나간 것은 왜 그랬던지, ㅡ 천추의 생각이란 그런 것을 두고 하는 말일 거라고 절절하게 느꼈습니다."

정말로 느낀 것 같은 시늉을 하며 일부러 메이테이 선생 쪽을 바라본다.

"옛사람도 '기다리는 몸 괴롭구나, 옆에 놓인 코다츠'라고 말한 적이 있으니까. 또 기다리게 하는 몸보다 기다리는 몸은 더 괴롭다고도 하니, 처마 밑에 매달린 바이올린도 괴로웠을 테지만, 정처 없는 탐정처럼 어슬렁어슬렁 배회하고 있는 자네는 더욱 괴로웠겠구만. 정처 없기가 상갓집의 개 같다. 정말 머물 곳 없는 개만큼 불쌍한 것은 실제로 없지."

"개는 잔혹하네요. 개랑 비교당해본 적은 이래 봬도 아직 없습니다."

"나는 어쩐지 자네 이야기를 들으면 옛날 예술가의 전기를 읽는 듯한 기분이 들어 동정의 마음이 끊이지 않네. 개에 비유한 것은 선생의 농담이니 신경 쓰지 말고 이야기나 어서 진행해보게."라고 토후우 군은 위로했다.

위로받지 않아도 칸게츠 군은 물론 이야기를 계속할 생각이었다.

"그로부터 오카치마치에서 핫기마치를 지나서 료가에쵸에서 다카조마치로 나가서 현청 앞에서 시들어가는 버드나무의 수를 헤아리고, 병원 옆에서 창문의 불빛들을 세어보고 곤야바시 위에서 잎담배를 두 개비 피우고 그리고 시계를 보았지. ……."

"10시가 되었는가?"

"안타깝게도 되지 않았지. ─ 곤야바시를 끝까지 건너가 강가에 동쪽으로 올라가면서 안마사를 셋 만나고, 그리고 개가 자꾸만 짖어댔습니다, 선생님……."

"가을 기나긴 밤에 그 강 끝에서 개의 울부짖음을 듣는 것은 조금 연극 같구만. 자네는 도망자라는 격이지."

"뭔가 나쁜 짓이라도 했는가?"

"앞으로 하려는 참이지요."

"불쌍하구만, 바이올린을 사는 게 나쁜 짓이라면, 음악학교 학생은 모두 죄인이게요."

"남들이 인정하지 않는 짓을 하면 어떤 좋은 일을 해도 죄인이지. 그러니까 세상에 죄인 만큼 정처 없는 자들도 없다네. 야소(예수)도 그런 세상에 태어나면 죄인이지. 잘생긴 칸게츠 군도 그런 곳에서 바이올린을 사면 죄인이고."

"그럼 지는 셈치고 죄인이라고 해둡시다. 죄인은 그렇다 치고 10시가 되지도 않은 것에는 난처했습니다."

"한번 더 거리 이름을 세어보지 그럼. 그것으로 모자라면 또 가을 햇볕을 쨍쨍 내리쬐게 하던가. 그래도 성이 차지 않으면 또 말린 감을 3다스나 먹지 그래. 언제까지고 들을 테니 10시가 될 때까지 한번 해보게."

칸게츠 선생은 싱글싱글 웃었다.

"그렇게 선수를 쳐버리면 항복하는 수밖에 없겠습니다. 그럼 한발 양보해서 10시라고 해버립시다. 자, 약속한 10시가 되어서 카네젠 앞으로 와보니 밤공기가 찬 때였으니까 과연 그 눈에 잘 띄는 환전가라도 거의 인적이 끊겨 저쪽에서 오는 나막신 소리조차 쓸쓸한 기분이더군요. 카네젠에서는 벌써 바깥 덧문을 닫고 불과 쪽문만 열어 놓았었지요. 저는 어쩐지 개에게 쫓기는 기분으로 쪽문을 열고 들어가는데 기분이 괜히 이상했어요…….."

이때 주인은 낡아빠진 책에서 조금 눈을 떼고 "이봐 벌써 바이올린을 샀는가?" 하고 물었다. "이제 막 살 참입니다."라고 토후우 군이 대답을 하자 "아직 사지 않았는가, 참 오래도 걸리는군." 하고 혼잣말처럼 말하고는 다시 책을 읽기 시작했다.

토쿠센 군은 여전히 말없이 흰돌과 검은돌로 바둑판을 거의 다 메워 버렸다.

"마음먹고 뛰어들어가서 두건을 뒤집어쓴 채로 바이올린을 달라고 말하자 화로 주변에 어린애들과 젊은이 네다섯이 한데 모여 이야기를 하고 있었는데 놀라며 약속이나 한 듯이 제 얼굴을 동시에 보았지요. 저는 저도 모르게 오른손을 들어 두건을 확 앞쪽으로 잡아당겼어요. '이봐, 바이올린을 달라니까' 하고 다시 말하자, 제일 앞에 앉아서 제 얼굴을 쳐다보고 있던 어린아이가 예에 하고 얼버무리듯 대답하고 일어나서 아까 그 가게 앞에 매달려 있던 것을 서너 개 한꺼번에 들고 왔지요. 얼마냐고 물었더니 5엔 20전이라고 하는 겁니다…….."

"허어 그렇게 싼 바이올린도 있는가? 장난감이 아니구?"

"모두 값이 같냐고 물었더니 '예에, 어느 것도 다 똑같습니다. 전부 튼튼하게 정성을 다해서 만든 것입니다요' 라고 말을 하니까 지갑 안에서 5엔짜리 지폐와 은화 20전을 꺼내서 준비해온 큰 보자기에다 바이올린

을 썼지요. 이 사이, 가게에 있던 사람들은 이야기를 멈추고 꼼짝 않고
제 얼굴을 보고 있었습니다. 얼굴은 두건으로 숨겨져 있으니까 알아볼
일은 없겠지만 어쩐지 신경이 쓰여 한시라도 빨리 거기서 나가고 싶어
서 불안했지요. 간신히 보자기에 싼 것을 외투 속에 넣고 가게를 나왔
더니 지배인이 목소리를 모아 '감사합니다' 하고 큰 소리로 외친 것에는
가슴이 철렁했었습니다. 큰길로 나와 잠깐 주위를 둘러보니 다행히 아
무도 없는 것 같은데 한 블럭 정도 맞은편에서 두세 사람이 거리 안이
울려 퍼질 정도로 시를 낭송하면서 오는 겁니다. 이것 큰일이구나 하고
카네젠의 모퉁이를 서쪽으로 돌아서 도랑 옆을 지나 야쿠오지 길로 나
와서 한노키 마을에서 산기슭으로 나와 겨우겨우 하숙집으로 돌아왔지
요. 하숙집에 돌아와보니 벌써 2시 10분 전이었습니다."

"밤을 새고 돌아다닌 것 같구만."

토후우 군이 안됐다는 듯이 말을 한다.

"이제야 다 됐네. 여 원 참 기나긴 주사위놀이구만."

메이테이 선생은 안도의 한숨을 쉬었다.

"이제부터가 들을 만한 대목입니다. 지금까지는 서막에 불과했지요."

"아직도 더 있단 말인가. 이것 쉬운 일이 아니구만. 대부분의 사람들
은 자네를 만나면 그 끈기를 못 따라 가겠구만."

"끈기는 그렇다 치고 여기서 그만두면 부처를 만들고 혼을 불어넣지
않은 것과 매한가지니까 조금 더 이야기하겠습니다."

"이야기하는 건 물론 내 알바 아니네, 듣는 건 들을 테니."

"어뗘세요, 쿠샤미 선생님도 들어보시는 건. 이미 바이올린은 사버렸

습니다, 선생님."

"그럼 이번엔 바이올린을 팔 참인가? 파는 대목 같으면 안 들어도 되겠네."

"아직 팔 때는 아니지요."

"그렇다면 안 들어도 되겠구만."

"아무래도 곤란하구만, 열심히 들어주는 사람은 토후우 군, 자네뿐이구만. 조금 김이 빠지기는 하지만 뭐 어쩔 수 없지, 대강 이야기해 버려야겠구만."

"대강이 아니어도 좋으니 천천히 해보게. 정말 재미있군."

"바이올린은 어찌어찌 손에 넣었지만 우선 첫번째로 곤란한 것은 둘 곳이었네. 내가 있는 곳에는 사람들이 꽤 놀러오니까 어지간한 곳에 걸어놓거나 세워놓았다가는 금방 탄로나 버리겠지. 구멍을 파서 묻어버리면 파낼 때 귀찮을 것이고."

"그렇군, 천장 벽장에라도 숨겼는가?"

토후우 군은 태평한 소리를 한다.

"천장은 없네. 서민들 사는 집이니."

"그것 곤란했겠군. 그럼 어디에 숨겼는가?"

"어디에 숨겼을 것 같나?"

"잘 모르겠네. 벽장 안인가?"

"아니."

"이불에 둘둘 말아 옷장에 넣어뒀는가?"

"아니."

토후우 군과 칸게츠 군은 바이올린을 숨긴 곳에 대해서 그렇게 문답을 하고 있는 동안, 주인과 메이테이 군도 뭔가 열심히 이야기를 하고 있다.

　"이것 뭐라고 읽는 건가?"

　주인이 묻는다.

　"어느 것?"

　"이 두 줄."

　"뭔데? Quid aliud est mulier nisi amicitiae&inimica…… 자네 이것 라틴어 아닌가?"

　"라틴어인 건 알겠는데 뭐라고 읽는 건가?"

　"그래도 자네는 평소에 라틴어를 읽을 줄 안다고 하지 않았는가?"

　메이테이 군도 위험하다고 느꼈는지 살짝 발을 뺐다.

　"물론 읽을 수야 있지. 읽을 줄 알기는 한데, 이것 뭔가?"

　"읽을 줄은 아는데 이게 뭐라니 참 난감하구만."

　"뭐든 좋으니까 영어로 좀 해석해봐."

　"해봐는 좀 심하군. 나를 마치 졸병처럼."

　"졸병이고 뭐고 어서."

　"뭐 라틴어 같은 건 나중으로 하고 잠깐 칸게츠 군의 고고한 이야기를 경청해보지 않겠나? 지금 뭔가 일어날 대목인데. 드디어 탄로가 날지 아닐지 위기일발의 시점에 들어갔구만 — 그래서 칸게츠 군, 그리고 어떻게 되었나?"

　메이테이는 갑자기 신이 나서 다시 바이올린 이야기의 한패가 된다.

주인은 불쌍하게도 달랑 남겨졌다.

칸게츠 군은 이 분위기를 몰아 숨긴 곳을 설명한다.

"결국에는 낡은 옷고리짝 안에다 숨겼습니다. 이 옷고리짝은 고향을 떠날 때 할머님이 작별선물로 준 것인데 그래 봬도 할머님이 시집 올 때 가져온 것이라고 합니다."

"그럼 옛 물건이구만. 바이올린과는 조금 조화가 맞지 않는 것 같은데. 안 그런가, 토후우 군?"

"예, 좀 그렇긴 하네요."

"천장 위도 조화가 안 되긴 마찬가지지"

칸게츠 군이 토후우 선생을 밀어붙였다.

"조화는 안 되지만 하이쿠는 되겠군, 안심하게. '가을 쓸쓸한 옷고리짝에 숨긴 바이올린' 은 어떤가, 여러분."

"선생님, 오늘은 하이쿠가 술술 나오십니다."

"오늘만 그런 것은 아니네. 언제든 이 안에 만들어져 있다네. 내 하이쿠 조예로 말하자면 작고하신 시키(마사오카 시키. 메이지의 하이쿠 시인) 선생도 혀를 내두르며 놀랄 정도의 것들이지."

"선생님, 시키 씨와는 친분이 깊으셨습니까?"

정직한 토후우 군은 진솔한 질문을 던진다.

"뭐 친분이 없어도 시종 무선전신으로 항상 서로를 비춰주고 있었지."

믿거나 말거나 한 이야기를 하니 토후우 선생 어이없어 입을 다물어버렸다. 칸게츠 군은 웃으면서 다시 이야기를 진행한다.

"그래서 둘 곳만큼은 생긴 셈이지만, 이번에는 꺼내기가 곤란했지. 그냥 꺼내는 것 만이라면 남들 눈을 피해서 바라보는 정도는 못할 것도 없지만 바라만 보면 아무것도 아니지 않은가. 연주하지 않으면 아무 짝에도 쓸 데가 없지. 그런데 연주를 하면 소리가 나고 소리가 나면 금방 또 탄로가 날 것이고. 마침 무궁화 울타리를 한 겹 사이에 두고 남쪽 이웃에 침전당 우두머리가 하숙을 하고 있었으니 위태위태했지."

"난처했겠구만."

토후우 군이 딱하다는 듯이 맞장구를 친다.

"과연, 이건 곤란하지. 논리보다 증거라고, 소리가 나니까. 궁전 안의 베테랑이라는 코고우의 츠보네도 완전히 이것 때문에 쫓겨난 것이니까. 이것이 훔쳐서 먹는다든가, 가짜 돈을 만든다든가 한다면 그래도 낫지만, 음악은 남에게 숨기고는 할 수 없는 것이니 말일세."

"소리만 나지 않으면 어떻게든 할 수 있는데 말야……."

"잠깐 기다려보게. 소리만 나지 않으면이라고 하니까 소리가 나지 않아도 숨기지 못하는 것이 있네. 옛날 우리가 코이시가와의 절에서 자취를 할 때 스즈키 토주로라는 사람이 있었는데 이 토주로 씨가 정말 미림(조미술)을 좋아해서 맥주 담는 병에다 미림을 사와서는 혼자서 맛있게 마셨다는군. 어느 날 토주로 씨가 산책을 나간 다음에, 그만두면 좋을 텐데 쿠샤미 선생이 조금 훔쳐서 막 마셨던 참에……."

"내가 스즈키의 미림 같은 걸 마셨다니, 마신 것은 자네지."

주인의 언성이 갑자기 높아졌다.

"이거 책을 읽고 있길래 못 듣겠다 싶었더니 역시 듣고 있구만. 방심할 수 없는 친구야. 귀도 8개, 눈도 8개라는 것은 자네를 보고 말하는 거구만. 과연 듣고 보니 나도 마셨네. 나도 마신 것은 틀림없지만 발각된 것은 자네 쪽이지. —자네들 들어보게나. 쿠샤미 선생 원래 술은 못마시거든. 그것을 남의 미림이라고 열심히 마셨으니 이것 큰일이지, 얼굴이 온통 벌겋게 올라와서는 아이구, 두 번 다시는 볼 수 없는 꼴을 해가지고는……."

"입 다물어. 라틴어도 못 읽는 주제에."

"하하하하, 그래서 토주로 씨가 돌아와서 맥주가 담긴 병을 흔들어보니까 반도 남아 있지 않았지. 아무래도 누군가 마신 것이 틀림없다면서 주변을 둘러보니 구석 쪽에서 붉은 진흙을 쳐 발라놓은 인형같이 굳어 있지 뭔가……."

셋은 저도 모르게 박장대소를 했다. 주인도 책을 읽으면서 피식피식 웃었다. 토쿠센만은 기를 너무 쓰고 놀아 조금 피곤했던지 바둑판 위에 엎드러져서 어느 틈엔가 쿨쿨 자고 있다.

"아직 소리가 나지 않은 것 중에 탄로 난 것이 있어. 내가 옛날 우바코 온천에 갔을 때 한 영감하고 같은 방을 쓴 적이 있네. 아마 도쿄의 기모노 가게 주인인가 뭔가 그랬지. 뭐, 하룻밤 같이 방을 쓰는 거니까 기모노 가게든 헌옷 가게든 상관할 바는 아니었지만 곤란한 일이 하나 생겨버렸다네. 그것은 내가 우바코에 도착한지 사흘째 되던 날에 담배가 다 떨어져버린 것일세. 자네들도 알고 있을 테지만, 그 우바코라는 곳은 산속에 달랑 한 채 있는 집으로, 온천에 들어가고 밥을 먹는 것 말고는 어느 것도 할 수 없는 불편한 곳이었지. 그런 데서 담배가 다 떨어졌으니 난감하지 않겠나. 물건은 없게 되면 더 갖고 싶어지는 법으로 이제 담배가 없구나 하고 생각하는 순간, 언제나 그런 것은 아니지만 갑자기 더 피우고 싶어지는 게 아닌가. 심술궂게도 그 영감이 보자기에 가득 담배를 가지고 산에 올라온 거야. 그것을 조금씩 꺼내서는 사람 앞에서 책상다리를 하고 느긋하게 피우고 싶지 라고 말하기라도 하는 듯이 뻐끔뻐끔 피워대는 게 아닌가. 그냥 피우는 것뿐이라면 참을 만도 했겠지만 급기야는 연기로 고리를 만들어 불지를 않나 가로세로로 묘기를 부리지를 않나, 내지는 한단지몽의 베개처럼 거꾸로 불지를 않나, 아니면 코에서 사자가 동굴을 들락거리듯 뿜었다 마셨다를 반복하면서 결국 약을 올리며 피워댔던 것이지…….”

“약을 올리며 피워댔다는 게 무슨 말인가?”

“의상이나 도구라면, 보여줘서 뻐기겠지만, 담배이니 피워서 뻐기는 것이지.”

“허어, 그렇게 힘든 걸 참으니 한 개비 달라고 하면 되잖아요?”

“그런데 달라고 할 수는 없지. 나도 남잔데.”

“흐음, 그러면 안 되기라도 합니까?”

“꼭 안 될 것 없지만 그렇게 하지 않았네.”

“그래서 어떻게 했습니까?”

“달라고 하지 않고 훔쳤네.”

“이런, 이런.”

“영감이 수건을 들고 목욕탕으로 들어갔으니까 피우려면 이때다 하고 일사불란하게 연거푸 피우고 있는데 통쾌하다고 좋아라 할 틈도 없이 장지문이 덜커덩 열리고 뭔가 하고 돌아다보니 담배의 주인이.”

"목욕하러 들어가지 않으셨습니까?"

"들어가려고 하다가 돈주머니를 깜박 잊고 놓고 나온 것이 생각나서 복도에서 되돌아온 거였지. 누가 돈주머니라도 훔쳐 갈까 봐서, 그것부터가 실례 아닌가."

"뭐라 할 말이 없네요. 담배 훔친 솜씨라면."

"하하하하, 영감도 꽤나 안목이 있었지. 돈주머니는 그렇다 치고 영감이 장지문을 열자 이틀 동안 참다 피운 담배 연기가 숨이 막힐 정도로 방안 가득히 뒤덮이지 않았겠는가, 나쁜 짓 천리 간다고 흔히 말하는데 금새 탄로나버렸지 뭐."

"영감님 뭐라 하시던가요?"

"과연 나이는 헛 먹는 게 아니더구만, 아무 말도 않고 잎담배를 5, 60개피 종이에 둘둘 말아서 '실례하네만 이런 대강 만든 거라도 괜찮다면 어서 피우시게' 라고 말하며 다시 목욕탕으로 내려갔지."

"그런 것이 에도 취미라는 걸까요?"

"에도 취미인지, 기모노 가게 취미인지 모르겠지만 그로부터 나는 영감님과 서로 마음을 나눈 것같이 2주 동안 재미나게 같이 머물고 돌아왔지."

"담배는 2주 동안 영감님이 대접해주신 겁니까?"

"뭐 그런 셈이지."

"이제 바이올린은 마무리되었는가?"

주인은 그제서야 책을 덮고 일어나면서 항복을 선언했다.

"아직입니다. 이제부터가 흥미진진한 대목입니다. 마침 이야기하기 딱 좋은 타이밍이니 들어보세요. 그런 김에 저 바둑판 위에서 낮잠을 즐기고 계신 선생님 — 뭐라고 하셨지요, 아, 토쿠센 선생님, — 토쿠센 선생님한테도 들어달라고 해보시지요. 어떻습니까? 저렇게 자면, 몸에 안좋은데요. 이제 깨워도 되지 않을까요?"

"이봐 토쿠센, 일어나 일어나. 재미난 이야기가 있네. 일어나라구. 그렇게 자면 몸에 안 좋아. 안주인이 걱정하겠구만."

"어." 하고 말하면서 얼굴을 든 토쿠센 군의 염소수염을 타고 침이 길게 한줄 흘러서 달팽이가 지나간 흔적처럼 희뿌옇게 빛나고 있다.

"아아, 깜박 잤네. 산 위의 하얀 구름이 나른함을 닮았는가. 아아, 기분 좋게 잘 잤네."

"잔 것은 모두 다 알고 있네만 말일세. 이제 좀 일어나면 어떻겠나?"

"이제 일어나도 되지. 그래, 재미난 이야기가 있다구?"

"지금부터 드디어 바이올린을 — 어떻게 한다고 했지, 쿠샤미."

"어떻게 하지, 도무지 예상이 안 되는데."

"이제부터 드디어 연주하는 대목입니다."

"이제부터 드디어 바이올린을 연주하는 대목이군. 이쪽으로 나와서 들어보게."

"아직도 바이올린 타령인가. 난감하구만."

"자네는 현이 없는 거문고를 타는 무리이니 곤란하지 않은 것이지만 칸게츠 군의 것은 끼이끼이 삐익삐익 근처 이웃집 벽을 타고 다 들리니 정말 난처한 참이지."

"그런가. 칸게츠 군, 근처에 들리지 않게 바이올린을 켜는 법을 모르는 겁니까?"

"모릅니다, 있으면 좀 가르쳐주시오."

"가르쳐주지 않아도 노지의 백우를 보면 금방 알 수 있을 텐데."

아무래도 통하지 않는 말을 한다. 칸게츠 군은 잠이 덜 깨어 저런 뜬금없는 말을 농하는 것이라고 판단했으니까 일부러 상대를 하지 않고 화두를 이끌었다.

"겨우겨우 대책 하나를 찾아냈습니다. 다음 날은 천장절이니까 아침부터 집에 있으면서 옷고리짝 뚜껑을 열었다 닫았다 하며 하루 종일 안절부절 못하고 지내버렸는데 드디어 날이 저물어 옷고리짝 바닥에서 여치가 울기 시작할 때 마음을 딱 먹고 그 바이올린과 활을 꺼냈답니다."

"드디어 꺼냈구만." 하고 토후우 군이 말하자 "덮어놓고 연주를 하면 위험하잖아."라고 메이테이 군이 주의를 주었다.

"우선 활을 꺼내서 앞에서부터 끝까지 꼼꼼히 봤지요……."

"서툰 대장장이도 아닐 테고."

메이테이 군이 놀렸다.

"실제로 이것이 자신의 혼이라고 생각하며 사무라이가 갈고 닦아 날이 선 명검을 한밤중 달빛 그림자에서 칼집을 꺼내 볼 때와 같은 기분이 드는 법이지요. 저는 활을 든 채로 부들부들 떨었습니다."

"완전히 천재로군."

토후우 군의 말에 메이테이 군이 덧붙였다.

"완전히 발작이군."

주인은 "빨리 연주나 하지" 하고 말한다. 토쿠센 군은 난처했겠다는 표정을 짓는다.

"고맙게도 활은 무난했어요. 이번에는 바이올린을 램프 곁으로 가져와서 안과 밖을 잘 살펴보았겠지요. 그사이 약 5분 동안 옷고리짝 바닥에서는 시종 여치가 울고 있다고 생각해주세요. ……"

"뭐든지 생각해줄 테니까 안심하고 어서 연주를 하게."

"아직은 때가 안 됐습니다. ― 다행히 바이올린도 흠간 데가 없었어요. 이렇다면 괜찮겠구나 하고 벌떡 일어나서는……"

"어디를 갔는가?"

"그저 조금 가만히 들어보세요. 그렇게 말끝마다 방해를 하시면 이야기를 할 수가 없어요. ……"

"이봐 자네들, 가만히 있으라잖나. 쉬잇, 쉿."

"떠드는 건 자네뿐이네."

"응, 그런가, 이거 실례, 경청 경청."

"바이올린을 옆구리에 끌어안고 짚신(조리)을 걸친 채로 두세 걸음 담장 문을 나왔는데 아참 잠깐……"

"그것 아니나 다를까. 뭐든 어딘가에서 정전될 게 틀림없다고 생각했네."

"이제 돌아가도 말린 감은 없네."

"그렇게 선생님들이 놀려대어서는 매우 유감입니다만, 토후우 군 한 사람을 상대로 하는 수밖에 없겠네요. ― 됐는가, 토후우 군, 두세 걸음 나갔는데 다시 되돌아가서 고향을 떠날 때 3엔 20전을 주고 산 붉은 모포를 머리부터 뒤집어쓰고는, 램프를 훅 불어 끄자 글쎄 깜깜해져서 이번에는 짚신이 있는 곳을 알 수 없게 되어버렸지.”

“도대체 그게 어디로 갔는가?”

“뭐 들어보게. 겨우겨우 짚신을 찾아서 바깥으로 나오니 별이 총총한 밤에 감나무 낙엽, 붉은 모포에 바이올린. 오른쪽으로 오른쪽으로 발끝을 들고 산중턱에 다다르자, 도레이지의 종이 댕 – 하고 모포를 통해 귀를 지나 머릿속으로 울려 퍼졌다네. 그때가 몇 시였겠는가?”

“글쎄, 모르겠네.”

“9시였어. 그리고 가을의 기나긴 밤을 달랑 혼자서, 산길을 쭉 따라 오오다이라라는 곳까지 올라갔는데 평소라면 겁이 많은 나는 무서워서 견디지 못할 터였지만, 일사불란하니 이상하게도 무섭다거나 무섭지 않다거나 그런 생각은 털끝만큼도 마음속에 일어나지 않았지. 단지 바이올린을 켜고 싶다는 생각만으로 가슴이 벅차 있었으니까 참 이상하지. 이 오오다이라라는 곳은 고신야마의 남쪽으로 날씨가 좋은 날에 올라와보면 적송 사이로 성 안이 한눈에 내려다보이는 전망이 끝내주는 평지네 – 그렇지 넓이는 한 백 평 정도 될까, 한가운데에 다다미 8장만 한 바위가 하나 있고, 북쪽은 우노누마라는 연못이 이어지고 연못 주위에는 세 사람이 안아야 된다고 하는 느티나무 숲이었지. 산 속이니까 사람이 사는 곳은 장뇌를 채집하는 오두막이 한 채 있을 뿐, 연못 근처는 낮이라도 별로 기분 좋은 장소는 아니지. 다행히 공병들이 훈련을 하려고 길을 내 놓았으니까 오르는 데 힘은 들지 않았지. 겨우 바위 위에 올라 모포를 깔고 어쨌든 그 위에 앉았네. 이런 추운 밤에 올라온 것은 처음이었으니 바위 위에 앉아 조금 숨을 돌리자 주변의 스산함이 차례차례

뱃속까지 스며들었지. 이런 경우에 사람의 마음을 흩트려 놓는 것은 그 저 무섭다는 느낌뿐이니까 이 느낌만 없애면 맑고 밝은 달밤의 빈 영혼 의 기운만 남게 되지. 20분 정도 멍하니 있는 사이 어쩐지 수정으로 만 든 궁전 안에 달랑 혼자 살고 있는 것 같은 적막한 기분이 들었다네. 게 다가 살고 있는 그 한 사람인 내 몸이 – 아니 몸만이 아니지, 마음도 영 혼도 송두리째 한천인가 뭔가로 제조된 것처럼 이상하게 투명해져버려 자신이 수정의 궁전 안에 있는 것인지, 내 배 안에 수정 궁전이 있는 것 인지 알 수 없게 되었지……."

"어처구니없게 되었군." 하고 메이테이 군이 진지하게 놀리자 옆에서 토쿠센 군이 덧붙인다.

"재미있는 경지로군."

토쿠센은 조금 감동을 받는 것처럼 보였다.

"만약 이 상태가 계속 된다면 나는 다음날 아침까지 모처럼의 바이 올린도 연주하지 못하고 멍하니 바위 위에 앉아 있었을지도 모릅니 다……."

"여우라도 있는 곳 아니었나?" 하고 토후우 군이 물었다.

"이런 형편으로 자타의 구별도 없어져 살아 있는지 죽은 것인지 갈피 를 못 잡고 있을 때, 갑자기 뒤의 오래된 연못 깊은 곳에서 '갸악 –' 하 는 소리가 들렸네. ……."

"드디어 나왔구만."

"그 소리가 멀리서 반향을 일으켜 온산의 가을 나뭇가지의 끝을 세찬 바람과 함께 건넜는가 싶더니 퍼뜩 정신이 돌아왔다네……."

"이제야 안심이군."

메이테이 군이 가슴을 쓸어내리는 시늉을 한다.

"큰 죽음을 두려워하지 않으면 건곤이 새로워지는구나."하고 토쿠센 군은 눈짓을 한다. 하지만 칸게츠 군에게는 이도 들어가지 않는다.

"그리고는 정신이 돌아와 주변을 둘러보니 고신야마는 온통 조용해서 빗방울 떨어지는 소리도 들리지 않았지. 도대체 방금 그 소리는 뭘까 하고 생각했네. 사람 소리 치고는 너무 날카롭고, 새 소리라 하기에는 너무 크고, 원숭이 소리라 하기에는 — 이 근방에 더구나 원숭이는 있을리 없지. 뭐였을까? 뭐였을까 하는 의문이 머릿속에 일자, 이것을 해석하려다 보니 지금까지 조용히 자리 잡고 있던 것들이 몽땅 한꺼번에 복잡하게 얽혀 마치 콘노트 폐하(영국 황족) 환영 당시 도시 사람들같은 광란적인 태도로써 뇌리를 스쳐지나간다. 그사이 온몸의 털구멍들이 갑자기 열리고 소주를 뿜어내는 털 덥수룩한 정강이처럼 용기, 담력, 분별, 침착 등이라 부르는 손님들이 쑥쑥 증발해갔지. 심장이 늑골 밑에서 스테테코춤(메이지13년경 유행하던 춤, 코를 움켜쥐는 시늉을 하면서 추는 우스꽝스러운 춤)을 추기 시작했네. 두 다리가 문어가 꿈틀거리듯 흔들리기 시작했네. 이건 정말 못 참겠다. 갑자기, 모포를 머리까지 뒤집어쓰고, 바이올린을 옆구리에 끼고 비틀비틀 하며 바위 위에서 뛰어내려 한달음에 그 구불구불한 산길을 기슭 쪽으로 뛰어내려와 하숙집으로 돌아가 이불에 둘둘 말려 잠이 들어버렸지. 지금 생각해도 그렇게 기분 나빴던 적은 없었네, 토후우 군."

"그래서 어떻게 됐나?"

"그걸로 끝이네."

"바이올린은 켜지 않았는가?"

"켜고 싶어도 켤 수 없지 않은가. 아악 ― 비명을 지르는데. 자네라도 분명 못했을걸."

"뭐랄까, 자네 이야기는 좀 부족한 느낌이 들어."

"그렇다 해도 사실이라네. 어떻습니까, 선생님?"

칸게츠 군은 좌중을 돌아보며 자신만만한 모습이다.

"하하하하, 이것 대단하구만. 거기까지 이끌어 가려면 꽤 고심을 했을 것인데. 나는 남자 샌드라 벨로니(조지 메러디드의 소설에 등장하는 음악의 천재인 여주인공)가 동방군자의 나라에 출현하는 참인가 하고 지금 이때까지 진지하게 경청을 하고 있었지."

메이테이 군은 누군가 샌드라 벨로니의 강의라도 들어줄까 생각했는데 뜻밖에 아무 질문도 나오지 않아 자기가 알아서 설명을 한다.

"샌드라 벨로니가 달빛 아래에서 하프를 연주하며 이탈리아 풍의 노래를 숲 속에서 부르고 있는 대목은 자네가 고신야마에 바이올린을 안고 오르는 대목과 같은 식이어서 이상하고도 묘하구만. 안타깝게도 그쪽은 달 속의 상아(서왕모의 불사약을 훔쳐서 달로 도망쳤다는 여자의 이름)를 놀라게 하고 자네는 오래된 늪의 비버한테 겁을 먹은 것이니, 아슬아슬한 찰나로 해학과 숭고함의 큰 차이를 만들어냈구만. 정말 유감일세."

그에 비해 칸게츠 군은 의외로 태연하다.

"그렇게 유감은 아닙니다."

"도대체 산 위에서 바이올린을 켜려고 하다니 하이칼라 같은 짓을 하니까 그런 일을 당하지."

이번에는 주인이 혹평을 가했다.

"호감 가는 남자 이 귀신 굴을 향해 생계를 꾸린다. 안타까운 일이로다."

토쿠센은 탄식을 했다.

대개 토쿠센이 말하는 것은 결코 칸게츠가 이해한 적이 없다. 칸게츠 군만이 아니다, 어쩌면 누구도 이해가 안 되었을 것이다.

"그건 그렇다 치고 칸게츠 군, 요즘에도 역시 학교에 가서 구슬만 다듬고 있는가?"

메이테이 선생은 한참이 지나 화제를 돌렸다.

"아뇨, 얼마 전부터 고향에 갔었으니까 잠시 중단한 상태입니다. 구슬도 이제 질려버려서 실은 그만둘까 생각하고 있습니다."

"그래도 구슬이 다듬어지지 않으면 박사도 될 수 없을 텐데."

주인은 조금 눈살을 찌푸렸지만 당사자는 의외로 아무렇지 않게 대답한다.

"박사요? 에헤헤헤. 박사라면 이제 안 되어도 상관없습니다."

"하지만 결혼이 미뤄져서 둘 다 곤란해질 텐데."

"결혼이라니 누구 결혼 말입니까?"

"자네지 누구야."

"제가 누구하고 결혼을 한답니까?"

"카네다의 딸 말야."

"헤에."

"헤에 라니 그렇게 약속을 하지 않았는가?"

"약속 같은 건 하지 않았습니다, 그런 말을 떠벌린 건, 저쪽 마음대로 였지요."

"이것 좀 복잡하구만. 안 그런가, 메이테이. 자네도 그 사건은 알고 있겠지?"

"그 사건이라, 코사건 말인가? 그 사건이라면 자네와 나만 알고 있는 게 아니지, 공공연한 비밀로 온 천하가 다 알고 있지 않은가. 정말 만초(일간시사신문의 통칭) 같은 데에서는 신랑신부라는 제목으로 두 사람의 사진을 지면상에 게재할 영광은 언제일까, 언제일까 하며 시끄럽게 내 쪽에 문의를 하러 올 정도인데. 토후우 같은 사람은 이미 원앙가라는 일대 장편을 만들어 놓고 한 석 달 전부터 기다리고 있는데 칸게츠 군이 박사가 되지 않는다면 모처럼의 걸작도 보물을 손에 쥐고 썩히는 꼴이 될 것 같아 걱정되어 죽겠다고 하더구만. 안 그런가, 토후우 군, 그렇지?"

"아직 걱정할 만큼 긁어모은 것은 아니지만 여하튼 동정을 가득 담은 작품을 발표할 생각입니다."

"그것 보게, 자네가 박사가 되는가 안 되는가로 사방팔방에 엄청난 영향이 미치지 않나. 조금 제대로 구슬을 다듬어보게."

"헤헤헤헤, 여러모로 걱정을 끼쳐드려 죄송합니다만, 이제 박사는 되지 않아도 됩니다."

"왜?"

"왜냐면 저한테는 이미 엄연한 아내가 있습니다."

"아니 이것 대단한데. 언제 비밀결혼이라도 했는가? 방심할 수 없는 세상이야. 쿠샤미, 방금 들은 대로 칸게츠 군은 이미 처자가 있다는군."

"아이는 아직이에요. 그렇게 결혼해서 한 달도 안 되었는데 아이가 태어날 리 없죠."

"도대체 언제 어디서 결혼을 했는가?"

주인이 예심판사 같은 질문을 던진다.

"언제냐면 고향에 돌아갔더니 집에서 떡하니 기다리고 있었지요. 오늘 선생님 계신 곳에 가져온 이 가다랑어포는 결혼 축하로 친척한테서 받은 것입니다."

"달랑 3개가 축하선물이라니."

"아뇨, 많이 있는데 3개만 가져온 것입니다."

"그럼 고향 여자겠구만, 역시 검은 피부인가?"

"예, 새까맣습니다. 딱 저하고 어울립니다."

"그래서 카네다 쪽은 어찌 할 셈인가?"

"어떻게 할 것도 없습니다."

"그건 조금 의리가 없지 않은가, 그렇지 않나, 메이테이?"

"안 될 것도 없지. 딴 데다 보내면 똑같지. 어차피 부부 같은 것은 어둠 속에서 머리를 부딪치는 격이니. 요컨대 머리를 부딪치지 않고 끝날 것을 일부러 머리를 부딪치니까 쓸데없는 짓이지. 이미 쓸데없는 짓이라면 누구와 누가 부딪치든 상관없지. 단지 불쌍한 것은 원앙가를 만든 토후우 군 정도겠구만."

"뭐 원앙가는 상황에 따라서 이쪽으로 방향을 바꿔도 괜찮습니다. 카네다 집안의 결혼식에는 또 별도로 만들 테니까요."

"과연 시인인 만큼 자유자재로군."

"카네다 쪽에 거절했는가?"

주인은 아직 카네다를 걱정하고 있다.

"아뇨. 거절할 것이 없지요. 제 쪽에서 달라고도 맞이하고 싶다고도 부탁한 적은 없으니까 그냥 가만히 있으면 그만이지요. ─ 뭐 그냥 있어도 그만 아닌가요. 지금쯤은 탐정이 열 명 스무 명이나 붙어서 처음부터 끝까지 남김없이 다 알고 있겠지요."

탐정이라는 말을 들은 주인은 갑자기 씁쓸한 표정을 하고 말했다.

"흠, 그렇다면 가만히 있어."

주인은 그래도 성에 차지 않은지 탐정에 대해서 다음과 같은 말을 마치 대단한 토론인 양 더 늘어놓았다.

"아무 준비도 안 된 때에 사람의 지갑을 빼가는 것이 소매치기이고, 준비 안 된 때에 사람의 마음을 낚는 것이 탐정이지. 모르는 사이 바깥 덧문을 열고 남의 소지품을 훔치는 것이 도둑이라면, 모르는 사이 입을 열게 해 사람의 마음을 읽어내는 것이 탐정이지. 칼을 다다미 위에 꽂고 억지로 남의 금전을 착복하는 것이 강도라면, 위협하는 말들을 무섭게 늘어놓아 사람의 의지를 강요하는 것이 탐정이지. 그러니 탐정이라는 자는 소매치기, 도둑, 강도와 같은 패거리로 도저히 사람의 서열에 올려놓을 것은 아니지. 그런 놈이 하는 말을 들으면 버릇이 생기네. 절대 지지 말게나."

"뭐 괜찮습니다. 탐정 천 명이든 이천 명, 바람 위에 대열을 정비해 습격해온다 해도 두렵지는 않습니다. 구슬다듬기의 명인 이학박사 미즈시마 칸게츠 아닙니까."

"오호, 알아모시겠습니다. 과연 신혼학사인 만큼 원기왕성하군. 하지만 쿠샤미 군. 탐정이 소매치기, 도둑, 강도와 같은 부류라면 그 탐정을 고용한 카네다 같은 자는 무슨 부류인가."

"쿠마사카 초한쯤일까요?"

"쿠마사카 괜찮군. '하나로 보였던 초한이 둘이 되어 사라진다'고 하는데 그런 일수 돈으로 재산을 긁어모은 맞은편 큰길가의 초한 같은 자는 고집 세고 욕심이 그득한 자이니 몇 개가 되어도 사라질 기미는 없겠군. 그런 자한테 한번 붙잡히면 고생이지. 평생 적이네, 칸게츠 군, 조심하게."

"뭐, 괜찮습니다. '어허, 대단한 도둑이여. 내 솜씨는 그 다음에도 어떨지 다 알지 않느냐. 그런데도 여전히 들어오겠느냐' 하고 혼쭐을 내주지요."

칸게츠 군은 태연자약하게 기염을 토해 보인다.

"탐정이라고 하면, 20세기의 인간은 대개 탐정처럼 되는 경향이 있는데 왜 그런 걸까?"라고 토쿠센은 토쿠센답게 시국문제와는 상관이 없는 초연한 질문을 드러냈다.

"물가가 높은 탓일까?"

칸게츠 군이 대답한다.

"예술취미를 이해하지 못해서겠지."

토후우 군이 대답한다.

"인간에게 문명의 뿔이 돋아나 별사탕처럼 짜증이 나서 그렇지."

메이테이 군이 대답한다.

이번에는 주인 차례다. 주인은 거드름을 피우는 말투로 이런 토론을 시작했다.

"그것은 내가 꽤 생각해왔던 일이야. 내 해석에 의하면 당세인의 탐정적 경향은 완전히 개인의 자각심自覺心(자아)이 너무 강한 것이 원인이지. 내가 자각심이라고 이름을 붙인 것은 토쿠센 군 쪽에서 말하는, 견성성불見性成佛이라든가, 자기는 천지와 동일한 존재라든가 하는 깨달음의 종류는 아니야. ……."

"이런, 꽤 어려워지는 것 같은데. 쿠샤미 군, 자네가 그런 대토론을 혀끝에 담는 이상은 그렇게 말하는 메이테이도 외람되지만 나중에 현대의 문명에 대한 불평을 당당히 말하겠군."

"마음대로 말하든가 말든가, 말할 것도 없는 주제에."

"그럴 리가 있나. 꽤 있지. 자네 같은 사람은 전에는 형사 순사를 신처럼 공경하고, 또 오늘은 탐정을 소매치기 도둑에 비유하고 정말 모순의 변괴인데 나는 시종일관 부모가 태어나기 이전부터 지금에 이르기까지 여전히 내 이야기를 바꾼 적이 없는 남자라네."

"형사는 형사고 탐정은 탐정이지. 전에는 전에고 오늘은 오늘이지. 이야기가 바뀌지 않는다는 것은 발전이 없다는 증거겠지. 어리석음은 옳지 않다고 하는 것은 자네를 두고 한 말 같네. ……."

"이것 혹독하군. 탐정도 그렇게 심각하게 나오면 귀여운 면이 있지."

"내가 탐정?"

"탐정이 아니니 솔직해서 좋다는 뜻이야. 싸움은 그만하지 이제. 자, 그 대토론의 다음을 경청해보세."

"요즘 사람들의 자각심이라는 것은 자기와 타인 사이에 칼로 자른 듯한 이해의 골이 깊이 파여 있다는 것을 너무도 잘 알고 있다는 것이지. 그래서 이 자각심이라는 것은 문명이 발달함에 따라 하루하루 예민해져가니까, 결국에는 일거수 일투족도 자연스럽게 할 수 없게 되지. 헨리라는 사람이 스티븐슨을 평하길 그는 거울이 걸린 방에 들어가, 거울 앞을 지날 때마다 자기의 그림자를 비추어 보지 않으면 성이 차지 않을 정도로, 순간순간 자기를 잊을 수 없는 사람이라고 평했던 것은 오늘날의 추세를 잘 말하고 있는 것이지. 잠들어도 나, 깨어도 나, 이 '나'라는 말이 가는 데마다 들러붙어 따라다니니 인간의 행위 언동이 인공적이고 옹색해지기만 할 뿐, 세상이 빡빡해져 갈 뿐이고, 마치 선을 보는 젊은 남녀의 기분으로 아침부터 저녁까지 그렇게 지내지 않으면 안 되지. 유유자적이나 종용이라는 글자는 획이 있으나 의미는 없는 말이 되어버렸지. 이 점에 있어서 금세의 사람들은 탐정적이라는 것이지. 도둑 같고. 탐정은 남의 눈을 훔쳐서 자기만 훌륭한 일을 하려는 장사치이니 아주 자각심이 강해지지 않으면 못 해먹겠지. 도둑도 붙잡힐까, 들킬까 하는 걱정이 머릿속을 떠나지 않을 테니까 굉장히 자각심이 강해지지 않을 수 없어. 지금의 사람들은 어떻게 하면 자기의 이익이 될까, 손해가 될까 하고 자나깨나 그 생각만 하니까, 당연히 탐정 도둑과 똑같이 자각심이 강해지지 않을 수 없는 거야. 쉴 새 없이 두리번두리번, 몰래몰래 무덤에 들어갈 때까지 한시도 안심할 수 없는 것은 요즘 사람들의 마음이네. 문명의 저주지. 너무 어리석어."

"과연 재미난 해석이군."

토쿠센 군이 말을 꺼냈다. 이런 문제가 되면 토쿠센 군은 좀처럼 물러나 있을 남자가 아니다.

"쿠샤미, 자네의 설명은 잘도 내 뜻과 같구만. 옛 사람들은 자기를 잊으라고 가르쳤었지. 지금 사람들은 자기를 잊지 말라고 가르치니까 정말 달라. 한시도 자기라는 의식을 내려놓지 못하고 늘 충만해 있지. 그러니 항시 태평할 때가 없잖은가. 언제나 초조하고 뜨거운 지옥이라네. 천하에 무엇이 약이라고 해도 자기를 잊는 것보다 좋은 약은 없을걸. 초승달 아래 무아지경에 들어간다는 말은 이 지경을 읊은 것이네. 지금의 사람들은 친절을 베풀어도 자연스러움을 숨기고 있어. 영국의 nice라고 자랑하는 행위도 의외로 자각심이 딱 들어간 말처럼 인위적이야. 영국의 천자가 인도에 놀러 가서 인도의 왕족과 식탁을 함께했을 때, 그 왕족이 천자 앞인 것도 잊고, 그만 자국의 방식을 드러내 감자를 손으로 집어 그릇에 두고 나중에 얼굴이 빨개져서 창피해하고 있었더니 천자는 모른 척하며 역시 자신도 두 손가락으로 감자를 접시에 놓았다고 하네……."

"그것이 영국 취향입니까?"

이것은 칸게츠 군의 질문이었다.

"나는 이런 이야기를 들었네."

주인이 뒤를 잇는다.

"역시 영국의 어느 병영에서 연대의 사관들이 많이 있어 한 하사관을 대접한 적이 있었는데 식사대접이 끝나고 손을 씻을 물을 유리그릇에 담아 나왔더니 이 하사관은 연회에 익숙하지 못한 것으로 보여 유리그릇을 입으로 가져가 안의 물을 꿀꺽 하고 마셔버렸지. 그러자 연대장이 갑자기 하사관의 건강을 빈다고 하면서 자기도 핑거볼(손가락 끝을 씻을 물을 담는 그릇)의 물을 한 번에 다 마셨다고 하네. 그래서 그 주위에 있던 사관들도 서로 지지 않고 작별의 잔을 들어 하사관의 건강을 기원했다고 하지."

"이런 이야기도 있다네."

잠자코 듣는 것을 못 참는 메이테이가 말했다.

"칼라일이 처음으로 여왕을 뵈었을 때, 궁정의 예를 갖추지 않는 별종이어서 선생이 갑자기 '어떠십니까?' 하고 말하면서 풀썩 의자에 걸터앉았다네. 그런데 여왕 뒤에 서 있던 많은 시종이나 관녀들이 모두 키득키득 웃기 시작했지 − 웃기 시작한 게 아니라 웃으려고 했었지, 그러자 여왕이 뒤를 돌아보며 잠깐 뭔가 신호를 보내니, 그 많은 시종 관녀들이 어느 샌가 모두 의자에 걸터앉아 칼라일은 면목을 잃지 않았다고 하는데 상당히 정성이 들어간 이런 친절도 있지 않은가."

"칼라일이라면 모두가 서 있어도 아무렇지도 않았을지도 모르겠군요."라고 칸게츠 군이 단평을 시도했다.

"친절한 쪽의 자각심은 뭐 됐네만." 하고 토쿠센 군은 진행을 한다.

"자각심이 있는 만큼 친절을 베푸는데도 힘이 드는 것이지. 참 딱하지. 문명이 발달함에 따라 살벌한 기가 없어지고 개인과 개인의 교제가 부드러워진다고들 보통 말하는데 그건 큰 오류야. 이렇게 자각심이 강해서야 어떻게 부드러워질 수 있겠는가. 과연 잠깐 보면 극히 조용하고 무사한 것 같지만 상호간에는 매우 괴로운 것이지. 마치 스모가 모래판 한가운데에서 서로 움켜잡고 움직이지 않는 것과 같은 것처럼. 곁에서 보면 평온하기 이를 데 없어 보이지만 당사자들의 배는 요동을 치며 출렁거리고 있지 않은가."

"싸움도 옛날 싸움은 폭력으로 압도했으니까 오히려 죄는 없었지만 요즘이라면 꽤 교묘해졌으니까 더욱더 자각심이 증가하는 것이지."

차례가 메이테이 선생의 머리 위로 돌아온다.

"베이컨의 말에 자연의 힘에 따라야 비로소 자연에 이긴다고 했는데, 지금의 싸움은 정말 베이컨의 격언대로 되어가고 있으니 신기하지. 마치 유술 같은 것이네. 적의 힘을 이용해 적을 무너뜨리는 것을 생각하는 것 말일세……."

"또는 수력전기 같은 것일 수도 있지. 물의 힘에 거스르지 않고 오히려 이것을 전력으로 변화시켜 훌륭하게 사용하게 하는……."

칸게츠 군이 말을 시작하자 토쿠센 군이 금방 그 뒤를 이어받았다.

"그러니 가난할 때는 가난에 얽매이고, 부유할 때는 부에 속박되며, 우울할 때는 우울함에 사로잡히고, 기쁠 때는 기쁨에 빠지는 것이지. 재주 있는 사람은 그 재주에 넘어지고, 지식가는 지식에 패하고 쿠샤미 같은 신경질쟁이는 신경질을 잘 이용만 하면 금방 튀어나가서 적의 덫에 걸려들지……."

"그래그래."

메이테이 군이 손뼉을 치자 쿠샤미는 생글생글 웃으면서 대답한다.

"이래도 그리 좀처럼 쉽게는 되지 않는다네."

그러자 모두 한꺼번에 웃음을 터뜨렸다.

"그럼 카네다 같은 자는 무엇으로 넘어질까?"

"그 마누라는 코로 넘어지고, 주인은 인과의 업보로 쓰러지고 부하는 탐정으로 넘어질까?"

"딸은?"

"딸은 ─ 어디 보자 딸은 본 적이 없으니 뭐라고도 할 수 없지만 ─ 우선 옷이나 먹는 것, 아니면 부어 마시는 술 종류 때문이겠지. 어차피 사랑에 쓰러지는 것은 안 될 테고. 때에 따라서는 소토바 코마치처럼 그냥 가다 객사할지도 모르겠구만."

"그건 좀 심하군."

신체시를 바친 만큼 토후우 군이 이의를 제기했다.

"그러니 평소 나쁜 마음을 없애야만 비로소 깨달음의 경지에 이를 수 있다應無所住而生其心는 말은 중요한 말이네, 그런 경지에 이르지 않으면 인간은 괴로워서 견디지 못하지."

토쿠센이 열심히 혼자 득도한 듯한 말을 한다.

"그리 젠체하는 것은 아니지. 자네 같은 자는 때에 따라서는 전광석화에 거꾸로 넘어질지도 모르니."

"아무튼지 이런 기세로 문명이 발달해나가는 날에는 나는 더 이상 살아 있고 싶지 않네."

주인이 말을 꺼냈다.

"그럼 사양은 필요 없으니 죽게나."

메이테이가 일언지하에 딱 잘라 말한다.

"죽기는 더 싫으네."

주인이 알 수 없는 고집을 피운다.

"태어날 때는 아무도 숙고하고 태어나는 자는 없지만 죽을 때는 누구나 괴로워한다고 보입니다."

칸게츠가 데면데면한 격언을 늘어놓는다.

"돈을 빌릴 때는 아무 생각 없이 빌리지만, 갚을 때는 모두 걱정하는 것과 같은 이치지."

이럴 때 금방 대꾸해 받아치는 것은 바로 메이테이 군이다.

"빌린 돈을 돌려줄 생각을 하지 않는 자가 속편한 것처럼 죽을 것을 고민하지 않는 자는 행복해."

토쿠센은 초연하게 속세를 떠난 태도이다.

"자네처럼 말하면 결국 뻔뻔스러운 자가 득도한 자로군."

"글쎄, 선가의 말에 철우면鐵牛面의 철우심鐵牛心, 우철면牛鐵面의 우철심牛鐵心(한 가지에 집착하는 마음을 버리고 무심의 경지에 이르는 마음)이라는 말이 있지."

"그래서 자네는 그 표본이라는 것인가?"

"그렇지도 않네. 하지만 죽는 것을 괴로워하게 된 것은 신경쇠약이라는 병이 발견되고 난 이후의 일이지."

"과연 자네 같은 자는 어디를 봐도 신경쇠약 직전의 사람이니."

메이테이와 토쿠센이 묘한 말을 주고받고 있자니 주인은 칸게츠, 토후우를 상대로 자꾸만 문명에 불평을 늘어놓고 있다.

"어떻게 해서 빌린 돈을 갚지 않고 끝나는가가 문제지."

"그런 문제는 없습니다. 빌린 것은 당연히 되돌려주어야지요."

"뭐. 이론이니까 그냥 들어보는 게 좋아. 어떻게 해서 빌린 돈을 갚지 않고 끝나는가가 문제인 것처럼 어떻게 하면 죽지 않고 끝나는가가 문제인 것이지. 아니 문제였었지. 연금술이 그것이네. 모든 연금술은 실패를 했지. 인간은 아무래도 죽지 않으면 안 되는 것이 분명해졌어."

"연금술 이전부터 그랬지요."

"뭐, 역시 이건 이론이니까 가만히 들어봐. 알았지? 아무래도 죽지 않으면 안 되는 것이 분명해졌을 때 두 번째 문제가 발생해."

"흐음."

"어차피 죽을 거라면 어떻게 죽으면 좋을까. 이것이 두 번째 문제라는 거지. 자살 클럽은 이 두 번째 문제와 함께 일어날 운명을 갖고 있다네."

"과연."

"죽는 것은 괴로워, 하지만 죽을 수가 없다면 더욱 괴롭지. 신경쇠약의 국민에게는 살아 있는 것이 죽는 것보다 훨씬 고통이지. 따라서 죽음을 괴로워하지. 죽기 싫어서 괴로워하는 것이 아니라, 어떻게 죽을까 하고 걱정을 한다네. 단, 대부분의 사람들은 지혜가 부족하니까 자연 그대로 방치해두는 사이 세상이 괴롭혀 죽여주지. 하지만 한 성깔 한다는 사람은 세상으로부터 무릎을 꿇리고 괴롭힘을 당하는 데 만족하지 않아. 반드시 죽는 방법에 대해 여러 가지를 생각한 결과, 참신한 대안을 내놓을 것이 틀림없어. 그래서 향후 세계의 추세는 자살자들이 증가하고 그 자살자가 모두 독창적인 방법을 갖고 이 세상을 떠날 것이 틀림없어."

"꽤 복잡하고 까다로워지겠군요."

"그렇지. 분명 그렇지. 아서 존스라는 사람이 쓴 각본 속에 끊임없이 자살을 주장하는 철학자가 있어……."

"자살합니까?"

"그런데 안타깝게도 그자는 하지 않지만. 하지만 지금으로부터 천년쯤 지나면 모두 실행할 게 분명해. 만 년 후에는 죽음이라고 하면 자살 말고는 존재하지 않는 것처럼 생각되고 말걸."

"이것 큰일이 되겠군요."

"그렇겠지, 분명. 그렇게 되면 자살도 연구가 꽤 활발해져 훌륭한 과학이 되고 낙운관 같은 중학교에서 윤리 대신 자살학을 정규과목으로 채용하게 되겠지."

"참 묘하네요, 청강하러 가고 싶어질 정도네요. 메이테이 선생님, 들으셨습니까? 쿠샤미 선생의 명론을요."

"들었네. 그 시절이 되면 낙운관의 윤리 선생은 이렇게 말하겠지. 여러분, 공덕이라는 야만적인 유물 같은 것을 묵묵히 지켜서는 안 됩니다. 세계의 청년으로서 여러분이 제일 주의해야 할 의무는 자살입니다. 그리고 자기가 좋아하는 점은 이것을 남에게 베풀어도 되는 것이니 자살을 한발 전개해 타살로 해도 좋겠지요. 특히나 바깥의 가난해빠진 친노 쿠샤미 씨 같은 선생은 살아 있는 것이 꽤 고통스러워 보이니 한시라도 빨리 죽여 드리는 것이 여러분의 의무입니다. 무엇보다 옛날과 달라 오늘날은 문명이 개화된 시절이니 창이나 언월도 아니면 날아다니는 도구(총) 같은 종류를 이용하는 비겁한 행동거지를 해서는 안 됩니다. 단 상대를 골탕 먹이는 고상한 기술로써 위협해 죽이는 것이 본인을 위한 공덕도 되고, 또 여러분의 명예도 되는 것입니다. ……"

"과연 흥미로운 강의로군요."

"아직 재미난 것이 더 있네. 현대에는 경찰이 국민의 생명재산을 보호하는 것을 첫 번째 목적으로 하고 있지. 그런데 그 시절이 되면 순사가 개잡는 곤봉을 들고 천하의 공민들을 박살내며 다니지. ……"

"왜 그래요?"

"왜냐면 지금의 인간들은 생명이 소중하니까 경찰에서 보호하지만, 그 시대의 국민은 살아 있는 것이 고통이니까 순사가 자비를 위해 때려죽여주는 거라네. 무엇보다 조금 영리한 자들은 대개 자살을 선택해버리니까 순사에게 맞아죽는 자들은 정말 정말 소심하거나 자살할 능력이 없는 백치 혹은 불구자에 한정되겠지. 그래서 죽임을 당하고 싶은 인간들은 문 앞에 팻말을 달아두는 거야. 뭐 그냥 '죽임을 당하고 싶은 남자 있음' 이라든가 '여자 있음' 이라든가 하고 붙여두기만 하면 순사가 상황이 좋을 때 순찰을 돌며 곧바로 원하는 대로 다루어주는 것이지. 송장 말인가? 송장은 역시 순사가 인력거를 끌고 다니며 수거해가는 것이지. 아직 재미난 이야기가 더 나오네. ……"

"아무래도 선생님의 농담은 한계가 없는 것 같습니다."

토후우 군은 크게 감탄하고 있다. 그러자 토쿠센 군은 평소대로 염소수염을 신경 쓰면서 슬슬 말을 시작했다.

"농담이라고 하면 농담이겠지만 예언이라고 하면 예언인지도 모르겠네. 진리에 철저하지 않는 자는 자칫하면 눈앞의 현상세계에 속박되어 거품 같은 몽환을 영원한 사실이라고 인정하고 싶어 하는 법이니까 조금 동떨어진 것을 말하면 금방 농담으로 간주해버리지."

"연작(연새) 같은 것이 대붕(붕새)의 뜻을 알 리 없다 이거군요."

칸게츠 군이 황공해하자 토쿠센 군은 그렇다고 말하는 듯한 표정으로 말을 이어간다.

"옛날 스페인에 코르도바라는 곳이 있었지……."

"지금도 있을랑가?"

"있을지도 모르지. 그 문제는 놔두고 그곳의 풍습 중에 날이 저물 때 절에서 종이 울리면 각 가정의 여자들이 모조리 나와서 강으로 뛰어 들어가 목욕을 한다네……."

"겨울에도 그런가요?"

"그것까지는 분명히 모르겠네만 어쨌든 남녀노소 귀천을 가리지 않고 강으로 뛰어들지. 단 남자는 한 명도 같이 할 수 없어. 그저 멀리서 보기만 해야 하지. 멀리서 보고 있으면 모색창연한 물결 위에 하얀 살들이 희미하게 움직이고 있겠지……."

"참 시적이군요. 신체시라도 되겠군요. 그곳이 뭐라 했지요?"

토후우 군은 나체 이야기만 나오면 앞으로 다가앉는다.

"코르도바야. 거기서 지방의 젊은이들이 여자와 함께 헤엄치는 것도 할 수 없고 그렇다고 멀리서 분명하게 그 모습을 보는 것도 허락되지 않는 것을 유감으로 여겨 조금 장난을 쳤지……."

"흐음, 어떤 취향으로?"

장난이라는 말을 들은 메이테이 군은 크게 기뻐한다.

"절의 종지기한테 뇌물을 먹여서 일몰을 신호로 치는 종을 한 시간 앞당겨 울렸지. 그러자 여자들은 단순한 존재들이니까 '어머 종이 울렸다' 하고 제각각 강가로 몰려들어 반 속옷 반 잠방이 차림으로 첨벙첨

병 물속으로 뛰어들었어. 뛰어들기는 했지만 평소 때와 달리 해가 저물지 않았겠지.”

“따가운 가을 햇볕이 쨍쨍 내리쬐지 않았는가?”

“다리 위를 보자 남자들이 우르르 몰려서 쳐다보고 있었지. 창피하지만 어떻게 할 수도 없어서 얼굴만 빨개져서 있었다고 하더군.”

“그래서?”

“그래서, 인간은 그냥 눈앞의 관습에 미혹되어서 근본의 원리를 잊어버리게 마련이니 정신을 차리지 않으면 안 된다는 말일세.”

“과연 고마운 설교네. 눈앞의 관습에 미혹당한 이야기를 나도 하나 할까. 요사이 어느 잡지를 읽었는데 이런 사기꾼의 소설이 있었네. 내가 여기서 서화골동점을 연다고 해보지. 그래서 가게 앞에 대가의 화폭이나 명인의 도구 종류를 진열해놓는 것이지. 물론 가짜가 아닌, 솔직 정명, 거짓말 하나도 보태지 않는 고급품만을 진열하는 거야. 고급품이니까 모두 비싼 값을 매기겠지. 거기서 물건 좋아하는 손님이 와서 이 모토노부의 화폭은 얼마인가 묻는 거야. 600엔이라고 내가 말을 하면 그 손님은, 600엔으로는 수중에 넣을 수가 없으니 유감이지만 뭐 보는 걸로 만족해야겠다고 하는 거야.”

“그렇게 말한다고 정해져 있는가?”

주인은 여전히 재미도 없게 말을 한다.

메이테이군은 들은 척 만 척하는 얼굴로 말한다.

“뭐 소설이잖나. 그렇다고 해두자구. 그래서 내가 값은 뭐 상관없으니 마음에 들면 가져가시라고 하지. 손님은 그렇게 할 수가 없으니 주저하지. 그럼 '할부로 받지요, 할부도 길고 가는데 어차피 앞으로 단골이 되실 테니 — 아니, 조금도 사양하실 건 없습니다. 어떻습니까? 한 달에 10엔 정도라면. 뭣하시면 한 달에 5엔이라도 상관 없습니다' 하고 내가 지극히 아무렇지 않게 말하는 거지. 그로부터 나와 고객 사이에 두세 번 문답이 오가고 드디어 내가 그 화공의 원래의 화폭을 600엔, 단 할부 10엔 불입하는 조건으로 팔아내는 거야."

"타임즈의 백과사전을 보는 것 같군요."

"타임즈는 분명하지만 내 것은 매우 애매하네. 앞으로가 드디어 교묘한 사기에 착수하는 것이지. 잘 들어보게, 월 10엔씩으로 6백 엔이라면 몇 년 만에 모두 갚게 된다고 생각하나, 칸게츠 군."

"물론 5년이지요."

"물론 5년이라. 그럼 5년의 세월은 길다고 생각하나 짧다고 생각하나, 토쿠센 군?"

"일념─念이 만년, 만년이 일념─念이니. 짧기도 하고 짧지 않기도 하지."

"뭐가 그게 도가인가, 상식이 없는 도가로구만. 암튼 5년 동안 매달 10엔씩 지불하니까 결국 상대방은 60회나 똑같은 것을 매달 반복하면 61회에도 역시 10엔을 지불할 마음이 들지. 62회에도 10엔 지불하게 되고. 62회, 63회 회를 거듭함에 따라 아무래도 기일이 다가오면 10엔을 지불하지 않으면 마음이 내키지 않게 되는 거야. 인간은 영리한 것 같아도 습관에 현혹되어 근본을 잊어버리는 큰 약점이 있지. 그 약점을 이용해 나는 몇 번이나 10엔씩 매달 이득을 보는 것이지."

"하하하하, 설마 그 정도로 잊어버리지는 않겠지요."

칸게츠 군이 웃자, 주인은 진지하게 자신의 부끄러운 일을 인간 일반의 수치인 것처럼 공언했다.

"아니, 그런 일은 정말 있어. 나는 대학 때 빌린 학자금을 매달매달 계산하지 않고 갚아서 결국에 저쪽에서 그만내도 된다고 한 적이 있었지."

"그것 봐, 그런 사람이 정말 여기 있으니까 분명한 것이지. 그러니까 내가 아까 말한 문명의 미래기를 듣고 농담 따위라고 웃는 자들은 60회로 끝날 할부를 평생 지불하면서도 정당하다고 생각하는 무리들이지. 특히 칸게츠 군이나 토후우 군 같은 경험이 부족한 청년들은 우리가 하는 말을 듣고 속아 넘어가지 않도록 하지 않으면 안 되겠네."

"잘 알겠습니다. 할부는 반드시 60회로 끝내는 것으로 하겠습니다."

"아니 농담 같지만 실제로 참고가 될 이야기일세. 칸게츠 군."

토쿠센 군은 칸게츠 군을 향해 말하기 시작했다.

"가령 말이지. 지금 쿠샤미 군이나 메이테이 군이 자네가 무단으로 결혼한 것이 온당치 못하니 카네다인가 하는 사람에게 사죄하라고 충고했다면 자넨 어떻게 하겠나? 사죄할 의향이 있는가?"

"사죄는 사양하고 싶네요. 저쪽이 사과한다면 몰라도, 제 쪽에서는 그럴 마음은 없습니다."

"경찰이 자네에게 사과하라고 명령하면 어떻겠나?"

"미안하지만 더더욱 안 되겠는데요."

"대신이라든가 귀족이라면?"

"그건 더욱 더 사양하겠습니다."

"그것 보게. 옛날과 지금은 인간들이 그만큼 변했어. 옛날에는 통치자의 위광이라면 뭐든지 할 수 있는 시대였지. 그 다음에는 통치자의 위광으로도 할 수 없는 것이 생겨나는 시대라네. 지금 세상은 아무리 전하가 됐든 각하가 됐든 어느 정도 이상은 개인의 인격 위에 군림할 수 없는 세상이네. 좀 심하게 말하면 상대방에게 권력이 있으면 있을수록 억압받는 쪽에서는 불쾌함을 느끼고 반항하는 세상이라 이 말이지. 그러니 지금 세상은 옛날과 달리 통치자의 위광이어서 못하는, 새로운 현상이 나타나는 시대네, 옛날 사람들 입장에서 생각하면 거의 생각할 수 없을 정도의 사항들이 그대로 통하는 세상이지. 세태 인정의 변천이라는 것은 정말 묘한 것이어서 메이테이 군의 미래기도 농담이라고 하면 농담에 지나지 않겠지만, 그 주변의 소식을 설명한 것이라고 한다면 꽤 나름대로의 맛이 있지는 않은가?"

"그런 기지가 나오면 반드시 미래기의 후속을 이야기하고 싶어지는군. 토쿠센 군의 말처럼 지금 세상에 통치자의 위광을 방패로 삼아 죽창 200~300자루에 의지해 무리수를 두려고 하는 것은 마치 가마를 타고 무엇을 해서든 기차와 경쟁하려고 날뛰는, 시대에 뒤떨어진 완고한 자 ─ 뭐 벽창호의 장본인, 일수쟁이 초한선생 정도이니까 잠자코 솜씨를 살피고 있으면 되는데 ─ 나의 미래기는 그런 당분간의 시기에 맞춘 작은 문제는 아니네. 인간 전체의 운명에 관한 사회적 현상이니까. 곰곰이 요즘 문명의 경향을 달관해 머나먼 장래의 추세를 점쳐보자면 결혼이 불가능한 일이 되지. 놀라지 말게, 결혼의 불가능. 이유는 이렇네. 앞에 말한 대로 지금 세상은 개성 중심의 세상이지. 한 집안을 주인이 대표하고 한 군을 군수가 대표하고 한 나라를 영주가 대표했을 시절에는 대표자 이외의 인간에게는 인격은 우선 없었지. 있다고 해도 인정받을 수 없었지. 그것이 확 바뀌자 모든 생존자들이 하나같이 개성을 주장하고 나와 누구를 봐도 너는 너, 나는 나라는 것 같은 흉내를 내게 되지. 두 사람이 도중에 만나면 '네놈이 인간이라면 나도 인간이다'라고 속으로 싸움을 걸면서 지나가지. 그만큼 개인이 강해졌어. 개인이 평등하게 강해졌으니까 개인이 평등하게 약해진 것도 되지. 남이 나를 해치기 어렵게 된 점에 있어서는 분명 자신은 강해졌지만 좀처럼 남의 신상에 손을 대지 못하게 된 점은 명백히 옛날보다 약해졌다고 해야겠지. 강해지는 것은 좋지만, 약해지는 것은 누구도 고마워하지 않으니까 남한테서 털끝만큼도 침해받지 않겠다고, 강한 점을 어디까지나 고수함과 동시에 하다못해 털끝 반만이라도 남을 해하려고 약한 점을 무리하게 넓히고 싶어지는 것이지. 이렇게 되면 사람과 사람 사이에 공간이 없어져 살아가는 것이 궁색해지네. 되도록이면 자신을 팽창시켜서 터져나갈 만큼 부풀려 괴로워하며 생존하고 있지. 괴로우니 여러 가지 방법으로 개인과 개인 사이에 여유를 찾는 것이고. 그처럼 인간이 자업자득으로 고뇌해왔고 그 고뇌의 와중에 내놓은 첫 번째 방안은 부모자식의 별거제도였어.

일본에서도 산 속에 들어가 보게. 한집 한 가족 모조리 한 집에 득시글거린다네. 주장할 개성도 없고 있어도 주장하지 않으니까 그것으로 끝나는데, 문명의 백성은 가령 부모자식 사이라도 서로에게 자기를 주장하는 만큼 주장하지 않으면 손해를 입으니까 저절로 양자의 안전을 유지하기 위해서는 별거를 하지 않으면 안 되지. 서구 유럽은 문명이 발달해 있으니까 일본보다도 일찍 이런 제도가 이루어지고 있었지. 가끔은 부모자식이 동거하는 경우가 있어도 자식이 아버지한테서 이자가 붙은 돈을 빌리거나 남처럼 하숙비를 지불하기도 하네. 부모가 자식의 개성을 인정해 이것에 존경을 지불하기 때문에야말로 이런 미풍이 성립되는 것이지.

이런 풍조는 조만간 일본에도 반드시 수입되지 않으면 안 되겠지. 친척들은 벌써 헤어지고, 부모자식은 오늘날 헤어지고, 간신히 참고 있는 것 같지만 개성의 발전과, 발전에 따라 이것에 대한 존경의 마음은 무제한적으로 뻗어나가니 아직도 더 헤어져 있지 않으면 편안함이 생기지 않지. 하지만 부모자식 형제자매가 헤어져 있는 오늘날, 더 이상 헤어져 있을 만한 자들이 없으니까 최후의 방책으로 부부가 헤어지게 되지. 지금 사람들의 생각으로는 함께 있으니까 부부라고 생각하고 있지만 실은 그것이 커다란 견해차이일세. 함께 있기 위해서는 함께 있는데 충분한 만큼의 개성이 맞지 않으면 안 될 것이네. 옛날이라면 불평은 통하지 않았지. 일심동체라고 해서 눈에는 사람의 부부로 보이지만, 내실은 한 사람과 같으니까 말일세. 그랬던 것이니까 백년해로라도 하면서 죽어도 한 동굴에 묻혀야 했지.

너무 야만적인 일이지 않은가. 지금은 그렇게는 안 되잖은가. 남편은 어디까지나 남편이고 아내는 어떻게 해도 아내이니 말야. 그런 아내가 여학교에서 안돈바카마(가랑이가 없이 통치마처럼 입는 하카마)를 입고 확고한 개성을 단련해 머리도 싹둑 자르고 쳐들어오는 판이니 정말 남편이 생각하는 대로 될 리가 없지. 또한 남편의 생각대로 되는 아내라면 아내가 아닌 인형이니 말일세. 현모양처가 되면 될수록 개성은 놀랄 만큼 발달하지. 발달하면 할수록 남편과 맞지 않게 되고. 맞지 않으면 자연히 남편과 충돌하게 될 것이고, 실로 괜찮은 일이지만, 현모양처를 맞이하면 할수록 쌍방이 다같이 고생의 정도가 늘어나게 되지. 물과 기름처럼 부부 사이에는 확연한 칸막이가 생기고 그것도 안정되어 칸막이가 수평선을 유지하고 있다면 아직 괜찮겠지만 물과 기름이 서로 움직여 작용하니까 집 안은 지진이 난 것처럼 들썩이며 요동치게 되겠지. 여기에 있어 부부의 동거는 서로에게 손해라는 것을 인간들이 점차 알아가는 것이지. ……"

"그래서 부부가 헤어지는 겁니까, 걱정이군요."

칸게츠가 말했다.

"헤어지지. 분명 헤어지고 말고. 하늘 아래 있는 부부는 모두 헤어지지. 지금까지는 죽어도 함께하는 것이 부부였지만, 앞으로는 동거하는 자들은 세상으로부터 부부의 자격이 없는 것처럼 간주당하게 되지."

"그러면 저 같은 사람은 자격이 없는 축에 끼이는 것이겠군요."

칸게츠는 아슬아슬한 찰나에서 자랑을 늘어놓는다.

"메이지의 세대에 태어나 다행이지. 나 같은 사람은 미래기를 만드는 만큼 두뇌가 시대보다 한두 걸음씩 앞서 있으니까 지금부터 알아서 독신으로 지내는 거라네. 남들은 실연의 결과라고들 떠들어대지만, 근시안의 자들이 보는 점은 정말 불쌍하리만치 얄팍한 것이네. 그건그렇다치고 미래기의 다음을 이야기해두겠네. 그때 한 철학자가 하늘에서 내려와 하늘이 깨지고 황량해질 진리를 창도하지. 그 설 가라사대 인간은 개성의 동물이다. 개성을 멸하면 인간을 멸함과 같은 결과에 빠진다. 적어도 인간의 의미를 완벽하게 매듭짓기 위해서는 어떠한 대가를 지불해도 상관없으니 이 개성을 유지함과 동시에 발달시키지 않으면 안 된다. 그 낡아빠진 습관에 속박당해, 싫으면서도 결혼을 집행하는 것은 인간의 자연스런 경향에 반한 야만적인 풍속이고 개성이 발달하지 않은 몽매한 시대라면 막상 모를까 문명시대의 오늘날 여태 이런 병폐에 빠져 전혀 헤어 나오지 못하는 것은 정말로 잘못된 견해이다. 개화의 최고조에 달한 지금에 있어서 두 개의 개성이 보통 이상으로 친밀한 정도를 갖고 연결되어야 할 이유가 없다. 이런 보기 쉬운 이유는 있음에도 불구하고 교육을 받지 못한 청춘 남녀들이 한때의 열등한 정에 이끌려 무분별하게 결혼의 예식을 거행하는 것은 도덕과 윤리를 심하게 해치는 패덕몰륜의 소치가 아닐 수 없다.

나는 인간의 도리를 위해, 문명을 위해, 그들 청춘남녀의 개성 보호를 위해, 전력을 다해 이 야만적인 풍조에 저항하지 않을 수가 없다……."

"선생님, 저는 그 설에는 완전히 반대입니다."

토후우 군은 이때 작심한 말투로 손으로 무릎을 탁 쳤다.

"제 생각으로는 세상에 무엇이 존엄하다고 해도 사랑과 아름다움만큼 존엄한 것은 없다고 생각합니다. 우리를 위로하고 우리를 완전하게 하고 우리를 행복하게 하는 것은 완전히 이 둘 덕분입니다. 저의 정서를 우아하고 아름답게 하고 품성을 고결하게 하고 감정을 세련되게 하는 것은 바로 둘 덕분이지요. 그러니 저는 어느 세상에 어디에 태어나도 이 두 가지를 잊을 수는 없습니다. 이것이 현실세계에 나타나면 사랑은 부부라는 관계가 되지요. 아름다움은 시가, 음악의 형식으로 나뉘어지구요. 그런 것이 적어도 인류의 지구 표면에 존재하는 한은 부부와 예술은 결코 사라지는 일은 없을 거라고 생각합니다."

"없으면 괜찮지만, 방금 철학자가 말한 대로 완전히 없어져버릴 테니 어쩔 수 없다고 포기해버리는 것이지. 개성의 발전이라는 것은 개성의 자유라는 의미겠지. 개성의 자유라는 의미는 나는 나, 남은 남이라는 의미일 것이고. 그런 예술 따위 존재할 리가 없지 않은가. 예술이 번창하는 것은 예술가와 그것을 좋아하고 받아들이는 자 사이에 개성의 일치가 일어나기 때문이겠지. 자네가 아무리 신체시가라고 버티고 서 있다 한들 자네 시를 읽고 재미있다고 해주는 자가 한 사람도 없다면 자네의 신체시도, 안됐지만 자네 말고 읽을 사람은 없게 되겠지. 원앙가를 몇 편을 만들어도 시작하지 않으면야. 다행히 메이지의 오늘날에 태어났으니 천하가 앞 다투어 애독해주는 것이겠지만……."

"아니 그 정도는 아닙니다."

"지금에조차 그 정도가 아니면 인문이 발달한 미래 즉, 그 일대 철학자가 나와 비결혼론을 주장할 시대에는 읽는 자는 아무도 없어지겠군. 아니 자네니까 읽지 않는다는 것은 아니네. 사람들 개개인이 각자 특별한 개성을 갖고 있으니까 남이 만든 시문 따위에는 전혀 흥미가 없는 것이지. 실제로 지금도 영국 등지에서는 이런 경향이 분명히 드러나고 있지. 현재 영국의 소설가 중에서 가장 개성이 뛰어난 작품을 내는 메러디스를 보게, 그리고 제임스를 보게. 읽는 쪽은 극히 적지 않은가. 적을 수밖에. 저런 작품은 저런 개성이 있는 사람이 아니면 읽어도 재미있지 않으니까 어쩔 수가 없지. 이런 경향이 점점 발달해 혼인이 부도덕하게 되는 시대에는 예술 또한 완전히 멸망하겠지. 그렇겠지, 자네가 쓴 것은 내가 이해할 수 없게 되고 내가 쓴 것은 자네가 알 수 없게 되는 날에는 자네와 나 사이에는 예술도 뭣도 없지 않겠는가."

"그야 그렇지만 저는 아무래도 직각적으로 그렇게 생각되지 않습니다."

"자네가 직각적直覺的으로 그렇게 생각되지 않는다면 나는 곡각적曲覺的으로 그렇게 생각하는 것뿐이겠지."

"곡각적인지도 모르겠지만."

이번에는 토쿠센이 입을 연다.

"어쨌든 인간에게 개성의 자유를 허락하면 할수록 서로가 꽉 막히게 되는 것은 틀림없어. 니체가 초인 같은 것을 끌어내는 것도 전부 이런 꽉 막힌 것을 풀 곳이 없어져 하는 수 없이 저런 철학으로 변형시킨 것이지. 잠깐 보면 저것이 그 작자의 이상처럼 보이지만, 그것은 이상이 아니네, 불평이지. 개성이 발전한 19세기에 살며 이웃 사람에게는 마음 두지 않고는 좀처럼 잠을 청하지도 못하니까 니체 그 자신, 조금 제멋대로가 되어 저런 고약한 글들을 갈겨댄 것이겠지. 그것을 읽으면 장쾌하다기보다 오히려 불쌍해지네. 그 목소리는 용맹정진의 목소리가 아니고, 아무래도 원한통분의 소리에 가깝다니까. 그것도 그럴 것이 옛날에는 위대한 사람이 한명만 나와도 천하가 분연해 그 깃발 아래 모여드니까 유쾌한 것이었지. 이런 유쾌함이 사실로 나타나면 니체처럼 붓과 종이의 힘으로 이것을 서물 위에 나타낼 필요가 전혀 없지. 그러니 호머도

체뷔 체이즈도 똑같이 초인적인 성격을 묘사하지만 느낌이 전혀 다르단 말이네. 밝은 느낌이네. 유쾌하게 쓰여 있고 유쾌한 사실이 있고 이 유쾌한 사실을 종이에 베껴내는 것이니까 쓴맛은 없을 테지. 하지만 니체의 시절은 그렇게는 되지 않았네. 영웅 따위 단 한 사람도 나오지 않았어. 나왔다고 해도 아무도 영웅으로 세워주지 않았지. 옛날에는 공자가 단 한 명뿐이었으니 공자도 활개를 쳤었지만 지금은 공자가 한둘이 아니잖나. 이것에 의하면 천하가 온통 공자인지도 모르겠구만. 그러니 내가 공자입네 하고 거드름 피워봐야 이도 들어가지 않지. 말이 통하지 않으니까 불평을 하고, 불평을 하니까 초인 따위를 서물 위에서만 휘둘러대는 것이지. 나는 자유를 원하고 자유를 얻었네. 자유를 얻은 결과 부자유를 느끼고 괴로워하고 있지. 그러니 서양의 문명 따위는 조금 나은 것 같지만 결국 쓸데없는 것이네. 이것에 반해 동양이라면 예부터 마음의 수행을 쌓아왔지. 그쪽이 옳아. 보게나, 개성이 발달한 결과 너도나도 신경쇠약을 일으켜 처음과 끝이 맞지 않게 되었을 때 '왕자지민 탕탕하다' 하는 구절의 가치를 비로소 발견할 테니까. 무위로 둔갑한다는 말의 무시할 수 없는 힘을 깨닫게 될 테니. 하지만 깨달았어도 그때는 이미 어쩔 도리가 없네. 알코올 중독에 빠져 술을 안 마셨으면 좋았을걸 하고 후회하는 것과 같은 이치지."

"선생들께서는 꽤 염세적인 말씀을 하시는 것 같은데 저는 이상하군요, 여러 가지 말을 들었지만 아무 느낌도 없습니다. 왜 그럴까요?" 하고 칸게츠 군이 말한다.

"그건 안주인을 맞아들여서 그렇네."

메이테이 군이 바로 해석을 했다. 그러자 주인이 불쑥 이런 말을 꺼냈다.

"아내를 얻고 여자는 좋은 존재라는 따위로 생각하면 어처구니없어지지. 참고로 내가 재미난 것을 읽어주겠네. 잘 들어보게나."

주인은 아까 전 서재에서 들고 왔던 낡은 책을 읽는다.

"이 책은 낡은 책이지만, 이 시대부터 여자가 나쁘다는 것은 역력히 알 수 있어."

그러자 칸게츠 군이 묻는다.

"조금 놀랐습니다. 도대체 어느 때 책입니까?"

"'토마스 내시'라고 16세기의 저서이지."

"더욱 놀랍군요. 그 시절에 이미 제 아내의 험담을 한 자가 있었습니까?"

"여러 여자들의 험담이 있는데 그중에는 반드시 자네 아내도 들어있을 테니 들어보게나."

"예, 들어보지요. 고맙게 되었군요."

"우선 고래^{古來}의 현자가 여성관을 소개하겠다고 쓰여 있네. 됐는가? 듣고 있겠지?"

"모두 듣고 있네. 독신인 나까지 듣고 있네."

"아리스토텔레스 왈, 여자는 어차피 쓸모없는 존재라 치면, 신부로 삼을 거라면 큰 신부보다는 작은 신부를 취할 것. 큰데 쓸모없는 자보다, 작은데 쓸모없는 쪽이 재앙이 적고……."

"칸게츠 군, 자네 안주인은 큰가, 작은가?"

"큰데 쓸모없는 부류입니다."

"하하하하, 이것 재미난 책이구만, 자자 읽어보게."

"어떤 사람이 묻기를, 어떤가? 최대기적이란, 현자 왈, 그것은 정부 情婦……"

"그 현자란 누구입니까?"

"이름은 쓰여 있지 않네."

"보나마나 여자한테 차인 현자인 게 틀림없군."

"그 다음에는 디오니시우스가 나오네. 어떤 사람이 묻기를, 아내를 맞을 때 어느 때 해야 할까요? 디오니시우스 대답하기를, '청년은 너무 이르고 노년은 이미 늦었다'라고 되어 있네."

"그 선생 나무통 속에서 생각했구만."

"피타고라스 왈, 천하에 세 가지 두려워할 것이 있다, 그것은 불, 물, 여자다."

"그리스의 철학자들은 의외로 뜬금없는 말들을 하는군. 나한테 말하라고 하면, 천하에 두려워할 것 없다. 불에 들어가도 타지 않고, 물에 들어가도 익사하지 않고……"

거기까지 말하더니 토쿠센 군 조금 말이 막힌다.

"여자를 만나도 녹아들지 않겠지."

메이테이 선생이 지원군으로 나선다. 주인은 재빨리 그 뒤를 읽는다.

"소크라테스는 부녀자를 다스리는 것은 인간 최대의 난관이라고 말하고 있네. 데모스테네스 왈, 사람이 만약 그 적을 괴롭히고 싶으면 자기 여자를 적에게 내어주는 것 말고 더 좋은 책략은 있지 않을 것이다. 가정의 풍파에 밤낮없이 곤궁하고 고달픔을 느끼지 않고는 끝날 수 없을 것이기 때문에. 세네카는 부녀자와 무학을 들어 세상에 따른 2대 위험 요소라고 했고, 마커스 아우렐리우스는 여자는 제어하기 어려운 점에서 선박과 비슷하다고 했으며, 프루투스는 여자가 아름다운 비단옷으로 장식하는 버릇을 일컬어, 그 타고난 추함을 감추려는 어리석은 방책에 기인한다고 했네. 발레리우스가 일찍이 글을 그 친구 아무개에게 보내 고백하기를, 천하에 그 무엇도 여자가 슬며시 몰래 하지 못할 것은 없다. 간청하건대 황천이여 연민을 드리워 그대를 그들의 술수에 빠지지 않게 해주소서. 그는 다시 말하기를 여자란 무엇인가. 우애의 적에 있지 않은가. 피할 수 없는 고통에 있지 않은가, 필연의 해악에 있지 않은가, 자연의 유혹에 있지 않은가, 꿀과 비슷한 독에 있지 않은가. 만약 여자를 폐하는 것이 부덕이라면 그들을 폐하지 않음은 한층 더한 가책이라 하지 않을 수 없음이다⋯⋯."

"이제 충분합니다, 선생님. 그만큼 어리석은 아내들의 험담을 들었으면 더 드릴 말씀은 없습니다."

"아직 4, 5페이지 더 있으니 마저 들으면 어떻겠나?"

"이제 대충 하는 게 좋겠네. 곧 부인이 돌아올 시각이잖나."

메이테이 선생이 농을 걸자 응접실 쪽에서, 마침 안주인이 하녀를 부르는 소리가 들린다.

"키요야, 키요야."

"이것 큰일이군. 부인은 계속 계시지 않았는가, 자네."

"우후후후."

주인은 웃으면서 "상관없잖은가" 하고 말했다.

"부인, 부인. 언제 돌아오셨습니까?"

응접실에서는 잠잠하니 대답이 없다.

"부인, 방금 그것 들으셨습니까? 예?"

대답은 여전히 없다.

"방금 것은 말이죠, 주인의 생각은 아닙니다. 16세기 내시 군의 말이니 안심하세요."

"모르겠는데요."

안주인은 멀리서 간단한 대답을 했다. 칸게츠 군은 키득키득 웃었다.

"저도 잘 몰라서 실례했습니다, 하하하하."

메이테이군이 거침없이 웃고 있자니, 현관을 황급히 열어젖히며 안에 계시냐느니 실례한다는 말도 없이, 큰 발자국 소리가 나는가 싶더니 안방의 장지문이 거칠게 열리며 타타라 삼페이 군의 얼굴이 불쑥 나타났다.

삼페이 군이 오늘은 여느 때와 다르게, 새하얀 셔츠에 방금 맞춘 것 같은 프록코트를 입고 이미 몇 잔은 걸친 듯한 데다 오른 손에 새끼줄에 엮어서 묵직하게 들고 온 4, 5병의 맥주를 가다랑어포 옆에 내려놓더니, 동시에 인사도 하지 않고 털썩 걸터앉아서 또 무릎을 흩트러 뜨린 것은 영락없는 무사의 폼이다.

"선생님, 위장병은 요즘 괜찮으심까? 이렇게 집에만 계시면 안 되는 겁니데이."

"아직 안 좋다고도 뭐라고도 안 했네."

"말하지 않아도 안색은 좋지 않으시구만예. 선생님, 안색이 누렇게 떴잖습까. 요즘은 낚시가 좋답니다. 시나카와에서 배를 한척 빌려서 - 저는 요전 일요일에 갔었습니데이."

"뭐 좀 낚았는가?"

"아무것도 못 낚았지예."

"낚이지 않아도 재미있는가?"

"호연지기를 기르고 싶어서예, 선생님, 어떻습까? 다들 낚시해본 적 있습까? 재미있어요, 낚시. 드넓은 바다 위에 작은 배를 타고 돌아다니는 것이니까예." 하고 누구에게나 할 것 없이 말을 건다.

"나는 작은 바다 위를 큰 배를 타고 돌아다니고 싶구만."

메이테이 군이 상대를 해준다.

"어차피 낚는다면 고래나 인어라도 낚지 않으면 재미없지요."

칸게츠 군이 대답했다.

"그런 것이 낚일까요? 문학자는 상식이 없군요. ……."

"저는 문학자가 아닙니다."

"그런가예, 그럼 뭡니까? 나 같은 장사치가 되면 상식이 제일 중요하거든예. 선생님, 저는 최근 꽤 상식이 풍부해졌습데이. 아무래도 그런 곳에 있으면 옆이 옆이니만큼 스스로도 그렇게 되어버리는 것 같습데이."

"어떻게 된다는 건가?"

"담배도 말임데이, 아사히나 시키시마를 피우고 있어서는 체면이 서지 않습데이."

그리고는 테두리에 금박이 입혀진 이집트 담배를 꺼내 뻐끔뻐끔 피우기 시작했다,

"그런 사치를 부릴 돈이 있는가?"

"돈은 없습니다만, 금방 어떻겐가 되겠지예. 이 담배를 피우고 있으면 신용이 꽤 달라집니데이."

"칸게츠 군이 구슬을 다듬기보다 편한 신용이어서 좋겠구만, 수고가 들지 않으니. 가볍고 편한 신용이군 그래."

메이테이가 칸게츠에게 말하자, 칸게츠가 무슨 대답을 할 틈도 없이 삼페이 군이 가로챘다.

"당신이 칸게츠 씨임까? 박사라든가 결국 되지 않았슴까? 당신이 박사가 되지 못했으니 제가 받아들이기로 했습니데이."

"박사 말입니까?"

"아뇨, 카네다 집의 따님 말입니데이. 실은 안됐다고 생각합니데이. 하지만 그쪽에서 꼭 받아들여달라고 하는 바람에 결국 그렇게 하기로 결정해뿌심데이, 선생님. 하지만 칸게츠 씨에게 의리가 아니라고 생각해서 걱정하고 있었습니다예."

"아무쪼록 신경 쓰지 마세요."

칸게츠가 말하자 주인은 애매한 대꾸를 한다.

"받아들이고 싶으면 받아들이면 되겠지."

"그것 축하할 말이군. 그러니 어떤 딸년이라도 걱정하는 자는 없네. 누군가 맞아들인다고, 아까 내가 말한 대로 이런 훌륭한 신사 신랑이 제대로 생겼지 않은가. 토후우 군, 신체시를 읊을 거리가 생겼군 그래. 빨리 착수하게나."

메이테이 군이 여느 때처럼 신이 나서 떠들자 삼페이 군은 토후우 군에게 말을 건다.

"당신이 토후우 군임까, 결혼할 때 뭔가 만들어주실랍니까? 바로 활판으로 해서 여러분들에게 나눠주겠습니데이. 타이요우에도 내도록 하고예."

"예, 뭔가 만들어보지요, 언제쯤 필요하십니까?"

"언제든 상관없어예. 지금까지 만든 것 중에서도 괜찮고예. 그 대신 피로연 때 불러서 대접하겠습니데이. 샴페인도 마시게 해드리고예. 혹시 샴페인 마셔본 적 있습까? 샴페인은 맛이 훌륭합니데이. ─ 선생, 피로연 때 악대를 부를 참인데, 토후우 군의 작품을 악보로 해서 연주하면 어떨까예?"

"마음대로 하시게나."

"선생, 악보로 해주시겠습까?"

"바보 같은 소리 말게."

"누구, 이 중에 음악 할 줄 아는 분 있습까?"

"낙제 후보자 칸게츠 군은 바이올린의 묘수지. 잘 좀 부탁해보게. 하지만 샴페인 정도로는 승낙할 것 같지도 않은 남자네."

"샴페인도 말입니데이. 한 병에 4엔이나 5엔 하는 거라면 별로 좋지 않아예. 제가 대접할 것은 그런 싸구려가 아닌데, 악보를 하나 만들어주실랍니까?"

"예, 만들고 말고요, 한 병에 20전 하는 샴페인이라도 만들겠습니다. 뭣하면 그냥이라도 만들어드리구요."

"그냥은 부탁하지 않겠습데이, 사례는 꼭 할 테니까예. 샴페인이 싫다면 이런 사례는 어떻습까?"

삼페이 군이 윗옷의 안주머니 속에서 7, 8장의 사진을 꺼내 다다미 위에 쫙 늘어놓는다. 반신만 있는 것, 전신이 다 나온 것, 서 있는 것, 앉아 있는 사진, 하카마를 입고 있는 것, 기모노를 입은 것, 올림머리를 한 사진 등등 하나같이 묘령의 여자들뿐이다.

"선생님, 후보자가 이만큼이나 있는데예, 칸게츠 군과 토후우 군에게 이 중 어느 쪽인가 사례로 주선을 해드릴 수 있습니데이. 이건 어떻습까?"

그리고는 한 장을 칸게츠 군에게 내민다.

"좋군요. 꼭 주선을 부탁합니다."

"이것으로도 괜찮겠습까?"

또 한 장을 보여준다.

"그것도 괜찮군요. 암튼 꼭 부탁합니다."

"어느 것을 말임까?"

"아무 쪽이나요."

"거 참 바람기가 다분하시군예. 선생, 이쪽은 박사 조카입니데이."

"그런가?"

"이쪽은 성격이 정말 좋습니데이. 나이도 젊고예. 올해 열입곱이라지예. ─ 이 정도면 지참금이 천 엔은 들 겁니데이. ─ 또 이쪽 것은 도지 사님 따님인데예."

삼페이 군이 혼자 떠들고 있다.

"이 사람들 다 맞이할 수는 없을까요?"

"전부 말임까? 너무 과욕을 부리시는 게 아닌가예. 일부다처주의임까?"

"다처주의는 아니지만 육식론자이지요."

"뭐가 됐든 그것 좀 빨리 해버릴 수 없겠나."

주인이 핀잔을 주듯이 내뱉었으므로 삼페이는 사진을 주머니에 도로 주섬주섬 넣으면서 확인한다.

"그럼 어느 쪽도 맞이하지 않으신다 이거군예."

"뭔가 그 맥주는?"

"선물입니데이. 미리 축하하려고 저 모퉁이 술파는 가게에서 사왔습니데이. 한번 마셔보셔예."

주인은 손뼉을 쳐서 하녀를 불러 마개를 따게 한다.

주인, 메이테이, 토쿠센, 칸게츠, 토후우 이 다섯 사람은 정중하게 컵을 들어 여복 많은 삼페이 군을 축하했다.

삼페이 군은 매우 유쾌한 말투로 말을 한다.

"여기 계신 여러분을 피로연에 초대하겠으니 모두들 와주시겠슴까, 와 주실 거지예?"

"난 싫네."

주인은 단호하게 대답한다.

"왜 그러심까? 제 평생에 한번인 대사인데예. 와주시지 않다니예? 좀 몰인정하시네예."

"몰인정은 아니네만 난 가지 않겠네."

"입고 올 옷이 없슴까? 하오리나 하카마 정도는 어떻게든 마련하지예. 사람들 틈으로 조금 나와 보시는 것도 나쁘지 않데이. 유명한 사람을 소개해드리지예."

"정말로 사양하겠네."

"위장병도 분명 나을 겁니데이."

"낫지 않아도 괜찮네."

"그리 완고하게 사양하시면 하는 수 없겠군예. 그쪽은 어떻습까, 와 주시겠습까?"

"나 말인가, 꼭 가지. 가능하다면 영광스런 주례사 역할이라도 맡을 수 있으면 좋겠구만. [샴페인을 들어 삼세 잔에 아홉 잔 봄날의 저녁]. ─ 하지만 뭐 중매인은 스즈키 토주로 씨라면서? 과연 그쯤 될 거라고 생각했네. 이건 유감인데 어쩔 수 없겠군. 중매인이 둘이면 너무 많으니 그냥 축하객으로 출석하겠네."

"선생은 어떠심까?"

"나 말인가, 일간풍월한생계一竿風月閑生計, 인조백빈홍료간人釣白蘋紅蓼間 (나쓰메 소세키의 한시. 낚싯대 하나로 풍월의 한적한 생을 꾀한다, 부평초 흰꽃에 주홍색 여뀌가 피는 물가에 유유자적하는 모습)이구만."

"무엇임까, 그것이. 당시선임까?"

"무엇인지 모르겠습니다."

"모르신다고예? 난감하네예. 칸게츠 군은 나와 주시겠지예? 지금까지의 관계도 있고 하니."

"꼭 나가도록 하겠습니다, 제가 만든 곡을 악대가 연주하는 것을 못 듣고 넘어가는 것은 유감이니까요."

"그렇고 말고예. 자네는 어떤가, 토후우 군?"

"글쎄요. 나가서 두 분 앞에서 신체시를 낭독하고 싶습니다."

"그것 잘 됐네. 선생님 저는 태어나서 이렇게 유쾌한 일은 없었습니데이. 그러니 맥주 한잔 더 마십시데이."

삼페이 군은 자기가 사온 맥주를 혼자서 꿀꺽꿀꺽 마시고는 얼굴이 벌게져버렸다.

짧은 가을 해는 드디어 저물고 잎담배의 사체들이 헤아릴 수 없이 흩어져 있는 화로 안을 보니 불은 벌써 예전에 꺼져 있다. 과연 태평한 무리들도 조금은 흥이 다한 듯이 보여 먼저 토쿠센 군이 일어선다.

"아이구, 꽤 늦었네. 이제 슬슬 갈까."

이어서 "나도 가야겠군." 하고 줄줄이 현관을 나선다.

흥행이 끝난 극장처럼 방안은 쓸쓸해졌다.

주인은 저녁식사를 마치고 서재로 들어간다. 안주인은 쌀쌀한 속옷의 옷깃을 여미며 하도 빨아서 바랜 평상복을 깁는다. 아이들은 베개를 나란히 하고 잠이 들었다. 하녀는 목욕탕에 갔다.

아무리 태평하게 보이는 사람들도 마음 밑바닥을 두드려보면 어딘가 슬픈 소리가 난다. 도를 깨달은 것 같아도 토쿠센 군의 발은 역시 지면 아닌 다른 곳을 밟지 않는다. 속편할지도 모르지만 메이테이 군의 세상은 그림에 그려진 세상은 아니다. 칸게츠 군은 구슬 다듬기를 그만두고 결국 고향에서 부인을 데려왔다. 이것이 순리이다. 하지만 순리가 영원히 계속되다 보면 지루할 것은 당연지사. 토후우 군도 이제 10년 후면 무턱대고 신체시를 바치는 것이 얼마나 불합리한지를 깨달을 것이다. 삼페이 군에 이르러서는 물에 사는 사람인지, 산에 사는 사람인지 감정하기가 조금 어렵다. 평생 샴페인을 대접하고 자랑스러워 할 수 있다면 괜찮겠다. 스즈키 토주로 씨는 어디까지나 굴러다닐 것이다. 굴러다니면 진흙이 묻는다. 진흙이 묻어도 굴러다니지 않는 자보다는 권세가 있다.

고양이로 태어나 인간 세상에 산 지도 어언 2년이 되어간다. 나 스스로는 이 정도의 견식가가 또 어디 있을까 하고 생각했는데 지난번 카르텔 무르(독일 소설 속의 고양이)라는 듣도 보도 못한 동족이 갑자기 거창하게 기염을 토했으므로 적잖이 놀랐다. 잘 들어보니 실은 백 년 전에 죽었는데 불쑥 호기심이 발동해 일부러 유령이 되어 나를 놀라게 하려고 면 명토(저승)에서 출장을 왔다고 한다. 이 고양이는 자기 어머니를 대면할 때 인사 표시로 생선 한 마리를 물고 나갔는데 도중에 도저히 참을 수가 없어져 혼자서 다 먹어버렸다고 할 정도의 불효 고양이인 만큼 재기도 인간 못지않아 어느 때인가는 시를 만들어 주인을 놀라게 한 적도 있다고 한다. 이런 호걸이 이미 무려 한 세기나 앞서 출현한 것이라면 나 같은 쓸모없는 고양이는 결국 다 접고 저 세상 너머로 돌아가 조용히 잠들어도 좋을 것이었다.

주인은 얼마 안 있어 위장병으로 죽는다. 카네다 영감은 그 욕심 때문에 벌써 죽었다. 가을의 고목잎은 거의 다 떨어졌다. 죽는 것이 만물의 정해진 업이라면 살아 있어도 그다지 도움은 되지 못할 것이고 그렇다면 일찌감치 죽는 것만이 현명한 일인지도 모르겠다. 모든 선생들의 말에 따르면 인간의 운명은 자살로 귀속된다고 한다. 자칫 방심했다가는 고양이도 그런 지루한 세상에 태어나지 않으면 안 될 판국이다. 두려운 일이다. 뭐랄까 기분이 울적해졌다. 삼페이 군의 맥주라도 마셔서 기분을 조금 바꿔봐야겠다.

부엌으로 돌아간다. 가을바람에 덜컹거리는 문이 빼꼼히 열려 있는 틈사이로 바람이 불어들어왔는지 램프는 언제 그랬냐는 듯 꺼져 있는데 명색이 달밤이라고 창문으로 그림자가 진다. 컵이 쟁반 위에 3개 나란히 있고 그중 2개에 갈색 물이 반쯤 채워져 있다. 유리잔 안에 든 물은 뜨거운 물이라도 차가운 느낌이 든다. 하물며 쌀쌀한 밤 달빛 아래 비춰져 조용하게 불 끄는 단지와 나란히 있는 이 액체는 입술을 갖다 대기도 전부터 이미 추워서 마시고 싶은 마음도 안 든다. 그러나 뭐든 시도해봐야 아는 법. 삼페이 같은 자는 저것을 마시고 나서 얼굴이 벌게져 뜨겁고 가쁜 숨을 내쉬었었다. 고양이도 마시면 활달해지지 않으란 법도 없을 것이다. 어차피 언제 죽을지 모르는 운명이다. 뭐든 목숨이 붙어 있는 동안에 해보는 게 상책이다. 죽고 나서 안타깝다고 무덤 속에서 후회해봤자 소용없지 않은가.

마음먹고 '마셔보자' 하고 씩씩하게 혀를 넣어 홀짝홀짝 간을 보고는 깜짝 놀랐다. 뭐랄까 혀끝을 바늘로 찔린 것처럼 따끔따끔 한 것이. 인간은 무슨 추흥으로 이런 썩은 것을 마시는지 알 수가 없지만 고양이에게는 정말이지 목구멍으로 넘길 수 없는 음식이다.

아무래도 고양이와 맥주는 궁합이 맞지 않는 것 같다. 이것 큰일이다 하고 한번은 내밀었던 혀를 거둬들여 보았지만 다시 마음을 고쳐먹었다. 인간은 입버릇처럼 좋은 약은 입에 쓰다고 하면서 감기라도 걸리면 얼굴을 찌푸려가며 이상한 것을 집어먹는다. 먹으니까 낫는 것인지 저절로 낫는데도 먹는 것인지 지금까지 의문이었지만 마침 좋은 기회가 왔다. 이 문제를 맥주라는 것으로 해결해보자. 마셔서 뱃속까지 쓴 것이

전해지면 그뿐이고, 만약 삼페이처럼 앞뒤를 분간 못할 정도로 유쾌해지면 유례없는 대어를 낚은 것이니 근처 고양이들에게 가르쳐줘도 괜찮겠다. 뭐 어떻게 되든 운은 하늘에 맡기고 해치우자고 결심하고 다시 혀를 내밀었다. 눈을 뜨고 있으면 마실 용기나 나지 않아 눈 딱 감고 또 홀짝홀짝 마시기 시작했다.

참고 또 참으며 끝까지 맥주 한 잔을 다 마셨을 때, 이상한 현상이 나타났다. 처음에는 혀가 얼얼하고 입안이 외부로부터 압박을 받는 것처럼 고통스러웠지만, 계속 마실수록 점점 편안해져 또 한 잔은 거뜬히 해치웠다. 계속해서 쟁반 위에 흘러넘친 것도 닦아내듯이 싹싹 핥아 뱃속에 저장했다.

그리고 한참 동안은 스스로 내 동정을 살피기 위해 꼼짝 않고 웅크리고 있어보았다. 점차 몸이 따뜻해진다. 눈 주위가 달아오른다. 귀가 화끈거린다. 노래가 부르고 싶어진다. '나는 고양이다 고양이' 하며 춤도 추고 싶어진다. 주인도 메이테이도 토쿠센도 똥이나 처먹어라 하는 기분이 든다. 카네다 영감을 할퀴어주고 싶어진다. 안주인의 코를 꽉 깨물어버리고 싶다. 온갖 기분이 다 든다. 마지막에는 휘청휘청하며 일어서고 싶어진다. 일어났더니 이번에는 비칠비칠 걸어가고 싶어진다. 이것 꽤나 재미있다 하고 바깥으로 나가고 싶어진다. 나가보니 달님한테 팬한 인사를 하고 싶어진다. 참말로 조오~타.

거나하고 황홀하다는 건 바로 이런 걸 두고 하는 말인가 보다 생각하면서 정처 없이 여기저기를 산책하는 듯 안 하는 듯 후들후들 풀린 다리를 제멋대로 이끌고 다니자니 왠지 자꾸만 졸립다. 자고 있는 것인지 걷고 있는 것인지 분간이 안 된다. 눈은 뜨려고 하는데 말도 못하게 무겁다. 이렇게 되면 그것으로 끝이다. 바다든 산이든 두렵지 않다고 앞발을 허우적대며 앞으로 내밀었다고 생각한 찰나, 첨버덩하는 소리에 깜짝 놀란다. ─아뿔사! 어떻게 당했는지 생각할 틈도 없다. 그냥 당했다는 생각이 들까 말까 하다가 나중에는 뒤죽박죽이 되어버렸다.

정신이 돌아왔을 때는 물 위에 떠 있다. 괴로워서 발톱을 세워 막무가내로 긁어댔지만 긁히는 것은 물뿐이고 긁으면 바로 꼬르륵 잠겨버린다.

하는 수 없어서 뒷발로 뛰어올라가 앞발로 긁어보았더니 그르륵 소리가 나며 발에 희미하게 느낌이 전해져온다. 겨우 머리만 떠올라 여기가 어딘가 하고 둘러보니 나는 커다란 술독 안에 빠진 것이다. 이 술독은 여름까지 물옥잠이라고 부르는 물풀이 무성하게 나 있었는데 그 뒤 까마귀떼가 몰려와 옥잠을 다 먹어치운 다음에 거기다 목물까지 했다. 목물을 하면 물이 줄어든다. 줄어들면 더 이상 오지 않게 된다. 근래 들어서는 물이 꽤 많이 줄어 까마귀 녀석들이 보이지 않는구나 하고 조금 전까지만 해도 그런 생각을 했는데 나 자신이 그 까마귀 대신 이런 곳에서 목물을 하리라고는 꿈에도 생각지 못했다.

물에서 물독 아가리까지는 4치 남짓하다. 다리를 뻗어도 닿지 않는다. 뛰어올라도 나갈 수가 없다. 태평하게 있으면 가라앉을 뿐이다. 허우적대면 그르럭그르럭 술독에 발톱이 긁히기만 할 뿐, 긁히는 순간은 조금 떠오르는가 싶다가도 미끄러지면 금새 꼬르륵 가라앉는다. 가라앉으면 괴로우니까 금방 또 긁어댄다. 그러는 사이 몸이 지쳐간다. 마음은 초조한데 다리는 그만큼 마음대로 되어주지 않는다. 급기야는 가라앉기 위해 술독을 할퀴고 있는 것인지 할퀴기 위해 가라앉는 것인지 나 스스로도 알 수 없게 되었다.

그 순간 괴로워하면서 이렇게 생각했다. 이런 가책을 당하는 것도 결국 술독에서 위로 올라가고 싶다는 바람 때문일 것이다. 올라가고 싶은 마음이야 굴뚝같지만 올라갈 수 없다는 것은 알고도 남는다. 내 발은 3치도 되지 않는다. 운 좋게 수면에 몸이 떠올라 거기서부터 있는 힘껏 앞발을 뻗는다 해도 5치에나 이르는 술독의 아가리에 발톱이 걸려줄 리 없다. 술독 아가리에 발톱이 걸릴 것 같지 않으면 아무리 긁어댄다 한들, 초조해 한들, 백 년 동안 몸을 가루로 만든다 한들 나갈 리 만무하다. 나갈 수 없다는 것을 버젓이 알고 있으면서도 나가려고 발버둥치는 것은 억지다. 자꾸만 억지를 부리려고 하니까 괴로운 것이다. 형편없다. 스스로 고생을 자처하고 스스로 좋아서 고문을 당하는 것은 어리석다.

"이제 그만하자. 될 대로 되라지. 긁어대는 건 이만큼으로 됐어."

그래서 앞발도 뒷발도 머리도 꼬리도 자연의 힘에 맡겨 버리고 더 이상 저항하지 않기로 했다.

점차 편안해진다. 괴로운 것인지 편안한 것인지 분간이 가지 않는다. 내가 물속에 있는지 다다미 위에 있는지 알 수가 없다. 어디에 어떻게 하고 있어도 상관없다 이제. 그냥 편안할 따름이다. 아니 편안함 자체조차도 느껴지지 않는다. 세월을 떼어내고 천지를 분쇄하여 불가사의한 태평으로 들어간다. 나는 죽는다. 죽어서 이 태평함을 얻으리라. 태평함은 죽지 않으면 얻어지지 않는 법. 나무아미타불 나무아미타불. 고맙도다, 고맙도다.

나쓰메 소세키 ^{夏目漱石}(1867년 2월 9일~1916년 12월 9일)

일본의 소설가이자 평론가, 영문학자로, 본명은 '나쓰메 긴노스케^{夏目金之助}'이다.

모리 오오가이^{森鷗外}와 함께 메이지 시대의 대표 작가이며 소설, 수필, 하이쿠, 한시 등 여러 장르에 걸쳐 다양한 작품을 남겼다.

그의 사상과 윤리관 등은 일본의 근현대 작가들에게 많은 영향을 주었으며 한국, 미국, 중국 등에서도 활발하게 연구되고 있다. 주요 작품은 다음과 같다.

소설

《나는 고양이로소이다^{吾輩は猫である}》
(1905년 ~ 1906년)
《도련님^{坊っちゃん}》 (1906년)
《풀베개^{草枕}》 (1906년)
《초가을 태풍^{二百十日}》 (1906년)
《우미인초^{虞美人草}》 (1907년)
《산시로^{三四郎}》 (1908년)
《그 후^{それから}》 (1909년)
《문^門》 (1910년)
《피안이 지날 때까지^{彼岸過迄}》
(1912년)
《행인^{行人}》 (1912년)
《마음^{こころ}》 (1914년)
《미치쿠사^{道草}》 (1915년)
《명암^{明暗}》 (1916년)

단편 소설 · 소품

《런던탑^{倫敦塔}》 (1905년)
《환영의 방패^{幻影の盾}》 (1905년)
《琴のそら音》 (1905년)
《하룻밤^{一夜}》 (1905년)
《해로행^{薤露行}》 (1905년)
《취미의 유전^{趣味の遺伝}》 (1906년)
《문조^{文鳥}》 (1908년)
《몽십야^{夢十夜}》 (1908년)
《긴 봄날의 소품^{永日小品}》 (1909년)
등.